KB104826

# 로마의 일인자
# 1

# 로마의 일인자

*The First Man in Rome*

COLLEEN
McCULLOUGH

# 1

콜린
매컬로

지음

강선재·신봉아
이은주·홍정인
옮김

교유서가

김경현(고려대학교 사학과 교수)

『로마의 일인자』. 작가는 올해 초 타계한 오스트레일리아의 작가 콜린 매컬로이다. 아마도 그녀가 1970년대 후반에 쓴 소설 『가시나무새』를 읽거나, 아니면 그것을 극화한 미니시리즈를 본 사람이 적지 않을 것이다. 이 책은 그녀가 1990년부터 2007년까지 선보인 7부 연작 역사소설 〈마스터스 오브 로마〉의 제1부이다.

내가 미니시리즈 〈가시나무새〉를 처음 본 것은 1980년대 초 미국에서였다. 본방을 사수할 정도로 즐겨 보았지만, 원작자에 대해서는 전혀 몰랐고 관심조차 없었다. 그녀의 이름을 새삼 『가시나무새』와 결부시켜 알게 된 것은 10년쯤 지나서였다. 그녀가 내 전공분야인 로마사를 소재로 삼은 소설을 내놓기 시작했기 때문이다. 1990년대 중반까지 나온 제1~3부가 내 서가에 꽂혀 있었다. 여기 소개하는 『로마의 일인자』(1부), 그리고 『풀잎관』(2부), 『포르투나의 선택』(3부). 그 무렵 한국의 교양대중 사이에서는 때 아니게 '로마사 바람'이 크게 일고 있었다. 일본의 작가 시오노 나나미가 쓴 『로마인 이야기』의 충격 탓이었다. 전공자로서 이 두 외국 작가의 활약은 내심 부러웠다. 특히 대중작가 매컬로가 거의 전문가 수준으로 로마사를 이해하고 있는 점이 놀라웠다. 아마도 로마사 관련 역사소설에서 그 유례를 찾아보기 어려울 것이다. 그에 비하면 시오노 나나미는 그녀가 자처하듯 정말 아마추어였다. 비록 전문가처럼 책마다 방대한 참고문헌을 덧붙이고 있지만 말이다.

나중에 안 사실이지만, 〈마스터스 오브 로마〉 연작은 『가시나무새』 이후 매컬로가 작가로서 남은 인생을 건 역작이었다. 『가시나무새』의 성공 덕에 그녀는 예일 대학에서의 신경과학 연구를 접고 오스트레일리아의 한 외딴 섬에 정착했다. 말하자면 전업작가의 길에 들어선 것이었다. 〈마스터스 오브 로마〉는 그때부터 세상에 나오기 시작해, 제7부 『안토니우스와 클레오파트라』가 출간되기까지(2007년) 근 20년이 걸렸다. 사실 창작보다 연구와 조사에 더 많은 시간과 공을 들였을지 모른다. 어느 인터뷰 기사를 보면, 그녀의 서재는 로마사 전문가를 방불케 할 정도로 엄청난 양의 사료와 연구서적을 갖추었다고 한다. 결국 그 지독한 독서량 때문에 그녀는 종내 시력을 잃고 말았다. 하지만 아는 사람은 감지할 것이다. 그 방대한 문헌의 먼지가 매컬로 책의 구석구석에 켜켜이 쌓여 있음을.

그런데 그녀는 왜 갑자기 로마사 역사소설로 선회한 것일까? 짐작이지만, 아마도 그녀가 예일 대학에서 만났던, 『러브스토리』의 작가 에릭 시걸이 역할 모델이었음직하다. 시걸은 원래 고대 로마인의 문학을 연구하던 고전학자였다. 그는 하버드 대학에서 학위를 받고 예일을 비롯해 아이비리그에서 라틴 문학을 가르쳤다. 『러브스토리』가 큰 인기를 얻자, 그때부터 그는 대중문학으로 선회했다. 매컬로는 그의 영향 아래, 그러나 역방향으로 진로를 정했다. 말하자면 대중문학에서 고대 로마에 정통한 역사소설 쪽으로 나아갔으니, 〈마스터스 오브 로마〉는 픽션(fiction)과 역사적 사실(fact)의 사이, 즉 팩션(faction)의 창작인 것이다.

〈마스터스 오브 로마〉 7부작은 천년 넘는 로마 역사의 가장 큰 분수령, 즉 기원전 110~27년의 기간을 다룬다. 외형적으로 보면, 로마의 지중해 제국이 완성되는 시기가 바로 그때였다. 그러나 그 시기는 무엇보다 거대한 체제 변혁기였다. 즉, 500년 역사의 공화정 체제가 와해되고, 새로운 통치체제가 탐색되는 시기였다. 도시국가 시절의 로마는, 폭군이 나오기 쉬운 왕정을 몰아내고 공화정으로 전환했지만, 이제 지중해 제국이 된 마당에 그에 적합한 새로운 체제가 필요했던 것이다. 다시 말해, 수백 명의 엘리트로 구성된 원로원, 그리고 그것을 실질적으로 좌지우지하던 10여 개 문벌은 제국의 통치에 효율적이지 않다는 점이 드러나기 시작했다. 그들 사이의 치열한 경쟁과 갈등으로 점철된 공화정 체제 대신, 좀더 권력집중인 통치체제가 절실했다. 우리는 그 대안이 곧 황제체제였음을 안다. 초대 황제 아우구스투스 이래로 로마는 약 500년간의 황제정으로 존속하게 될 것이었다.

작가 매컬로가 '지배자들(masters)'이라 일컬은 것은, 바로 그 변혁기를 풍미한 영웅들을 가리킨다. 의식적·무의식적으로, 그들은 그 시대적 과제를 온몸으로 끌어안은 사람들이었다. 그리고 그녀가 보기에 그들은 대부분 낡은 체제와 그것을 지키려는 수구파에 맞서 싸웠던, 말하자면 역사의 진보세력이었다. 500년의 역사를 가진 낡은 체제는 쉽게 무너지지 않아, 그것과의 싸움에는 약 100년이 걸렸고, 그 사이에 일련의 지배자들이 등장한다. 마리우스, 술라, 폼페이우스, 카이사르, 안토니우스, 옥타비아누스. 그러나 전체적으로 보아, 매컬로가 가장 많은 지면을 할애한 것은 율리우스 카이사르였다. 실제로 작가는 개인적으로 지배자 카이사르의 매력에 흠뻑 도취해 있음이 곳곳에서 확인된다. 이 책, 즉 제1부 『로마의 일인자』의 주인공 마리우스는 카이사르와의 인척관계로나 지배자의 이미지상으로나 진정 카이사르의 선구자라고 할 수 있다.

로마사의 과도기에 대한 매컬로의 그런 역사적·정치적 시각은, 그녀가 의도했든 의도하지 않았든, 요즘의 세계와 한국이 처한 상황 속에서 더욱 시사성이 크다. 20년 전 시오노 나나미의 『로마인 이야기』가 한국에서 인기몰이를 할 수 있었던 시대배경은 신자유주의였다. 소련과 동구권이 무너지고, 지구 전역이 자본주의 물결에 휩쓸리기 시작하던 때, 로마 제국주의의 성공은 배울 점이 많은 사례였다. 시오노 나나미는 그 사례를 마치 CEO를 위한 맞춤식 다이제스트로 만들어 성공을 거두었다. 그러나 IMF의 위기, 끝이 안 보이는 저성장의 긴 터널, 청년 실업, 사회 양극화 등 신자유주의의 폐해가 급속히 드러나는 요즘, 『로마인 이야기』는 더이상 교훈의 가치가 없다. 시오노 나나미의 '위안부' 망언이 아니어도 인기는 지속될 수 없었을 것이다.

요즘 같은 상황에는 오히려 매컬로의 책이 던지는 문제의식이 더 어울린다. 그녀는 제국주의의 과실을 독식하고, '그들만의 리그'에 몰두하는 로마의 수구 세력을 적대감에 가까운 시선으로 바라본다. 그들은 사치스럽고 타락한 자들이며, 인민과 공동체에 대한 이해나 애정과는 거리가 먼 존재들이다. 그에 반해, 마리우스나 카이사르 같은 '지배자들'은 인민 친화적이며, 조국의 먼 장래를 우려하는 진정한 애국자들이다. 너무 극단적인 이분법이지만, 구제 불능의 구체제와 타락한 소수의 수구 세력을 무너트리는 대안적 지도자란 어떤 존재인가를 보여주는 데 더할 나위 없이 효과적이다. 어쩌면 이 시대가 요구하는 진정한 지도자상을 매컬로의 〈마스터스 오브 로마〉 연작 속에서 찾을 수 있을지도 모른다.

그녀의 이 역작이 가진 몇 가지 다른 장점도 얘기해보자. 우선 경쾌한 필치를 빼놓을 수 없다. 번역은 원작의 그런 매력을 전달하기에 부족함이 없을 정도로 아주 훌륭하다. 그러나 무엇보다 전문가 수준의 방대한 연구·조사의 내공에서 나오는 인물과 공간, 상황에 대한 디테일한 묘사가 이 책의 최대 강점이다. 혹 『로마인 이야기』를 읽은 독자라면 필히 이 책을 읽어보라고 권하고 싶다. 그러면 그 독서는 다이제스트에서 문학으로, 진정한 역사책 속으로의 여행이 될 것이다. 행간에서, 그리고 지면마다 마치 연극의 잘 차려진 무대 같은 생동감을 맛볼수 있다. 작가의 남다른 상상력에 근면한 연구와 조사의 힘이 더해져있기 때문이다.

예컨대 그녀가 독자적으로 제작한 수도 로마의 지도야말로 그녀가 묘사하는 사건 현장이 그저 문학적으로 처리된 것이 아님을 생생하게 보여준다. 간혹 아주 드물게 가공의 인물을 창조하긴 하지만, 그녀의 인물 묘사와 공간 묘사는 대체로 문헌과 비문헌의 증거에 입각해 있다. 그뿐 아니라, 당대 로마인의 일상생활을 구성하던 온갖 제도와 문물에 대한 묘사 역시 아주 꼼꼼한 고증에 근거해 있다. 도로, 상하수도, 시장, 광장의 시설, 주택과 의상, 미용과 장신구, 그리고 정치기구와 군사기구 등의 모든 것이 대체로 정확한 이해를 바탕으로 한 것이다. 내가 그녀의 식견과 공력에 탄복한 것은 바로 이 대목이다. 책 말미에 붙인 용어설명은 바로 그런 연구의 증거이자, 독자를 위한 배려임은 말할 나위도 없다.

나는 한국의 로마사 애호가들은 물론, 교양독서층이 그녀의 이 역사소설에 매료되고, 또 그것이 장기 지속적이길 기원한다. 그래서 우리의 문화 수준을 업그레이드 해보자. 이제 시오노 나나미에서 콜린 매컬로의 수준으로 한 단계 더 도약할 때가 아닌가!

2015년 6월 10일

사랑하는 벗이자 훌륭한 동료이자 정직한 사람인
프레더릭 T. 메이슨에게 사랑과 감사를 담아 —

MASTERS OF ROME

**THE FIRST MAN
IN ROME
1**

## CONTENTS

## 주요 등장인물

### 카이사르
가이우스 율리우스 카이사르, 원로원 의원
마르키아, 마르키우스 렉스 가문, 아내
섹스투스 율리우스 카이사르, 장남
가이우스 율리우스 카이사르, 차남
큰 율리아(율리아), 장녀
작은 율리아(율릴라), 차녀

### 마리우스
가이우스 마리우스
그라니아, 푸테올리 출신, 첫번째 아내
마르타, 시리아의 점술가

### 술라
루키우스 코르넬리우스 술라, 기원전 107년 재무관, 보좌관
클리툼나, 움브리아 출신, 의붓어머니, 루키우스 가비우스 스티쿠스의 이모
니코폴리스, 해방노예, 애인
메트로비오스, 인기 미소년 희극배우

### 유구르타
유구르타, 누미디아 왕, 마스타나발의 서자
보밀카르, 이부동생, 누미디아 귀족

### 메텔루스
퀸투스 카이킬리우스 메텔루스 누미디쿠스, 기원전 109년 집정관, 102년 감찰관
최고신관 루키우스 카이킬리우스 메텔루스 달마티쿠스, 형, 기원전 119년 집정관
퀸투스 카이킬리우스 메텔루스 피우스, 아들
카이킬리아 메텔라 달마티카, 질녀이자 피후견인, 달마티쿠스의 딸

### 루푸스
푸블리우스 루틸리우스 루푸스, 기원전 105년 집정관
리비아, 드루수스 가문, 사별한 아내, 감찰관 마르쿠스 리비우스 드루수스의 여동생
루틸리아, 루푸스 가문, 여동생, 루키우스 아우렐리우스 코타의 미망인, 마르쿠스 아우렐리우스 코타의 아내

**코타**
마르쿠스 아우렐리우스 코타, 법무관(재임 시기는 불분명)
루틸리아, 아내(첫번째 남편은 형 루키우스 아우렐리우스 코타, 기원전 118년 집정관 퇴임 후 바로 사망)
아우렐리아, 의붓딸이자 질녀
루키우스 아우렐리우스 코타, 의붓아들이자 조카
가이우스, 마르쿠스, 루키우스 아우렐리우스 코타, 루틸리아의 아들

**드루수스**
감찰관 마르쿠스 리비우스 드루수스, 기원전 112년 집정관, 109년 감찰관(임기 중 사망)
코르넬리아 스키피오니스, 아내, 별거 상태로 지냄
마르쿠스 리비우스 드루수스, 장남
마메르쿠스 아이밀리우스 레피두스 리비아누스, 차남, 어릴 때 입양함
리비아 드루사, 딸

**카이피오**
퀸투스 세르빌리우스 카이피오, 기원전 106년 집정관
퀸투스 세르빌리우스 카이피오 2세, 아들
세르빌리아 카이피오니스, 딸

**스카우루스**
원로원 최고참 의원 마르쿠스 아이밀리우스 스카우루스, 기원전 115년 집정관, 109년 감찰관
마르쿠스 아이밀리우스 스카우루스 2세, 첫번째 아내에게서 얻은 아들

**세르토리우스**
퀸투스 세르토리우스, 수습군관 및 참모군관
리아, 마리우스 가문, 어머니, 가이우스 마리우스의 사촌

**사투르니누스**
루키우스 아풀레이우스 사투르니누스, 기원전 103년, 100년 호민관

**글라우키아**
가이우스 세르빌리우스 글라우키아, 기원전 102년 호민관, 100년 법무관

**데쿠미우스**
루키우스 데쿠미우스, 교차로 클럽 관리인

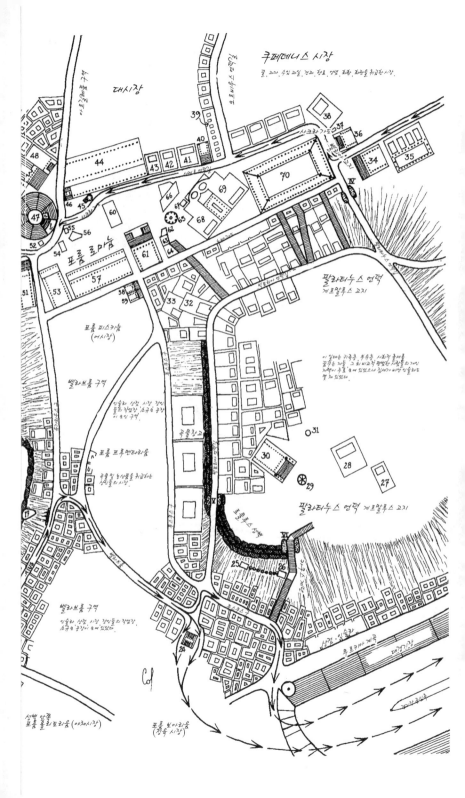

# 〈로마 시 중심가 지도〉 상세 안내

## 성문

I 카르멘타 성문

II 트리움팔리스 성문

III 폰티날리스 성문

IV~III 세르비우스 성벽 성문

IV 무고니아 성문

V 로물루스 성문(로마 성문)

VI 카카나 성문

IV~VI 고대에 로물루스가 세운 팔라티누스 도시의 성벽 성문

## 신전 및 주요 건물

1. 가이우스 마리우스의 저택(추정된 위치)

2. 유노 모네타(적시에 경고를 주는 여신) 신전: 기단 내부에 화폐 주조소가 있었음

3. 베누스 에루키나(매춘부의 수호신) 신전

4. 멘스(로마인다운 사고의 수호신) 신전

5. 라우투미아이 감옥

6. 툴리아눔 감옥

7. 콩코르디아(다양한 계급의 평화로운 공존을 관장하는 신) 신전

8. 세나쿨룸(외교사절 영접관)

9. 타불라리움(기록문서 및 법령 보관소)

10. 베디오비스(젊은 유피테르, 실망의 수호신) 신전

11. 데오룸 콘센티움(12신) 주랑건물

12. 유피테르 페레트리우스(조약 및 군비 확충의 신) 신전

13. 유피테르 옵티무스 막시무스 신전

14. 포르투나 프리미게니아(맏이의 수호신) 신전

15. 호노스·비르투스 신전: 군 사령관을 위한 숭배의식이 거행됨

16. 옵스(풍요의 신) 신전: 기단 내부에 비상금으로 은괴를 보관함

17. 타르페이아 바위

18. 피데스(신뢰의 신) 신전

19. 벨로나(외세와의 전쟁을 관장하는 신) 신전

20. '적의 영역'

21. 아폴로 소시아누스(의약과 치유의 신) 신전

22. 마테르 마투태(어머니와 출산의 신) 신전

23. 포르투나(처녀와 사춘기 이전 소녀의 수호신) 신전

24. 야누스(출입구, 개문 및 폐문, 시작과 끝을 관장하는 신) 신전

25. 게니우스 로키(생식력의 신) 제단

26. 루페르칼: 로물루스에게 젖을 물린 늑대가 살던 동굴

27. 루키우스 세르기우스 카틸리나의 집(추정된 위치)

28. 퀸투스 호르텐시우스 호르탈루스의 집(확인된 위치)

29. 로물루스의 원형 초가집

30. 마그나 마테르(아시아의 대모신) 신전

31. 문두스: 지하세계 통로

32. 1) 마르쿠스 리비우스 드루수스, 2) 마르쿠스 리키니우스 크라수스, 3) 마르쿠스 툴리우스 키케로의 저택(추정된 위치)

33. 1) 나이우스 도미티우스 아헤노바르부스, 2) 루키우스 도미티우스 아헤노바르부스의 저택(가상으로 설정된 위치)

34. 유피테르 스타토르(후퇴하는 병사들의 수호신) 신전

35. 목욕탕(사설)·세니아 목욕탕

36. 페나테스(공공의 페나테스 신) 신전

37. 클로일리아 기마상

38. 제사장 관저, '왕의 집'(추정된 위치)

39. 여관

40. 라레스 프라이티테스(공공의 라레스 신) 신전

41, 42, 43. 대제관 세 명(유피테르 대제관, 마르스 대제관, 퀴리누스 대제관)의 관저

44. 아이밀리우스 회당, 상업 및 공적 활동 공간

45. 베누스 클로아키나(물의 정화를 관장하는 신) 신전

46. 야누스(출입구, 개문 및 폐문, 시작과 끝을 관장하는 신) 신전

47. 민회장 및 부속시설 a) 라피스 니게르(흑석) b) 로스트라 연단

48. 원로원 의사당 부속 사무실

49. 원로원 의사당(쿠리아 호스틸리아)

50. 포르키우스 회당: 상업, 특히 은행업 공간. 호민관단 본부가 여기에 있었음

51. 사투르누스(로마 국가의 영원한 번영을 위한 신) 신전: 기단 내부에 국고가 있었음

52. 불카누스(지진의 신) 제단

53. 오피미우스 회당: 상점, 사무소, 법정이 있었음

54. 각종 정무관의 법정

55. 성스러운 나무들과 사티로스 마르시아스 조각상

56. 쿠르티우스 호수

57. 셈프로니우스 회당: 상점, 사무소, 법정이 있었음

58. 볼루피아 제단과 디바 앙게로나 조각상

59. 라렌티아 묘소(제단)

60. 수도 담당 법무관의 법정 및 정무관 집무소

61. 카스토르·폴룩스 신전: 기단 내부에 표준 도량형기를 보관함. 평민회의 제2본부

62. 유투르나의 신성한 샘

63. 유투르나 숭배 제단 및 유투르나 조각상

64. 유투르나 신의 순례자들이 묵는 방

65. 베스타(국가의 화로를 수호하는 신) 신전

66. 레기아: 최고신관의 집무실

67. 베스타 숭배 제단과 베스타 조각상

68. 베스타 신녀 관저

69. 최고신관 관저

70. 마르가리타리아 주랑건물: 보석, 진주, 향수 등 사치품 상점이나 좌판이 있었음

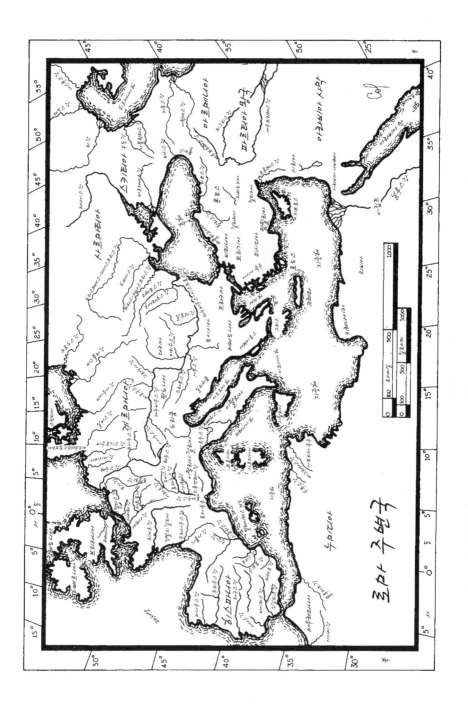

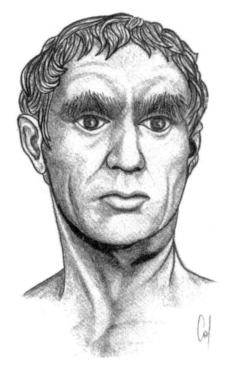

가이우스 마리우스

# 첫해

THE FIRST YEAR
110 B.C.

## (기원전 110년)

마르쿠스 미누키우스 루푸스와
스푸리우스 포스투미우스 알비누스의
집정기

루키우스 코르넬리우스 술라

신임 집정관 둘 중 어느 쪽과도 개인적인 연고가 없었기에, 가이우스 율리우스 카이사르와 그의 두 아들은 단순히 그들의 집과 더 가까운 곳에서 출발하는 행렬을 따르기로 했다. 올해 수석 집정관이 된 마르쿠스 미누키우스 루푸스의 행렬이었다. 두 신임 집정관 모두 팔라티누스 언덕에 살았지만, 올해 차석 집정관 스푸리우스 포스투미우스 알비누스가 사는 집이 더 화려한 주택가에 있었다. 소문에 따르면 알비누스의 빚이 천정부지로 치솟고 있다는데 전혀 놀라운 일은 아니었다. 집정관이 되려면 그 정도 대가는 치러야 했으니까.

카이사르가 관직의 사다리를 오르느라 지게 될 막대한 빚을 걱정하는 것은 아니었다. 두 아들 역시 앞으로 그 문제에 대해 걱정할 필요조차 없을 듯했다. 율리우스 가문 사람이 마지막으로 집정관의 상아 의자를 차지한 지, 그러니까 율리우스 가문 사람이 그만한 돈을 긁어모을 수 있었던 시절로부터 벌써 400년이 지났다. 율리우스 가문의 선조들은 너무나 찬란하고 고귀했던 나머지, 문중의 돈궤를 채울 기회를 대대로 지나쳐버렸다. 한 세기가 지날 때마다 율리우스 가문은 점점 더 가난해졌다. 집정관? 당치않다! 정치적 사다리에서 집정관 바로 아래 정무직인 법무관? 당치않다! 초라하지만 안전한 원로원의 뒷자리 정도가 요즘 율리우스 가문 후손에게 내려지는 유산이었다. 풍성한 머리숱이 특징인 카이사르 분가의 가이우스 율리우스에게도 예외가 아니었다.

그리하여, 몸종이 카이사르의 왼쪽 어깨에 늘어뜨린 후 몸을 휘감아 왼팔에 걸쳐준 것은 고위 정무관의 상징인 상아 의자에 뜻을 둬본 적이 없는 사내들의 단순한 흰색 토가였다. 흑적색 신발과 원로원 의원의 무쇠 반지, 그리고 튜닉 오른쪽 어깨의 13센티미터쯤 되는 넓은 자주색 띠만이, 두 아들 섹스투스와 가이우스의 평범한 신발과 인장 반지 그리고 기사계급임을 상징하는 튜닉의 좁은 자주색 띠와 다를 뿐이었다.

아직 동도 트지 않았지만, 하루를 맞이하는 작은 의식들이 거행되었다. 아트리움에 마련된 집의 수호신들을 모시는 제단에 짧게 기도를 올리고 소금빵을 제물로 바쳤다. 횃불 행렬이 언덕을 내려온다고 문지기 노예가 크게 외치자, 개문(開門)의 신 야누스 파툴키우스에게 경의를 표했다.

아버지와 두 아들은 자갈이 깔린 좁은 골목길에 들어서자 각자의 자리로 흩어졌다. 두 청년은 신임 수석 집정관을 앞장서가는 기사 대열에 합류했고, 카이사르는 집정관이 릭토르들의 호위를 받으며 지나갈 때까지 기다렸다가 뒤따르는 원로원 의원들의 대열에 슬며시 끼어들었다.


폐문(閉門)을 관장하는 신 야누스 클루시비우스에게 경의의 문구를 중얼거린 것은 마르키아였다. 하품하는 노예들에게 일을 주어 내보낸 것도 마르키아였다. 남자들이 나갔으니 이제 마르키아도 외출 채비를 할 수 있었다. 딸애들이 어디 있지? 마치 질문에 답하듯, 소녀들이 자기네 전용 거실이라고 부르는 비좁은 방에서 웃음소리가 새어나왔다. 마르키아가 가보니 그녀의 딸들, 두 율리아가 함께 앉아 꿀을 엷게 바른 빵으로 아침식사를 하고 있었다. 둘 다 어쩌면 그리도 사랑스러운 모습인지!

로마에는 율리우스 가문의 딸, 즉 율리아들은 남자를 행복하게 하는 귀한 재주를 타고난다는 말이 있었다. 그래서 율리우스 가문에 태어난 모든 여인은 보배라는 것이다. 이 두 율리아 역시 가문의 전통을 이어가기에 부족함이 없었다.

큰 율리아는 열여덟 살 생일을 앞두고 있었다. 키가 크고 온몸에 고귀한 기품이 흐르는 이 아가씨는 구릿빛 도는 황갈색 머리칼을 뒷목덜미에 둥글게 말아 얹었다. 큰 회색 눈은 늘 진지하면서도 침착하게 세상을 탐색하고 있었다. 첫째 율리아는 조용하고 지적이었다.

작은 율리아는 율릴라로 불렸는데, 반년 전에 열여섯 살이 되었다. 부모는 이미 자식을 셋이나 둔 터였기에 막내의 탄생을 그다지 반기지 않았다. 하지만 나이가 들면서 그녀는 점점 더 아름답게 성장하여 다정한 부모뿐만 아니라 오빠들과 언니에게도 몹시 사랑받는 존재가 되기에 이르렀다. 율릴라는 벌꿀빛이었다. 피부, 머리칼, 눈동자 모두 호박색을 부드럽고 다양한 농도로 조절해놓은 느낌이었다. 마르키아가 들은 웃음소리는 당연히도 율릴라의 것이었다. 율릴라는 무슨 일에든 웃음을 터트렸다. 둘째 율리아는 늘 들떠 있고 지적인 것과는 거리가 멀었다.

"얘들아, 준비되었니?" 어머니가 물었다.

소녀들은 찐득거리는 빵을 입에 마저 몰아넣었다. 손가락을 수반에 살짝 담가 우아하게 씻은 뒤 수건에 물기를 닦고 마르키아를 따라 방을 나왔다.

"날이 춥구나." 어머니는 이렇게 말하며, 옆에 선 하인이 두 팔에 들고 있던 두툼한 모직 망토를 집었다. 투박하고 멋이라고는 없는 망토였다.

소녀들의 얼굴에 실망감이 어렸다. 하지만 불평해봐야 소용없음을 둘 다 잘 알고 있었다. 어머니는 묵묵히 참고 서 있는 두 딸을 직접 짠 황갈색 망토로 고치 속 애벌레처럼 망토 주름 사이로 얼굴만 겨우 보이게 꽁꽁 싸맸다. 마르키아 자신도 똑같이 망토로 몸을 감싼 뒤, 두 딸과 수행 하인들로 구성된 작은 호위대를 거느리고 문간을 지나 거리로 나섰다.

이들 가족은 줄곧 팔라티누스 언덕의 게르말루스 고지의 낮은 구역에 위치한 이 소박한 집에 살아왔다. 아버지 섹스투스 율리우스 카이사르가 보빌라이와 아리키아 사이의 비옥한 땅 500유게룸과 더불어 차남 가이우스에게 물려준 집이었다. 원로원 의석 하나 정도는 충분히 유지할 재산이었지만, 애석하게도 법무관을 거쳐 집정관으로 마무리되는 관직의 사다리를 끝까지 오르기에는 턱없이 부족했다.

아버지 섹스투스에게는 아들이 둘이었다. 하지만 차마 남들처럼 하나를 양자로 보내버리지 못했다. 어찌 보면 다소 이기적인 결정이었다. 결국 자신의 재산을 장남 섹스투스와 차남 가이우스에게 양분해주어야 한다는 의미였기 때문이다. 아버지 섹스투스 역시 마음 약한 아비를 두었던 탓에 동생과 나누어 두 동강 난 재산을 물려받은 터였다. 이는 결국 두 아들 중 누구도 관직의 사다리에 도전해 법무관이나 집정관이 될 수는 없다는 뜻이었다.

형 섹스투스는 아버지 섹스투스처럼 심약하지 않았다. 얼마나 다행인가! 그는 아내 포필리아와의 사이에 아들을 셋이나 두었는데, 이런 평범한 원로원 의원 가정에서는 너무 큰 부담이었다. 그리하여 형 섹스투스는 마음을 굳게 먹고 자식이 없는 퀸투스 루타티우스 카툴루스에게 장남을 양자로 보냈다. 따라서 그 자신도 한몫 챙겼고 장남 역시 이후에 막대한 재산을 물려받게 되었다. 큰 부자였던 늙은 카툴루스는 외모가 준수하고 머리도 좋은 귀족 소년을 양자로 들일 호기를 맞자 기꺼이 큰돈을 치렀다. 소년이 친부에게 안겨준 돈은 토지와 로마 시 자산에 신중하게 투자되었다. 이 재산은 희망컨대 형 섹스투스의 나머지 두 아들이 향후 고위 정무직에 진출하게 해줄 넉넉한 재원이 될 것이었다.

심지가 굳은 형 섹스투스는 제외하고, 율리우스 카이사르 집안 사내들의 문제는 꼭 아들을 둘 이상 낳았으며 그럼으로써 처하게 되는 곤경에 늘 유약하게 대처한다는 것이었다. 마음을 굳게 다스려 남아도는 아들은 입양 보내고 나머지 자식들도 돈 많은 집에 혼인시켜야 했으리라. 하지만 그들은 그러지 못했다. 이러한 이유로 한때 드넓었던 율리우스 카이사르 집안의 소유지는 한 세기마다 쪼개져 두세 명의 아들을 뒷받침하는 데 쓰였고, 일부는 딸들의 지참금으로 사용되었다.

마르키아의 남편도 전형적인 율리우스 카이사르 집안의 사내였다. 로마인답고 올바른 처세술을 발휘하기에는 너무나 아들들을 자랑스럽게 여기고 딸들에게 쩔쩔매는, 한없이 정에 약한 아버지였다. 오래전에 장남은 양자로 보내고 두 딸은 부잣집 신랑감과 정혼했어야 했다. 차남 역시 부유한 집 처자와 혼인을 약속해두었어야 옳았다. 돈이 있어야만 고위 정치인으로서의 이력이 가능했다. 귀족 혈통 따위는 짐이 된 지 오래였다.

　그다지 상서로운 새해 첫날은 아니었다. 공기가 차고 바람이 쌀쌀한
데다, 안개비가 내려 자갈길은 위험하리만치 미끄러웠다. 오래된 화재
터에서 풍겨나는 퀴퀴한 묵은내도 유난히 더 심했다. 구름에 해가 가린
탓에 평소보다 늦게 날이 밝은 로마의 공휴일이었다. 서민들이라면 좁
은 방안에서 돗짚자리에 누워 시대를 초월한 유희 '소시지 감추기'(성
교―옮긴이)나 하면서 보내고 싶을 만했다.

　날씨가 좋았더라면, 포룸 로마눔과 카피톨리누스 언덕에서 펼쳐지
는 장관을 조금이라도 더 잘 보려고 좋은 자리를 찾아가는 각양각색의
사람들로 거리가 북적였을 것이다. 하지만 오히려 궂은 날씨 덕에 마르
키아와 두 딸은 거리를 편안하게 거닐었고, 수행 하인들도 숙녀들을 위
해 길을 트느라 완력을 쓸 필요가 없었다.

　카이사르의 집 앞 골목길을 따라가면 빅토리아 언덕길이 나왔고, 거
기서 아래쪽으로 멀지 않은 곳에 로물루스 성문이 있었다. 로물루스 성
문은 고대에 지어진 팔라티누스 도시 성벽의 출입구로, 이 성벽을 이루
는 거대한 바윗돌들을 로물루스가 직접 옮겨 쌓았다. 이제 바윗돌 일부
는 잡초에 가려져 있었고 일부는 새로운 건물의 토대를 이루었으며, 일
부는 지난 600년 동안 구경꾼들이 찾아와 새겨놓은 머리글자들로 뒤
덮여 있었다. 집 앞 골목길을 벗어난 마르키아와 두 딸은 빅토리아 언
덕길에서 로물루스 성문 반대쪽으로 방향을 꺾었다. 그들은 포룸 로마
눔이 내려다보이는 팔라티누스 언덕 게르말루스 고지 가장자리로 가
고 있었다. 5분 후 세 여성은 목적지에 도착했다. 주변을 통틀어 가장
전망이 좋은 공터였다.

12년 전만 해도 로마의 가장 훌륭한 저택 중 하나가 있던 자리였다. 지금은 옛 흔적을 거의 찾아볼 수 없고 잡초에 반쯤 가려진 돌만 여기 저기 눈에 띄었다. 전망이 아주 훌륭했다. 하인들이 마르키아와 두 율리아 아가씨를 위해 펴준 접의자에 앉으니 포룸 로마눔과 카피톨리누스 언덕이 한눈에 들어왔다. 북쪽 언덕들로 이루어진 도시의 지평선 중간에 유독 푹 꺼져 있는 수부라 지구도 눈에 띄었다.

"그 얘기 들으셨어요?" 상인 은행가 티투스 폼포니우스의 아내 카이킬리아가 물었다. 임신해서 배가 불룩한 카이킬리아는 친척인 필리아 아주머니와 같이 앉아 있었다. 카이사르 가족의 집에서 아래쪽으로 한 집 건너 사는 이웃이었다.

"아니오, 무슨 얘긴데요?" 마르키아가 몸을 앞으로 숙이며 대꾸했다.

"집정관들과 신관들과 조점관들이 자정 직후부터 시작했다나봐요. 기도와 의식을 제때 마치려고⋯⋯."

"늘 그렇게 한답니다!" 마르키아가 카이킬리아의 말을 끊었다. "실수라도 생기면 처음부터 전부 다시 해야 하니까요."

"알아요. 저도 알지요. 제가 그런 것도 모르겠어요?" 카이킬리아는 법무관 딸이 자기를 무시한다는 생각에 분해서 새침하게 말했다. "문제는 실수 따윈 없었다는 거죠! 징조가 불길했던 거예요. 오른편에서 번개가 네 번이나 치고, 점술소의 부엉이는 누가 자길 죽이기라도 하는 듯 찢어지는 소리로 울어댔다지요. 게다가 지금 날씨 좀 보세요. 상서로운 해가 아니에요. 아니면 올해의 두 집정관이 상서롭지 못하거나."

"흠, 부엉이나 번개가 아니었더라도 저라면 충분히 짐작했을 일인데요." 마르키아가 말했다. 마르키아의 부친은 생전에 집정관 자리까지는 오르지 못했지만 수도 담당 법무관으로서 로마 시내로 깨끗한 물을 끌어오는 수도교를 건설했고, 지금도 역대 최고 정치인들 중 한 명으로 기억되고 있었다. "일단 후보들이 죄다 형편없기도 했고, 유권자들도 개중에 나은 인물을 뽑지 못했어요. 마르쿠스 미누키우스 루푸스는 나름대로 노력하겠지만, 스푸리우스 포스투미우스 알비누스라니요! 그 가문 사람들은 하나같이 무능했죠."

"누구요?" 그다지 똑똑하지 못한 카이킬리아가 물었다.

"포스투미우스 알비누스 가문 말이에요." 마르키아는 대답하면서 딸들이 잘 있는지 빠르게 주변을 훑어보았다. 클라우디우스 풀케르 가문 두 집의 네 딸들이 마르키아의 시야에 들어왔다. 저애들은 정말이지 늘 제멋대로다! 도무지 올바르게 행동하는 모습을 본 적이 없다. 하지만 플라쿠스 집터에 있는 저 아이들은 어릴 때 딸들과 같이 학교에 다녔고, 클라우디우스 풀케르 집안도 율리우스 카이사르 집안 못지않은 명문귀족 가문이어서 그들과 담을 쌓고 지내기는 불가능했다. 게다가 그 집안도 구귀족 가문이 흔히 겪는 어려움에 시달리고 있었으니, 역시 대대로 자손이 많아 집안 소유의 토지와 현금이 점점 줄어들었던 것이다. 마르키아의 딸들은 클라우디우스 풀케르 집안의 소녀들이 어른도 없이 저들끼리 모여 있는 곳으로 아예 접의자를 옮겨 앉아 있었다. 저애들 모친은 대체 어디 있는 거지? 저런, 술라와 얘기를 나누고 있잖아. 꺼림칙해! 아무래도 안 되겠어.

"애들아!" 마르키아가 날카로운 목소리로 두 딸을 불렀다.

소녀들이 망토로 감싼 머리를 들어 어머니 쪽을 바라보았다.

"이리로 오너라." 어머니가 단호히 덧붙였다. "당장."

딸들이 왔다.

"엄마, 친구들과 좀더 있으면 안 돼요?" 율릴라가 간청하는 눈빛으로 물었다.

"안 돼." 마르키아가 대답했다. 더이상 말을 꺼낼 수 없게 하는 단호한 어조였다.

저 아래 포룸 로마눔에서는, 미누키우스 루푸스 저택에서 서서히 빠져나온 기다란 행렬이 포스투미우스 알비누스 저택에서 나온 마찬가지로 기다란 행렬과 만나 새로 대열을 구성하고 있었다. 기사들이 맨 앞으로 나왔다. 화창한 새해 첫날만큼은 아니지만, 족히 700명은 될 듯한 꽤 큰 행렬이었다. 날이 좀더 밝아지긴 했지만 빗줄기는 조금씩 굵어졌다. 행렬은 다시 발을 맞추어 카피톨리누스 언덕길을 올라갔다. 짧고 가파른 카피톨리누스 언덕길의 첫번째 굽이에 신관들과 도살꾼들이 순백색 황소 두 마리와 대기하고 있었다. 반짝이는 비늘 장식이 달린 고삐가 채워진 두 황소의 뿔은 금박으로, 목둘레는 화환으로 장식되어 있었다. 기사들 뒤로는 신임 집정관들의 릭토르 스물네 명이 걸었다. 릭토르들 뒤에 오늘의 주인공인 신임 집정관들이 행진했고, 그 뒤를 원로원 의원들이 따랐다. 고위 정무관 직을 역임한 의원들은 자주색 단을 댄 토가를, 나머지 의원들은 장식 없는 흰색 토가를 걸치고 있었다. 맨 뒤에는 원칙적으로 행렬에 속하지 않는 구경꾼들이나 집정관의 피호민들이 걷고 있었다.

훌륭해, 마르키아는 생각했다. 1천 명 정도의 사내들이 로마의 위대한 신 유피테르 옵티무스 막시무스의 신전을 향해 천천히 걸어 오르고 있었다. 카피톨리누스 언덕을 이루는 두 개의 소언덕 중 남쪽 소언덕, 거기서도 가장 높은 지점에 세워진 유피테르 신전은 웅장한 외관으로 보는 이를 압도했다. 그리스인들은 평지에 신전을 세웠지만 로마인들은 수많은 계단이 있는 높은 단상에 신전을 지었고, 유피테르에게 오르는 계단은 그야말로 높았다. 훌륭해, 마르키아는 다시 한번 생각했다. 제물로 바칠 짐승들과 제물을 호송하는 자들이 행렬에 합류했고, 모두 다 같이 걸어 마침내 드높이 솟은 거대한 신전 앞에 도착했다. 행렬은 경내의 한정된 공간에 최대한 보기 좋게 모여섰다. 바로 저 행렬 어딘 가에, 전 세계 모든 도시 중에서 가장 막강한 로마의 통치계급에 속하 는 그녀의 남편과 두 아들이 있었다.

그 행렬 어딘가에 가이우스 마리우스도 있었다. 전직 법무관으로서 넓은 자주색 단을 댄 토가 프라이텍스타를 입고 있었고, 그가 신은 흑적색 신발에는 법무관 직을 역임한 자에게 허락되는 초승달 모양 죔쇠가 있었다. 그러나 이것으로는 부족했다. 그는 5년 전에 법무관을 지냈으니 3년 전에 집정관이 되었어야 했다. 하지만 그는 이제 절대 집정관 선거에 출마할 수 없을 것임을 알고 있었다. 절대로. 왜? 왜냐하면 그는 자격이 충분치 않으니까. 그것이 유일한 이유였다. 마리우스 가문에 대해 들어본 사람이 있는가? 아무도 없었다.

마리우스는 어느 촌구석에서 개천의 용처럼 나타난 무관 출신이었다. 그리스어를 못한다는 소문도 있었고, 지금도 흥분하거나 화가 나면 모국어인 라틴어에 시골 사투리가 섞여 나왔다. 그가 원로원 의석 절반을 사고팔 수 있을 만큼 재력가라는 사실은 중요하지 않았다. 전쟁터에 서였더라면 원로원 의원 모두를 전술로 압도할 수 있는 실력자라는 사실도 중요하지 않았다. 중요한 것은 혈통이었다. 그리고 그의 혈통은 고귀하지 않았다.

마리우스는 아르피눔 출신이었다. 아르피눔은 로마에서 불과 몇 킬로미터밖에 떨어지지 않은 라티움 마을이지만, 로마에 대한 태도와 충성심을 이따금 의심받곤 했다. 여전히 로마에 가장 완강하게 적대적인 태도를 보이는 이탈리아 도시 삼니움과의 경계에 위험할 정도로 가까웠기 때문이다. 아르피눔 주민들에게는 완전한 로마 시민권도 78년 전에야 뒤늦게 주어졌다. 자치시로서의 지위 또한 아직 완전히 누리지 못했다.

아, 하지만 그 얼마나 아름다운 곳인가! 이 풍요로운 마을은 우뚝 선 아펜니누스 산맥 기슭, 리리스 강과 멜파 강의 계곡에 있었다. 이곳에서 나는 포도는 맛이 탁월해 평소에 마시는 포도주뿐만 아니라 고급 포도주 재료로도 부족함이 없었다. 봄에 뿌린 곡식 씨앗은 가을에 150배로 거둘 수 있었고, 살찐 양에서 나는 양모는 놀라우리만치 품질이 좋았다. 평화롭고 푸르고 한적한 곳. 여름에는 시원하고 겨울에는 따뜻한 곳. 리리스 강과 멜파 강은 물고기로 가득했다. 아르피눔을 분지 형태로 둘러싼 아펜니누스 산맥의 울창한 숲은 선박과 건물에 쓸 최상의 목재를 산출했다. 송진이 많은 리기다소나무, 횃불로 쓰기 좋은 타이다소나무, 가을이면 돼지의 먹이가 될 도토리를 떨구는 떡갈나무가 무성했다. 그 돼지로부터 만들어낸 기름진 햄과 소시지와 베이컨은 귀족의 식탁에 품위를 더하기에 손색이 없었으며, 실제로도 로마 귀족의 상에 자주 올랐다.

마리우스 가문은 이곳 아르피눔에서 수백 년 넘게 살아오는 내내 라티움인으로서의 정체성을 자랑스럽게 여겼다. 마리우스라면 볼스키족이나 삼니움족의 가문명인가? 마리우스라는 가문명을 쓰는 삼니움족이나 볼스키족이 있으니, 그 또한 오스키족 혈통인가? 아니다! 마리우스는 바로 라티움인이었다. 항상 그를 얕보는 콧대 높고 지엄하신 귀족들 어느 누구 못지않게 좋은 혈통이었다. 바로 이것이 가장 고통스러운 점이었다. 사실 그는 로마의 어느 귀족보다 뛰어났다. 마리우스의 '직감'이 그렇게 말하고 있었다.

직감이라는 것을 어찌 논리적인 말로써 떨쳐버릴 수 있겠는가? 그 직감은 아무리 떨쳐내려 해도 좀처럼 떠나지 않는 손님처럼 늘 마리우스의 마음속에 자리하고 있었다. 그 직감이 마리우스의 마음속에 처음 자리한 이후 실로 길고 긴 시간이 흘렀다. 그동안 마리우스가 겪은 일련의 사건들은 이 직감이 허황함을 이미 증명해 보였다. 따라서 직감이라는 이름의 이 불청객은 이제 그만 포기하고 그에게서 떠나가야 마땅했다. 하지만 그 직감은 결코 떠나지 않았고, 반평생 전 처음 나타났을 때처럼 오늘날까지도 활기차고 꿋꿋하게 마리우스의 마음속에 살아 숨쉬고 있었다.

참으로 기이한 세상이다! 새벽이 지나고 음울하게 가랑비가 날리는 이 시각, 마리우스는 자주색 단을 댄 토가를 입고 멍하니 서 있는 주위 사내들의 얼굴을 들여다보며 생각했다. 아니, 이중에 절대 그라쿠스 형제 같은 인물은 없다! 마르쿠스 아이밀리우스 스카우루스와 푸블리우스 루틸리우스 루푸스를 빼면 하찮은 자들만 한 무더기였다. 그런데도 그들은 품위 없이 거칠기만 한 놈이 주제넘게 군다며 하나같이 그, 가이우스 마리우스를 얕잡아보았다. 단지 자기들이 귀족의 피를 타고났다는 이유만으로. 마리우스가 기회만 닿으면 '로마의 일인자'가 될 만한 재목임을 그들도 모두 알고 있었다. 스키피오 아프리카누스, 아이밀리우스 파울루스, 스키피오 아이밀리아누스, 그 밖에 열 명 남짓한 자들이 로마 공화국의 지난 수백 년 역사 속에서 그렇게 불렸던 것처럼.

가장 뛰어난 자가 로마의 일인자는 아니었다. 지위와 기회가 동등한 자들 사이에서 제일가는 자가 로마의 일인자였다. 로마의 일인자가 된다는 것은 왕이나 전제군주, 폭군 따위가 되는 것보다 훨씬 더 대단한 일이었다. 로마의 일인자는 본인이 그 누구도 범접할 수 없는 걸출한 자임을 입증해 보임으로써 그 칭호를 유지했다. 또한 그 자리를 뺏으려 혈안이 된 자들, 자신이 지금의 일인자보다 더 걸출하다는 것을 드러내 보임으로써 피 한 방울 흘리지 않고 합법적으로 그 자리를 빼앗을 수 있는 자들이 세상에 가득하다는 것을 늘 명심해야 했다. 로마의 일인자가 된다는 것은 집정관이 되는 것 이상이었다. 집정관은 1년에 두 명씩 왔다갈 뿐이다. 공화국 역사 수백 년 동안, 로마의 일인자로 추앙받았던 자들은 채 한줌도 되지 않았다.

한동안 로마에는 일인자가 없었다. 19년 전 스키피오 아이밀리아누스가 죽은 이래 로마에는 일인자가 존재하지 않았다. 스카우루스가 누가 보든 가장 근접한 자이긴 했지만, 그에게는 그 칭호를 받을 만큼의 권위가 없었다. 권력과 권한과 명성이 모두 결합된, 로마에서만 존재할 수 있는 그 능력을 사람들은 권위(아욱토리타스)라고 칭했다. 실제로 아무도 그를 로마의 일인자라 부르지 않았다. 스카우루스 자신 외에는!

원로원 의원들이 갑자기 웅성대며 술렁거렸다. 수석 집정관 미누키우스 루푸스가 위대한 신 유피테르에게 흰 황소를 제물로 바치려는데, 황소가 얌전히 굴지 않았던 것이다. 소가 운명을 예감하고 독약이 든 여물을 먹지 않은 것이 틀림없었다. 허어, 상서로운 해가 아닌 듯하오. 모두들 벌써부터 그렇게 수군대고 있었다. 간밤에 집정관들을 대동하고 복점을 치는 동안 나타난 흉조, 그리고 오늘의 궂은 날씨. 그것도 모자라, 이제는 콧김을 뿜으며 날뛰는 첫번째 희생제물의 뿔과 귀에 신관 조수들 대여섯이 매달려 기를 쓰고 있었다. 답답한 녀석들, 이럴 때를 대비해 쇠코뚜레를 꿰놨어야지. 다른 수행원들처럼 웃통을 벗은 채 크고 번쩍이는 망치를 든 시종은 황소가 고개를 하늘로 치켜들 때까지 기다리지 않았다. 황소는 고개를 쳐들었다가 땅으로 깊이 처박았다. 모두가 똑똑히 지켜보는 가운데, 살아보려 발버둥치며 몇십 번이나 고개를 위아래로 흔들어대고 있었다. 시종이 한발 앞으로 나서더니 들고 있던 무쇠 망치를 눈에 보이지 않을 정도로 빨리 내리쳤다. 둔탁한 타격 소리에 이어 700킬로그램짜리 황소가 주저앉자 퍽 하고 무릎이 돌바닥을 내리치는 소리가 났다. 바로 그때 역시 웃통을 벗은 다른 시종이 양날도끼로 황소의 목을 주저 없이 내리치자 피가 사방으로 솟구쳤다. 핏물 일부는 봉헌 잔에 받았으나, 대부분은 김을 뿜으며 끈적한 강줄기처럼 흐르다 이내 비에 젖은 땅바닥에 녹아들듯 스며버렸다.

솟구치는 피 앞에서 어떻게 반응하는지 보면 그 사람에 대해 많은 것을 알 수 있지, 마리우스는 생각했다. 냉담하고 무덤덤한 눈길로 주위 사람들을 둘러보는 마리우스의 양 입꼬리가 말려올라가며 엷은 미소가 떠올랐다. 이쪽에는 황급히 한발 물러서는 자. 저쪽에는 왼쪽 신발에 피가 차오르는데도 무심한 자. 욕지기가 올라오는 것을 겨우 참으며 애써 태연을 가장하는 또다른 자.

아아! 저기 주목해야 할 자가 있구나. 젊지만 완연한 성인의 모습을 갖춘 그자는 기사 대열 가장자리에 서 있었지만, 토가 아래 튜닉의 오른쪽 어깨에 기사계급을 상징하는 좁은 띠조차 없었다. 젊은이는 자리에 오래 머무르지 않고 이내 포룸 로마눔을 향해 카피톨리누스 언덕길을 내려갔다. 짧은 순간이었지만, 마리우스는 젊은이의 비범한 연회색 눈동자가 반짝 빛나더니 이내 불꽃처럼 타오르며 시뻘건 피투성이 광경을 탐욕스럽게 빨아들이는 모습을 보았다. 전에 본 적이 없는 자였다. 마리우스는 그가 누구인지 궁금해졌다. 분명 범상한 자가 아니다. 여성미와 남성미를 동시에 갖춘 양성적인 외모, 그리고 아름다운 색채의 조화! 피부는 우유같이 희고 머리칼은 떠오르는 태양빛이었다. 마치 아폴로의 현신인 듯했다. 진정 아폴로가 인간의 몸으로 세상에 내려온 것인가? 아니, 신은 결코 방금 이 자리를 떠난 인간과 같은 눈빛을 띠지 않는다. 그의 눈빛은 고통받는 자의 눈빛이었다. 신이 되어서도 고통을 받아야 한다면 신이 될 이유가 도대체 무엇이겠는가?

두번째 황소는 약발이 받는 듯했지만, 오히려 더 심하게 발버둥쳤다. 망치꾼이 이번에는 제대로 내려치지 못한 탓에, 가엾은 짐승은 격렬한 분노에 차올라 미친듯이 날뛰었다. 그때 어느 영리한 자가 황소의 흔들리는 고환을 움켜쥐었다. 망치꾼과 도끼꾼은 짐승이 놀라 멈칫하는 순간을 놓치지 않고 동시에 둔기를 내리쳤다. 황소가 쓰러지며 집정관을 포함해 스무 걸음 이내의 거리에 있던 모든 이들에게 피를 뿌렸다. 차석 집정관 스푸리우스 알비누스의 온몸이 피에 흠뻑 젖었다. 뒤쪽에 약간 비켜서 있던 그의 동생 아울루스도 마찬가지였다. 마리우스는 그들을 곁눈으로 쳐다보며, 올해는 정말 자신이 예상한 대로 불길한 해인가 생각했다. 어쨌든 로마에 좋은 소식은 아니다.

게다가 달갑지 않은 불청객, 예의 직감이 여전히 마리우스를 떠나질 않았다. 그 직감은 사실 요즘 들어 굉장히 강렬해졌다. 어느 누구도 아닌 바로 마리우스가 로마의 일인자가 되는 순간이 다가오려는 것처럼. 역시 만만치 않게 강한 그의 분별력은 그 직감이 거짓이라고 외쳤다. 종국에는 마리우스를 배반하여 오욕과 죽음으로 몰고 갈 함정이라고. 그럼에도 그 직감은 머릿속에서 떠나질 않았다. 가이우스 마리우스가 로마의 일인자가 된다는, 도저히 떨쳐낼 수 없는 이 느낌. 허튼소리! 누구 못지않게 현실 판단력이 뛰어난 마리우스는 단호하게 자신을 나무랐다. 그는 올해로 마흔일곱이었고 5년 전 법무관에 선출될 때에도 당선자 여섯 명 중 꼴찌였다. 내세울 만한 가문이나 충분한 수의 피호민도 없이 집정관 선거에 나서기에는 이젠 너무 늙었다. 그의 시대는 지나갔다. 아주, 아주 오래전에.

신임 집정관들의 취임식이 마침내 마무리되어가고 있었다. 메텔루스 달마티쿠스가 정리 기도문을 줄줄 읊조렸다. 최고신관 직함을 얻고 좋아 어쩔 줄 모르던 허세꾼 멍청이. 이제 곧 수석 집정관 미누키우스 루푸스가 포고관을 시켜 유피테르 옵티무스 막시무스 신전에서 열릴 원로원 회의를 소집할 것이다. 의원들은 알바누스 산에서 열릴 라티움 축제의 날짜를 확정할 것이다. 총독을 새로 파견할 속주와 기존 총독의 임기를 연장할 속주를 정하고, 각 집정관과 법무관에게 속주를 할당하는 추첨을 거행할 것이다. 제 잇속 차리기에 바쁜 어느 호민관이 인민을 들먹이며 헛소리를 지껄이면 스카우루스가 나서서 그 잘난체하는 머저리를 발밑의 딱정벌레처럼 밟아 뭉개버릴 것이다. 카이킬리우스 메텔루스 집안의 수많은 의원들 중 하나가 일어서서 요즘 로마의 젊은 세대가 도덕과 윤리 기준이 낮아지고 있다는 고루한 소리를 끝없이 늘어놓으면, 주변의 수십 명이 못 견디고 일어나 그만 닥치고 제자리에 앉으라며 소리치리라. 구태의연한 원로원, 구태의연한 인민, 구태의연한 로마, 구태의연한 마리우스. 이제 그도 마흔일곱이다. 세월이 흘러서 쉰일곱, 또 예순일곱이 되면 사람들은 그를 장작더미 위에 누이고 불쏘시개에 불을 붙이리라. 그렇게 그는 연기처럼 공중으로 사라질 것이다. 잘 가시게, 마리우스. 아르피눔 돼지우리에서 별안간 벼락출세한 인간. 로마인이 아닌 자.

역시나 포고관이 나팔을 불며 회의를 소집했다. 한숨을 내쉬며 걸음을 옮긴 마리우스는, 발이라도 힘껏 밟아 분풀이할 만한 사람이 주변에 없는지 보려고 고개를 쳐들었다. 늘 그렇듯 그의 주변에는 아무도 없었다. 바로 그때 마리우스의 눈이 가이우스 율리우스 카이사르의 눈과 마주쳤다. 카이사르는 마치 마리우스가 무슨 생각을 하고 있는지 정확히 안다는 양 그를 향해 미소 짓고 있었다.

무언가에 홀린 듯 마리우스도 그를 마주보았다. 카이사르는 원로원의원에 불과하지만 절대 그냥 허수아비 정치인이 아니었다. 그의 형 섹스투스가 세상을 떠났으니 이제는 율리우스 카이사르 집안의 원로원의원들 중에 최고령자였다. 무관처럼 등이 반듯하고 키가 큰 그는 양 어깨가 여전히 떡 벌어졌고, 아름답게 빛나는 은발은 주름졌지만 잘생긴 얼굴을 장식하는 멋진 왕관 같았다. 쉰다섯은 족히 넘는 고령이었지만, 파트리키 귀족들이 꾸준히 만들어내는 저 박제된 선조들처럼 변치 않는 모습으로 언제까지나 지금처럼 원로원과 인민이 여는 거의 모든 회의에 참석하리라. 그리고 칭송받아 마땅한 합리적인 발언들을 할 것이다. 희생제의용 도끼로 죽여버릴 수 없는 자들. 카이킬리우스 메텔루스 집안의 인간들이 득세하는 현실 속에서도 결국 로마를 오늘의 로마로 만들어낸 자들. 나머지 세상 사람들의 무게를 전부 합쳐도 이런 자들을 합친 무게에 미치진 못할 것이다.

"오늘은 어느 메텔루스가 장광설을 늘어놓을까요?" 카이사르가 물었다. 두 사람은 나란히 신전의 높은 계단을 올라갔다.

"이름 뒤에 별칭을 하나 더 붙이고 싶은 자겠지요." 마리우스가 대답했다. 그의 굵다란 눈썹이 핀에 꽂힌 노래기처럼 위아래로 꿈틀댔다. "우리 고명하신 최고신관의 동생 퀸투스 카이킬리우스 메텔루스, 그 별볼 일 없는 늙다리 말입니다."

"그 사람이 왜요?"

"내년 집정관 선거에 출마하려는 것 같습니다. 이제 슬슬 시선을 끌어야겠지요." 마리우스가 대답하며, 연장자인 카이사르가 먼저 들어갈 수 있도록 옆으로 비켜섰다. 유피테르 옵티무스 막시무스가 지상에서 거주하는 신전. 유피테르, 가장 훌륭하고 가장 위대한 신.

"의원님 말씀이 옳군요." 카이사르가 말했다.

바깥 날씨가 워낙 흐린 탓에 드넓은 중앙 홀이 어둑어둑했다. 하지만 위대한 신의 붉은 벽돌색 얼굴은 마치 내부에서 빛을 발산하듯 밝게 드러났다. 유명한 에트루리아인 조각가 불카가 테라코타 기법으로 수세기 전에 만든 석상이었다. 그후 사람들은 이 붉은 조각상에 상아로 예복을 만들어 입히고, 황금으로 머리칼과 신발과 번개를 만들어 붙였으며, 나중에는 은으로 팔다리의 피부를 덮고 상아 손발톱까지 붙였다. 유일하게 붉은 점토색이 남아 있는 얼굴은 로마인들이 이어받은 에트루리아식 관습에 따라 깔끔하게 면도되어 있었다. 꼭 다문 입 양끝이 귀에 걸릴 듯 멍청히 웃는 모습이었다. 마치 자식이 침모와 불장난을 하는데도 못 본 척 방관하는 어리석은 부모 같은 인상을 주었다.

위대한 신을 모신 홀 양쪽의 문은 각기 다른 방으로 연결되었다. 왼쪽 방에는 유피테르의 딸 미네르바가, 오른쪽 방에는 아내 유노가 안지

되어 있었다. 각 방에는 금과 상아로 만든 두 여신의 아름다운 신상(神像)이 세워져 있었다. 신전을 새로 건립했을 때 이전에 모시던 신상을 치우지 않고 새 신상과 함께 두었기 때문에, 두 여신은 체념하고 불청객의 존재를 묵묵히 견디고 있었다. 과연 로마인들답다. 오래된 신을 새로운 신 옆에 나란히 방치해두다니.

"그런데 가이우스 마리우스. 내일 오후에 저희 집에서 같이 만찬을 들면 어떻겠습니까."

뜻밖의 일이다! 마리우스는 눈을 한번 깜박이며 기민하게 상황을 판단했다. 뭔가 의도가 있군. 분명해. 그러나 그 의도가 무엇이든 분명 부정한 것은 아닐 터다. 율리우스 카이사르 집안의 사람들에게 붙일 수 없는 단 한 가지 표현이 있다면 바로 속물이라는 말이다. 율리우스 카이사르 집안의 사람은 속물이 될 필요가 없다. 부계혈통이 율루스, 아이네아스, 앙키세스를 거쳐 여신 베누스까지 이어지는 자라면, 부둣가 노동자에서 카이킬리우스 메텔루스 집안까지 어느 부류의 사람들과 섞이더라도 위신이 깎일 일은 없다.

마리우스가 대답했다. "감사합니다, 가이우스 율리우스. 만찬 초대에 기꺼이 응하겠습니다."

루키우스 코르넬리우스 술라는 새해 첫 동이 트기 전에 잠에서 깨어났다. 술기운은 거의 사라졌다. 술라는 그가 있어야 할 정확한 자리, 그러니까 오른편으로는 의붓어머니가, 왼편으로는 애인이 누운 침대 가운데에 누워 있었다. 그러나 두 숙녀(완곡한 표현이라 쳐도 이 여인네들에게 가당한 호칭인지 모르겠으나) 모두 옷을 다 입은 채 술라를 등지고 누워 있었다. 그렇다면 간밤에 그들이 술라에게 잠자리를 요구하지 않았다는 뜻인데, 이러한 결론을 뒷받침하듯 그를 방금 잠에서 깨운 것은 통증이 느껴질 정도로 강력한 발기였다. 뻔뻔하게 고개를 쳐들고 곤두선 제3의 눈을 술라는 침대에 누운 채 배 너머로 잠시 노려보았지만, 늘 그렇듯 이번에도 이 불공정한 대결에서 졌다. 할 일은 오직 하나, 저 몰염치한 놈을 또 한번 만족시킬 것. 이 일념으로 술라는 오른손을 들어 의붓어머니의 치맛단을 들추었고, 왼손 역시 같은 임무를 띠고 애인에게로 다가갔다. 그러자 지금껏 자는 척하던 두 여자가 벌떡 일어나더니 두 주먹과 세 치 혀로 술라를 가차 없이 공격해댔다.

"내가 뭘 어쨌길래?" 술라가 방어하듯 몸을 둥글게 말고 사타구니를 가린 채 외쳤다. 왕자처럼 당당하던 그 부위는 이제 빈 술자루처럼 쭈그러져버렸다.

두 여인은 그가 한 일을 기꺼이 알려주겠다는 듯 동시에 소리를 질러댔다. 하지만 술라는 어제 있었던 일을 스스로 기억해내고 있었다. 다행이었다. 두 여자가 한꺼번에 소리를 지르는 통에 어느 쪽 말도 알아들을 수 없었으니까. 메트로비오스, 저주받을 그놈의 눈! 아, 하지만 그 얼마나 아름다운 눈인가! 흑요석처럼 반짝이는 새까만 눈동자, 손가락이 감길 만큼 길고 검은 속눈썹, 진한 크림 같은 살결, 가냘픈 어깨까지 내려오는 까만 곱슬머리, 세상에서 가장 달콤한 엉덩이. 소년은 노배우 스킬락스의 견습생으로, 그냥 나이는 열네 살이지만 악덕의 나이는 천 살이었다. 상대방을 애태우고 속을 후벼파는 방탕하고 난잡한 미소년, 새끼호랑이.

술라는 요즈음 대체로 여자들을 선호했지만 메트로비오스만큼은 특별한 경우였다. 소년은 파티에 스킬락스와 함께 왔다. 연지와 분으로 단장한 베누스 여신 스킬락스 옆에 큐피드 차림으로 서 있었다. 등에 앙증맞은 깃털 날개 한 쌍을 달고, 코스 섬의 실크를 싸구려 가짜 사프란 가루로 염색한 손바닥만한 치마를 입고 있었다. 파티가 한창인 방안은 덧문까지 완전히 내려져 있어 숨막히도록 더웠다. 사프란 가루가 땀에 녹아 흘러내렸고, 그로 인해 양 허벅지 안쪽에 생긴 샛노란 자국은 그사이로 보일 듯 말 듯 가려진 것에 더욱 시선을 끌어당겼다.

술라는 첫눈에 소년에게 반했다. 소년 역시 술라에게 곧장 빠져들었다. 눈처럼 하얀 피부와 떠오르는 태양처럼 빛나는 머리칼, 희다 싶을 정도로 엷은 눈동자를 가진 사내가 술라 말고 세상에 몇이나 있겠는가? 몇 년 전 아테네에서 남자들을 떼거리로 몰려들게 했던 아름다운 이목구비는 말할 것도 없다. 정확한 이름이 영원히 밝혀지지 않을 아이밀리우스 가문의 한 사내는 무일푼의 열여섯 살 소년 술라를 짐 속에 숨겨 파트라이로 몰래 데려갔었다. 그리고 아테네로 가는 가장 긴 경로를 택해 펠로폰네소스 해안을 따라 이동하는 내내 술라의 몸을 마음껏 탐하였다.

아테네에 도착하자 술라는 곧바로 버려졌다. 사회적으로 중요한 인물이었던 아이밀리우스 가문의 사내는 자신의 남성성에 어떠한 오점도 남기고 싶지 않았던 것이다. 로마인들은 동성애를 혐오했다. 반대로 그리스인들은 동성애를 최고 형태의 사랑으로 여겼다. 따라서 전자는 공포와 두려움 속에 자신의 취향을 숨겼고, 후자는 뜨거운 눈빛을 보내오는 동성에게 드러내놓고 관능미를 과시했다. 하지만 술라는 자신에겐 전자가 오히려 후자보다 낫다는 것을 금세 깨달았다. 공포와 두려움이 되레 욕망을 부추기는 향신료처럼 작용할 뿐만 아니라 돈에 있어서도 전자가 훨씬 더 후했기 때문이다. 술라는 그리스인들이 어디서나 쉽게 공짜로 얻을 수 있는 것에 굳이 돈을 치르기 싫어한다는 사실을 일찌감치 깨달았다. 심지어 술라처럼 대단한 미소년에 대해서라도 말이다. 그래서 술라는 아이밀리우스 가문의 사내를 협박해 로마로 돌아가는 일등석 뱃삯을 받아냈고, 영원히 아테네를 떠났다.

물론 이 모든 것은 술라가 남자로 성장하면서 변했다. 날마다 면도를 해야 할 정도로 수염이 자라고 가슴팍에 불그레한 황금빛 털이 돋자 사내들이 술라에게 느끼는 매력은 반감되었다. 술라가 그들에게서 받는 돈 역시 줄어갔다. 하지만 술라는 곧 여자들 쪽이 돈을 빼내기 훨씬 더 쉽다는 것을 발견했다. 그들은 남자보다 더 어리석은데다 한 남자에게 정착하려는 경향이 있었기 때문이다. 어린 시절 술라의 주변엔 여자들이 거의 없었다. 어머니는 술라에게 소중히 간직할 추억을 주기도 전에 이미 세상을 떠났다. 가난뱅이 술꾼 아버지는 자식에게 통 관심이 없었다. 술라보다 두 살 많은 누나 코르넬리아는 동생 못지않은 굉장한 미모의 소유자였다. 술라가 아직 열여섯일 때 그녀는 루키우스 노니우스라는 피케눔 출신의 돈 많은 촌놈과 결혼할 기회를 잡았고, 피케눔에서 누릴 수 있는 가장 부유한 생활을 좇아 그와 함께 이탈리아 북부로 떠나버렸다. 그렇게 해서 열여섯 살이던 술라는 누구의 도움도 없이 혼자 아버지를 돌봐야 하는 처지가 되었다. 그들의 생활은 특히 위생 면에서 형편없는 수준이 되었다.

술라가 스물네 살이 되던 해 아버지가 재혼을 했다. 로마 사교계에 대단한 화제를 불러일으킨 사건이라곤 할 수 없었지만, 한창 젊은 나이에 아버지의 끝 모르는 주벽을 감당할 돈을 마련하느라 수년을 허비한 술라로서는 다소 안도했다. 새어머니 클리툼나는 움브리아 소작농 태생의 여자였다. 굉장히 부유한 상인의 과부로, 남편이 죽은 뒤 유언장을 없애버리고 외동딸은 칼라브리아의 기름장수에게 시집보낸 뒤 재산을 몽땅 차지한 터였다.

클리툼나가 왜 술에 찌든 아버지와 결혼했는지 술라는 처음에 이해를 할 수 없었다. 재혼 후 클리툼나는 팔라티누스 언덕 게르말루스 고지에 위치한 자신의 넓은 저택에서 함께 살자고 의붓아들을 불러들이더니, 곧바로 남편의 침대에서 빠져나와 젊은 술라의 침대로 찾아들었다. 그 순간 술라는 지금껏 성가시기만 했던 아버지에 대해 의리와 애정이 솟구치는 것을 느꼈다. 그는 요령껏 클리툼나를 따돌린 뒤 곧장 집을 나왔다.

술라는 적지만 그동안 모아둔 돈으로 에스퀼리누스 언덕의 아게르

부근에 자리한 고층 인술라에 방 두 개를 구했다. 술라가 겨우 감당할 수 있는 금액이었던 연 3천 세스테르티우스의 임대료에는 자신이 쓸 방과 노예가 요리하고 잠을 잘 방의 사용료, 그리고 세탁비가 포함되어 있었다. 빨래를 해주는 소녀 역시 이 허물어져가는 인술라에서 술라보다 두 층 위에 살았고 주민들을 상대로 갖가지 잡일을 했다. 일주일에 한 번씩 소녀는 술라의 빨랫감을 들고 골목길을 따라 교차로로 내려갔다. 그러면 골목길 저 위쪽에서는 미로처럼 보이던 거리들이 점점 확대되면서, 자그맣고 비뚤어진 사각형 모양의 광장이 눈앞에 펼쳐졌다. 광장에는 교차로 제단, 교차로 조합원 클럽, 분수대가 있었다. 늙고 못생긴 실레노스가 끊임없이 입으로 뱉어내는 가느다란 물줄기가 돌바닥 수조로 떨어지는 모양의 이 분수대는, 로마 역사의 위인 중 하나로 태생이 미천했지만 그만큼 실리적이었던 감찰관 카토가 기증한 것이었다. 로마에는 이러한 기증품이 흔했다. 소녀는 분수대의 좁은 공간에 어렵사리 자리를 잡고 술라의 튜닉을 돌바닥에 힘껏 두들겨 빤 뒤, 다른 세탁부의 도움을 받아 비틀어 물기를 짜내고(그녀도 상대방에게 똑같은 도움을 주곤 했다) 곱게 갠 세탁물을 도로 가져다주었다. 이 일로 소녀가 받는 대가는 얼마 되지 않았다. 부지런히 들락거리며 열심히 일만 할 뿐, 그 외에는 자신과 함께 사는 심술궂고 교활한 사내를 포함해 모든 것에 아둔한 여자였다.

술라가 니코폴리스를 만난 것은 그즈음이었다. 승리의 도시. 그리스 태생인 그녀의 이름에 담긴 뜻이었다. 확실히 그녀는 술라에게 그런 존재였다. 과부인데다 부유하고 술라를 미칠 듯이 사랑했으니까. 문제가 있다면, 그녀가 술라에게 물질적인 후원을 아끼지 않긴 했지만 남자에 대해 잘 알기에 직접 돈을 주진 않았다는 것이다. 니코폴리스가 의붓어머니 클리툼나와 쌍둥이 같은 존재임을 알고서 술라는 씁쓸함을 느꼈다. 여자들은 바보였지만 똑똑한 바보였다. 아니면 술라가 속을 너무 빤히 드러내 보였거나.

술라가 클리툼나의 화려한 저택을 나온 지 두 해, 쾌락에 취해 끊임없이 부어라 마셔라 하던 아버지는 간에 병이 나서 세상을 떠났다. 클리툼나가 술라의 아비와 결혼한 이유가 정말 아들을 잡기 위해서였다면, 그녀의 책략은 드디어 성공을 거두었다. 그녀가 술라를, 또한 자신의 침대를 색기 넘치는 그리스 여자 니코폴리스와 공유하는 데 전혀 반대하지 않음을 술라가 알고 나서는 더욱 그랬다. 그리하여 셋은 팔라티누스 언덕의 저택에서 사이좋게 어우러져 지내게 되었다. 하지만 이따금씩 이 관계를 위태롭게 하는 단 한 가지 요소가 있었다. 술라가 소년들에게 약하다는 점이었다. 그러나 술라는 그리 심각한 문제가 아니라며 두 여인을 안심시켰다. 순진한 애들은 자기 취향이 아니어서, 마르스 평원 연습장에서 목검으로 펜싱을 하고 말안장처럼 속을 채운 받침대에 오르내리며 노는 원로원 의원 자제들을 유혹할 마음 따위 전혀 없다고. 술라는 방탕아를 좋아했다. 얼굴을 팔아 돈을 버는 닳고 닳은 미소년들. 사실인즉 술라는 그런 소년들을 볼 때마다 그맘때의 자신이 떠오르곤 했던 것이다.

하지만 술라의 여인들이 그의 방탕아 애인들을 질색했고, 술라는 미소년들에게 성적 욕망을 느끼는 한편 무척 남자다운 남자이기도 했기에, 가정의 평화를 위해 남색 충동을 되도록 자제했다. 이따금 소년들을 만나더라도 가능한 한 클리툼나와 니코폴리스의 영역과는 멀리 떨어진 곳에서 욕망을 채웠다. 적어도 새해 전야까지는 그랬다. 푸블리우스 코르넬리우스 스키피오 나시카와 루키우스 칼푸르니우스 베스티아의 집정기가 몇 시간 남지 않고 마르쿠스 미누키우스 루푸스와 스푸리우스 포스투미누스 알비누스의 집정기를 몇 시간 앞두었던 그때까지는. 이후로 클리툼나와 니코폴리스에게 '메트로비오스 전야'라고 불리게 될 그날 밤.

세 연인은 극장 나들이를 즐겼다. 하지만 소포클레스나 아이스킬로스나 에우리피데스 같은, 가면 쓴 배우들이 내뱉는 신음과 호소와 거창한 시구로 가득찬 고상한 그리스 비극을 보지는 않았다. 그들은 희극을 사랑했다. 플라우투스, 나이비우스, 테렌티우스의 웃음이 넘치는 라틴 해학극을 좋아했고, 배우들이 가면을 쓰지 않는 순수 익살극의 소박한 우스갯짓을 그중에서도 가장 좋아했다. 벌거벗은 나팔수, 실수 연발의 백치들, 클라리온 나팔이 내는 요란한 방귀 소리, 짓궂은 농담, 전형적이고 뻔한 레퍼토리를 즉흥으로 새롭게 풀어내는 그럴싸한 이야기들. 기다란 데이지 꽃이 꽂힌 채 살랑살랑 흔들리는 엉덩이, 천 마디 말보다 더 많은 것을 전달하는 손가락 하나의 움직임, 젖통을 잘 익은 멜론으로 착각하는 눈가리개 쓴 시아비, 상궤를 벗어난 간통과 술 취한 신들. 익살극에서 침범할 수 없는 성역이란 없었다.

세 사람은 로마의 모든 희극배우와 연출자를 사귀었고, 알 만한 인사들이 참석하지 않는 파티는 열지 않았다. 그들에게 비극 공연은 아예 존재하지도 않았다. 그런 점에서 그들은 진정한 로마인들이었다. 로마인들은 유쾌한 웃음을 사랑했으니까.

그리하여 클리툼나의 저택에서 열린 새해 전야 파티에 스킬락스, 아스테라, 밀로, 페도클레스, 다프네, 마르시아스가 초대된 것이다. 물론 가장파티였다. 클리툼나는 한껏 들떠 치장에 열을 올렸고 니코폴리스도 마찬가지였다. 술라는 여장을 좋아했는데, 특히 누가 봐도 남자다운 사내가 여자 흉내를 내며 익살을 떨어 남들을 웃기는 것을 좋아했다.

그래서 술라는 고르곤 메두사로 분장을 했다. 살아 있는 작은 뱀들로 만든 가발을 쓴 그가 고개를 숙이고 앞으로 돌진하는 시늉을 할 때마다 방안의 모든 사람들이 무서워서 비명을 질러댔다. 술라가 허리에 두른 코스 섬의 실크 천이 휘장처럼 하늘거리면, 그의 몸에 달린 가장 굵은 뱀이 노골적으로 드러났다. 원숭이로 분장한 술라의 의붓어머니는 털가죽을 벅벅 긁으며 까불거렸는데 맨살을 드러낸 엉덩이는 파랗게 칠한 채였다. 클리툼나보다 예쁜 니코폴리스는 좀더 정상적인 분장을 택해 수렵의 여신 디아나로 꾸몄다. 날씬한 긴 다리와 아름다운 젖가슴 한쪽을 완전히 드러낸 그녀는 작은 화살이 가득 담긴 통을 플루트, 피리, 종, 리라, 북 연주에 맞춰 흔들며 다녔다.

파티는 활기차고 즐겁게 시작되었다. 술라의 메두사 분장이 단연 눈길을 끌었지만, 사람들을 가장 즐겁게 한 것은 클리툼나의 원숭이 분장이었다. 포도주잔이 끊임없이 채워졌다. 새해 전야가 새해 첫날이 될 때까지 웃음과 비명이 주랑에 둘러싸인 정원에서 연신 터져나와, 점잖은 이웃들은 돌아버릴 지경이었다. 바로 그때 마지막 손님이 도착했다. 스킬락스가 늙은 창부처럼 화장하고 금발머리 가발에 불룩하게 가슴을 채워넣은 우아한 드레스 차림으로 높은 코르크굽 샌들을 꿰어신고 온 것이다. 그는 문을 열고 뒤뚱뒤뚱 걸어들어왔다. 가련한 베누스여! 그의 큐피드 메트로비오스가 뒤따라 들어왔다.

술라가 문가를 보자마자 그의 가장 굵은 뱀이 발딱 섰다. 이 모습을 원숭이와 수렵의 여신 디아나가 언짢게 바라봤음은 말할 것도 없다. 물론 이 문제에 관해서라면 베누스 스킬락스도 유쾌할 수 없었다. 그 어느 광대극이나 익살극의 유쾌한 장면 못지않은 난장판이 이어졌다. 흔들리는 푸른 엉덩이, 흔들리는 맨가슴, 흔들리는 금빛 가발, 흔들리는 굵은 뱀, 흔들리는 날개 단 소년. 하지만 그날 흔들기의 정점을 찍은 것은, 꽤 은밀한 공간인 줄로 착각하고 한구석에서 슬쩍 남색을 즐긴 메트로비오스와 술라였다.

물론 술라도 엄청난 실수를 저지르고 있다는 것을 모르지 않았지만, 그렇다 해도 도무지 어쩔 도리가 없었다. 칠흑처럼 까맣고 빛나는 눈동자 위로 뻗은 긴 속눈썹과 매끄러운 다리에 줄줄 흘러내리는 염료를 본 순간, 술라는 완전히 나가떨어져 무방비 상태가 되었다. 소년의 짧은 치마를 살짝 쓸어올리고 신이 내려준 선물이 털 하나 없이 아름답게 어둡게 그늘진 채 자리하고 있음을 확인한 순간, 술라가 이 세상에서 할 수 있는 일은 오직 하나였다. 소년을 커다란 둥근 소파 뒤편 구석으로 데려가 소유하는 것.

광대극은 거의 비극으로 바뀌었다. 클리툼나가 귀한 알렉산드리아산 유리잔을 집어들어 깨뜨리더니 술라의 얼굴을 겨냥하고 돌진했다. 이를 본 니코폴리스는 포도주병을 쥐고 클리툼나에게 덤벼들었다. 스킬락스는 신고 있던 코르크굽 샌들 한쪽을 벗어들고 메트로비오스를 향해 달려갔다. 사람들은 재미난 구경거리를 놓치지 않으려고 일순 동작을 멈췄다. 다행히 술라는 몸도 못 가눌 정도로 취한 것은 아니어서, 자신에게 달려드는 세 남녀를 장사 같은 힘을 발휘해 바로 제압해버렸다. 이미 알록달록 떡칠되어 있던 스킬락스의 눈두덩에 강타를 날려 시퍼런 멍이 한달간이나 가게 했고, 디아나의 화살통 가득 담긴 날카로운 화살촉을 맨살이 드러난 니코폴리스의 긴 다리에 찔러 박아주었다. 클리툼나는 술라가 내민 무릎에 걸려 거꾸러지는 바람에 푸른 엉덩이가 검게 멍들었다. 그러고 나서 술라는 소년에게 한참 동안 뜨겁게 감사의 키스를 한 후, 혐오감이 밀려드는 걸 느끼며 침실로 가버렸다.

새해 첫날의 동이 텄고 술라는 이제야 비로소 진짜 문제가 무엇인지 깨달았다. 광대극이 아니다. 희극은 더더욱 아니다. 그것은 소포클레스가 신과 인간의 괴벽에 대한 깊은 체념 속에서 상상해봤음직한 가장 기이하고 흉측하고 복합적인 비극이었다. 새해 첫날인 오늘은 술라의 생일이었다. 그는 오늘 정확히 서른 살이 되었다.

술라는 고개를 돌려 침대에서 요란하게 울어대는 두 여인을 바라보았다. 전날 밤 했던 메두사 분장은 흔적조차 남아 있지 않았지만, 여인들을 바라보는 술라의 눈빛에는 얼음같이 차가운 분노와 고통과 혐오가 담겨 있었다. 두 여인은 돌처럼 굳어 꼼짝도 못한 채, 술라가 깨끗한 흰색 튜닉을 꺼내 입고 하인을 시켜 몸에 토가를 두르는 내내 그를 멍하니 바라만 보았다. 지난 몇 해 동안 술라는 극장에 갈 때 말고는 토가를 입지 않았다. 술라가 나가버린 뒤에야 겨우 다시 움직일 수 있었던 여인들은 서로 빤히 바라보다 이내 눈물을 떨어뜨리며 흐느꼈다. 그들 자신의 슬픔이 아닌 술라의 슬픔 때문이었다. 그 슬픔의 의미가 무엇인지 그들은 조금도 이해할 수 없었지만.

진실은 이것이었다. 이제 서른 살이 된 루키우스 코르넬리우스 술라는 거짓된 삶을 살고 있었다. 그는 늘 거짓되게 살아왔다. 그가 지난 30년간 살아온 세계, 술꾼과 걸인과 배우와 매춘부와 사기꾼과 해방노예가 모여 사는 세계는 그의 세계가 아니었다.

로마는 코르넬리우스라는 가문 이름을 쓰는 사내들 천지였다. 그러나 그들이 코르넬리우스라는 이름을 갖게 된 것은 부친이나 조부, 또는 몇 대를 올라가서든 조상 중 누군가가 노예나 소작농으로서 코르넬리우스라는 파트리키 귀족에게 속한 적이 있기 때문이었다. 코르넬리우스 가문에서 결혼이나 생일이나 장례 같은 중요 행사를 기념해 노예와 소작농을 해방시켜줄 때, 또는 노예나 소작농이 삯을 모아 마련한 돈으로 신분에서 풀려날 때 모시던 주인의 이름을 받아 코르넬리우스가 된 것이다. 코르넬리우스라는 이름을 받은 자들은 그와 더불어 로마 시민권도 같이 얻는 은혜를 입기에 코르넬리우스 가문의 피호민이 되었다.

클리툼나와 니코폴리스를 빼고, 술라를 아는 사람들은 모두 당연히 술라가 그런 코르넬리우스들 중 하나일 것으로 짐작했다. 코르넬리우스 가문의 노예 혹은 소작농의 아들이나 손자, 혹은 몇 대인지 알 수 없지만 그 후손으로. 술라의 피부색이나 머리색으로 보건대 아무래도 소작농보다는 노예가 아닐까 하고들 짐작했다. 어쨌거나 파트리키 귀족 중에 코르넬리우스 스키피오나 코르넬리우스 렌툴루스나 코르넬리우스 메룰라는 있지만, 코르넬리우스 술라라는 파트리키 귀족을 들어본 적 있는가? 다들 '술라'라는 이름의 뜻조차 몰랐다!

하지만 진실을 말하자면 술라는, 재산이 전혀 없어서 인구조사 명부에 그저 카피테 켄시, 즉 머릿수 하나로 기재된 그는 파트리키 귀족이었다. 파트리키 귀족의 아들이고 손자였으며, 로마 건국 이전까지 거슬러올라가는 그의 조상 모두가 대대로 파트리키 귀족이었다. 술라는 출생과 동시에 정치적 사다리 가장 높은 곳에 오르는 영예를 누릴 자격이 있었다. 태생만으로 보면 집정관 자리는 술라의 것이었다.

술라의 비극은 그가 무일푼이라는 것, 그의 아비가 로마의 다섯 경제계급 중 가장 낮은 계급에 등록하는 데 필요한 수입이나 재산조차 물려주지 못했다는 데 있었다. 술라의 아비가 물려준 것이라고는 로마 시민권이 전부였다. 기사계급의 좁은 띠건 원로원 의원의 넓은 띠건,

튜닉을 걸친 술라의 오른쪽 어깨에는 자주색 띠가 아예 없었다. 한번은 주변 사람들에게 자기가 코르넬리우스 트리부스에 속한다고 말했다가 크게 비웃음을 산 적도 있었다. 그들은 술라가 노예 출신일 거라고 짐작했기 때문에, 그가 수도 로마의 에스퀼리누스 트리부스나 수부라 트리부스에 속할 거라 생각했다. 코르넬리우스 트리부스는 로마의 35개 트리부스 중 제일 유서 깊은 4대 트리부스에 들었기에, 인구조사에서 카피테 켄시로 등재된 로마 시민이 여기 소속된다는 건 불가능했다.

서른번째 생일에 술라는 선거로 뽑혀 감찰관의 승인을 받는 선출직 재무관으로서든, 선거에 출마하지 않고 생득권을 행사해 감찰관에게 바로 지명받는 임명직 재무관으로서든 원로원에 들어가 있어야 마땅했다.

그러나 술라는 음탕한 두 여인의 노리개로 살면서 그들에게 돈을 받는 처지였다. 그가 생득권을 행사하는 데 필요한 재산을 손에 넣으리라는 희망은 세상 어디에도 보이지 않았다. 내년은 감찰관 심사의 해였다. 아, 내년에 감찰관 심사가 열리는 포룸 로마눔에서 자신을 소개하고 연 100만 세스테르티우스의 수입을 내는 자산을 가졌다고 입증할 수만 있다면! 이는 원로원 의원으로서 갖춰야 할 최소한의 재산이었다. 그게 안 된다면 연 40만 세스테르티우스의 수입이라도! 이는 기사로서 갖춰야 할 최소한이었다. 그러나 실제로 그는 자산이 전혀 없었다. 여자들에게 부양받는 지금도 수입이 연 1만 세스테르티우스를 넘은 적이 없었다. 로마에서 극빈의 정의는 노예를 한 명도 소유하지 않았다는 것이니, 이는 술라가 살아오면서 극빈자였던 시기가 있었음을 의미했다. 다름 아닌 파트리키 귀족 코르넬리우스인 그가.

호기롭게 집을 뛰쳐나와 에스퀼리누스 언덕의 아게르 부근 인술라에 살던 두 해 동안, 술라는 자신이 극빈자가 아님을 세상에 보여줄 단한 명의 노예를 유지하려 했다. 그래서 수블리키우스 목교 밑 로마 항선착장에서 일을 찾고, 포도주 항아리를 나르고, 밀이 담긴 단지를 비워냈다. 나이가 들어갈수록 스스로에 대한 자부심도 높아져갔다. 아니, 점점 더 높아진 것은 자신의 치욕적인 현실에 대한 인식이었는지도 모른다. 그러나 술라는 단 한 번도 고정된 일자리를 얻고 싶은 충동에 굴복하지 않았다. 주조 기술 또는 목수 일을 배우거나, 필경사가 되거나, 상인의 비서로 일하거나, 출판소나 도서관에서 원고를 필사하는 일을 충분히 얻을 수 있었지만 그러지 않았다. 사람들은 선착장이나 농장 또는 건설현장에서 일하는 일용직 일꾼에게는 이런저런 질문을 하지 않지만, 매일 같은 장소에서 같은 일을 하는 사람에게는 이것저것 물어오기 마련이다. 술라는 군대에도 지원할 수 없었다. 군대에 지원하려 해도 자산이 있어야 했다. 파트리키 출신인 술라는 날 때부터 군대를 지휘할 자격이 있었지만, 실전은 고사하고 마르스 평원의 빌라 푸블리카 주변 훈련장이나 연습장에서 검을 휘둘러보거나 말을 타보거나 창을 던져본 적도 없었다. 다름 아닌 파트리키 귀족 코르넬리우스인 그가.

코르넬리우스 가문의 먼 친척이라도 찾아가 사정을 말하고 목돈을 빌렸다면 상황이 나아졌을 수도 있다. 하지만 그가 비록 음탕한 여인네들의 돈으로 산다지만, 남에게 손을 벌리는 일은 그의 자존심이 용납하지 않았다. 게다가 코르넬리우스 술라 집안은 이제 그 한 사람밖에 남지 않았기 때문에, 찾아간다 해도 술라의 처지에 무심할 까마득히 먼친척밖에 없었다. 막대한 빚을 지고 피호 관계에 매여 온갖 의무에 신음하는 그저 그런 누군가가 되느니, 차라리 어느 누구에게도 신세지지 않고 아무도 아닌 자로 사는 편이 나았다. 그는 파트리키 귀족 코르넬리우스니까.

술라가 의붓어머니의 집 대문을 열어젖히고 나왔을 때 딱히 정한 목적지는 없었다. 그저 축축한 바깥 공기를 쐬며 걷다보면 괴로움이 좀 가실까 싶었던 것이다. 클리툼나가 이 거리에 집을 고른 것은 그녀의 출신배경을 고려할 때 다소 이상한 선택이었다. 팔라티누스 언덕의 게르말루스 고지에는 주로 잘나가는 변호인, 원로원 의원, 중산층 기사계급이 살았다. 낮은 구역이라서 전망은 썩 좋지 않았지만 로마 정치와 산업의 중심지인 포룸 로마눔과 그 주변을 둘러싼 회당, 시장, 주랑에 편리하게 인접한 곳이었다. 물론 클리툼나의 마음에 든 것은 범죄가 끊이지 않는 수부라의 매음굴과는 비교가 안 되는 이 동네의 치안이었다. 그녀가 수상쩍은 친구들과 떠들썩한 파티를 열 때마다 평온함을 선호하는 이웃들이 격분하여 사람을 보내 항의해오기 일쑤라는 단점이 있긴 했지만. 옆집에는 상인 은행가이자 기업체 중역인 대단한 재력가 티투스 폼포니우스가 살았다. 다른 쪽 집에는 원로원 의원 가이우스 율리우스 카이사르가 살고 있었다.

이웃끼리 마주칠 일은 별로 없었다. 내부를 향하여 지어진 저택의 장점 혹은 단점이었다. 이런 저택에는 외벽에 창문이 없고 정원이 집 중앙에 있다는 특징이 있었다. 주랑정원이라고 부르는 이러한 중정은 주랑과 방들로 빙 둘러싸여 이웃들로부터 완전히 차단되었다. 하지만 일단 클리툼나의 파티가 식당에서 주랑정원까지 확장되면, 시끌벅적한 소음이 저택에서 한참 멀리까지 퍼져나가 클리툼나를 이 동네 최고의 골칫거리로 만들곤 했다.

날이 밝았다. 술라는 저 앞에 율리우스 카이사르 집안 여자들이 코르크 깔창과 굽을 높게 댄 겨울신을 신은 자그마한 발을 높이 들어 물웅덩이를 피하며 잰걸음으로 걸어가는 것을 보았다. 취임식을 보러 가는군. 술라는 자기도 모르게 걸음을 늦추며, 옷을 꽉 조여입은 여자들의 자태를 늘 강한 성적 욕구를 지닌 사내의 눈빛으로 바라보았다. 마르키우스 가문 출신의 저 부인네는 마르키우스 수도교를 세운 법무관의 딸로 마흔 살을 좀 넘긴 듯했다. 아마 마흔다섯 정도. 여전히 잘 관리하여 날씬한 몸매에 키가 크고 머리칼이 갈색인 상당한 미모의 여인이었다. 하지만 딸들과는 경쟁이 되지 않았다. 율리우스 가문의 딸들답게 둘 다 금발 미녀들이었지만, 술라의 취향으로 볼 때 승리의 월계관은 작은딸에게 돌아갔다. 술라는 이 두 아가씨가 물건을 구경하러 시장에 나가는 것을 종종 봤던 터였다. 아가씨들의 지갑은 그들의 몸매만큼이나 홀쭉했다. 원로원 의원 집안으로서의 자격을 간신히 유지해나가는 집이었다. 외려 다른 쪽 집의 폼포니우스가 기사계급이지만 훨씬 더 부유했다.

돈. 돈이 세상을 지배했다. 돈이 없는 자는 아무것도 아니었다. 그러니 누구나 일단 어떤 식으로든 한자리 꿰차려 했고, 그러고 나면 예외 없이 지위를 이용해 최대한 재산을 불렸다. 정치라는 수단을 통해 한몫 잡으려는 자는 반드시 선거에 출마해 법무관 자리를 확보해야 했다. 일단 법무관이 되면 한순간에 거액을 챙길 수 있었다. 말하자면 수년간 쏟아부은 투자금이 드디어 배당금을 토해내는 것이다. 법무관 자격으로 속주 총독이 된 사람은 그곳에서 신이나 다름없는 존재로서 마음껏 배를 불렸다. 기회를 노리다가 접경 지역의 야만 부족을 상대로 소규모 전투를 벌여 포로는 노예로 만들고 전리품도 챙긴다. 전쟁을 일으키기가 여의치 않다면 다른 수입원을 노리면 된다. 예를 들어 곡물을 비롯한 기본 식료품을 직접 취급하거나 엄청난 고리로 돈을 빌려주는 것이다. 필요한 경우 자기 휘하의 군인들을 수금에 활용할 수도 있었다. 세금을 징수할 때 장부를 조작할 수도 있고, 돈을 받고 로마 시민권을 팔 수도 있고, 정부 계약서를 발행해주거나 지방 도시가 로마에 바치는 공물을 면제해주는 대가로 뒷돈을 챙길 수도 있었다.

돈. 어떻게 하면 돈을 수중에 넣을 수 있을까? 어떻게 해야 원로원에 진출할 돈을 확보할 수 있을까? 망상이다, 술라, 헛된 망상!

카이사르네 여자들이 오른쪽으로 꺾어 빅토리아 언덕길을 오르는 것을 보니 어디로 가는지 짐작이 되었다. 플라쿠스 집터, 아레아 플라키아나로 가는 것이리라. 술라가 그들을 따라 시들시들한 겨울풀이 듬성하게 나 있는 가파른 오르막길을 올라가보니 율리우스 가문 숙녀들이 접의자에 앉는 것이 보였다. 숙녀들을 호위해온 무리의 대장 격인 트라키아인으로 보이는 사내가, 마님과 아가씨들이 그새 더 굵어진 빗줄기에 조금이라도 젖을세라 부지런히 천막을 쳤다. 지켜보고 있노라니, 두 아가씨들은 아주 잠깐 조신하게 어머니 곁을 지키는 듯했다. 그러나 어머니가 임신하여 배가 불룩한 폼포니우스의 아내와 말을 섞자마자 앉았던 의자를 집어들고 저 아래 클라우디우스 풀케르 집안의 소녀들 곁으로 잽싸게 자리를 옮겼다. 그 소녀들은 모친들로부터 상당히 멀리 떨어져 앉아 있었다. 모친들? 아! 리키니아와 도미티아. 둘 다 술라가 잘 아는 부인네들이었다. 어찌하다보니 두 여자 모두 그와 동침한 적이 있었다. 술라는 두 여인네 중 딱히 어느 쪽에도 시선을 주지 않은 채 그들이 앉은 자리로 걸어내려갔다.

"안녕하십니까." 술라가 고개를 숙이며 말했다. "날씨가 안 좋군요."

이곳 팔라티누스 언덕에 있는 여자들 모두가 술라에 대해 알고 있었다. 술라가 처한 곤경의 흥미로운 측면이었다. 술라의 하층민 친구들은 모두가 자기네와 같은 부류일 거라 짐작했지만 로마 귀족들은 그런 오판을 하는 법이 없었다. 술라야말로 진짜 귀족임을 그들도 알고 있었다. 그들은 술라의 이력과 혈통을 잘 알았다. 어떤 이들은 술라를 동정했고, 리키니아와 도미티아 같은 몇몇 여인은 술라와 육체관계를 즐겼다. 하지만 어느 누구도 술라에게 도움을 주려 하지는 않았다.

동북쪽에서 불어오는 바람결에 화재가 난 자리 특유의 시큼한 악취, 젖은 숯, 불탄 석회, 매장된 시체 수천 구에서 나는 썩은내가 한데 섞인 냄새가 풍겼다. 지난여름 비미날리스 언덕 전체와 에스퀼리누스 언덕 위쪽이 화염에 불탔다. 로마 역사상 최악의 화재였다. 도시의 5분의 1가량이 불길에 휩싸이자, 로마 시민은 힘을 모아 나란히 늘어선 건물들을 무너뜨렸다. 수부라와 에스퀼리누스 언덕 아래 빽빽하게 자리한 고층 인술라에까지 불이 번지는 것을 막기 위해서였다. 때마침 역풍이 불었고 넓은 롱구스 구 덕분에 불길이 차단되어, 세르비우스 성벽 내 일곱 언덕 중 최북단에 위치한 퀴리날리스 언덕 외곽은 화재를 면할 수 있었다. 그곳에도 드문드문하나마 주택들이 있었다.

화재 이후 반년이 지났다. 하지만 술라가 서 있는 이곳 플라쿠스 집터에서는 대시장에서 1천 걸음 너머까지 보이는 고지대에 화마가 남긴 끔찍한 흉터들을 여전히 확인할 수 있었다. 사방 2.5제곱킬로미터가 넘도록 까맣게 타버린 대지, 반쯤 허물어진 건물들, 황량함. 얼마나 많은 사람이 죽었는지 아무도 몰랐다. 화재 이후로 주택 부족 사태가 없어질 만큼 많이 죽었다는 것 외에는. 따라서 재건은 더디게 진행되었다. 여기저기 30여 미터 높이로 세워진 목조 비계들이, 조만간 고층 인술라가 들어서 도시 지주들의 배를 살찌울 것임을 짐작케 했다.

그들에게 인사를 건넨 자가 술라임을 확인한 순간 리키니아와 도미티아 사이에 흐른 긴장을 감지하고 술라는 쾌감을 느꼈다. 절대로 이 여자들을 평온하게 내버려두지 않으리라. 이 골빈 암퇘지 같은 여편네들이 속 끓이는 꼴 좀 보라지! 내가 자기네 둘 다와 잔 걸 알고나 있을까? 모를 거라고 술라는 판단했다. 이 우연한 만남에 톡 쏘는 짜릿한 재미를 더하는 결론이었다. 술라는 시선을 춤추듯 이리저리 움직이며, 두 여인이 뭔가를 숨기는 눈빛으로 서로를 본 다음 그 자리의 다른 여자들에게도 같은 눈초리를 보내는 것을 지켜보았다. 그중에는 마르키아도 있었다. 오, 마르키아는 아니지! 순결의 대들보! 덕성의 기념비!

"참 끔찍한 한 주였어요." 리키니아가 불탄 언덕에 시선을 단단히 고정한 채 지나치게 높은 어조로 말했다.

"그랬죠." 도미티아가 헛기침을 하며 말했다.

리키니아가 이야기를 늘어놓았다. "무서워서 혼났어요, 루키우스 코르넬리우스. 그때 저희는 카리나이 지구에서 살았는데, 불길이 점점 저희 집 쪽으로 가까워오는 거예요. 불이 꺼지자마자 당장 아피우스 클라우디우스를 설득해서 도시 이쪽으로 이사했답니다. 이곳도 불이 안 나란 법은 없지만 수부라 지구와의 사이에 포룸 로마눔과 늪지대가 있으니 아무래도 더 낫지 않겠어요?"

"아름다웠지요." 술라가 말했다. 그는 화재가 있던 일주일 내내 밤마다 베스타 계단 꼭대기에 서 있었던 일을 떠올렸다. 무시무시하게 찬란한 화염 속에서, 자신이 적군의 도시를 약탈한 뒤 불을 놓으라는 명령을 내린 로마의 장군이라고 상상하면서. "아름다웠어!" 술라는 다시 말했다.

그 흡족한 말투에 놀란 리키니아는 자기도 모르게 고개를 들어 술라를 향했지만, 술라의 얼굴을 보자마자 재빨리 눈길을 돌렸다. 단 한 번이라도 이 남자에게 몸을 맡겼다는 사실이 뼈저리게 후회되었다. 술라는 너무 위험한 사람이었다. 머릿속이 제대로 된 인간이 아니다.

"하지만 아무리 나쁜 일도 누군가에게는 도움이 되는 법이지요." 리키니아는 애써 밝은 목소리로 말했다. "제 사촌인 푸블리우스 리키니우스와 루키우스 리키니우스는 화재 뒤에 빈 땅을 많이 사들였어요. 앞으로 몇 년간 땅값이 크게 뛸 거라더군요."

리키니아는 억만장자인 리키니우스 크라수스 집안 여자였다. 왜 술라는 저 여자 남편 아피우스 클라우디우스 풀케르처럼 돈 많은 신부를 얻지 못하는가? 답은 간단하다! 부유한 귀족 가문의 아비든 오라비든, 그 어떤 보호자라도 술라 같은 사내와의 혼인을 허락할 리 없다.

여자들을 희롱하는 일이 갑자기 재미없어져버렸다. 술라는 말없이 돌아서서 빅토리아 언덕길로 이어지는 오르막을 성큼성큼 걸어올라갔다. 그는 걸어가면서 어머니의 호출을 받은 두 율리아 아가씨들이 천막 아래로 돌아와 어머니 곁에 앉아 있는 것을 곁눈질로 보았다. 두 소녀를 슥 훑어보던 술라의 야릇한 눈길은 이내 큰 율리아를 제쳐두고 작은 율리아에 고정되었다. 역시나 사랑스럽구나! 넥타르에 흠뻑 적신 꿀과자 같은 이 소녀는 올림포스의 신들에게 바치기에도 부족함이 없으리라. 순간 술라는 가슴이 아렸고, 그 느낌을 떨쳐내기 위해 토가 밑으로 손을 넣어 가슴을 문질렀다. 그럼에도 술라는 작은 율리아가 접의자에 앉은 채 고개를 돌려 자신이 더이상 보이지 않을 때까지 주시하는 것을 줄곧 의식했다.

술라는 베스타 계단을 내려와 포룸 로마눔에 이르렀다. 카피톨리누스 언덕길을 올라 유피테르 신전 앞에 운집한 무리 뒤에 섰다. 술라의 독특한 재주 중 하나는 주변 사람들이 묘하게 불편해지도록 하여 자신을 피하게 만드는 것이었다. 그는 이 재주를 대개 극장에서 좋은 자리를 차지하고 싶을 때 사용했지만, 오늘은 군중 사이로 길을 트는 데 써서 기사 대열 맨 앞쪽까지 걸어나갔다. 한참 거행중인 제물 봉헌식이 한눈에 보였다. 술라는 이곳에 서 있을 자격이 없었지만, 그렇다고 그를 군이 쫓아낼 사람은 없다는 것도 알고 있었다. 기사들 중에는 술라가 누구인지 아는 자가 거의 없었고, 원로원 의원들도 몇몇은 낯설지만 많은 이들이 술라에 대해 잘 알았고 다들 그의 존재를 용인할 사람들이었다.

제아무리 주류 귀족세계로부터 동떨어져 산대도 술라의 몸안에는 결코 없어지지 않는 무엇이 있었다. 재난이나 파멸을 예고하는 작은 조종(弔鐘). 그것은 1천 년에 걸쳐 세대가 이어진 지금도 술라의 핏속에 실제로 내재해 있었다. 가질 수 없는 삶을 얻으려 애태우느니 차라리 그에 대해 모르고 지내는 것이 낫다고 결론내린 후, 술라는 포룸 로마눔에서 벌어지는 정치 사건들에 관심을 두지 않고 지내기로 마음먹었다. 그럼에도 여기 기사 대열의 맨 앞에 선 술라의 눈에는 올해의 징조가 불길하다는 것이 보였다. 티베리우스 그라쿠스가 살해되고 10년 뒤 동생 가이우스 그라쿠스마저 자살로 내몰린 이후 매년 이어져온 악운은 올해도 계속될 것이라고 술라의 피가 말해주고 있었다. 포룸 로마눔에 칼이 번쩍이던 그해, 로마의 운도 산산이 부서졌다.

로마는 점점 쇠락하고 있었다. 정치적 호흡이 끊어져가는 상태가 계속되었다. 술라는 뒤에 늘어선 대열을 죽 훑어보았다. 평범하고 보잘것없는 군상들. 이슬비가 차갑게 날리는 와중에도 잠이 덜 깬 표정으로 서 있는 저 인간들이, 10년도 채 안 되는 지난 세월 동안 로마와 이탈리아 병사 3만 명 이상의 고귀한 목숨을 무참히 희생시킨 장본인들이었다. 대부분의 경우 고작 자기들의 사리사욕이나 채우기 위해. 역시 돈이다. 돈, 돈, 돈. 하지만 권력 역시 중요했다. 권력을 무시하거나 잊어서는 안 된다. 어느 쪽이 먼저인가? 어느 쪽이 수단이고 어느 쪽이 목적인가? 아마도 개인에 따라 다를 것이다. 그러나 이 형편없는 사람들 중 어디에 위대한 인물이 있단 말인가. 쇠락해가는 로마를 부흥시킬 자는 과연 어디에 있는가.

흰 황소가 거칠게 날뛰었다. 올해 집정관들을 보아하니 놀라운 일도 아니다. 깐에는 귀족이라지만 스푸리우스 포스투미우스 알비누스 같은 작자 때문에 도끼날에 제 흰 목을 맡겨야 한다면 나라도 억울할 거야. 그런데 저 작자는 그 많은 돈을 대체 어디서 구하는 것일까? 그 순간 생각났다. 포스투미우스 알비누스 집안 인간들은 늘 돈을 보고 결혼했다. 그들의 눈에 저주가 있기를!

피가 흘러나왔다. 다 자란 황소의 몸안에는 실로 많은 피가 있었다. 이 무슨 낭비인가. 정력, 힘, 말뚝도 박을 기세의 저 동력. 허나 얼마나 아름다운 색채인가. 사람들의 발을 적시며 언덕 아래로 흐르는 저 화려한 진홍색의 미끈하고 걸쭉한 피. 술라는 매혹되어 피에서 눈을 떼지 못했다. 기운이 가득한 것은 어째서 하나같이 붉은빛을 띠는가? 불. 피. 술라 자신의 머리칼. 남근. 원로원 의원의 신발. 근육. 펄펄 끓는 금속. 용암.

슬슬 자리를 뜰 때다. 그러나 어디로? 여전히 가시지 않는 생생한 피의 기운을 느끼며 술라가 고개를 들었을 때, 그의 두 눈은 고위 정무관의 복식인 토가 프라이텍스타를 입은 키 큰 원로원 의원의 두 눈과 마주쳤다. 그는 날카로운 눈빛으로 술라를 주시하고 있었다. 놀라운 자로

군! 여기 진짜 인물이 있어! 한데 저자는 누구인가? 외모로 봐서는 어느 명문가에도 속하지 않는 인물이었다. 귀족들로부터 고립되어 지내고 있지만 술라는 각 귀족 가문의 신체 특징을 정확하게 꿰고 있었다.

분명 명문가 사람은 아니다. 일단 코 모양을 보아하니 켈트족 피가 약간 섞여 있었다. 순수한 로마인으로 보기에는 콧잔등이 짧고 곧았다. 그렇다면 피케눔 출신? 그리고 저 두터운 눈썹! 역시 켈트족에 가까웠다. 얼굴에는 전쟁으로 인한 흉터가 두 군데 있었지만 어느 것도 흉해 보이지는 않았다. 그래, 굉장한 인물임이 틀림없다. 사납고 자신만만하고 영리한 진짜 독수리. 누구일까? 집정관 출신은 아니다. 살아 있는 집정관이라면 가장 젊은 자에서부터 가장 늙은 자까지 전부 알고 있다. 그렇다면 분명 법무관 출신이다. 하지만 올해 법무관은 아니다. 올해의 신임 법무관들은, 일벌들의 떠받침을 받는 여왕벌처럼 의기양양하면서도 엄청나게 근엄한 표정을 띤 집정관들 뒤에 모여 있었다.

아아! 술라는 몸을 홱 돌려, 독수리 눈썹의 전직 법무관을 비롯하여 모든 것을 뒤로 한 채 성큼성큼 걸었다. 가야 할 시간이다. 어디로? 그의 유일한 도피처, 의붓어머니와 애인의 늙어가는 축축한 몸뚱이들 사이 말고 갈 만한 장소가 또 있는가? 술라는 냉소하며 어깨를 으쓱했다. 세상에는 심지어 이보다 더 나쁜 운명도, 더 나쁜 장소도 있다. 하지만 오늘 원로원에 들어가야 했을 한 사내만큼은, 그런 운명과 장소에 처해선 안 돼. 술라의 마음속 어떤 목소리가 이렇게 말했다.

외국 군주가 로마 시를 방문할 때 겪는 문제는 포메리움, 즉 로마의 신성경계선을 건널 수 없다는 점이었다. 그리하여 새해 첫날 누미디아의 왕 유구르타는 임대료가 터무니없이 높은 빌라에서 별다른 기약도 없이 시간만 흘려보내고 있었다. 핑키우스 언덕 위쪽 비탈에 위치한 이곳에서는 마르스 평원을 감싸며 크게 굽이쳐 흐르는 티베리스 강이 내려다보였다. 이곳을 찾아준 대행인은 전망이 그렇게 좋다며 침이 마르도록 열변을 토했다. 저멀리 야니쿨룸 언덕과 바티카누스 언덕이 보이고, 가까이로는 넓고 푸른 티베리스 강과 이 강을 경계로 양쪽에 펼쳐진 마르스 평원과 바티카누스 평원의 푸른 목초지가 한눈에 들어온다는 것이었다. 누미디아에는 우리 티베리스 강처럼 큰 강이 없지 않습니까! 왜소한 대행인은 주제넘게 까불며 지껄였지만, 그가 내내 숨겼던 사실은 이 거래 뒤에 어느 원로원 의원과의 짬짜미가 있다는 것이었다. 그 원로원 의원은 겉으로는 유구르타의 대의에 영원히 충성하겠다고 공언했지만 실은 이 임대 거래를 성사시켜서 그 돈으로 앞으로 몇 달간 값비싼 민물장어를 공급받을 생각만 하고 있었던 것이다. 그들은 왜 로마인이 아닌 자는 모조리, 심지어 일국의 왕조차도 바보 얼간이로 보는 것일까? 유구르타는 빌라의 주인이 누군지 알았고 자신이 임대료 사기를 당하고 있다는 것도 잘 알고 있었다. 하지만 정직이 미덕인 시대와 장소는 따로 있는 법, 유구르타가 거래를 맺은 지금의 로마는 그런 시대와 장소가 아니었다.

유구르타가 한쪽 벽이 트인 로지아에 앉아 넓은 주랑정원 너머로 밖을 내다보니 시야를 가리는 것이 전혀 없었다. 하지만 유구르타에게는 사방이 좁게만 느껴졌다. 특히 바람이 렉타 가도 쪽에서 불기라도 하는 때면 가도에 면한 마르스 평원 바깥쪽 농장에서 퇴비 구린내가 풍겨와, 차라리 보빌라이나 투스쿨룸 같은 외곽지역을 택할 걸 그랬다는 생각이 간절했다. 보빌라이나 투스쿨룸에서 로마까지는 20킬로미터도 넘는 거리지만, 누미디아의 광활함에 익숙한 유구르타에게 그 정도는 아무것도 아니었다. 어차피 로마 시내로 들어갈 수도 없는 마당에, 저 저주받을 신성경계선 안으로 침을 뱉을 수 있을 정도로 가까이 머문다고 무슨 의미가 있겠는가?

유구르타가 앉은 자리에서 몸을 90도로 틀면 카피톨리누스 언덕 뒤편 절벽과 유피테르 옵티무스 막시무스 신전 뒷면이 바라다보였다. 정보원들 말대로라면 바로 이 순간 유피테르 신전에서 로마의 신임 집정관들이 올해 첫 원로원 회의를 열고 있을 것이다.

로마인들을 대체 어떻게 다루어야 하나? 그것만 안다면, 유구르타가 스스로에게 인정하듯 지금처럼 걱정과 초조에 사로잡혀 있지는 않을 것이다.


처음에는 모든 게 간단해 보였다. 유구르타의 조부 마시니사 대왕은 로마가 포에니 전쟁으로 페니키아계 국가 카르타고를 멸망시킨 뒤 3

천 킬로미터가 넘는 북아프리카 연안에 이리저리 쪼개져 있던 세력들을 모아 누미디아 왕국을 건립했다. 처음에 마시니사의 이러한 세력 규합은 로마의 공공연한 묵인하에 진행되었다. 하지만 점차 불안할 정도로 마시니사의 권력이 강해지고 그의 왕정이 멸망한 페니키아의 색채를 띠자, 로마에서는 새로운 카르타고가 등장하는 것 아니냐는 의구심이 강하게 일었다. 이때부터 로마는 조금씩 누미디아에 등을 돌렸다. 누미디아 왕국을 위해선 오히려 다행스럽게도 마시니사가 그즈음에 세상을 떠났다. 강력한 군주의 후계자는 유약하기 마련임을 잘 알았기에, 마시니사는 생전에 로마 장군 스키피오 아이밀리아누스에게 누미디아를 자신의 세 아들에게 나누어줄 것을 위탁하였다. 스키피오 아이밀리아누스는 영리하게도, 누미디아 영토를 3등분하는 대신 왕의 권한을 셋으로 나누었다. 첫째 아들에게는 국고와 궁전을, 둘째 아들에게는 누미디아의 군사 지휘권을, 셋째 아들에게는 사법권을 일임한 것이다. 그리하여 군사 지휘권을 가진 자는 재력이 없어 모반을 일으킬 수 없었고, 재력이 있는 자는 군사가 없어 모반을 일으킬 수 없었고, 사법 권력이 있는 자는 재력과 군사가 없어 모반을 일으킬 수 없었다.

그렇다 해도 시간이 흘러 서로간에 적개심이 쌓이면 결국엔 모반이 일어났을 것이다. 하지만 그렇게 되기 전에 두 아우가 세상을 떠났고 마지막에는 장자 미킵사가 혼자 누미디아를 통치하였다. 그러나 먼저 간 아우들이 적자 두 명과 서자 유구르타를 남기는 바람에 다시 일이 복잡해졌다. 미킵사가 세상을 뜨면 셋 중 하나가 왕위를 이어야 할 텐데 과연 누가 좋을 것인가? 그러다 여태껏 후사가 없던 미킵사도 뒤늦게 두 아들, 아데르발과 히엠프살을 얻었다. 그리하여 이제 궁정은 후계문제를 둘러싼 암투로 들끓게 되었다. 왕자들의 나이가 후계자로서 적합한 순서와 완전히 거꾸로였기 때문이다. 서자 유구르타가 가장 나이가 많았고, 통치자인 미킵사 왕의 두 아들은 아직 젖먹이였다.

조부 마시니사는 생전에 유구르타를 몹시 미워했다. 유구르타가 서자 출신이라서만은 아니었다. 유구르타의 어미가 누미디아 왕국에서 가장 천한 혈통인 베르베르인 유목민 출신이었던 것이다. 미킵사 역시 부친을 따라 유구르타를 몹시 싫어했으며, 유구르타가 자라날수록 외모와 지력에서 두각을 드러내자 왕위 계승 후보자 중 가장 연장자인 그를 제거할 묘책을 고안해냈다. 히스파니아 누만티아를 포위하고 있던 스키피오 아이밀리아누스가 누미디아에 지원병을 파견해달라고 요구하자 유구르타를 지휘관으로 임명해 함께 보낸 것이다. 미킵사는 유구르타가 히스파니아에서 살아 돌아오지 못할 것으로 생각했다.

그러나 일은 미킵사의 계획대로 풀리지 않았다. 히스파니아에서 유구르타는 마치 타고난 전사처럼 활약했다. 그뿐만 아니라 로마인들과 바로 친구가 되었으며, 그중 두 명과는 누구보다도 절친한 사이가 되었다. 스키피오 아이밀리아누스의 개인 참모로 임명된 하급 참모군관 가이우스 마리우스와 푸블리우스 루틸리우스 루푸스였다. 세 사람 모두 스물셋 동갑이었다.

포위전이 끝나갈 무렵 스키피오 아이밀리아누스는 유구르타를 사령관 막사로 불러들여, 로마인 몇몇과 잘 지내는 것도 중요하나 그보다 로마 전체를 보고 로마와 늘 영예로운 관계를 맺도록 노력하라고 훈계했다. 하지만 유구르타는 실실 새어나오려는 웃음을 겨우 참았다. 그도 그럴 것이 유구르타가 누만티아에 머무르는 동안 로마인에 대해 깨달은 점이 있다면, 고위 관직을 꿈꾸는 로마인들은 대부분 만성적인 자금

부족에 시달린다는 것이었기 때문이다. 달리 말해 로마인들은 돈으로 매수할 수 있는 자들이었다.

스키피오 아이밀리아누스는 유구르타를 누미디아로 돌려보내면서 미킵사 왕 앞으로 쓴 서찰을 전달하도록 했다. 유구르타의 용맹함과 훌륭한 분별력, 명석한 두뇌를 극찬하는 서찰을 읽고 늙은 미킵사는 그제야 부친으로부터 이어받은 유구르타에 대한 적의를 버리게 되었다. 로마에서 가이우스 그라쿠스가 야니쿨룸 언덕 아래 푸리나 숲에서 숨을 거두던 시기에, 미킵사 왕은 유구르타를 적자로 입양하고 왕권 후계자들 중 윗사람으로서의 지위를 인정해주었다. 그러나 미킵사는 신중하게도 유구르타가 왕이 될 수는 없음을 분명히 시사했다. 유구르타의 역할은 이제 사춘기에 접어든 미킵사의 두 친자 중 하나가 왕위에 오르면 후견인 노릇을 하는 것이었다.

미킵사 왕은 왕위 서열 문제를 정리하고 바로 세상을 떴다. 왕권을 이을 미킵사의 두 아들이 아직 나이가 차지 않아서 유구르타의 섭정 체제가 시작되었다. 1년이 채 지나지 않아 미킵사의 차남 히엠프살이 유구르타의 사주로 암살되었다. 유구르타의 포위를 벗어나 로마로 도망친 장남 아데르발은 원로원 의사당에 직접 모습을 드러내고, 로마가 누미디아 문제를 해결하여 유구르타가 가진 권한을 모두 빼앗아달라고 요청했다.

"왜 우리는 로마인들을 그토록 두려워할까?" 회상을 멈추고 현실로 돌아온 유구르타가 물었다. 얇은 비의 장막이 훈련장과 농장에 흐릿하게 드리웠고, 저멀리 티베리스 강둑은 안개비에 가려 시야에서 아예 사라졌다.

로지아에 있는 사내들 스무 명은 한 명만 빼고 모두 근위병이었다. 돈만 쥐여주면 무엇이든 하는 로마 검투사들이 아니라 누미디아에서 직접 데려온 유구르타의 사람들. 바로 이들이 7년 전 유구르타에게 어린 히엠팔 왕자의 머리통을 갖다바쳤고, 그로부터 5년 후 아데르발 왕자의 머리통 역시 선물로 들고 왔다.

그들 중 단 한 명은 나머지와 달랐다. 몸집이 크고 셈족 같은 생김새에 유구르타보다 키가 약간 작은 이 인물, 그러니까 유구르타가 질문을 던진 바로 그 자는 긴 의자에 왕과 나란히 앉아 있었다. 왕이 굳이 상기하고 싶어하지 않는 사실이지만, 둘을 처음 보는 사람도 쉽게 짐작할 수 있듯 두 사람은 가까운 혈연관계였다. 사람들에게 손가락질받던 유구르타의 어머니는 수수께끼 같은 운명의 장난으로 트로이아의 헬레네 같은 얼굴과 몸매를 갖고 태어났을 뿐, 가이톨리아의 미개 베르베르인 유목민 출신인 별 볼 일 없는 계집이었다. 이 우울한 신년 첫날을 왕과 함께 보내는 동반자는 왕의 이부형제(異父兄弟)였다. 즉 유구르타의 아버지가 유구르타의 비천한 어머니를 편의상 어느 궁정 귀족과 결혼시켜 태어난 아들이었다. 이부형제의 이름은 보밀카르로, 왕에게 충심이 깊은 자였다.

"왜 우리는 로마인들을 그토록 두려워할까?" 더한층 절박하고 간절한 목소리로 왕이 다시 물었다.

보밀카르가 한숨을 내쉬었다. "답은 간단하지 않습니까. 얼핏 보면 대야를 뒤집어놓은 것 같은 강철 투구를 쓰고 적갈색 튜닉에 긴 쇠사슬 갑옷을 걸쳐 입은 자들. 단도만큼 조그만 칼과 작고 뾰족한 날이 달린 창 한두 개를 지닌 자들. 용병도 아니고 극빈자도 아니면서 전장에 나서는 자들, 즉 로마의 보병 때문입니다."

유구르타가 끙 하고 못마땅한 소리를 내다가 고개를 가로저었다.

"그것으로는 답이 부족해. 로마 병사들도 영원하진 않아. 결국은 그들도 죽지 않나."

"하지만 쉽게 죽진 않죠."

"아니, 단지 그뿐만은 아니야. 정말이지 이해가 안 돼. 빵집에 가서 빵을 사듯 쉽게 살 수 있는 자들이라면 그 속도 빵처럼 부드러워야 할 것인데, 그렇지가 않단 말이지."

"로마의 지도층 말씀이십니까?"

"로마의 지도층. 고명하신 원로원 의원들. 그야말로 썩을 대로 썩었지! 그러면 당연히 배알도 없는 듯 굽실거려야 마땅한데. 당장에라도 사르르 녹아 없어질 것처럼 말랑말랑하게 굴어야 할 것이란 말이야. 한데 그렇지가 않아. 바윗돌처럼 단단하고 얼음장처럼 차갑고 파르티아의 태수처럼 교묘해. 절대 다 내주는 법이 없지. 한 놈을 붙잡아서 기껏 길들여놓아도 그때뿐, 시간이 지나면 전혀 다른 상황에서 또다른 얼굴을 하고 나타나거든."

"그뿐입니까. 갑자기 필요한데도 결코 살 수 없는 자들도 있지요. 대가를 요구하지 않아서가 아니라 도저히 우리가 치를 수 없는 대가를 요구해서 말입니다. 그러니까 돈이 아닌 다른 것 말입니다."

"하나같이 경멸스러운 것들." 유구르타가 이를 앙다문 채 말했다.

"저도 그렇지만, 경멸한다고 놈들이 없어지는 게 아니라서 말입니다."

"누미디아는 내 것이다!" 왕이 소리쳤다. "놈들은 누미디아를 노리는 것도 아니야! 그들이 원하는 건 오직 내정간섭뿐이야. 내정간섭!"

보밀카르가 양 손바닥을 펼치며 말했다. "제게 묻지 마십시오, 유구르타. 저는 알 수 없으니까요. 제가 아는 것은 전하께서 이곳 로마에 계시고, 결과는 신들의 무릎에 놓여 있다는 것뿐입니다."

그 말이 옳다, 누미디아의 왕은 생각했다. 왕은 다시 회상에 잠겼다.

6년 전 어린 아데르발 왕자가 로마로 도망쳤을 때 유구르타는 어떻게 해야 할지 정확히 알았고 이를 속히 실행에 옮겼다. 금, 은, 보화, 공예품 등 로마 귀족의 환심을 살 만한 것을 잔뜩 들려 로마에 사절단을 보낸 것이다. 흥미로운 사실은 로마 귀족들이 결코 여자나 소년으로는 매수되지 않는다는 점이었다. 로마 귀족들은 오직 되팔 수 있는 것만 뇌물로 받았다. 유구르타의 사절단은 당시 상황을 고려할 때 그럭저럭 만족스러운 결과를 들고 돌아왔다.

로마인들은 무슨 일에든 위원회나 위원단을 꾸리기 좋아했다. 지구상 저 끝에도 소규모 사절단을 파견해서 진상을 조사하고, 고견을 제시하고, 판정을 내리고, 개선을 지시했다. 보통은 그냥 군대를 앞세워 쳐들어갈 일에도, 로마인들은 갑옷이 아닌 토가를 걸치고 긴급 소집으로 모은 병사들이 아닌 릭토르들의 수행을 받으며 나타났다. 그리고 나선 명령을 공표한 다음, 마치 뒤에 천만 대군이라도 끌고 온 양 상대가 자기들에게 복종하리라 기대했다. 또 대부분의 경우 상대는 그들에게 복종했다.

유구르타는 다시 처음 질문으로 돌아갔다. 왜 우리는 로마인들을 두려워할까? 왜냐하면 우리가 로마인들을 두려워하니까. 우리는 로마인들을 두려워한다. 하지만 왜? 로마인들 중에 항상 마르쿠스 아이밀리우스 스카우루스 같은 자들이 한 명씩은 있어서?

아데르발이 질질 짜며 로마로 도망갔을 때 원로원이 유구르타에게 유리한 결론을 내리는 것을 가로막은 자가 바로 스카우루스였다. 300

명 의원 중 이견을 보인 단 한 명! 하지만 스카우루스는 의원들을 설득했고, 끈질기게 노력한 끝에 결국 다수를 자기편으로 끌어들였다. 바로 그 스카우루스가 유구르타와 아데르발 어느 쪽도 수용할 수 없는 타협안을 두 사람에게 강요했다. 전직 집정관 루키우스 오피미우스를 필두로 로마 원로원 의원 열 명이 위원회를 구성해 누미디아로 건너가 진상을 조사하고 그 자리에서 결론을 내리라는 것. 그래서 그 위원회가 어떻게 했는가? 위원회는 왕국을 양분했다. 아데르발에게는 키르타를 수도로 하는 동쪽 지역이 할당되었다. 동쪽은 서쪽에 비해 인구가 많고 더 상업화되었지만 상대적으로 덜 부유한 지역이었다. 서쪽 지역을 할당받은 유구르타는 아데르발과 마우레타니아 왕국 사이에 끼인 꼴이 되었다. 로마인들은 그들이 제시한 해결안에 흡족해하며 본국으로 돌아갔다. 유구르타는 그때부터 쥐새끼 같은 아데르발을 덮칠 기회가 돌아오기만을 기다렸다. 또 서쪽으로부터의 공격을 피하기 위해 마우레타니아 왕의 딸과 혼인을 맺었다.

유구르타는 참을성 있게 기회를 노리다가 4년 뒤 키르타와 인근 항구 사이에 주둔해 있던 아데르발의 군대를 쳤다. 아데르발은 키르타까지 후퇴해 방어벽을 구축했다. 이때 로마인과 이탈리아인으로 구성된 영향력 있는 상인 위원회가 아데르발을 대거 지지했다. 누미디아 상업의 중추를 이루는 자들이었다. 로마와 이탈리아 상인들이 누미디아에 거주하는 것은 전혀 이상한 일이 아니었다. 전 세계 어디를 가도, 심지어 로마와 연관이 거의 없고 로마로부터 아무런 보호를 받지 않는 지역이라 해도 상업을 이끄는 자들은 로마인이나 이탈리아인 사업가들이었던 까닭이다.

유구르타와 아데르발 사이에 전쟁이 발발했다는 소식은 물론 원로원 의원들의 귀에 곧장 전해졌다. 원로원에서는 준수한 의원 자제 셋을 모아 위원단을 구성하고는 누미디아로 가서 호되게 꾸짖어주라고 명했다. 젊은 세대에게는 어느 정도 귀중한 경험의 기회가 될 것이었다. 어차피 누미디아 왕족 형제간의 다툼이 로마에 그리 중요한 문제는 아니었으니까. 유구르타는 위원단에 먼저 접촉했다. 갖은 계략을 써서 위원단 사람들이 아데르발이나 키르타 거주민들을 전혀 만나지 못하게 하고 값비싼 선물을 들려 본국으로 돌려보냈다.

그러자 아데르발은 로마의 도움을 간청하는 서한을 어렵사리 밀반출했다. 늘 아데르발의 편에 섰던 스카우루스는 즉각 또다른 조사위원단을 조직하여 누미디아로 직접 출동했다. 하지만 막상 아프리카에 도착해보니 전 지역이 일촉즉발 상태여서, 위원단은 로마 속주의 경계 안에서만 머무르다가 결국 왕권 다툼 당사자들 중 어느 쪽도 만나보지 못하고 전쟁의 향방에 전혀 영향을 주지 못한 채 로마로 돌아갈 수밖에 없었다. 유구르타는 그대로 진격하여 키르타를 함락했고 즉시 아데르발을 처형했다. 충분히 이해가 가는 처사였다. 그러나 그것만으로는 성이 풀리지 않았던지, 이어 키르타의 로마인 및 이탈리아인 사업가들도 모조리 처형하는 다소 이해하기 어려운 행태를 보였다. 유구르타는 이로써 도저히 회유가 불가능할 만큼 로마측을 분노케 했다.

키르타의 로마인 및 이탈리아인 거주민이 대학살당했다는 소식이 로마에 다다른 것은 지금으로부터 15개월 전 가을이었다. 이 소식을 듣고 호민관 가이우스 멤미우스가 포룸 로마눔에서 하도 설쳐댄 탓에, 유구르타가 아무리 뇌물을 갖다바쳐도 최악의 상황을 면할 수 없게 되었다. 이에 당시 차석 집정관이었던 루키우스 칼푸르니우스 베스티아가 로마인과 이탈리아인을 마구잡이로 살육했다가는 어떤 결과

를 맛보게 되는지 유구르타에게 똑똑히 보여주겠다며 누미디아로
떠났다.

하지만 베스티아는 뇌물이 먹히는 인물이었다. 유구르타는 베스티
아에게 뇌물을 먹여 지금으로부터 6개월 전 가까스로 로마와 강화를
맺고, 베스티아를 통해 전투용 코끼리 서른 마리와 로마의 국고를 불려
줄 약간의 자금을 전달했다. 정확한 금액은 공개되지 않았지만 어쨌든
훨씬 더 많은 자금이 추가로 베스티아의 개인 금고에 흘러들어갔음은
말할 것도 없다. 로마는 만족한 듯했고, 마침내 유구르타는 누미디아의
전 영토를 다스리는 왕으로 모두의 인정을 받았다.

그런데 멤미우스는 호민관으로서의 임기가 이제 끝났다는 사실을
망각했는지 여전히 입을 놀려댔다. 누미디아 문제를 엄중히 재고해야
한다며 날이면 날마다 사람들을 선동했고, 베스티아가 누미디아의 왕
권을 인정해주는 대가로 유구르타에게서 돈을 뜯어냈다고 날이면 날
마다 맹비난했다. 결국 멤미우스는 원로원을 협박해 그가 노려온 조치
를 이끌어냈다. 원로원이 법무관 루키우스 카시우스 롱기누스를 누미
디아로 파견한 것이다. 롱기누스의 임무는 유구르타 왕을 로마에 직접
데려오는 것이었다. 유구르타는 이제 로마로 가 멤미우스 앞에서 지금
까지 자신에게 뇌물을 받은 자들의 이름을 전부 밝혀야 했다. 만일 원
로원 앞에서 증언하는 것이라면 그리 위험한 상황이 아닐 것이다. 하지
만 유구르타는 다름 아닌 로마 인민 앞에서 증언해야 했다.

롱기누스가 키르타에 도착해 왕에게 소환을 요구했을 때, 유구르타
는 로마로 따라가지 않겠다고 거부할 수가 없었다. 대체 왜? 왜 모두가
로마를 두려워할까? 로마가 실제로 할 수 있는 일이 뭐란 말인가? 누미
디아를 침략한다? 로마에는 늘 멤미우스 같은 자들보다 베스티아 같은

자들이 더 많았다! 그렇다면 왜 모두가 항상 로마를 두려워하는가? 강력하고 부유한 일국의 통치자에게 조용히 사람 하나 보내서 단번에 데려오게 하는 로마의 뻔뻔함 때문에?

유구르타는 순순히 롱기누스를 따랐다. 조용히 짐을 꾸리고, 로마에 데려갈 귀족 신하 몇몇을 슬쩍 부른 뒤, 누미디아 왕실 근위대에서 가장 우수한 쉰 명을 뽑아 롱기누스를 따라 배에 올랐다. 이것이 두 달 전 일이다. 그후로 두 달간 거의 아무 일도 일어나지 않았다.

아, 멤미우스는 결국 자신이 한 말을 지켰다! 멤미우스는 외국 군주인 유구르타가 직접 참석할 수 있도록 로마 시의 신성경계선 바깥에 위치한 플라미니우스 경기장에서 평민회를 소집했다. 회의의 목적은 이 일에 관심이 있는 로마인이라면 지위고하를 막론하고 누구나 멤미우스의 질문에 누미디아 왕이 답하는 것을 직접 들을 수 있게 하려는 것이었다. 누구에게 뇌물을 주었는가, 뇌물로 얼마를 주었는가? 멤미우스가 정확히 어떤 질문을 할 것인지 로마 사람이라면 누구나 다 알고 있었다. 따라서 플라미니우스 경기장에서 열린 평민회는 참석률이 엄청나게 높았다. 경기장 어디나 사람들로 북적였고, 늦게 온 사람들은 멀리서라도 들을 수 있을까 싶어 나무 계단마다 줄줄이 앉았다.

하지만 유구르타는 여전히 스스로를 방어할 방법을 알고 있었다. 과거 히스파니아에서, 또 이후의 세월을 통해 얻은 교훈을 그는 결코 잊지 않았다. 유구르타는 호민관 한 명을 매수했다.

표면적으로 호민관은 정무직 위계나 원로원 서열상 하위 계급에 속했다. 호민관에게는 임페리움이 없었다. 누미디아 말에는 대응하는 단어조차 없는 임페리움! 그것은 지상에 내려온 신이 소유할 법한 권한이다. 일개 법무관 따위가 일국의 강력한 왕에게 자기 뒤를 따르라고 명할 수 있는 이유가 바로 이 임페리움에 있었다. 속주 총독에게도 임페리움이 있다. 집정관도 임페리움이 있다. 법무관도 임페리움이 있다. 고등 조영관에게도 임페리움이 있었다. 그러나 각 정무관 직에 부여되는 임페리움의 강도와 종류는 저마다 달랐다. 임페리움 보유자임을 눈앞에 보여주는 증거는 릭토르였다. 릭토르는 전문 수행원으로서 임페리움 보유자 앞에 걸으며 길을 터주는 역할을 했다. 그들은 잔가지를 진홍색 끈으로 동여매 만든 자루 달린 도끼, 파스케스를 왼쪽 어깨에 메고 다녔다.

감찰관에게는 임페리움이 없었다. 평민 조영관도 임페리움이 없었다. 재무관 역시 마찬가지였다. 호민관 역시(이들이 지금 유구르타의 최대 관심사였다) 임페리움이 없었다. 호민관은 평민을 대표하는 선출직이었다. 로마 시민 대다수는 파트리키들이 누리는 특권을 넘볼 수 없는 평민이었다. 파트리키들은 로마의 건국 시조들을 선조로 둔 유서 깊은 가문의 귀족들이었다. 400년 전 공화국 초창기에는 오직 파트리키들만이 대접을 받았다. 하지만 평민들 몇몇이 부와 권력을 축적하고 원로원에 진출한 데 이어 상아 고관 의자에까지 앉게 되자 그들 역시 귀족이 되고 싶어졌다. 그 결과 노빌리스, 즉 신귀족이 탄생한 것이다. 그리하여 로마에서는 파트리키 귀족에 노빌리스 귀족이 가세해 이중 귀족체제가 공존하게 되었다. 노빌리스 귀족이 되기 위해서는 가문에서 집정관을 배출해야 했고, 평민이 집정관이 되는 것을 막는 장애물은 아무것도 없었다. 평민들의 명예심과 야망은 충족되었다.

평민에게는 그들만의 통치 회의체, 즉 평민회가 있었다. 파트리키에게는 평민회 참석권이나 투표권이 없었다. 평민 세력이 이토록 강성해지고 파트리키 세력이 그만큼 기운 것은 생긴 지 얼마 되지 않은 이 평민회가 거의 모든 법을 초월해 존재했기 때문이다. 평민의 이익을 대변하는 호민관 열 명은 투표로 선출되었다. 해마다 새로운 인물로. 이것이 로마 정치 제도에서 가장 골치 아픈 점이었다. 로마 정무관들은 임기가 1년밖에 되지 않아 기껏 매수를 해도 제대로 쓸모가 있을 때까지 관직에 머무르지 않았다. 매해 다른 사람을 사야 했고, 게다가 늘 여럿을 사야 했다.

그렇다, 호민관은 임페리움도 없었고 고위 정무직도 아니었다. 얼핏 봐서는 그리 대단한 관직이 아니다. 하지만 호민관은 실질적으로 가장 중요한 관직이 되었다. 호민관의 손에 진정한 권력이 있었으니, 오직 호민관에게만 거부권이 있었기 때문이다. 호민관의 거부권을 피해갈 수 있는 자는 없었다. 오직 독재관만이 그 거부권으로부터 자유로웠지만, 지난 100년 가까운 기간 동안 로마에는 독재관이 존재하지 않았다. 호민관은 감찰관, 집정관, 법무관, 원로원, 동료 호민관 아홉 명, 각종 회의, 민회, 선거 등 누구에게든 또 무엇에든 거부권을 행사할 수 있었다. 그리고 실제로 기회가 닿을 때마다 거부권을 행사했다. 또한 호민관들은 신성불가침의 존재여서 임무 수행중 물리적인 제재를 받을 수 없었다. 호민관들은 법도 제정했다. 반면 원로원은 제정권이 없었다. 어떤 법이 제정되도록 권고안을 낼 뿐이었다.

물론 이 모든 것은 견제와 균형의 원칙을 바탕으로, 한 집단이나 개인의 정치적 영향력이 지나치게 비대해지는 것을 방지하기 위해 고안된 제도이다. 만일 로마인이 정치적으로 뛰어난 동물이었다면 이 정치 제도는 본래 취지대로 작동했을 것이다. 하지만 그렇지 않았기 때문에 이 제도는 제대로 작동하지 않았다. 인류 역사를 통틀어 편법을 찾아내는 데 가장 능수능란한 자들이 바로 로마인들이었다.

그래서 누미디아의 유구르타 왕은 호민관 하나를 샀다. 명문가 출신도 아니고 부자도 아닌 정말 별 볼 일 없는 자였지만, 가이우스 바이비우스는 적법하게 선출된 호민관이었다. 앞에 놓인 탁자에 주르르 쏟아진 은화를 바이비우스는 조용히 큰 자루 열두 개에 퍼담았고, 그리하여 누미디아 왕의 소유물이 되었다.

지난해가 끝나갈 무렵 멤미우스는 플라미니우스 경기장에서 회의를 열어 유구르타를 불러냈다. 침묵을 지키는 군중 수천 명 앞에서, 플라미니우스 경기장 연단에 얌전히 서 있는 왕에게 멤미우스가 첫 질문을 던졌다.

"루키우스 오피미우스에게 뇌물을 주었습니까?"

하지만 왕이 채 입을 열기도 전에 바이비우스가 끼어들었다. "유구르타 왕이여, 귀하가 가이우스 멤미우스의 질문에 답하는 것을 금합니다!" 이것이 바이비우스가 한 발언의 전부였다. 한마디도 더 필요하지 않았다.

거부권 행사였다. 호민관으로부터 대답하지 말라는 지시를 받은 유구르타는 법에 따라 질문에 답을 할 수 없게 되었다. 평민회는 즉시 무산되었다. 실망한 군중 수천 명은 투덜거리며 집으로 돌아갔고, 분통이 터져 어쩔 줄 몰라 하는 멤미우스를 친구들이 억지로 자리에서 끌어냈다. 바이비우스는 점잔 빼며 신속히 걸어나갔지만, 물론 그를 점잖게 보는 사람은 아무도 없었다.

하지만 원로원은 아직도 그에게 본국으로 돌아가도 좋다는 허가를 내리지 않았다. 그래서 유구르타는 신년 첫날 이렇게 로마를 저주하고 로마인들을 저주하며 터무니없이 비싼 이 임대 빌라에 앉아 있었던 것이다. 신임 집정관 중 어느 누구도 개인적인 희사를 바라는 암시를 보내오지 않았다. 신임 법무관 중에는 뇌물을 쓸 만큼 값어치 있는 자가 없었다. 신임 호민관 중에도 괜찮은 인물이 없었다.

뇌물을 쓸 때 어려운 점은 그냥 미끼를 물에 던져서 되는 일이 아니라는 것이다. 잡으려는 물고기가 먼저 수면에 올라와 입을 빠끔거리며 눈앞의 황금 미끼에 관심이 있다는 확신을 낚시꾼에게 주어야 한다. 헤엄쳐 올라와 입을 벌리며 관심을 보이는 놈이 하나도 없을 땐, 낚싯대를 드리우고 물러앉아 최대한 인내심을 발휘하며 기다려야 한다.

그러나 자신의 왕국이 이미 탐욕스러운 왕위 쟁탈자들의 표적이 된 마당에, 어떻게 물러앉아 잠자코 기다리고만 있겠는가? 마스타나발의 적자 가우다와 굴루사의 아들 마시바에게는 쉽게 무시할 수 없는 권리가 있었다. 게다가 유구르타의 권력을 노리는 자는 결코 그들만이 아니었다. 귀국이 시급했다. 그런데도 유구르타는 여기 이렇게 무력하게 앉아 있었다. 만일 원로원의 허가 없이 떠나버린다면 전쟁 도발 행위로 비칠 수도 있다. 유구르타가 아는 한 지금 로마에 전쟁을 원하는 자는 없었다. 하지만 그가 정말로 떠난다면 과연 원로원이 어느 방향으로 튈지 가늠할 근거는 충분치 않았다. 게다가 원로원은 법안을 통과시킬 권한이 없다지만, 외교 문제 결정에 관해선 전쟁 선포부터 로마 속주의 통치까지 전담하고 있었다. 유구르타의 정보원들 말에 따르면 스카우루스가 바이비우스의 묵비권 행사에 몹시 분개해 있는 상황이었다. 전에도 그 위력을 보였듯 스카우루스는 원로원에서의 영향력이 실로 막강했다. 스카우루스는 전부터 유구르타가 로마에 불운을 가져올 거라 주장해왔다.

이부형제 보밀카르는 잠자코 앉아 유구르타가 상념을 떨쳐버리길 기다리고 있었다. 유구르타에게 전해야 할 새로운 소식이 있었지만, 지금처럼 왕의 마음속에 폭풍이 몰아치는 때에 굳이 말을 꺼낼 정도로 왕에 대해 모르진 않았다. 유구르타는 진정 놀라운 사람이었다. 타고난 능력이 실로 대단한데, 본인의 의지와 상관없는 미천한 태생으로 인해 얼마나 많은 역경에 부딪혀야 했는가! 그깟 핏줄이 뭐 그리 중요하다는 말인가? 유구르타에게는 누미디아 귀족 혈통 중에도 페니키아계 카르타고인 혈통이 특히 두드러졌지만 모친이 물려준 베르베르인 혈통 역시 많이 나타났다. 두 혈통 모두 셈족에서 나왔지만, 베르베르인은 페니키아인들보다 더 오래전부터 북아프리카에 근거지를 두고 살았다.

셈족에서 갈라져나온 이 두 혈통은 유구르타에게서 완벽한 조화를 이루었다. 미모의 베르베르인 모친에게는 연회색 눈동자, 반듯한 콧대, 길고 갸름한 얼굴, 큰 키를 물려받았고 페니키아 혈통인 부친 마스타나발로부터는 코르크 따개처럼 꼬불꼬불한 까만 머리칼, 촘촘하고 까만 체모, 거무스름한 피부, 건장한 골격을 물려받았다. 이런 외모로 인해 유구르타는 강한 첫인상을 주었다. 특히 어두운 피부색과 옅은 눈동자 색의 대비가 강렬해 유구르타를 처음 본 사람들은 흠칫 놀라며 공포를 느끼곤 했다. 수백 년에 걸친 그리스인들과의 교류로 그리스 문화를 상당히 많이 수용한 누미디아 상류층은 평소 그리스 의복을 입었다. 하지만 유구르타에게는 이 복식이 그리 어울리지 않았다. 유구르타는 투구, 판갑, 정강이받이를 착용하고 옆에 검을 찬 채 거친 군마에 올라타 있을 때 가장 빛났다. 전투복을 차려입은 전하의 모습을 로마 시민들이 볼 수 없다는 게 참으로 유감이군, 보밀카르는 이렇게 생각했다가 흠칫 놀랐다. 이런 생각을 하다니, 불운을 스스로 부르는 격이군! 내일 운명의 여신 포르투나에게 제물을 바쳐야겠어. 전하가 전투복을 입은 모습을 로마인들이 보는 일이 생겨서는 절대 안 된다고.

왕은 편안해 보였다. 안색이 부드러워졌다. 어렵사리 평온을 되찾은 전하에게 새로운 걱정거리를 안겨드려야 하다니 딱한 일이었다. 하지만 가장 충성스러운 신하이자 아우인 그에게서 소식을 듣는 편이 나을 것이었다. 어떻게든 왕이 실망하는 꼴을 보고 싶어 환장하는 머저리 같은 정보원에게서 갑작스레 전해 듣기보다는.

"전하?" 보밀카르가 머뭇거리며 물었다.

연회색 눈동자가 즉각 그를 향했다. "음."

"어제 퀸투스 카이킬리우스 메텔루스의 집에서 소문을 들었습니다."

이 말은 유구르타의 아픈 곳을 건드렸다. 보밀카르는 군주가 아니기에 로마 시 어디나 활보할 수 있었다. 따라서 만찬에 초대받은 이는 유구르타가 아닌 보밀카르였다.

"소문?" 왕이 짧게 되물었다.

"마시바가 로마에 나타났다고 합니다. 게다가 무슨 수를 썼는지 집정관 스푸리우스 포스투미우스 알비누스를 자기편으로 만들었다는 소문입니다. 곧 알비누스를 통해 원로원에 청원을 낼 거라고 합니다."

왕은 즉각 몸을 일으키고 똑바로 앉더니, 의자를 돌려 보밀카르의 얼굴을 똑바로 마주보았다.

"그 벌레 새끼가 대체 누구한테 기어간 건지 안 그래도 궁금하던 차였는데, 이제야 알았군. 하! 그런데 왜 내가 아니고 마시바란 말이냐. 내가 마시바보다 훨씬 더 많이 줄 수 있다는 걸 알비누스도 분명 알 텐데."

"제가 들은 정보에 의하면 그렇지도 않습니다." 보밀카르가 주저하며 말했다. "제 생각에는 알비누스가 아프리카 속주 관할권을 확보한다는 전제 아래 함께 후일을 도모한 것 같습니다. 전하가 이곳 로마에 꼼짝없이 붙들려 계신 동안, 알비누스가 아프리카 속주로 소규모 군단을 끌고 가 속히 키르타 경계선 너머까지 행진한 뒤 '누미디아의 왕 마시바!' 하고 환호하겠다는 것 아니겠습니까! 그러면 이제 '누미디아의 왕 마시바'는 알비누스의 부탁이라면 뭐든지 다 들어주겠지요."

"속히 돌아가야 한다!" 왕이 외쳤다.

"저도 압니다! 그러나 어떻게 말입니까? 방법을 말씀해주십시오."

"알비누스의 마음을 바꿀 기회가 내겐 전혀 없을 것 같으냐? 내겐 충분한 돈이 있다. 내가 더 많은 돈을 안겨줄 수 있단 말이다!"

보밀카르가 단호하게 고개를 저었다. "신임 집정관은 전하를 달갑지 않게 생각하고 있습니다. 지난달 알비누스 생일에 선물을 챙겨 보내지 않으셨지요. 마시바는 그자에게 선물을 빠뜨린 적이 없습니다. 사실 알비누스가 집정관으로 선출되었을 때도 선물을 보냈고, 거기에 또다시 생일 선물을 보낸 것입니다."

"정보원들이 문제로구나. 망할 것들!" 유구르타가 분에 못 이겨 이를 갈았다. "내가 질 거라고 생각하는 게야. 그래서 이젠 굳이 애쓰려 하지 않는 것이지." 왕은 잠시 입술을 깨물다가 혀를 내밀어 입술을 축였다. "이러다 정말로 지는 것이냐?"

보밀카르가 미소를 지었다. "전하가요? 절대 아닙니다!"

"알 수 없지……. 마시바! 내 그 녀석을 까맣게 잊고 있었어. 녀석이 키레나이카에서 프톨레마이오스 아피온과 어울리고 있을 거라 생각했지." 유구르타는 어깨를 으쓱 한번 추키더니 곧 눈에 띄게 침착해졌다.

"헛소문일 수도 있어. 정확히 누구 입에서 나온 말이냐?"

"메텔루스가 직접 말했습니다. 그자 말이니 맞을 겁니다. 메텔루스는 내년에 집정관으로 출마하려고 계획중이라서 요즘 늘 주변 동향에 귀를 기울이고 있습니다. 그자는 알비누스의 계획에 동조하지 않습니다. 만일 그랬다면 제게 그런 말조차 꺼내지 않았겠지요. 하지만 전하도 메텔루스를 아시지 않습니까. 강직하고 도덕적이어서 뇌물을 바라지 않지요. 메텔루스는 다른 나라 왕들이 로마 문턱에 진을 치고 있는 게 달갑지 않은 것입니다."

"메텔루스 정도면 강직하고 도덕적이라는 사치쯤은 부려도 되겠지!" 유구르타가 보밀카르에게 쏴붙였다. "카이킬리우스 메텔루스 집안의 인간들은 크로이소스 왕처럼 돈이 많지 않느냐? 그들이 히스파니아와 소아시아를 갈라줬지만, 누미디아는 갈라놓지 못해! 알비누스도 마찬가지다. 내가 보고만 있지 않아." 왕이 의자에 앉은 채 몸을 꼿꼿이 폈다. "마시바가 분명 이곳에 있느냐?"

"메텔루스에 의하면 그렇습니다."

"집정관 중 어느 쪽이 아프리카로 가고 어느 쪽이 마케도니아로 가는지 알게 될 때까지 여기서 기다려야겠다."

보밀카르가 실소했다. "지금 설마 추첨을 믿으시겠다는 건 아니겠지요!"

"나도 내가 로마인들을 어디까지 믿는지 모르겠다." 왕이 음울한 목소리로 말했다. "어쩌면 이미 결정이 났을 수도 있다. 하지만 어쩌면 말이다. 추첨 하나만큼은 진짜여서 그들이 정말 우연에 맡길 수도 있지 않겠느냐. 그러니 나는 기다리겠다, 보밀카르. 일단 추첨 결과가 나올 때까지 기다리고, 어떻게 할지는 그다음에 결정할 것이다."

그러고서 유구르타는 다시 의자를 원래대로 돌려 내리는 비를 바라보았다.

아르피눔 인근의 오래된 하얀 회벽 농가에 세 아이가 살았다. 장남은 가이우스 마리우스였고, 다음은 누이동생 마리아, 마지막으로 차남이 마르쿠스였다. 이 아이들이 성장하면 이 지역에서 중요한 자리를 차지하리라는 건 당연한 사실이었다. 하지만 그중 하나가 이 지역을 벗어나 더 먼 데로 진출하리라고는 어느 누구도 생각하지 못했다. 지방 귀족인 마리우스 가문 사람들은 구식의 화통하고 사람 좋은 대지주로, 언제까지나 아르피눔의 작은 영지에만 머물러 있을 것 같았다. 그중 누군가가 로마 원로원에 진출한다는 것은 생각도 못할 일이었다. 시골 출신으로 감찰관이 되었다고 세상을 떠들썩하게 했던 카토만 해도, 사실 로마 세르비우스 성벽에서 약 24킬로미터밖에 떨어지지 않은 투스쿨룸 태생이었다. 그러니 어느 누구도 아르피눔 지방 유지가 아들을 로마 원로원 의원으로 키워내리라고는 상상조차 하지 못했다.

돈 문제가 아니었다. 마리우스 가문은 돈이 많았으니까. 그들은 대대로 유복했다. 넓고 비옥한 아르피눔 땅 대부분은 마리우스, 그라티디우스, 툴리우스 키케로 세 가문의 소유였다. 이들 세 가문이 아르피눔 밖에서 신붓감이나 신랑감을 구할 때는 촉각을 늘 로마가 아닌 푸테올리로 뻗었다. 푸테올리의 그라니우스 가문은 부유한 해양 상인들로 원래 아르피눔 출신이었다.

마리우스의 신부는 그가 어린애일 때 이미 정해졌다. 마리우스보다도 더 어렸던 신붓감은 기나긴 약혼 기간 동안 푸테올리의 그라니우스 가문에서 얌전히 기다렸다. 그러나 마리우스가 드디어 사랑에 빠졌을 때 그 대상은 여자가 아니었다. 남자도 아니었다. 마리우스가 사랑하게 된 것은 군대였다. 그리고 군대가 자기 인생의 동반자가 될 것이라는 사실을 그는 즉각적이고 자연스럽고 기쁘게 받아들였다. 열일곱 살 생일에 수습군관으로 등록을 마친 마리우스는 당시 큰 전쟁이 없다는 것을 애석해했지만 어쨌든 집정관이 이끄는 군단의 최하급 군관으로 꾸준히 복무했고, 스물셋이 되던 해에는 히스파니아 누만티아 전투에 출정하는 스키피오 아이밀리아누스 장군의 개인 참모로 임명되었다.

히스파니아에 도착한 지 얼마 안 되어 마리우스는 푸블리우스 루틸리우스 루푸스와 누미디아의 유구르타 왕자의 친구가 되었다. 스키피오 아이밀리아누스는 동갑인 그들 셋에게 '무서운 삼총사'라는 별명을 붙여주며 총애하였다. 세 사람 모두 로마 상류층 출신이 아니었다. 유구르타는 아예 외국인이었고, 루푸스의 집안은 집정관을 지낸 조상은 커녕 지난 100년 동안 원로원 의원을 한 명도 내지 못했으며, 마리우스는 지방 유지의 아들이었다. 물론 당시에는 세 사람 모두 로마 정치에는 털끝만치도 관심이 없었다. 세 젊은이의 관심사는 오직 훌륭한 지휘관이 되는 것뿐이었다.

그중에서도 마리우스는 남달랐다. 그는 군인이 되기 위해 태어난 것 같았고, 나아가 군대를 지휘하기 위해 태어난 사람 같았다.

"무얼 어떻게 해야 할지 척 보면 안단 말이야." 스키피오 아이밀리아누스는 선망이 담긴 듯한 한숨을 내쉬며 말했다. 그 역시 지휘관으로서 무엇을 어떻게 해야 할지 늘 탁월하게 판단했지만 그건 아주 어려서부터 자기 집 식탁에 모인 장군들이 나누는 대화를 들으면서 자라왔기 때문이었고, 그가 타고난 지휘력이 얼마나 되는지는 오로지 그 자신만이 알고 있었다. 아주 조금이라는 것이 그의 솔직한 판단이었다. 그가 가진 실로 대단한 재능은 지휘력보다 조직력에 있었다. 첫번째 군단병이 등록하기 전에 이미 작전실에서 철저한 계획을 세워놓았다면, 실전에서의 지휘력은 전투 결과에 큰 영향을 주지 않는다고 스키피오 아이밀리아누스는 믿었다.

반면 마리우스는 타고난 천재였다. 그는 열일곱 살 때만 해도 여전히 작고 마른 소년이었다. 편식이 심하고 쉽게 짜증을 내서 어머니가 늘 싸고도는 반면 아버지로부터는 은근한 멸시를 받으며 자랐다. 그러던 그가 군화 끈을 동여매고 단단한 가죽옷 위로 질 좋고 반듯한 판갑 한 쌍을 착용하게 되었다. 몸도 마음도 자라 이윽고 육체적으로나 정신적으로나 또래 어느 누구보다도 힘세고 용감하고 독립적인 사내가 되었다. 이때부터 어머니에게서는 아들에 대한 살가움이 사라진 반면, 아들에 대한 아버지의 자부심은 날이 갈수록 커져갔다.

마리우스에게 세계 역사상 가장 위대한 군사 조직인 로마 군단의 중심부에 서는 것 이상의 삶은 없었다. 행군이 너무 고되다고 생각한 적도, 검술 훈련이 너무 길거나 잔인하다고 느낀 적도 없었다. 아무리 굴욕적인 임무도 마리우스의 크나큰 열정을 잠재워버릴 정도로 굴욕적이진 않았다. 그것이 훌륭한 군인이 되는 과정이라면, 무슨 명령을 받든 마리우스는 전혀 개의치 않았다.

마리우스가 당시 열일곱 살이던 어느 수습군관을 만난 것도 누만티아에서였다. 이 어린 수습군관은 스키피오 아이밀리아누스가 엄선해 조직한 소규모 군단에 합류하라는 긴급 전갈을 받고 로마에서 온 터였다. 청년의 이름은 퀸투스 카이킬리우스 메텔루스였다. 그의 형은 일리리쿰 지역에서 달마티아 언덕 부족민과의 전투에 대승을 거두어 달마티쿠스라는 코그노멘을 얻고 로마 국교에서 가장 높은 자리인 최고신관 직에 오른 자였다.

청년은 전형적인 카이킬리우스 메텔루스 집안사람이었다. 꾸준한 노력가로, 특별히 타고난 솜씨나 재간은 없었지만 반드시 해내겠다는 집념과 잘해낼 수 있다는 뚝심이 있었다. 귀족 계급에 대한 예의 때문에 굳이 말로 하지는 않았지만, 스키피오 아이밀리아누스는 무슨 일이나 해내려 드는 열일곱 살 청년이 꽤나 거슬렸던지 누만티아에 도착한 지 얼마 되지도 않은 메텔루스를 '무서운 삼총사', 즉 유구르타와 루푸스와 마리우스의 손에 맡겨버렸다. 연민 따위를 느끼기에는 아직 어렸던 이들 삼총사는 이기적인 고집덩어리 메텔루스를 맡게 된 것이 달갑지 않은 정도가 아니라 억울하기까지 했다. 그래서 메텔루스에게 잔인하게까지는 아니더라도 다소 거칠다 싶을 정도로 분풀이를 했다.

누만티아 전투가 진행되고 스키피오 아이밀리아누스가 분주한 동안 메텔루스는 상황을 묵묵히 참고 견뎠다. 마침내 누만티아가 함락되었다. 완전히 무너지고 파괴된 것이다. 자축의 의미로 최고위 군관에서 일개 사병까지 모두에게 술이 허락되었다. '무서운 삼총사'도 취했다. 젊은 메텔루스도 취했다. 메텔루스는 우연찮게도 이날 생일을 맞아 이제 열여덟이 되었다. '무서운 삼총사'는 생일을 맞은 소년을 돼지우리에 처박아주면 더없이 즐거운 장난이 되겠다고 생각했다.

술이 확 깨어 진창에서 빠져나온 메텔루스가 침을 튀기며 미친 듯 욕설을 퍼부었다.

"네놈들, 같잖고 건방진 놈들! 니들이 뭐라도 되는 줄 알지! 하, 너희들이 어떤 놈들인지 내가 똑똑히 말해주지! 유구르타, 넌 그냥 개기름 흐르는 외국 놈이야! 로마인의 신발을 핥을 자격도 안 되는 놈! 그리고 루틸리우스 너! 벼락출세한 아첨꾼 놈! 그리고 너, 마리우스, 너는 그리스어도 모르는 이탈리아 촌놈이잖아! 네놈들 따위가! 겨우 네놈들 따위가! 너희들 내가 누군지 몰라? 우리 집안이 어떤 집안인지 몰라? 나는 카이킬리우스 메텔루스 집안사람이야. 우리는 로마가 생겨나기 전부터 이미 에트루리아 왕족이었어! 요 몇 달간 모욕을 참아왔지만 더 이상은 못 참아! 감히 나를 너희 밑에 있는 부하 취급을 해? 네놈들 따위가! 겨우 네놈들 따위가!"

유구르타와 루푸스와 마리우스는 돼지우리 울타리에 매달려, 부엉이처럼 두 눈을 깜빡이며 맥 풀린 표정으로 천천히 몸을 흔들었다. 그때 전투에 능하면서 학식까지 깊은 보기 드문 인재 루푸스가 울타리 위에 한쪽 다리를 올리고 중심을 잡으며 걸터앉았다. 얼굴에 온통 미소를 띤 채.

"오해하지 마. 네가 말한 것 전부 나도 잘 아니까. 그런데 문제는 지금 네 머리에 왕관 대신 커다란 돼지 똥이 얹혀 있다는 거지. 오, 에트루리아의 왕이시여!" 그는 킬킬 웃음을 터뜨렸다. "일단 씻고 와서 말해. 그러면 안 웃고 들어줄지도 모르지."

메텔루스가 손을 위로 뻗어 거칠게 머리를 털어냈다. 루푸스의 이성적인 충고를 받아들이기에 그는 이미 너무 흥분해 있었다. 더군다나 그렇게 실실 웃으며 하는 충고라니. 메텔루스는 다시 폭언을 퍼부었다.

"루틸리우스! 네놈 이름으로 원로원 명단에나 오를 수 있을 것 같아? 오스키족 출신 주제에. 네놈 이름 뜻이 바로 '소작농'이지!"

"하, 이런." 루푸스가 점잖게 말했다. "내가 에트루리아어를 꽤 알아. '메텔루스'를 라틴어로 옮길 정도는 되지." 루푸스는 울타리 위에 앉은 채 허리를 꼬아 유구르타와 마리우스를 바라보더니 근엄한 표정으로 말했다. "에트루리아어로 '메텔루스'는 '해방된 용병'이라는 뜻이지."

도가 지나쳤다. 메텔루스가 루푸스에게 거칠게 돌진해서 그를 붙든 채 냄새가 폴폴 피어오르는 진창으로 쓰러졌다. 두 사람은 헛주먹질을 하며 부둥켜안은 채 진창 속을 굴렀다. 유구르타와 마리우스는 두 사람을 즐겁게 지켜보다 같이 돼지우리 안으로 뛰어들었다. 그들 못지않게 무례한 돼지들이 호기심에 그들을 구석구석 더듬으며 살폈다. 세 사람은 세상이 떠나갈 듯 떠들썩하게 웃었다. 메텔루스를 깔고 앉아 그의 온몸에 똥칠을 하던 삼총사가 마침내 힘이 빠지자, 메텔루스가 허우적대며 몸을 빼냈다.

"네놈들 반드시 대가를 치르게 될 거야!" 메텔루스가 이를 갈며 말했다.

"야, 머리 치워!" 유구르타가 대꾸하고 다시 발작하듯 웃어댔다.

허나 우리가 무엇을 하든 바퀴는 한 차례 빙 돌아 다시 원점으로 돌아가지. 마리우스는 욕조에서 나와 몸을 닦을 수건을 집어들며 생각했다. 최고 명문가의 덜 자란 애송이가 내뱉은 악의에 찬 말들은 그야말로 진실이었다. 누만티아의 무서운 삼총사, 그들의 실체는 무엇이었나? 기름이 줄줄 흐르는 외국인과 벼락출세한 아첨꾼과 그리스어도 모르는 이탈리아 촌놈이었다. 그게 진실이다. 그래, 그것이 진실이라고 로마는 지금까지 그들에게 가르쳐주었다.

유구르타는 이미 수년 전에 누미디아 왕으로 인정받아야 했다. 로마의 피호국 왕으로서 단호하면서도 우호적인 분위기 속에 선의의 조언과 공정한 거래를 구하는 관계가 되었어야 마땅했다. 반면에 그는 카이킬리우스 메텔루스 파벌의 집요한 적의로 갖은 고초를 겪어왔고, 지금은 로마에서 궁지에 몰려 누미디아의 왕위를 노리는 자들과 마지막 싸움을 벌이고 있었다. 유구르타의 가치와 능력으로 볼 때 원래부터 그의 몫이어야 할 것들을 쟁취하기 위해서.

엷은 갈색 머리칼의 친애하는 벗 루푸스는 철학자 파나이티오스의 총애를 받았고, 탁월한 문필가이자 군인이자 재담가이자 정치인으로서 스키피오 주변의 사상가들로부터 큰 지지를 받았다. 하지만 마리우스가 법무관에 가까스로 당선된 그해 집정관 선거에 출마했다가 상대의 부정행위로 당선의 영광을 빼앗겼다. 루푸스의 배경이 부족해서만은 아니었다. 유구르타처럼 그 역시 카이킬리우스 메텔루스 분가의 원한을 산 까닭에, 자동으로 카이킬리우스 메텔루스 집안과 동맹관계이자 그들 파벌 최고의 자랑거리인 스카우루스의 적이 되었기 때문이다.

그리고 마리우스, 그는 똥돼지의 표현을 빌리면 '그리스어도 모르는 이탈리아 촌놈'치고 꽤 성공했는지도 모르겠다. 애초에 마리우스가 로마로 가서 정치적 사다리의 끝까지 도전해보겠다고 결심한 계기가 무엇이었나? 단순하다. 스키피오 아이밀리아누스(고관 파트리키 대부분이 그렇듯 그도 속물이 아니었다)가 마리우스는 로마에서 정치를 해야 한다고, 그냥 지방 유지로 썩기는 너무 아깝다고 말했기 때문이다. 사실 더 중요한 것은, 법무관이 되지 않으면 로마 군대를 지휘할 기회가 영원히 주어지지 않는다는 점이었다.

그리하여 마리우스는 군무관 선거에 출마했다. 쉽게 당선되었고, 그 다음엔 재무관 선거에 나가 감찰관의 승인을 받았다. 그리고 이 그리스어도 모르는 이탈리아의 촌놈은 현재 로마 원로원 의원이다. 놀라울 따름이었다! 아르피눔의 가족들 역시 믿지지 않아 했으니까! 그후로 남들처럼 마리우스도 어느 정도 시류에 편승하여 조금씩 계단을 밟아올라갔다. 가이우스 그라쿠스의 사망 직후 반동 보수 세력이 정세를 압도하고 있을 무렵 마리우스는 호민관 선거에 나섰고, 돌아보면 이상한 일이지만 카이킬리우스 메텔루스 집안의 도움 덕에 승리했다. 사실 마리우스는 처음 호민관 선거에 나선 해에는 낙선했던 터였다. 마리우스가 카이킬리우스 메텔루스 파벌의 도움으로 호민관에 당선되자 그들은 마리우스가 자기네 편이 되었다고 판단했다. 그러나 평민회에 지나치게 권력이 집중되었다며 원로원이 가이우스 그라쿠스가 죽은 이래 가장 강력하게 위협을 가해왔을 때, 마리우스는 평민회의 자율권 수호를 위해 적극 활동함으로써 카이킬리우스 메텔루스 파벌의 기대를 완전히 무너뜨렸다. 메텔루스 달마티쿠스가 평민회의 입법 권한을 축소하는 법안을 밀어붙이려 했을 때도 마리우스는 거부권을 던졌고, 어떤 유혹과 회유와 협박에도 거부권을 철회하지 않았다.

하지만 그 거부권 행사로 마리우스는 비싼 대가를 치렀다. 호민관 임기 1년을 마치고 총 두 명을 뽑는 평민 조영관 선거에 출마했지만, 카이킬리우스 메텔루스 집안의 반대 로비로 뜻을 이루지 못했다. 다음번에는 법무관 직에 출마해 고군분투했지만 역시 카이킬리우스 메텔루스 집안의 반대에 부딪혔다. 달마티쿠스를 필두로 그들은 흔하디흔한 중상모략을 했다. 마리우스는 성불구다. 소년들을 성추행한다. 분노를 먹는다. 바쿠스와 오르페우스의 악덕, 즉 음주와 풍악을 즐기는 퇴폐적인 비밀모임 회원이다. 온갖 뇌물을 받는다. 누이와 어머니와 동침했다. 게다가 메텔루스 집안사람들은 덜 자극적이지만 결국 더 큰 효과를 발휘한 중상모략 역시 동원했다. 마리우스는 로마인이 아니라고, 별 볼 일 없는 이탈리아 촌놈이라고. 로마인들은 진정한 로마의 아들들을 충분히 배출할 수 있으며, 그들 자신의 손으로 마리우스 같은 자들을 법무관으로 당선시킬 필요가 없다고. 이 주장은 로마인들의 마음을 움직였다.

그러나 나머지 중상모략에 비하면 이것은 어쩌면 사소했다. 마리우스가 가장 분하고 억울하게 여긴 비방은 따로 있었다. 메텔루스 집안사람들은 끊임없이 마리우스가 그리스어도 모르고 최소한의 교양조차 갖추지 않은 자라고 떠들어댔다. 이 비방은 사실이 아니었다. 마리우스는 그리스어를 능숙하게 구사했다. 단지 마리우스의 그리스어 교사들은 아시아계 그리스인들이었다. 마리우스에게 그리스어를 가르친 파이다고구스(가정교사)는 헬레스폰트 해협의 람프사코스 출신이었고, 마리우스의 그라마티쿠스(수사학 교사)는 폰토스의 해안도시 아미소스 출신이었다. 두 지역 모두 사투리가 강했다. 따라서 마리우스는 제대로 교육받지 않은, 천하고 못 배운 놈이라는 인상을 주는 그리스어를 배운 셈이었다. 마리우스는 패배를 인정할 수밖에 없었다. 아시아계 그리스어를 유창하게 한다고 해봤자, 그리스어를 아예 할 줄 모른다고 말하는 것과 별반 다를 바가 없었을 것이다. 결국 마리우스는, 제대로 교육받고 교양을 갖춘 인물임을 입증하는 언어인 그리스어를 남들 앞에서 아예 사용하지 않음으로써 소문을 무시했다.

상관없다. 법무관 당선자 중 가장 적은 표를 얻긴 했지만 결국 선출되었다는 사실이 중요했다. 게다가 선거 직후 제기된 뇌물 공여 의혹 역시 다 극복하지 않았는가. 뇌물 공여라니! 그에게 그만한 재력이 있기나 했던가! 당시 마리우스는 결코 정무직 관리를 매수할 만큼 큰돈을 갖고 있지 않았다. 그러나 군인 마리우스의 용맹함을 눈으로 직접 봤거나 직접 전해 들은 자들이 다행스럽게도 유권자 중에 꽤 있었다. 로마 유권자들은 뛰어난 군인에게 특별한 애착을 느꼈고, 바로 이 점이 마리우스를 당선으로 이끈 것이었다.

원로원은 마리우스를 총독 자격으로 먼 히스파니아 속주에 보냈다. 로마인들의 눈에서 멀어지면 그들 마음으로부터도 멀어질 것이고, 마리우스를 그곳에 두는 것이 자기들에게 더 유용하리라는 계산에서였다. 그러나 마리우스는 타고난 무관이었기에 히스파니아에서 실로 대단한 성공을 거두었다.

히스파니아 사람들, 특히 서부 루시타니아와 북서부 칸타브리아의 덜 문명화된 토착민이 뛰어난 능력을 보이는 전투 형태는 로마 사령관들 대부분과 맞지 않았고 로마 군단이 이제껏 싸워온 방식과도 완전히 달랐다. 히스파니아 사람들은 전투 대형을 전통적인 방식과 전혀 다르게 짰고, 보편적으로 받아들여지는 전쟁 원칙을 완전히 무시했다. 승산에 관계없이 가장 결정적인 전투에 모든 걸 걸고 싸워서 이기는 것이 전쟁 장기화로 막대한 비용을 감수하는 것보다 낫다는 원칙 말이다. 그들은 로마와의 전쟁이 이미 장기전에 들어섰음을 알고 있었다. 히스파니아 사람들로서는 켈트이베리아족으로서의 정체성을 지키려면 절대 멈출 수 없는 전쟁이었다. 그들 입장에서는 이 투쟁에 히스파니아의 사회적·문화적 독립이 걸려 있었다.

하지만 역시 장기전을 감당할 자금이 충분치 않았던 히스파니아 사람들은 결국 민간인 전쟁을 벌였다. 그들은 결코 전투를 시도하지 않았다. 대신에 매복, 급습, 암살을 했고 로마의 자산을 파괴했다. 그들은 결코 예상한 장소에 나타나지 않았다. 열을 지어 행군하지도 않았다. 무리를 지어 나타난 적도 없었다. 군복을 입거나 무기를 소지하지 않았기 때문에 쉽게 분간할 수도 없었다. 히스파니아 사람들은 말 그대로 그저 덤벼왔다. 전혀 예상치 못한 곳에서 불쑥. 그리고 나서는 마치 그 자리에 없었던 것처럼, 산속의 어마어마하게 큰 바위들 틈으로 흔적 없이 사라지곤 했다. 교묘하게 벌어진 소규모 학살과 분명히 연관이 있다고 로마 정보기관에서 알려온 작은 마을을 급습하면, 온순하고 참을성 많은 당나귀처럼 느긋하고 순진하며 전혀 의심할 여지가 없어 보이는 주민들이 살고 있을 뿐이었다.

히스파니아는 엄청난 풍요의 땅이었고, 따라서 누구나 히스파니아를 차지하려 했다. 맨 처음 이곳에 살았던 이베리아계 토착민은 1천 년에 걸쳐 피레네 산맥을 넘어 침입해오는 켈트족과 뒤섞였다. 게다가 아프리카와 히스파니아 사이의 좁은 해협을 건너온 베르베르계 무어인으로 인해 이곳은 다양한 민족의 용광로가 되었다.

거기에 1천 년 전 시리아의 해안도시 티로스, 시돈, 베리토스에서 페니키아인이 넘어왔다. 나중에는 그리스인도 유입되었다. 200년 전부터는 페니키아계 카르타고인이 찾아들었는데, 아프리카 카르타고 지역에 제국을 건설한 시리아계 페니키아인들의 후손이었다. 카르타고인의 유입을 기점으로, 히스파니아가 상대적으로 조용히 고립되어 지내던 시기는 끝났다. 그들이 히스파니아에 찾아온 이유가 바로 광물을 캐기 위해서였기 때문이다. 히스파니아의 산에는 금, 은, 납, 아연, 구리,

철 등 온갖 금속이 묻혀 있었다. 당시에는 세계 어디서나 금속제품에 대한 수요가 급증했고 금속으로 재산을 불린 사람들의 수도 늘어났다. 카르타고의 강성한 세력은 히스파니아의 광물자원에 기초한 것이었다. 심지어 주석처럼 히스파니아 광산에서 산출되지 않는 광물도 히스파니아를 통해 거래되었다. 주석은 인간이 생존할 수 있는 땅의 저 끝에 있다고 알려진 전설의 카시테리데스, 즉 '주석 제도(諸島)'에서 채굴되어 칸타브리아의 작은 항구들을 통해 히스파니아로 들어온 뒤 무역로를 따라 지중해 연안까지 팔려나갔다.

카르타고인은 바다 건너로 진출하여 시칠리아, 사르디니아, 코르시카까지 장악했다. 그러고 나선 운명에 따라 로마와 대치할 수밖에 없었다. 지금으로부터 150년 전의 일이었다. 세 번의 전쟁으로 100년 이상을 보낸 후 카르타고는 멸망했다. 그리고 로마는 사상 처음으로 바다 너머의 땅을 점령하게 되었다. 로마의 새로운 소유물에는 히스파니아의 광물이 포함되어 있었다.

실리적인 사고에 능한 로마인들은 곧바로 히스파니아를 두 지역으로 나누어 다스리는 것이 좋겠다고 판단했다. 이에 따라 히스파니아 반도는 속주 두 지역, 즉 가까운 히스파니아와 먼 히스파니아로 나뉘어 통치되었다. 먼 히스파니아의 총독은 히스파니아의 남쪽과 서쪽을 통치했고, 옛 페니키아 도시 가데스가 하구에 위치한 바이티스 강 유역의 굉장히 비옥한 지대에 총독 본부를 두었다. 북쪽과 동쪽을 통치하는 가까운 히스파니아의 총독은 발레아레스 제도 맞은편 해안 평야에 본부를 두었지만 필요나 기분에 따라 다른 위치로 옮겨다니곤 했다. 히스파니아의 서부 루시타니아와 서북쪽 칸타브리아는 대부분 장악되지 않은 상태였다.

히스파니아 토착민들은 스키피오 아이밀리아누스 장군이 누만티아에서 냉혹하게 보여준 교훈에 아랑곳하지 않고 매복, 급습, 암살, 기물파괴를 통해 점령국 로마에 끊임없이 저항했다. 신임 총독 자격으로 먼 히스파니아 속주에 도착해 실태를 파악한 마리우스는 이내 생각했다. 호오, 그렇다면 나 역시 매복, 급습, 암살, 기물파괴로 대응하면 될 것 아닌가! 그러고는 이 결론을 이내 실행에 옮겼다. 결과는 대성공이었다. 마리우스는 히스파니아 내 로마 점령지를 서쪽 끝 루시타니아까지 넓혀 바이티스 강, 아나스 강, 타구스 강을 건너며 풍부한 광물자원이 매장된 산들을 차례로 정복해나갔다.

과장을 조금도 보태지 않고, 점령지의 경계선이 확장될 때마다 로마 정복자들은 이전보다 더 풍부한 광물 매장지를 만났다. 특히 은, 구리, 철이 많았다. 그리고 새 영토가 품고 있는 풍부한 광물자원을 먼저 가질 권리는 당연히 속주 총독, 그러니까 로마의 이름으로 새 영토를 개척한 당사자에게 있었다. 로마 국고위원회에서 일정 부분을 국가의 몫으로 가져가긴 했지만 기본적으로는 광산 소유권 및 채굴권을 개인의 손에 맡겨두었는데, 이 경우에 훨씬 더 효율적으로 철두철미하게 개발이 이루어짐을 잘 알기 때문이었다.

마리우스는 부자가 되었다. 그러고도 계속 더 많은 돈을 벌어들였다. 새로 개발되는 모든 광산의 전체 혹은 일부가 마리우스의 소유였다. 또 이 과정에서 자연스럽게 거대 사업체들과 익명의 동업관계를 맺게 되었는데, 이 사업체들은 로마 시뿐만 아니라 로마가 점령한 영토 전체에서 곡물 수매 및 물류업, 상업 금융에서 공공사업까지 온갖 도급 계약을 취급했다.

히스파니아에서 돌아오기 전, 마리우스는 병사들로부터 임페라토르

(최고사령관)로 뽑혔다. 이는 원로원에 개선식을 열어달라고 요청할 자격이 있음을 의미했다. 그간 마리우스가 국가 재정에 보탠 전리품, 십분의일세, 조세, 공물이 막대했기에 원로원은 마리우스 휘하 병사들의 바람을 들어주지 않을 도리가 없었다. 그리하여 마리우스는 고풍스러운 승리의 전차를 타고 전용 행진로를 따라 당당하게 로마 시내를 개선행진했다. 마리우스의 전차를 앞서가는 꽃수레 안에는 히스파니아 속주에서의 승리와 약탈을 증명하는 전리품이 높이 쌓여 있었고 바깥쪽에는 전투 장면, 속주 지도, 속주 토착민들의 특이한 복식이 그려져 있었다. 이날 마리우스의 마음은 앞으로 2년 안에 집정관이 되리라는 기대로 한껏 부풀었다. 아르피눔 출신의 가이우스 마리우스, 그리스어도 못한다고 경멸받던 이탈리아 촌놈이 이제 곧 세계에서 가장 위대한 도시의 집정관이 된다. 그러면 히스파니아에 돌아가 정복사업을 완결짓고 그곳의 두 속주를 명실상부 가장 평온하고 찬란히 번영하는 로마 속주로 만들리라. 그러나 마리우스가 로마로 돌아온 지 올해로 벌써 5년이다. 5년! 카이킬리우스 메텔루스 파벌이 결국 이겼다. 마리우스는 이제 결코 집정관이 되지 못할 것이다.

"키오스산 옷을 입겠다." 마리우스는 분부를 기다리며 서 있는 하인에게 일렀다. 마리우스 정도의 지위에 있는 사내들은 대개 욕조 안에 누워 노예더러 몸을 씻기고 안마를 하도록 했지만, 마리우스는 지금도 되도록 자기 몸을 스스로 씻었다. 마흔일곱에도 마리우스는 여전히 사내다운 풍모를 유지했고, 몸매에 관한 한 수치스러울 점은 전혀 없었다. 아무리 바깥일이 잘 풀리지 않더라도 마리우스는 늘 많은 시간을 할애해 꾸준히 운동을 했다. 아령과 구주희로 체조를 하고 날이 허락하면 티베리스 강의 트리가리움 유역을 수차례 왕복으로 헤엄친 후 다시 마르스 평원을 빙 돌아 카피톨리누스 언덕 아룩스에 위치한 자기 집까지 뛰어왔다. 머리숱이 정수리부터 점점 줄고 있긴 했지만, 진한 갈색을 띠는 곱슬머리를 뒤쪽으로 잘 빗어넘기면 여전히 썩 훌륭한 모습이었다. 됐군. 이 정도면 될 것이다. 그가 미남이었던 적은 없고 앞으로도 그러긴 힘들 것이다. 하지만 괜찮은 용모였다. 심지어 강렬한 인상을 주기도 했다. 아무리 그래도 가이우스 율리우스 카이사르와는 비교가 되지 않겠지만!

기묘한 일이다. 그저 원로원 의원의 소박한 가족 식사자리에 초대받았을 뿐인데 왜 이렇게 머리와 의복에 공을 들이고 있나? 그 의원은 법무관은커녕 조영관 자리에도 오르지 못한 자다. 그런 자리에 키오스 섬의 옷이라니! 나중에 집정관이 되면 임기중에, 또 무사히 임기를 마치고 존경받는 전직 집정관이 되면 손님들을 초대해 만찬을 베풀 때 입으려고 몇 해 전에 사둔 옷이었다.

순전히 사적인 만찬에는 좀더 소박한 옷차림, 자주색 단 장식 정도만이 있는 흰색 토가와 튜닉이 보통이었다. 반면 키오스 섬의 태피스트리로 만든 긴 튜닉은 황금빛과 자줏빛이 어우러진 화려한 장식이 두드러졌다. 다행히 당시 사치금지법에 남성의 화려하고 사치스러운 의복을 금지하는 항목은 없었다. 식탁에 올릴 수 있는 고가의 요리 품목을 규제하는 리키니우스법이 있긴 했지만, 그것도 지키는 사람이 별로 없었다. 어쨌거나 마리우스가 보기에 카이사르의 식탁에 리커피시나 굴이 오를 것 같지는 않았다.

집을 나서기 전에 잠깐이라도 아내를 봐야겠다는 생각은 마리우스에게 단 한 번도 들지 않았다. 마리우스는 아내의 존재를 수년째 잊고 지냈다. 아니, 마리우스가 스스로 아내를 머릿속에 떠올린 적이 과연 있기나 할까. 두 사람은 성생활이 있을 수 없는 유년기에 정혼했다. 결혼식을 올린 후 자식 없이 지내온 지난 25년 동안에도 그들 사이에는 성생활이 거의 부재했다. 그들 부부는 애정은커녕 일말의 친밀감조차 없이 지내왔다. 마리우스같이 전쟁을 좋아하고 신체활동이 활발한 사내들은 매력적인 여성과 마주칠 때나 비로소 그간 성생활이 부재했음을 자각하고 위안을 구하기 마련이다. 하지만 마리우스의 경우 그런 일도 흔하진 않았다. 그저 어쩌다 한 번씩 가벼운 정사를 즐겼고, 그 대상은 마리우스의 눈길을 끄는 예쁘장한 여자(물론 정사를 치러도 문제가 없고 기꺼이 그를 받아주는 여자들)나 집안의 하녀 또는 (전투중에는) 포로 정도였다.

하지만 아내 그라니아는? 마리우스는 그라니아가 주변 50센티미터 반경 이내에 있을 때조차, 아이가 생길 정도만이라도 잠자리를 하고 싶다며 신호를 보내올 때조차 아내의 존재에 완전히 무심했다. 그라니아와의 잠자리는 한 치 앞도 보이지 않는 짙은 안개 속을 행군하는 느낌이었다. 형태가 느껴지지 않는 어떤 것이 역시 정체를 파악할 수 없는 다른 것으로 모양을 끊임없이 바꾸어갔다. 그저 이따금 주변 온도가 달라졌다고 느끼거나 전반적으로 습한 가운데 조금 더 축축한 기분이 들 뿐이었다. 그가 절정에 이르렀을 때 혹시 입을 벌린다면 그건 하품이 나와서였다.

마리우스는 그라니아를 조금도 동정하지 않았다. 이해하려고도 하지 않았다. 그라니아는 그저 그의 아내인 늙고 억센 암탉일 뿐 단 한 번도, 심지어 젊었을 때조차 그에게 매력적이었던 적이 없었다. 아내가 한나절을, 또는 야밤중에 무얼 하며 보내는지 마리우스는 전혀 알지 못했고 신경도 쓰지 않았다. 그라니아가 음탕한 이중생활을 한다? 누가 마리우스에게 그런 암시를 준다면 마리우스는 눈물을 찔끔거리며 웃어젖혔을 것이다. 그리고 사실 마리우스의 생각이 맞았다. 그라니아는 고루할 만큼 정숙한 여자였다. 메텔라 칼바(달마티쿠스와 똥돼지 메텔루스의 누이이자 루키우스 리키니우스 루쿨루스의 방종한 여편네) 같은 여인네와 푸테올리 출신의 그라니아가 어찌 같으랴!

은광에서 번 돈으로 마리우스는 세르비우스 성벽 바깥 마르스 평원에 자리한 카피톨리누스 언덕의 아룩스에 세워진 이 집을 샀다. 로마에서 가장 비싼 집이었다. 구리 광산에서 번 돈으로는 유색 대리석을 사서 벽돌에 콘크리트 반죽을 발라 만든 기둥과 벽과 바닥을 덮었다. 철광산에서 번 돈으로는 로마 제일의 벽화가를 고용해 붙임기둥과 벽에 사슴사냥 장면이나 화원 또는 트롱프뢰유 풍경화를 그리게 했다. 또 몇몇 큰 사업체와 익명으로 동업자 관계를 맺어 번 돈으로는 헤르메스 두상을 비롯한 다양한 조각상, 상아 다리를 황금으로 상감한 으리으리한 산다락나무 탁자, 화려한 금박장식이 된 긴 의자와 걸상, 아름답게 수놓은 걸개, 청동으로 주조한 문을 샀다. 널따란 주랑정원에 피어난 꽃들은 히메토스 산이 직접 색채뿐만 아니라 향기까지 세심하게 고려해 배치한 듯했다. 위대한 돌리코스가 만든 중앙 연못에는 물고기가 헤엄치고 물 위로는 수련이, 연못 가장자리엔 백합이 피었다. 트리톤, 네레이스, 님프, 돌고래, 수염 달린 큰바다뱀을 빼어난 솜씨로 실물보다 크게 묘사한 조각품들과 각종 분수대도 세워져 있었다.

그러나 사실 이것들 모두 마리우스에게는 아무 의미가 없었다. 그저 의무적으로 하는 쇼에 지나지 않았다. 마리우스는 가구도 없는 제일 작은 방에 야전침대를 놓고 잠을 잤다. 이 방을 장식하는 것은 한쪽 벽에 걸린 검과 검집 그리고 또다른 벽에 걸린 냄새나는 사굼(군용 가죽 망토)이 전부였다. 이 방에서 색채를 띤 물건이라고는 히스파니아 전투가 끝났을 때 그동안 마리우스가 아끼던 군단이 준 낡고 때 묻은 벡실룸(깃발)뿐이었다. 아, 남자의 인생이란 이런 것이다! 마리우스에게 법무관이나 집정관 직이 의미가 있는 것은 이 두 관직에만 최고 군사지휘권이 있기 때문이었다. 하지만 법무관의 군사지휘권은 집정관과 비교가 되지 않았다! 그리고 마리우스는 자신이 절대 집정관이 될 수 없음을, 적어도 지금 이 상황에서는 분명 그렇다는 것을 잘 알고 있었다. 로마인들이 아무것도 아닌 자를 뽑아줄 리 없으니까. 그가 제아무리 돈이 많다고 해도.

전날부터 계속 우울한 가랑비가 날렸고, 어딜 가나 습하고 축축한 날씨가 이어지는 가운데 마리우스는 길을 걸었다. 늘 그렇듯 자신이 대단한 재산을 지닌 대부호임을 잊은 채. 마리우스는 화려하게 차려입은 옷 위로 낡은 전투용 사굼을 걸치고 있었다. 기름때가 낀데다 고약한 냄새마저 풍기는 이 두꺼운 망토는 알프스의 칼바람과 며칠간 이어지던 에페이로스의 폭우로부터 늘 마리우스를 지켜주었다. 전장에 나가는 군인이라면 꼭 갖춰야 할 의복이었다. 망토의 악취는 빵집에서 새어나온 한줄기 연기처럼 관능적으로 마리우스의 콧속으로 숨어들었고, 따스하고 친근하게 마리우스의 허기를 자극했다.

"어서 들어오시오, 어서!"

카이사르가 문 앞에서 직접 손님을 맞았다. 그는 우아한 손을 내밀어 더러운 사굼을 받아들었다. 냄새가 손에 밸까 옆에 서 있는 노예에게 얼른 넘겨버릴 법도 하건만, 그는 경외심 어린 손길로 사굼을 천천히 쓰다듬더니 조심스럽게 노예에게 건넸다.

"전쟁을 족히 몇 번은 치른 물건이로군요."

카이사르가 말했다. 그는 과시욕이 노골적으로 드러나는 마리우스의 화려한 황금색과 자주색의 키오스산 옷을 보고도 눈 하나 꿈쩍하지 않았다.

"제가 가진 사굼은 지금까지 이것뿐입니다."

키오스산 태피스트리의 주름 장식이 잘못 드리워져 있다는 사실을 의식하지 못한 채 마리우스가 말했다.

"리구리아산인가요?"

"물론입니다. 열일곱이 되어 수습군관으로 처음 군복무를 하게 되었을 때 부친이 제일 좋은 것으로 사주셨습니다." 마리우스는 집이 작고 소박하다는 사실을 의식하지 않은 채 카이사르를 따라 식당으로 들어서며 말을 이었다. "세월이 지나 제 군단의 장비와 의복을 직접 관리하게 되었을 때 병사들 모두 제 것과 똑같은 망토를 장만하도록 했습니다. 병사들이 비에 젖거나 추위에 덜덜 떨도록 방치하면서 체력을 유지하기를 바라는 것은 당치 않으니까요." 마리우스는 무언가 중요한 것이 떠오른 듯 서둘러 덧붙였다. "물론 군의 표준 가격 이상을 부과하지는 않았습니다. 제대로 된 지휘관이라면 전리품에서 초과 비용을 충당하는 수완 정도는 발휘합니다."

"의원님이 제대로 된 분인 것은 제가 잘 알지요." 카이사르가 가운데 놓인 긴 의자의 왼편 끝에 걸터앉으며 손님에게 상석인 오른편 자리를 권했다.

하인이 그들의 신발을 벗겼고, 마리우스가 화로의 연기를 쐬길 거절하자 양말을 건넸다. 두 사람은 양말을 받아들고 왼쪽 팔꿈치를 얹는 쿠션의 높이를 조정해 편안한 자세로 몸을 기댔다. 포도주를 든 하인이 한발 앞으로 나섰다. 뒤에는 다른 하인이 잔을 들고 서 있었다.

"제 아들들은 곧 도착할 것이고 아내와 여식들은 식사 직전에 올 겁니다." 카이사르가 한 손을 들어 포도주를 따르려는 하인을 멈추게 한 뒤 말했다. "의원님께 제가 마시는 것처럼 포도주에 물을 타시길 권해드린다고 해서 저를 인색하다 여기실까 걱정이 되는군요. 그럴 만한 이유가 있긴 하지만 지금 설명하기는 좀 이릅니다. 일단 간단히만 말씀드리면, 의원님과 저 둘 다 정신을 바짝 차리고 있어야 해섭니다. 게다가 제 아내와 여식들은 남자들이 희석하지 않은 포도주를 마시고 있는 것을 보면 불편하게 생각할 테니까요."

"저도 부어라 마셔라 하는 걸 좋아하진 않습니다." 마리우스는 몸에 긴장을 풀며 우아한 몸짓으로 포도주 따르는 하인에게 그만 따르라는 신호를 보냈다. 그러고는 잔이 거의 다 차도록 물을 채웠다. "기꺼운 마음이 드는 사람이 있어 그의 만찬 초대에 응했다면, 입은 술 마시는 데가 아닌 담소를 나누는 데 써야 마땅합니다."

"옳습니다!" 카이사르가 활짝 웃으며 말했다.

"하지만 그 이유가 무엇인지 대단히 궁금합니다."

"적당한 때가 되면 알게 되실 겁니다."

침묵이 이어졌다. 두 사내는 다소 어색하게 맹물에 가까운 포도주를 홀짝였다. 본래 지나가다 목례 정도만 하는 사이였기에 이렇듯 친분을 맺으려고 만난 자리가 어려울 수밖에 없었다. 더군다나 손님을 초대한 주인이 좀더 빨리 분위기를 풀어줄 수 있는 한 가지 수단인 포도주를 금했으니 더욱 그러했다.

카이사르가 헛기침을 하며 긴 의자 아래 좁다란 탁자에 잔을 내려놓았다.

"보아하니 가이우스 마리우스, 올해 고위직 인물들이 그다지 마음에 들지 않으신 것 같더군요."

"네, 당연히 그렇습니다! 그 점에선 의원님도 저와 생각이 일치하는 것 같습니다."

"맞아요. 영 시원찮습니다. 간혹 정무직 임기를 1년으로 고수하는 게 과연 옳은가 싶기도 합니다. 어떤 해에 다행히 정말 좋은 인물을 자리에 앉혔다면 임기를 좀더 늘려서 일을 더 하게 해야 하지 않나 싶습니다."

"그럴싸한 말씀이로군요. 사내들이 더이상 사내가 아닐 때야 가능하겠습니다만," 마리우스가 말했다. "그럴 경우 한 가지 장애 요소가 있습니다."

"장애 요소라?"

"일견 좋아 보이는 인물이 진짜로 좋은 인물임을 누구의 말을 듣고 결정합니까, 당사자? 원로원? 트리부스회? 기사들? 유권자들? 이들은 절대 부패하지 않는, 그러니까 절대 뇌물 따위는 받지 않는 이들입니까?"

카이사르가 웃었다. "음, 나는 가이우스 그라쿠스를 좋은 인물로 보았습니다. 그 사람이 호민관 재선에 도전했을 때 나는 전폭적으로 지지했습니다. 3선을 노릴 때도 지지했지요. 내가 파트리키여서 그리 큰 힘이 되지 못했지만."

"예, 아주 적절한 사례를 말씀하셨습니다, 가이우스 율리우스. 로마에 어쩌다 좋은 인물이 나타나면 여지없이 잘려나가고 맙니다. 왜 그렇겠습니까? 그가 가족, 파벌, 재산보다 로마를 더 아끼기 때문이 아니겠습니까?" 마리우스가 어두운 표정으로 말했다.

"나는 그것이 유독 로마인에게만 해당하는 현상이라고 생각지 않습니다." 카이사르가 말했다. 우아한 눈썹이 치켜올라가서 이마에 주름이 생겼다. "인민은 어디서든 인민입니다. 적어도 질서나 탐욕에 관해서라면 로마인, 그리스인, 카르타고인, 시리아인 또는 그 누구든 큰 차이가 없습니다. 최적의 통치자가 잠재능력을 최대한 발휘할 수 있을 정도로 충분히 긴 기간 동안 일할 수 있는 유일한 방법은 왕이 되는 것뿐입니다. 이름뿐만이 아닌 명실상부한 군주."

"하지만 로마는 절대 왕을 인정하지 않을 것입니다." 마리우스가 말했다.

"지난 500년간 그래왔지요. 로마는 스스로 왕정을 폐지했습니다. 기이한 일이지요, 그렇지 않습니까? 세상 대부분의 나라가 절대군주의 통치를 선호합니다. 그런데 우리 로마인만 유독 그렇지 않지요. 이 점에서는 그리스인도 마찬가집니다."

마리우스가 빙그레 웃었다. "그야 로마와 그리스는 스스로를 왕으로 여기는 자들 천지라 그런 것 아니겠습니까. 그리고 우리 로마의 경우 왕들을 몰아낸 뒤에 진정한 민주주의 체제가 서지는 않았습니다."

"당연히 아니지요! 진정한 민주주의란 실현 불가능한 그리스의 철학 이념일 뿐입니다. 그리스인들이 스스로 초래한 저 혼란을 보십시오. 우리 분별 있는 로마인들이 그런 혼란을 빚을 리 있겠습니까. 로마는 소수가 다수를 통치하는 체제지요. 소수, 즉 명문가 말입니다." 카이사르가 가벼운 어조로 말을 맺었다.

"그리고 몇몇 신진 세력들." 그 자신 명문가 출신이 아니면서 고위직까지 오른 신진 세력인 마리우스가 덧붙였다.

"그리고 몇몇 신진 세력들." 카이사르가 순순히 동의했다.

카이사르의 두 아들이 식당에 들어섰다. 훌륭한 젊은이라면 응당 갖춰야 할 자세를 갖추고 있었다. 남자답지만 공손하고 수줍기보다는 절제된, 자신을 내세우지 않지만 뒤로 빼지만은 않는.

섹스투스 율리우스 카이사르는 장남으로 올해 스물다섯이 되었다. 키가 크며 머리칼은 황갈색과 청동색이 어우러졌고 눈은 회색이었다. 젊은이들을 관찰하는 데 익숙한 마리우스는 섹스투스에게 묘한 그늘이 있음을 감지했다. 눈 밑에 희미한 피로의 기색이 느껴졌고 꼭 다문 입매가 어딘가 일그러져 있었다.

차남 가이우스 율리우스 카이사르는 올해 스물둘로 형보다 몸이 다부지고 키도 더 컸다. 빛나는 금발에 밝고 파란 눈. 굉장히 영리해 보이는군. 그러면서도 고집이 세거나 독선적이지 않은 젊은이야, 마리우스는 생각했다.

둘 다 잘생기고 로마인다운 외모를 갖춘, 원로원 의원이라면 누구나 아들로 두고 싶어할 멋진 젊은이들이었다. 미래의 원로원 의원들.

"아들 복이 있으십니다. 가이우스 율리우스."

두 젊은이가 아버지 오른편의 긴 의자에 자리를 잡고 앉았다. 손님이 더 올 예정이 아니라면(또는 여성이 남성처럼 긴 의자에 누워 식사하는 지나치리만치 혁신적인 집이 아니라면) 마리우스 왼편에 놓인 세 번째 긴 의자는 비어 있을 것이었다.

"예, 제가 아들 복이 있지요." 카이사르는 애정과 경의가 담긴 눈으로 아들들을 바라다보며 대답했다. 그러고는 왼쪽 팔꿈치로 받친 몸을 돌려 마리우스에게 공손하지만 호기심 어린 표정으로 물었다.

"의원님은 아들이 없으시지요?"

"없습니다." 마리우스가 아무렇지 않은 목소리로 대답했다.

"결혼은 하셨지요?"

"제가 알기론 그렇습니다!" 마리우스는 이렇게 말하고 웃었다. "저희 군인들이야 다 비슷합니다. 진짜 아내는 군대지요."

"네, 흔히들 그렇지요." 카이사르는 이렇게 대답하고 화제를 돌렸다.

식전에 나누는 담소가 세련되고 따뜻하고 사려 깊음을 마리우스는 문득 깨달았다. 이 집 사람들은 다른 가족을 깎아내리려 하지 않았고 사이가 아주 좋았으며 불편한 속내를 불쑥 내뱉는 일도 없었다. 마리우스는 카이사르의 부인과 여식들은 어떤 여성들일지 호기심이 일었다. 어쨌건 이 절묘한 가정을 빚어내기까지 아버지의 역할은 절반에 불과하니까. 푸테올리 출신의 둔한 여자를 배우자로 두긴 했지만, 마리우스는 바보가 아니었다. 마리우스가 직접 만나본 로마 귀족 부인들 중 자녀 양육에 중요한 역할을 하지 않는 이는 없었다. 낭비가 심하거나 검약하거나, 아둔하거나 지적이거나, 어머니란 늘 무시할 수 없이 중요한 존재였다.

마침 그때 여자들이 들어왔다. 마르키아와 두 율리아 아가씨. 눈이 부셨다! 어머니까지 모두 눈부신 미모였다. 긴 의자 세 개와 거기 딸린 좁다란 식탁들이 U자를 이루는 가운데의 빈 공간에 하인들이 접의자를 놓자 마르키아는 남편과, 율리아는 마리우스와, 율릴라는 오빠들과 마주앉았다. 부모님들이 다른 곳을 보고 있는 한편 손님이 자기를 쳐다보는 것을 알자 율릴라는 오빠들에게 혀를 삐죽 내밀었다. 마리우스는 그 모습을 흥미롭게 바라보았다.

리커피시도 굴도 상에 오르지 않고 포도주엔 물을 많이 탔지만, 유쾌한 식사였다. 노예들은 편안한 얼굴로 눈에 띄지 않게 수발을 들었다. 여인들과 식탁 사이에 무례하게 불쑥 끼어들거나 맡은 일을 게을리 하지도 않았다. 음식은 간소하면서도 훌륭하게 조리되었다. 고기와 과일과 야채는 가룸 따위의 생선 액젓이나 동방에서 온 향신료들을 뒤섞은 기이한 양념을 쓰지 않아 재료 본연의 맛이 살아 있었다. 말하자면 군인 마리우스가 가장 좋아하는 종류의 음식이었던 것이다.

빵, 양파, 정원에서 따온 허브를 간단히 뒤섞어 속을 채운 새 구이, 갓 구운 말랑말랑한 롤빵, 두 가지 올리브, 달걀과 치즈를 넣고 스펠트 밀가루로 빚어 만든 새알심, 저민 마늘을 한 겹 얹고 희석한 꿀을 발라 화로에 맛있게 구운 시골풍 소시지, 상추와 오이와 샬롯과 셀러리를 뒤섞은 싱싱한 샐러드 두 종류(각각 다른 맛이 나는 기름과 식초 드레싱을 사용했다), 그리고 브로콜리, 애호박, 콜리플라워를 부드럽게 찌고 밤을 갈아 기름과 함께 뿌린 훌륭한 야채찜. 처음 압착해낸 올리브유는 고소했고 소금은 잘 건조되었다. 통후추는 최상품으로 식사중에 요청하면 막자사발과 막자를 든 하인이 곧바로 갈아주었다. 식사의 마무리는 작은 과일 타르트, 백리향 꿀로 만든 쫀득한 참깨강정, 얇게 저민 건포도로 속을 채우고 무화과 시럽을 뿌린 패스트리와 더할 나위 없이 훌륭한 두 가지 치즈였다.

"아르피눔!" 두번째 치즈 조각을 들어올리며 마리우스가 외쳤다. 눈썹이 놀랍도록 굵은 마리우스의 얼굴이 갑자기 몇 년은 젊어 보였다. "제가 잘 아는 치즈군요! 제 부친이 만드는 치즈입니다. 두 돌 된 암양에서 짜낸 젖으로 만들지요. 젖에 좋은 풀이 자라는 강가 목초지에서 일주일간 풀을 뜯게 한 뒤에만 짜낸답니다."

"아, 정말 멋지군요."

마르키아가 웃으며 말했다. 가식이나 수줍음이라곤 없는 미소였다.

"제가 이 치즈를 늘 좋아하기도 했지만 이제부터는 특별히 찾아서라도 꼭 이 치즈를 사야겠네요. 아르피눔의 가이우스 마리우스께서 만든 치즈를요. 부친 성함도 가이우스 마리우스시죠?"

마지막 접시까지 치워지자 여자들이 자리에서 일어났다. 포도주는 전혀 입에 대지 않았지만 요리를 푸짐하게 먹고 물도 충분히 마신 터였다.

율리아가 자리에서 일어서면서 마리우스에게 미소를 지어보였다. 그를 향한 진실한 호감이 느껴졌다. 식사중에 율리아는 마리우스가 대화를 시작할 때마다 정중하게 말을 받으면서도 마리우스와 아버지가 말을 나누는 중에는 끼어들지 않았다. 그러면서도 지루한 기색을 전혀 보이지 않았고 오히려 카이사르와 마리우스의 대화 내용을 분명 관심 있게 잘 이해하며 따라왔다. 누군가의 아내가 되더라도 아둔해지지 않을 것 같은 진실로 사랑스럽고 온화한 소녀였다.

동생 율릴라는 장난꾸러기였다. 유쾌하긴 했지만 분명 다루기 힘들 것이라고 마리우스는 생각했다. 제멋대로에 고집도 아주 세고 자기 방식을 관철시키기 위해 식구들을 어떻게 구워삶아야 하는지 잘 알 것이다. 하지만 율릴라에게 보는 사람을 불안하게 하는 구석은 따로 있었다. 젊은 청년을 보는 눈이 있는 자는 그만큼 젊은 여성을 보는 눈도 갖추고 있기 마련이다. 율릴라는 어딘가 마리우스의 신경을 거스르는 데가 있었다. 무엇인지 정확하게는 모르겠지만 율릴라에게는 분명 뭔가 결함이 있다고 마리우스는 확신했다. 언니나 오빠들에 비해 독서량이 적은 듯했지만, 그렇다고 지식 부족이 그 결함은 아니었다. 율릴라의 무지가 남들을 조금이라도 불편하게 하지는 않았으니까. 자신이 아름답다는 사실을 잘 알고 미모를 보물처럼 여기긴 했지만, 그렇다고 허영심이 문제도 아니었다. 생각이 여기까지 미쳤을 때 마리우스는 내심 어깨를 으쓱하며 율릴라의 문제에 관한 상념을 털어버렸다. 어차피 그에게는 언제까지나 관심 밖의 일일 테니까.

카이사르의 두 아들도 십 분쯤 더 머무른 뒤 양해를 구하고 자리에서 물러났다. 밤이 되었다. 물시계는 낮보다 두 배 더 긴 밤시간을 한 방울씩 흘려보내고 있었다. 때는 한겨울이었고, 달력은 계절 변화에 맞춰져 있었다. 용의주도한 최고신관 메텔루스 달마티쿠스 때문이었다. 달마티쿠스는 날짜와 계절이 반드시 일치해야 한다고 여겼다. 참으로 그리스식의 사고방식이었다. 그때그때 계절과 온도는 눈으로 보고 몸으로 느끼며, 포룸 로마눔에 게시된 공식 달력에서 달과 날을 알 수 있는데 날짜와 계절을 반드시 맞추는 것이 왜 그리도 중요한가?

하인들이 등에 불을 붙이러 왔다. 마리우스가 보니 최상품 기름에 심지 또한 거친 뱃밥이 아닌 제대로 꼬아 만든 면사였다.

"제가 책을 많이 읽습니다." 카이사르가 입을 열었다. 카이사르는 줄곧 마리우스의 눈빛을 살피며, 전날 카피톨리누스 언덕에서 우연히 눈이 마주쳤을 때처럼 마리우스의 머릿속을 정확히 꿰뚫고 있었다.

"게다가 밤에 잠을 잘 못 자고요. 몇 년 전에 자식들이 모두 가족회의에 참여할 수 있을 정도로 나이가 찼을 때 특별 회의를 열어서 각자 한 가지씩 꼭 누리고 싶은 사치를 정했습니다. 마르키아는 일류 요리사를 택했지요. 한데 그건 가족 모두에게 득이 되는 것이니까, 우리는 표결로 마르키아에게 파타비움산 최신 베틀을 사주고 앞으로도 늘 그 사람이 좋아하는 방적실을 사서 쓰기로 했습니다. 꽤 고가이긴 하지만요. 섹스투스는 한 해에 몇 차례씩 푸테올리 뒤편 불의 평원에 가볼 수 있었으면 좋겠다더군요."

근심 어린 표정이 카이사르의 얼굴을 스쳐갔다. 그는 깊은 한숨을 쉬었다.

"율리우스 카이사르 집안에는 몇 가지 대물림되는 특징이 있습니다. 그중 가장 잘 알려진 금발머리 다음으로는 카이사르 집안에 태어나는 모든 딸, 그러니까 저희 집안의 모든 율리아는 남자들을 기쁘게 하는 재주를 타고난다는 이야기가 있지요. 우리 가문을 창시했다는 베누스 여신의 선물이랍니다. 베누스 여신이 인간 남성들을 그렇게 여러 번 기쁘게 해준 것 같진 않지만요. 남편인 불카누스에게도 그렇고 마르스에게도 다를 바 없었지요! 그래도 우리 가문의 딸들에게 그런 이야기가 있긴 합니다. 하지만 다른 것으로 건강과 관련해 좋지 않은 대물림도 있는데, 제 자식들 중에 가여운 섹스투스가 이를 물려받았지요. 천식이라는 질병인데 아마도 들어보셨을 겁니다. 증세가 한번 나타나면 집안 어디서나 기침 소리가 들릴 정도고, 심할 경우에는 얼굴이 검게 변하기도 합니다. 우리가 그애를 잃을 뻔했던 적도 수차례지요."

젊은 섹스투스의 눈썹 밑에 쓰인 것은 바로 이것이었다! 가엾게도 천식을 앓았던 것이다. 분명 그로 인해 출셋길도 원활하지 못하리라.

"네. 저도 그 병을 압니다. 제 부친은 천식 증상이란 게 곡식의 겨가 공중에 흩날리는 추수기간이나 꽃가루가 날리는 여름에 가장 심해진다고 말씀하셨습니다. 천식이 있는 사람은 말이나 사냥개 같은 동물을 가까이해서는 안 된다고도 하셨습니다. 군복무중에도 말을 타지 못하고 걸어야 합니다."

"제 아들도 그런 사실을 스스로 깨달았습니다." 카이사르가 다시 한숨을 쉬었다.

"가이우스 율리우스, 가족회의 이야기를 마저 들려주십시오." 카이사르의 이야기에 매료된 마리우스가 말했다. 그리스에서 제일 소규모인 이소노미아 체제에서도 이 정도 수준의 민주주의를 실천하지는 않았다. 카이사르 집안은 참으로 기이한 사람들의 집합이었다. 외부에서 얼핏 보기에는 완벽히 올바른 파트리키로 사회의 기둥인 그들이었다. 그런데 안을 들여다보면 놀랍도록 이단적인 것이다!

"섹스투스가 불의 평원에 주기적으로 가보겠다고 한 것은 그곳에서 나는 유황 연기가 도움이 되어섭니다. 지금도 효과가 있어서 여전히 그곳을 찾아갑니다."

"둘째 아드님은 무엇을 선택했습니까?"

"가이우스는 사치라 부를 수는 없지만 누리고 싶은 특권이 세상에 단 한 가지 있다고 했지요. 그 아이는 후에 아내 될 사람을 직접 고르기를 원했습니다."

마리우스의 눈썹이 살아 움직이듯 위아래로 요동쳤다. "호오, 놀랍습니다! 그래서 그 특권을 허락하셨습니까?"

"예, 그랬지요."

"허나 그 아이가 젊은이들이 흔히 빠지는 함정을 피하지 못하고 품행이 나쁜 여자나 나이든 매춘부에게 마음을 뺏기면 어쩌시겠습니까?"

"그 아이가 정 원한다면 결혼을 해야지요. 하지만 내 아들 가이우스가 그렇게 어리석을 것이라곤 생각지 않습니다. 머리와 가슴이 조화를 이루는 청년이니까요." 자상한 아버지 카이사르가 평온한 목소리로 답했다.

"의원님 집안은 파트리키 귀족 전통을 따라 평생 함께할 것을 약속하는 콘파레아티오 방식의 혼인을 치르지 않습니까?" 마리우스는 카이사르의 말이 도저히 믿기지 않아 따지듯이 물었다.

"네, 그렇지요."

"허, 놀랍습니다!"

"장녀 율리아 역시 매우 신중한 아이랍니다. 율리아는 판니우스 도서관 회원이 되기를 원했지요. 저 역시 같은 것을 바라고 있었지만 두 사람 모두 회원이 될 필요는 없어서 율리아에게 양보를 했습니다. 한데 막내 율릴라는 딱하게도 그다지 현명한 아이는 못됩니다. 하지만 나비에게 무슨 지혜가 필요하랴, 그렇게 생각하려 합니다. 세상의 나비들은 그저," 카이사르가 어깨를 으쓱하더니 쓴웃음을 지었다. "그저 세상을 좀더 밝게 할 뿐이지요. 나비 없는 세상은 상상하고 싶지 않습니다. 우리 부부가 부끄럽게도 대책 없이 아이를 넷이나 낳았는데 그나마 마지막에 나비가 태어나 다행이지요. 여자아이로 태어난 것도 감사한 일이고요."

"그 아가씨는 무엇을 원했습니까?" 마리우스가 미소를 지었다.

"아, 짐작했던 대로였습니다. 과자와 옷을 택했지요."

"그러면 도서관 회원권을 빼앗긴 의원님은 무엇을 고르셨습니까?"

"저는 최고 품질의 등과 심지를 택했습니다. 그리고 율리아와 거래를 했지요. 율리아가 빌려온 책을 제게도 빌려주면 제 등을 사용해도 좋다고요."

마리우스는 여유롭게 미소를 띠었다. 이 소소하고 도덕적인 우화를 들려준 카이사르가 더없이 마음에 들었다. 얼마나 소박하고 자족적이고 다복한 삶인가! 그는 진심으로 행복하게 해주고픈 아내와 자식들에게 둘러싸여 살면서 그들 하나하나에게 관심을 쏟았다. 카이사르의 자녀들에 대한 분석은 분명 정확할 것이고, 카이사르의 아들 가이우스도 결코 수부라의 밑바닥에서 반려자를 고르진 않을 것이다.

마리우스는 목청을 가다듬었다. "가이우스 율리우스, 참으로 기분좋은 밤입니다. 허나 이제는 왜 제가 지금껏 정신을 맑게 유지해야 했는지 말씀해주실 때가 된 것 같습니다."

"그전에 괜찮으시다면 하인들을 먼저 내보내지요. 직접 따라 마실 수 있도록 포도주가 바로 앞에 놓여 있고, 진실의 순간이 온 이때 굳이 스스로를 절제할 필요가 없으니 말입니다." 카이사르가 말했다.

마리우스는 카이사르의 빈틈없는 신중함에 놀랐다. 이제는 마리우스도 로마 상류층이 집안 노예들에게 무관심하게 구는 습관에 어느 정도 익숙해진 터였다. 노예를 대하는 태도를 말하는 것이 아니다. 로마 상류층 사람들은 노예들에게 친절하게 대했다. 하지만 사적인 담소를 엿듣는 문제에 관해서라면 하인들을 마치 생명이 없는 인형 같은 존재로 여기는 듯했다. 이는 마리우스로서는 좀처럼 받아들이기 힘든 관습이었다. 마리우스의 부친 역시 카이사르처럼 중요한 얘기를 나누기 전에 반드시 하인들을 내보냈기 때문이다.

"아시겠지만 사람들은 남 이야기를 엄청나게 하니까요." 굳게 닫힌 문 뒤로 두 사람만 남게 되자 카이사르가 말했다. "그리고 양쪽에 시끄러운 이웃이 있어요. 로마는 넓은 도시지만 팔라티누스 언덕에서 퍼지는 소문만 놓고 보자면 아주 좁은 동네랍니다! 마르키아 말로는 친구들 중에 실제로 하인들에게 돈을 주고 뒷말을 모으는 이들도 있다더군요. 게다가 그렇게 접한 소문이 사실로 드러날 경우 웃돈을 얹어주기도 한다지요! 또 하인들에게도 나름의 생각과 감정이 있으니, 그들을 굳이 개입시키지 않는 것이 현명합니다."

"가이우스 율리우스, 바로 당신이 집정관이 되었어야 합니다. 또 전직 집정관으로서 가장 신망을 받는 원로가 되어 이후에 감찰관으로도 선출되셨어야 합니다." 마리우스가 진심을 담아 말했다.

"동감입니다, 가이우스 마리우스, 그랬어야 하지요! 하지만 더 높은 자리를 노리기에는 재산이 충분치 않습니다."

"제게는 재산이 있습니다. 오늘 저를 부르시고 또 술을 자제시킨 이유가 그것입니까?"

카이사르는 깜짝 놀란 표정을 지었다. "친애하는 가이우스 마리우스, 그럴 리가 있겠습니까! 나는 이제 오십대 중반을 넘어 예순을 바라보는 나이입니다. 인생의 후반기에 있는 나로선 나아갈 길이 다 정해졌지요. 아니오, 내가 근심하는 것은 아들들이오. 그리고 세월이 지나 내 아들들의 아들들이 공직에 진출할 때요."

마리우스는 자리에 고쳐앉으며 고개를 돌려 자신을 초대한 집주인을 쳐다보았다. 상대 역시 몸을 세우고 마리우스를 바라보았다. 마리우스가 포도주병을 들어 앞에 놓인 빈 잔에 따르고는 희석하지 않고 한 모금 마시더니 놀란 표정을 지었다. "지금까지 물을 타서 마신 포도주도 이것이었습니까?"

카이사르가 미소를 지었다. "저런, 아니지요! 저는 그 정도로 부유한 사람이 아닙니다. 우리가 희석해 마신 술은 평범한 포도주였습니다. 이 술은 특별한 날에만 꺼내는 것이지요."

"황송한 대접입니다." 마리우스가 짙은 눈썹 아래로 카이사르를 지그시 바라보았다. "가이우스 율리우스, 제게 바라시는 것이 무엇입니까?"

"도움을 바랍니다. 그 대가로 저도 의원님을 돕겠습니다." 카이사르가 최상급 포도주를 자기 잔에 따르며 말했다.

"그렇다면 상호 협조를 이룰 방법은 무엇입니까?"

"간단합니다. 의원님이 저희 가족이 되시는 겁니다."

"네?"

"제 두 여식 중 원하는 딸을 드리겠다 이 말씀입니다." 카이사르가 참 을성 있게 대답했다.

"혼인 말씀이십니까?"

"당연히 혼인이지요!"

"아……! 그런 생각이셨군요!" 마리우스는 카이사르의 말을 즉시 이 해했다. 마리우스는 더이상 아무 말도 하지 않고 잔에 담긴 향기로운 팔레르눔 포도주를 한껏 들이켰다.

"의원님 아내가 카이사르 집안의 딸이라면 모두들 주목할 겁니다. 다행히도 의원님에겐 아들도 없고 딸도 없지요. 그러니 의원님 인생의 지금 단계에 얻는 아내는 젊고 다산 전통이 있는 집안의 여성이어야 할 것입니다. 의원님이 아내를 새로 얻는 것은 충분히 이해될 만하니 이 일로 놀랄 사람은 없겠지요. 허나 새로 얻는 아내가 저희 율리우스 가문 여식이라면 최고의 명문 파트리키 출신이 되고, 의원님의 자식들 도 율리우스 가문의 피를 물려받게 되지요. 간접적으로 우리 가문과의 혼인을 통해 가이우스 마리우스 당신 역시 고귀한 신분을 얻게 되고, 모든 사람들이 의원님을 예전과는 사뭇 다르게 볼 것입니다. 의원님의 이름에 로마에서 가장 존엄한 가문의 어마어마한 가치와 지위, 즉 '디 그니타스'가 따르게 되니까요. 우리 가문에는 돈은 없지만 존엄이 있습 니다. 율리우스 카이사르 분가는 베누스 여신의 직계 후손이오. 베누스 여신의 아들 아이네아스와 손자 율루스가 우리의 선조이지요. 우리 가 문의 찬란한 명예가 의원님에게도 옮겨갈 겁니다."

카이사르는 잔을 내려놓고 한숨을 쉬었다. 그러나 입가에는 미소를 띠고 있었다. "이 모든 것이 진실임을 의원님에게 자신 있게 말할 수 있습니다. 아쉽게도 제가 우리 가문의 장자는 아니지만, 조상들의 얼굴을 본떠 만든 이마고들을 바로 우리집 장식장에 보관하고 있지요. 우리 가문의 역사는 1천 년이 넘습니다. 로물루스와 레무스 어머니의 다른 이름, 그러니까 레아 실비아로 불리는 그 여인의 또다른 이름이 바로 율리아입니다! 그 여인이 마르스와 동침하여 쌍둥이 사내아이를 잉태한 그 순간이 바로, 우리 가문이 로물루스와 로마에게 신이 아닌 필멸의 인간으로서 존재성을 부여한 순간이지요." 카이사르의 미소가 만면에 번졌다. 자조가 아닌, 빛나는 선조들에 대한 크나큰 자부심과 기쁨의 미소였다. "우리는 가장 위대했던 라티움족 도시 알바롱가의 왕족이었습니다. 알바롱가를 건립한 이가 바로 우리 가문의 선조인 율루스이지요. 로마인들은 알바롱가를 폐허로 만든 뒤, 라티움인의 지배자가 되려는 그들의 입지를 강화하기 위해 우리를 로마의 상류계층에 올려놓았어요. 그후로 알바롱가는 재건되지 못했지만, 알바누스 산의 제관은 오늘날까지도 율리우스 가문 출신이 맡고 있습니다."

마리우스는 어찌할 바를 몰랐다. 외경심으로 가득찬 얼굴로 깊게 숨을 들이쉬었지만, 아무 말없이 가만히 듣기만 했다.

"더 속된 차원에서 얘기하자면, 지금껏 고위직 선거에 출마할 만큼 돈은 가져보지 못했지만 제가 지닌 영향력은 적지 않습니다. 제 이름만으로도 유권자들 사이에서 유명하거든요. 그래서 사회적 지위를 높여보려는 자들은 흔히 제게 지지를 요청해옵니다. 아시겠지만 집정관 선거 투표권이 있는 백인조회에는 신분 상승을 꿈꾸는 자들이 가득하지요. 저는 귀족사회에서 굉장히 신망이 높아요. 게다가 제 개인의 존엄도 나무랄 데가 없고, 선친도 그러하셨습니다." 카이사르가 퍽 진지하게 말을 맺었다.

마리우스에게 새로운 앞날이 펼쳐지고 있었다. 그는 카이사르의 잘생긴 얼굴에서 눈을 뗄 수 없었다. 그렇다, 저들은 베누스의 후손이야! 카이사르 집안의 사람들은 하나같이 외모가 출중하지. 외모는 늘 중요한 것. 세계 역사를 돌아보면 늘 금발이 유리했어. 율리우스 가문의 여식과 낳는 자식들은 아마도 금발일 것이고 거기에 로마인 특유의 길고 울퉁불퉁한 코를 갖게 되겠지! 로마인답지만 평범하지는 않은 외모 말이다. 이것이야말로 알바롱가 출신의 금발인 카이사르 가문과 피케눔 출신의 금발인 폼페이우스 가문이 다른 점이었다. 카이사르 가 사람들은 영락없는 로마인의 외모를 지닌 반면 폼페이우스 가 사람들은 켈트족에 가까운 인상이었다.

"의원님은 집정관이 되길 희망하시지요." 카이사르가 말을 이었다. "모두가 분명 그렇게 느끼고 있습니다. 의원님은 법무관일 때 먼 히스파니아 속주에서 활약하여 수하에 피호민들을 거느리게 되셨습니다. 한데 안된 일이지만 항간에는 의원님 자신도 누군가의 피호민이라는 소문이 있어요. 따라서 의원님의 피호민들 역시 의원님이 보호자로 모시는 그 누군가의 피호민이라고 말입니다."

마리우스는 분개하여 크고 단단하고 흰 이를 드러내며 외쳤다. "모략입니다! 저는 그 누구에게도 예속되지 않았습니다!"

"저는 의원님 말을 믿습니다. 하지만 사람들은 대부분 그렇게 생각하지 않아요. 그리고 실제 진실보다 대부분의 사람들이 어떻게 믿느냐가 훨씬 더 중요합니다. 헤렌니우스 가문 사람들은 의원님이 자기네 피호민이라고 주장하는데, 지각이 있는 자라면 그런 말 따윈 믿지 않아요. 헤렌니우스 가문은 아르피눔의 마리우스 가문보다 라티움인 혈통을 훨씬 덜 물려받은 자들이니까요. 하지만 카이킬리우스 메텔루스 집안사람들이 그런 주장을 하면 다들 믿어버립니다. 왜냐? 일단 의원님의 모친이 속한 풀키니우스 가문이 에트루리아 출신이고 또 마리우스 가문이 에트루리아에 토지를 소유하고 있으니까요. 에트루리아는 전통적으로 카이킬리우스 메텔루스 분가의 영지이지 않습니까."

"마리우스 가문의 어느 누구도, 또한 풀키니우스 가문 사람들 역시 단 한 번도 카이킬리우스 메텔루스 분가의 피호민이 된 적이 없습니다!" 마리우스의 말투가 딱딱했다. 그의 분노는 점점 더 커졌다. "그 교활한 자들은 불려나와 증명을 해야 하는 자리에서는 결코 제가 자기네 피호민이라고 말하지 못할 겁니다!"

"지당한 말씀입니다. 그런데 그자들은 아주 사적으로 의원님을 미워합니다. 그래서 그들의 주장이 더 그럴듯하게 들리지요. 다들 그 부분을 언급합니다. 단순히 의원님이 호민관일 때 그 사람들 코를 납작하게 눌러놔서 그렇다고 보기에는 지나치게 사적인 감정 같다고요."

"하, 사적인 감정이고말고요!" 마리우스는 이렇게 말하고 메마르게 웃었다.

"무슨 일이 있었는지 말씀해보십시오."

"제가 달마티쿠스의 동생, 그러니까 분명 내년에 집정관이 될 그자를 누만티아에서 돼지우리에 처넣은 적이 있습니다. 사실 저를 포함해 세 명이었지요. 그후로 지금까지 우리 세 명 모두 로마의 진짜 실력자들과 잘 지내지 못했습니다. 그건 분명합니다."

"나머지 둘은 누구인가요?"

"푸블리우스 루틸리우스 루푸스와 누미디아의 유구르타 왕입니다."

"아! 이제야 수수께끼가 풀리는군요."

카이사르는 손끝을 모아 굳게 다문 입술에 갖다대었다.

"하지만 가이우스 마리우스, 불명예스러운 피호민이라는 주장이 당신의 이름에 따라다니는 최악의 추문은 아닙니다. 해결하기 더 까다로운 소문이 또하나 있습니다."

"그 소문으로 넘어가기 전에, 제가 피호민이라는 헛소문을 잠재우려면 어떻게 해야 할지 조언해주실 수 있습니까?" 마리우스가 물었다.

"제 딸들 중 하나와 결혼하세요. 의원님이 제 사위가 되면 제가 피호민에 관한 소문을 진실이라고 생각하지 않는다는 사실이 자연스레 알려질 것입니다. 그다음에 히스파니아 돼지우리 이야기를 퍼뜨리세요! 가능하다면 루틸리우스 루푸스도 거들게 하시고요. 그러면 모두들 카이킬리우스 메텔루스 집안의 사적인 증오가 어디서 기인한 것인지 더 설득력 있는 설명을 얻게 될 것입니다." 카이사르가 미소를 지었다. "그것 참 재미있었겠군. 카이킬리우스 메텔루스 집안사람이 돼지와 같은 수준으로 떨어지다니, 게다가 심지어 로마의 돼지도 아니었다는 말이지!"

"재미있었지요." 다음 이야기가 급한 마리우스가 짧게 대답했다. "그런데 다른 비방이란 또 무엇입니까?"

"분명 의원님 스스로도 알고 있을 텐데요."

"전혀 감을 잡을 수 없습니다, 가이우스 율리우스."

"의원님이 장사를 한다는 소문입니다."

마리우스는 놀라 숨이 턱 막혔다. "하지만 다른 원로원 의원 4분의 3에 해당하는 자들이 하는 거래와 뭐가 다르다는 겁니까? 저는 주식을 보유하지 않아서 회사에 투표권이나 여타 영향력이 전혀 없습니다. 자본만 제공하는 순수한 익명 동업자입니다! 그게 저에 대한 소문입니까? 제가 적극적으로 나서서 장사를 한다고요?"

"그런 건 아닙니다, 친애하는 가이우스 마리우스. 어느 누구도 자세하게는 이야기하지 않아요! 그저 조소 띤 얼굴로 '그 사람 장사를 한다지' 하고 지나갈 뿐이지요. 그 말이 암시하는 바는 다양하지만 아무도 구체적으로는 얘기하지 않습니다! 그러니 무슨 말인지 확실하게 따져 묻는 현명한 사람들이 아니라면 그냥 의원님 집안이 대대로 장사를 해왔다고 믿어버리는 거죠. 직접 회사를 운영하고 세금을 거둬들이며 곡물 공급으로 개인 금고를 채우는 식으로 말이지요."

"무슨 말씀인지 알겠습니다." 마리우스가 대답하고 입을 굳게 다물었다.

"알고 있는 편이 좋을 겁니다." 카이사르가 부드럽게 말했다.

"저는 카이킬리우스 메텔루스 집안사람들 이상으로 사업에 관여해본 적이 없습니다! 실제로는 아마 그들이 저보다 더 적극적으로 사업을 할 것입니다."

"제 생각도 그렇습니다. 하지만 제가 의원님 곁에서 조언해줄 수 있는 처지였다면, 투자를 하려거든 토지와 자산 외에 다른 수단은 일체 피하라고 설득했을 것입니다. 의원님에게는 광산이 있지 않습니까. 든든하고 확실한 부동산이지요. 기업체와의 거래는 당신 같은 신진 세력가에게는 현명하지 못한 선택입니다. 원로원 의원이 손을 대도 전혀 비난받지 않을, 그러니까 토지와 자산만을 다루는 게 현명합니다."

"그러니까 의원님 말씀은, 제가 계속 기업체들과 거래를 맺는다면 지금처럼 그리고 앞으로도 결코 진정한 로마 귀족으로 받아들여지지 않는다는 것입니까?" 마리우스가 쓸쓸하게 물었다.

"정확히 그렇습니다!"

마리우스는 어깨를 폈다. 타인의 명백히 부당한 처사로 입은 상처를 곱씹어봤자 귀중한 시간과 정력의 낭비일 뿐이었다. 그 대신 율리우스 집안 딸과의 혼인이라는 매혹적인 제안으로 관심을 돌렸다. "가이우스 율리우스, 정말로 의원님의 딸과 혼인을 맺으면 제 공적인 이미지가 크게 향상될 거라고 믿으십니까?"

"그건 분명한 사실입니다."

"율리우스 가문의 딸이라……. 그렇다면 술피키우스나 클라우디우스나 아이밀리우스나 코르넬리우스 가문의 딸은 어떻겠습니까. 오래된 파트리키 가문이라면 다 되지 않겠습니까. 오히려 더 낫지요! 유서 깊은 가문 이름에 더해 현재로서는 훨씬 더 막강한 정치적 영향력까지 얻을 테니까 말입니다."

카이사르가 미소 띤 얼굴로 고개를 저었다. "가이우스 마리우스, 나를 자극해보려는 거라면 괜히 애쓸 필요 없습니다. 그래요. 코르넬리우스나 아이밀리우스 가문과 혼인을 맺을 수도 있겠지요. 하지만 그러신 다면 사람들은 의원님이 돈을 주고 신부를 샀다고 생각할 것입니다. 우리 집안의 여식과 결혼하는 장점은, 지금껏 율리우스 카이사르 집안에서는 공직을 얻거나 자식들에게 귀족의 피를 물려주고 싶어서 안달 난 부자들에게 딸을 팔아넘긴 적이 절대 없다는 사실입니다. 의원님이 우리 가문의 딸과 혼인하도록 허락받았다는 사실 자체만으로도 정치적인 명예를 얻을 자격이 충분하다는 것을, 당신 이름에 덧씌워진 모든 소문이 순전히 악의에서 나온 낭설임을 세상에 알릴 수 있습니다. 율리우스 카이사르 집안사람들은 딸을 팔아넘기는 부류와는 다르게 살아왔습니다. 이는 만천하가 아는 사실입니다." 카이사르는 말을 잠시 멈추고 생각에 잠기더니 이렇게 덧붙였다. "잘 들으십시오. 나는 이제 두 아들에게 우리 가문의 특별한 명예를 최대한 이용하라고, 나중에 그 애들이 얻게 될 딸들 역시 가능한 한 빨리 부자들에게 시집보내라고 강력히 조언할 것입니다!"

마리우스는 가득 채운 두번째 잔을 든 채 기대어 앉았다. "가이우스 율리우스, 왜 하필 제게 이런 기회를 주시는 것입니까?"

카이사르가 얼굴을 찡그렸다. "두 가지 이유가 있습니다. 첫번째는, 어쩌면 그리 이성적인 이유는 아닐 수 있습니다. 하지만 저는 이 첫번째 이유 덕택에 자식들을 이용해 재정 곤란을 해소하기를 꺼려온 우리 가문의 전통을 뒤집는 판단을 내릴 수 있었습니다. 어제 취임식에서 당신을 발견했을 때 어떤 예감이 찾아들었어요. 의원님도 짐작하시겠지만 저는 본래 예감을 믿는 사람이 아닙니다. 하지만 가이우스 마리우스, 세상의 모든 신 앞에 맹세하건대 그 순간 눈앞의 이 사람이 바로 로마를 등에 업고 작금의 위험으로부터 구출해낼 자라는 확신이 들었습니다. 제대로 기회만 주어진다면! 만일 당신에게 기회가 주어지지 않는다면, 로마는 곧 존재하지 않게 될 것임을 깨달았습니다." 카이사르는 어깨를 으쓱하더니 몸을 떨었다. "음, 로마인들에게는 초월적인 현상에 대한 강한 믿음이 있지요. 역사가 긴 가문 사람들은 그런 경향이 더 강합니다. 저는 제 느낌을 믿었고, 하루가 지난 지금도 여전히 믿습니다. 그리고 이런 생각도 했지요. 별 볼 일 없는 의원인 내가 로마에 절실하게 필요한 사내를 이 나라에 선사한다면 얼마나 멋진 일이겠는가?"

"저도 그렇게 느껴왔습니다." 마리우스가 불쑥 말했다. "누만티아에 갔을 때부터 줄곧."

"그래, 그렇군요! 우리 두 사람 다."

"두번째 이유는 무엇입니까, 가이우스 율리우스?"

카이사르가 한숨을 내쉬었다. "이제 저는 아비로서 자식들을 위해 충분한 준비를 갖추지 못했음을 솔직히 인정할 나이가 되었습니다. 사랑은 충분히 주었습니다. 물질적인 안락함도 어느 정도 주었지요. 지나치게 안락한 건 아닌가 걱정하지 않아도 될 정도만. 충분한 교육도 받게 했습니다. 하지만 이 집과 알바누스 언덕의 토지 500유게룸이 내가 가진 전부입니다." 카이사르는 허리를 단정하게 세우고 두 다리를 꼬았다가 다시 앞으로 몸을 기울였다. "내게는 자식이 넷입니다. 의원님도 아시다시피 너무 많습니다. 아들 둘에 딸 둘. 지금 가진 재산으로는 아들들에게 아비와 같은 원로원 의원 직조차 보장할 수 없습니다. 내가 두 아들에게 재산을 나누어주면 둘 다 감찰관 심사에서 원로원 의원 자격에 미달할 것입니다. 장남 섹스투스에게 재산을 모두 남긴다면 그 아이는 나 정도의 지위를 누리겠지요. 하지만 가이우스는 재산이 없어 기사 자격에조차 미달할 것입니다. 사실상 그 아이를 루키우스 코르넬리우스 술라처럼 만들어버리는 것이지요. 그자를 아십니까?"

"아니오." 마리우스가 대답했다.

"그자 의붓어머니가 바로 옆집에 삽니다. 천출인데다 교양도 없는 끔찍한 여인네지만 돈은 아주 많지요. 하지만 그 여인네는 유산을 물려줄 혈족이 따로 있다고 합니다. 아마 조카였지요. 그 여자에 대해 어찌 그리 잘 아느냐면, 제가 이웃으로 살면서 하필 원로원 의원인 탓입니다. 자기 유언장을 만들어달라고 하도 부탁하기에 결국 써주었는데 옆에서 쉴새없이 떠들어대더군요. 의붓아들 술라가 같이 사는데 달리 갈 데가 없다고 말입니다. 상상해보십시오. 파트리키인 코르넬리우스 가문의 청년이 이제 원로원에 들어갈 나이도 다 찼는데, 지금도 또 앞으로도 그리 될 가망이 전혀 없어 보입니다. 극빈자니까요! 코르넬리우스 가문에서 술라 분가는 퇴락한 지 오래고, 그자의 부친은 아무 벼슬도 하지 못했습니다. 그자는 참 여러 면에서 불행이 겹쳤는데, 부친이 주벽이 있어서 조금이나마 있던 재산도 오래전에 술로 다 날려버렸지요. 부친이 재혼한 상대가 옆집에 사는 바로 그 여자인데, 부친 사망 후 청년을 줄곧 자기 집에 거둬주었지만 그 이상은 해줄 수 있는 게 없는 거요. 가이우스 마리우스 당신은 루키우스 코르넬리우스 술라에 비하면 분명 운이 좋은 사람입니다. 의원님은 최소한 원로원에 진출할 기회를 얻었을 때 의원 자격에 필요한 자산과 수입을 지원받을 정도로 집안이 유복했지 않습니까. 신진 세력가라곤 해도 그 때문에 의원 직을 놓칠 일은 없었던 것이지요. 자산 조사에서 탈락했다면 분명 그 자리를 박탈당했겠지만. 그자의 출생 신분은 부친과 모친 모두 흠잡을 데 없지요. 하지만 그자는 재산이 없어서 응당 주어져야 할 지위를 사실상 박탈당했습니다. 작은아들의 안위를 무척이나 걱정하는 나로서는 그 아이를, 그 아이의 자식들을, 또 그 아이의 손자들을 술라와 같은 처지로 만들 수는 없습니다." 카이사르가 힘주어 말했다.

"출생은 우연의 산물입니다!" 마리우스 역시 힘주어 말했다. "어찌하여 출생이 한 사람의 인생 경로를 결정할 힘을 갖는다는 말입니까?"

"그렇다면 돈은 왜 그렇습니까?" 카이사르가 되받아쳤다. "이것 보세요, 가이우스 마리우스. 어느 땅에서나 출생과 돈이 중요하다는 사실을 인정하십시오. 저는 로마 사회가 그나마 가장 유연하다고 생각합니다. 예를 들어 파르티아 왕국과 비교해보면 로마는 플라톤이 구상한 공화국만큼 이상적인 곳입니다! 밑바닥에서부터 올라선 사례가 로마에는 실제로 존재하지요. 하지만 저는 솔직히 개인적으로 그런 자들을 존경하지는 않습니다." 카이사르가 사색하듯 말했다. "그런 투쟁은 사람을 피폐하게 만드는 것 같단 말이죠."

"그렇다면 루키우스 코르넬리우스 술라는 지금 그 자리에 머무는 것이 나을 수도 있겠습니다." 마리우스가 말했다.

"절대 그렇지 않습니다!" 카이사르가 단호하게 말했다. "가이우스 마리우스 당신이 신진 세력으로서 모질고 부당한 운명을 겪었다는 것은 인정하지만, 나는 같은 귀족 계층인 그가 처한 운명을 안타깝게 여길 수밖에 없습니다!" 카이사르는 중요한 사업 결정을 내리는 듯한 표정을 지었다. "하지만 지금 이 순간 나의 관심사는 내 자식들이 처할 운명입니다. 가이우스 마리우스, 내 여식들은 결혼을 해도 들고 갈 지참금이 없어요! 적은 돈이나마 긁어모아 딸들에게 보낸다면 아들 녀석들이 더 가난해질 테니까요. 그것이 무엇을 의미하는지 아십니까? 그 말은, 내 딸들은 같은 계층의 남자와 결혼할 수 없음을 뜻합니다. 혹시 방금 내 말이 당신에 대한 모욕으로 들렸다면 용서하십시오. 그러나 나는 당신 같은 사내를 얘기하는 것이 아닙니다. 내 말은," 카이사르는 두 손을 내저었다. "달리 표현하지요. 내 말은 딸들을 내 마음에 차지도 않고, 내가 존경하지도 않고, 나와 공통점도 없는 자들에게 주어야 한다는 뜻입니다. 나는 내 마음에 들지 않는 자라면 설사 우리와 같은 계층의 사내라도 마다하고 싶습니다! 고결하고 명예롭고 마음에 드는 사내를 사위로 얻는 것이 내 바람입니다. 하지만 그런 사내를 찾을 기회조차 오지 않겠지요. 내 딸들의 손을 건네받겠다고 오는 자들은 무례하고 거만할 겁니다. 내가 손을 내밀기보다는 발로 걷어차버리고 싶은 자들이겠지요. 어쩌면 내 딸들은 돈 많은 과부와 비슷한 운명이 될 거요. 고결한 남자들은 재산 때문에 만난다는 오해를 살까봐 돈 많은 과부를 피할 것이니, 그런 여자에게 남는 건 정말 재산을 노리고 덤비는 자들뿐이지요."

카이사르가 긴 의자에서 미끄러지듯 일어나더니 끄트머리에 걸터앉았다.

"가이우스 마리우스, 정원을 산책하면 어떻겠습니까? 바깥 공기가 차지만 따뜻한 망토를 하나 드리지요. 긴 저녁이었고, 내겐 상당히 힘든 시간이기도 했습니다. 뼈가 굳어져오는군요."

마리우스는 말없이 일어나 카이사르에게 신발을 신겨준 뒤 조직적인 사람 특유의 신속하고 효율적인 손놀림으로 끈을 매어주었다. 이어 자기 신발도 재빨리 꿰어신더니 자리에서 일어나 카이사르의 팔꿈치 밑을 손으로 받쳤다.

카이사르가 말했다. "제가 이래서 의원님을 좋아합니다. 매사 합리적이고 겉치레가 없지요."

카이사르 집의 주랑정원은 작았지만 도시의 안뜰에서 흔히 볼 수 없는 매력을 지니고 있었다. 겨울임에도 무성하게 잘 자란 허브가 달콤한 냄새를 풍겼고 정원에 심은 초목 대부분은 다년생 상록수였다. 카이사르의 집에는 작은 시골집에서나 볼 법한 것들이 종종 눈에 띄었고, 그런 것들을 발견할 때마다 마리우스는 따스한 기쁨에 사로잡혔다. 그중 가장 눈에 띈 것은, 해는 잘 들지만 비는 떨어지지 않을 처마 끝을 따라 바싹 말리려고 널어둔 개망초 더미 수백 개였다. 아르피눔의 부친 집에서 보던 것과 똑같았다. 동지에 베어서 이렇게 널어 말린 개망초를 1월 말 즈음 옷의 가슴 부분이나 저택 구석구석에 놓아두면 벼룩, 좀벌레 등 온갖 해충이 얼씬도 하지 않았다. 마리우스는 이러한 풍습을 아는 집이 로마에 있을 것이라고는 생각지도 못했다.

만찬에 손님이 초대되었기에 정원을 둘러싼 주랑 천장에 매달린 장식 등은 모두 희미하게 불을 밝혀두었고, 정원 산책로를 따라 켜진 작은 청동 등잔의 얇고 둥근 대리석판을 통해 노란빛이 은은하게 비쳤다. 비는 그쳤지만 관목과 수풀마다 물기가 어려 있었고 공기는 차갑고 축축했다.

두 사람 모두 추위는 신경쓰지 않았다. 그들은 머리를 맞댄 채 산책로를 따라 걷다가(둘 다 장신이었기 때문에 서로 머리를 기대는 게 편했다) 정원 중앙의 작은 연못과 분수대에 이르러 발을 멈추었다. 숲의 요정 드리아스 석상 네 개가 횃불을 높이 쳐들고 있었다. 겨울이었기에 연못엔 물이 없었고 분수도 꺼져 있었다.

이런 게 진짜지, 마리우스는 생각했다. 마리우스 저택의 연못과 분수는 난방장치 덕분에 1년 내내 물이 차 있었다. 내 저택의 트리톤과 돌고래와 물을 뿜어내는 폭포 중 그 어느 것도 이 작고 오래된 유물만큼 나를 감동시키지 못했어.

"제 여식과 혼인할 생각이 있으십니까?"

카이사르가 물었다. 초조한 목소리가 아닌데도 초조한 마음이 느껴졌다.

"예, 가이우스 율리우스. 그렇습니다." 마리우스가 결연하게 대답했다.

"지금 아내분과의 이혼으로 괴로우실까요?"

"전혀 그렇지 않습니다." 마리우스는 목청을 가다듬었다. "제게 신붓감과 이름을 주시는 대가로 의원님이 원하시는 것은 무엇입니까?"

"사실, 대단히 많은 것을 요구한답니다." 카이사르가 대답했다.

"의원님은 저희 집안에 사위라기보다 제2의 아버지로 들어오시는 것입니다. 나이에 따른 특권이지요! 그러니 남은 여식의 지참금을 마련해주시고 두 아들 모두의 안정된 미래에 기여해주시기를 바랍니다. 남은 딸과 둘째 아들에 관련해서는 돈과 자산이 큰 부분을 차지하겠지요. 하지만 제 두 아들이 원로원에 들어가 집정관 직을 목표로 정치생활을 시작할 때 영향력을 행사해주셔야 합니다. 아시듯이 저는 아들 둘다 집정관이 되길 바라고 있습니다. 섹스투스는 제 형님이 다른 집에 입양보내지 않은 두 아들 중 큰아들보다 한 살 많으니, 율리우스 카이사르 문중의 이번 세대에서 제일 먼저 집정관 직에 도전하게 될 것입니다. 저는 그 아이가 제때에, 그러니까 원로원에 진출하고 12년이 지나 마흔두 살을 맞는 해에 집정관이 되었으면 합니다. 그러면 율리우스 가문에서는 400년 만에 처음으로 집정관을 내게 될 것입니다. 나는 우리 섹스투스가 그렇게 특별한 사례를 만들어내길 바랍니다! 그러지 못하면 이듬해에 섹스투스 형님의 아들 루키우스가 율리우스 가문의 첫 집정관이 되겠지요."

카이사르는 발걸음을 잠시 멈추어 희미한 조명에 비친 마리우스의 얼굴을 들여다보았다. 그러다가 마리우스를 안심시키려는 듯 손을 뻗었다. "형님이 살아 계실 적에 형님과 나 사이에는 단 한 번도 불화가 없었어요. 나와 내 아들들 그리고 형님이 남긴 두 아들 사이에도 지금껏 불화가 없었지요. 하지만 집정관은 제때에 되어야 합니다. 그것이 가장 보기에 좋아요."

"형님이셨던 섹스투스는 장남을 다른 집에 입양시키셨지요. 그렇지 않습니까?" 마리우스는 로마인 중의 로마인이라면 당연히 알고 있어야 할 사실을 기억해내려 애썼다.

"그렇습니다. 아주 오래전 일이지요. 그애 이름도 섹스투스였습니다. 우리 가문에서 보통 장남에게 주는 이름이지요."

"물론 알고 있습니다! 퀸투스 루타티우스 카툴루스! 카이사르를 이름의 일부로 썼더라면 제가 바로 기억했을 텐데 그렇게 하지 않았군요, 그렇지요? 분명 그이가 집정관 직을 차지하는 첫번째 카이사르가 되겠군요. 나이가 가장 많지 않습니까."

"아니, 그렇지 않습니다." 카이사르는 단호히 고개를 저었다. "그는 이제 더이상 카이사르 가문 사람이 아니에요. 루타티우스 카툴루스 집안사람입니다."

"카툴루스가 아들을 입양하며 큰돈을 썼다고 들었습니다. 어쨌거나 작고하신 형님 집안에는 재산이 많겠습니다."

"그래요. 많은 돈을 치렀지요. 의원님이 새 아내를 맞아들이기 위해 그래야 할 것처럼 말입니다."

"율리아. 저는 율리아를 택하겠습니다."

"작은애가 아니라?" 카이사르가 놀란 목소리로 물었다. "흠, 솔직히 기쁩니다. 다른 이유에서가 아니라, 그저 결혼을 하려면 적어도 열여덟은 되어야 한다고 생각하는데 율릴라는 열여덟이 되려면 아직 1년 반이나 남았거든요. 아주 제대로 고르셨습니다. 한데 저는 늘 둘 중에서 율릴라가 더 매력 있고 흥미로운 쪽이라 생각해왔습니다만."

"그러시겠지요. 그애 아버지시지 않습니까." 마리우스가 환하게 웃었다. "아니오, 가이우스 율리우스. 둘째 따님에게는 전혀 끌리지 않습니다. 율릴라는 본인이 푹 빠진 남자와 결혼을 하지 않으면 남편을 아주 애먹일 것 같습니다. 젊은 여성의 변덕을 맞춰주며 살기에 저는 나이가 너무 많이 들었습니다. 반면 율리아는 아름다운 외모 못지않은 분별력을 갖춘 듯 보였습니다. 율리아의 모든 것이 마음에 들었습니다."

"그애는 집정관에게 훌륭한 아내가 될 겁니다."

"진심으로 제가 집정관이 될 수 있으리라고 생각하십니까?"

카이사르는 고개를 끄덕였다. "오, 그렇고말고요! 하지만 곧바로는 안 될 거요. 일단 율리아와 혼인한 뒤 소문이 가라앉고 사람들도 잠잠해질 때까지 기다리십시오. 그리고 한 2년 동안 명분 있는 전쟁에 참전하세요. 선거가 가까운 시기에 전쟁에서 공적을 세우면 큰 도움이 될 겁니다. 선임 보좌관 자격으로 참전하겠다고 하십시오. 그리고 그로부터 2, 3년 내에 집정관 선거에 나가는 겁니다."

"하지만 그러면 저는 쉰이 됩니다." 마리우스가 우울하게 말했다. "사람들은 정상적인 나이를 지난 후보를 좀처럼 뽑아주지 않습니다."

"나이야 이미 많이 지났지요. 두세 살 늘어난다고 달라질 게 무엇이 있겠습니까? 의원님이 그 시간을 유용하게 활용하면 분명 큰 도움이 될 겁니다. 게다가 의원님은 실제 나이대로 보이지 않습니다. 꽤 중요한 요소지요. 겉보기에도 늙었다면 상황이 무척 다를 겁니다. 하지만 의원님을 보면 건강과 활력이 눈에 띕니다. 게다가 체격이 좋아서 백인조회 유권자들에게 강렬한 인상을 주지요. 사실 의원님은 신진 세력인 것과 상관없이 카이킬리우스 메텔루스 집안에 원한만 사지 않았다면 의원님 나이가 딱 적당했던 3년 전에 이미 강력한 후보였을 것입니다. 작달막한 키에 생긴 것이 볼품없고 팔다리도 비쩍 말랐다면, 율리우스 가문의 여식을 아내로 얻는다 한들 소용없지요. 의원님은 분명 집정관이 될 것이니 그 점은 염려 마십시오."

"아드님들에게 제가 정확히 무엇을 해주기를 바라십니까?"

"자산 말입니까?"

"네." 마리우스는 대답하며, 자신이 화려한 키오스산 의복을 입고 있다는 사실을 잊은 채 광택 내지 않은 흰 대리석 벤치에 앉았다. 마리우스가 비에 흠뻑 젖은 벤치에 한참 앉아 있었던 탓에 그 자리에는 분홍빛 도는 자주색 얼룩이 남았다. 얼룩무늬는 신기할 정도로 자연스러웠다. 자주색 염료가 다공성 재질의 대리석에 스며든 이 벤치는 한두 세대 이상 세월이 지나 마침내 때가 오면 무척 귀한 가구가 될 것이며, 또다른 가이우스 율리우스 카이사르가 최고신관 관저에 이 벤치를 들여놓게 될 것이었다. 그러나 마리우스와 혼인 계약을 성사시킨 가이우스 율리우스 카이사르에게 자주색 얼룩은 하나의 징조로 다가왔다. 놀랍고 기막힌 길조. 다음날 아침 노예에게서 소식을 듣고 곧장 자신의 눈으로 이 자국을 확인했을 때(노예는 주인어른에게 이 소식을 전할 때 두려움보다는 경외심에 차 있었으니, 자주색이 왕을 상징한다는 건 누구나 알고 있었던 것이다) 카이사르는 더할 나위 없는 만족감에 크게 한숨을 내쉬었다. 자줏빛 벤치는 카이사르가 이번 혼인 계약을 성사시킴으로써 자기 가문을 최고 정무직의 상징인 자줏빛으로 물들였다고 말해주고 있었다. 벤치의 자주색은 또한 카이사르의 마음속에 이상한 예견을 불러일으켰다. 그렇다, 가이우스 마리우스는 분명 로마를 스스로도 이제껏 꿈꾸지 못한 운명으로 이끌 것이다. 카이사르는 벤치를 정원에서 아트리움으로 옮겼다. 하지만 정확히 어떻게 해서 하룻밤 사이 벤치에 진하고 섬세한 자줏빛과 분홍빛 얼룩이 배었는지는 아무에게도 발설하지 않았다. 이것은 길조이니까!

"둘째 아들 가이우스에게는 원로원 의석을 보장해줄 좋은 토지가 필요합니다." 카이사르는 벤치에 앉은 손님에게 말했다. "마침 알바누스 언덕에 제가 소유한 500유게룸 토지 옆의 아주 좋은 땅 600유게룸이 매물로 나왔지요."

"가격이 얼마입니까?"

"엄청나지요, 토질이 좋고 로마 시에서 가까우니까. 안된 일이지만 부동산시장은 파는 사람이 우선입니다." 카이사르는 깊게 숨을 내쉬고 비장한 목소리로 말했다. "400만 세스테르티우스, 즉 100만 데나리우스요."

"좋습니다." 마리우스가 가볍게 대답했다. 마치 카이사르가 부른 가격이 400만이 아니라 400세스테르티우스였던 것처럼. "한데 신중을 기하려면 일단은 비밀리에 매매를 진행하는 것이 좋겠습니다."

"지당한 말씀입니다!" 카이사르가 열렬히 찬성했다.

"돈은 내일 제가 직접 현찰로 가져오겠습니다." 마리우스가 미소를 지었다. "또 무엇을 원하십니까?"

"예상컨대 제 장남이 원로원에 들어갈 즈음이면 의원님은 이미 전직 집정관일 겁니다. 율리아와의 혼인과 전직 집정관 지위를 통해 막강한 영향력과 권력을 갖고 계시겠지요. 그 영향력과 권력을 제 아들들이 다양한 관직에 진출할 수 있도록 써주시길 바랍니다. 사실 앞으로 군대에서 선임 보좌관을 역임하실 2, 3년 동안에도 제 아들들을 데리고 가주셨으면 합니다. 그 아이들은 수습군관이자 하급 군관으로서 군복무 경험이 적지 않지만, 지금보다 경험을 더 많이 쌓아야 앞으로의 이력에 도움이 될 것이고, 또 의원님 수하라면 최고의 지휘관을 모시는 것이니까요."

마리우스는 마음속으로 두 젊은이 모두 훌륭한 사령관 자질은 갖추지 않았지만 괜찮은 군관 정도는 충분히 될 거라고 판단했다. 따라서 그저 이렇게만 답했다. "제 부하로 기쁘게 받아들이겠습니다, 가이우스 율리우스."

카이사르가 말을 이었다. "아들들의 정치 이력에 관해서라면, 파트리키 신분인 것이 대단히 불리하게 작용할 것입니다. 의원님도 아시다시피 파트리키는 호민관 선거에 나갈 수가 없으니까요. 요즈음에는 호민관이 되어 화려하게 주목을 받는 것이 정치가로서 평판을 쌓는 가장 효과적인 방법이지 않습니까. 제 아들들은 고등 조영관 자리를 노려야 할 텐데 그러려면 허리가 휘도록 많은 재산이 필요하지요! 그러니 섹스투스와 가이우스가 고등 조영관으로 선출되도록 도와주십시오. 일단 사람들이 법무관 투표소로 나갈 때 즐겁게 기억할 만한 경기나 공연을 열 수 있도록 아들들에게 자금을 든든하게 지원해주십시오. 그리고 어느 시점에서건 표를 매수해야 할 필요가 생기면 그 자금도 제공해주시기 바랍니다."

"좋습니다." 마리우스는 이렇게 대답한 뒤, 카이사르의 요구가 실로 엄청난 규모임을 고려할 때 대범하다 할 만큼 시원스럽게 오른손을 내밀어 악수를 청했다. 마리우스는 지금 최소 1천만 세스테르티우스 정도의 금액을 요구하는 계약을 수락하고 있었다.

카이사르는 상대방의 손을 따스하고 세차게 움켜쥐었다. "좋습니다!" 카이사르가 웃으며 말했다.

두 사람은 방향을 돌려 다시 집안으로 걸어갔다. 카이사르가 졸음에 겨운 하인을 시켜 마리우스의 낡은 사굼을 가져오게 했다.

"언제쯤 율리아와 이야기를 나눌 수 있을까요?" 마리우스가 수레바퀴만한 둥근 사굼 한가운데의 구멍으로 머리를 넣으며 물었다.

"내일 오후에 오세요." 카이사르가 직접 대문을 열어주며 말했다. "좋은 밤 맞이하십시오. 가이우스 마리우스."

"좋은 밤 맞이하십시오. 가이우스 율리우스." 그를 향해 불어오는 살이 에이도록 차가운 북풍 속으로 발을 내딛으며 마리우스가 말했다.

집으로 걸어가는 마리우스에게는 추위가 느껴지지 않았다. 오히려 실로 오랜만에 따스한 기운을 느꼈다. 지금껏 달갑지 않은 손님처럼 느꼈던 직감을 심중에 내내 품어온 것이 정말 잘한 일이었던 걸까? 집정관이 된다! 로마 귀족사회라는 허허로운 땅에 내 가문이 굳건히 발을 딛고 선다! 그럴 수만 있다면, 그는 이제 응당 아들을 가져야 마땅했다. 또다른 가이우스 마리우스를.

다음날 아침 두 율리아 아가씨들은 함께 사용하는 작은 거실에서 아침을 들었다. 율릴라는 유난히 들떠 가만히 있지 못하고 양발로 번갈아 깡충댔다.

"무슨 일이니?" 동생의 부산함이 거슬린 율리아가 물었다.

"모르겠어? 분위기가 심상치 않잖아. 오늘 아침에 꽃시장에서 클로딜라랑 만나려고 했는데. 나가기로 그애한테 약속했단 말이야! 그런데 식구들 모두 집에 모여서 지겨운 가족회의나 할 거 같아." 율릴라가 풀죽은 목소리로 말했다.

"넌 정말이지 감사할 줄을 모르는구나! 네 또래 중에 가족회의에서 자기 의견을 말하는 특권을 누리는 애가 얼마나 된다고 생각하니?"

"으, 됐어. 지루한 가족회의. 재미있는 이야기는 하나도 없잖아. 맨날 하인 얘기에 형편이 안 돼서 뭐 못한다는 말이나 가정교사 얘기. 난 학교 그만두고 싶어. 호메로스랑 고루해빠진 투키디데스는 정말 질렸어! 그런 걸 여자애가 뭐하러 배워?"

"양식과 교양을 갖춘 여성이 되라는 거야." 율리아가 나무라듯 말했다. "넌 훌륭한 남편을 만나고 싶지 않니?"

율릴라가 깔깔 웃고는 몸을 들썩였다. "내가 생각하는 좋은 남편은 호메로스나 투키디데스가 아니야. 아, 오늘 아침엔 나가고 싶어!"

"널 잘 알지. 나가고 싶으면 어떻게든 나가잖아. 그러니까 이젠 앉아서 식사하자."

문간에 그림자가 드리웠다. 두 아가씨 모두 고개를 들더니 놀라서 입을 벌렸다. 아버지께서 이 방에!

"율리아, 너와 할 얘기가 있다." 아버지가 들어오며 말했다. 이상하게도 오늘은 유달리 아끼는 둘째 딸 쪽을 돌아보지 않았다.

"어, 아빠! 잘 잤냐는 뽀뽀도 안 해주세요?" 둘째가 입을 삐죽 내밀며 물었다.

아버지는 무심코 둘째 딸 쪽을 보고서 볼에 가볍게 입을 맞춰주고, 여유를 되찾은 듯 미소를 띠었다. "우리 나비 아가씨, 혹시 따로 할 일이 있다면 그렇게 하거라."

율릴라의 얼굴이 기쁨으로 환해졌다. "고마워요, 아빠! 꽃시장에 나가봐도 될까요? 마르가리타리아 주랑건물도요?"

"오늘은 진주알을 몇 개나 사시려고?" 아버지가 빙그레 웃었다.

"수천 개요!" 율릴라가 큰 소리로 외치며 밖으로 향했다.

카이사르는 나가려는 율릴라를 붙잡아 왼손에 데나리우스 은전 한 닢을 쥐여주었다. "제일 작은 진주알 하나 값도 안 되겠지만, 스카프 한 장은 살 수 있을 거다."

"와, 아빠! 고마워요, 정말로요!" 율릴라가 외쳤다. 그녀는 두 팔로 아버지의 목을 감싸안고 볼에 입술을 갖다대더니 이내 사라졌다.

카이사르는 자상한 표정으로 큰딸을 바라보았다. "앉아라, 율리아." 카이사르가 말했다.

율리아는 기대에 찬 표정으로 자리에 앉았다. 하지만 마르키아가 들어와 딸과 나란히 긴 의자에 앉기까지 카이사르는 아무 말도 하지 않았다.

"무슨 일이지요, 가이우스 율리우스?" 마르키아가 걱정하는 기색 없이 그저 궁금하다는 듯 남편에게 물었다.

카이사르는 앉지 않았다. 무게 중심을 한쪽 다리에서 다른 쪽 다리로 옮기더니, 문득 아름다운 푸른 눈으로 율리아를 바라보며 물었다.

"사랑하는 우리 딸, 가이우스 마리우스란 사람이 마음에 들던?"

"네, 아빠, 마음에 들어요."

"어째서?"

질문을 듣고 율리아는 곰곰이 생각에 잠겼다. "소탈하지만 정직한 말투 때문인 것 같아요. 꾸밈없으시고요. 어제 직접 뵈니 역시 제 판단이 옳았어요."

"무슨 뜻이니?"

"네, 그분에 대해 흔히 듣는 소문 있잖아요. 그리스어도 모른다, 촌에서 온 무식쟁이다, 군사적인 명성도 다른 사람들을 희생해서 얻은 것이고 스키피오 아이밀리아누스가 변덕으로 별 뜻 없이 칭찬한 것이라든지. 사람들이 그런 얘기를 하도 많이 해서, 아시잖아요, 악의적으로 늘 그러는 걸. 어쩐지 모두 헛소문일 것 같다고 생각해왔거든요. 그런데 직접 그분을 만나뵈니 역시 제 생각이 옳았다는 확신이 들었어요. 무식쟁이도 아니고 촌사람처럼 굴지도 않으시던데요. 무척 지적이셨어요! 책도 많이 읽으셨고요. 그리스어 발음이 아름답지는 않지만 억양 탓일 뿐, 구사하는 문장이나 어휘는 훌륭했어요. 그분의 라틴어도 그렇고요. 그리고 눈썹이 정말 개성 있고 멋져요, 그렇지요? 옷 취향은 좀 과시적인 느낌이었지만 아마도 부인 탓일 거예요." 율리아가 갑자기 당황한 듯 말을 멈추었다.

"율리아, 너 그 사람이 정말로 마음에 들었구나!" 카이사르의 목소리에 알 수 없는 경외감이 스며 있었다.

"네, 아빠, 당연하지요." 율리아가 어리둥절한 표정으로 말했다.

"그 말을 들으니 무척 기쁘다. 넌 곧 그 사람과 결혼할 테니까 말이야." 평소엔 요령과 외교술이 대단하기로 유명한 카이사르였지만, 이런 상황은 그조차도 익숙지 않아서인지 중요한 말을 불쑥 내뱉어버리고 말았다.

율리아는 눈을 깜빡였다. "제가요?"

마르키아의 몸이 굳었다. "율리아가요?"

"그래." 카이사르가 말했다. 그는 이제 자리에 앉을 필요성을 느꼈다.

"대체 언제 그런 결론에 도달한 거죠?" 마르키아가 물었다. 목소리에서 심상찮은 분노의 기색이 느껴졌다. "그분은 전에 어디서 율리아를 봤기에 얘를 달라는 거죠?"

"그 사람이 율리아를 달라고 한 게 아니오." 카이사르가 방어하듯 말했다. "내가 그에게 율리아를 제안했소. 또는 율릴라를. 우리 가족과 함께 저녁을 들자고 초대한 이유는 그 때문이었소."

마르키아는 제정신이냐는 표정으로 남편을 노려보았다. "자식들 나이보단 당신 나이에 가까운 신진 세력가에게 우리 딸을 주겠다고 당신 스스로 제안했단 말인가요?" 마르키아는 이제 분노에 휩싸여 있었다.

"그래요, 내가 제안했소."

"왜죠?"

"당신도 그 사람이 누구인지 알 거요."

"그 사람이 누구인진 당연히 알지요!"

"그러면 그 사람이 로마에서 제일가는 갑부 축에 든다는 것도 알겠구려."

"당연하죠!"

"봅시다, 숙녀분들." 카이사르가 진지한 표정으로 두 사람을 한데 묶어 불렀다. "두 사람 모두 우리 가족이 처한 상황을 잘 알지. 자식이 넷 있지만 넷 모두를 제대로 부양할 자산과 돈이 충분치 않소. 두 아들은 최고의 자리에 오르기 위해 필요한 신분과 두뇌를 갖추었고 두 딸은 최고의 남편을 얻기 위해 필요한 신분과 미모를 갖췄지. 하지만 재산이 없어! 출세 가도를 밟기 위해 필요한 돈도, 지참금으로 보낼 돈도."

"그렇죠." 마르키아가 덤덤히 대꾸했다. 그녀의 아버지는 딸이 결혼 적령기에 이르기 전에 세상을 떴다. 아버지의 전처 자식들은 유언집행자와 한패가 되어 마르키아에게는 제대로 된 재산이 전혀 돌아가지 않게 했다. 카이사르는 마르키아를 사랑해서 결혼했고, 그녀에게는 지참금이 아주 조금밖에 없었기 때문에 그녀의 가족들은 이 혼인이 성사된 것을 달가워했다. 그랬다. 두 사람은 사랑해서 결혼했고 그 결혼으로 행복과 평온과 더없이 훌륭하게 자란 세 자녀와 한 마리 아름다운 나비를 얻었다. 그럼에도 마르키아는 카이사르가 자신을 신부로 맞아들일 때 재정적으로 전혀 도움을 주지 못했다는 사실에 아직도 수치심을 느끼고 있었다.

"가이우스 마리우스에게는 파트리키 가문의 아내가 필요하오. 고귀한 출신뿐 아니라 흠잡을 데 없는 도덕성과 존엄도 갖춘 가문이어야 하지. 마리우스는 3년 전에 이미 집정관으로 선출될 자격을 갖추었지만 카이킬리우스 메텔루스 집안이 그를 방해했소. 신진 세력인데다 캄파니아 출신 아내를 두고 있어서 그 방해에 대응할 인척도 없었지. 율리아가 나서면 분명 로마인들은 그를 진지하게 받아들일 거요. 율리아가 그의 출신과 존엄을 높여줄 테고 그의 공적인 가치와 지위도 천 배는 상승할 테니까. 그 대가로 마리우스는 우리 가족의 재정 곤란을 책임지고 해소해주기로 했소."

"아, 여보!" 마르키아의 눈가에 눈물이 가득 고였다.

"아, 아버지!" 율리아의 눈매가 부드러워졌다.

아내의 분노가 눈 녹듯 사라지고 딸의 얼굴이 기쁨으로 빛나자 카이사르는 안도했다. "그저께 신임 집정관 취임식에서 그 사람을 보았소. 이상한 일이지. 전에는 한 번도 그를 관심 있게 보지 않았어. 심지어 그가 법무관이었을 때도, 집정관 선거에 출마해 낙선했을 때도. 한데 새해 첫날에, 어쩌면 그날 어떤 비늘 같은 것이 내 눈에서 떨어져나갔다고 표현해도 과언이 아닐 것 같군. 그날 나는 그가 위대한 자임을 알았소! 로마에 그가 필요하다는 것을 깨달은 거요. 그를 도움으로써 나 자신도 도움을 얻자는 생각을 언제부터 했는지, 그것은 정확히 모르겠소. 하지만 그 사람과 같이 신전에 들어가 나란히 서 있을 즈음에는 이미 머릿속에 구상이 완전히 서 있었지. 그래서 기회를 놓치지 않고 그를 저녁식사에 초대한 것이오."

"정말 당신이 먼저 제안했나요? 그 반대가 아니고요?" 마르키아가 물었다.

"내가 했소."

"우리의 어려움은 끝난 건가요?"

"그렇소. 가이우스 마리우스가 비록 로마인 중의 로마인은 아닐지라도 내 판단에는 충분히 명예를 아는 남자요. 자신이 약속한 것을 분명히 지킬 거요."

"그 사람 쪽에서 합의한 사항이 무엇이죠?" 마르키아는 현실적인 어머니답게 머릿속으로 주판알을 튕기며 물었다.

"보빌라이에 있는 우리 땅 바로 옆에 매물로 나온 토지를 살 돈 400만 세스테르티우스를 오늘 그가 현찰로 줄 거요. 섹스투스에게 물려줄 재산에 손을 대지 않아도 가이우스가 의원 자격을 얻는 데 필요한 자산이 생긴다는 것이지. 또 우리 아들들이 고등 조영관에 오를 수 있게 지원해줄 것이오. 나이가 찼을 때 집정관으로 선출되는 데 필요한 것도 모두 지원해주기로 했소. 구체적으로 의논하지는 않았지만 율릴라의 지참금도 후하게 마련해줄 것이오."

"그러면 율리아에게는 무엇을 해주죠?" 마르키아가 차갑게 물었다.

카이사르는 멍한 표정을 지었다. "율리아에게 뭘 해주느냐고?" 카이사르가 되물었다. "결혼하는 것 외에 무엇을 더 해줄 수 있단 말이오? 율리아는 지참금 없이 결혼하는 것이고, 어쨌거나 그자는 율리아와 결혼하기 위해 어마어마하게 큰돈을 쓰지 않소."

"보통 신부가 지참금을 가져가는 것은 결혼한 후에 재정적 독립을 유지하기 위해서예요. 특히 이혼할 경우를 대비해서 말이죠. 어리석은 여자들은 결혼하고 남편에게 지참금을 줘버리기도 하지만 모든 여자들이 그러진 않아요. 혹시 남편이 지참금을 써버렸더라도 부부관계가 파탄이 날 경우 아내에게 돌려주어야 해요. 가이우스 마리우스는 율리아가 혹시 이혼을 당하더라도 혼자 살아갈 수 있을 정도의 지참금을 이애에게 주어야 해요." 마르키아는 어떠한 반론도 용납하지 않을 어조로 말했다.

"마르키아, 나는 도저히 그에게 더이상을 요구할 순 없소!"

"미안하지만 요구해야 해요. 가이우스 율리우스, 사실 나는 당신 스스로 그런 생각을 하지 못했다는 데 놀랐어요." 마르키아가 답답하다는 듯 한숨을 내쉬었다. "세상 사람들이 왜 여자보다 남자가 사업적 수완이 좋다고 잘못 생각하는지 도무지 이해할 수 없어요! 절대 그렇지 않은데. 그리고 내 사랑하는 남편, 당신은 남자들 중에도 특히 사업 문제에 맺고 끊음이 불분명해요! 율리아가 우리 가족의 운명을 바꿔주는 당사자인데, 율리아에게도 안정된 미래를 보장해주는 것이 마땅해요."

"당신이 옳다는 것은 인정하오." 카이사르가 힘없이 말했다. "하지만 여보, 나는 정말이지 그에게 더 요구할 수는 없소!"

율리아는 어머니에게서 눈을 돌려 아버지를 보았다가 다시 어머니를 쳐다보았다. 두 사람이 돈 문제로 충돌한 것이 이번이 처음은 아니었다. 하지만 자신이 갈등의 중심에 선 것은 처음이었기에 적이 괴로운 기분이었다. 그래서 직접 두 사람 사이에 나섰다. "맞아요, 맞는 말씀이에요! 제가 직접 가이우스 마리우스에게 지참금을 부탁하겠어요. 저는 전혀 걱정되지 않아요. 그분은 이해하실 거예요."

"율리아, 너 진심으로 그 사람과 결혼하고 싶은 게로구나!" 마르키아가 놀라서 말했다.

"당연하죠, 엄마. 정말 멋진 분이에요!"

"얘야, 그 사람은 너보다 서른 살이나 많아! 넌 금세 과부가 될 거야."

"젊은 남자들은 재미없어요. 우리 오빠들과 다를 게 없어요. 저는 가이우스 마리우스 같은 분과 결혼하고 싶어요." 그들의 학구적인 딸이 말했다. "전 반드시 그분께 좋은 아내가 될 거예요. 그분은 절 사랑할 거고, 절 얻기 위해 치른 대가를 결코 후회하지 않을 거예요."

"누군들 이렇게 되리라 생각했을까?" 카이사르가 특별히 누구에게랄 것도 없이 말했다.

"그렇게 놀라지 마세요, 아빠. 전 이제 곧 열여덟 살이 돼요. 올해에 두 분께서 제 결혼 상대를 찾아보실 거란 건 짐작했죠. 솔직히 말씀드려서 그 생각을 하면 무척 두려웠어요. 결혼 자체가 두려운 건 아니지만 정확히 어떤 사람이 제 남편이 될까 싶어서요. 어젯밤 가이우스 마리우스를 만나뵈었을 때 아버지께서 바로 저런 분을 남편감으로 구해주시면 얼마나 좋을까 생각했어요." 율리아가 얼굴을 붉혔다. "그분은 아빠와 전혀 다르면서도 아빠와 똑같았어요. 아빠처럼 올바르고 온화하고 정직하세요."

카이사르가 아내를 쳐다봤다. "자기 자식을 진심으로 좋아한다는 건 정말 드물고 귀한 기쁨이 아니겠소? 자식을 사랑하는 것은 타고난 본능이지. 하지만 자식을 인간적으로 좋아하는 마음은 절대 저절로 생기지 않소."

여자들과의 대면을 같은 날 두 번 치러야 한다는 사실은, 아군보다 열 배 더 많은 적과의 전투를 앞둔 것보다 더 긴장되는 일이었다. 첫번째 대면은 미래의 신부 그리고 장모와의 첫 만남이었고, 두번째 대면은 지금 아내와의 마지막 만남이었다.

마리우스의 신중함과 조심성은, 그라니아를 만나기 전에 율리아와 이야기를 먼저 나누어보고 미처 예상치 못한 장애요소는 없는지 확인해야 한다고 조언했다. 그리하여 마리우스는 낮의 여덟번째 시각, 그러니까 오후 중반에 이번에는 자주색 단이 있는 토가를 입고 카이사르의 집에 당도했다. 100만 데나리우스 은화를 직접 가져오지는 않았다. 데나리우스 은화 100만 닢의 무게는 4천 킬로그램에 달했다. 말하자면 160탈렌툼, 즉 160명이 들어야 할 무게였다. 다행히도 '현찰'이란 중의

적으로 쓸 수 있는 말이었다. 마리우스는 은행 수표를 준비했다.

서재에서 마리우스는 돌돌 말린 작은 페르가몬산 양피지를 카이사르에게 건넸다.

"최대한 신중히 처리했습니다." 마리우스가 말했다. 카이사르는 양피지를 펼쳐 거기에 쓰인 문구를 살펴보았다. "보시다시피 의원님 이름으로 거래하시는 은행에 은화 200탈렌툼을 예치했습니다. 예금을 예치한 자가 저라는 사실이 알려질 일은 없을 겁니다. 누군가 호기심에 작심하고 추적한다고 해도, 은행에서 허용되는 것보다 훨씬 더 오래 걸릴 거고요."

"다행입니다. 혹시라도 노출되면 마치 뇌물을 받은 것처럼 보일 테니까요! 내가 피라미 의원이라서 다행이지, 그렇지 않았다면 분명히 은행의 누군가가 수도 담당 법무관에게 나를 고발할 것입니다." 카이사르가 말하고는, 양피지를 다시 말아 한쪽으로 치웠다.

"뇌물로 그렇게 큰돈을 쓴 사례가 있을까요. 아무리 대단한 영향력을 지닌 집정관에게라도 말입니다." 마리우스가 빙긋이 웃었다.

카이사르가 오른손을 내밀었다. "무게가 몇 탈렌툼이나 될지 미처 생각지 못했습니다. 그래, 내가 의원님에게 나라를 하나 달라고 했구먼! 이렇게 해서 의원님 재산이 부족해지는 것은 아닙니까?"

"전혀 그렇지 않습니다." 카이사르가 손을 너무 세게 움켜쥐고 있어서 마리우스는 손가락을 뺄 수가 없었다. "말씀하신 토지가 그 가격대로라면 40탈렌툼이 남을 겁니다. 그 돈은 둘째 따님 지참금으로 쓰십시오."

"감사의 마음을 어떻게 표현해야 할지 모르겠습니다." 마침내 카이사르가 마리우스의 손을 놓았다. 카이사르의 표정이 점점 더 불편해보였다. "내 딸을 돈에 파는 것이 아니라고 스스로 계속 말하지만, 지금 이 순간 내겐 그렇게 느껴지는군요! 가이우스 마리우스, 나는 정말로 딸을 돈에 팔려는 게 아닙니다! 의원님과 함께할 내 딸의 미래와, 두 사람이 낳을 내 손자들의 지위가 영광될 것으로 믿습니다. 율리아를 잘 돌봐주고, 내가 그 아이를 소중하게 여기듯 의원님도 그애를 소중하게 여겨주길 바랍니다." 카이사르의 목소리가 잠겨 있었다. 마르키아의 바람처럼 또다른 큰돈을 부탁할 수는 없었다. 율리아의 지참금 명목이라지만, 이것보다 더는 요구할 수 없었던 것이다. 카이사르는 약간 비틀거리며 책상에서 일어나 아무렇지 않은 척 양피지 문서를 집어들었다. 그러고서 토가를 걸치지 않은 오른팔 밑으로 천이 우묵 내려앉아 생긴 넓은 구멍에 문서를 넣었다. "이 문서를 은행에 맡길 때까지는 안심하지 못할 것 같군요." 카이사르는 망설이다가 말했다. "율리아는 5월 초에 열여덟이 됩니다. 하지만 결혼을 6월 중순까지 미룰 수는 없을 것 같으니, 괜찮으시면 결혼식 날짜를 4월 중 하루로 정하면 좋겠습니다."

"좋습니다." 마리우스가 말했다.

"나 혼자 생각으로는 진작 그렇게 결정해두었지요." 카이사르는 그저 대화를 잇기 위해 말을 계속했다. 불편한 속내로 인한 어색함을 무마하려는 것이었다. "일 년 중 유일하게 결혼식에 흉조라는 시기가 시작될 때 딸이 태어나면 나중에 성가신 일이 되지요. 한창 봄과 초여름이 왜 흉한 때라고 하는지는 잘 모르겠지만 말입니다." 카이사르는 불편함을 떨쳐버리려 고개를 저었다. "여기서 기다리십시오. 곧 율리아를 이곳으로 보내겠습니다."

이제 마리우스가 긴장하고 걱정할 차례였다. 작지만 단정하게 정리된 카이사르의 서재에서 마리우스는 몹시 초조한 마음으로 율리아를 기다렸다. 아, 제발 억지로 결혼하는 것이 아니기를! 카이사르의 행동 어디에도 율리아가 이 결혼을 꺼린다는 기색은 없었지만, 그 누구도 차마 말해주지 못할 얘기도 있다는 걸 마리우스는 잘 알고 있었다. 마리우스는 율리아가 이 혼인을 진심으로 원하기를 자신이 간절히 바라고 있음을 깨달았다. 하지만 그녀의 혈통과 미모와 젊음에 전혀 걸맞지 않는 이 혼인을 율리아가 어떻게 반길 수 있단 말인가? 아버지로부터 이 소식을 전해 들었을 때 율리아는 얼마나 많은 눈물을 흘렸을까? 상식적으로 또는 불가피한 이유로 결혼할 수 없는 어느 미남 귀족 청년을 사랑하고 있지는 않을까? 율리우스 가문의 여식에게 그리스어도 못하는 늙은 이탈리아 촌놈 남편이라니!

중앙 정원을 에워싼 주랑에 연결된 문이 안으로 열리며, 엷은 황금빛 햇살이 마치 트럼펫 팡파르처럼 요란하게 서재로 쏟아져 들어왔다. 그 한가운데에 율리아가 오른손을 내밀고 미소 지으며 서 있었다.

"가이우스 마리우스." 율리아가 기쁘게 말했다. 그녀의 눈가에는 분명 미소가 피어오르고 있었다.

"율리아." 마리우스가 다가가 손을 잡았다. 하지만 잡은 손을 어떻게 해야 할지, 다음에 무엇을 해야 할지 전혀 모르겠다는 듯 그저 어색하게 붙잡고만 있었다. 마리우스는 목청을 가다듬었다. "아버님께서 말씀해주셨소?"

"네." 율리아의 미소는 사라지지 않았다. 오히려 표정이 점점 더 밝아지고 있었다. 미숙함이나 소녀 같은 수줍음은 전혀 느껴지지 않았다. 오히려 공주처럼 기품 있게 자기 자신과 이 상황을 완벽히 제어하는 듯했고, 그러면서도 다소곳한 느낌을 주었다.

"괜찮겠소?" 마리우스가 단도직입적으로 물었다.

"전 기뻐요." 율리아의 크고 따뜻하고 아름다운 회색 눈에는 여전히 미소가 어려 있었다. 마리우스를 안심시키려는 듯 율리아는 손가락으로 그의 손바닥 끝을 부드럽게 감싸쥐었다. "가이우스 마리우스, 그렇게 걱정스러운 표정 짓지 마세요. 저는 정말, 진짜로, 진심으로 기뻐요!"

마리우스는 토가자락이 거추장스레 겹겹이 감긴 왼손을 들어올렸다. 양손으로 율리아의 두 손을 맞잡고, 완벽한 그녀의 타원형 손톱과 크림처럼 희고 고운 가느다란 손가락을 내려다보았다. "나는 나이든 남자요!"

"그러면 저는 나이든 남자가 좋은가봐요. 제가 당신을 정말 좋아하는 걸 보면."

"나를 좋아한다고?"

율리아가 눈을 깜빡였다. "당연하지요! 그렇지 않다면 당신과 결혼하겠다고 하지 않았을 거예요. 세상에서 제일 다정하신 저희 아버지는 폭군이 아니에요. 제가 기꺼이 당신과 결혼해주길 몹시 바라셨겠지만, 만일 그렇지 않다면 결코 이 결혼을 강요하지는 않으셨을 거예요."

"하지만 당신이 스스로에게 강요하지 않았다고 확신할 수 있겠소?" 마리우스가 물었다.

"그럴 필요가 없었는걸요." 율리아가 참을성 있게 대답했다.

"분명 더 좋아하는 청년이 있을 텐데!"

"전혀요. 젊은 남자들은 마치 제 오빠들 같아요."

"하지만, 하지만," 마리우스는 반대할 이유를 대려고 필사적으로 헤매다 결국 이렇게 말했다. "하지만 내 눈썹이!"

"눈썹이 정말 멋있어요." 율리아가 말했다.

마리우스는 순간 얼굴이 확 붉어지는 것을 느꼈지만 도저히 자제할 수가 없었다. 애써 지켜온 평정이 한꺼번에 무너져내리고 있었다. 그는 깨달았다. 율리아가 침착하고 절제된 행동을 보이고는 있지만, 마치 아이처럼 천진난만할 뿐 지금 그가 애써 견디고 있는 것이 무엇인지는 전혀 이해하지 못했다. "부친께서는 당신 생일 전인 4월에 식을 올렸으면 하시던데 그래도 괜찮겠소?"

율리아가 얼굴을 찡그렸다. "음, 아버지께서 말씀하셨으면 그래야겠지요. 하지만 저는 당신과 아버지께서 동의하신다면 3월로 당겼으면 해요. 안나 페렌나 축일에 결혼식을 올렸으면 하거든요."

결혼식을 올리기 좋은 날이긴 했으나 역시 흉조가 있었다. 구(舊) 로마력을 기준으로 새해 첫날이 되는 3월 1일(고대 로마력은 1년이 열 달로 이루어져 있었고, 12월 말일 다음날부터 3월 첫날 전일까지의 날짜는 연중 어느 달에도 배정되지 않았다─옮긴이)이 지나고 첫 보름달이 뜨는 날인 안나 페렌나 축일 자체는 길일이지만, 다음날이 흉일이었다.

"결혼하고 맞이하는 첫날이 흉일인 게 꺼림칙하지 않소?"

"그렇지 않아요. 당신과의 결혼에는 길조만이 있을 뿐이니까요."

율리아는 왼손을 마리우스의 오른손 밑에 가져다대고 언약을 맺는 자세를 취하더니 그의 얼굴을 심각한 표정으로 바라보았다.

"어머니께서 당신과 단둘이 있을 시간을 아주 조금만 주셨어요. 그런데 어머니께서 이 방에 들어오시기 전에 우리 두 사람이 분명히 해두어야 할 문제가 있어요. 제 지참금이요." 율리아의 얼굴에서 미소가 사라지고, 진지하고 냉정한 표정이 그 자리를 대신했다. "가이우스 마리우스, 저는 당신과 불행한 관계를 맺게 될 것으로 생각하지 않아요. 당신에게는 성미나 인품을 의심할 어떤 점도 보이지 않고 당신도 제 진정한 모습을 보실 것으로 믿으니까요. 우리 두 사람이 서로를 존중할 수 있다면 우리는 행복할 거예요. 하지만 어머니께서 지참금에 대해 단호하게 얘기하시고 그 때문에 아버지께서 무척 괴로워하셔요. 어머니 말씀은 당신이 무슨 이유로든 제게 이혼을 요구할 경우를 대비해서 당신에게 지참금을 받아야 한다는 거예요. 그렇지만 아버지께서는 이미 너무나도 큰 아량을 베푸신 당신에게 도저히 무언가를 더 요구하실 수가 없으세요. 그래서 제가 직접 당신에게 부탁하겠다고 말씀드렸어요. 그리고 저는 엄마가 여기 오시기 전에 부탁을 드려야 해요. 엄마는 분명 그 얘길 꺼내실 테니까요."

율리아의 눈빛에는 근심만 어려 있을 뿐, 욕심은 전혀 느껴지지 않았다. "혹시 가능하다면 재산 일부를 상호 동의하에 공동 소유로 떼어 둘 수 있을까요? 만일 이혼을 하게 되면 제 것이 되는 것으로요."

율리아의 모습은 마치 젊은 변호인 같았다! 역시 진정한 로마인이었다. 어구 하나하나를 신중하게 고른 흔적이 역력했다. 상대의 기분을 거스르지 않는 우아함이 있으면서도 전달하고자 하는 의미는 더없이 명쾌했다.

"그렇게 할 수 있소." 마리우스가 진중하게 대답했다.

"분명히 말씀드리지만, 당신과 결혼한 동안 제가 그 돈을 쓰는 일은 없을 거예요. 그것으로 당신에게 제 고결함을 증명해보이고 싶어요."

"당신이 그렇게 하고 싶다면 그래도 좋소. 하지만 그 돈을 굳이 묶어 둘 필요는 없소. 기꺼이 당신 이름으로 목돈을 마련해줄 테니 당신 좋을 대로 써요."

율리아의 입에서 웃음이 새어나왔다. "당신이 율릴라가 아닌 절 선택해주셔서 다행이에요! 아녜요, 고맙습니다. 가이우스 마리우스, 저는 제 고결함을 증명하는 쪽을 택하겠어요." 율리아는 부드러운 목소리로 이렇게 말하고 얼굴을 들었다. "이제 어머니가 오시기 전에 키스해주시겠어요?"

지참금을 요구받고 조금도 당황하지 않았던 마리우스지만 이번 요구에는 적잖이 당황했다. 문득 마리우스는 지금 이 순간 율리아를 실망시킬 수 있는, 또는 최악의 경우 율리아가 그를 혐오하게 만들 수 있는 행동을 절대 하지 않는 것이 얼마나 중요한지 깨달았다. 하지만 마리우스가 키스에 관해, 여자와 사랑을 나누는 행위에 대해 아는 것이 얼마나 있겠는가? 늘 자부심이 강했던 마리우스는 어쩌다 한 번씩 동침한 여인들에게 자신이 좋은 상대인지 확인받으려 해본 적이 없었다. 마리우스와의 잠자리나 키스를 그 여자들이 어떻게 생각하는지는 그에게 전혀 중요하지 않았기 때문이다. 게다가 젊은 여성들이 첫 연인에게 어떤 것을 바라는지 역시 알 도리가 없었다. 율리아를 붙잡고 열정적으로 키스해야 할까, 아니면 첫 접촉이니 정숙한 느낌으로 가볍게? 율리아가 바라는 것은 욕망일까, 존중일까? 어차피 사랑은 아직 미래의 희망에 불과한 것이니까. 율리아는 마리우스가 모르는 영역이었다. 그는 율리아가 어떤 것을 예상하고 어떤 것을 원하는지 전혀 몰랐다. 그가 알고 있는 유일한 것은, 지금 율리아를 기쁘게 하는 것이 자기에게 매우 중요하다는 사실뿐이었다.

마리우스는 마침내 율리아의 손을 그대로 잡은 채 한발 가까이 다가가 머리를 숙였다. 율리아의 키가 무척 컸으므로 많이 숙일 필요는 없었다. 율리아의 다문 입술은 서늘하고 부드러웠다. 자연스러운 본능이 마리우스의 딜레마를 풀어주었고, 마리우스는 눈을 감은 채 그저 율리아가 주고자 하는 것에 자신을 내맡겼다. 이 일은 율리아에게도 완전히 새로운 경험이었다. 이후에 과연 무엇이 찾아올지 알 수 없지만 율리아는 이 경험을 갈망해왔다. 카이사르와 마르키아는 딸들을 부모의 품안에서 고상하고 순수하게 키웠지만 그렇다고 지나치게 제약하지는 않았던 것이다. 학자처럼 지적으로 자라난 이 아가씨는 동생과 다르게 성장해왔지만 강렬한 감정을 느끼지 못하는 것은 아니었다. 율리아와 율릴라의 차이는 질적인 것에 있었지 양적인 것에 있지 않았다.

잠시 후 율리아가 손을 빼내려 하자 마리우스는 곧바로 그녀의 손을 놔주었다. 율리아가 팔을 뻗어 바로 마리우스의 목을 감지 않았다면 아마도 그는 한발 뒤로 물러났을 것이다. 따뜻한 키스였다. 율리아는 입술을 살짝 벌렸고 마리우스는 두 팔로 율리아를 안았다. 여러 겹으로 접힌 크고 두꺼운 토가가 두 사람이 지나치게 밀착되는 것을 막았으나 두 사람에게는 그것이 오히려 나았다. 두 사람의 아름답고 섬세한 탐색은 자연스럽게 끝을 맺었다.

소리 없이 방으로 들어온 마르키아는 어느 쪽도 나무랄 수 없었다. 두 사람이 포옹하고 있긴 했지만 마리우스의 입술은 율리아의 뺨에 닿아 있었고, 눈을 감은 딸은 세심한 손길에 기분 좋아하는 고양이처럼 만족스러운 표정을 짓고 있었기 때문이다.

두 사람 모두 당황하는 기색 없이 몸을 떼고 어머니 쪽을 바라보았다. 마리우스는 마르키아가 불쾌해하는 기색을 느꼈다. 율리우스 카이사르 분가만큼 유서 있는 귀족 집안 출신은 아닌 마르키아에게 뭔가 슬픔이 어려 있음을 감지한 것이다. 아마도 마르키아는 가족이 돈을 얻지 못하더라도 율리아가 같은 귀족 계층의 남자와 결혼하기를 바랄 것이다. 하지만 이 순간에도 마리우스는 한없이 행복했다. 그리고 자신보다 두 살 정도 어린 예비 장모의 분개에 아랑곳하지 않을 정도로 여유가 생겼다. 사실 마르키아가 옳다. 율리아는 그리스어도 못하는 늙은 이탈리아 촌놈보다 젊고 훌륭한 남자가 더 어울린다. 물론 그렇다고 해서 율리아를 차지하겠다는 마리우스의 마음이 달라지지는 않았다. 오히려 이제는 마르키아 앞에서 율리아가 남편으로 맞이할 자가 최고의 남자임을 증명해 보여야 한다는 생각이 앞섰다.

"제가 지참금에 대해 여쭸어요, 엄마." 율리아가 곧장 말했다. "다 잘 정리되었어요."

마르키아가 미안한 기색을 보이며 예의를 갖췄다. "제 생각이었습니다. 딸애나 남편의 생각이 아니고요."

"이해합니다." 마리우스가 호쾌하게 말했다.

"아량이 넓으시군요. 우리 가족 모두 감사드립니다, 가이우스 마리우스."

"그렇지 않습니다. 아량이 넓은 분은 마르키아 부인이십니다. 율리아는 가치를 따질 수 없는 고귀한 진주니까요."


그 말은 마리우스의 마음속에 또렷이 남았다. 곧바로 카이사르의 집을 나와 아직 낮의 열번째 시각이 되지 않았음을 확인한 마리우스는, 베스타 계단 밑에서 왼쪽이 아닌 오른쪽으로 꺾어 작고 아름답고 둥근 베스타 신전을 끼고 돌아갔다. 레기아와 최고신관 관저 사이로 난 좁은 길을 걸어올라 사크라 가도에 들어섰다. 그 길을 따라가니 사케르 언덕길이라 불리는 좁은 오르막길이 나왔다.

마리우스는 상인들이 모두 귀가하기 전에 마르가리타리아 주랑건물에 도착해야 한다는 초조한 생각에 사케르 언덕길을 부지런히 걸어올랐다. 중앙에 사각형 안뜰이 자리한 크고 널찍한 상가인 그곳에는 로마 최고의 보석상들이 모여 있었다. 마르가리타리아라는 이름은 건물이 처음 세워졌을 때 보석 상가를 연 진주 판매상들에게서 따온 것이었다. 한니발 장군을 물리친 시기에, 로마에서는 여성의 보석 착용을 금지하는 엄격한 사치법이 모두 폐지되어, 여성들은 온갖 싸구려 장신구를 마구 사들였다.

마리우스는 율리아에게 진주를 사주고 싶었다. 그리고 여느 로마인들처럼 마리우스 역시 좋은 진주를 사려면 반드시 파브리키우스 마르가리타 상점으로 가야 한다는 사실을 잘 알고 있었다. 마르쿠스 파브리키우스는 로마 최초의 진주 판매상으로, 첫 상점을 열었을 때는 담수 홍합이나 절벽·바위·진흙에서 채취한 굴이나 바다조름에서 나온 진주를 취급했다. 그래서 상점에 구비된 진주들은 알이 작고 색이 검었다. 하지만 진주 전문상인이 되고자 했던 그는 사냥감을 쫓는 개처럼 전설을 따라 이집트, 나바테아 등지까지 여행하길 불사한 끝에 마침내 해수 진주를 찾아냈다. 처음 취급한 해수 진주는 실망스러울 정도로 알이 작고 모양도 일정치 않았지만, 나중에는 진짜 유백색 진주를 구비하게 되었다. 아이티오피아\*훨씬 남쪽의 아라비아 만에서 채취한 진주였다. 점점 더 명성을 얻게 되면서 그는 인도 부근 바닷가나 인도 바로 아래에 자리한 진주 모양의 섬 타프로바네 인근에서도 진주를 들여왔다. 이즈음 그는 자기 이름에 진주라는 뜻의 코그노멘 '마르가리타'를 덧붙이고 해수 진주 사업을 독점하기에 이르렀다. 마르쿠스 미누키우스 루푸스와 스푸리우스 포스투미우스 알비누스가 집정관인 지금 이 시대에는 그의 손자, 또다른 마르쿠스 파브리키우스 마르가리타가 각종 진주를 구비하고 있었다. 따라서 부유한 남자라면 매장에서 원하는 진주를 바로 구할 수 있었다.

마리우스를 손님으로 맞은 마르가리타는 역시나 적당한 진주를 바로 내주었지만, 집으로 돌아가는 마리우스의 손에는 진주가 들려 있지 않았다. 마리우스는 구슬 크기로 완벽하게 둥글며 달빛을 발하는 이 진주를 더 작은 진주알들이 박힌 묵직한 황금 목걸이 가운데에 달기로 했고, 당연히 이는 여러 날이 소요되는 작업이었던 것이다. 여자에게 귀한 선물을 주고 싶은 기분은 이전에 느껴보지 못한 새로운 감정이었다. 마리우스는 입맞춤의 기억을 끊임없이 되새겼고, 기꺼이 자신의 신부가 되려는 율리아의 얼굴을 계속 떠올렸다. 마리우스가 여자 마음을 속속들이 꿰뚫는 바람둥이는 아니지만, 율리아가 마음에 없는 남자와 결혼할 여자는 아니란 확신이 들었다. 그처럼 순수하고 젊고 귀족적인 여자의 마음을 얻었다는 생각만으로도 마리우스의 가슴은 감사로 가득차 값진 선물들을 끝없이 퍼부어주고 싶었다. 율리아가 자신을 기꺼이 받아들였다는 사실은 미래에 대한 길조였다. 율리아는 가치를 따질 수 없는 고귀한 진주이니 그녀에게 진주를 주어야 마땅했다. 저 하늘 머나먼 곳에서 열대의 달이 바다 심연에 떨어뜨린 눈물이 바닥까지 가라앉아 얼어붙어 생긴 귀한 진주를. 마리우스는 율리아에게 세상 그 무엇보다 단단하고 헤이즐넛만큼 큼직한 인도의 아다마스를 구해다줄 것이고, 푸른빛이 심장부에서 반짝이는 아름다운 초록색 스마라그도스를 저멀리 스키타이 북부에서 구해다줄 것이며, 새로 생긴 상처에 고여오는 붉은 피처럼 밝게 빛나는 카르붕쿨루스를 구해다줄 것이다……

그라니아는 물론 집에 있었다. 그녀가 나간 적이 한 번이라도 있었는가? 매일 아홉번째 시각부터 혹시나 저녁을 들려고 올지 모를 남편을 기다리며 계속 식사를 몇 분씩 늦추는 통에 높은 급료를 받는 요리사가 분통을 터뜨리게 만들었고, 결국은 단식 치료에서 벗어난 대식가의 입맛을 되살리기 위해 마련되었을 법한 성찬 앞에서 코를 훌쩍이며 홀로 식사하기 일쑤였다.

주방의 명인이 만들어낸 요리의 걸작은, 마리우스가 저녁을 밖에서 들든 안에서 들든 예외 없이 낭비였다. 그라니아가 큰돈을 들여 고용한 요리사는 미각이 까다로운 에피쿠로스주의자마저도 황홀경에 빠뜨린다는 미식 요리 전문가였다. 어쩌다 마리우스가 집에서 저녁을 드는 날 마주하는 음식은 푸아그라로 속을 채운 겨울잠쥐, 상상을 초월할 정도로 조그마한 피그페커(알에서 아직 깨지 않은 병아리 요리. 당시 로마의 진미로 꼽혔다―옮긴이) 요리와 마리우스의 넉넉한 주머니 사정에는 무리가 없을지 모르겠으나 그의 혀와 위장에는 지나치게 자극적인 진한 소스와 이국적인 채소였다. 대부분의 군인들처럼 마리우스 역시 빵 한 덩어리와 베이컨을 넣은 완두콩 수프 한 사발에 가장 행복해했고, 한두 끼를 걸러도 전혀 개의치 않았다. 마리우스에게 음식이란 육체를 위한 연료이지 쾌락을 위한 연료가 아니었다. 그토록 오랜 결혼생활 후에도 그라니아는 이것이 그들 사이에 굉장한 거리가 있음을 보여주는 징후임을 이해하지 못했다.

그라니아에게 애정이라곤 거의 없었지만 막상 이혼을 통보할 생각을 하니 마리우스도 마음이 편치 않았다. 두 사람의 관계에서 죄책감을 느끼는 쪽은 늘 그였다. 그라니아가 자기에게 올 때 아이들을 낳고 온 가족이 함께 저녁을 드는 평안하고 행복한 결혼생활을 꿈꿨음을 잘 알기 때문이었다. 아르피눔에 살면서 푸테올리에도 자주 다녀오고 매년 9월 로마 경기대회가 열리면 2주씩 로마 여행을 다녀오는 생활을.

하지만 마리우스는 그라니아를 처음으로 대면하고 나중에 그녀와 첫날밤을 치르기까지 아무런 감정을 느끼지 못했다. 호감이나 욕망을 가장할 수조차 없을 정도였다. 그라니아가 못생겨서가 아니었다. 둥글고 귀염성 있는 얼굴과 크고 시원스러운 눈매에 작고 도톰한 입술은 충분히 예쁘다고 할 만했다. 고분고분하지 않았던 것도 아니다. 그라니아는 마리우스를 기쁘게 하기 위해 늘 그에게 맞추어 행동했다. 문제는 마리우스를 기쁘게 할 능력이 그라니아에게 없다는 데 있었다. 설사 그녀가 마리우스의 술잔에 가뢰에서 채취한 최음제를 넣고 그 앞에서 화려하고 음란한 춤을 춘다고 해도 말이다.

마리우스가 죄책감을 느끼는 이유는, 그라니아 본인도 마리우스를 기쁘게 하지 못하는 까닭에 대해 수없이 여러 번 고민했지만 결국 답을 찾지 못했음을 알기 때문이었다. 하지만 마리우스도 그라니아에게 정확한 답을 줄 수 없었다. 솔직히 마리우스 자신도 그 까닭을 몰랐기 때문이다. 바로 이 점이 그들 부부의 진짜 문제였다.

결혼 후 15년 동안 그라니아는 이미 보기 좋은 몸매, 풍만한 가슴과 잘록한 허리와 봉긋한 엉덩이를 더 아름답게 가꾸기 위해 많은 노력을 기울였다. 머리를 감은 뒤에는 검은 머리칼이 윤기 있는 붉은빛을 띠도록 햇볕 아래에서 곱게 빗어 말렸으며, 부드러운 갈색 눈에 검정색 스티비움으로 윤곽선을 그려넣고, 절대 땀이나 생리혈 냄새를 풍기지 않도록 청결을 유지했다.

1월 초순인 이날 저녁 문지기가 마리우스를 맞이했을 때 달라진 점이 있다면 그것은 마리우스가 자신을 기쁘게 하는 여자, 결혼하여 인생을 함께하고 싶은 여자를 드디어 찾았다는 점이다. 어쩌면 두 여자, 그라니아와 율리아를 대조해보면 이제껏 도무지 풀리지 않았던 의문에 대한 답을 얻을 수 있을까? 그랬다. 마리우스는 곧바로 답을 얻었다. 그라니아는 평범하고 정식 교육을 받지 않았고 건전하고 가정적인 여자로, 라티움 대지주에게 이상적인 배우자였다. 율리아는 귀족 출신에 학식 있고 우아하고 정치적인 여자로, 로마 집정관에게 이상적인 배우자였다. 마리우스의 가족이 그를 그라니아와 약혼시켰을 때는 마리우스가 당연히 라티움 대지주의 삶을 살 것이라고 생각했다. 마리우스의 혈통이 그러했기에 혈통에 맞는 배우자감을 고른 것이다. 그러나 독수리로 태어난 마리우스는 훌쩍 날아 아르피눔의 둥지를 떠났다. 마리우스는 모험심으로 가득하고 야심만만하고 명석하며 현실감각이 뛰어난 군인인데다 풍부한 창의성까지 갖추어 지금의 자리까지 올랐고, 율리우스 카이사르 집안의 여식과 정혼한 지금 더 높은 자리를 바라보고 있었다. 율리아야말로 마리우스가 원하는 아내였다! 마리우스에게 필요한 아내.

"그라니아!" 마리우스는 화려한 모자이크로 장식된 아트리움 바닥에 크고 무거운 토가를 벗어던지고 걸어들어가며 외쳤다. 흰색 토가에 마리우스의 진흙투성이 장화 바닥이 닿을세라 하인이 재빨리 토가를 주우러 왔다.

"네, 여보?" 그라니아가 자신의 거실에서 달려나왔다. 그라니아가 걸어온 길을 따라 핀이며 브로치며 음식 부스러기가 떨어져 있었다. 오랜 기간 동안 과자와 설탕에 절인 무화과에 의지해 애달픈 고독을 견뎌온 탓에, 요즘은 너무 살이 오른 모습이었다.

"서재에서 봅시다." 마리우스는 어깨 너머로 이 말을 남기고 성큼성큼 걸어들어갔다.

그라니아가 종종거리며 뒤를 따랐다.

"문을 닫아요." 마리우스가 큰 책상 뒤에 놓인 의자 쪽으로 걸음을 옮기며 말했다. 마리우스가 의자에 앉자 그라니아는 마치 그를 방문한 피호민처럼 책상 맞은편에 앉았다. 거대한 책상 상판은 광택이 화려한 공작석이었고 테두리는 무늬를 새긴 금으로 장식되어 있었다.

"왜요, 여보?" 그라니아가 물었다. 목소리에 두려움은 없었다. 마리우스는 여태껏 그라니아를 방치해온 것 외에 어떤 방식으로도 그라니아에게 무례를 범하거나 부당하게 대한 적이 없었다.

마리우스가 얼굴을 찌푸리며 상아 주판을 두 손으로 만지작거렸다. 우아하면서도 강인해 보이는 저 손을 그라니아는 늘 사랑해왔다. 네모진 손바닥에서 뻗어나간 손가락은 무척 길었고, 마리우스는 그 두 손을 숙련된 사람처럼 늘 단호하고 분명하게 사용했다. 그라니아는 머리를 살짝 기울여 마리우스를 바라보았다. 결혼하고 25년간 함께 살아왔지만 여전히 낯선 사람 같았다. 역시 잘생긴 남자라고 그라니아는 결론내렸다. 수천 번도 넘게 같은 결론을 내려왔다. 그러면 그녀는 여전히 마리우스를 사랑하고 있는 것일까? 그녀가 어찌 알겠는가? 결혼한 지 25년이 지난 지금 그라니아의 감정은 무늬가 전혀 없는 복잡한 옷감 같았다. 어떤 부분은 성기게 짜여 감정이 무난히 뚫고 나왔지만, 다른 부분은 지나치게 촘촘하게 짜여 자신이 과연 누구이며 어떤 사람인가에 대한 생각과 막연한 관념 사이를 장막처럼 가로막았다. 분개, 고통, 당황, 울분, 슬픔, 자기연민. 아! 그 수많은 감정들. 어떤 감정들은 이미 오래전에 거의 잊힌 듯했지만, 그라니아가 이제 마흔다섯이 되면서 새롭게 생겨나는 감정들이 있었다. 생리가 점점 줄었고, 결실을 맺지 못하는 그녀의 가련한 자궁은 점점 쭈그러들었다. 그라니아를 지배하는 단하나의 감정이 있다면 일상적이고 우울하고 답답한 실망감이었다. 요즘 그녀는 심지어 실망의 신 베디오비스에게 제물을 바치고 있었다.

무언가 말하려는 듯 마리우스의 입술이 열렸다. 마리우스는 본래 도톰하고 육감적인 입술을 갖고 태어났지만, 그라니아를 만나기 전부터 이미 입매가 단호해지도록 스스로 단련해온 터였다. 그라니아는 마리우스의 말이 잘 들리도록 몸을 살짝 앞으로 숙이고 온몸의 신경을 팽팽히 잡아당겨 집중했다.

"당신과 이혼하겠소." 마리우스는 아침 일찍 이혼장을 써둔 양피지 조각을 그라니아에게 건넸다.

마리우스의 말뜻을 바로 이해할 수 없었던 그라니아는, 냄새가 나는 두껍고 말랑말랑한 사각형 가죽을 책상에 펼치고 노안이 있는 사람처럼 찬찬히 내용을 살폈다. 마침내 상황을 이해한 그녀가 양피지에서 눈을 떼고 남편을 쳐다봤다.

"나는 이런 대접을 받을 짓을 하지 않았어요." 그라니아가 멍하니 말했다.

"내 생각은 다르오."

"뭐죠? 내가 어떤 잘못을 했죠?"

"당신은 내게 맞는 아내가 아니었소."

"장장 25년을 살아온 다음에, 그게 당신이 내린 결론인가요?"

"아니, 처음부터 알고 있었소."

"그러면 왜 그때 이혼하지 않았죠?"

"그때는 별로 중요하지 않았으니까."

아, 계속되는 상처, 계속되는 모욕! 그라니아의 손에 쥔 양피지가 덜덜 떨렸다. 그녀는 양피지를 집어던지고 작은 두 손으로 힘껏 주먹을 쥐었다.

"네, 결국 이거로군요!" 그라니아가 드디어 기운을 되찾고 분개했다. "내가 당신에게 중요한 사람이었던 적이 단 한 번도 없다고요. 굳이 이혼을 고려할 정도조차 못되었다고요. 그러면 이제 와서 왜 이혼하려는 거죠?"

"다시 결혼하고 싶소."

순간 의구심이 분노를 몰아냈다. 그라니아의 눈이 커졌다. "당신이?"

"그렇소. 유서 깊은 귀족 가문으로부터 정략혼 제의를 받았소."

"오, 이런. 가이우스, 그들을 그토록 경멸하더니 당신도 이젠 속물이 되었나요?"

"아니, 그런 것이 아니오." 마리우스가 냉정하게 말했다. 그는 줄곧 죄책감을 숨기며 살아왔듯 지금도 불편한 속내를 훌륭하게 감추었다. "단지 이 혼인을 통해 내가 마침내 집정관이 될 수 있기 때문이오."

순간 그라니아의 타오르던 분노가 꺼졌다. 그 불을 꺼뜨린 것은 차가운 논리의 바람이었다. 저 말에 누가 반대할 수 있을까? 누가 그를 비난할 수 있겠는가? 필연적인 운명을 상대로 싸울 수 있는 자 누구인가? 마리우스는 지금까지 단 한 번도 자신이 당한 정치적 따돌림에 대해 그라니아와 이야기를 나눈 적이 없었고 사람들이 자신을 얼마나 얕보는지 그녀 앞에서 불평을 토로한 적도 없었지만, 그라니아는 모두 알고 있었다. 그라니아는 마리우스를 위해 눈물 흘렸고, 마리우스를 위해 분노했고, 로마의 정치판을 좌지우지하는 귀족들이 마리우스를 소외시킴으로써 짓고 있는 죄를 자신이 바로잡을 수 있기를 바라고 또 바랐다. 하지만 푸테올리의 그라니우스 가문 여식인 그녀가 무엇을 할 수 있겠는가? 부유하고 점잖고 나무랄 데 없는 배우자감이긴 했다. 그러나 정치적 영향력도, 남편에게 가해지는 부당한 대우를 바로잡아줄 능력을 갖춘 친척도 없었다. 남편 마리우스가 라티움 대지주에 지나지 않았다면 그라니아 자신은 캄파니아 상인의 딸일 뿐이었고, 로마 귀족들의 눈에는 그저 낮은 자들 중에서도 낮은 자에 지나지 않았다. 최근까지 그라니우스 가문은 로마 시민권조차 없었다.

"그렇군요." 그라니아가 덤덤하게 대답했다.

마리우스는 최소한의 자비를 발휘해 거기서 이야기를 멈추었다. 잠들어 있던 심장에 사랑의 감정이 싹텄다는 내색은 전혀 내비치지 않았다. 이 결혼을 순전히 정치적 계산에 의한 만남으로 생각하게 하자.

"미안하오, 그라니아." 마리우스가 부드럽게 말을 건넸다.

"나도 미안해요. 미안해요." 그라니아의 몸이 다시금 떨려왔다. 이번에는 이제 과부가 된다는 소름 끼치는 생각 때문이었다. 지금까지 익숙해진 외로움보다 훨씬 더 크고 참기 힘든 외로움을 겪게 될 것이다. 마리우스가 없는 삶? 생각조차 할 수 없었다.

"이 말이 위로가 될진 모르겠지만 정략혼 제안을 받은 것이오. 내가 먼저 청한 것이 아니라."

"어느 여자죠?"

"가이우스 율리우스 카이사르의 장녀요."

"율리우스 가문 딸이라고요? 대단한 집안이로군요! 당신, 정말로 집정관이 되겠군요."

"그래요. 나도 그렇게 생각하오." 마리우스는 평소 아끼는 갈대 펜과, 구멍 뚫린 황금 뚜껑이 달렸고 잉크를 지우는 모래가 담긴 작은 반암 용기와, 그 옆에 놓인 반질반질한 자수정 잉크병을 만지작거렸다. "당신이 가져온 결혼 지참금은 당연히 가져가시오. 앞으로 당신 생활에 필요한 재산보다 많을 거요. 전에 당신 부친께서 투자했던 곳보다 수익이 높은 사업체들에 그 돈을 묻어두었고, 당신이 그 돈에 전혀 손을 댄 적이 없으니 이젠 제법 큰돈이 되었을 것이오." 마리우스가 목소리를 가다듬었다. "당신은 가족들 가까이 살고 싶겠지만, 내 생각엔 당신 나이를 고려해서 집을 따로 갖고 있는 편이 낫지 않을까 하오. 특히나 당신 부친께서 돌아가셔서 이젠 당신 오라버니가 가장일 것이니 말이오."

"당신은 최소한 내게 아이가 생길 만큼도 잠자리를 해주지 않았어요." 그라니아는 차가운 고독의 한가운데에서 가슴속 가장 깊은 곳까지 에이는 아픔을 느꼈다. "아, 내게 자식이라도 있었다면!"

"나로서는 당신이 자식을 낳지 않은 것이 더없이 다행스럽소! 우리 사이에 아들이 있었다면 자동으로 내 유산상속자가 되니까, 율리아와 결혼을 한들 큰 의미가 없었을 것이오." 마리우스는 자신이 한 말이 지금 상황에 적절하지 않았음을 깨닫고 덧붙였다. "그라니아, 분별 있게 생각하시오! 우리에게 아이가 있었다 한들 이제는 장성해서 자기 인생을 살고 있지 않겠소. 그러니 당신에게 별 위안이 될 수 없어요."

"최소한 손주들은 있었겠지요." 그라니아의 눈에 눈물이 고였다. "그러면 이렇게 철저히 혼자이진 않았을 거라고요!"

"그래서 몇 년째 누차 얘기해오지 않았소. 작은 개라도 길러보라고 말이오!"

마리우스의 어조는 불친절하지 않았다. 타당한 충고였다. 마리우스는 더 좋은 조언을 떠올리려 궁리하다가 결국 이렇게 덧붙였다. "사실 당신이 해야 할 것은 재혼이오."

"절대 그럴 일은 없어요!" 그라니아가 소리쳤다.

마리우스는 어깨를 으쓱했다. "좋을 대로 하시오. 당신 거처 문제로 돌아가면, 쿠마이 해변에 빌라를 하나 구입해서 당신이 살도록 하겠소.

쿠마이는 푸테올리에서 가마를 타고 수월하게 갈 수 있는 곳이오. 하루 이틀 동안 당신 가족을 방문할 수 있을 정도로 가깝기도 하면서 어느 정도 거리를 두고 평온히 지낼 수 있을 만큼 떨어져 있기도 하고."

희망은 모두 사라졌다. "고맙군요, 가이우스."

"오, 고맙다는 말 마시오!" 마리우스는 책상을 돌아나와 무감정한 손길로 그라니아의 팔꿈치를 받치고 자리에서 일어나도록 거들었다.

"집사에게 상황을 알리고, 노예들 중 누구를 데려갈 건지 생각해보시오. 나는 내일 대행인을 시켜 쿠마이에 적당한 빌라를 구하겠소. 물론 소유주는 내가 되겠지만 당신이 평생 살 수 있도록 하겠소. 또는 당신이 결혼하기 전까지. 알아, 알아! 당신은 싫다고 했지만 구혼자들이 벌통에 파리 꼬이듯 모여들걸. 당신은 부자니까."

두 사람이 그라니아의 거실 문 앞에 당도하자 마리우스는 걸음을 멈추고 손을 뺐다. "모레까지 이곳을 비워주면 고맙겠소. 되도록 아침이면 좋겠고. 율리아가 들어오기 전에 집을 손보고 싶어할 텐데, 식을 8주 안에 올릴 계획이라서 원하는 대로 고칠 시간이 별로 없소. 그렇다고 당신이 떠나기도 전에 그녀를 데려올 수는 없지 않소. 그건 적절치 못하니까."

그라니아는 마리우스에게 무엇이든, 어느 것이라도 물어보려고 했지만 마리우스는 이미 저멀리 걸어가고 있었다.

"저녁식사 때 기다리지 마시오." 마리우스는 넓은 아트리움을 가로질러가며 큰 소리로 외쳤다. "푸블리우스 루틸리우스를 만나러 갈 것이오. 아마도 당신이 자기 전에는 들어오지 않을 거요."

그래. 이렇게 끝났다. 이 덩그러니 크기만 한 집을 떠나야 한다는 사실은 조금도 가슴 아프지 않았다. 그라니아는 이 집이 늘 싫었고 도시의 번잡함도 싫었다. 마리우스가 카피톨리누스 언덕 아륵스의 축축하고 우울한 북쪽 경사면에 거처를 마련한 이유를 그라니아는 늘 이해할 수 없었다. 이 저택이 무척 고립되어 있다는 게 주된 이유였겠거니 짐작했을 뿐이다. 하지만 주변에 이웃이 거의 없어서 친구 집을 방문하려면 수없이 많은 계단을 걸어올라야 했고, 정치적 측면에서 봐도 외딴섬이나 다름없었다. 별로 없는 이웃들마저 전부 엄청나게 성공한 상인들로, 정치에는 관심이 없었던 것이다.

그라니아는 거실 바깥에 서 있는 하인에게 고개를 끄덕여 보였다. "즉시 집사를 불러오너라."

집사가 왔다. 코린토스 출신의 점잖은 그리스인으로, 어렵게 교육을 받았고 이후 로마 시민권을 얻는 데 필요한 돈을 모으려고 자진하여 노예가 된 사람이었다.

"스트로판테스, 주인어른이 나와 이혼하시겠다네." 그라니아는 부끄럼 없이 말했다. 이 이혼에 수치스러울 일은 없었다. "나는 모레 아침까지 여기를 떠나야 하니 내 짐을 좀 싸주게."

집사는 놀란 속내를 감추며 고개 숙였다. 그는 이 결혼생활을 지켜보면서 둘 중 하나가 죽기 전에는 끝나는 일이 없을 거라고 생각해왔다. 이혼에 흔히 수반되는 격렬한 싸움보다는 그저 미라와 같은 무기력만이 둘의 결혼생활을 감싸고 있었기 때문이다.

"마님, 노예들 중 누구를 데려가시겠습니까?" 집사가 물었다. 그 자신은 그라니아가 아닌 마리우스의 소유였기에 이 집에 남게 될 것이 분명했다.

"요리사는 당연히 데려가고, 주방 하인들도 전부. 안 그러면 요리사가 언짢아할 테니까, 그렇지? 내 몸종들과 재봉사, 미용사, 목욕 수발

하인들과 급사 아이 둘 다." 의지할 수 있고 마음에 드는 하인들이 더는 떠오르지 않았다.

"분부대로 하겠습니다." 집사는 이 대단한 이야깃거리를 다른 하인들에게 전하고 싶어 안달이 나서 즉시 자리를 떴다. 특히 요리사에게 그가 로마를 떠나야 한다는 소식을 어서 알려주고 싶었다. 그 잘나빠진 냄비 장인께서 로마를 떠나 푸테올리로 가야 한다는 소식이 달가울 리 없겠지!

그라니아는 널찍한 거실을 이리저리 거닐었다. 화장품, 반짇고리, 징 박힌 여행가방 등 갖가지 물건이 널려 있는 편안한 방안을 둘러보았다. 여행가방에는 식을 올리기 전 희망에 부풀어 혼수로 준비했지만 가슴 아프게 결국 한 번도 사용하지 못한 출산용품들이 들어 있었다.

로마에서는 아내가 직접 가구를 고르거나 사오지 않기 때문에, 마리우스는 가구를 내주진 않을 것이다. 이 생각에 미치자 그라니아의 눈빛이 살짝 밝아지면서, 볼을 타고 내려오던 눈물이 멈추었다가 이내 말라버렸다. 그러고 보니 로마를 떠나기 전에 그녀에게 주어진 시간은 내일 하루뿐이었다. 쿠마이는 그리 번화한 도시가 아니다. 그렇다면 내일 그녀는 새 빌라를 채울 가구를 사러 나갈 것이다! 그녀가 원하는 것을 직접 고를 수 있다니 얼마나 신나는 일인가! 어쨌거나 내일은 이런저런 생각을 할 여유도 멍하니 앉아 슬퍼할 시간도 없는 바쁜 하루가 될 것이다. 갑자기 아픔과 충격이 사라져갔다. 다음날 할 쇼핑을 생각하면 곧 다가올 밤도 견디어낼 수 있을 것이다.

"베레니케!" 그라니아가 외치자 하녀가 나타났다. "지금 저녁을 들 것이니 주방에 그리 알려라."

그라니아는 종잇조각을 찾아 잔뜩 어질러진 작업대 위에서 내일 살

것의 목록을 적은 뒤, 식사를 마치자마자 이어서 쓸 수 있도록 눈에 띄는 곳에 올려두었다. 그이가 말한 것이 하나 더 있었는데……. 그래, 바로 그거야. 작은 개. 내일 작은 개를 한 마리 사오리라. 목록 맨 위에 적어두어야지.

행복감은 그라니아가 홀로 식사를 하는 내내 지속되는 듯했지만, 식사를 거의 마쳐갈 무렵 마침내 충격에서 헤어난 그녀는 급속히 슬픔에 빠져들었다. 그녀는 두 손으로 머리카락을 움켜쥐고 미친듯이 잡아뜯었다. 입에서 비통한 울음소리가 흘러나왔고 눈물이 강처럼 쏟아졌다. 하인들이 모두 자리를 떴고, 식당에 홀로 남은 그라니아는 긴 의자에 덮인 황금빛과 자줏빛이 교차된 태피스트리에 얼굴을 묻고 짐승처럼 울었다.

"저 우는 소리 좀 들어봐!" 요리사가 짜증스레 소리쳤다. 그는 특수 팬과 냄비, 각종 요리 도구를 싸던 중이었다. 여주인이 내는 비통한 울음소리는 주랑정원 제일 끝에 자리한 주방까지 선명하게 들려왔다. "대체 뭣 때문에 우는 거야? 유배를 떠나는 건 바로 나라고! 저 여자는 원래 거기 살았잖아, 멍청하고 늙은 암퇘지 같으니라고!"

새해 첫날 거행된 추첨 결과 아프리카 속주 관할권은 집
정관 스푸리우스 포스투미우스 알비누스에게 돌아갔다.
추첨 결과가 나온 지 스물네 시간도 되지 않아 스푸리우스는 자신의
파벌을 분명히 밝혔다. 그는 누미디아의 마시바 왕자 세력이었다.

스푸리우스에게는 열 살 어린 아우 아울루스가 있었다. 원로원에 진
출한 지 얼마 되지 않은 아울루스는 세상에 자신의 이름을 알릴 기회
만을 노리고 있었다. 따라서 스푸리우스가 새 피호민 마시바 왕자를 위
해 막후에서 끈질기게 교섭을 벌이는 동안, 아울루스는 왕자를 호위하
며 로마 시내 주요 공공장소를 방문하고 중요 인물들에게 인사시키며
그들에게 보낼 선물은 무엇이 좋을지 왕자의 정보원들에게 귀띔하는
역할을 했다. 누미디아 왕실 사람들이 대부분 그렇듯 마시바 역시 체격
이 건장하고 용모가 수려한 셈족으로 머리가 명석하고 사람들을 끌어
당기는 매력이 있는데다 선물 인심도 후했다. 로마에서 마시바가 우위
를 차지한 건 그의 주장이 절대적으로 정당하기 때문은 아니었다. 로마
인들은 그저 진영이 분열되어 있는 것 자체를 즐겼다. 원로원이 일치단
결하면 무슨 스릴이 있을 것이며, 만장일치 표결만 계속되면 무슨 묘미

가 있겠는가. 게다가 평화로운 협력관계에서는 명성을 날릴 기회가 흔치 않은 법이다.

새해 첫 주말에 아울루스는 원로원에서 마시바 왕자 건을 정식으로 상정하고, 왕위 계승의 정통성을 갖춘 마시바 왕자가 누미디아의 왕권을 잡아야 한다고 그를 대신해 주장했다. 아울루스는 생애 첫 연설을 훌륭하게 마쳤다. 카이킬리우스 메텔루스 집안 의원들은 전원 기립하여 경청하는 자세를 취하더니 연설이 끝나자 우레 같은 박수갈채를 보냈다. 스카우루스는 마시바의 청원을 지지한다고, 아울루스의 제안이야말로 골치 아픈 누미디아 문제를 깨끗이 해결하는 방안이라고 밝은 표정으로 말했다. 이제 적법한 왕을 추대해 누미디아를 정상화해야 한다. 전 국민의 단합을 이끌기에 충분히 훌륭한 혈통도 아닌데다 살인과 뇌물로 권좌에 올라 필사적으로 발악하는 왕권 찬탈자는 한시바삐 끌어내려야 한다는 것이었다. 스푸리우스가 회의를 해산하기도 전에, 원로원은 어서 빨리 작금의 누미디아 왕을 몰아내고 표결을 통해 마시바를 그 자리에 앉히자는 얘기로 떠들썩했다.

"끓는 물이 턱밑까지 차오르고 있습니다." 보밀카르가 유구르타에게 말했다. "갑자기 어디서도 만찬 초대가 들어오지 않습니다. 정보원들도 자기네 얘기를 들어주려는 사람을 찾기 힘들다 합니다."

"원로원 투표가 언제지?" 왕이 물었다. 침착하고 차분한 목소리였다.

"2월 칼렌다이(한 달의 첫날—옮긴이) 열나흘 전에 다음 원로원 회의가 열립니다. 내일로부터 이레 남았습니다, 전하."

왕이 어깨를 폈다. "분명 내게 불리한 결과가 나올 거야, 그렇지?"

"그렇겠지요, 전하."

"그렇다면 굳이 로마 방식을 따르려고 애쓰는 것은 이제 무의미해."

유구르타의 몸집이 눈에 띄게 커 보였다. 루키우스 카시우스 롱기누스를 따라 이탈리아로 건너온 이래 감추어져 있던 빛나는 위엄이 유구르타를 원래 모습으로 되돌려놓고 있었다. "이제부터는 내 방식으로 한다. 바로 누미디아 방식으로."

비가 개고 차가운 햇볕이 내리쬐었다. 유구르타의 뼈는 누미디아의 훈풍을 갈망했고, 몸은 그의 여자들이 주는 다정하고 아낌없는 위로를 갈망했으며, 마음은 매사를 단순하게 처리하는 누미디아의 차가운 논리를 갈망했다. 이제 고국으로 돌아갈 때다! 그를 절대 그냥 놔주지 않을 로마인들에 대비해 군사를 모아 훈련시켜야 할 때였다.

유구르타는 드넓은 정원을 에워싼 주랑을 왔다갔다하다가 손짓으로 보밀카르를 불렀다. 그들은 정원 정중앙에 자리한 분수대 옆 물소리가 시끄러운 자리로 같이 걸어갔다.

"여기서는 새들도 우리 얘길 들을 수 없을 거다."

보밀카르의 몸이 굳었다. 그는 왕에게 귀를 기울였다.

"마시바를 없앤다." 왕이 말했다.

"여기, 로마에서 말씀이십니까?"

"그렇다. 이레 이내에. 원로원이 표결에 들어가기 전에 마시바가 죽지 않으면 일이 더 복잡해져. 마시바가 죽어야 표결이 없다. 그래야 우리가 시간을 번다."

"제가 직접 죽이겠습니다."

유구르타는 고개를 세차게 저었다. "아니, 안 돼! 암살자는 로마인이어야 해. 네 임무는 우리를 위해 마시바를 죽여줄 로마인 암살자를 구하는 것이다."

보밀카르가 경악하며 왕을 쳐다봤다. "전하, 우리는 지금 이국땅에

와 있습니다! 누가 그 일을 할 수 있을지는 고사하고, 그런 자를 어디서 어떻게 구할지조차 모릅니다!"

"우리 정보원에게 물어보아라. 믿을 수 있는 자가 적어도 한 명은 있을 것 아니냐."

한결 더 구체적인 지시였다. 보밀카르는 그 자리에 서서 아랫입술 밑에 난 짧은 턱수염을 이빨로 잘근잘근 씹으며 곰곰이 생각했다. "아겔라스투스." 그가 마침내 말했다. "마르쿠스 세르빌리우스 아겔라스투스, 절대 웃지 않는 자. 아버지가 로마인이고, 로마에서 태어나 로마에서 자랐습니다. 하지만 그자의 마음은 누미디아인 어머니에게 있지요. 확실합니다."

"너에게 맡기겠다. 해치워라." 왕은 이렇게 말하고 길을 따라 걸어가 버렸다.

아겔라스투스는 깜짝 놀라 멍한 표정을 지었다.

"여기, 로마에서 말이오?"

"그뿐이 아니오. 앞으로 이레 안에 끝내야 하오. 원로원은 당연히 표결로 마시바의 손을 들어줄 것이고, 그러면 우리는 누미디아에서 내전을 치러야 하니까. 당신도 알겠지만 유구르타 왕은 그냥 물러서지 않을 것이오. 혹여 왕이 물러나려고 해도 가이툴리족이 그렇게 두지 않을 테고."

"하지만 어디서 암살자를 구할지 전혀 짐작 가는 바가 없습니다!"

"그렇다면 당신이 직접 하시오."

"저는 못합니다!" 아겔라스투스가 울부짖었다.

"누군가는 해야 하오! 이렇게 큰 도시에 거금을 노리고 기꺼이 살인을 범할 자가 없겠소?" 보밀카르가 집요하게 채근했다.

"당연히 있겠지요. 최하층민 절반은 그렇게 할 게요. 하지만 저는 그런 자들과 섞여본 적이 없어요. 최하층민은 단 한 명도 모릅니다. 그렇다고 행색 추레한 놈을 아무나 붙잡고 눈앞에 금화주머니를 들이대며 누미디아 왕자를 죽이라고 할 순 없는 노릇 아닙니까!" 아겔라스투스가 흐느꼈다.

"안 될 건 뭐요?"

"놈은 나를 수도 담당 법무관에게 고발할 겁니다. 그래서 안 된다는 겁니다!"

"금화를 먼저 보이시오. 그러면 고발 따윈 하지 않을 테니까. 이 도시에서는 얼마냐의 차이일 뿐, 돈이면 누구나 넘어오게 돼 있어."

"그렇기는 합니다만, 내가 직접 시험해볼 자신은 도저히 없소이다."

아겔라스투스는 한 발짝도 물러서지 않았다.


모두들 수부라 지구가 로마의 시궁창이라고 해서, 보밀카르는 눈에 띄지 않는 복장을 하고 수행원 한 명 없이 수부라로 향했다. 로마를 방문한 여타 중요 인사들처럼 그 역시 포룸 로마눔 북동쪽 골짜기는 위험지역이니 들어가지 말라고 주의를 받았다. 이곳에 와보니 과연 그럴 만했다. 수부라의 골목길이 팔라티누스 언덕 골목길보다 좁다거나, 건물들이 비미날리스 언덕이나 에스퀼리누스 언덕 위 건물들보다 더 위험하게 높아서가 아니었다.

아니, 수부라에 처음 와본 이들에게 가장 크게 다가오는 특징은 바로 사람들이었다. 수부라에는 보밀카르가 이제껏 보아온 사람보다 더 많은 사람들이 모여 있었다. 그들은 수백만 개 창문 밖으로 몸을 내밀고 서로 꽥꽥 소리를 질러댔고, 부대끼는 서로의 몸뚱이를 팔꿈치로 밀쳐내며 걷느라 이동속도가 달팽이마냥 느렸으며, 인간이 보일 수 있는 온갖 무례하고 공격적인 행태를 다 보였다. 그들은 아무데서나 침을 뱉고 오줌을 갈겼고 빈 공간만 보이면 마구 변기통의 오물을 버렸으며, 누가 곁눈질로 쳐다만 봐도 시비를 걸었다.

수부라의 두번째 특징은 만연한 비위생과 악취였다. 수부라의 첫번째 주요 간선도로 구간인 아르길레툼 구역에서부터 수부라 입구까지 걷고 나자, 보밀카르는 역겨운 냄새와 더러운 때말고는 아무것도 기억에 남지 않았다. 칠이 벗겨진 누추한 건물 벽에서는 처음 건물을 세울 때부터 목재와 벽돌에 오물을 발라 지은 양 더러운 물이 줄줄 새어나와 도랑을 이루고 있었다. 로마인들은 왜 작년 대화재 때 이곳을 구하려 그리 안간힘을 썼을까. 수부라 전체가 홀랑 타버리게 두지 않고. 이곳에는 구할 가치가 있는 물건도 사람도 없는데! 하지만 수부라 지구에 깊숙이 들어갈수록 혐오는 차츰 경이로 바뀌어갔다(보밀카르는 걷다가 중심가인 수부라 마요르를 벗어나지 않도록 조심했다. 혹시라도 샛길로 잘못 들었다가는 돌아오는 길을 절대 찾지 못할 것 같았기 때문이다). 수부라 사람들 특유의 생명력과 억척스러움이 눈에 들어오고, 그로서는 이해하기 힘든 활기가 느껴져왔다.

귀에 들리는 언어는 라틴어와 그리스어와 약간의 아람어가 기이하게 뒤섞인 것이었다. 로마의 다양한 지역을 수없이 돌아다닌 보밀카르에게도 생소한 것을 보면, 이곳의 은어는 수부라 주민들만 이해할 수 있는 듯했다.

도처에 상점이 즐비했다. 썩은내 나는 조그마한 간이식당들은 하나같이 장사가 아주 잘되는 듯했다. 어딘가에서 돈이 풀려나오는 것이 분명했다. 간이식당 사이로 빵집과 돼지고깃간, 포도주 상점이 있었다. 아주 작은 가게들도 꽤 보였는데, 어두운 실내를 슬쩍 들여다보건대 노끈부터 냄비, 등, 수지 양초 등 온갖 물건을 파는 잡화점인 듯했다. 하지만 분명 먹을거리 장사가 가장 잘되었고, 얼추 3분의 2에 달하는 상점들이 요식업 관련이었다. 공장도 있었다. 쿵 하는 프레스 소음, 윙 하는 연마기 소음, 달가닥 하는 베틀 소리가 들려왔다. 좁은 출입구와 곁길에서 새어나오는 이 소음들을 고층건물에 세들어 사는 사람들은 도저히 피할 수 없을 것 같았다. 어떻게 이런 곳에 사람이 살까?

수부라 지구의 주요 교차로에 점점이 보이는 작은 사각형들도 가까이 가서 보면 다 사람이었다. 그 많은 사람들이 분수대에 모여 세탁을 하고 요령껏 인파를 헤치며 물동이를 이고 집에 가는 모습은 그저 놀라울 따름이었다. 보밀카르는 누미디아인으로서 자국의 수도 키르타를 늘 과할 정도로 자랑스럽게 생각해왔지만, 키르타는 로마에 비하면 그저 커다란 마을에 지나지 않음을 인정하지 않을 수 없었다. 심지어 알렉산드리아에도 수부라 같은 개미굴은 없을 것이었다.

하지만 수부라에도 사람들이 모여 앉아 술을 마시며 낮시간을 보내는 장소들이 있었다. 이런 술집은 하나같이 큰 교차로에만 있는 것 같았지만, 꺼려지는 마음에 줄곧 중심가를 벗어나지 않은 그로서는 확신할 수 없었다. 무슨 일인가가 끊임없이, 매번 갑작스럽게 벌어졌다. 눈앞에서 어떤 장면이 갑자기 시작되었다가도 새로운 사람들이 나타나면 별안간 다른 장면이 되었다. 한 사내가 짐 나르는 당나귀를 때리는가 하면, 어디선가 나타난 아낙네가 짐 나르는 아이를 때리는 식이었다. 그러나 수부라의 교차로 선술집들(보밀카르는 그러한 장소를 달리 뭐라고 불러야 할지 몰랐다)의 어두운 실내는 사막의 오아시스같이 주변보다 비교적 평화로운 분위기를 띠고 있었다. 혈색도 좋고 체격도 건장했던 보밀카르는 이쯤에서 용기를 내어 어느 한 곳에 직접 들어가보지 않고서는 확실한 것을 알아낼 수 없겠다는 결론을 내렸다. 어쨌거나 수부라 지구에 온 것은 로마인 암살자를 구하기 위한 것이니, 이 지역 주민과 대화할 장소를 찾아야 했다.

보밀카르는 수부라 마요르를 벗어나 비미날리스 언덕으로 이어지는 파트리키 구를 걸어올랐고, 이어 파트리키 구와 수부라 미노르가 만나는 삼각형 공터에서 교차로 선술집을 발견했다. 그곳에 세워진 제단과 분수대 크기를 보니 꽤 중요한 교차로인 듯했다. 출입구 위에 낮게 덧대놓은 상방 아래로 보밀카르가 머리를 숙이고 들어서자, 선술집 안의 족히 50명은 되는 사람들이 일제히 이쪽을 바라보더니 냉랭한 표정을 지었다. 웅성거리던 말소리가 뚝 끊겼다.

"실례합니다." 보밀카르는 태연한 척하며, 눈으로 바삐 대장 격으로 보이는 사람을 찾았다. 아, 저기 왼편 뒤쪽 구석에 있는 자로군! 불쑥 나타난 이방인에 대한 긴장감이 어느 정도 줄어들자 나머지 사람들은 모두 한 명, 즉 대장의 얼굴만 쳐다보고 있었다. 그리스인이라기보다는 로마인에 가까운 얼굴이었고 몸집이 왜소하며 나이는 서른다섯 정도로 보였다. 보밀카르는 몸을 홱 돌려 그자를 정면으로 바라봤다. 자신의 라틴어가 모국어 수준으로 유창하면 좋겠다 싶었지만 결국 그리스어로 말을 걸 수밖에 없었다.

"실례하겠소." 보밀카르는 다시 말했다. "아무래도 무단침입을 한 것 같군요. 잠시 앉아서 포도주 한잔 할 수 있는 선술집을 찾고 있었소. 계속 걷다보니 목이 말라서."

"여기는 사적인 클럽이오, 친구." 사내의 그리스어는 형편없긴 하지만 알아들을 수 있을 정도였다.

"일반인을 받는 선술집은 없소?"

"수부라에는 없다오, 친구. 장소를 잘못 찾았군. 노바 가도로 돌아가시오."

"그래요. 나도 노바 가도는 알고 있소만, 이곳 로마가 아직 낯설어서 말이오. 내 평소 신조가 사람들이 제일 많이 모이는 곳에 가지 않고서는 도시의 진면목을 볼 수 없다는 거지요." 보밀카르가 관광객 특유의 맹함과 외국인다운 무지함이 섞인 표정을 지어보이며 말했다.

사내는 머릿속으로 재빨리 계산을 하는 듯 보밀카르를 위아래로 훑어보았다.

"굉장히 목이 마르신가 본데. 안 그렇소, 친구?" 사내가 말했다.

보밀카르는 사내가 던진 미끼를 기꺼이 물었다. "너무 목이 말라서, 이 자리 계신 모든 분께도 한잔씩 사고 싶을 정도요."

대장은 자기 옆 사람을 쫓아내고 그 자리를 탁탁 쳤다. "흠, 우리 영예로운 동료들이 동의해주면 그쪽을 명예회원으로 받아들이겠소. 여기 앉아 다리 좀 쉬시지요, 친구." 사내가 주변을 슥 돌아보며 말했다. "이분을 명예회원으로 받는 데 다들 동의하는지, 한번 대답해봐."

"찬성!" 모두가 한목소리로 외쳤다.

보밀카르는 판매대나 주문받을 사람을 찾아 두리번거렸지만 그런 것은 없었다. 그는 남몰래 숨을 들이쉰 뒤 돈주머니를 꺼내서, 데나리우스 은화가 한두 개 흘러나오도록 살짝 벌려 탁자 위에 올려놓았다. 이제 주머니의 내용물을 보고 다같이 몰려들어 그를 죽여버리거나, 아니면 정말 그를 명예회원으로 받아주거나 둘 중 하나일 것이다. "그러면 이제?" 보밀카르가 대장에게 물었다.

"브로미두스, 이분과 다른 회원들에게 드릴 좋은 포도주를 큰 걸로 한 병 사와." 대장이 아까 옆자리에서 밀쳐낸 똘마니에게 말했다. "우리가 거래하는 포도주 가게가 바로 옆집이오." 대장이 설명했다.

주머니에서 은화 몇 닢이 더 나왔다. "이 정도면 되겠소?"

"한 잔씩 돌리기에 그 정도면 충분하지, 친구."

쨍그랑 소리와 함께 은화가 더 쏟아졌다. "그러면 몇 잔 더 돌려볼까요?"

사람들이 한꺼번에 탄성을 뱉었다. 이제 모두 긴장을 푼 것 같았다. 똘마니 브로미두스가 은화를 집어들더니 돕겠다고 자청하는 세 사람을 데리고 문밖으로 사라졌다. 보밀카르가 대장에게 오른손을 내밀었다.

"내 이름은 유바요."

"루키우스 데쿠미우스." 대장이 힘차게 악수하며 말했다. "유바라! 어느 쪽 이름이오?"

"무어인 이름이오. 마우레타니아에서 왔소."

"마우레…… 뭐요? 그게 어디에 있지?"

"아프리카에 있소."

"아프리카?"

그냥 히페르보레오이 땅(북쪽 끝에 있다는 신화 속의 땅—옮긴이)에서 왔다고 대답했어도 다를 바 없었을 것이다. 루키우스 데쿠미우스로서는 어차피 이해 못할 말이었다.

"로마에서 먼 곳이오." 오늘의 명예회원이 설명했다. "카르타고에서 서쪽으로 더 멀리 가면 나오지."

"아, 카르타고! 진작 그렇게 말을 할 것이지." 데쿠미우스는 고개를 돌려 이 흥미로운 방문객의 얼굴을 찬찬히 뜯어보았다. "스키피오 아이밀리아누스가 당신네들을 한 명도 살려두지 않은 줄 알았는데." 그가 말했다.

"그랬지. 하지만 마우레타니아는 카르타고가 아니오. 카르타고에서 서쪽으로 한참 떨어진 곳이지. 그냥 둘 다 아프리카에 있을 뿐이오." 보밀카르가 참을성 있게 설명했다. "카르타고는 이제 로마의 아프리카 속주가 되었소. 올해 집정관이 그곳으로 간다지. 스푸리우스 포스투미우스 알비누스 말이오."

데쿠미우스는 어깨를 으쓱했다. "집정관? 그 사람들은 그냥 왔다가는 거지, 친구. 그냥 왔다간다고. 누가 집정관이건 여기 수부라에는 별 차이가 없어. 알잖소, 그 사람들이야 이런 데 살지 않으니까. 하지만 당신도 이거 하나는 인정해야 할 거요. 로마가 세계에서 제일가는 우두머리 개라는 걸. 그러면 당신도 수부라에서 환영받을 수 있어. 집정관도 마찬가지요."

"내 잘 알지요. 로마가 세계에서 제일가는 우두머리 개란 걸." 보밀카르가 의미심장하게 대답했다. "주인어르신인 마우레타니아의 보쿠스 왕께서 나를 로마로 파견한 이유가 우리나라를 로마의 우호동맹국으로 받아달라고 원로원에 청하라는 것이었거든."

"아, 그러시오?" 데쿠미우스가 심드렁하게 대꾸했다.

브로미두스가 커다란 포도주병의 무게를 이기지 못하고 비틀거리며 들어왔다. 뒤따라오는 세 명도 마찬가지였다. 브로미두스가 데쿠미우스의 잔을 먼저 채우려 하자, 데쿠미우스가 브로미두스의 허벅지를 세차게 내리쳤다.

"이 얼간아, 이게 무슨 실례야?" 데쿠미우스가 말했다. "술값을 내신 분께 먼저 드려야지. 이놈 내장을 다 파먹어버릴까보다."

보밀카르 앞에 놓인 기다란 잔이 순식간에 가득 찼다. 보밀카르는 잔을 들어 건배를 제의했다. "로마에서 만난 최고의 장소와 최고의 친구들을 위하여." 그는 애써 맛있다는 표정을 지으며 역겨운 빈티지 포도주를 들이마셨다. 이자들 속은 강철로 돼 있는 게 틀림없어!

음식이 담긴 우묵하고 넓은 그릇이 연이어 나왔다. 작은 오이, 양파, 호두로 만든 시큼한 피클. 길게 썬 셀러리와 당근. 소금에 절인 듯 지독한 냄새가 나는 작은 생선은 나오자마자 사라졌다. 보밀카르는 그중 어느 것도 도저히 먹을 수 없었다.

"우리의 친구, 유바를 위하여!" 데쿠미우스가 말했다.

"유바를 위하여!" 나머지 사람들도 밝게 웃으며 따라 말했다.

반시간도 지나지 않아 보밀카르는 로마 노동자들의 생활에 대해 예상했던 것보다 더 많이 알게 되었다. 그들의 생활은 참으로 흥미로웠다. 정작 누미디아 노동자들의 생활에 대해서는 훨씬 더 아는 바가 없다는 사실은 그에게 떠오르지 않았다. 보밀카르는 그 자리에 함께한 모든 사람들이 일을 나가며, 매일매일 다른 사람들이 이 클럽을 이용한다는 것을 알게 되었다. 대부분 7일 일하고 하루 쉬는 것 같았다. 4분의 1 정도가 해방노예임을 의미하는 원뿔 모자를 뒤통수에 쓰고 있었다. 놀랍게도 이들 중 몇몇은 분명 노예 신분인데도 노예가 아닌 자들과 한데 어울리며 같은 일을 하고 같은 시급과 휴가를 받았다. 보밀카르에게는 굉장히 이상하게 느껴졌지만, 그를 제외한 다른 사람들에게는 전혀 이상하지 않은 일임이 분명했다. 보밀카르는 곧 노예와 해방노예의 진짜 차이를 알게 되었다. 해방노예는 일을 그만두고 싶을 때 그만둘 수 있고 일할 장소와 일의 종류를 고를 수 있는 반면, 노예는 주인의 사유재산이었기 때문에 자기 삶을 마음대로 결정할 수 없었다. 하지만 생각이 여기까지 이르렀을 때, 늘 공정한 사고를 추구하는 보밀카르는 나라마다 다른 노예 제도와 규제가 있는 것이 당연하며 모든 나라가 똑같을 수 없다는 결론을 내렸다.

데쿠미우스는 일반 회원들과 달리 항상 이곳을 지키는 사람이었다.

"나는 이 클럽의 관리인이오." 데쿠미우스가 말했다. 아직 한 모금밖에 마시지 않아서 취기가 오르지 않은 상태였다.

"정확히 뭐하는 클럽이오?" 보밀카르가 잔에 담긴 술을 최대한 조금씩 홀짝대며 물었다.

"말해도 잘 모를 거요. 친구, 여기는 교차로 클럽이오. 정식 조합이지. 일종의 협회 같은 거요. 조영관과 수도 담당 법무관의 승인과 최고신관의 축성을 받았지. 교차로 클럽은 공화정 이전 왕정 때부터 있었소. 예로부터 큰길이 교차하는 곳은 어디나 큰 기운이 도사리고 있소. 내가 지금 말하는 건 제대로 된 콤피툼이오. 골목길이나 샛길이 만나는 허접한 데 말고. 그렇소, 교차로에는 큰 힘이 있소. 말하자면, 만일 당신이 신인데 지금 위에서 로마를 굽어보고 있다고 상상해봐요. 벼락을 내리치거나 전염병 같은 걸 뿌리려는데 막상 밑을 내려다보면 좀 헷갈릴 거요. 안 그렇겠소? 카피톨리누스 언덕에 올라가보면 내 말이 무슨 뜻인지 알 거요. 언뜻 보면 붉은 지붕들이 모자이크처럼 촘촘하게 붙어 있는데 자세히 들여다보면 큰길이 교차하는 곳, 그러니까 우리 클럽이 있는 이 교차로 같은 곳에는 늘 공터가 있지. 그러니까 당신이 신이라면 바로 그런 데다 벼락을 내리꽂고 전염병을 뿌리지 않겠소? 그런데 친구, 우리 로마인들은 영리해. 아주 영리하지. 로마의 왕들은 교차로에서 우리 스스로를 보호할 방법을 찾아야겠다고 생각했지. 그래서 교차로가 라레스의 보호를 받게 한 거요. 모든 교차로에는 라레스 제단이 있어. 분수대는 제단이 생긴 뒤에 생겼지. 들어오기 전 클럽 건물 벽 옆에 제단 있는 거 못 봤소? 작은 탑같이 세워진 거?"

"봤소." 오히려 더 혼란스러워진 표정으로 보밀카르가 대답했다. "라레스란 정확히 누구요? 하나 이상의 신이오?"

"아, 라레스는 어디에나 있지. 아마도 수백 수천일 거요." 데쿠미우스는 애매하게 대답했다. "로마는 라레스 천지요. 이탈리아에는 못 가봤지만 거기도 마찬가지라더군. 내가 아는 군인이 없어서 군단이 바다 건너로 원정을 갈 때 라레스도 따라가는지는 잘 모르겠소. 하지만 라레스는 분명 여기에 존재하고, 그들을 필요로 하는 곳이라면 어디에나 있소. 그리고 라레스를 잘 지키는 것은 우리 교차로 클럽에 달려 있소. 우리는 제단과 제단에 바쳐진 공물을 관리하지. 분수대를 깨끗이 유지하는 것도 우리 일이고, 망가져서 버린 수레나 시체, 대부분 짐승들인데, 그걸 치우고 건물이 무너진 잔해를 치우는 것도 우리요. 매년 새해엔 큰 잔치를 여는데 교차로 축제라고 부르지. 바로 이틀 전에 열렸소. 그래서 지금은 포도주 마실 돈이 없는 거요. 매년 잔치에 자금을 써버리고 나면 다시 돈이 모이기까지 시간이 좀 걸리니까."

"그렇군." 보밀카르는 이렇게 대답했지만 사실 여전히 이해되지 않았다. 로마의 오래된 신들은 보밀카르에게 풀리지 않는 수수께끼였다. "잔치 자금은 당신들 스스로 마련하는 거요?"

"그렇기도 하고 아니기도 하지." 데쿠미우스가 겨드랑이를 긁으며 대답했다. "수도 담당 법무관이 어떤 사람이냐에 따라 다른데, 어떤 자들은 잔치 때 구워먹으라고 돼지 몇 마리 살 돈을 주기도 하지. 어떤 자들은 인심이 아주 후한데 또 어떤 해에는 워낙 인색해서 똥에서 냄새도 안 나는 노랑이들이야."

대화는 카르타고 생활에 대한 호기심 어린 질문들로 옮겨갔다. 아프리카에 카르타고 외에도 다른 도시가 존재한다는 것을 그들이 이해하기는 불가능했다. 그들의 역사와 지리 지식은 포룸 로마눔에 가서 얻은 것이 전부였기 때문이다. 포룸 로마눔은 클럽에서 거리상으로는 별로 멀지 않았지만 사실상 그들의 생활과는 동떨어진 장소였다. 그럼에도 그들이 포룸 로마눔을 방문하는 것은 아마도 정치적 불안으로 인해 그곳에 관심이 높아지고 로마 정치의 중심부인 그곳이 일종의 구경거리로 여겨졌기 때문인 듯했다. 그런 까닭에 로마 정치계에 대한 그들의 시각은 다소 왜곡되어 있었고, 그 왜곡된 시각의 정점은 가이우스 셈프로니우스 그라쿠스의 죽음으로 막이 내린 일련의 정치 소요사태였다.

마침내 때가 왔다. 회원들은 모두 보밀카르에게 익숙해져서 더이상 그를 의식하지 않았고, 포도주를 많이 마셔 거의 만취상태였다. 하지만 데쿠미우스만은 여전히 맑은 정신을 유지한 채 무언가 캐내려는 듯 예리한 눈빛으로 보밀카르의 얼굴을 주시했다. 이 유바라는 자가 여기서 하층민들과 어울리는 것은 우연이 아니다. 이 사내에게는 분명 목적이 있다.

"루키우스 데쿠미우스." 보밀카르가 자신을 주시하는 로마인에게 몸을 가까이 기울이며 말했다. 당사자만 알아들을 수 있을 정도로 작은 목소리였다. "내게 문제가 하나 있는데, 이 문제를 어떻게 풀면 좋을지 당신이 알고 있을 것 같소."

"말해보시오, 친구."

"내 주인어르신인 보쿠스 왕은 아주 부자요."

"그렇겠지. 왕이니까."

"보쿠스 왕은 자기 자리를 계속 지킬 수 있을지가 걱정이오." 보밀카르가 천천히 말했다. "왕에게 문제가 있거든."

"당신 문제와 같은 문제요?"

"동일한 문제요."

"내가 어떻게 도우면 되겠소?" 데쿠미우스는 피클이 담긴 우묵한 그릇에서 양파를 집어 베어물더니, 깊이 생각하듯 천천히 씹었다.

"아프리카에서라면 답이 간단하지. 왕이 명령만 내리면 문제의 인간은 바로 처형이 되거든." 보밀카르는 여기서 잠시 말을 멈추고 데쿠미우스가 자기 말을 이해할 때까지 기다렸다.

"아하! 그러니까 문제란 것이 바로 사람이로군. 그자 이름이?"

"그렇소. 이름은 마시바."

"유바에 비해 라티움인에 가까운 이름이군."

"마시바는 마우레타니아인이 아니라 누미디아인이오." 보밀카르는 잔 밑바닥에 포도주 찌꺼기가 가라앉는 것이 신기하다는 듯 손가락으로 휘휘 저었다. "사태가 까다로워진 것은 마시바가 이곳 로마에 머무르고 있기 때문이오. 그자가 여기서 자꾸 말썽을 일으키고 있단 말이지."

"로마가 사태를 까다롭게 만들고 있다 이거로군." 데쿠미우스가 말했다. 다양한 의미로 해석될 수 있는 어조였다.

보밀카르는 깜짝 놀란 표정으로 이 작은 사내를 쳐다보았다. 이 사내는 명민할 뿐만 아니라 예리하기까지 했다. 보밀카르는 숨을 깊게 들이쉬었다. "게다가 나는 로마에서 외국인 신분이라 직접 나서면 위험하오. 이쯤 되면 무슨 말인지 알겠지. 나는 마시바 왕자를 죽여줄 로마인을 찾고 있소. 이곳, 로마에서."

데쿠미우스는 눈 하나 깜짝하지 않았다. "음, 거야 어렵지 않지."

"어렵지 않다고?"

"로마에서는 돈으로 무엇이든 살 수 있으니까, 친구."

"그러면 내가 어디로 가면 되오?"

"멀리서 찾을 것 없소, 친구. 멀리서 찾을 것 없어." 데쿠미우스가 씹던 양파를 삼키며 말했다. "양파 대신 굴을 먹을 수 있다면 원로원 의원 절반의 목을 따다주겠소. 그 일을 해결하면 얼마나 줄 거요?"

"이 주머니 속에 몇 데나리우스나 있을 것 같소?" 보밀카르가 주머니 속의 은화를 탁자 위에 모두 쏟아냈다.

"사람 죽이는 값은 안 되지."

"이만큼을 금화로 준다면?"

데쿠미우스가 자기 허벅지를 탁 내리쳤다. "이제야 말이 통하는군! 해봅시다, 친구."

보밀카르는 머리가 빙빙 도는 듯했다. 포도주 때문은 아니었다. 한 시간 내내 포도주를 몰래 바닥에 쏟아버리고 있던 터였다.

"절반은 내일, 절반은 일이 끝난 후에 주겠소." 보밀카르는 은화를 다시 주머니에 담으며 말했다.

손톱에 때가 낀 더러운 손이 보밀카르를 저지했다. "믿음의 표시로 그건 여기 두고 가시오, 친구. 내일 다시 와서 바깥의 제단 옆에서 기다리시오. 내일은 내 집에서 이야기합시다."

보밀카르가 자리에서 일어났다. "그러면 내일 오겠소, 루키우스 데쿠미우스." 둘은 함께 문간으로 걸어갔다. 보밀카르는 문득 클럽 관리인의 면도도 하지 않은 지저분한 얼굴을 내려다보았다. "당신, 사람을 죽여본 적 있소?"

데쿠미우스가 오른손 집게손가락을 콧등 오른쪽에 갖다대었다. "앞 못 보는 장님 이발사에게는 고갯짓이나 윙크나 다를 바가 없지. 친구,

수부라에서는 아무도 허세를 부리지 않소."

흡족해진 보밀카르는 데쿠미우스에게 미소를 지어 보이고 혼잡한 수부라 미노르로 걸어들어갔다.

1월 둘째 주 중반, 재작년 집정관 마르쿠스 리비우스 드루수스가 전쟁 승리를 자축하는 개선식을 열었다. 집정관이던 해 마케도니아 속주 총독을 맡았던 드루수스는 이듬해 운좋게 임기가 연장되어 스코르디스키족을 상대로 영토 전쟁을 치러 큰 승리를 거두었던 것이다. 스코르디스키족은 영리하고 조직력 강한 켈트 부족으로 마케도니아 속주를 지속적으로 괴롭혀온 터였지만, 걸출한 장수를 적장으로 만나 완전히 무너졌다. 이번 전쟁의 승리로 로마는 여느 때보다 훨씬 더 큰 이익을 얻었으니, 드루수스가 스코르디스키족의 가장 큰 요새 하나를 정복해 그곳에 숨겨져 있던 상당한 규모의 보물을 발견한 것이다. 전임 마케도니아 총독은 대개 임기 말에 개선식을 열었지만, 드루수스는 최고의 영예를 누릴 자격이 있다고 만장일치로 의견이 모아졌다.

마시바 왕자는 스푸리우스 알비누스의 초청객 자격으로 대경기장에 앉아 있었다. 경기장을 가로지르는 긴 개선행렬이 한눈에 보이는 특별석에서 마시바는 지금까지 말로만 들어온 로마인들의 쇼맨십과 화려한 볼거리 연출을 보며 실로 감탄했다. 왕자는 그리스어에 능통하였으므로 개선식 전의 짧막한 행사설명을 완벽히 이해한 터였다. 그래서 드루수스의 마지막 군단이 광활한 경기장을 가로질러 카페나 성문 쪽 출구로 빠져나가기 전에 경기장을 떠나려고 자리에서 일어났다. 마시바를 포함한 집정관 일행 전원은 전용 출구로 포룸 보아리움으로 빠져나간 뒤 카쿠스 계단을 통해 팔라티누스 언덕으로 올라갔고 그때부터 행진 속도를 높였다. 릭토르 열두 명이 최대한 직진 경로를 유지하기 위해 인적 드문 골목길을 앞서 걷는 내내, 그들이 신은 겨울장화에 박힌 징이 자갈길에 부딪혀 달각거렸다.

대경기장을 뜬 지 10여 분 지났을 즈음, 스푸리우스 행렬은 요란한 달가닥 소리와 함께 베스타 계단을 걸어내려와 포룸 로마눔에 다다른 뒤 웅장한 카스토르·폴룩스 신전으로 향했다. 두 집정관은 신전 계단 위 연단에 초청객들과 함께 앉아 드루수스의 개선행렬이 사크라 가도를 따라 벨리아 고지를 지나 카피톨리누스 언덕을 향해 가는 것을 지켜볼 예정이었다. 개선장군에게 실례가 되지 않도록 현직 집정관들은 행진 대열이 나타날 때까지 자리를 지키는 것이 관례였다.

"원로원 의원들과 여타 정무관들이 행렬 맨 앞에서 걷습니다." 스푸리우스가 마시바에게 설명했다. "그해의 집정관들도 행렬에 정식으로 초청되지요. 나중에 유피테르 옵티무스 막시무스 신전에서 원로원 연회를 베풀 때도 초청됩니다. 하지만 집정관이 이러한 초청을 수락하는 것은 보기 안 좋습니다. 이날은 개선장군의 날이고, 그가 축하행사에서 가장 많은 릭토르를 거느리고 제일 주목받는 인물이 되어야 하니까요. 그래서 집정관들은 개선장군이 지나가면서 인사를 하면 이렇게 높은 자리에 앉아 지켜보는 역할만 한답니다. 그날의 주인공이 온전히 부각되도록 말입니다."

마시바는 알겠다는 표정을 지었다. 하지만 로마에 완전한 이방인이었고 로마인들과 접촉한 경험도 많지 않아서, 스푸리우스가 설명한 전체적인 그림이 잘 와 닿진 않았다. 유구르타와 달리, 마시바는 로마화되지 않은 아프리카에서 평생 살아왔기 때문이다.

집정관 행렬이 베스타 계단과 노바 가도가 만나는 지점에 도착하니 더이상 행진이 불가능할 정도로 엄청난 군중이 몰려 있었다. 로마는 드루수스의 개선식을 보려고 거리로 쏟아져나온 수십만 군중으로 들끓고 있었다. 개선식이 역대 최고의 장관이 될 것이라는 소문이 심지어 수부라의 가장 비천한 거리까지 전해졌던 것이다.

릭토르들은 임무중에 보통 파스케스를 메고 흰 토가를 걸쳤다. 이날은 로마 시민들도 단순한 튜닉이 아닌 토가 알바, 즉 흰 토가 차림이어서 그들 가운데에 선 릭토르들은 전혀 눈에 띄지 않았다. 따라서 집정관 행렬을 앞장선 릭토르들이 군중을 뚫고 길을 트기가 몹시 힘들어 행진 속도가 전반적으로 느려졌다. 카스토르·폴룩스 신전 가까이 도착했을 즈음 집정관 행렬은 사실상 전부 흩어져버렸고, 개인 경호원들의 보호를 받던 마시바 왕자는 너무 뒤처져 나머지 일행과 완전히 떨어져버렸다.

뿌리 깊은 특권의식과 로마에서와는 다른 왕족 대우에 익숙해져 있던 마시바는, 주변을 에워싼 사람들 수백 명이 보이는 허물없고 불경한 태도에 왈칵 화가 치밀었다. 마시바의 경호원들이 팔꿈치로 사람들을 쳐냈지만, 한순간 갑자기 마시바의 시야에서 경호원들이 사라졌다.

데쿠미우스가 줄곧 기다려오던 순간이었다. 그는 빈틈없이 정확하게 마시바를 공격했다. 그의 동작은 신속하고 분명하고 갑작스러웠다. 몰려든 인파에 밀려 데쿠미우스 쪽으로 왕자의 몸이 쏠리자 그는 잘 벼린 단검을 왕자의 왼쪽 갈비뼈 사이에 밀어넣었다. 그리고 손목을 사정없이 비틀어 날을 위쪽으로 돌려 쑤셨다. 칼날이 제대로 들어갔다고 판단되자 그는 칼자루에서 손을 떼고 피가 채 새어나오기도 전에, 그리고 마시바가 비명을 지르기도 전에 수십 명의 몸뚱이 사이에 섞여 사라졌다. 사실 마시바는 비명을 지르지 않았다. 그냥 바닥에 쓰러졌을 뿐이다. 경호원들이 어렵사리 칼을 맞은 왕자를 에워싸며 주변 사람들을 물리쳤을 때 데쿠미우스는 이미 포룸 로마눔을 반쯤 가로질러 쉽게 몸을 숨길 수 있는 아르길레툼 구역을 향하고 있었다. 그는 이제 수많은 흰색 토가의 바다에서 물방울 하나에 지나지 않았다.

10여 분이 지나고 나서야 누군가가 스푸리우스와 아울루스에게 이 사실을 알려야 한다는 생각을 떠올렸다. 알비누스 형제는 신전 기단에 자리를 잡고 앉아 마시바 왕자가 보이지 않는 것 따위는 전혀 신경 쓰지 않고 있었다. 릭토르들이 달려가 현장을 통제하고 군중을 다른쪽으로 밀쳐내는 가운데, 스푸리우스와 아울루스는 멍하니 서서 죽은 왕자와 엉망이 되어버린 그들의 계획을 내려다보았다.

"일단 조용히 기다려야 한다." 스푸리우스가 한참 뒤 입을 열었다. "개선식을 방해해서 마르쿠스 리비우스 드루수스에게 실례를 범해선 안 돼." 왕자의 경호대는 고용된 로마 검투사들이었다. 스푸리우스는 경호대장을 돌아보고 그리스어로 말했다. "마시바 왕자를 거처로 옮기고 내가 갈 때까지 거기서 기다려라."

경호대장이 고개를 끄덕였다. 검투사 여섯 명은 아울루스가 건넨 토가로 급조한 들것에 시체를 굴려 올린 뒤 바로 자리를 떴다.

아울루스는 이 사태에 형처럼 침착하게 대응할 수 없었다. 지금까지 마시바에게 물질적으로 후한 대접을 받고 있었던 것이다. 스푸리우스는 자신이 아프리카 속주 총독으로 부임하고 마시바가 누미디아의 권좌에 앉고 나면 자기 몫을 챙겨도 늦지 않다고 신중하게 생각해왔다. 하지만 아울루스는 야망이 높았던 만큼 참을성도 없었고, 형 스푸리우스를 앞서고 싶은 욕심에 늘 초조했다.

"유구르타!" 아울루스가 이를 갈며 외쳤다. "유구르타의 짓입니다!"

"증거를 찾지 못할 거다." 스푸리우스가 한숨을 쉬며 말했다.

형제가 다시 자리에 앉으려고 카스토르·폴룩스 신전 계단을 올라가는데, 웅장한 관저 뒤편에서 원로원 의원들과 정무관들이 나타났다. 공화국 소유인 그 건물에는 베스타 신녀들과 최고신관이 거주했다. 거대한 개선행렬은 처음엔 아주 잠깐 눈에 띄었을 뿐이지만 금세 시야에 선명하게 들어왔고, 언덕길을 내려가 이내 사크라 가도 끝에 자리한 우묵한 형태의 민회장 근처까지 다다랐다. 스푸리우스와 아울루스는 이 장관을 마음껏 즐기고 드루수스에게 경의를 표하는 것 외에는 아무것도 신경 쓰지 않는다는 듯, 행렬에 시선을 고정한 채 앉아 있었다.

보밀카르와 데쿠미우스는 시끄러운 소음으로 인해 오히려 남들의 눈에 띄지 않을 곳을 택했다. 두 사람은 대시장 위쪽 구석의 붐비는 간이식당 판매대 앞에 나란히 서서 주문한 음식을 기다리다가, 각자 앞으로 먹음직스러운 마늘 소시지가 든 패스티가 나오자 아주 자연스럽게 자리를 옮겼다. 그들은 함께 서서 아직 뜨거운 음식을 조심스럽게 먹었다.

"거사 치르기 좋은 날이었소, 친구." 데쿠미우스가 말했다. 두건이 달린 망토로 얼굴을 가린 보밀카르가 안도의 숨을 토했다. "아직 남은 시간도 좋을 거라 믿겠소."

"끝까지 완벽하게 좋은 날일 거라고 내 장담하지." 데쿠미우스가 흐뭇하게 말했다.

보밀카르가 망토 속을 더듬더니 나머지 절반의 금화가 든 주머니를 꺼냈다. "확실하오?"

"신발에서 똥내 나는 놈이 똥 밟은 거 아는 만큼 확실하지."

금화 주머니를 쥔 손이 슬며시 바뀌었다. 보밀카르는 가벼운 마음으로 뒤돌아 떠났다.

"고맙소, 루키우스 데쿠미우스."

"아니오, 친구, 고마운 건 이쪽이지!" 데쿠미우스는 자리에 머무르며 남은 패스트리를 맛있게 먹어치웠다. "양파 대신 굴." 그는 소리내어 말하고 수부라 입구를 향해 걸음을 뗐다. 금화 주머니를 소중하게 품은 채 걷는 그의 걸음걸이에서 봄날의 행복이 느껴졌다.

보밀카르는 폰티날리스 성문을 통해 도시를 빠져나간 뒤 인적이 줄자 걸음을 재촉해 마르스 평원을 빠르게 내려갔다. 아는 사람과 전혀 마주치지 않고서 유구르타가 머무르는 빌라의 정문에 드디어 들어서자 보밀카르는 기쁜 마음으로 망토를 벗어던졌다. 이날 왕은 큰 아량을 베풀어 빌라의 모든 노예들에게 드루수스의 개선식을 구경할 수 있도록 휴가를 주었고 데나리우스 은화도 한 닢씩 쥐여준 터였다. 따라서 보밀카르가 돌아오는 것을 본 것은 광신도에 가까울 정도로 유구르타에게 충성하는 근위병들과 누미디아인 하인들뿐, 외부인은 아무도 없었다.

유구르타는 평소처럼 출입구 바로 위쪽, 2층 로지아에 앉아 있었다.

"해치웠습니다." 보밀카르가 말했다.

왕은 아우의 팔을 세차게 붙잡았다. "오, 잘했다!" 왕이 미소를 지었다.

"잘 해결되어 기쁩니다."

"분명히 죽은 거냐?"

"제가 고용한 암살자는 분명하다고 합니다. 신발에서 똥내 나는 놈이 똥 밟은 거 아는 것만큼 확신한다고 하더군요." 보밀카르가 어깨를 들썩이며 웃었다. "표현력이 대단한 로마인 악당입니다. 하지만 굉장히 유능하고 대담하더군요."

유구르타는 안심했다. "친애하는 사촌 마시바가 죽었다는 소식이 우리 귀에 확실하게 전해지면, 바로 정보원을 모두 소집해서 회의를 연다. 이제 나의 왕권을 인정하고 본국으로 돌아가는 것을 허락하도록 원로원을 압박해야 해." 유구르타가 얼굴을 일그러뜨렸다. "하지만 왕위를 겨뤄야 할 한심한 얼간이 이복동생이 남아 있다는 걸 잊으면 안 되지. 귀엽고 사랑스러운 내 동생 가우다."

그러나 유구르타의 정보원들에게 소집 명령이 내려졌을 때 모습을 나타내지 않은 자가 있었다. 아겔라스투스는 마시바 왕자가 암살되었다는 소식을 듣자마자 집정관 스푸리우스 알비누스와의 접견을 신청했다. 집정관은 비서관을 통해 너무 바쁘다고 통보했으나, 아겔라스투스가 도무지 고집을 꺾지 않자 지친 비서관이 대신 집정관의 동생 아울루스와 접견하게 해주었다. 아겔라스투스로부터 정신이 번쩍 드는 이야기를 들은 아울루스는 스푸리우스를 불렀다. 스푸리우스는 아겔라스투스가 이야기를 다시 고하는 내내 무표정하게 듣더니 고맙다고 인사하고 녹취록과 그의 주소를 확실하게 검토한 후, 누구라도 미소 짓게 할 만큼 정중한 태도로 아겔라스투스를 돌려보냈다. 물론 아겔라스투스는 전혀 미소 짓지 않았지만('아겔라스투스'는 '절대 웃지 않는 자'라는 뜻이다—옮긴이).

"우리는 수도 담당 법무관을 통해 현상황에서 최대한 법적으로 이 문제에 대응한다." 동생과 둘만 남게 되자 스푸리우스가 말했다. "아겔라스투스가 고발하도록 놔두기에는 사안이 너무 중대하니 내가 직접 고발하겠지만, 아직 신원이 알려지지 않은 암살범을 제외하면 이 사건에 관련된 유일한 로마 시민권자인 아겔라스투스는 우리 주장에 매우 중요한 존재이다. 보밀카르를 정확히 어떤 방식으로 기소할지는 수도 담당 법무관에게 달려 있다. 보나마나 원로원 전체에 의견을 구해서 대충 처리하려고 하겠지. 그러니까 그전에 내가 수도 담당 법무관을 개인적으로 만나서, 보밀카르가 로마 시민권자가 아니라는 사실보다 개선식 날에 로마 영토에서 로마 시민권자가 자행한 범죄라는 점이 중요하게 고려되어야 한다는 법적 견해를 전할 거야. 법무관이 몸을 사리지 않도록 내가 말을 잘해야지. 마시바 왕자가 집정관의 피호민으로서 집정관의 보호를 받는 신분이었다는 점을 강조하면 더 잘 먹힐 것이다. 어찌됐든 보밀카르가 이곳 로마의 법정에서 재판받고 유죄 판결을 받도록 이끄는 것이 중요해. 워낙 대담하게 자행된 범죄니 원로원에서 유구르타를 비호하는 세력도 입을 다물고 있을 거야. 아울루스 너는 법정이 어디로 결정되든 직접 기소를 맡을 수 있도록 준비해라. 통상 비시민권자가 연관된 소송을 담당하는 것은 외인 담당 법무관이니까 내가 그를 미리 만나겠다. 그가 법률상 근거를 들어 직접 보밀카르를 변호하겠다고 나설 수도 있으니까. 하지만 일이 어떤 식으로 진행되든 중요한 건 이거다. 우리는 유구르타가 이번 일을 계기로 원로원에 자신의 왕권을 승인받는 것을 막아야 해. 그리고 또 한 가지, 이제 누미디아의 새로운 왕권 계승자를 구할 방법도 생각해야 한다."

"이를테면 가우다 왕자 말씀이십니까?"

"이를테면 가우다 왕자. 왕으로서 자질은 형편없지만 어쨌거나 유구르타의 이복동생이고 적자가 아니냐. 가우다가 직접 로마에 와서 원로원에 청원을 넣지 않도록 해야 해." 스푸리우스가 아울루스를 보며 웃었다. "우리는 분명히 올해 누미디아에서 한몫 챙기게 될 거다. 내 말만 믿어라!"

그러나 유구르타는 이미 로마의 법에 따라 싸우려는 생각을 버린 후였다. 수도 담당 법무관이 릭토르들을 이끌고 보밀카르를 살인 공모 혐의로 체포하러 핑키우스 언덕에 자리한 유구르타의 빌라에 나타나자, 순간 왕은 보밀카르를 넘기라는 요청을 즉각 거부하면 어떻게 되는지 확인해보고 싶은 유혹을 느꼈다. 하지만 결국 유구르타는 피해자와 피고 모두 로마 시민권자가 아닌 사안에 로마가 왜 관여하는지 이해할 수 없다고 하며 시간을 끌었다. 이에 수도 담당 법무관은 피고가 고용한 암살범이 로마 시민권자임을 암시하는 증거가 있기 때문에, 피고는 로마 법정에서 무죄를 입증해야 한다고 원로원측이 결정했다고 응수했다. 그 증거란 아겔라스투스라는 로마 기사의 증언으로, 그자는 보밀카르가 살인 청부 제안을 자신에게 먼저 했었노라고 맹세했다는 것이다.

"그렇다면," 유구르타가 계속 반박했다. "보밀카르 공을 체포할 수 있는 유일한 정무관은 외인 담당 법무관이오. 보밀카르 공은 로마 시민권자가 아니고, 그의 거주지이기도 한 나의 거주지는 수도 담당 법무관의 관할권 밖에 있으니 말이오!"

"전하께서 잘못 알고 계십니다." 수도 담당 법무관이 차분히 대꾸했다. "외인 담당 법무관도 물론 관여합니다. 하지만 수도 담당 법무관의 임페리움은 로마 경계선에서 다섯번째 표석까지 해당되므로, 전하의 빌라는 외인 담당 법무관이 아닌 제 관할권 안에 있습니다. 그러니 이제 보밀카르 공을 넘겨주시길 청합니다."

수도 담당 법무관에게 넘겨진 보밀카르 공은 곧장 라우투미아이 감옥에 수감되었다. 그는 특별 소집 법정에서 예심을 받기까지 이 감옥에서 대기해야 했다. 유구르타는 보밀카르가 보석으로 풀려나도록, 최소한 허물어져가는 라우투미아이가 아닌 명망 있는 로마 시민권자의 거주지에 연금되도록 정보원들을 통해 요청했지만 모두 거절당했다. 보밀카르는 로마의 유일한 감옥에 감금되어야 했다.

라우투미아이는 원래 카피톨리누스 언덕 아륵스에 수백 년 전 생긴 채석장이었다. 지금은 포룸 로마눔의 낮은 구역 건너편 절벽에 회칠조차 되지 않은 채 바윗돌이 두서없이 쌓여 있을 뿐이었다. 대략 50명을 수용할 수 있는 이곳 감방은 너무 허술해 곧 무너질 것처럼 보였고 이렇다 할 경비조차 없었다. 수감자들은 감옥 안 어디든 마음대로 돌아다닐 수 있었는데, 이들이 감옥을 빠져나가지 않도록 지키는 것은 보초 임무를 맡은 릭토르들뿐이었고, 아주 드물게 정말 위험한 수감자만 족쇄를 채웠다. 보통은 감옥이 비어 있었기 때문에, 릭토르가 이곳에서 보초를 서는 것은 굉장히 보기 드문 광경에 속했다. 따라서 보밀카르가 감금되었다는 소식은 대단한 화젯거리가 되어 로마 곳곳에 소문이 퍼졌다. 행인들의 궁금증을 기꺼이 채워주려고 나서는 릭토르들 덕분에 소문은 더욱 빠르게 퍼져나갔다.

루키우스 데쿠미우스를 하류라 부를 수 있다면 이는 순수하게 사회적 지위에만 해당될 뿐, 그의 두뇌에 관해 하류라는 말은 전혀 어울리지 않았다. 사실 그의 두뇌는 비상했다. 교차로 클럽 관리인 자리도 거저 얻은 게 아니었다. 그러니 포도나무 덩굴처럼 무성히 뻗어나가던 소문의 촉수가 수부라 중심부까지 가 닿았을 때, 데쿠미우스는 두 손가락 더하기 두 손가락은 네 손가락인 것처럼 금방 답을 추론해냈다. 소문의 주인공 이름은 유바가 아닌 보밀카르였고 국적 역시 마우레타니아가 아니라 누미디아였지만, 데쿠미우스는 소문의 주인공이 바로 그임을 단박에 깨달았다.

데쿠미우스는 보밀카르에게 속았다는 사실에 분개하기보다 오히려 감탄의 박수를 치며 곧장 라우투미아이 감옥을 찾아갔다. 그는 문 앞에서 보초를 서는 릭토르 두 명에게 씩 웃음을 지어 보이고는 팔꿈치로 두 사람 사이를 거칠게 밀치며 들어갔다.

"일자무식 똥덩어리가!" 릭토르 하나가 옆구리를 문지르며 말했다.

"똥이면 먹어봐!" 데쿠미우스는 대꾸하고서 곧 무너질 것 같은 돌기둥 뒤로 재빠르게 숨은 뒤, 문간에서 욕하는 소리가 잦아들기를 기다렸다.

군법이든 시민법이든 집행관이 늘 부족했기 때문에 로마는 릭토르들에게 별별 임무를 다 맡겼다. 릭토르들은 다 합해서 300명가량 되었다. 로마 시에서 받는 본봉이 적어서, 모시는 관리가 어떤 사람이냐에 따라 수입은 천차만별이었다. 숙소는 사크라 가도의 라레스 프라이스티테스 신전 뒤편 작은 공터가 딸린 건물이었는데, 그 뒤로 로마에서 제일 좋은 여관들이 늘어서 있어 이따금 공짜술을 한잔 얻어 마실 수 있다는 것만으로도 그리 나쁘지 않은 곳이었다. 기본적으로 임페리움을 보유한 고위 정무관 호송이 주된 임무인 그들은, 그중에서도 속주로 파견되어가는 총독을 모실 기회를 잡기 위해 치열하게 싸웠다. 총독이 전리품이나 약탈품을 조금씩 나누어주기 때문이었다. 릭토르 중 30명은 로마의 30개 쿠리아를 대표했다. 릭토르 일부는 라우투미아이 감옥에서, 또는 사형선고를 받은 죄수들이 교수대에 오를 날만 기다리는 옆 건물 툴리아눔에서 보초를 서는 임무도 맡았다. 릭토르들이 십인조 조장으로부터 각자 임무를 통보받을 때 가장 꺼리는 일이 바로 이 감옥 보초였다. 웃돈이나 뇌물 등 어떠한 부수입도 기대할 수 없는 자리였던 까닭이다. 따라서 이날 감옥의 보초를 서던 두 릭토르 중 누구도 건물 안까지 데쿠미우스를 따라 들어갈 마음이 없었다. 그들의 임무는 문을 지키는 것이었으니, 유피테르 신께 맹세코 문만 지키고 있으면 되었다.

"어이 친구, 어디 계신가?" 데쿠미우스가 포르키우스 회당의 은행가들에게까지 들릴 만큼 큰 목소리로 외쳤다.

순간 보밀카르의 온몸에 털이 바짝 곤두섰다. 그는 앉은 자리에서 벌떡 일어났다. 이제 끝장이로구나, 나는 이제 끝났어, 보밀카르는 이렇게 생각하고 바짝 얼어붙은 채 데쿠미우스가 고관 무리의 호송을 받으며 나타나기를 기다렸다.

예상대로 데쿠미우스가 나타났다. 하지만 혼자였다. 그는 보밀카르가 잔뜩 긴장한 채 감방 바깥벽에 붙어 서 있는 것을 보고 쾌활한 웃음을 지으며 문조차 달리지 않은 감방으로 유유히 걸어들어왔다. 바깥벽에는 사람 하나가 충분히 기어나갈 수 있는 구멍이 가로대도 덧문도 없이 방치되어 있었다. 보밀카르가 이 구멍으로 도망치지 않은 것을 보니 아직도 로마인들의 사고방식이나 행동방식을 전혀 이해하지 못하는 것이 틀림없었다. 보밀카르는 로마인들에게 감옥이란 개념이 익숙하지 않다는 단순한 진실을 믿지 못하고 있었던 것이다.

"누가 당신을 밀고했소, 친구?" 깡마른 데쿠미우스가 무너진 바윗돌에 걸터앉으며 물었다.

몸이 부들부들 떨려오는 것을 애써 참으며 보밀카르가 입술을 적셨다. "이런 어리석은 자를 봤나. 설사 밀고한 게 당신이 아니었다 해도, 이제 당신이 온 천하에 떠벌리고 있지 않나!"

데쿠미우스가 눈을 크게 뜨더니 보밀카르를 빤히 쳐다보았다. 그는 보밀카르의 말뜻을 깨달았다. "이봐, 친구, 그런 걱정은 내려놓으시게!" 데쿠미우스가 달래듯 말했다. "여기서는 우리의 말을 아무도 못 들어. 문 앞에 릭토르 두 명이 보초를 서고는 있지만 스무 걸음은 떨어져 있는걸. 당신이 체포되었다는 소식을 듣고 뭐가 잘못되었나 싶어 와본 거요."

"아겔라스투스." 보밀카르가 말했다. "마르쿠스 세르빌리우스 아겔라스투스!"

"그자에게 마시바 왕자에게 해준 대로 똑같이 해줄까?"

"이봐, 제발 여기서 빨리 나가!" 보밀카르가 절제력을 잃고 소리질렀다. "내 말 이해 못해? 당신이 왜 여기 왔는지 의심할 거란 말이야! 누가 그날 마시바 왕자 가까이에서 당신 얼굴을 보기라도 했다면 당신은 바로 죽은 목숨이야!"

"괜찮소, 친구. 괜찮아! 걱정은 그만하시오. 여기 나를 아는 자는 아무도 없고 내가 여기 있는 걸 상관할 자도 없어. 여기는 파르티아의 지하 감옥이 아니란 말씀이지! 당신을 여기 처박아놓은 건 그저 당신 어르신을 겁주려는 것뿐이오. 당신이 야반도주를 한대도 그들은 눈 하나 깜짝하지 않아. 그저 당신 스스로 유죄임을 입증할 뿐이지." 데쿠미우스는 이렇게 말하고 바깥벽에 난 구멍을 가리켰다.

"난 도망갈 수 없소."

"좋으실 대로." 데쿠미우스가 어깨를 으쓱했다. "그러면 아겔라스투스라는 놈은 어쩔 거요? 내가 제거해줄까? 같은 값에 해주겠소. 이번에는 일이 성사된 뒤에 전액을 받지. 당신을 믿으니까."

데쿠미우스의 제안에 마음이 혹한 보밀카르는, 데쿠미우스가 진심일 뿐만 아니라 그의 입장에선 그렇게 하는 것이 당연하다는 논리적 결론에 도달했다. 유구르타만 아니었다면 보밀카르는 이미 야반도주로 몸을 피했을 것이다. 그러나 그가 유혹에 굴복한다면 유구르타에게 무슨 일이 생길지는 오직 신들만이 안다.

"금화 주머니를 하나 더 주겠소." 보밀카르가 말했다.

"사는 곳이 어디요. 이름으로 보건대 절대 웃지 않을 그자는?"

"카피티 아프리카이 구, 카일리우스 언덕."

"오, 새로 생긴 좋은 지역이지!" 데쿠미우스가 잘 안다는 듯 말했다. "아겔라스투스는 지금쯤 아주 잘살고 있겠지? 거리의 소음보다 새들의 노랫소리가 더 가까운 곳에 살고 있으니 찾아내기도 쉽겠군. 걱정 마시오. 내 바로 처리하겠소. 당신네 어르신이 여기서 꺼내주는 대로 값을 치르시오. 그냥 클럽으로 보내면 돼. 거기서 돈을 기다리지."

"전하가 나를 꺼내줄 수 있을지 자네가 어찌 확신하는가?"

"당연히 꺼내준다오, 친구! 당신네 어르신을 겁주려고 당신을 집어넣은 것이니까. 한 이틀 지나면 보석으로 풀어줄 거요. 그런데 일단 풀려나면, 내 충고할 테니 최대한 빨리 당신 나라로 돌아가시오. 로마에서 얼쩡거리지 말고, 알겠소?"

"전하를 그들 손에 맡기고 떠나라고? 그럴 순 없어!"

"아니, 그래도 돼! 그들이 여기 로마에서 당신네 어르신을 어떻게 할까봐? 머리를 후려쳐서 티베리스 강에 처넣기라도 할 것 같소? 아니, 절대 그런 일은 일어나지 않아! 로마인들은 일을 그런 식으로 처리하지 않지, 친구." 전문 상담가 루키우스 데쿠미우스 선생께서 말했다. "그들이 살인을 저지르는 건 단 한 가지 경우밖에 없어. 바로 그들의 소중한 공화국을 지키기 위해서. 당신도 알지. 법이나 헌법, 뭐 그런 것들 말이오. 그런 목적으로 티베리우스나 가이우스 그라쿠스 같은 별스러운 호민관 한둘은 죽이기도 하지만, 로마 땅에서 외국인을 죽이지는 않아. 당신네 어르신에 대해서라면 걱정하지 마시오. 내 장담하는데 당신이 떠나면 주인어르신도 고향으로 보낼 거요."

보밀카르는 놀랍다는 표정으로 데쿠미우스를 응시했다. "누미디아가 어디 있는지도 모르는 당신이!" 보밀카르가 천천히 말했다. "이탈리아에조차 가본 적 없는 당신이, 로마 귀족들의 생리를 어떻게 그렇게 잘 꿰뚫고 있지?"

"허, 그건 다른 얘기지." 데쿠미우스가 자리를 뜨려고 바윗돌에서 일어서며 말했다. "어머니 젖이지, 친구. 어머니 젖을 먹을 때 그런 게 같이 들어오는 거야. 이번처럼 당신 같은 사람이 알아서 찾아오는 뜻밖의 횡재를 빼고, 경기도 없는 날 로마 사람이 포룸 로마눔 말고 어디서 짜릿한 재미를 찾겠소? 사실은 흥밋거리를 찾으려고 굳이 그런 데까지 찾아갈 필요도 없어. 재미가 알아서 우릴 찾아오게 돼 있으니까. 어머니 젖이 그런 것처럼."

보밀카르는 손을 내밀었다. "고맙소, 루키우스 데쿠미우스. 당신은 내가 로마에서 만난 유일하게 정직한 사람이오. 돈은 사람을 시켜 꼭 보내겠소."

"클럽으로 보내는 거 잊지 마시오! 아, 그리고," 데쿠미우스는 오른손 검지를 세워 콧등 오른편에 갖다댔다. "살짝 문제가 생겨서 실질적인 도움이 필요한 친구가 있으면, 내가 클럽 말고 바깥일도 조금씩 한다고 알려주시오! 내가 이쪽 일이 적성에 맞거든."


아겔라스투스는 죽었다. 그러나 보밀카르는 줄곧 라우투미아이 감옥에 있었고 보초를 서던 두 릭토르 중 어느 쪽도 보밀카르가 수감된 이유와 데쿠미우스를 연결지어 생각하지 못한 까닭에, 스푸리우스와 아울루스가 누미디아의 보밀카르 공을 상대로 준비하던 소송은 근거가 약해질 수밖에 없었다. 알비누스 형제에게 아겔라스투스의 증언 기록이 있긴 했지만, 이번 기소에서 가장 중요한 증인인 아겔라스투스가 사라진 것은 그들에게 큰 타격이었다. 유구르타는 아겔라스투스의 죽음을 기회로 다시 원로원에 보밀카르의 보석을 신청했다. 가이우스 멤미우스와 스카우루스가 석방을 극렬히 반대했지만, 결국 유구르타가 누미디아인 수행원 50명의 신병을 로마에 인도한 뒤 보밀카르는 감옥에서 풀려났다. 누미디아인 수행원들은 원로원 의원 50명의 저택에 한 명씩 배분되었고, 유구르타는 인질 관리비 명목으로 로마에 상당한 액수의 돈을 넘겨야 했다.

물론 유구르타의 대의명분은 회복할 수 없을 정도로 손상되었다. 하지만 이제 유구르타에게 대의명분 따위는 중요하지 않았다. 자신의 왕권이 로마의 승인을 받을 가망이 없음을 뼈저리게 깨달았기 때문이다. 마시바가 죽었기 때문이 아니다. 로마인들은 애초부터 그의 왕권을 인정할 생각이 전혀 없었던 것이다. 로마인들은 수년이나 유구르타에게 자기네 장단에 맞춰 춤추게 하고는, 손바닥으로 얼굴을 가리고 뒤에서 비웃어왔다. 그러니 원로원의 동의가 있건 없건 그는 무조건 본국으로 돌아갈 것이었다. 본국에 돌아가 군대를 양성하고 결국 그들을 찾아올 로마 군단에 맞서 싸우도록 훈련시킬 것이었다.

보밀카르는 풀려나자마자 푸테올리로 피하여 아프리카행 배를 타고 자취를 감추었다. 그러자 원로원도 유구르타 문제에서 손을 뗐다. 본국으로 돌아가시오, 그들은 이렇게 말하며 인질 50명을 돌려보냈다(하지만 인질 관리비 명목으로 받은 돈은 돌려주지 않았다). 로마를 떠나시오, 이탈리아 땅을 떠나시오, 우리의 삶에서 떠나가시오.

로마에서 누미디아 왕이 마지막으로 나타난 곳은 야니쿨룸 언덕 꼭대기였다. 유구르타는 자신의 운명이 어떻게 생겼는지 자세히 보기 위해 말을 타고 그곳에 올랐다. 로마. 눈앞에 굴곡진 땅과 급격히 솟아오른 절벽의 단면, 일곱 언덕과 그 사이사이 형성된 골짜기, 바다를 이루듯 무수히 많은 짙은 주홍빛 타일 지붕과 밝게 회칠한 벽들이 어우러져 그림처럼 펼쳐졌고, 신전의 세모난 박공에 달린 금박 장식은 햇빛을 다시 하늘로 반사해 쏘아올리며 신들을 위해 작은 지름길을 만들고 있었다. 푸른 초목이 빈틈없이 들어찬, 생생하고 다채로운 빛깔의 테라코타 도시.

그러나 유구르타는 그 무엇에도 감동하지 않았다. 유구르타는 오랫동안 그 광경을 내려다보며 앞으로 로마를 다시 볼 일이 없으리라 확신했다.

"팔리기를 기다리는 도시. 살 사람이 나타나면 눈 한번 깜짝할 사이에 사라지리라."

그리고 유구르타는 오스티아 가도를 향해 돌아섰다.

클리툼나에게는 조카가 하나 있었다. 언니의 아들이어서 가문명으로 클리툼누스를 쓰지는 않았다. 그의 이름은 루키우스 가비우스 스티쿠스였다. 술라는 그의 부계 조상 중 누군가가 노예였을 거라 짐작했다. 그렇지 않고서야 왜 '스티쿠스'라는 이름이 붙었겠는가? 스티쿠스는 그냥 노예 이름이 아니다. 노예 이름 중에도 가장 전형적인 이름이며 농담이나 놀림거리로 곧잘 쓰였다. 하지만 루키우스 가비우스 스티쿠스는 자기 가문에 이 이름이 붙은 것은 오랫동안 노예거래에 종사한 집안이기 때문이라고 주장했다. 자기 집안은 최소한 조부 때부터 루키우스 가비우스 스티쿠스라는 이름으로 노예를 취급해왔고, 지금도 마르스 평원의 메텔루스 주랑건물에 아담한 사무실을 두고 주로 평범한 가정집에 노예를 알선한다는 것이다. 사회 지도층을 주고객으로 두는 크게 번창하는 회사까진 아니지만, 집에 노예를 서넛 부릴 형편이 되는 사람들을 상대로 견실하게 운영되는 사업체라고 했다.

희한하군, 술라는 생각했다. 집사가 방금 귀가한 술라에게 서재에 안주인의 조카가 와 있다고 알려준 터였다. 술라는 이제껏 자신과 인연을 맺은 가비우스 가문 사람들을 떠올렸다. 부친의 술동무 마르쿠스 가비

우스 브로쿠스가 있었고, 친애하는 수사학 스승 퀸투스 가비우스 미르
토가 있었다. 가비우스. 그다지 흔치 않고 잘 알려지지도 않은 가문명
이었다. 그런데도 술라는 가비우스를 셋이나 알았다.

부친의 술동무와 자신을 훌륭하게 교육시켜준 이를 떠올릴 때는 술
라도 딱히 꺼리는 기분이 들지 않았다. 그러나 스티쿠스는 완전히 달랐
다. 클리툼나의 그 끔찍한 조카놈이 방문할 낌새를 눈치챘더라면 절대
집에 돌아오지 않았을 것이다. 술라는 아트리움에서 서성이며 궁리했
다. 지금 당장 밖으로 피할까, 아니면 집안에 머물되 그 스티쿠스 새끼
가 풀처럼 끈적거리는 주둥아리를 들이대지 않을 장소로 피할까.

정원에 있자. 술라는 미리 귀띔을 해준 사려 깊은 집사에게 미소를
짓고 고개를 끄덕인 뒤 서재를 지나쳐 주랑정원으로 갔다. 약한 햇볕에
나마 뜨뜻해진 자리를 발견한 술라는 정면에 놓인 조각상을 애써 외면
하며 앉았다. 나무의 요정으로 변하는 다프네와 그녀를 뒤쫓는 아폴로
를 묘사한 끔찍한 조각상이었다. 클리툼나는 이 조각상을 몹시 마음에
들어 하여 직접 사들였다. 하지만 빛의 신 아폴로의 머리카락이 언제부
터 저렇게 샛노랬던가? 노골적으로 새파란 눈동자나 분홍색 살결도 역
겹기만 했다. 명색이 조각가라는 자가 어쩌면 저리도 저급한 눈을 가졌
는지, 다프네의 열 손가락은 모두 똑같은 연두색 나뭇가지였고 발가락
역시 똑같이 칙칙한 갈색 뿌리 열 갈래로 표현해놓았다. 심지어 그 머
저리는 천박하게도(제 깐에는 대단한 거장의 손길이라도 된다고 여겼
을 터다) 가련한 다프네의 몸에서 아직 나무로 변하지 않은 한쪽 가슴
가운데에 솟은 우둘투둘한 젖꼭지로부터 자줏빛 수액이 한 방울 새어
나오는 것처럼 묘사해놓았다! 술라의 분노한 오감이 들고일어나 당장
저걸 도끼로 내려찍으라고 외쳐댈 때면, 그저 눈앞의 조각상을 외면하

는 것 말고는 그 끔찍한 작품을 그대로 둘 재간이 없었다.

"나는 여기서 뭘 하고 있는 거요?" 술라가 가련한 다프네에게 물었다. 공포에 질려 있어야 할 다프네의 얼굴은 헤벌쭉 억지 미소를 짓고 있었다.

다프네는 대답하지 않았다.

"나는 여기서 뭘 하고 있습니까?" 술라는 아폴로에게 물었다.

아폴로도 대답이 없었다.

술라는 한 손을 들어 손가락으로 눈을 지그시 눌렀다. 그는 눈을 감으며 이젠 너무도 익숙해져버린 자신만의 수련을 시작했다. 술라는 현실에 수긍해야 할 때, 더 정확하게는 뼈아픈 현실을 감내해야 할 때 이 수련법을 쓰곤 했다. 가비우스. 스티쿠스가 아닌 다른 가비우스를 떠올리자. 그에게 훌륭한 가르침을 준 퀸투스 가비우스 미르토를.

그들이 처음 만난 것은 술라의 일곱 살 생일이 얼마 지나지 않아서였다. 깡말랐지만 힘이 셌던 술라는 그날도 만취한 아버지를 부축해 산달라리우스 구의 단칸방으로 걸어가고 있었다. 아버지가 땅바닥에 엎어졌고, 그때 미르토가 나타나 소년을 도와주었다. 함께 부친을 집으로 옮기는 동안, 술라의 외모와 격변화를 정확하게 지키는 라틴어 실력에 매료된 미르토는 줄곧 술라에게 질문을 퍼부었다.

아버지 술라를 볏짚 이부자리에 눕히자마자, 수사학 교사였던 늙은 미르토는 그 집의 하나뿐인 의자에 앉아 소년에게 가문 이력에 대해 알고 있는 모든 것을 이야기하게 했다. 그리고 마침내 자신이 교사라면서 읽고 쓰는 법을 아무 대가 없이 가르쳐주겠다고 했다. 술라가 처한 상황은 그에게 참으로 끔찍해 보였던 것이다. 파트리키 혈통인 코르넬

리우스 가문 출신인데다 분명 잠재력도 뛰어난 이 아이가 평생 궁핍하
게 살며 로마 최하층 지역의 매음굴 어딘가를 떠돈다니, 도저히 생각할
수 없는 일이었다. 하다못해 사무원이나 필경사라도 되어 제 밥벌이를
할 능력은 갖추어야 마땅했다! 그리고 혹시 어떤 기적이 일어나 술라
의 운명이 달라지고 자신에게 걸맞은 삶을 살 기회가 찾아와도, 문맹이
라는 이유로 결국 그 기회를 잃는다면?

술라는 글을 가르쳐주겠다는 제안은 받아들였지만, 거저 해주겠다
는 말에는 냉소로 답했다. 술라는 기회가 있을 때마다 도둑질을 해서
늙은 미르토에게 데나리우스 은화나 살진 닭을 슬쩍 건넸고, 나이가 들
어서는 몸을 팔아 선생에게 낼 은화를 구했다. 미르토는 이 돈이 술라
자신의 명예를 팔아서 얻은 건 아닐까 의심했지만 그런 말을 입 밖에
내지는 않았다. 현명했던 미르토는 소년이 수업료를 치름으로써 전에
는 기대조차 하지 않았던 배움의 기회를 스스로 얼마나 귀하게 여기는
지 보여주고 있음을 이해했기 때문이다. 그리하여 소년이 은화를 건넬
때마다 한없이 기쁜 표정으로 고맙게 받을 뿐, 이 돈을 어떻게 구한 것
인지 몹시 근심하고 있다는 건 술라가 절대 눈치채지 못하도록 했다.

수사학을 배우고 위대한 법조인들의 자취를 따르는 것은 술라에겐
절대 이룰 수 없는 꿈이라는 걸 그 자신도 알았지만, 그 때문에 미르토
의 겸허한 노력이 그에게 오히려 더 소중하게 느껴졌다. 그는 미르토의
도움으로 아테네 본토 그리스어를 완벽하게 구사하게 되었고 수사학
도 기본의 기본만큼은 익힐 수 있었다. 미르토의 방대한 서고에서 술라
는 호메로스와 핀다로스와 헤시오도스, 플라톤과 메난드로스와 에라
토스테네스, 에우클레이데스와 아르키메데스를 읽었다. 술라의 독서는
라틴어 서적까지 이어져 엔니우스, 아키우스, 카시우스 헤미나, 감찰관

카토의 저서 역시 독파했다. 술라는 손닿는 두루마리마다 닥치는 대로 읽어가며 고귀한 영웅들과 위대한 업적, 과학적 사실과 철학적 상상, 문학과 수학 양식의 세계를 발견했다. 그러는 몇 시간만큼은 잠시나마 자신의 처지를 잊을 수 있었다. 다행스럽게도 부친이 잃어버리지 않은 유일한 자산이 있었는데, 바로 라틴어를 아름답게 구사하는 능력이었다. 그 덕분에 술라는 나무랄 데 없이 훌륭한 라틴어를 알면서도 한편으로는 수부라 사람들의 은어 역시 완벽하게 구사했고 하층민들이 쓰는 라틴어에도 능숙해서 다양한 계층의 로마 사람들과 자유롭게 섞일 수 있었다.

미르토의 작은 학교는 쿠페데니스 시장의 조용한 한구석에서 열렸다. 향신료상점과 화훼상점이 늘어선 이 시장은 포룸 로마눔의 동쪽 뒤편에 있었다. 학교 부지를 마련할 형편이 되지 않아 공공장소에서 수업해야 했던 미르토는, 아둔한 로마 젊은이들의 머릿속에 지식을 집어넣으려면 장미, 제비꽃, 통후추, 계피 향내가 정신을 일깨우는 이곳보다 더 좋은 장소가 어디 또 있겠냐고 말하곤 했다.

귀하게 자란 평민 자손의 입주 가정교사 자리나, 심지어 거리의 소음이 차단된 제대로 된 교실에서 기사계급 자제 대여섯을 가르치는 일도 미르토에게는 맞지 않았다. 미르토는 하나뿐인 노예를 시켜 자신이 앉을 높은 의자와 학생들이 앉을 작은 걸상들을 시장 손님들 발에 거치적거리지 않게 놓고, 상인들이 목소리 높여 향신료와 꽃을 파는 노천 시장 한편에서 읽기와 쓰기와 산수를 가르쳤다. 사람들이 미르토를 무척 좋아하지 않았다면, 또 그곳에 가게를 둔 상인들의 자녀에게 조금이나마 수업료를 할인해주지 않았다면 그는 시장에서 나가달라는 협박을 받았을 것이다. 하지만 사람들은 미르토를 몹시 좋아했고 또 미르토가 그들 자식의 수업료를 깎아주었기에, 술라가 열다섯 살이 된 해에 세상을 떠날 때까지 미르토는 늘 같은 자리에서 수업을 할 수 있었다.

미르토가 받는 수업료는 주당 10세스테르티우스였고 보통 열 명에서 열다섯 명을 가르쳤다. 항상 남학생이 여학생보다 많았지만, 그래도 여학생이 늘 몇 명은 있었다. 수입은 1년에 약 5천 세스테르티우스였다. 미르토는 그중 2천 세스테르티우스를 옛 제자들 중 하나가 소유한 저택의 넓고 좋은 방 하나에 대한 임대료로 썼다. 그 자신과 이제 늙었지만 주인에게 헌신적인 노예가 풍족히 먹을 식료품을 사는 데 1천 세스테르티우스를 썼고, 남는 돈은 모두 책에 썼다. 장날이거나 휴일이어서 수업이 없는 날에는 포룸 로마눔 앞에서 시작하여 아이밀리우스 회당과 원로원 의사당으로 이어지는 아르길레툼 구역의 도서관이나 책방, 출판소에서 책을 읽는 미르토를 자주 볼 수 있었다.

"루키우스 코르넬리우스." 그는 결코 속내를 드러내지는 않았지만 수업이 끝나면 위험한 거리로부터 소년을 지키고 싶은 간절함에 소년을 곁에 두고 얘기하곤 했다. "이 광활한 세상 어딘가에 남자일지 여자일지도 모를 누군가가 아리스토텔레스의 숨겨진 저작들을 갖고 있단다! 내가 그의 글을 얼마나 읽고 싶어하는지 너는 헤아리지 못할 거야. 아리스토텔레스는 실로 방대한 글을 남겼지. 대단한 사람이야. 상상할 수나 있겠니. 그는 무려 알렉산드로스 대왕의 스승이었어! 그는 세상의 모든 것에 대해 썼단다. 선과 악, 별과 원소, 영혼과 지옥, 개와 고양이, 식물의 잎과 동물의 근육, 신과 인간, 정상인의 사고 체계와 비정상의 원리까지. 아리스토텔레스의 숨겨진 작품들을 읽어볼 수만 있다면 그보다 더 큰 호사는 없을 거다!"

미르토는 이렇게 말하고 어깨를 으쓱한 뒤 시끄럽게 혀로 이빨을 빨고(수십 년간 그를 거쳐간 학생들은 스승의 이 버릇을 등뒤에서 흉내 내곤 했다) 체념한 표정으로 두 손을 마주치며, 정다운 가죽 냄새가 나는 두루마리 단지와 시큼한 향을 풍기는 최상품 종이 사이를 무심히 거닐었다. "괜찮다, 괜찮아." 미르토는 이렇게 덧붙이곤 했다. "내겐 호메로스와 플라톤이 있는데 불평해선 안 되지."

어느 겨울 미르토의 늙은 노예가 얼어붙은 계단에서 미끄러져 목이 부러진 뒤 미르토마저 독감에 걸려 세상을 떴을 때(당시 술라는 두 사람을 연결하는 끈이 끊기자마자 두 사람 모두 세상을 떠나는 것이 참으로 놀랍다고 생각했다), 미르토가 얼마나 사랑받는 사람이었는지 누구나 알 수 있었다. 퀸투스 가비우스 미르토에게 보통 극빈자들처럼 아게르 건너편 석회구덩이에 던져지는 끔찍한 치욕은 없었다. 사람들은 전문 애도사들, 망자에게 바치는 헌사, 몰약과 유향과 예리코산 발삼 향이 밴 화장용 장작더미, 태운 재를 안치할 보기 좋은 돌 단지를 마련해 제대로 장례식을 치러주었다. 미르토의 장례식을 위해 고용된 훌륭한 장례사는 예우의 의미로 베누스 리비티나 신전의 사망 기록 관리자에게 주화를 지불했다. 장례식을 관장하고 비용을 낸 이들은 두 세대에 걸친 미르토의 제자들로, 그들은 떠나간 스승을 위해 진심으로 슬퍼하며 울었다.

술라는 미르토를 도시 밖 화장터로 옮기는 동안 긴 호위대열과 함께 걷고, 들고 있던 장미꽃다발을 거세게 타오르는 불길 속으로 던져넣고, 장례사에게 자기 몫으로 데나리우스 은전 한 닢을 건네는 내내 고개를 빳빳이 든 채 눈물 한 방울 흘리지 않았다. 그러나 나중에 아버지가 술에 절어 쓰러지고 불쌍한 누이가 집을 최대한 단정하게 정리한 후, 세 가족이 같이 생활하던 방 한구석에서 술라는 뜻밖의 보물을 믿을 수 없다는 듯 고통스럽게 찬찬히 바라보았다. 미르토는 살아생전에 늘 그랬듯 죽음 역시 정갈하게 준비해두었기에 그의 유언장이 베스타 신녀들에게 맡겨져 있었다. 그에게는 물려줄 현금이 없었기에 신녀들에게 맡겨진 것은 달랑 문서 한 장이었다. 미르토는 자신이 가진 모든 것, 서적 그리고 태양과 달과 지구 주변 행성 모형을 술라에게 남겼다.

술라는 그제야 슬픔과 공허에 휩싸여 고통스럽게 울었다. 그의 가장 훌륭한, 그가 가장 사랑했던, 세상에 단 하나였던 진정한 친구는 이제 세상을 떠났다. 하지만 그는 여생 동안 매일 미르토의 작은 서고를 보며 그를 추억할 것이다.

"퀸투스 가비우스, 언젠가는," 술라는 고통스럽게 자꾸만 메어오는 목구멍으로 겨우 내뱉었다. "제가 아리스토텔레스의 숨겨진 작품들을 찾아낼게요."

물론 술라는 서적들과 모형을 오래 간직하지 못했다. 어느 날 집으로 돌아와 볏짚 이부자리가 있는 구석으로 가보니 이부자리 말고는 모든 것이 사라지고 없었다. 부친이 술을 사기 위해 미르토가 애지중지 모은 보물들을 모두 내다팔아버린 것이다. 아버지와 함께 산 기간 동안 단 한 번, 술라는 이때 존속살인을 저지를 뻔했다. 다행히 누나가 집에 있었고, 양쪽 다 흥분이 가라앉을 때까지 두 사람을 떨어뜨려 놓았다. 얼마 지나지 않아 누나는 노니우스를 만나 결혼했고 그와 함께 피케눔으로 떠났다. 어린 술라는 이 일을 절대 잊을 수도, 용서할 수도 없었다. 인생의 말년에 드디어 책 수천 권과 우주 모형 50여 개를 소유하게 되었을 때도, 술라는 미르토의 잃어버린 서고와 자신의 슬픔을 떠올리게 될 것이었다.

수련법은 효과가 있었다. 술라는 현실로 돌아와 천박한 색칠과 서툰 솜씨의 아폴로와 다프네를 다시 마주했다. 술라의 눈길이 거기서 떠나 심지어 더 경악스러운 조각상, 고르곤의 머리통을 높이 쳐든 페르세우스 동상에 닿았을 때엔 마침내 스티쿠스를 대면할 수 있을 정도로 강해진 기분이 들었다. 그는 자리를 박차고 일어나 서재로 성큼성큼 걸어갔다. 서재는 보통 집안의 가장만 사용할 수 있도록 마련된 공간이었기 때문에, 클리툼나의 서재는 이 집에서 남자 역할을 하는 술라의 공간이었다.

술라가 서재에 들어서자, 여드름 난 땅딸보 스티쿠스가 설탕에 절인 무화과를 입에 잔뜩 문 채 끈적거리는 더러운 손가락으로 칸칸이 정리된 두루마리를 이리저리 젖히고 있었다.

"흐으으으익!" 스티쿠스가 술라를 발견하고 앓는 소리를 내며 재빨리 서책에서 손을 뗐다.

"멍청한 네놈 새끼가 책을 못 읽는 게 다행이로구나." 술라는 문간의 하인을 향해 손가락으로 딱 소리를 냈다. "어이." 클리툼나에게 받는 급여의 10분의 1만큼도 쓸모가 없는, 얼굴만 예쁘장한 그리스 태생의 하인이었다. "물 한 사발과 깨끗한 수건을 가져와서, 스티쿠스 어르신께서 묻혀놓은 것을 모두 깨끗이 닦아내."

술라는 적의가 가득한 염소 같은 눈빛으로 스티쿠스를 뚫어져라 쳐다보더니, 그 재수 없는 녀석이 손에 묻은 설탕을 값비싼 튜닉에 비벼 닦는 꼴을 보고 말했다. "네놈이 좋아할 유치한 화첩을 내가 갖다났을까봐! 여긴 그런 건 없어. 내가 그런 걸 갖고 있을 것 같으냐? 난 그런 걸 보지 않아. 그런 화첩 따위는 현실에서 못하는 놈들이나 보는 거니까. 스티쿠스, 바로 너 같은 놈."

"언젠간 이 집과 이 집안의 모든 게 내 것이 될 거야. 그때도 네놈이 그렇게 잘난 척할 수 있을까!"

"그날이 최대한 미뤄지도록 신들에게 제물을 많이 바치는 것이 좋을 걸, 루키우스 가비우스. 왜냐면 그게 네놈 마지막 날이 될 테니까. 클리툼나만 아니었다면 나는 진즉에 네놈을 토막내서 개한테 먹이로 던져 줬을 거다."

스티쿠스는 술라의 탄탄한 몸에 걸친 토가를 바라보며 눈썹을 치켜올렸다. 사실 스티쿠스는 술라가 두렵지 않았다. 그는 술라를 아주 오래전부터 알아온 터였다. 그러나 술라의 불타는 태양 같은 머리통 속에 숨어 있는 위험을 분명히 감지했기에 그 앞에서는 늘 행동을 조심했다. 특히나 어리석은 늙은 이모가 그에 대한 노예 같은 헌신에서 절대 벗어나지 못할 것임을 알기에 더욱 어쩔 수 없었다. 하지만 한 시간 전쯤 스티쿠스가 이 집에 도착했을 때 이모와 이모의 단짝 니코폴리스는 기분좋게 그를 맞이했다. 그들 말로는, 사랑해 마지않는 루키우스 코르넬리우스가 화가 잔뜩 나서 토가를 갖춰 입고 외출해버렸다고 했다. 클리툼나로부터 메트로비오스와 술라로 인해 벌어진 한바탕 소동에 대해 들었을 때 스티쿠스는 구역질이 날 것 같았다. 역겨웠다.

스티쿠스는 술라의 의자에 털썩 주저앉으며 말했다. "하, 그러서? 오늘은 우리 두 사람 모두 아주 로마인답게 빼입었군! 그쪽도 집정관 취임식에 다녀온 모양이지? 지나가던 개가 웃을 일이야! 내 혈통의 반만도 못한 주제에."

술라는 오른손으로 스티쿠스의 턱을 꽉 움켜잡고 위로 당겨 의자에서 들어올렸다. 말할 수 없이 격한 고통에 스티쿠스는 비명조차 지르지 못했다. 겨우 숨을 돌리고 뒤늦게야 소리를 지르려던 그는 술라와 눈이 마주치자 곧장 입을 다물었고, 이모와 이모의 단짝 친구가 이날 새벽에 지었던 것과 똑같이 심각한 표정으로 말없이 서 있었다.

"내 혈통은," 술라가 즐겁다는 말투로 말했다. "네놈이 상관할 바가 아니야. 이제 내 방에서 나가."

"영원히 네 방이진 않을걸!" 스티쿠스가 내뱉었다. 그는 황급히 문밖으로 나가려다 물 사발과 수건을 들고 돌아오는 노예와 부딪힐 뻔했다.

"그거야 네놈 생각이지." 술라가 마지막으로 쏘아붙였다.

돈값 못하는 노예가 점잖은 척 옆걸음으로 들어왔다. 술라는 노예를 차갑게 위아래로 훑어보았다.

"싹 닦아내. 이 얌전떠는 제비 녀석아." 이렇게 말하고 술라는 여자들을 찾으러 갔다.

클리툼나는 스티쿠스가 먼저 차지해버렸다. 집사가 송구스러운 표정으로, 클리툼나는 스티쿠스와 독대중이며 대화를 방해하지 말라는 분부가 있었다고 전했다. 술라는 중앙정원을 둘러싼 주랑을 따라 애인 니코폴리스의 거처로 걸어갔다. 정원의 반대편 끝 주방에서 고소한 냄새가 풍겨왔다. 팔라티누스 언덕의 주택 대부분과 마찬가지로 클리툼나의 저택 역시 정원 끝에 주방을 비롯해 욕실과 변소가 있었다. 상하수도 시설도 갖춰져 있어서, 하인들은 공용 샘터까지 가서 물을 떠오거나 가까운 공중변소나 하수구에 오물통을 비우고 오는 수고를 하지 않아도 되었다.

"자기도 알잖아, 루키우스 코르넬리우스." 니코폴리스가 자수틀을 내려놓으며 말했다. "당신이 그 거만한 태도만 버리면 훨씬 더 잘살 수 있단 걸."

술라는 한숨을 쉬며 안락한 긴 의자에 앉았다. 방이 약간 춥다고 느낀 그는 토가로 몸을 따스하게 감쌌다. 비티라는 애칭의 어린 하녀가 술라의 장화를 벗겼다. 비티니아의 산간벽지에서 온, 발음하기도 어려운 이름의 명랑하고 착한 처녀였다. 클리툼나가 조카에게서 싼값에 데려왔지만 의외로 보물 같은 아이였다. 비티는 장화 끈을 풀어주고 뭔가할 일이 있다는 듯 부산하게 밖으로 나갔다가, 금세 두껍고 따뜻한 양말 한 켤레를 들고 와서 부드러운 손길로 술라의 아름답고 눈처럼 흰두 발에 조심스레 신겨주었다.

"고맙다, 비티." 술라가 처녀를 향해 미소 지으며 무심코 손을 들어머리를 쓰다듬어주었다.

비티의 얼굴이 새빨개졌다. 귀여운 것, 술라는 스스로도 놀랄 정도로 다정한 기분이 들었다. 그러다 문득 비티가 옆집 소녀를 상기시킨다는 사실을 깨달았다. 율릴라……

"그게 무슨 뜻이지?" 술라가 니코폴리스에게 물었다. 니코폴리스는 언제나 추위를 타지 않는 듯했다.

"클리툼나가 누군지도 모를 조상님들을 따라서 저세상으로 갈 때 왜 욕심 많은 아첨꾼 스티쿠스가 모든 재산을 차지해야 하느냔 말이지. 우리 친애하는 루키우스 코르넬리우스께서 작전을 아주 살짝만 바꾸면 클리툼나는 그 재산을 바로 당신한테 남길 거야. 게다가 그 여자 정말 한재산 갖고 있다니까, 내 말을 믿어!"

"그 녀석은 지금 뭐하는 거지? 내가 저를 때렸다고 징징대고 있나?" 술라가 물으며 비티가 들고 있는 그릇에서 견과를 집어먹고는, 다시 한번 하녀에게 의미심장한 미소를 보였다.

"당연하지 않겠어? 분명 없는 말까지 지어내고 있을 거야. 당신을 비난하고 싶은 마음은 조금도 없어, 그 인간 정말 재수 없으니까. 하지만 클리툼나에게는 하나밖에 없는 혈육이잖아. 게다가 조카를 무척 사랑해서 단점도 눈에 안 들어오나봐. 그래도 클리툼나는 당신을 더 사랑해, 오만하지만 안쓰러운 당신을! 그러니까 다음에 클리툼나를 만나면 그렇게 변명조차 없이 차갑고 도도하게 굴지 말고, 끈적이 스티쿠스가 당신에 대해 조잘거리는 것보다 훨씬 더 제대로 그 녀석을 흉보라고."

구미가 당기면서도 한편 회의적인 기분으로 술라는 니코폴리스를 빤히 바라보았다. "설마, 클리툼나는 그런 말에 넘어갈 정도로 멍청하지 않아."

"오, 사랑하는 루키우스! 자기는 마음만 먹으면 어느 여자라도 넘어오게 할 거야. 한번 해봐! 이번 딱 한 번만. 날 위해서라 치고, 응?" 니코폴리스는 술라를 살살 꾀었다.

"아니, 분명히 나만 바보 될 거야."

"안 그래. 알잖아." 니코폴리스가 끈질기게 파고들었다.

"클리툼나가 돈이 제아무리 많아도, 그런 여자한테 살살 기는 짓은 안 해!"

"클리툼나가 세상 돈을 다 갖고 있지는 않아도, 당신이 원로원에 들어가게 해주고도 남을 만큼은 있지." 니코폴리스가 술라에게 유혹하듯 속삭였다.

"아니! 그렇지 않아, 당신 잘못 알고 있어. 이 집이 그 여자 것이기는 해도 돈은 생기는 족족 한푼도 안 남기고 다 써버리잖아. 게다가 그 여자 혼자 쓰나? 끈적이 스티쿠스까지 같이 쓰지."

"그렇지 않아. 은행가들은 클리툼나가 그라쿠스 형제의 어머니 코르넬리아라도 되는 양 그 여자의 말 한 마디 한 마디에 굽실대잖아. 이유가 뭐겠어? 그 여잔 은행에 상당한 돈을 묻어놓은데다 들어오는 수입의 절반도 안 써. 게다가 끈적이 스티쿠스에게 용돈을 주긴 하지만 그 인간도 돈이 없진 않다고. 죽은 부친의 회계사와 관리인이 계속 스티쿠스 일을 봐주고 가업도 여전히 잘되고 있는걸."

술라가 벌떡 일어나더니 토가를 느슨하게 풀었다. "니코폴리스, 당신은 나한테 없는 말을 지어내진 않지?"

"자주 그러지. 하지만 지금은 아니야." 니코폴리스는 금실을 엮어짠 자주색 양모 실을 바늘에 꿰었다.

"저 여잔 백 살까지 살 거야." 술라가 다시 긴 의자에 푹 꺼지듯 앉았다. 허기가 가시자 술라는 견과 그릇을 다시 비티에게 넘겼다.

"그래, 백 살까지 살지도 모르지." 니코폴리스가 태피스트리에 바늘을 꽂아넣고 반짝거리는 실을 다시 조심조심 잡아당겼다. 그녀의 크고 검은 눈동자가 술라를 지그시 바라보았다. "하지만 아닐 수도 있어. 클리툼나 가문이 장수하는 집안은 아니잖아."

밖이 소란스러웠다. 분명 스티쿠스가 클리툼나 이모에게 작별인사를 하는 모양이었다.

술라가 자리에서 일어나자 하녀아이가 뒤축이 없는 그리스식 슬리퍼를 신겨주었다. 두르고 있던 엄청난 길이와 너비의 토가가 바닥에 떨어졌지만, 술라는 의식하지 못하는 듯했다.

"좋아, 니코폴리스. 이번 한 번만 시도해보지." 술라가 활짝 웃었다. "행운을 빌어줘!"

그러나 니코폴리스가 행운을 빌어주기도 전에 술라는 이미 나가고 없었다.

클리툼나와의 이야기는 잘 진행되지 않았다. 스티쿠스가 이미 교묘하게 손을 써놓은데다가, 술라는 니코폴리스가 원한 만큼 충분히 자존심을 누르지 못했다.

"다 당신 잘못이야, 루키우스 코르넬리우스." 클리툼나가 조바심내며 말했다. 그녀는 값비싼 솔에 달린 술을 반지 낀 손가락으로 비비꼬았다. "당신은 그 불쌍한 애한테 좀 잘해주려는 노력을 요만큼도 하질 않잖아. 그애는 늘 당신이랑 잘해보려고 애쓰는데!"

"뭐든 말만 내세우는 추잡한 녀석." 술라가 이를 갈며 말했다.

그때 밖에서 엿듣던 니코폴리스가 우아한 몸짓으로 들어와 긴 의자의 클리툼나 옆에 몸을 동그랗게 말고 앉았다. 니코폴리스는 포기했다는 표정으로 술라를 올려다보았다.

"무슨 일이야?" 니코폴리스가 아무것도 모르는 양 물었다.

"우리 두 루키우스 때문이지. 좀 잘 지냈으면 좋겠는데 통 그러질 않잖아!"

니코폴리스는 클리툼나의 손가락에 감긴 술을 풀어내더니, 반지의 보석 받침에 엉킨 몇 가닥 실을 풀고 그녀의 손등을 자기 뺨에 갖다댔다. "오, 우리 불쌍한 아가씨!" 니코폴리스가 어르듯 말했다. "당신의 두 루키우스가 두 마리 수탉이라 그래. 그게 문제지."

"뭐, 이제는 같이 잘 지내는 법을 배워야 할 거야. 우리 루키우스 가비우스가 살던 아파트를 처분하고 다음주부터 우리랑 같이 살기로 했거든."

"그러면 나는 나가요." 술라가 말했다.

두 여자 모두 새된 소리를 질렀다. 클리툼나는 날카로운 비명 소리를 냈고, 니코폴리스는 덫에 걸린 새끼고양이 같은 소리를 냈다.

"아, 나잇값 좀 해요!" 술라가 얼굴을 클리툼나의 얼굴 바로 아래 갖다대고 속삭였다. "그 자식이 여기 상황을 거의 다 알고 있다지만 두 여자와 동침하는 사내와 어떻게 한집에서 같이 살 수 있겠어요? 더구나 그중 한 명이 자기 이모인 마당에?"

클리툼나가 흐느꼈다. "하지만 그애가 들어오고 싶다잖아! 내 조카가 들어오고 싶다는데 어떻게 안 된다고 해?"

"신경쓸 거 없어요! 내가 이 집에서 나가면 그 자식이 불평할 일도 없을 테니까."

술라가 나가려 하자 니코폴리스가 손을 뻗어 술라의 팔을 붙잡으며 소리쳤다. "술라, 사랑하는 술라, 안 돼! 봐, 당신은 나랑 자면 되잖아. 그리고 스티쿠스가 나가고 없는 날에는 클리툼나도 내 방에 와서 같이 자고."

"오! 교활하긴!" 클리툼나가 딱딱한 목소리로 말했다. "너 혼자 다 차지하겠다 이거지? 이 욕심 많은 돼지년!"

니코폴리스의 얼굴이 하얗게 질렸다. "아니, 그러면 다른 방법이 있어? 당신이 일을 멍청하게 해서 이렇게 된 거잖아!"

"닥쳐! 두 사람 모두!" 술라가 섬뜩하고 낮은 목소리로 말했다. 술라를 잘 아는 자라면 누구나 두려워하는 목소리였다. "익살극을 너무 오래 봤는지 이제는 아예 익살극처럼 살려 드는군. 철 좀 들어. 언제까지 이렇게 천박하게 살 거야! 난 이 너절한 관계를 혐오해. 반쪽짜리 사내로 사는 것도 지긋지긋해!"

"당신은 반쪽짜리 사내가 아니야. 두 쪽짜리 사내지. 한 쪽은 내 거, 나머지 한 쪽은 니코폴리스 거!" 클리툼나가 상스럽게 말했다.

분노인지 슬픔인지, 어느 쪽이 더 고통스러운지 술라는 알 수 없었다. 광기 바로 직전까지 다다른 술라는 자신을 고문하는 두 여자를 노려보았다. 아무것도 생각나지 않고 아무것도 보이지 않았다.

"더이상은 못해!" 술라의 목소리에는 경외감마저 묻어났다.

"아니! 당신은 할 수 있어." 니코폴리스가 말했다. 자기 남자를 일말의 의구심도 없이 완벽하게 알기에 그를 자기가 원하는 바로 그 자리, 자신의 발밑에 둘 수 있다고 생각하는 여자의 자신감이 느껴졌다. "이제 나가서 좀더 건설적인 일을 해봐. 내일이면 기분이 나아질 거야. 자긴 늘 그렇잖아."

집을 나와서 어디든, 어디로든 '건설적인' 곳으로 가자. 술라는 얼결에 팔라티누스 언덕 아래가 아닌 위쪽을 향했고, 자기도 모르는 사이 게르말루스 고지를 지나 팔라티움 고지까지 당도했다. 대경기장이 끝까지 보이고 카페나 성문도 내려다보이는 자리였다.

이쪽 지역은 주택이 더 적고 공원 같은 공터들이 많았다. 팔라티움 고지는 그다지 화려한 동네는 아니었다. 포룸 로마눔에서 멀리 떨어져 있었기 때문이다. 몹시 추운 날씨에 튜닉만 입고 있었지만 술라는 개의치 않고 커다란 바위에 앉아 정경을 바라보았다. 술라가 보는 것은 대경기장의 빈 관람석도, 아벤티누스 언덕의 아름다운 신전들도 아니었다. 술라는 끔찍한 미래를 향해 끝없이 뻗은 자기 자신의 모습을 바라보고 있었다. 아무런 목적의식 없이 뒤틀린 도로처럼 펼쳐진 뼈와 살을. 배설을 하지 못하여 급성 경련을 앓는 자처럼 고통스러웠다. 술라는 고통을 떨치려 몸을 흔들다 문득 자신의 이가 갈리는 소리를 들었다. 자신이 큰 소리로 신음하고 있었음을 미처 몰랐던 것이다.

"어디 아프세요?" 겁먹은 듯 작은 목소리가 어디선가 들려왔다.

술라는 고개를 들었지만 처음에는 아무것도 보이지 않았다. 마치 고통이 두 눈의 시력을 앗아간 듯했다. 하지만 점차 눈앞이 개면서 뾰족한 턱과 황금빛 머리칼, 그리고 커다란 호박색 눈이 가장 인상적인 하트 모양 얼굴이 보였다. 그 얼굴은 몹시 걱정하는 표정으로 술라를 향해 있었다.

소녀는 술라 앞에 무릎을 꿇고 앉았다. 플라쿠스 집터에서 봤던 때처럼 손으로 짠 소박한 망토를 두르고 있었다.

"율리아." 술라가 몸을 떨며 말했다.

"아니오, 율리아는 언니예요. 나는 율릴라로 불려요." 소녀가 술라를 향해 미소 지으며 말했다. "아프세요, 루키우스 코르넬리우스?"

"의사가 고칠 수 있는 병이 아니야." 맑은 정신과 기억력이 되돌아오고 있었다. 술라는 내일이면 기분이 나아질 거라는, 니코폴리스가 마지막에 한 말을 쓰디쓰게 되뇌었다. 이 세상 그 무엇보다 혐오스러운 진실이었다. "난 정말이지……. 정말, 진심으로! 미쳐버렸으면 좋겠어. 하지만 그러지 못해."

율릴라는 자리를 떠나지 않았다. "도저히 그럴 수 없다면, 복수의 여신들이 아직 당신을 원치 않는 거겠죠."

"여기 혼자 있는 건가?" 술라가 탐탁잖은 듯 물었다. "부모님은 뭘 하고 계시기에 이 시간에 돌아다니게 내버려두는 거지?"

"하녀가 같이 있어요." 율릴라가 무릎을 세워 앉으며 태연하게 말했다. 갑자기 장난기 어린 눈빛이 되더니 기분좋은 듯 입꼬리가 치켜올라갔다. "착한 애지요. 내게 충실하고 입도 무거워요."

"그 말은 어디를 돌아다니건 간섭하지도 않고 부모님들께 고해바치지도 않는다는 뜻이로군. 하지만 언젠가는 걸려서 혼날 텐데." 늘 혼나고 있는 사내가 말했다.

"그건 걸리고 나서 걱정하면 되지요."

잠시 침묵을 지키던 율릴라가 자기도 모르게 호기심에 찬 표정으로 술라의 얼굴을 찬찬히 살펴보았다. 분명 술라의 얼굴이 마음에 든 듯했다.

"집에 가, 율릴라." 술라가 한숨을 지으며 말했다. "걸리더라도 나와 같이 있다 걸리진 말고."

"당신은 나쁜 사람이니까?"

술라에게 희미한 미소가 떠올랐다. "그쪽이 그렇게 본다면야."

"난 당신을 그렇게 생각하지 않아요!"

오, 어느 신이 이 소녀를 보냈는가? 누군지는 모르겠으나 그저 감사할 따름이었다! 근육의 긴장이 서서히 풀렸다. 어떤 상냥하고 착한 신이 스쳐간 듯 갑자기 몸이 가벼워진 느낌이 들었다. 지금껏 좋은 일이라고는 몰랐던 사내에게는 다소 이상한 기분이었다.

"나는 나쁜 사람이 맞아, 율릴라."

"그렇지 않아요!" 율릴라의 목소리는 단호하고 확신에 차 있었다.

이런 경우가 처음이 아니었기에, 술라는 이것이 어린 소녀들이 흔히 보이는 짝사랑의 감정임을 눈치챘다. 그리고 소녀를 겁줄 만한 상스러운 행동으로 그 감정이 싹 달아나게 할 수도 있음을 알았다. 그러나 술라는 그럴 수 없었다. 그녀에게는 그러지 않을 것이다. 이 소녀는 그런 취급을 받아선 안 된다. 이 소녀에게는 그가 가진 여러 가지 모습들 중에서 가장 좋은 술라를 꺼내서 보여줄 것이다. 오점이 없고 음담패설이나 계략이나 아첨 따위 모르는.

"흠, 나를 신뢰해주어 고맙군." 약간 자신 없는 목소리로 술라가 말했다. 이것이 소녀가 듣고 싶은 말일지 확신이 들지 않았지만, 이 말에서 자신의 가장 나은 면모가 꼭 드러났으면 했다.

"시간이 좀 있는데, 얘기를 나눠도 될까요?" 율릴라가 진지하게 말했다.

술라가 바위에 앉은 채 살짝 옆으로 옮겼다. "좋아. 하지만 여기 앉아. 바닥이 너무 축축하니까."

"사람들 말이 당신은 가문의 불명예라고들 해요. 하지만 어째서 그렇다는 건지 모르겠어요. 다르게 살 수 있다는 걸 증명할 기회조차 없었잖아요."

"그 발언의 진원지는 아마도 아버지시겠지?"

"어떤 발언이요?"

"내가 우리 가문의 불명예라는 말."

율릴라는 깜짝 놀랐다. "오! 아녜요! 아빠는 아니세요! 아빠는 세상에서 가장 현명한 분이세요."

"내 부친은 세상에서 가장 어리석은 분이셨는데. 우리는 로마의 양극단에 있는 사람들이로군."

율릴라가 바위 아래에 난 기다란 풀들을 뽑았다. 긴 줄기를 잡아당겨 손을 빠르게 놀리더니 동그란 관을 만들어냈다. "받으세요." 율릴라가 술라에게 풀잎으로 만든 관을 내밀었다.

술라는 숨이 멎는 듯했다. 그의 미래가 파르르 떨리며 무언가를 보여주려는 듯 열리더니, 이내 고통스럽도록 짧게 깜박이며 다시 닫혀버렸다. "풀잎관!" 술라가 경이감 속에 말했다. "아니! 난 받을 수 없어!"

"당연히 당신 거예요." 율릴라가 고집했다. 술라가 계속 받으려 하지 않자 율릴라는 몸을 앞으로 숙여 술라의 머리에 씌워주었다. "꽃으로 만들어야 하지만, 이맘때는 꽃이 없으니까."

그녀는 풀잎관이 무엇을 상징하는지 몰랐던 것이다! 어쨌건 그는 말해주지 않을 것이었다. "화관은 사랑하는 사람한테 줘야지." 술라는 설명하는 대신 이렇게 말했다.

"당신이 내가 사랑하는 사람이에요." 율릴라가 부드럽게 말했다.

"잠깐 동안의 감정이지. 곧 지나갈걸."

"절대 그렇지 않아요!"

술라는 일어서서 율릴라를 내려다보며 웃었다. "그러시던가! 아직 열다섯도 안 된 것 같은데."

"열여섯이에요!" 율릴라가 재빨리 말했다.

"열다섯이나 열여섯이나 뭐가 다르겠어? 아직 어린애야."

분노로 달아오른 율릴라의 얼굴이 날카롭게 굳어갔다. "난 어린애가 아니에요!"

"당연히 어린애지." 술라는 다시 웃었다. "네 모습 좀 봐. 포대기에 돌돌 말린 꼴이 통통한 강아지 같군." 그래, 이게 낫겠다! 이렇게 말해야 그녀가 정신을 차리겠지.

그렇기는 했지만, 안타깝게도 술라의 말은 의도한 것 이상의 효과를 발휘하고 말았다. 율릴라는 상처 입은 듯 기가 죽어버렸다. 그녀 안의 빛이 꺼진 듯했다. "내가 안 예뻐서 그러세요? 난 늘 내가 예쁘다고 생각해왔는데."

"어른이 된다는 건 잔인한 일이야." 술라가 가혹하게 말했다. "모르긴 해도 거의 모든 부모들이 자기 딸더러 예쁘다고 하지. 하지만 세상의 기준은 달라. 그래도 아가씨는 나이가 들면 괜찮은 정도는 될 거니까, 남편을 못 얻지는 않을 거야."

"난 당신만을 원해요." 율릴라가 속삭였다.

"지금은 그렇겠지. 어쨌든 이젠 꿈에서 깨어나도록, 통통한 강아지

아가씨. 나한테 꼬리를 잡히기 전에 얼른 도망가. 어서, 쉬이!"

율릴라는 달려갔다. 하녀가 뒤에서 불렀지만, 율릴라가 돌아보지 않자 한참 앞서 달리는 주인아가씨를 쫓아갔다. 술라는 그대로 선 채 두 사람이 언덕 아래로 사라지는 것을 지켜보았다.

풀잎관이 아직 술라의 머리 위에 있었다. 황갈색 풀잎관은 불꽃 같은 술라의 곱슬머리와 묘한 대조를 이루었다. 술라는 손을 올려 관을 벗었지만, 던져버리지 않고 두 손으로 들고 서서 한참을 바라보았다. 그러고는 관을 튜닉 안쪽에 넣고 돌아서서 걸어갔다.

가여운 것. 그는 결국 소녀에게 상처를 주고 말았다. 하지만 소녀를 실망시키는 것이 옳았다. 술라가 인생에서 가장 피하고 싶은 골칫거리가 있다면 바로 클리툼나의 옆집 딸이 담 너머로 구애를 해오는 것이었다. 게다가 그녀는 원로원 의원의 딸이었다.

걸을 때마다 풀잎관이 살갗을 간질이며 그 존재를 각인시켰다. 코로나 그라미네아, 풀잎관이 팔라티누스 언덕에서 그에게 주어졌다. 이곳에 수백 년 전 로물루스의 고대 도시가 세워졌다. 당시 세워진 타원형 초가집들 중 하나는 지금도 카쿠스 계단 부근에서 볼 수 있으며 후세인들에게 여전히 사랑받고 있다. 풀잎관을 그에게 준 자는 인간의 모습으로 나타난 베누스 여신이다. 베누스 여신의 진정한 딸, 율리우스 가문의 여자. 이것은 길조다.

"정말 그렇게 된다면, 승리의 베누스여, 나는 당신을 위해 신전을 지어 올리겠습니다." 술라가 소리내어 말했다.

마침내 술라는 자신의 길을 뚜렷이 보았다. 위험하고 무모한 길. 그래도 잃을 것 없이 오직 얻을 것만 있는 자에게는 분명 가능한 길이었다.

술라가 클리툼나의 집에 들어섰을 때는 겨울 땅거미가 완연히 내린 뒤였다. 술라는 여자들이 어디에 있는지 물었다. 두 여인은 식당에서 저녁식사를 들지 않고 술라가 오기만을 기다리고 있었다. 줄곧 그에 대해 얘기를 나누고 있었던 것이 분명한데도, 그들은 태평하게 아무것도 모르는 척 긴 의자에 서로 떨어져 앉아 있었다.

"돈이 좀 있어야겠어." 술라는 단도직입적으로 말했다.

"이봐, 루키우스 코르넬리우스······." 클리툼나가 조심스럽게 입을 열었다.

"닥쳐, 이 늙은 여우! 돈을 달라고."

"하지만 루키우스 코르넬리우스!"

"여행을 다녀오겠어." 술라는 여인네들에게 말을 섞을 빌미를 주지 않았다. "당신들에게 달렸어. 내가 돌아오길 바라면, 그러니까 당신들이 아직도 나한테 얻을 게 있다면 나한테 1천 데나리우스를 줘. 아니면 나는 로마를 영원히 떠날 거야."

"우리가 절반씩 내서 만들어줄게." 니코폴리스가 의외로 순순히 말했다. 그녀의 검은 눈동자가 술라의 얼굴을 뚫어져라 바라봤다.

"지금 당장." 술라가 말했다.

"집에 현금이 그렇게 많지는 않아." 니코폴리스가 말했다.

"있길 바라야 할 거야. 난 기다리지 않을 거니까."

십오 분 후 니코폴리스가 술라의 방으로 가보니 그는 짐을 싸고 있었다. 그녀는 애써 자존심을 누르고 술라의 침대에 걸터앉아 말을 걸어주기만을 잠자코 기다렸다.

하지만 결국 먼저 입을 연 사람은 니코폴리스였다. "돈은 준비될 거야. 클리툼나가 집사를 은행에 보냈어. 어디로 가?"

"나도 몰라. 중요하지 않아. 여기만 떠나면 돼." 술라는 양말을 개어 부츠에 쑤셔넣었다. 동작 하나하나가 효율적이고 경제적이었다.

"당신 짐 싸는 게 꼭 군인 같아."

"당신이 그런 걸 어떻게 알지?"

"아, 한때 참모군관이랑 사귀었거든. 그래서 나도 군대를 따라다녔지, 믿어져? 젊을 땐 사랑만 보고 뭐든 하잖아! 난 그를 숭배했어. 그래서 그 남자를 따라 히스파니아로 또 아시아로 갔었고." 그녀가 한숨을 쉬었다.

"그래서 어떻게 되었지?" 술라가 자신이 가진 두번째로 좋은 튜닉으로 가죽 반바지를 돌돌 감으며 물었다.

"그 남자가 마케도니아에서 전사해서 집으로 돌아왔어." 안타까운 마음에 니코폴리스의 심장이 떨려왔다. 죽은 연인에 대한 동정심이 아니었다. 니코폴리스의 동정심은 루키우스 코르넬리우스, 덫에 걸린 채 비열한 세상을 대적해야 하는 아름다운 사자에게 향해 있었다. 사랑이란 감정은 왜 생기는 것인가? 사랑에는 너무 많은 고통이 따랐다. 그녀는 미소를 지었지만, 즐거운 미소는 아니었다. "그는 유언장에 전 재산을 내게 남긴다고 썼어. 나는 부자가 되었지. 당시에는 전리품이 많았거든."

"거참 안됐군." 술라가 말하고는, 면도칼을 아마천 칼집에 담아 안장가방 옆 주머니에 밀어넣었다.

니코폴리스의 얼굴이 일그러졌다. "역겨운 집구석이야. 아, 이 집이 정말 싫어! 우리 모두 비참하고 불행하잖아. 우리가 정말로 기분좋은 말을 나누는 게 몇 번이나 될까? 거의 없어. 늘 적대감과 적의로 가득차 서로를 모욕하고 깔아뭉개지. 나는 왜 여기 있는 거지?"

"왜냐하면, 자긴 이제 세상에 닳고 닳은 여자가 되어가고 있으니까. 당신은 이제 히스파니아와 아시아 땅을 걸어서 누비던 아가씨가 아니야."

"그리고 당신은 우리 모두를 싫어하고. 이런 분위기는 거기서 나오는 거지? 당신에게서? 갈수록 더 나빠지고 있다고."

"맞아, 동의해. 그래서 내가 잠깐 떠나 있으려는 거야." 술라는 가방 두 개를 한데 묶은 다음 가볍게 들어올렸다. "좀 벗어나고 싶어. 내 끔찍한 얼굴을 아무도 모르는 시골에 가서 한동안 지내다 오고 싶어. 토할 때까지 먹고 마시고, 적어도 여자애 여섯은 임신시키고, 한 팔을 등에 묶고도 나를 해치울 수 있다고 생각하는 놈들과 오십 번쯤 붙고, 여기서부터 내가 도착하는 곳까지 어디에서나 예쁘장한 사내놈들을 찾아내서 그놈들 뒤가 아릴 때까지 해줄 거야." 술라가 사악한 미소를 지었다. "그러고 나면 얌전하게 집으로 돌아온다고 자기에게 약속하지. 당신과 끈적이 스티쿠스와 클리티 이모가 있는 집으로. 그후론 우리 모두 행복하게 잘사는 거야."

술라가 니코폴리스에게 말하지 않은 사실은 여행에 메트로비오스를 데려간다는 것이었다. 물론 늙은 스킬락스에게도 말하지 않을 것이었다.

그리고 메트로비오스를 포함해 누구에게도, 그가 지금 무슨 일을 꾸미는지 말하지 않을 것이었다. 그는 단순히 휴가를 떠나려는 게 아니었다. 탐사 여행이었다. 술라는 약리학, 화학, 식물학과 같은 주제를 연구할 것이었다.

술라는 4월 말이 되어서야 로마로 돌아왔다. 세르비우스 성벽 바깥

카일리우스 언덕에 자리한 스킬락스의 우아한 1층 아파트에 메트로비오스를 데려다준 뒤, 카메나이 골짜기로 내려가 이륜마차와 노새들을 반납했다. 마구간에 값을 치른 술라는 안장 가방을 왼쪽 어깨에 걸치고 로마 시내를 향해 걸음을 옮겼다. 동행한 하인은 없었다. 술라와 메트로비오스는 이탈리아 반도 이곳저곳을 떠돌면서 필요한 것은 그들이 머문 여러 여관과 역사(驛舍) 일꾼들에게 심부름을 시켰다.

아피우스 가도를 따라, 높이 7미터가 넘게 돌로 쌓은 세르비우스 성벽의 카페나 성문까지 올라 내려다보니 로마 시의 풍광이 무척 보기 좋았다. 전설에 따르면 세르비우스 성벽을 세운 이는 로마에 공화정이 들어서기 전 재위했던 세르비우스 툴리우스 왕이라지만, 술라도 다른 귀족들 대부분처럼 이러한 방어시설은 최소 300년 전 갈리아인이 로마를 약탈하러 오기 전까지는 존재하지 않았음을 알고 있었다. 당시 갈리아인은 알프스 산맥 서쪽으로부터 떼지어 내려와 저멀리 북쪽 파두스 강의 거대한 골짜기를 중심으로 퍼졌고, 동서 양방향에서 서서히 이탈리아 반도로 내려왔다. 다수는 도착한 곳, 특히 움브리아와 피케눔에 정착했지만, 일부는 로마를 향해 카시우스 가도를 따라 에트루리아를 관통했다. 마침내 그들은 이 도시에 이르렀고 정당한 소유주들로부터 로마를 강탈하기 직전까지 갔었다. 이후 로마에는 세르비우스 성벽이 세워졌다. 한편 파두스 강 골짜기의 이탈리아인들, 북부의 움브리아와 피케눔 사람들은 갈리아인과 피가 섞여 줄곧 혼혈족이라는 멸시를 받게 되었다. 그후로 로마의 성벽이 무너져 폐허가 되는 일은 두 번 다시 벌어지지 않았다. 로마인들은 혹독한 교훈을 얻었고 이제 야만족의 침입이라는 말만 들어도 두려움에 몸서리를 쳤다.

카일리우스 언덕에 값비싼 고층 인술라가 몇 채 있긴 했지만, 카페나 성문에 도착할 때까지 술라가 본 풍경은 대체로 목가적이었다. 카페나 성문 바깥 카메나이 골짜기에는 가축 사육장, 도살장, 훈제장이 있었고 목초지에서는 이탈리아 전역에서 최대 규모인 이곳 시장으로 보내진 가축들이 풀을 뜯었다. 하지만 카페나 성문을 통과하니 눈앞에 진짜 도시가 펼쳐졌다. 에스퀼리누스 언덕이나 수부라 지구처럼 혼잡하지는 않았지만 그래도 퍽 도시다운 분위기가 느껴졌다. 대경기장을 끼고 걷다 팔라티누스 언덕의 게르말루스 고지로 이어지는 카쿠스 계단을 오르자 술라는 어느덧 클리툼나의 집에 가까워져 있었다.

문 앞에서 술라는 심호흡을 하고 힘껏 문고리를 두드린 후, 비명을 질러대는 여자들의 세계로 들어갔다. 니코폴리스와 클리툼나는 술라를 보고 기뻐 어쩔 줄 몰랐다. 두 여자는 울며불며 술라의 목에 매달려 도통 떨어지질 않다가 결국 강제로 밀려났지만, 그러고 난 뒤에도 그의 주변을 빙글빙글 돌며 도무지 그를 가만히 내버려두질 않았다.

"이제 나는 어디서 자지?" 술라가 물었다. 하인이 술라가 든 안장 가방을 건네받으려 했지만, 술라는 넘겨주지 않았다.

"나랑 같이." 니코폴리스가 갑자기 풀 죽은 표정이 된 클리툼나를 의기양양하게 바라보며 말했다.

두 손을 쥐어짜며 서 있는 의붓어머니를 아트리움에 혼자 남겨둔 채, 술라는 니코폴리스를 따라 주랑을 지나갔다. 서재 문은 굳게 닫혀 있었다.

"이제 끈적이 스티쿠스는 안락하게 정착했겠군?" 니코폴리스의 거처에 거의 다다랐을 즈음 술라가 물었다.

"여기야." 니코폴리스가 술라의 질문을 무시하고 말했다. 그녀는 술라에게 새 거처를 어서 보여주고 싶어 한껏 들떠 있었다.

니코폴리스는 넓은 거실을 술라에게 내주고 침실과 훨씬 작은 방 하나만 쓰기로 한 것이었다. 니코폴리스에 대한 고마움에 술라는 마음이 벅차올랐고, 약간 슬픈 표정으로 그녀를 쳐다보았다. 지금만큼 그녀가 좋았던 적은 없었다.

"내 방이라고?"

"당신 방이야." 니코폴리스가 미소를 지으며 말했다.

술라가 침대에 안장 가방을 던졌다. "스티쿠스는?" 그는 가장 나쁜 소식을 먼저 듣고 싶어 조바심을 내며 물었다.

니코폴리스는 물론 술라가 자기에게 키스하고 곧장 사랑을 나눠주길 원했지만, 술라가 자신과 클리툼나 곁에서 한동안 떨어져 있었다는 이유만으로 성욕을 느끼진 않는다는 것을 알 만큼 그를 파악하고 있었다. 사랑을 나누려면 좀더 기다려야 할 것이다. 니코폴리스는 한숨을 쉬며 정보원 역할을 받아들였다.

"스티쿠스는 아주 확실하게 자리를 잡았지." 니코폴리스는 이렇게 말하고는 술라의 짐을 풀어주려고 안장 가방 쪽으로 갔다.

술라는 니코폴리스를 옆으로 단호하게 밀어내고 안장 가방을 옷장 뒤에 내려놓았다. 그러고는 새 책상 뒤에 놓인 그가 애용하던 의자에 앉았다. 니코폴리스는 술라의 침대에 앉았다.

"새로운 소식은 다 알려줘."

"음, 스티쿠스가 들어왔고, 제일 큰 안방에서 자고, 물론 서재도 차지했어. 어떤 면에선 생각했던 것보다 오히려 잘됐어. 스티쿠스와 매일 부대끼며 생활하는 건 클리툼나에게도 견디기 힘든 일이니까, 몇 달만 지나면 클리툼나가 먼저 내쫓지 않을까 싶어. 그동안 당신이 나가 있었던 건 참 영리한 결정이었어." 니코폴리스의 손길이 무심코 침대에 놓인 베갯잇을 부드럽게 매만졌다. "솔직히 그땐 그렇게 생각하지 않았지만 당신이 옳았고, 틀린 건 나였어. 스티쿠스가 집에 처음 들어올 땐 마치 개선장군 같았어. 당신이 없으니까 아주 더 의기양양했지. 정말이지, 물건들이 집안에서 이리저리 밀려다녔어! 당신 책은 전부 쓰레기통에 처박혔어. 뭐, 걱정 마. 하인들이 다시 꺼내왔으니까. 당신이 남기고 간 옷가지나 소지품도 전부 책처럼 쓰레기통에 처박혔지만, 하인들모두 당신을 좋아하고 그놈은 싫어하니까, 당신 물건 중에 없어진 건없어. 다 이 방 어딘가에 있을 거야."

술라의 옅은 색 눈동자가 벽과 깔끔한 모자이크 장식 바닥을 훑었다. "잘됐군." 술라가 말했다. "계속해."

"클리툼나는 쓰러지다시피 했지. 스티쿠스가 당신 물건을 내다버릴거라곤 생각 못했으니까. 사실 스티쿠스가 이 집에 들어오는 걸 클리툼나가 정말로 원한 것 같진 않아. 그냥 거절할 방법을 찾지 못했던 거지. 혈육이라느니 마지막 남은 핏줄이라느니, 뭐 그런 거 때문에. 클리툼나가 그렇게 영리하진 않지만, 스티쿠스가 이 집에 들어오겠다고 한 이유가 오직 당신을 거리로 내쫓기 위해서란 것쯤은 분명히 알고 있었지. 스티쿠스가 돈에 쪼들리지는 않잖아. 하지만 당신이 없는데 당신 물건을 내다버리려니까 재미가 없어진 거야. 싸우려고 달려드는 사람도 없고, 말리는 사람도 없고, 아무것도 없는 거지. 하인들은 은근히 말을 안듣고, 클리티 이모는 질질 짜고, 나는 뭐, 그냥 그놈이 없다고 생각하고무시해버렸어."

하녀아이 비티가 빵, 패스티, 파이, 케이크가 골고루 놓인 접시를 두손에 든 채 문을 살짝 열고 미끄러져 들어왔다. 접시를 책상 한편에 내려놓고는 술라를 향해 수줍게 미소 짓다가, 안장 가방들을 묶은 가죽

띠가 옷장 뒤편에 삐져나온 걸 보고서 짐을 풀려고 방을 가로질러갔다.

술라의 움직임이 하도 빨라서, 니코폴리스는 그가 하녀를 저지하는 것을 미처 보지 못했다. 술라는 분명 의자에 편안하게 기대앉아 있었는데, 다음 순간 고개를 돌려보니 여자애를 부드럽게 옷장에서 떠밀어내고 있었다. 술라는 하녀에게 미소를 지으며 볼을 살짝 꼬집어준 다음 문밖으로 내보냈다. 니코폴리스는 그 모습을 모두 지켜보았다.

"흠, 가방에 몹시 신경쓰시네! 뭐가 들었어? 뼈다귀를 지키는 개처럼 굴고 있잖아."

"포도주 좀 따라봐." 술라가 의자에 다시 앉으며 접시에서 고기 패스티를 집어들었다.

니코폴리스는 술라가 시키는 대로 했지만, 화제를 바꿀 생각은 없었다. "말해봐, 루키우스 코르넬리우스. 저 가방에 뭐가 들었기에 아무도 못 보게 하는 거야?" 희석하지 않은 포도주가 채워진 잔이 술라 앞에 놓였다.

술라의 양쪽 입꼬리가 아래로 늘어졌다. 그는 슬슬 짜증이 나고 있음을 암시하듯이 두 손을 내밀었다. "뭐라고 생각해? 내 여자들에게서 거의 넉 달을 떨어져 지냈어! 물론 넉 달 내내 당신들을 생각한 건 아니지만, 그래도 이따금 생각이 났지! 당신들이 좋아하겠다 싶은 것들을 봤을 때는 특히 더 그랬고."

니코폴리스의 얼굴이 부드러워지더니 이내 발갛게 상기되었다. 술라는 여자에게 선물을 하는 남자가 아니었다. 사실 니코폴리스는 술라에게 아주 값싼 선물조차 받아본 기억이 없었고, 클리툼나가 받는 것도 본 적이 없었다. 인간의 본성을 잘 간파하는 니코폴리스가 보기에, 이는 단지 술라가 가난해서가 아니라 원래 인색하기 때문이었다. 인심이

후한 사람은 줄 것이 없을 때도 주기 마련이다.

"오, 루키우스 코르넬리우스!" 니코폴리스는 좋아서 활짝 웃으며 소리쳤다. "정말이야? 언제 보여줄 건데?"

"내가 기분이 좀 좋아지고 준비가 되면." 술라는 이렇게 말하고 의자를 돌려 큰 창문 밖으로 펼쳐진 풍경을 바라보았다. "지금이 몇 시지?"

"몰라. 아마 여덟번째 시각 정도 되었을 걸. 어쨌거나 아직 저녁 먹을 때는 아니야."

술라는 일어나서 방을 가로질러 옷장 쪽으로 갔다. 옷장 뒤에서 안장 가방을 꺼내더니 어깨에 걸쳤다.

"저녁식사 때 돌아오지."

니코폴리스의 입이 딱 벌어졌다. 그녀는 술라가 문으로 걸어가는 것을 지켜보았다. "술라! 진짜 이 세상에 당신만큼 짜증나는 인간은 없을 거야! 방금 집에 돌아왔는데 또 어디 간다는 거야! 메트로비오스를 만나러 가야 하는 건 아닐 텐데. 여행에 데려갔었잖아!"

술라가 걸음을 멈췄다. 그는 입가에 웃음을 띠고 니코폴리스를 바라보았다. "아, 알겠군. 스킬락스가 불평하러 여기 찾아오셨군, 그렇지?"

"당신 말대로야. 안티고네 역을 연기하는 비극배우처럼 등장해서는 내시 역할을 맡은 희극배우처럼 퇴장했어. 클리툼나에게 혼나고 더 크게 징징거리면서 말야!" 니코폴리스가 기억을 떠올리며 웃었다.

"그 늙은 창부는 그래도 싸. 그 인간이 애한테 일부러 글자도 안 가르치는 거 알고 있어?"

하지만 니코폴리스는 다시 안장 가방에 신경이 쓰였다. "우리를 믿지 못해서 그 가방을 들고 가는 거야?"

"난 바보가 아니야." 술라는 방에서 나갔다.

여자의 호기심. 그걸 간과하다니 그는 바보가 맞았다. 술라는 안장 가방을 멘 채 대시장으로 내려가 1천 데나리우스 중 남은 돈으로 한 시간 동안 세심하게 물건을 사들였다. 앞으로 필요할지 몰라 일부러 남겨 둔 돈이었다. 여자들! 참견 많은 방해꾼 암퇘지들! 왜 그 생각을 못했을까?

스카프와 팔찌, 동부지역의 조잡한 슬리퍼와 머리 장신구 따위로 더 무거워진 안장 가방을 멘 채 술라는 집으로 돌아왔다. 하인이 문을 열어주며, 숙녀분들과 스티쿠스 주인님께서 식당에서 기다리고 있다고 알려주었다.

"금방 합석하겠다고 전해라." 술라는 이렇게 말하고 니코폴리스의 거처로 갔다.

주변에 누가 있는 것 같지는 않았지만 술라는 확실히 하기 위해 덧문을 닫고 빗장도 걸었다. 급하게 고른 선물들은 책상에 쌓아두고 새로 산 두루마리 서적들도 옆에 놓았다. 왼쪽 가방은 내버려두고 오른쪽 가방을 들어 맨 위에 든 옷가지를 침대에 쏟아냈다. 그러고 나서 가방 깊숙한 곳에서 똘똘 말린 양말 두 켤레를 꺼내 한참 만지작거리더니 뚜껑을 밀랍으로 밀봉한 작은 병 두 개를 꺼냈다. 다음으로 꺼낸 것은 술라의 한 손에 쏙 들어갈 정도로 작은 평범한 나무상자였다. 술라는 꽉 닫힌 상자 뚜껑을 힘주어 들어올렸다. 내용물은 대단치 않았다. 몇 그램 안 되는 흐릿한 황백색 가루였다. 그는 뚜껑을 덮고 손가락으로 단단하게 꾹꾹 눌렀다. 얼굴을 찡그리며 방안을 둘러보았다. 어디가 좋을까?

길고 좁다란 탁자 위에 얼핏 신전 모형처럼 보이는 작고 낡은 목조 장식장들이 한 줄로 자리를 차지하고 있었다. 코르넬리우스 술라 가문의 유물, 술라가 부친에게 물려받은 전 재산으로서, 부친이 술 살 돈을 만들기 위해 팔지 않은 유일한 물건이었다. 팔 생각이 없어서라기보다 살 사람을 찾지 못해서였다. 가로·세로·높이 모두 60센티미터의 정육면체 다섯 개로, 정면 바깥쪽 기둥 사이에 색칠한 나무문이 달려 있었다. 신전 입구 위의 삼각형 박공 꼭짓점과 아래쪽 양끝은 신전 인물을 새긴 조각상으로 장식되어 있었고, 그 아래 수평 부분에는 별다른 장식 없이 각각 다른 인물의 이름이 새겨져 있었다. 한 명은 파트리키 귀족인 코르넬리우스 가문 총 일곱 분가의 공통 시조였고, 한 명은 200년도 더 전에 집정관과 독재관을 지낸 푸블리우스 코르넬리우스 루피누스, 한 명은 그의 아들로 집정관을 두 번 지내고 삼니움 전쟁 동안 독재관을 지내다가 엄청난 규모의 은식기를 몰래 비축하여 원로원에서 축출된 인물, 한 명은 평생 유피테르 대제관을 지냈으며 술라라는 이름을 최초로 사용한 루피누스, 마지막은 법무관을 지냈던 그의 아들 푸블리우스 코르넬리우스 술라 루피누스로 루디 아폴리나레스, 즉 아폴로 경기대회를 창설한 것으로 유명한 인물이었다.

술라는 최초의 술라였던 조상의 장식장을 열었다. 나무가 수년간 방치되어 너무 약해졌기 때문에 아주 조심해서 다루어야 했다. 한때는 물감 색도 밝고 자그마한 인물상 부조도 뚜렷했겠지만 이제 군데군데 이가 빠지고 색도 희미했다. 언젠가는 조상 대대로 내려온 이 장식장을 복원하고 으리으리한 아트리움이 딸린 집을 마련해서 자랑스럽게 진열해놓을 작정이었다. 그러나 당장은 작은 병 두 개와 가루 상자를 숨겨놓기에 딱 좋은 곳으로 보였다. 당시 로마에서 가장 신성했던 사람이자 유피테르 옵티무스 막시무스를 모시는 대제관이었던 최초의 술라의 장식장이.

장식장 내부는 가발이 달린 실물 크기의 이마고 하나로 꽉 차 있었다. 엷게 색깔까지 입혀 실제처럼 정교했다. 가면의 두 눈이 술라를 쏘아보았다. 술라의 연회색 눈동자와 달리 푸른색이었다. 루피누스의 피부는 희었지만 술라만큼 희지는 않았다. 두껍고 곱슬거리는 머리칼은 금발보다는 당근빛에 가까운 붉은색이었다. 가면 주변에는 가면을 장식장에서 꺼내는 데 필요한 정도의 공간만 있었다. 가면은 탈착 가능한 머리 모양의 나무 받침대에 고정되어 있었다. 술라가 이 가면을 마지막으로 꺼낸 것은 부친의 장례식 때였다. 스스로 비용을 치른 그 장례식에서, 술라는 자신이 혐오하는 사내와 몇 차례나 다시 고통 속에서 조우해야 했다.

술라는 애정 어린 손길로 장식장 문을 닫았다. 그리고 신전의 기단에 딸린 계단을 잡아당겨보았다. 언뜻 보기에는 이음새가 매끈해 보였지만, 진짜 신전들이 그렇듯 이 오래된 장식장의 계단 역시 속이 비어 있었다. 제대로 찾았다. 앞쪽 계단 안에 서랍이 달려 있었다. 원래는 무언가를 은닉하려고 만든 것이 아니라 조상의 행적과 키, 걸음걸이, 자세, 습관, 신체 특징 등을 자세히 기록한 문서를 안전하게 담아두려고 만든 것이었다. 코르넬리우스 술라 가문 사람이 죽으면 배우를 사서 이 가면을 쓰고 죽은 조상을 똑같이 흉내내게 하기 위해서였다. 이는 죽은 조상이 돌아와 살아생전 누볐던 세상에 이제는 자기 가문의 차세대가 나서도록 안내하리라는 의미였다.

서랍에는 대제관이었던 푸블리우스 코르넬리우스 술라 루피누스와 관련된 문서가 들어 있었다. 하지만 병과 상자가 들어갈 공간은 충분했다. 술라는 병과 상자를 밀어넣고 서랍을 닫은 뒤 닫힌 모양이 다른 사람의 눈에 띄지 않도록 매만졌다. 그의 비밀은 이제 루피누스와 함께 안전하게 보관될 것이다.

술라는 한결 가벼워진 기분으로 창의 덧문을 열고 문 빗장을 풀었다. 책상 위에 쌓인 장신구들을 한데 모은 뒤, 사악한 미소를 지으며 거기 있던 두루마리 서적들 중 하나를 집어들었다.

당연히 스티쿠스는 상석, 즉 가운데 의자의 왼편 끝에 앉아 있었다. 이 집은 여자들이 수직 등받침 의자에 앉지 않고 남자들과 대등하게 긴 의자에 동석하는 드문 집들 중 하나였는데, 클리툼나도 니코폴리스도 낡은 사고방식에 따르는 사람들이 아니었던 까닭이다.

"여기 계셨군요, 숙녀분들." 술라가 말하며, 꽃이 해를 향하듯 방안에서 그의 동선만을 따라 움직이는 애정 어린 눈빛의 두 여인에게 가슴에 한아름 안고 온 선물을 넘겨주었다. 술라는 선물을 아주 잘 골랐다. 로마 시장이 아닌 다른 곳에서 왔음직한 분위기를 풍겼을 뿐만 아니라 둘 중 어느 여인도 착용하기 부끄럽지 않을 만한 물건들이었다.

하지만 술라는 첫번째 긴 의자에 함께 앉은 클리툼나와 니코폴리스 사이로 요령 좋게 끼어들기에 앞서, 들고 있던 두루마리 하나를 스티쿠스 앞에 탁 내려놓았다.

"스티쿠스 자네를 위해 작은 선물을 준비했지."

키득대며 아양을 떠는 두 여인 사이에 술라가 자리를 잡는 동안, 뜻밖의 선물에 깜짝 놀란 스티쿠스가 종이끈을 풀고 두루마리를 펼쳤다. 여드름 자국투성이에 누르께한 양 볼이 진홍빛으로 확 달아올랐다. 그의 휘둥그레진 두 눈이 정신없이 들여다보는 것은 다름 아닌 남자들의 발기된 육체였다. 평범해 보이는 파피루스 종이에 아름답게 채색된 그림 속에서 남자들은 갖은 자세로 묘기를 부리고 있었다. 스티쿠스는 떨리는 손가락으로 두루마리를 다시 말아 묶고 용기를 짜내어 자신에게 선물을 준 이의 눈을 바라보았다. 술라의 섬뜩한 두 눈이 클리툼나의 정수리 너머로 조용히 경멸의 빛을 쏘아 보내고 있었다.

"고맙소, 루키우스 코르넬리우스." 스티쿠스가 간신히 목소리를 짜내어 말했다.

"별 말씀을, 루키우스 가비우스." 술라가 목구멍 깊은 곳에서 올라오는 소리로 말했다.

그때 마침 들어온 구스타티오, 즉 첫번째 코스는 술라가 집에 돌아온 것을 축하하기 위해 급하게 신경쓴 표시가 났다. 올리브, 상추 샐러드, 완숙 달걀 정도인 평소와 달리 작은 시골풍 소시지와 기름에 볶은 참치 토막이 곁들여져 있었기 때문이다. 술라는 엄청난 양을 맛있게 먹어치우며, 긴 의자에 혼자 앉은 스티쿠스를 슬쩍슬쩍 음흉하게 곁눈질했다. 스티쿠스의 이모는 최대한 술라에게 붙어앉아 있었고, 니코폴리스는 부끄러운 줄도 모르고 술라의 사타구니를 어루만지고 있었다.

"흠, 집안에 새로운 소식은 없습니까?" 첫번째 코스 접시가 치워지기 시작하자 술라가 물었다.

"별것 없어." 니코폴리스는 자신의 손안에서 벌어지고 있는 일에 관심이 더 많아 보였다.

술라가 클리툼나에게 고개를 돌렸다. "니코폴리스 말은 못 믿겠는데." 그러고는 클리툼나의 손을 끌어다가 그녀의 손가락을 조금씩 깨물었다. 스티쿠스의 얼굴에 불쾌한 기색이 감돌자 술라는 한층 관능적으로 손가락을 핥았다. "자기가 말해봐." 할짝. "아무 일도 없었다는 말은," 할짝. "난 못 믿겠으니까." 그는 핥고, 핥고, 또 핥았다.

다행히 그 순간 페르쿨라, 즉 주요리가 도착했다. 식탐 많은 클리툼나가 술라에게서 손을 빼내어 타임 소스를 뿌린 양고기구이를 쥐었다.

"이웃들이 분주했지." 클리툼나가 고기를 씹으며 말했다. "당신이 떠나 있는 동안 우리가 너무 조용하니까, 자기들이 대신 시끄럽게 떠들더라고." 그녀는 숨을 돌렸다. "티투스 폼포니우스의 아내가 2월에 사내아이를 낳았어."

"아, 그렇군. 재미없고 돈에만 굶주린 미래의 상인 은행가가 하나 더 태어나셨구만!" 술라가 논평했다. "카이킬리아 필리아는 건강하겠지?"

"아주 건강해! 전혀 문제없어."

"카이사르 쪽은?" 술라는 아름다운 율릴라와 그녀가 준 풀잎관을 생각했다.

"그 집에 대단한 소식이 있지!" 클리툼나가 자기 손가락을 빨았다. "혼인식이 있었어. 로마 사교계의 대사건이었지."

순간 술라의 가슴속에 무언가 잘못된 느낌이 들었다. 돌 같은 것이 뱃속 밑바닥까지 떨어져 지금까지 먹은 음식을 마구 휘젓는 듯했다. 실로 이상한 감각이었다.

"아, 그래?" 술라가 별 관심 없다는 듯 말했다.

"그래! 카이사르의 장녀가 다른 사람도 아니고 가이우스 마리우스와 결혼을 했다니까! 역겹지 않아?"

"가이우스 마리우스라……."

"어? 그 사람을 몰라?" 클리툼나가 물었다.

"모르겠는데. 마리우스…… 신진 세력인가보군."

"맞아. 5년 전에 법무관이었는데 당연히 집정관은 못했지. 하지만 먼 히스파니아 총독으로 가서 엄청나게 돈을 벌었어. 광산이나 뭐 그런 거로."

무슨 이유에서인지 문득 술라는 신임 집정관 취임식에서 보았던 독수리 눈썹의 사내가 떠올랐다. 그 사내는 자주색 단을 댄 토가를 입고 있었다. "그 사람 생김새가 어떻지?"

"괴상하게 생겼어! 눈썹이 엄청나게 굵어서 털이 잔뜩 난 자벌레 같아." 클리툼나는 푹 삶은 브로콜리로 손을 뻗었다. "나이도 아마 불쌍한 율리아보다 최소 서른 살은 많을걸."

"그게 뭐가 이상해요?" 자신도 말할 기회가 생겼다고 느낀 스티쿠스가 따졌다. "로마 여자의 절반은 자기 아버지뻘 남자들과 결혼하는데."

니코폴리스가 인상을 찌푸렸다. "아무리 그래도 절반까지는 안 되지, 스티쿠스. 반의 반 정도겠지."

"역겨워!" 스티쿠스가 말했다.

"역겹다고? 말도 안 돼." 니코폴리스가 발끈해서 대꾸하고는, 자세를 고쳐앉아 스티쿠스를 정면으로 노려보았다. "내 말 잘 들어, 이 재수 없는 녀석아. 젊은 여자들이 나이 많은 남자를 만나는 문제에 관해서라면 내가 할말이 많아. 나이 많은 남자들은 최소한 배려 있고 합리적이기라도 하지! 내 인생 최악의 애인들은 하나같이 스물다섯 아래였어. 아는 건 쥐뿔도 없으면서 뭐든 다 안다고 착각을 하지. 꼭 황소한테 받히는 것 같다니깐. 시작하기도 전에 끝나버린다고."

스물셋인 스티쿠스는 못마땅하다는 듯 고개를 쳐들었다.

"허, 어련하실까? 본인이야말로 뭐든 다 아는 것 같겠죠, 안 그래요?" 스티쿠스가 냉소를 지었다.

니코폴리스는 눈 하나 깜짝하지 않았다. "너보다는 많이 안다, 이 재수 없는 녀석아."

"자, 자, 이제 우리 기분좋게 지내자!" 클리툼나가 외쳤다. "우리의 친애하는 루키우스 코르넬리우스가 돌아왔잖아."

이 말이 끝나자마자 그들의 친애하는 루키우스 코르넬리우스는 의붓어머니를 움켜잡더니 긴 의자에 쓰러뜨리며 옆구리를 간질였다. 그녀는 새된 소리를 지르며 공중으로 발길질해댔다. 니코폴리스도 덤벼들어 술라를 간질이자 긴 의자는 그야말로 아수라장이 되었다.

스티쿠스는 더이상 참을 수 없었다. 술라에게서 받은 새 책을 움켜쥐고 의자에서 내려와 방을 나갔다. 저들이 내가 나가는 걸 알기나 하는 걸까? 저자를 어떻게 쫓아낼 것인가? 클리티 이모는 제정신이 아니다. 술라가 떠나 있는 동안에도 술라를 내보내자고 그렇게 설득했건만 역부족이었다. 이모는 자신이 사랑하는 두 사람이 왜 잘 지내지 못하느냐면서 하염없이 울기만 했다.

저녁식사 자리에서 거의 먹은 게 없었지만 그 때문에 화가 나지는 않았다. 사실 스티쿠스는 서재에 갖가지 먹을 것들을 쟁여놓고 있었다. 요리사더러 자신이 제일 좋아하는 간식인 무화과 과자 단지와 꿀을 넣은 패스트리 쟁반을 늘 채워놓도록 했고, 저멀리 파르티아에서 온 혀끝에 달콤하게 씹히는 젤리와 통통하고 촉촉한 건포도, 꿀 케이크, 꿀 탄 포도주가 있었다. 구운 양고기와 삶은 브로콜리 따위는 없어도 살 수 있었다. 스티쿠스는 단것이라면 사족을 못 쓰게 좋아했다.

스티쿠스는 한 손으로 턱을 받치고 초저녁 어스름을 몰아낼 오각 등잔을 켰다. 술라가 준 화첩을 펴고 설탕에 절인 무화과를 우적우적 씹으며 화첩의 그림과 그 옆에 적힌 짧은 그리스어 문장들을 찬찬히 뜯어보았다. 술라가 이 선물을 준 것이 자신은 이미 다 해봤기 때문에 이런 시시한 것이 필요 없다는 과시임을 모르는 바 아니지만, 그걸 안다고 호기심이 줄진 않았다. 그는 그다지 자존심이 센 인간이 아니었던 것이다. 아! 아! 자수가 놓인 그의 튜닉 아래에서 무슨 일인가가 벌어진다! 그를 바라보는 관객이라고는 무화과 과자 단지밖에 없는데도, 스티쿠스는 순진한 척 주변을 둘러보며 턱을 괴었던 손을 허벅지께로 스르륵 내렸다.

술라는 스스로에게 모멸감을 느끼면서도 결국 충동에 굴복하여, 다음날 아침 팔라티누스 언덕을 가로질러 예전에 율릴라와 마주쳤던 팔라티움 고지를 찾아갔다. 완연한 봄이었다. 여기저기 흩어진 녹지에는 수선화, 아네모네, 히아신스, 제비꽃 등 갖가지 꽃이 한창이었고 철 이른 장미도 드문드문 보였다. 흰색과 연분홍색 돌능금꽃과 배꽃도 만개했고, 그가 1월에 앉았던 바위는 무성하게 자라난 수풀에 가려 잘 보이지도 않았다.

율릴라가 하녀를 데리고 나와 있었다. 전보다 야위었고 특유의 꿀빛도 다소 희미해진 듯했다. 그러나 술라를 본 순간, 격렬한 승리의 희열이 율릴라의 눈에서부터 피부와 머리칼까지 번져나갔다. 저토록 아름다울 수 있을까! 아, 세계 역사에서 필멸의 존재로서 저토록 아름다운 여인은 없었을 것이다! 술라의 온몸에 털이 곤두서는 듯했다. 발걸음을 멈춘 그는 공포에 가까운 경외감을 느꼈다. 베누스. 그녀는 베누스였다. 삶과 죽음을 관장하는 여신. 번식 없는 삶이, 소멸 없는 죽음이 무슨 의미가 있는가? 나머지는 그저 장식일 뿐이다. 삶과 죽음이 반드시 그 이상을 의미한다고 믿고 싶은 인간들이 붙인 화려한 장식일 뿐. 그녀는 베누스였다. 신계에서 그녀와 동등한 존재는 마르스이다. 그러나 그녀가 베누스라고 해서 그가 마르스가 되는가? 아니면, 그는 그저 올림포스에서 베누스가 단 한 번의 심장박동만큼 짧은 시간 몸을 숙여 사랑해주었던 필멸의 인간 앙키세스가 되고 마는 것은 아닌가?

그래, 그는 마르스가 아니었다. 이제껏 그의 삶은 순전히 장식품에 불과했다. 장식품 중에서도 제일 값싼 싸구려였다. 그는 고작해야 앙키세스밖에 될 수 없었다. 베누스가 잠시 몸을 숙여 사랑해주었다는 사실이 그에게 주어진 명예의 전부인 필멸의 인간. 술라는 분노로 몸을 떨었다. 절망으로 인한 증오가 그녀에게로 향하는 것을 느꼈다. 술라의 피는 그녀를 향한 앙심으로 끓어올랐고, 심지어 그녀를 힘껏 때려서 베누스에서 다시 율릴라로 전락시키고 싶다는 강렬한 충동을 느꼈다.

"어제 돌아오셨다고 들었어요." 율릴라가 말했다. 하지만 술라에게 다가오지는 않았다.

"여기저기 첩자를 심어놓은 모양이군, 안 그런가?" 술라 역시 율릴라에게 다가가길 거부했다.

"우리 동네에서 그런 건 필요하지 않아요, 루키우스 코르넬리우스. 하인들이 뭐든 다 알고 있거든요."

"흠, 내가 오늘 아가씨를 보려고 여기 나온 거라고 생각하진 않았으면 좋겠군. 그건 사실이 아니니까. 잠시 평온한 시간을 보내고 싶어서 온 거요."

율릴라는 더욱 아름다워져 있었다. 술라는 그것이 가능할 거라고 생각하지 않았다. 나의 꿀빛 아가씨, 율릴라. 혀끝에서 꿀이 떨어지듯 율릴라에게서 아름다움이 뚝뚝 묻어나왔다. 베누스 여신처럼.

"그 말씀은 저로 인해 당신의 평온이 흐트러진다는 뜻인가요?" 율릴라는 젊은 여성 특유의 자신만만한 목소리로 말했다.

술라는 웃었다. 재미있다는 듯이, 별것 아니라는 듯이. "하 이런, 꼬마 아가씨. 아직도 한참은 더 커야겠군!" 술라는 다시 한번 웃었다. "난 평온한 시간을 보내려 여기 왔다고 했지. 그 말은 여기 오면 평온한 시간을 보낼 수 있겠다고 생각했단 뜻이겠지? 즉 논리적으로 아가씨는 내 평온을 조금도 흐트러놓지 못한다는 것이지."

율릴라가 반박했다. "천만에요! 그보다는, 여기 와서 저를 만날 줄 몰랐던 거겠죠."

"그렇다면 한마디로 내가 그쪽에게 무관심하다는 뜻이 되겠군."

애초에 상대가 되지 않는 게임이었다. 율릴라는 눈에 띄게 위축되며 광채를 잃고 이내 불멸의 신에서 필멸의 존재로 바뀌었다. 율릴라의 얼굴이 일그러졌지만 그녀는 꾹 참고 울지 않았다. 그저 어리둥절한 듯 술라를 바라보면서 눈앞에 보이는 술라의 모습과 술라의 말을 이해하려 애썼다. 율릴라의 본능은 술라가 자신의 덫에 완전히 사로잡혔다고 말했었기 때문이다.

"당신을 사랑해요!" 율릴라는 이 말이 모든 것을 설명해준다는 듯 말했다.

술라가 다시 웃었다. "열다섯에! 열다섯이 사랑에 대해 뭘 알지?"

"열여섯이에요!"

"이봐요, 꼬마 아가씨." 술라가 신랄한 어조로 말했다. "날 좀 내버려둬! 이젠 귀찮은 정도를 지나서 당혹스럽기조차 하니까." 그러고는 돌아서서 뒤 한번 돌아보지 않고 걸어가버렸다.

율릴라는 주저앉아 울지 않았다. 그녀의 미래를 위해서는 그러는 편이 더 나았을 것이다. 고통스럽고 격렬하게 한바탕 눈물을 흘리고 나면 자신이 틀렸다고, 도저히 그를 차지할 가능성이 없다고 확신했을지도 모를 일이니까. 하지만 율릴라는 우는 대신에 텅 빈 대경기장을 보는 척하며 서 있는 하녀 크리세이스에게로 곧장 걸어갔다. 율릴라는 턱을 높이 쳐들고 있었고, 자존심 역시 하늘을 찔렀다.

"저 남자 쉽지 않겠어. 하지만 상관없어, 크리세이스. 조만간 내 것이 될 테니까."

"아가씨를 좋아하는 것 같지 않은데요."

"당연히 날 좋아하지!" 율릴라가 코웃음을 치며 말했다. "날 아주 간절히 원한다고!"

크리세이스는 율릴라를 오래전부터 봐왔던 터였기에 더이상 아무 말 하지 않았다. 주인아가씨에게 논리적으로 따지고 드는 대신에, 한숨을 쉬며 어깨를 으쓱했다. "좋을 대로 생각하셔요."

"네가 그렇게 말 안 해도 난 그럴 거야."

두 사람은 집으로 걸어갔다. 둘은 동갑으로 줄곧 같이 자라왔기 때문에 서로 말 한 마디 없이 걷는 일은 드물었다. 하지만 두 사람이 마그나 마테르 대모신의 웅장한 신전 앞까지 왔을 때 율릴라가 결심했다는 듯 불쑥 말했다.

"나 이제부터 아무것도 안 먹을 거야."

크리세이스가 발걸음을 멈췄다. "그렇게 해서 뭘 어쩌시려고요?"

"1월에 만났을 때 나보고 뚱뚱하댔어. 맞는 말이야."

"그렇지 않아요!"

"아니, 나 뚱뚱한 거 맞아. 그래서 1월 이후로 과자도 먹지 않는 거야. 조금 살이 빠지긴 했는데 아직 부족해. 술라는 마른 여자들을 좋아해. 니코폴리스를 봐. 팔이 막대기처럼 가늘잖아."

"그 여자는 나이들었잖아요! 아가씨한테 어울리는 게 있고 그 여자한테 어울리는 게 있는 거예요. 그리고 식사를 안 하면 부모님께서도 걱정하시잖아요. 어디가 아파서 그러는 줄 아실 거라고요!"

"잘됐네. 부모님께서 내가 아픈 줄 아시면 루키우스 코르넬리우스도 그렇게 생각하겠지. 그러면 내 걱정을 엄청 할 거야."

영리하지도 분별 있지도 않았던 크리세이스는 더이상 율릴라를 설득할 말을 찾지 못했다. 크리세이스가 결국 울음을 터뜨리자 율릴라는 기분이 굉장히 좋아졌다.

술라가 클리툼나의 집으로 돌아온 지 나흘 뒤 스티쿠스는 소화 장애가 생겨 몸을 가누지도 못했다. 깜짝 놀란 클리툼나가 팔라티누스에서 제일가는 의사들을 여섯이나 불러들였고, 그들 모두 식중독이라는 진단을 내렸다.

"구토, 복통, 설사. 전형적인 증상입니다." 여섯 의사를 대표해 로마인 내과의사 푸블리우스 포필리우스가 말했다.

"하지만 다른 식구들과 똑같이 먹는 걸요!" 여전히 걱정하는 표정으로 클리툼나가 외쳤다. "사실 우리들만큼 먹지도 못했다고요. 저는 그게 더 걱정이에요."

"아, 그건 부인께서 잘못 알고 계신 것 같습니다." 여섯 의사들 중 가장 수다스러운 자가 혀짧은 소리로 말했다. 아테노도로스 시켈로스라고 불리는 그는 진료시에 그리스인 특유의 집요함을 발휘하는 것으로 유명했다. 아테노도로스는 집 여기저기를 살펴보고 아트리움에 연결된 모든 방을 들여다본 뒤 주랑정원 주변의 방도 모두 확인했다. "조카분께서 서재에 아예 과자가게를 차려놓았다는 것 알고 계시지요?"

"하! 과자가게라니요, 당치도 않아요. 무화과와 패스트리 몇 개뿐인걸요. 게다가 요즘엔 그나마도 거의 손대지 않았어요."

여섯 의사는 서로 눈길을 주고받았다. "부인, 조카분은 과자를 낮에는 물론 밤에도 자는 시간만 빼고 입에 달고 산다고 하인들이 알려주었습니다." 아테노도로스가 말했다. "조카분을 설득해서 과자를 끊게 하시죠. 몸에 좋은 음식을 더 많이 섭취하면 소화 장애도 없어지고 전반적인 건강상태도 좋아질 겁니다."

구토와 설사로 극도로 쇠약해진 스티쿠스는 침대에 누운 채 이 모든 대화를 듣고 있었다. 자신을 변호할 말을 한마디 보태고 싶어서, 퉁방울처럼 튀어나온 눈을 말하는 사람이 바뀔 때마다 이 얼굴에서 저 얼굴로 따라 옮겼다.

"뾰루지도 있고 피부색도 좋지 않아요." 아테네 출신인 다른 그리스인 의사가 말했다. "운동은 합니까?"

"운동을 따로 할 필요가 없어요." 클리툼나의 어조에 처음으로 의구심이 나타났다. "사업하느라 이곳저곳 뛰어다니는걸요. 쉴새없이 뛰어다닌다고요. 제 말을 믿으세요!"

"무슨 사업을 하십니까, 루키우스 가비우스?" 히스파니아인 의사가 물었다.

"나는 노예 상인이오." 스티쿠스가 대답했다.

포필리우스를 제외하고 다섯 명 모두가 노예로 로마 생활을 시작한 이들이었기에, 이 대답을 듣자 그들의 눈이 순간 스티쿠스의 눈보다도 더 샐쭉해졌다. 의사들은 이제 갈 시간이라고 핑계를 대며 스티쿠스를 피해 서둘러 자리를 떠났다.

"단것을 정 먹고 싶어하면 꿀을 탄 포도주 정도만 주십시오." 포필리우스가 말했다. "씹는 음식은 하루나 이틀 주지 마시고, 다시 허기를 느끼게 되면 정상적인 식사를 하게 하십시오. 하지만 유의하십시오. 정상적인 식사라고 했습니다! 콩은 되지만 과자는 안 됩니다. 샐러드는 되지만 과자는 안 됩니다. 가벼운 간식은 되지만 과자는 절대 안 됩니다."

다음주에 스티쿠스의 상태가 호전되기는 했지만 결코 완전히 회복되지는 않았다. 영양이 풍부하고 건강에 좋은 음식만을 섭취했지만 메스꺼움, 구토, 복통, 이질 증상이 사라지지 않았고, 처음만큼 심각하지는 않아도 시간이 지날수록 점점 더 쇠약해져갔다. 살이 조금씩 빠지고 있었지만, 워낙 조금씩이어서 아무도 눈치채지 못했다.

여름이 끝나갈 무렵, 스티쿠스는 메텔루스 주랑건물에 있는 사무실로 출근도 할 수 없을 정도였고, 긴 의자를 밖에 내놓고 햇볕을 쬐는 날마저 점점 줄어들었다. 술라가 준 화려한 삽화로 가득한 서책에도 이제 흥미가 없었고 무슨 음식을 가져와도 삼키는 것이 고역이었다. 꿀을 탄 포도주가 그나마 먹을 만했지만 그것조차도 먹기 힘들 때가 많았다.

9월이 될 즈음엔 로마의 모든 개업의가 한 번씩은 스티쿠스를 보고 갔다. 의사들이 말한 치료법은 말할 것도 없고 진단 역시 다양했는데, 클리툼나가 돌팔이들까지 불러들이면서 더욱 그렇게 되었다.

"먹고 싶은 대로 먹게 두십시오." 한 의사가 말했다.

"아무것도 먹지 못하게 하고 굶기십시오." 다른 의사가 말했다.

"아무것도 먹지 못하게 하고 콩만 먹이십시오." 피타고라스학파 의사가 말했다.

"그나마 다행입니다." 참견하기 좋아하는 그리스인 의사 아테노도로스가 말했다. "뭐가 됐든 전염병은 아닌 것이 확실합니다. 제 소견으로는 상부 위장에 악성종양이 생긴 것 같습니다. 그래도 조카분과 신체접촉을 했거나 조카분의 요강을 비운 사람은 손을 철저하게 씻도록 당부하시고, 절대 주방이나 음식 가까이 가지 못하게 하세요."

이틀 후 스티쿠스는 죽었다. 슬픔에서 헤어날 수 없었던 클리툼나는 장례식이 끝나자 술라와 니코폴리스에게 로마를 떠나 자기 별장이 있는 키르케이로 가자고 사정했다. 술라가 캄파니아 해변까지 클리툼나를 바래다주기는 했지만, 술라와 니코폴리스 둘 다 로마를 떠나는 것은 거절했다.

클리툼나를 바래다주고 키르케이에서 돌아온 술라는 니코폴리스에게 키스하고 그녀의 거처에서 짐을 뺐다.

"이제야 내 서재와 침실을 되찾는군. 끈적이 스티쿠스가 죽었으니 이제 클리툼나에겐 내가 제일 아들에 가까운 존재야." 술라는 불이 타오르는 양동이에 화첩들을 처넣었다. 혐오감으로 뒤틀린 표정을 지으며 그는 서재 문간에서 지켜보는 니코폴리스에게 한 손을 들어보였다. "이 방 좀 봐! 어느 한 군데 끈적거리지 않는 곳이 없구만!"

한쪽 벽에 기대놓은 값비싼 산다락나무 탁자에 꿀 포도주를 담은 유리병이 놓여 있었다. 술라가 술병을 집어드니 나무의 섬세한 결 사이에 도저히 돌이킬 수 없을 지경으로 동그랗게 술자국이 배어 있었다. 술라는 이를 갈았다.

"바퀴벌레 같은 새끼! 잘 가라, 끈적이 스티쿠스!"

술라는 술병을 주랑정원 쪽 창으로 내던졌다. 술병은 그보다 멀리 날아가 술라가 아껴 마지않는, 다프네를 쫓는 아폴로 조각상의 초석에 부딪혀 산산조각이 났다. 끈적끈적한 포도주가 거대한 별 모양을 그리며 매끄러운 돌 표면을 적셨고, 이내 길게 아래쪽으로 흘러내리더니 땅을 적셨다. 니코폴리스가 창가로 달려가 킥킥거리며 웃었다.

"당신 말이 옳아. 바퀴벌레 같은 녀석!" 그녀는 비티를 불러 물걸레로 초석을 닦으라고 시켰다.

대리석에 엉겨붙은 흰색 가루의 흔적을 눈치챈 사람은 아무도 없었다. 대리석 역시 흰색이었기 때문이다. 물로 충분했다. 가루는 완전히 사라졌다.

"조각상 본체를 빗나가서 다행이야." 술라의 무릎에 앉아 니코폴리스가 말했다. 두 사람은 비티가 조각상 아래 초석을 물로 닦아내는 것을 지켜보고 있었다.

"난 그래서 유감인데." 하지만 술라의 얼굴은 몹시 유쾌해 보였다.

"유감이라고? 루키우스 코르넬리우스, 조각상의 멋진 채색을 다 망칠 뻔했잖아! 그나마 초석은 그냥 대리석이니까 망정이지."

술라의 윗입술이 말려올라가 흰 이가 드러났다. "쳇! 어째서 난 늘 이렇게 미적 감각이라곤 없는 멍청이들에게 둘러싸여 있는 거지?" 술라는 이렇게 말하며 니코폴리스를 무릎에서 밀어냈다.

초석의 얼룩은 말끔히 지워졌다. 비티는 걸레를 비틀어 짠 뒤 팬지 꽃밭에 대야의 물을 비웠다.

"비티!" 술라가 소리쳤다. "손을 씻도록 해. 제대로 싹싹 비벼서 말이다! 스티쿠스가 무슨 병으로 죽었는지 아무도 모르지 않느냐. 게다가 그 녀석은 꿀 탄 포도주를 무척 좋아했단 말이다. 그러니 어서 가서 씻어!"

술라가 아는 체해준 것이 기뻐 활짝 웃으며 비티가 물러갔다.

"오늘 아주 흥미로운 젊은이를 보았네." 마리우스가 루푸스에게 말했다.

두 사람은 카리나이 지구 텔루스 신전 경내에 앉아 있었다. 루푸스의 집 옆 텔루스 신전은 오늘같이 찬바람 부는 가을날에도 반가운 햇볕이 내리쬐었다.

"우리집 주랑정원보다 해가 잘 들지." 루푸스는 널찍하지만 다소 허름해 보이는 신전 마당의 나무 벤치로 손님을 안내했다. "요즘 사람들은 로마의 옛 신들에게 너무 소홀하단 말이야. 특히 내 이웃 텔루스 여신께." 마리우스 곁에 앉으며 루푸스가 두서없이 주절거렸다. "다들 아시아의 마그나 마테르에게 빌고 절하느라 바빠서, 로마 땅은 로마 여신이 더 잘 지켜준다는 사실을 잊고 지낸단 말이지!"

사실 마리우스가 흥미로운 청년을 발견한 얘기를 꺼낸 것은, 잘 알려지지 않은 신비로운 옛 신들에 대한 친구의 장광설을 막으려는 의도에서였다. 마리우스의 수법은 물론 통했다. 루푸스는 나이와 성별을 불문하고 흥미로운 사람들에 대한 얘기를 좋아했다.

"그 젊은이란 누군가?" 루푸스는 늙은 개처럼 눈을 감고 코를 들어 기분좋게 햇볕을 쬐며 물어 왔다.

"마르쿠스 리비우스 드루수스라는 청년일세. 나이가 많아봤자 열일 곱이나 열여덟 정도?"

"내 처조카 드루수스 말인가?"

마리우스가 고개를 돌려 친구를 바라보았다. "그 청년이 자네 처조 카였나?"

"흠, 지난 1월에 개선식을 하고 내년 감찰관 선거에 출마 준비를 하 는 마르쿠스 리비우스 드루수스의 아들이 맞다면, 그렇지."

마리우스가 고개를 저으며 웃었다. "하하, 이리 무안할 데가 있나! 나 는 어찌 이리도 잘 잊어버리는지 모르겠네."

루푸스가 덤덤하게 말했다. "아마도 내 아내 리비아, 그러니까 자네 기억을 환기시키자면 그 청년의 고모인 내 아내가 죽은 지 오래되었기 때문이겠지. 리비아는 외출도 전혀 하지 않았고 내가 손님을 초대했을 때 만찬에 합석하는 법도 없었어. 리비우스 드루수스 집안은 여자들 기 를 꺾어놓는 안 좋은 분위기가 있다네. 작고 아담한 여자였지. 훌륭한 자식 둘을 낳아주었고 나와 말다툼 한번 한 적이 없어. 나는 아내를 무 척 아꼈다네."

"알고 있네." 실수를 들키고 무안해진 마리우스가 대답했다. 그는 언 제쯤 이런 것들을 명쾌하게 이해할 것인가? 하지만 루푸스가 오래된 벗임에도, 마리우스는 그의 아담하고 수줍음 많은 아내를 만나본 기억 이 없었다. "자네도 재혼을 해야지." 요즘 결혼생활에 푹 빠져 있는 마 리우스가 말했다.

"왜, 자네 혼자 재혼으로 뛰는 것이 싫어서? 사양하겠네! 나는 서한 문을 쓰는 것으로 충분히 열정을 소진하고 있으니까." 루푸스는 짙푸른 눈 한쪽을 뜨고 마리우스를 슬쩍 쳐다보았다. "그건 그렇고, 자네는 내 조카 드루수스의 어떤 점을 그리 높게 산 것인가?"

"지난주에 이탈리아 동맹시 몇몇 단체에서 나를 찾아왔네. 모두 각기 다른 지역에서 찾아왔는데, 하나같이 로마가 자기네 군역을 오용한다고 분개하더군." 마리우스가 천천히 말했다. "내가 보기에는 그들의 불평이 꽤 타당해. 지난 10여 년간 거의 모든 집정관들이 병사들의 목숨을 헛되이 낭비해왔어. 병사들 목숨이 찌르레기나 참새 목숨과 다를 바 없는 양 함부로 한단 말이지! 제일 앞서 죽는 건 늘 이탈리아 동맹시 병사들이야. 인명 피해가 예상되는 상황에서 이탈리아 동맹시 군대를 로마군 앞에 세우는 것이 관례처럼 되었거든. 이탈리아 동맹시 병사들은 그들 지역의 자산이고, 그들의 참전비용을 치르는 주체 또한 로마가 아니라 그들이 소속된 도시라는 사실을 제대로 이해하는 집정관은 찾아보기 힘들어."

루푸스는 우회적인 논설 방식을 싫어하는 사람이 아니었다. 그는 마리우스를 잘 알고 있었기에, 마리우스가 지금 이야기하려는 내용이 조카 드루수스와 별 연관이 없다고 단정짓지 않았다. 그래서 순전히 여담처럼 보이는 이 화제에 순순히 응했다.

"이탈리아 동맹시들은 이탈리아 반도를 함께 수호한다는 목적 아래 로마의 군사적 비호를 받고 있네. 우리에게 병사들을 제공하는 대가로 우리의 동맹시라는 특별한 지위를 얻고 그에 따른 혜택을 누리지 않나. 그중 결코 적다고 할 수 없는 혜택이 바로 이탈리아 반도의 민족들을 하나로 단결시켜준다는 것이지. 이탈리아 동맹시들은 로마에 군대를 보냄으로써 다 같이 공통 대의를 위해 싸우지. 그러지 않았다면 이탈리아 반도의 민족들은 아직도 자기들끼리 전쟁을 계속하고 있을 거야. 분명 그 과정에서 로마 집정관 치하에서보다 더 많은 병사들을 잃었을 테고."

"그건 논란의 여지가 있네. 그들이 연합해 하나의 이탈리아 국가를 형성했을 수도 있지 않나!"

"이보게, 로마와의 연대는 가정이 아닌 사실이야. 지난 200~300년 간 실재해온 사실이란 말일세. 나는 지금 자네가 무슨 이야기를 하고 싶은 건지 모르겠네."

"나를 찾아온 사절단의 주장은, 로마가 이탈리아 전체를 놓고 봤을 때는 이겨봐야 별 소득도 없는 외세와의 전쟁에 자꾸 자기네 군대를 동원한다는 것이네." 마리우스가 참을성 있게 설명했다. "우리가 처음에 이탈리아 민족 공동체 눈앞에 흔든 미끼는 로마 시민권이었지. 하지만 자네도 잘 알다시피 이탈리아나 라티움 민족 공동체에 마지막으로 로마 시민권을 준 지도 근 80년이 되어가. 왜, 원로원은 프레겔라이 폭동이 있고 나서야 마지못해 라티움 시민권 도시들에게 추가 혜택을 주지 않았나!"

"지나친 단순화일세. 우리는 이탈리아 동맹시 모두에게 시민권을 약속하지 않았어. 지속적인 충성에 대한 대가로 점진적인 시민권 부여를 제안했을 뿐이고, 그 시작이 라티움 시민권이었지."

"라티움 시민권의 혜택은 정말 적어! 별 볼 일 없는 이류 시민권에 지나지 않아. 로마에서 열리는 선거에 투표권조차 없어."

"음, 그렇지. 하지만 프레겔라이 폭동이 발생한 후 15년 동안 라티움 시민권자들에게 부여되는 혜택이 늘어났다는 점은 자네도 분명 인정하겠지." 루푸스는 완고했다. "라티움 시민권 도시에서 정무직을 역임한 자는 이제 자동으로 가족과 함께 완전한 로마 시민권을 부여받지."

"나도 아네, 잘 알지. 그 말인즉슨 이제 모든 라티움 시민권 도시에 로마 시민이 무더기로 존재한다는 것이지. 지금도 그 수가 점점 늘어가고 말이야! 그뿐인가! 그 법 덕분에 로마에 제대로 된 시민이 계속 새로 공급되고 있지. 영향력 있는 지역 유지로 로마에 와서 로마 입맛에 딱 맞게 투표권을 행사해줄 사람들 말이지." 마리우스가 비아냥거리듯 말했다.

루푸스의 눈썹이 치켜올라갔다. "그것이 뭐가 잘못되었나?"

"이보게, 푸블리우스 루틸리우스, 자네는 여러 방면에서 개방적이고 진보적이지만 속마음은 나이우스 도미티우스 아헤노바르부스 같은 꽉 막힌 로마 귀족과 다를 바 없군!" 마리우스가 애써 화를 참으며 쏴붙였다. "로마와 이탈리아가 상호 평등한 연합체라는 사실을 왜 이해하지 못하나?"

"그건 사실이 아니니까." 루푸스의 침착성이 흐트러지려 했다. "이보게, 가이우스 마리우스! 자네는 이곳 로마의 담장 안에 앉아서 어떻게 로마인과 이탈리아인이 정치적으로 동등하다고 주장한단 말인가! 로마는 이탈리아가 아니야! 로마가 세계 제일의 자리에 오른 것은 결코 우연이 아니고, 그 과정에서 이탈리아 군대를 발판으로 삼았던 것도 아니야! 로마는 달라."

"로마는 우월하다 이 말이지."

"그렇지!" 루푸스의 감정이 격해졌다. "로마는 로마야. 로마는 우월해."

"이런 생각은 안 해봤나. 만일 로마가 이탈리아 전체를 로마의 세력권으로 받아들인다면, 심지어 파두스 강 유역의 이탈리아 갈리아 지방까지 모두 받아들인다면 로마가 더 발전하리라는 생각?"

"말 같지 않은 소리! 그렇게 되면 로마는 더이상 로마가 아니지."

"그러니까 자네 말은, 로마가 지금보다 열등한 존재가 된다는 건가?"

"당연하지."

"하지만 작금의 상황은 우습기 짝이 없네." 마리우스는 의견을 굽히지 않았다. "이탈리아는 지금 체스판 같아! 완전한 로마 시민권 지역과 라티움 시민권 지역과 동맹시 지위만 있는 지역이 이리저리 뒤섞여 있지. 라티움 시민권 지역 중에 알바 푸켄티아나 아이세르니아 같은 데는 사방이 마르시족이나 삼니움족 이탈리아인들로 둘러싸여 있어. 파두스 강 유역의 갈리아인 마을 한복판에 로마인 거류지가 있기도 하고 말이야. 상황이 이러한데 그들에게 어찌 로마와 하나가 되었다는 일체감이 있을 수 있겠나?"

"이탈리아인 마을에 로마 시민권자나 라티움 시민권자 거류지를 심어놓으면 긴밀한 협조가 가능하지. 완전한 로마 시민권이나 라티움 시민권을 보유한 자들은 우리를 배신하지 않아. 반대 경우를 고려해보면, 우리를 배신하는 것이 자기들에게 이득이 되지 않거든."

"그 배신이란 로마를 상대로 전쟁을 일으키는 것을 의미하겠지?"

"허, 나는 그렇게까지 말하진 않겠네. 어쨌거나 그로 인해 로마 시민권자 또는 라티움 시민권자로서 누리던 특권을 상실할 텐데 그걸 감당할 수 있을까. 사회적인 가치와 지위를 잃는 것은 두말할 나위 없고 말이야."

"존엄이 전부이니까."

"바로 그거야."

"그러니까 자네는 이탈리아 민족들이 로마에 대항해 연대하려는 움직임을 로마 시민권이나 라티움 시민권을 확보한 영향력 있는 지역 유지들이 눌러버릴 것이라고 보는 건가?"

루푸스는 충격을 받은 표정을 지었다. "가이우스 마리우스, 왜 자네가 그런 입장을 취하는 거지? 자네는 가이우스 그라쿠스가 아니야. 자네는 절대 개혁가가 아니지 않나!"

마리우스가 일어나더니 벤치 앞을 왔다갔다 서성였다. 사납기 짝이 없는 두 눈썹 아래 역시 사납게 치켜뜬 두 눈이 자신보다 훨씬 작은 루푸스에게로 향했다. 루푸스는 수세에 몰린 듯 웅크렸다. "자네 말이 맞네, 푸블리우스 루틸리우스. 나는 개혁가가 아닐세. 내 이름을 가이우스 그라쿠스와 연결짓는 것조차 비웃음 살 일이지. 하지만 나는 실리적인 사람이네. 그리고 어쭙잖은 제 자랑 같지만 머리가 나쁘지 않은 편이야. 게다가 로마 태생이 아닌 나는 진짜 로마인이 아니지. 자네도 알듯이 바로 진짜 로마인들이 애써 지적하는 사실이지. 허, 어쩌면 내가 로마 바깥 출신이기 때문에 진짜 로마인들은 결코 가질 수 없는 객관성을 갖게 되었는지도 모르지. 체스판이 되어버린 지금의 이탈리아는 분명 잘못되었다는 것이 내게는 너무도 분명하게 보이네. 푸블리우스 루틸리우스, 내게는 이 문제가 너무도 선명하게 보인단 말일세! 며칠 전 이탈리아 동맹시 사람들이 하는 말을 들었을 때 변화의 바람이 부는 것을 감지했어. 로마를 위해서, 나는 앞으로의 집정관들이 지난 10년간의 집정관들보다 이탈리아 군대를 더 현명하게 운용하기를 바라네."

"동의하네. 비록 자네와 똑같은 이유에서는 아닐지 모르지만. 지휘관 노릇을 잘 못하는 것도 큰 죄이니까. 특히 그로 인해 로마인 병사건 이탈리아 병사건 귀중한 목숨을 허비하게 된다면 말일세." 루푸스는 앞에 선 마리우스를 짜증스레 올려다보았다. "부탁이니 제발 앉게! 목이 결려서 골치까지 아파오는군."

"자네야말로 내 골칫거리야." 마리우스는 이렇게 말하면서도 순순히 벤치에 앉아 다리를 뻗었다.

"자네 이탈리아인 피호민들을 모으고 있지?" 루푸스가 말했다.

"그렇네." 마리우스는 손가락에 낀 원로원 의원 반지를 찬찬히 뜯어보았다. 오래된 원로원 의원 집안들만이 무쇠 반지를 끼는 전통을 고수했기에, 마리우스가 끼고 있는 반지는 무쇠가 아닌 금이었다. "하지만 나만 그런 것은 아니네. 아헤노바르부스는 마을 몇 개를 통째로 피호민 지역으로 만들고 있어. 주로 세금을 줄여주는 방식으로 말이야."

"세금을 아예 면제해주기도 한다지."

"그렇다네. 스카우루스도 마찬가지야. 그자는 북부 이탈리아인들을 피호민으로 모으고 있어."

"그래. 하지만 그자는 아헤노바르부스만큼 필사적이지는 않지." 루푸스가 이의를 제기했다. 그는 평소 스카우루스를 지지했다. "그자는 최소한 피호민 마을에 좋은 일들을 하니까. 습지를 메워주고 회의장을 새로 지어주기도 한다네."

"그 점은 나도 인정해. 하지만 에트루리아의 카이킬리우스 메텔루스 집안사람들을 빠뜨려선 안 돼. 그자들도 아주 바쁘게 움직이고 있다네."

루푸스가 신음하듯 긴 한숨을 쉬었다. "가이우스 마리우스, 정확히 무슨 말이 하고 싶어서 이렇게 길게 뜸을 들이는 건지 이젠 좀 말해줄 수 없겠나!"

"나 자신도 잘 모르겠네. 그저 명문가들 사이에서 이탈리아 동맹시의 중요성을 새롭게 인식하는 기운이 급증하는 걸 감지할 뿐이지. 그렇다고 그들이 어떤 식으로든 로마에 위해가 가는 방식을 취하는 것 같지는 않아. 그들 스스로도 이해할 수 없는 어떤 본능에 따라 행동하는 것뿐이겠지. 그들은 뭔가 변화의 바람을 감지한 걸까?"

"그들은 몰라도 자네는 분명 변화의 바람을 감지하고 있군. 가이우스 마리우스 자네는 상황 판단이 기가 막히게 빠른 사람이지. 내가 아까 자네를 화나게 했는지도 모르겠네만 한편으로는 자네가 말한 내용을 충분히 이해했네. 피호민이라는 것은 표면적으로야 대단한 존재가 아니지. 보호자가 피호민에게 주는 도움에 비해 피호민이 보호자에게 주는 도움이란 별 볼 일 없거든. 선거가 있거나 재난에 당면하기 전까진 말이야. 그런 경우라도 보호자의 이익에 반하는 자를 지지하지 않는 정도의 도움이나 될까. 본능이란 중요하지. 나도 그 점은 동의하네. 본능이란 횃불과 같아서 어둠속에 묻혀 드러나지 않던 사실을 환히 비춰주는 역할을 하거든. 논리보다 훨씬 빠를 때가 많지. 그런 면에서 자네가 직감한 변화의 파도는 실재하는지도 몰라. 몇몇 유력한 로마 귀족 가문들이 이탈리아 동맹시민을 피호민으로 모으는 것도, 자네가 다가오고 있다고 주장하는 위험에 그들 나름으로 대비하는 방법일지도 모르지. 솔직히 잘 모르겠네."

"나도 모르겠어. 하지만 난 피호민을 모으고 있네."

"그러면 여담은 이쯤에서 끝내세." 루푸스가 미소를 지으며 말했다. "내가 기억하기로는 애초에 우리 대화를 내 처조카 드루수스에 대한 이야기로 시작했지."

마리우스가 자리에서 벌떡 일어났다. 동작이 너무 갑작스러웠던 탓에 옆에서 다시 두 눈을 감고 휴식을 취하려던 루푸스가 깜짝 놀랐다.

"맞아, 그랬지! 자네 당장 일어나게. 명문가들 사이에서 이탈리아 동맹시에 대한 시각이 달라지고 있음을 자네에게 확인시켜줄 수 있을지도 몰라. 아직 끝나진 않았을 거야!"

루푸스가 자리에서 일어났다. "그래, 어서 가보세! 그런데 어디로 가자는 건가?"

"당연히 포룸 로마눔이지." 마리우스는 신전 경내를 가로질러 거리쪽으로 내려가면서 말했다. "진행중인 재판이 있네. 운이 좋으면 끝나기 전에 도착할 거야."

"자네가 그런 걸 다 알다니 놀랍군." 루푸스가 무심히 말했다. 마리우스는 지금껏 포룸 로마눔에서 열리는 재판에 관심을 보인 적이 거의 없었다.

"나로선 자네가 매일같이 재판소에 가지 않았다는 게 놀라운데." 마리우스가 되받아쳤다. "어쨌거나 이 재판은 자네 처조카 드루수스가 변호인으로 서는 첫 재판이거든."

"아닐세! 처조카의 첫 재판은 몇 달 전에 있었어. 미궁 속에 사라진 어떤 기금을 되찾기 위해서 수석 국고 담당관을 기소했지."

"아." 마리우스가 어깨를 으쓱하더니 걸음을 빨리했다. "그렇다면 자네의 소홀함이 어느 정도 이해가 되는군. 하지만 푸블리우스 루틸리우스, 자네 꼭 드루수스의 이력을 좀더 가까이서 지켜봐야 하네. 그랬다면 내가 이탈리아 동맹시에 대해 한 말이 더 잘 이해되었을 것이네."

"자세히 설명해주게." 루푸스는 약간 숨이 차 보였다. 마리우스는 자신의 다리가 더 길다는 사실을 항상 잊곤 했다.

"어느 날 누군가가 더없이 아름다운 라틴어를 더없이 아름다운 음성으로 훌륭하게 구사하는 것을 들었네. 새로운 웅변가가 탄생했군, 하고 생각하며 도대체 누구인가 멈춰서 보았어. 다름 아닌 자네 처조카 드루수스였어! 자네에게 얘기를 꺼내기 전까진 미처 몰랐지만 말이야. 드루수스라는 이름을 자네 집안과 연결시켜 생각지 못한 것이 지금도 당혹스럽네."

"이번에는 누구를 기소했는가?"

"흥미로운 것이, 이번 재판에서는 드루수스가 기소하지 않았네. 이번엔 변호를 맡았어. 게다가 외인 담당 법무관 앞에서의 변호라네! 중요한 재판이야. 배심원도 있는."

"로마 시민 피살사건인가?"

"아니, 파산사건이네."

"흔치 않은 일이군." 루푸스가 숨가빠하며 말했다.

"내가 보기에 이번 건은 일종의 본보기야." 마리우스는 걷는 속도를 늦추지 않았다. "원고는 은행가 가이우스 오피우스, 피고는 루키우스 프라우쿠스라는 마루비움 출신의 마르시족 사업가야. 전문 법정 방청인인 내 정보원 말로는, 오피우스가 이탈리아인 채무자들의 악성 부채에 질려서 이번 기회를 로마에서 이탈리아인에 대한 대우의 본보기로 삼으려고 결심했다는군. 다른 이탈리아인들을 겁줘서, 내가 보기엔 엄청나게 높은 이자율을 유지하려는 게 그자의 목적이야."

"이율은," 루푸스가 숨을 헐떡였다. "1할로 고정되어 있지."

"로마인에 한해서지. 그것도 상류계층 로마인."

"계속해보게, 가이우스 마리우스. 그라쿠스 형제 꼴이 될 테니까. 아주 잘 죽겠군."

"당치않은 소리!"

"아무래도 나는 집에 가는 게 낫겠네."

"자네도 많이 약해졌군." 종종걸음 치는 벗을 내려다보며 마리우스가 말했다. "제대로 된 전투에 한번 다녀오면 자네 호흡이 훨씬 좋아질 텐데."

"집에 가서 잘 쉬면 내 호흡이 훨씬 좋아질 거야." 루푸스가 걸음을 늦추었다. "이거 정말 우리가 왜 이러고 있는지 모르겠군."

"일단 내가 아까 포룸 로마눔에서 나섰을 때 자네 처조카가 마무리 연설을 하기까지 족히 두 시간 반 정도 남아 있었어. 이 재판은 시험적으로 도입된 새 절차를 따르거든. 증인의 증언을 먼저 듣고, 기소인이 두 시간 동안 마무리 연설을 하고, 그다음에 변호인이 세 시간 동안 마무리 연설을 한 뒤, 외인 담당 법무관이 배심원에게 평결을 요청하는 방식이야."

"기존 방식도 나쁠 게 없는데."

"글쎄, 모르지. 내 생각에는 방청객에게 전체 재판 과정이 더 흥미진진해지는 효과가 있는 것 같아."

두 사람은 포룸 로마눔이 바로 내려다보이는 사케르 언덕길을 내려가고 있었다. 외인 담당 법무관 재판정의 좌석 배치는 마리우스가 자리를 비운 동안 바뀌지 않았다.

"다행이야, 마무리 연설 시간에 제대로 맞춰서 왔군." 마리우스가 말했다.

드루수스가 발언하고 있었으며, 방청객들은 조용한 침묵 속에 그의 말을 경청하고 있었다. 분명 스무 살이 되려면 한참 남은 이 애송이 변호인은 보통 키에 다부진 체격으로, 검은 머리에 피부 역시 거무스름했다. 풍채와 용모로 시선을 사로잡는 변호인은 아니지만 분명 호감이 가는 얼굴이었다.

"대단하지 않은가?" 마리우스가 루푸스에게 귓속말로 얘기했다. "여러 사람한테가 아니라 나한테만 이야기하는 느낌이 든단 말이야."

그랬다. 마리우스와 루푸스는 수많은 청중 뒤에 멀리 떨어져 있는데도, 드루수스의 짙고 검은 두 눈동자는 그들 두 사람만을 그윽하게 바라보는 듯했다.

"세상 어디에도, 단지 로마인이라는 이유로 그 사람 말이 언제나 옳다고 쓰여 있진 않습니다." 젊은 변호인은 말했다. "저는 지금 피고 루키우스 프라우쿠스를 위해 발언하는 게 아닙니다. 로마를 위해 발언하고 있습니다! 명예를 위해 발언하고 있습니다! 고결함을 위해 발언하고 있습니다! 저는 지금 정의를 위해 발언하고 있습니다! 제가 말하는 정의는 법을 문자 그대로만 해석하는, 그저 말로 그치는 정의가 아니라, 법을 논리에 한 점 흐트러짐 없이 해석하는 정의입니다. 법이란 사람을 획일적으로 찍어누르는 거대하고 육중한 석판이어서는 안 됩니다. 사람은 획일적이지 않으니까요. 법은 사람을 덮어주며 각 개인의 독특한 모양을 그대로 드러내는 부드러운 담요와 같아야 합니다. 우리 로마 시민은 로마 바깥세상 사람들에게 늘 모범이 되어야 한다는 것을 기억해야 합니다. 특히 우리의 법과 법정은 그들에게 훌륭한 모범이 되어야 합니다. 세상 어디에 이렇게 정교한 법이 있었습니까? 이처럼 훌륭한 법 초안이, 이같이 뛰어난 지성이, 이러한 세심함이, 이러한 지혜가 있었습니까? 이는 아테네의 그리스인들도 인정한 사실 아닙니까? 알렉산드리아와 페르가몬 사람들도 인정하지 않았습니까?"

웅변중의 몸짓 또한 더할 나위 없이 훌륭했다. 사실 드루수스의 키와 체격은 토가가 어울리기엔 어려웠다. 토가가 잘 어울리려면 키가 크고 어깨가 넓고 엉덩이가 좁고 모든 동작이 완벽하게 우아해야 한다. 드루수스는 그중 어느 조건에도 맞지 않았다. 그런데도 손가락의 미세한 움직임부터 오른팔 전체를 크게 휘젓는 동작까지 경이로움 그 자체였다. 고갯짓, 얼굴 표정, 걸음걸이의 변화, 모든 것이 훌륭했다!

"마루비움 출신의 이탈리아인 루키우스 프라우쿠스, 그는 가해자가 아니라 궁극적으로 피해자입니다. 어느 누구도 가이우스 오피우스가 빌려준 거액의 돈이 사라졌다는 사실에 이의를 제기하지 않습니다. 당연히 루키우스 프라우쿠스도 이를 인정합니다! 가이우스 오피우스가 이 돈 전액을 그동안 발생한 이자와 더불어 돌려받아야 한다는 사실 역시 아무도 이의를 제기하지 않습니다. 어떤 방식으로든 그 돈은 상환될 것입니다. 필요하다면 루키우스 프라우쿠스는 기꺼이 자신의 집을 팔 것이고 그 밖에 토지, 투자 상품, 노예, 가구 등 피고인이 소유한 모든 것을 팔 것입니다. 그러면 피고인이 빌린 돈을 갚고도 충분한 액수의 돈이 나옵니다!"

드루수스는 배심원단 앞줄까지 걸어가 가운뎃줄을 쏘아보았다. "여러분은 증인의 발언을 들었습니다. 저의 해박한 동료 기소인의 발언도 들었습니다. 루키우스 프라우쿠스는 채무자였습니다. 피고인은 절도를 한 것이 아닙니다. 그렇기에 저는 이 사기사건의 진정한 피해자는 돈을 빌려준 가이우스 오피우스가 아니라 바로 루키우스 프라우쿠스임을 선언합니다. 존경하는 배심원 여러분, 여러분이 루키우스 프라우쿠스에게 유죄 판결을 내리시면, 우리의 위대한 도시 로마의 시민권자도 아니고 라티움 시민권자도 아닌 이 자는 법이 적용하는 최고의 형벌에 처해집니다. 루키우스 프라우쿠스의 전 재산은 강제 매각될 것입니다. 여러분은 이것이 무슨 의미인지 잘 압니다. 피고인의 전 재산은 실제 가치의 근처에도 못 가는 가격에 팔리게 됩니다. 분명 상환금 전액보다도 낮은 가격에 처분될 것입니다." 마지막 문장을 말할 때 드루수스는 고개를 옆으로 돌려, 사무원과 회계사 등의 수행원들을 거느리고 접의 자에 앉아 있는 은행가 오피우스를 향해 호소력 있는 눈빛을 던졌다.

"그렇습니다! 실제 가치에 훨씬 못 미치는 금액입니다! 존경하는 배심원 여러분, 그리고 나면 루키우스 프라우쿠스는 전 재산을 강제 매각으로 처분한 금액과 상환액의 차이를 메우기 위해 노예로 예속됩니다. 루키우스 프라우쿠스는 중요한 직책을 맡길 직원을 고르는 눈은 없었을망정, 지금까지 자기 사업을 추진함에 있어 기민한 현실감각으로 성공을 일구어온 훌륭한 사업가입니다. 그러한 그가 재산과 명예를 모두 잃고 노예가 된다면 어떻게 채무를 완전히 이행할 수 있겠습니까? 가이우스 오피우스에게 과연 사무원 노릇이라도 제대로 할 수 있겠습니까?"

젊은이는 남은 열정과 의지를 전부 끌어모아 온화한 인상의 50대 로마인 은행가를 집중해 바라보았다. 은행가는 젊은이의 말에 완전히 매료된 듯했다.

"로마 시민이 아닌 자에게 형법상 유죄가 선언되면, 다른 처벌보다 가장 먼저 받게 되는 벌이 있습니다. 바로 채찍질입니다. 로마 시민에게처럼 회초리로 가하는 태형이 아닙니다. 회초리 태형을 받으면 존엄에 큰 손상이 가긴 하지만 약간 부어오르는 정도의 상처만 남지요. 루키우스 프라우쿠스가 받게 될 것은 채찍형입니다! 갈고리가 달린 채찍으로 살점과 근육이 남아나지 않을 때까지 맞는 겁니다. 그러면 피고인은 광산 노예 못지않게 흉터투성이가 되어 평생 불구로 살게 됩니다."

마리우스의 목덜미에 소름이 돋았다. 저 젊은이가 로마에서 제일가는 광산 소유자 중 한 명인 마리우스를 똑바로 쳐다보고 있는 것이 아니라면, 지금 두 눈으로 기이한 묘기를 부리고 있음이 틀림없다. 하지만 뒤늦게야 재판정에 도착해 군중 맨 뒤에 서 있는 자신을 젊은 드루수스가 어떻게 알아볼 수 있겠는가?

"우리들은 로마인입니다!" 젊은이는 외쳤다. "이탈리아와 그 시민들은 우리의 보호하에 살고 있습니다. 우리를 모범으로 삼는 그들에게 우리가 한낱 광산 주인으로 여겨져도 되겠습니까? 단지 피고인이 채무계약서에 서명했다는 이유만으로 미미한 세부 조항을 들어 명백히 결백한 그에게 유죄를 선언할 겁니까? 피고인이 기꺼이 대출금 전액을 상환하려 한다는 사실을 깡그리 무시할 것입니까? 로마 시민이 아니라는 이유만으로 피고인에게 덜 떳떳해도 되는 것입니까? 사기꾼의 말에 속은 어리석은 자는 놀림감이 되는 걸로 충분합니다. 그런 자에게 우리는 채찍질을 할 것입니까? 그리하여 한 여인을 과부로 만들 것입니까? 다정한 아비를 둔 자식들을 고아로 만들 것입니까? 존경하는 배심원 여러분, 우리는 그렇게 하지 않을 것입니다! 왜냐하면 우리는 로마인이기 때문입니다. 우리는 더 나은 사람들이기 때문입니다!"

연사가 몸을 홱 돌려 하얀 모직 토가를 펄럭이며 은행가의 곁을 떠난 순간, 은행가를 함께 주시하던 모든 눈도 무언가에 홀린 듯 은행가에게서 눈을 뗐다. 배심원 쉰한 명 중 배심원석 맨 앞줄에 앉은 몇몇을 제외하고 나머지는 모두 같은 곳을 바라보았다. 마리우스와 루푸스의 눈도 같은 곳을 향하고 있었다. 한 배심원이 오피우스를 무표정하게 바라보면서, 마치 가려워서인 듯 집게손가락으로 목 아래를 그었다. 곧바로 반응이 나왔다. 대은행가 오피우스가 슬며시 고개를 저은 것이다. 마리우스는 미소를 지었다.

"감사합니다, 외인 담당 법무관님." 젊은이가 외인 담당 법무관을 향해 허리를 굽혀 인사했다. 변호인은 웅변중에 사로잡혔던 열정에서 갑자기 풀려난 듯 경직되고 쑥스러운 모습을 보였다.

"수고하셨습니다, 마르쿠스 리비우스." 외인 담당 법무관이 인사하고 시선을 배심원단으로 돌렸다. "로마 시민이여, 이제 법정이 여러분의 평결을 알 수 있도록 각자 서판에 판결을 써주십시오."

법정 안 사람들이 똑같은 움직임을 보이고 있었다. 배심원들 모두 작고 흰 사각형 점토판과 목탄 연필을 꺼냈다. 하지만 그들은 무언가를 쓰는 대신 맨 앞줄 가운데에 앉은 사람들의 등만 물끄러미 바라보았다. 은행가 오피우스에게 유령처럼 소리 없이 질문을 던졌던 자가 목탄 연필로 자신의 점토판에 문자 하나를 쓰고는, 입을 한껏 벌리고 하품을 하며 점토판을 쥔 왼손과 함께 양팔을 머리 위로 쭉 뻗어올렸다. 그자의 팔에 겹겹이 접혀 있던 토가 천이 스르륵 어깨로 떨어졌다. 나머지 배심원들은 그제야 분주하게 점토판에 문자를 휘갈기고, 그들 사이를 지나가는 릭토르에게 점토판을 건넸다.

외인 담당 법무관이 직접 집계했다. 모두 숨죽이며 평결을 기다렸다. 외인 담당 법무관은 점토판을 하나씩 들어 쓱 보고는 책상에 놓인 두 바구니 중 하나에 던져넣었다. 몇 개를 제외하고 대부분이 한쪽 바구니에 던져졌다. 쉰한 개를 모두 던져넣은 외인 담당 법무관이 고개를 들었다.

"압솔보(무죄). 무죄 마흔세 표, 유죄 여덟 표. 본 법정은 로마의 이탈리아 동맹시 마르시의 시민인 마루비움 출신의 루키우스 프라우쿠스에게 무죄를 선고합니다. 단, 약속한 대로 채무금을 전액 상환한다는 조건입니다. 자세한 사항은 오늘 내로 채권자 가이우스 오피우스와 상의하십시오."

재판은 그렇게 끝났다. 마리우스와 루푸스는 드루수스를 축하하려고 모여든 사람들이 흩어질 때까지 기다렸다. 시간이 지나자 마침내 드루수스의 친구들만이 여전히 흥분을 가라앉히지 못한 채 드루수스의 주변에 모여 서 있었다. 하지만 눈썹이 사납고 훤칠한 마리우스와 작달막한 루푸스가 그들 사이에 끼어들자 젊은 친구들은 어색한 듯 하나둘씩 물러났다. 다들 루푸스가 드루수스의 삼촌임을 알고 있었다.

"축하하네, 마르쿠스 리비우스." 마리우스가 손을 뻗었다.

"감사합니다, 가이우스 마리우스."

"잘했다." 루푸스가 말했다.

세 사람은 벨리아 고지를 향해 걸음을 옮겼다.

루푸스는 마리우스와 드루수스에게 대화를 맡겨두었다. 어린아이였던 처조카가 장성하여 이토록 훌륭한 변호인이 된 것이 무척 기뻤지만, 한편으로 그는 무뚝뚝해 보이는 다부진 외모에 가려진 드루수스의 단점도 잘 알고 있었다. 영 재미가 없는 녀석이지. 총명하지만 묘하게 어두운 구석이 있어. 드루수스는 늘 인생을 너무 진지하게 받아들였다. 좀더 가볍게 살 수 있다면 인생이 때로는 기괴하기도 한 것을 어쩌면 더 쉽게 알아볼 테지만 조카는 그런 유형의 인간이 아니었다. 그래서 앞으로 인생을 살아가면서 겪게 될 인생의 고통을 절대 비켜가지 못할 것이다. 성실하고, 끈질기고, 야심만만하고, 일단 한번 이빨에 걸려든 것은 절대 그냥 놔주지 않는 근성. 그래, 그렇지, 그는 혼자 되뇌었다. 하지만 그럼에도 내 조카 드루수스는 명예로운 청년이야.

"자네의 이탈리아인 의뢰인이 유죄 판결을 받았다면 로마로서도 비극이었을 것이네." 마리우스가 말하고 있었다.

"엄청난 비극이었겠지요. 프라우쿠스는 마루비움의 지방 유지로 마르시족 사이에서 원로 대접을 받는 자입니다. 물론 가이우스 오피우스에게 빚진 돈을 다 갚고 나면 지금처럼 유력인사는 아니겠지만, 앞으로 또 많이 벌 수 있을 겁니다."

벨리아 고지에 이르자 드루수스가 유피테르 스타토르 신전 앞에서 걸음을 멈추고 물었다. "어르신들께서도 팔라티누스 언덕을 올라가십니까?"

"아니다." 루푸스가 혼자만의 상념에서 빠져나와 대답했다. "이 어른은 나와 같이 저녁을 들러 내 집으로 가신다."

드루수스는 공손하게 인사한 뒤 팔라티누스 언덕길을 올라갔다. 마리우스와 루푸스 뒤에서 드루수스의 가장 친한 친구로 영 인상이 좋지 않은 퀸투스 세르빌리우스 카이피오 2세가 나타나 드루수스를 뒤쫓아 달려갔다. 드루수스는 친구가 뒤에서 부르는 소리를 분명 들었을 텐데도 멈춰 서지 않았다.

"저런 식의 우정은 난 좋아하지 않네." 루푸스가 점점 작아지는 두 젊은이의 모습을 지켜보며 말했다.

"그래?"

"세르빌리우스 카이피오 집안은 쟁쟁한 귀족 가문인데다 엄청나게 부유해. 그 가문 출신들은 늘 오만하게 굴지만 머리는 좋지 않지. 그러니 저 둘의 우정은 동등한 관계에서의 우정이 아니야. 드루수스는 자신과 비슷한 부류의 친구들과 서로 자극이 되는, 물론 서로 낙담시키기도 하는 그런 우정을 키우기보다 자기에게 경의를 표하며 비위를 맞춰주는 저 카이피오 2세와의 관계를 선호하는 것 같단 말이야. 안타까운 일이지. 나는 말일세, 카이피오 2세가 바치는 헌신 탓에 드루수스가 스스로 통솔력이 있다고 착각할까봐 걱정이 되네."

"전투에서 말인가?"

루푸스는 걸음을 멈추었다. "가이우스 이 사람아, 세상에 전쟁 말고 다른 활동은 없고 군대 말고 다른 조직은 없는 줄 아나! 아니, 나는 포룸 로마눔에서의 통솔력에 대해 얘기하고 있었네."

마리우스는 그 주가 지나기 전에 루푸스를 다시 방문했다. 루푸스는 심란한 표정으로 짐을 싸고 있었다.

"파나이티오스 어른께서 위독하시네." 루푸스가 애써 눈물을 참으며 설명했다.

"저런, 안됐군! 어디에 계신가? 늦지 않게 도착할 수 있겠나?"

"그러길 바라야지. 타르소스에서 나를 찾으신다고 하네. 수많은 로마인 제자들 중에 나를 기억하고 찾아주신다니 감사할 따름이지!"

마리우스의 눈매가 부드러워졌다. "왜 안 그러시겠나. 자네만큼 훌륭한 제자도 없는데."

"아니, 그렇지 않아." 단신의 친구는 정신이 딴 데 팔린 표정이었다.

"그러면 나는 집으로 돌아가겠네." 마리우스가 말했다.

"당치않네." 루푸스는 마리우스를 서재로 데려갔다. 발 디딜 틈 없이 어지러운 서재에는 두루마리 책이 높이 쌓인 책상과 탁자가 꽉꽉 들어차 있었다. 두루마리는 대부분 절반쯤 펼쳐졌는데 말린 쪽 끝은 책상이나 탁자에 놓여 있고 풀린 쪽 끝은 바닥에 떨어져, 엄청난 양의 이집트산 종이가 폭포를 이루고 있었다.

"정원으로 가세." 어지러운 공간에서 도무지 앉을 곳을 찾을 수 없자 마리우스가 단호한 목소리로 말했다. 하지만 남들이 보기에는 아무리 깊숙이 처박혀 있는 책이라도 루푸스는 단박에 찾아낼 수 있음을 마리우스는 잘 알고 있었다.

"요즘은 무엇을 집필하는가?" 탁자 위의 판니우스 종이에 쓰여 있는 긴 글을 보고 마리우스가 물었다. 벌써 종이의 반이 루푸스의 단정하고 읽기 쉬운 글씨로 채워져 있었다. 어지러운 서재와는 영 딴판이었다.

"자네와 상의가 필요한 글이네." 루푸스가 마리우스를 밖으로 안내하며 말했다. "군사 정보 안내서야. 지난번에 지난 몇 해 동안 로마가 전장에 내보낸 장군들이 실로 무능했다는 얘기를 자네와 나누고 난 뒤, 이제 누군가 실무에 능한 사람이 군인들에게 도움이 될 만한 논문을 써야 할 때라는 생각이 들었네. 병참과 기지 수립까지 썼고, 이제는 병법과 전술을 다룰 차례인데 이 부분은 나보다 자네가 훨씬 더 뛰어나지 않나. 그래서 자네 머리를 좀 짜내야겠네."

"이미 짜낼 대로 다 짜냈다네." 마리우스는 작고 햇볕도 들지 않는 정원의 나무 벤치에 앉았다. 방치된 정원에는 잡초가 자라 있었고 분수도 작동하지 않았다. "똥돼지 메텔루스가 자네를 찾아왔었나?" 마리우스가 물었다.

"그래. 사실 아까 왔었어." 루푸스가 마리우스 맞은편 벤치에 앉으며 말했다.

"오늘 아침에 나한테도 왔었네."

"우리 똥돼지께선 어쩌면 그리도 변한 게 없는지 참으로 놀랍더구만." 루푸스가 웃었다. "가까운 데 돼지우리가 있었거나 아니면 우리집 분수가 제 기능만 하고 있었더라도 다시 한번 처넣어줬을 거야."

"자네 기분은 알겠네만 좋은 생각은 아닌 것 같네. 그래, 무슨 말을 하러 왔던가?"

"그자는 내년에 집정관 후보로 출마할 걸세."

"그거야 선거가 열려야 가능한 일이지! 그라쿠스 형제도 변을 당한 마당에, 그 두 멍청이들은 무슨 생각으로 호민관 직 재선에 나선다는 건지!"

"그자들 때문에 백인조회 선거가 미뤄지진 않을 걸세. 트리부스회 선거도 마찬가지고." 루푸스가 말했다.

"아니, 당연히 연기되지 않겠나! 재선을 노리는 우리 두 호민관 나리들을 위해서 동료 호민관들이 모든 선거에 거부권을 행사할 테니까. 자네도 호민관들이 어떤 자들인지 잘 알지 않나. 일단 목표물을 이빨로 물었다 하면 아무도 그들을 말릴 수 없지."

루푸스가 배꼽을 잡고 웃어댔다. "호민관들이 어떤 사람들인지 내가 왜 모르겠나! 역대 최악의 호민관이 바로 나인데. 자네도 마찬가지지, 가이우스 마리우스."

"뭐, 그렇지……."

"선거는 열릴 테니 걱정 말게." 루푸스가 느긋한 목소리로 말했다. "내 추측으로는 호민관들이 12월 이두스(한 달의 가운뎃날―옮긴이) 나흘 전에는 투표장으로 향할 것이네. 다른 선거도 모두 연이어 열릴 것이고."

"그리고 똥돼지 메텔루스는 집정관이 될 것이고."

루푸스가 몸을 숙이고 양손을 포갰다. "그자는 뭔가 알고 있어."

"자네가 맞네. 그자는 분명 우리가 모르는 뭔가를 알고 있어. 혹시 짐작되는 것이 있는가?"

"유구르타. 메텔루스가 유구르타와의 전쟁을 계획하고 있어."

"나 역시 그 생각을 했어. 단지 메텔루스가 먼저 시작할지, 스푸리우스 알비누스가 먼저 시작할지?"

"스푸리우스에게 그 정도 기개가 있을 것으로 보이진 않아. 하지만 시간이 지나면 알게 되겠지." 루푸스가 평온하게 말했다.

"메텔루스가 내게 자기 군대의 선임 보좌관을 맡아달라더군."

"내게도 같은 자리를 제안했네."

두 사람은 마주보고 빙긋 웃었다.

"그렇다면, 이제 뭐가 어떻게 돌아가고 있는지 우리도 파악하는 것이 좋겠군." 마리우스가 일어서며 말했다. "스푸리우스가 곧 선거를 치르러 로마에 오겠지. 당분간은 선거가 없을 거라고 알려주는 사람이 아무도 없었을 테니까."

"어차피 그 소식을 알기 전에 이미 아프리카 속주에서 출발했겠지." 루푸스가 서재를 우회해가며 말했다.

"자네, 똥돼지의 제안을 받아들일 생각인가?"

"가이우스 마리우스 자네가 받아들인다면 나도 받아들이지."

"좋아!"

루푸스가 직접 대문을 열어주었다. "그런데 율리아는 잘 지내나? 아무래도 당분간 만나보지 못할 것 같군."

마리우스의 얼굴에 화색이 돌았다. "멋지고, 아름답고, 찬란하지!"

"주책없는 늙은이." 루푸스가 마리우스를 거리로 떠밀었다. "내가 없는 동안 동향 파악을 게을리하지 말고 무엇이든 전쟁과 관련한 사건이 발생하면 내게 편지하게."

"그러지. 여행 잘 다녀오게."

"가을에 좋은 여행이 가당키나 하겠나? 화물선 갑판은 납골당 같을 걸. 가다가 익사할지도 모르지."

"자네는 아닐걸." 마리우스가 활짝 웃었다. "바다의 신 넵투누스가 자넬 데려가지 않을 걸세. 넵투누스라도 똥돼지의 계획을 망칠 용기는 없을 테니까."

율리아는 임신을 해서 무척이나 기뻐했다. 율리아가 감내해야 할 유일한 스트레스는 새끼를 돌보는 암탉처럼 그녀를 지나치게 걱정하는 마리우스였다.

"정말이에요, 가이우스 마리우스. 전 아주 건강해요." 율리아는 천 번도 넘게 말했다. 때는 11월이었고 예정일은 이듬해 3월이었기 때문에 이제 제법 임신한 티가 났다. 하지만 율리아는 입덧이나 부기로 고생하지 않았고 임산부다운 성숙미를 물씬 풍겼다.

"정말 괜찮소?" 남편이 걱정하며 물었다.

"가세요, 가!" 말은 이렇게 했지만 아내의 목소리는 부드러웠고 얼굴은 미소로 가득했다.

비로소 안심한 얼빠진 남편은 아내를 하인들에게 맡기고 가사실을 나와 서재로 향했다. 서재는 마리우스의 거대한 저택에서 율리아의 존재가 느껴지지 않는 유일한 공간, 율리아를 생각하지 않을 수 있는 유일한 공간이었다. 마리우스가 일부러 율리아를 생각하지 않으려 한 것은 아니다. 그보다는, 그에게도 가끔은 다른 일들을 생각할 시간이 필요했다고 하는 편이 더 적절할 것이다.

이를테면 아프리카에서의 동향 같은 것. 마리우스는 책상에 앉아 종이를 꺼내어 특유의 꾸밈없고 단도직입적인 문체로 루푸스에게 편지를 썼다. 루푸스는 지체 없이 빠르게 이동해 벌써 타르소스에 안전하게 도착한 터였다.

원로원 회의와 평민회 회의 둘 다 빠짐없이 참석하고 있네. 드디어 선거가 열릴 것 같네. 때가 됐어. 자네 말대로 12월 이두스 나흘 전이야. 푸블리우스 리키니우스 루쿨루스와 루키우스 안니우스는 무너져내리고 있네. 호민관 재선 출마는 가능할 것 같지 않아. 사실 나의 전반적인 인상은, 두 사람이 유권자들에게 자기들 이름을 각인시키려고 일부러 그런 소문을 퍼뜨린 건 아닌가 하는 것이네. 두 사람 다 집정관이 될 기본 자격은 갖추고 있지만 호민관 재직중에 이렇다 할 주목을 받지 못했거든. 둘 다 개혁적 성향이 아니라는 사실을 고려하면 당연한 일이지. 그러니 유권자들 이목을 끌려면 선거를 방해하는 것보다 더 좋은 방법이 있겠나? 나는 아무래도 키니코스학파에 물들어서 점점 냉소적이 되어가는 것 같네. 그리스어도 못하는 이탈리아 촌놈에게 그게 가능한 일인지는 모르겠지만!

자네도 알다시피 근래 아프리카가 무척 조용해 보였지만, 첩보에 따르면 유구르타가 정말로 대군을 모아 훈련시키는 중이라는군. 그것도 로마식으로! 하지만 한 달도 훨씬 전에 스푸리우스가 선거를 위해 로마로 돌아왔을 때 아프리카는 사실 조용한 것과는 한참 멀었지. 스푸리우스가 원로원에 제출한 보고서를 보면 그자는 지금까지 자신의 군대를 세 개 군단으로 유지해왔는데 하나는 그 지역에서 차출한 보조부대, 하나는 아프리카에 이미 주둔하고 있던 로마군, 하나는 그자가 지난봄에 이탈리아에서 데리고 간 군대라네. 스푸리우스는 그리 호전적인 인물이 아니라서 세 군단 모두 아직 전투 경험이 없어. 이 점에서 그자는 똥돼지와 전혀 다르지.

그러나 우리 존경하는 원로원 동료들을 가장 짜증나게 한 것은, 집정관 스푸리우스가 자리를 비울 동안 동생 아울루스에게 아프리카 속주 총독과 아프리카 주둔군 사령관의 권한을 대행하도록 했다

는 소식이었네! 자기 재무관 정도 자리를 내준 거면 원로원 검증을
생략할 수도 있겠지. 자네도 다 아는 사실이겠지만 그래도 다시 얘
기하자면, 그자에게 무려 선임 보좌관 자리를 맡긴 거야. 원로원 승
인도 없이! 재무관 자리 정도는 아울루스에게 부족하다고 생각한 모
양이지. 그래서 우리 로마의 아프리카 속주는 총독이 자리를 비운
지금 경험도, 탁월한 지식도 없이 성질만 급한 서른 살짜리가 관할
하고 있다네. 분노한 스카우루스는 침을 튀겨가며 집정관이 쉽사리
잊지 못할 정도로 심한 비난을 퍼부어댔지. 어쨌거나 이미 벌어진
일이야. 우리 아울루스 총독께서 행실을 제대로 하기를 바라야지 별
수 있겠나. 스카우루스는 그럴 수 없을 거라고 보지만. 사실 나도 같
은 생각이네.

이 편지가 루푸스에게 도착한 것은 선거가 열리기 전이었다. 루푸스
가 새해가 되기 전에 돌아올 것이라고 생각한 마리우스는 이 편지가
마지막이 될 것으로 짐작했다. 하지만 루푸스의 답장에는, 파나이티오
스가 아직 살아 있으며 옛 제자를 다시 본 기쁨에 기력이 많이 좋아졌
고 악성종양이 처음 발견되었을 때보다 훨씬 호전되어 몇 개월은 더
살아계실 것으로 보인다고 쓰여 있었다. "내년 봄쯤, 똥돼지가 아프리
카로 떠나기 직전에나 날 볼 수 있을 것이네."
　따라서 마리우스는 묵은해의 끝자락에 다시 책상에 앉아 타르소스
에 부칠 편지를 썼다.

　자네는 똥돼지가 집정관에 당선될 거라는 데 한 치의 의심도 보이
지 않았지. 자네가 옳았네. 트리부스회와 평민회는 자네 예상과 달리

백인조회보다 앞서 선거를 치렀네. 하지만 역시 둘 다 이변은 없었네. 그렇게 해서 12월 5일 신임 재무관들이 취임했고 12월 10일에 신임 호민관들이 취임했어. 새로 선출된 호민관 중에 유일하게 관심이 가는 자는 가이우스 마밀리우스 리메타누스라네. 아, 그리고 신임 재무관들 중에는 세 명이 유망해 보이네. 젊은 웅변가로 법정에서 유명세를 타고 있는 루키우스 리키니우스 크라수스, 그자와 절친한 퀸투스 무키우스 스카이볼라, 그리고 세번째가 내 생각엔 가장 흥미로운데 최근 등장한 평민 출신의 가이우스 세르빌리우스 글라우키아라는 거칠고 무척 소란스러운 자라네. 그자가 법정에서 한창 활약할 때 자네도 들은 적이 있을 것이네. 나는 그자가 마음에 들지 않지만, 요즘 들리는 말로는 로마 역사상 최고의 법률 입안가로 꼽힌다는군. 똥돼지는 백인조회 투표에서 1위로 당선되었으니 내년에 수석 집정관이 될 것이네. 그래도 마르쿠스 유니우스 실라누스와 표차가 크진 않았어. 이번 선거는 사실상 모든 면에서 보수적인 색채가 강했네. 새 법무관 중에 신진 세력이 한 명도 없어. 여섯 명 중에 두 명이 파트리키고 한 명이 파트리키 출신으로 평민에게 입양된 자야. 다름 아닌 바로 퀸투스 루타티우스 카툴루스 카이사르지. 상황이 이러하니 원로원 입장에선 굉장히 성공적으로 치러진 선거이고, 내년 전망도 좋다고 할 수 있지.

그런데 친애하는 푸블리우스 루틸리우스, 그러고 나서 날벼락이 떨어졌네. 누미디아의 수툴 마을에 막대한 보물이 쟁여져 있다는 소문을 듣고 아울루스가 혹했던 모양이야. 그래서 집정관인 형이 선거를 치르러 로마로 출발하고 나서 이제쯤이면 돌아오지 못할 거라는 판단이 들 때까지 기다렸다가 누미디아에 쳐들어간 거야! 전투 경험도 없는 보잘것없는 3개 군단 이끌고! 수툴 포위 작전은 당연히 실패했지. 수툴 주민들이 성문을 잠그고 성벽에 올라가 아울루스를 내려다보며 비웃었다는군. 그쯤 되면 아울루스 그자는 자신이 본격적인 전투는 고사하고 소규모 포위 작전을 이끌 재목도 안 된다는 것을 인정해야지 않았겠나. 그러기는커녕 그자가 어떻게 했는지 아는가? 아마도 상식을 갖춘 자네로서는 그자가 아프리카 속주 땅으로 돌아갔지 않느냐고 묻겠지? 자네였다면 당연히 그렇게 했겠지만 아울루스의 선택은 달랐네. 그자는 포위 작전을 중단하고 그길로 누미디아 서부로 향했다네! 역시 전투 경험도 없는 보잘것없는 군단 셋을 이끌고 말이야! 결국 칼라마 부근에서 유구르타가 그자를 한밤중에 공격하여 처참하게 패배시켰지. 결국 우리 집정관 아우님께선 무조건 항복을 했어. 그리고 유구르타는 아울루스 이하 모든 로마인 병사와 보조군 병사들에게 자기들이 보는 앞에서 멍에 밑을 지나도록 했다네. 그러고 나서 유구르타는 지금까지 로마 원로원으로부터 받지 못한 모든 것을 자신에게 주겠다고 쓴 조약서에 강제로 아울루스의 서명을 받아냈어!

우리가 로마에서 이 소식을 접한 것은 아울루스가 아니라 유구르타를 통해서였어. 유구르타가 원로원 앞으로 조약서 사본을 서한과 함께 보내온 것이네. 유구르타는 서한에서 로마가 배반행위를 저질렀다며 신랄하게 우리를 비난했네. 싸움을 걸려는 기색이라고는 손톱만큼도 보이지 않았던 평화로운 자기네 나라를 로마가 침략했다는 것이지. 내가 앞서 유구르타가 서한을 원로원 앞으로 보내왔다고 했지. 그 말은 문자 그대로, 유구르타가 무례하게도 지금 원로원 최고참 의원인 자신의 최고 숙적 스카우루스 앞으로 서한을 보냈다는 것이네. 집정관들이 아닌 원로원 최고참 의원에게 서한을 보낸 것은 당연히 집정관들을 모욕하려는 치밀한 계산 아니겠나. 허, 스카우루스는 이루 말할 수 없이 분노했네! 그는 당장 원로원 회의를 소집해서 스푸리우스더러 그동안 교묘하게 잘도 숨겨왔던 진실들을 실토하게 했는데, 그날 밝혀진 사실 중에는 스푸리우스가 처음 주장했던 것과 달리 동생의 누미디아 침략 계획을 아예 모르지만은 않았다는 것도 있었어. 원로원은 큰 충격에 빠졌네. 분위기는 곧 험악해졌고 알비누스 파벌 의원들이 신속하게 당파를 갈아타자, 홀로 남은 스푸리우스는 결국 며칠 전에 아울루스에게 편지를 받아서 이 굴욕적인 소식을 미리 알고 있었다는 것을 인정했어. 스푸리우스 말에 의하면, 유구르타는 아울루스에게 아프리카 속주로 돌아가서 누미디아 국경선 안으로 발끝도 들이지 말라고 했다는군. 욕심이 과했던 아울루스는 결국 아프리카 속주에서 형이 어떻게 해야 할지 지시를 내려주기만 기다리고 있다네.

마리우스는 여기까지 쓰고 손가락을 풀며 한숨을 내쉬었다. 편지를 쓰는 것이 루푸스에겐 즐거움일지 몰라도, 편지를 자주 쓰지 않는 마리우스에게는 그저 일거리일 뿐이었다. "자, 계속 가보자, 가이우스 마리우스." 그는 혼잣말을 하며 다시 써나갔다.

물론 이번 사태에서 로마가 가장 상처를 입은 부분은, 유구르타가 로마 군대로 하여금 강제로 멍에 밑을 지나게 한 것이네. 이런 일은 좀체 잘 벌어지지 않지만, 한번 벌어졌다 하면 가장 높은 곳부터 가장 낮은 곳까지 도시 전체를 뒤흔들어놓지. 나 자신도 이런 일을 겪은 것은 처음인지라 다른 로마인들 못지않게 큰 충격과 비탄과 수치심으로 한동안 몹시 힘들었네. 짐작하건대 자네도 로마에 있었다면 비슷한 심정이었을 테니, 당시 로마 거리의 분위기를 직접 겪지 않은 것이 차라리 다행이야. 사람들은 어두운 옷을 입고 머리를 쥐어뜯으며 흐느껴 울었어. 기사들은 좁은 띠가 빠진 튜닉을 입었고, 원로원 의원들은 넓은 띠 대신 좁은 띠를 댄 튜닉을 입었지. 사람들은 유구르타에게 쓰라린 교훈을 주어야 한다며 벨로나 신전 바깥 '적의 영역'에 제물을 높이 쌓아올렸어. 운명의 여신이 내년 똥돼지의 무릎 위에 실로 아름다운 전투를 내려주셨으니, 이제 자네와 나도 전장의 날을 맞이하게 되었네. 물론 우리가 최고사령관 똥돼지와 잘 지낼 방법을 찾아낼 수 있느냐가 우선이지만!

신임 호민관 가이우스 마밀리우스는 알비누스 가문의 피를 봐야 한다고 열렬히 부르짖고 있네. 동생 아울루스를 반역죄로 처형하고 형 스푸리우스 역시 반역죄로 단죄해야 한다는 거지. 적어도 스푸리우스는 부재중에 아울루스를 총독 자리에 앉힐 정도로 어리석었다는 것에 대해서만큼은 처벌을 받아야 한다는 주장이네. 사실 마밀리우스는 여기서 그치지 않고 특별 법정을 개설해야 한다고 주장하고 있네. 루키우스 오피미우스 전 집정관까지 거슬러올라가 유구르타와 의심스러운 거래가 있었던 로마인들을 전부 심판대에 올려야 한다는 것이지. 요즘 원로원 분위기로 봐서는 마밀리우스의 요구대로 될 것 같아. 이게 다 멍에 사건 때문이야. 그 군대와 사령관은 자기 국가에 이토록 큰 치욕을 안겨줄 바에야 싸우던 곳에서 죽었어야 마땅하다고 모두들 말하고 있네. 물론 나는 그 말에는 동의할 수 없어. 자네도 마찬가지일 거야. 군대라는 것은 그 잠재력이 아무리 대단할지라도 결코 그들을 이끄는 사령관이 지닌 능력 이상을 발휘할 수 없거든.

원로원은 유구르타에게 강경한 어조의 서한을 써보냈네. 로마의 원로원과 인민으로부터 임페리움을, 즉 군대를 이끌고 속주를 다스리며 조약을 맺을 권한을 위임 받지 않은 자로부터 얻어낸 조약을 로마는 인정할 수 없고 인정하지도 않겠다는 내용이었지.

그리고 마지막에 쓰지만 사실 아주 중요한 소식이 있네. 마밀리우스가 결국 특별 법정을 개설해서 유구르타와 거래를 했거나 했다고 의심되는 자들은 모두 반역죄로 재판받도록 하는 권한을 평민회로부터 얻어냈다네. 나는 묵은해의 마지막날인 오늘, 이 소식을 추신으로 덧붙이고 있네. 이번만큼은 평민회가 제출한 법안을 원로원에서 흔쾌히 승인해주었고, 스카우루스는 요즘 재판에 세울 자들의 명단을 작성하느라 아주 바쁘다네. 드디어 자신의 말이 옳다는 게 입증된 가이우스 멤미우스가 아주 신이 나서 스카우루스를 돕고 있지. 한 가지 더 주목할 점은, 마밀리우스의 주창으로 개설된 이번 특별 법정에서는 백인조회가 주체가 되었던 기존 재판보다 반역죄로 유죄 판결을 이끌어내기가 훨씬 더 쉬워졌다는 것이지. 지금까지 거론된 자들은 루키우스 오피미우스, 루키우스 칼푸르니우스 베스티아, 가이우스 포르키우스 카토, 가이우스 술피키우스 갈바, 그리고 스푸리우스 포스투미우스 알비누스와 그자의 동생이네. 그래도 피는 어쩔 수 없는 것 같네. 스푸리우스는 막강한 변호인단을 조직해서, 동생 아울루스가 무슨 일을 저질렀든 간에 그는 합법적으로 임페리움을 소지했던 적이 없기 때문에 합법적으로 재판에 세울 수도 없다는 주장을 원로원에서 펴고 있다네. 스푸리우스가 아울루스의 죄까지

다 뒤집어쓰려는 것인데 아무래도 법정에서 그 논리가 통할 것 같네. 내가 자신 있게 예측하는 대로 사태가 진행된다면, 이번 사태를 일으킨 장본인인 아울루스는 적 앞에서 멍에 밑을 지나고 나서도 경력에 아무런 손상을 입지 않는 기이한 상황이 벌어지겠지!

아, 그리고 스카우루스는 이른바 '마밀리우스 특별위원회'의 의장 세 명 중 하나가 될 것 같네. 자리를 아주 선선히 받아들이더군.

루틸리우스, 지금까지가 저물어가는 올 한 해 소식 전부일세. 전체적으로 참 중대한 해였네. 나는 로마 정치계라는 바다에서 희망을 다 잃었다고 믿고 있다가 갑자기 머리를 수면 위로 내밀었지. 율리아와의 결혼이라는 부표를 잡고 말이야. 똥돼지 메텔루스는 본격적으로 나에게 구원 요청을 해오고, 전에는 아는 척하지도 않았던 자들이 내게 동등하게 대하며 말을 걸어온다네. 돌아오는 길에 몸조심하고 되도록 빨리 만나세.

# 둘째 해

## (기원전 109년)

퀸투스 카이킬리우스 메텔루스와
마르쿠스 유니우스 실라누스의
집정기

가이우스 율리우스 카이사르

파나이티오스가 타르소스에서 2월 중순경에야 세상을 떠나자, 루푸스는 작전 개시 전에 집에 도착하기가 거의 불가능한 상황이 되었다. 처음에는 주로 육로를 이용해 돌아가려고 계획했지만 상황이 시급했던 터라 바다에 운을 맡길 수밖에 없었다.

"그런데 굉장히 운이 좋았지." 3월 이두스 직전 로마에 도착한 루푸스는 다음날 바로 마리우스를 찾아와 말했다. "이번만큼은 바람이 내가 바라는 방향으로 불어주었어."

마리우스가 싱긋 웃었다. "내 뭐랬나. 바다의 신 넵투누스라도 똥돼지의 계획을 망칠 용기는 없을 거라니까! 자네 운은 사실 다른 데 있었어. 만일 로마에 있었더라면 군대를 내놓으라고 이탈리아 동맹시들을 설득하는 부담스러운 일을 자네가 맡았을 테니까 말이야."

"그러니까 자네가 요즘 하고 다닌 일이 그거였단 뜻이군?"

"1월 초 추첨 결과에 따라 메텔루스가 아프리카로 가서 유구르타와의 전쟁을 수행하기로 정해진 후 죽 그랬지. 병사 모으기가 어렵지는 않았네. 멍에 사건에 대해 설욕해야 한다고 이탈리아 전체가 들끓고 있으니까 말이야. 하지만 제대로 된 남자들이 점점 줄어들고 있어서 말이지."

"그러니 앞으로 로마에 군사적 재앙이 더이상 발생하지 않기를 바라야겠군."

"그래야지."

"똥돼지는 자네를 어떻게 대하던가?"

"전반적으로 상당히 예우해주고 있네. 취임식 바로 다음날 나를 찾아왔더군. 최소한 이번 제안에 대해선 속마음을 솔직하게 털어놓는 예의를 보였어. 나를, 이 문제에 대해서는 자네도 마찬가지지만, 데려가려는 이유가 무엇이냐고 물었어. 옛날 누만티아에서 우리가 자기를 골탕 먹이기도 하지 않았느냐고. 그랬더니 누만티아 일은 전혀 개의치 않는다더군. 지금 자기에게 중요한 일은 아프리카에서 승리를 거두는 것이고, 유구르타의 전략을 세상에서 가장 잘 이해할 두 사람을 자기편에 소속시키는 것 이상 좋은 방법은 없을 거라고 했어."

"참 약삭빠른 생각이군. 승리의 영광은 사령관인 그자가 누릴 테니까. 개선 전차를 타고 영예를 독차지할 자가 바로 자신이니, 지금 그자에게 중요한 것은 전쟁에서 누가 이기느냐겠지. 우리가 이번 전쟁에서 아무리 큰 공을 세운들 원로원이 '누미디쿠스'라는 새 별칭을 자네나 나한테 주겠나? 당연지사 그자가 받겠지."

"그거야 뭐, 그 별칭이 우리보다 그자에게 더 요긴할 테니까. 똥돼지 메텔루스는 카이킬리우스 가문 사람 아닌가! 제 살길을 찾는 일에서만큼은 늘 머리가 가슴을 앞서지."

"그것 참 적절한 표현이군." 루푸스가 음미하듯 말했다.

"아프리카에서의 통치 기간을 내년까지로 연장해달라고 벌써부터 원로원에 로비를 벌이고 있다는군."

"그 말은 그자가 벌써 몇 년 전부터 유구르타에 대해 조사해온 결과, 누미디아를 정복하기 쉽지 않겠다고 판단을 내렸다는 뜻이로군. 그자가 데리고 출정하는 군단 수가 몇인가?"

"4개 군단이네. 로마 군단 둘과 이탈리아 군단 둘."

"거기에 아프리카에 이미 주둔중인 군대도 있지 않나. 그러니까 2개 군단이 더 있는 셈이지. 그래, 우리도 참가해야 하겠군, 가이우스 마리우스."

"동의하네."

마리우스가 책상 뒤에서 일어나 포도주를 따랐다.

"그런데 나이우스 코르넬리우스 스키피오 일은 대체 무슨 얘긴가?"

루푸스는 이렇게 물으며, 마리우스가 내밀고 있던 잔을 급히 받았다. 마리우스가 갑자기 크게 소리내어 웃으며 자기 잔의 술을 흘렸기 때문이다.

"아, 기가 막히는 일이 있었네! 정말이지, 오랜 로마 귀족들이 벌이는 우스꽝스러운 소극은 언제 봐도 놀라워. 이번에 영예롭게도 법무관에 당선되신 스키피오께, 관할 속주 추첨 결과 먼 히스파니아가 할당되었다네. 그런데 그가 어떻게 했는지 아는가? 원로원 회의중 자리에서 일어나더니 먼 히스파니아 통치의 영광을 엄숙하게 '거절'했다네! 추첨을 관장한 스카우루스가 놀라서 '이유가 무엇입니까?' 하고 물었어. 그자의 대답이 너무 솔직해서 귀엽다는 생각까지 들었지. '저는 그곳을 약탈하게 될 것입니다.' 그 말에 원로원이 뒤집어졌어. 환호성과 왁자지껄한 웃음소리, 발을 동동 구르고 손뼉을 치는 소리, 아주 야단이었지. 한참 뒤에 소음이 좀 가라앉자 스카우루스가 긴말 없이 '의원님 말씀에 동의합니다. 의원님은 그곳을 약탈하시겠죠.' 그래서 먼 히스파니아에 스키피오 대신 퀸투스 세르빌리우스 카이피오가 가게 되었다네."

"그자도 그곳을 약탈하겠지." 루푸스가 미소 지으며 말했다.

"당연한 일이지! 스카우루스도 포함해 모두가 아는 사실이지. 하지만 카이피오는 최소한 안 그러는 척하는 체면이라도 갖췄으니까. 그러니 로마는 계속해서 히스파니아에서 벌어지는 일에 나 몰라라 할 수 있고, 우리는 어제와 같은 오늘을 계속해서 살 수 있는 거지." 마리우스는 책상으로 돌아가 앉으며 말했다. "나는 이곳 로마를 사랑하네, 푸블리우스 루틸리우스. 진심으로 그래."

"나는 실라누스가 로마에 머문다는 소식이 반갑더군."

"그래, 다행히도 누군가는 로마를 통치해야 하니까 말이야! 얼마나 다행인가! 원로원에서는 마케도니아 속주에 나가 있는 미누키우스 루푸스의 총독 임기를 연장하려고 정말 무던히도 애를 썼네. 그렇게 그 자리까지 채워지고 나니 실라누스에게는, 특별한 노력 없이도 알아서 굴러가는 로마 말고 남은 자리가 없는 거지. 실라누스가 사령관이 된다면 군신 마르스도 얼굴이 샛노래질 걸세."

"그래, 그럴 거야!" 루푸스가 열렬히 찬성했다.

"사실, 아직까지는 좋은 해인 것 같네. 히스파니아는 스키피오의 하해 같은 자비를 피했고, 마케도니아는 실라누스의 하해 같은 자비를 피했고, 로마에는 악당 수가 확 줄었으니까. 고명하신 전직 집정관들을 내가 감히 악당이라고 불러도 된다면 말일세."

"마밀리우스 특별위원회 얘긴가?"

"바로 그 이야길세. 베스티아, 갈바, 오피미우스, 가이우스 카토, 스푸리우스까지 모두 유죄 판결을 받았어. 아직 재판이 남아 있지만 예외는 없을 걸세. 유구르타와 연관되었다는 증거들을 수집하는 데 멤미우스가 제일 열심히 마밀리우스를 돕고 있지. 스카우루스는 법정에서 냉철한 의장 역할을 해주고. 한번 베스티아를 변호해서 발언한 적이 있었지만, 돌아서서는 바로 유죄표를 던지던걸."

루푸스가 미소를 지었다. "사람은 유연성이 있어야지. 전직 집정관 동료를 위해 발언함으로써 동료에 대한 의무를 충실히 이행하고, 법정에서는 법정에서의 의무에 최선을 다한 것이지. 스카우루스는 법 앞에 엄격한 자 아닌가."

"그래, 그렇지!"

"그러면 유죄 판결을 받은 자들은 어디로 가지?" 루푸스가 물었다.

"몇몇은 마실리아를 추방지로 택하는 것 같더군. 오피미우스는 마케도니아 서부로 간다고 하고."

"그런데 아울루스가 살아남았군."

"그래. 스푸리우스가 다 자기 책임이라고 하니까 원로원에서 그렇게 허락하기로 의결했어." 마리우스는 한숨을 쉬며 말했다. "법리적인 논거를 잘 세웠지."

3월 이두스에 율리아가 산고에 들어갔다. 분만이 수월하지 않겠다고 조산사들이 알려오자 마리우스는 바로 율리아의 부모님을 불렀다.

"우리 혈통은 너무 오래되었고 명줄이 가늘어." 카이사르가 초조한 목소리로 마리우스에게 말했다. 산모의 아버지와 남편인 카이사르와 마리우스는 산모에 대한 애정과 걱정을 공유하며 마리우스의 서재에 함께 앉아 있었다.

"제 혈통은 그렇지 않습니다." 마리우스가 말했다.

"하지만 그게 율리아에게 도움이 되겠나! 만약 율리아가 딸을 낳는

다면 손녀를 위해서나 감사한 일이겠지. 마르키아와 결혼할 때 나는 아내 쪽을 통해 평민의 강인함이 우리 혈통에 조금이나마 들어올 수 있길 바랐네. 하지만 마르키아 역시 귀족에 가까운 것 같아. 마르키아의 모친도 술피키우스라는 파트리키 가문 출신이셨네. 혈통은 최대한 순수하게 유지되어야 한다고 생각하는 자들이 있지만, 지금까지 오래된 가문의 여식들은 분만중에 심한 출혈로 위독해지는 경우를 많이 보았네. 오래된 가문 여자들이 대체로 더 빨리 죽는 이유가 무엇이겠나?" 카이사르는 이렇게 말하며 두 손으로 은회색 머리칼을 빗어넘겼다.

마리우스는 도저히 자리에 앉아 있을 수 없었다. 그는 벌떡 일어나 이리저리 걸어다니기 시작했다. "돈으로 구할 수 있는 최상의 도움을 받고 있습니다." 마리우스는 분만실을 향해 고개를 끄덕이며 말했다. 아직 신음소리는 나지 않고 있었다.

"제아무리 최상의 의료진도 지난가을 클리툼나의 조카를 살려내진 못했어." 카이사르가 우울한 목소리로 말했다.

"그게 누굽니까? 옆집에 산다는 불쾌한 이웃 말씀인가요?"

"그래, 그 여인네 말일세. 그 여자의 조카가 시름시름 앓다가 지난 9월에 죽었다네. 아직 젊었고 별문제 없이 건강해 보였어. 의사들이 별짓을 다했네만 결국 죽었어. 그후로 줄곧 그 일이 내 머릿속을 떠나질 않네."

마리우스는 멍한 표정으로 장인을 바라보았다. "그 일이 어르신 머릿속을 떠나지 않을 이유가 무엇입니까? 그 일이 우리와 대체 무슨 관련이 있다는 말씀입니까?"

카이사르가 입술을 깨물었다. "모든 일은 반드시 세 번씩 일어나지." 그가 음울한 목소리로 말했다. "클리툼나 조카의 죽음은 나와 내 가족에게 아주 가까운 곳에서 일어난 일이네. 앞으로 두 명이 더 죽게 돼."

"그렇다면 그 여자 가족들 중에서겠지요."

"꼭 그렇지는 않네. 어떤 식으로든 연관이 있는 자들 사이에서 세 번의 죽음이 있게 되는 거야. 하지만 두번째 죽음이 실제로 발생하기 전까지는, 이 죽음이 무엇과 연관되었다고 예언가들이 말하든 나는 믿지 않을 걸세."

마리우스가 절반은 분노로, 절반은 절망으로 두 손을 내뻗었다.

"가이우스 율리우스, 가이우스 율리우스, 제발 좋은 방향으로 생각하십시오! 아무도 율리아가 위독한 상태라고 하지 않았습니다. 그저 분만이 쉽지 않겠다기에 이 괴로운 대기시간을 함께해달라고 도움을 청한 것뿐입니다. 빛이라곤 보이지 않는 캄캄한 절망 속으로 저를 떠밀어달라고 모신 것이 아닙니다!"

자신의 행동이 문득 부끄러워진 카이사르는 애써 마음을 다잡았다. "사실, 율리아가 드디어 산통을 시작해 다행이네." 그가 아까보다 활기띤 목소리로 말했다. "요즘 율리아가 다른 데 마음을 쓰게 할 수가 없어서 미루고만 있었는데, 분만을 마치면 율릴라에 대해 상의할 짬을 내줄 수 있을 것 같아서 말이지."

순간 마리우스는 율릴라에게 필요한 것은 인정사정없이 엄격한 부모에게 엉덩이가 퉁퉁 붓도록 따끔하게 맞는 것이란 생각이 들었지만, 애써 이 문제에 관심이 있는 표정을 지어 보였다. 어쨌거나 마리우스는 지금까지 부모 역할을 해본 적이 없었다. 이제 모든 게 순조롭다면 그도 부모가 될 테고, 그 역시 카이사르처럼 자식에게 쩔쩔매는 '아빠'가 되지 않으리라고 장담할 수는 없었다.

"율릴라에게 무슨 문제가 있습니까?"

카이사르가 한숨을 쉬었다. "음식을 거부하고 있네. 꽤 오래전부터 뭐라도 먹여보려고 애를 쓰고 있는데 지난 4개월 동안 악화되기만 했어. 몸무게가 점점 줄어든다네! 이제는 종종 의식을 잃고 기절하기까지 해. 가다가 별안간 픽 쓰러져버려. 의사들도 원인을 찾지 못하고 있어."

아, 나도 저렇게 될까? 마리우스는 자문했다. 그 응석받이 아가씨에게는 아무 문제도 없으니 그저 무관심하게만 굴면 모든 일이 해결될 것이다! 하지만 지금은 율릴라에 대해 얘기할 수밖에 없다는 생각에, 마리우스는 무슨 말이든 해보려 노력했다. "그러니까 어르신은 율리아가 나서서 원인을 찾아주었으면 한다는 말씀이십니까?"

"그래, 그렇다네!"

"자신과 어울리지 않는 남자를 사랑하게 된 게 아닌가 싶군요." 마리우스가 말했다. 실상을 전혀 모르는 자에게서 아주 정확한 발언이 나온 셈이었다.

"그럴 리 없네!" 카이사르가 날카롭게 받아쳤다.

"그럴 리 없다고 어떻게 확신하십니까?"

"의사들이 그런 추측을 하기에, 내가 물어볼 수 있는 건 다 물어봤네." 카이사르가 방어적인 태도로 말했다.

"누구한테 물어보셨습니까? 율릴라에게요?"

"당연하지!"

"율릴라의 하녀에게 물어보는 편이 더 정확할 겁니다."

"아, 이보게, 가이우스 마리우스!"

"임신을 하지는 않았습니까?"

"무슨 소린가, 가이우스 마리우스!"

"보십시오, 장인어른. 겨우 이 정도 가지고 저를 벌레 보듯 하시더라도 어쩔 수 없습니다." 마리우스가 냉정하게 말했다. "저도 이제 남이 아닙니다. 제가 지금까지 열여섯 또래의 처녀들을 많이 접해본 것은 아니지만, 제가 이런 가능성을 떠올렸다면 어르신이라고 떠올리지 않으셨을 리가 없습니다. 율릴라의 하녀를 서재로 데려가서 사실을 고할 때까지 때리세요. 하녀는 분명 율릴라의 비밀을 알 테니까요. 고문을 하시든, 죽이겠다고 위협하시든 제대로만 하시면 분명 다 털어놓을 겁니다!"

"가이우스 마리우스, 나는 그럴 수 없네!" 카이사르는 드라콘 법에 버금가는 그런 혹독한 방식을 떠올리는 것만으로도 진저리를 쳤다.

"회초리 몇 대면 됩니다." 마리우스가 참을성 있게 말했다. "엉덩이가 붓도록 몇 대 때린 뒤에도 말을 하지 않으면, 고문이라는 말만 꺼내도 전부 털어놓을 테니까요."

"나는 그렇게 할 수 없어." 카이사르가 다시 말했다.

마리우스가 한숨을 쉬었다. "그렇다면 어르신 방식대로 하십시오. 하지만 율릴라가 대답한 것만 듣고 진실을 안다고 확신하지는 마십시오."

"나와 내 가족은 늘 진실한 관계를 유지해왔네."

마리우스는 잠자코 회의적인 표정을 지었다.

누군가 서재 문을 두드렸다.

"들어오너라!" 화제를 돌릴 수 있어 다행이라는 생각에 마리우스가 반갑게 소리쳤다.

시칠리아 출신의 키 작은 그리스인 내과의사 아테노도로스였다.

"어르신, 부인께서 뵙기를 청하십니다. 제가 보기에도 어르신께서 와보시는 것이 부인께 좋을 듯싶습니다." 아테노도로스가 마리우스에게 말했다.

마리우스의 가슴이 철렁 내려앉았다. 마리우스가 한 손을 앞으로 내밀며 떨리는 숨을 내쉬었다. 카이사르도 벌떡 일어나더니 고통에 찬 눈길로 의사를 바라보았다.

"산모가…… 산모가……?" 카이사르는 말을 맺지 못했다.

"아니오, 아닙니다! 두 분, 마음 편히 하십시오. 산모는 괜찮습니다." 그리스인 의사가 달래듯이 말했다.

지금까지 분만중의 여인을 본 적이 없는 마리우스는 굉장한 공포를 느꼈다. 전쟁터에서 죽거나 몸의 일부가 떨어져나간 자들을 보고도 괴로워한 적 없는 그였다. 소속에 상관없이 그들은 모두 칼로 맺어진 동료였고, 전장에 나선 자라면 누구나 포르투나 여신의 뜻에 따라 자기도 같은 운명에 처할 수 있음을 알았다. 하지만 지금의 희생자는 마리우스가 몹시 사랑하는 이로서, 이 세상에 존재할 수 있는 모든 고통으로부터 지키고 보호해야 할 여자였다. 그런데도 지금 마리우스로 인해 어느 적군 못지않은 크나큰 고통을 겪는 이는 다름 아닌 율리아였다. 율리아는 바로 그 때문에 고통을 인내하며 침대에 누워 있었다. 이런 생각들로 마리우스는 적이 괴로웠다.

그러나 마리우스가 분만실에 도착해보니 모든 것이 정상으로 느껴졌다. 율리아가 침대에 누워 있기는 했다. 구석에 놓인 분만의자(분만의 마지막 단계에 다다랐을 때 특별히 제작된 이 의자에 앉혀질 것이었다)는 단정하게 천으로 덮여 있어서 마리우스는 그런 게 있는지 알아차리지도 못했다. 율리아는 지쳐 있지도 엄청나게 아파 보이지도 않았다. 마리우스는 크게 안도했다. 율리아는 남편을 본 순간 환히 미소를 지으며 두 손을 앞으로 뻗었다.

마리우스는 율리아의 두 손을 잡고 입을 맞추었다. "당신 괜찮소?" 그가 약간 멍청하게 물었다.

"물론 괜찮지요! 단지 시간이 좀 걸릴 것 같고, 출혈도 있을 거라고 해요. 하지만 지금 단계에서는 걱정할 건 없답니다." 바로 그때 갑작스러운 고통이 율리아의 얼굴에 퍼졌다. 율리아는 맞잡고 있던 마리우스의 손을 힘껏 쥐었다. 마리우스는 지금까지 율리아가 그렇게 힘이 센지 몰랐다. 율리아는 그렇게 잠시 버티더니 다시 편안한 표정을 지었다. "그냥 당신 얼굴을 보고 싶었어요." 아무 일도 없었다는 듯 율리아가 말을 이었다. "이렇게 중간중간 당신을 봐도 될까요? 그렇게 해도 당신이 너무 힘들지는 않을까요?"

"나도 당신을 보는 것이 더 안심된다오, 내 사랑." 마리우스는 허리를 굽혀 율리아의 이마에 입맞춘 뒤 다시 곱고 풍성한 곱슬머리에 입맞추었다. 입술에 닿는 머리카락이 축축했고, 살갗 역시 땀으로 축축했다. 가여운 내 사랑!

"다 잘될 거예요, 가이우스." 율리아는 마리우스의 손을 놓으며 말했다. "너무 걱정하지 마세요. 분명 모든 게 다 잘될 거니까요! 아빠가 함께 계시나요?"

"같이 계신다오."

방에서 나가려고 돌아선 순간 마리우스는 마르키아의 쏘아보는 눈빛과 마주쳤다. 그녀는 나이든 조산사들 세 명과 한편에 비켜서 있었다. 아, 신들이시여! 딸을 이 지경으로 만든 그를 좀처럼 용서하지 못할 사람이 여기 있었다!

그가 문을 열려는 순간 율리아가 불렀다. "가이우스 마리우스!"

그는 뒤돌아보았다.

"점술가가 도착했나요?" 율리아가 물었다.

"아직 오지 않았소. 하지만 사람이 갔으니 곧 올 거요."

율리아가 안심한 표정을 지었다. "네, 좋아요!"

스물네 시간 후 마리우스의 아들이 태어났다. 엄청난 출혈이 있었다. 아이 어머니는 목숨을 거의 잃을 뻔했지만, 살려는 의지가 무척 강했다. 의사들이 출혈 부위를 약솜으로 단단히 감싸고 엉덩이를 들어올리자 출혈이 천천히 줄어들다 결국 멈췄다.

"유명한 인물이 될 겁니다. 대단한 사건과 모험으로 가득찬 삶을 살겠군요." 점술가가 이렇게 말하며, 새로 태어난 아들의 양친이 절대 알고 싶어하지 않을 부분은 전문가다운 노련함으로 무시했다.

"그렇다면 아이가 살아남을 거란 말이오?" 카이사르가 날카롭게 물었다.

"분명히 삽니다. 어르신들." 점술가의 때 낀 기다란 손가락이 중앙의 대립각(180°) 위에 놓이자 그 부분이 가려져 보이지 않았다. "아드님은 이 나라에서 가장 높은 자리를 차지할 겁니다. 바로 여기가 세상 모든 사람들이 볼 수 있는 자리지요." 역시 때가 끼고 기다란 다른 손가락이 삼각(120°)을 가리켰다.

"내 아들이 집정관이 되는군." 마리우스가 더없이 만족스럽게 말했다.

"분명 그렇습니다. 하지만 여기 오엽각(150°)을 보니 아버지만큼 위대하지는 못하겠군요."

이 말에 마리우스는 더욱 기뻤다.

카이사르는 최상급 팔레르눔 포도주를 두 잔 따라서, 자부심으로 가득차 활짝 웃는 사위에게 한 잔을 건넸다. "가이우스 마리우스, 자네 아들이자 내 손자를 위해 한잔하세. 두 사람 모두를 위하여 건배!"

그리하여 3월 말에 집정관 퀸투스 카이킬리우스 메텔루스는 촉망받는 4개 군단을 이끌고 가이우스 마리우스, 푸블리우스 루틸리우스 루푸스, 섹스투스 율리우스 카이사르, 가이우스 율리우스 카이사르 2세와 함께 아프리카 속주를 향해 출항했다. 아내가 위험한 상태에서 벗어났고 아들도 잘 크고 있음을 확인한 마리우스는 행복한 마음으로 배에 올랐다. 심지어 장모도 다시 마리우스에게 말을 걸어주었다!

"율릴라와 얘기 좀 해보시오. 장인어른께서 처제 걱정을 많이 하신다오." 마리우스가 로마를 떠나기 직전 율리아에게 말했다.

몸이 많이 회복된데다 아들이 엄청나게 크고 건강하다는 사실로 줄곧 기쁨에 차 있던 율리아에게 한 가지 아쉬움이 있었다. 마리우스가 이탈리아를 떠나기 전에 캄파니아로 가서 함께 며칠 머무르고 싶었지만, 율리아의 몸이 다 회복되지 않아 무리라는 사실이었다.

"그 황당한 단식 말이지요." 율리아가 마리우스의 품에 더 편안히 기대며 말했다.

"흠, 나도 어르신께서 말씀하신 것 이상은 모르지만 그 얘기가 맞긴 하오. 이렇게 말해서 미안하지만, 나는 어린 여자애들에게는 정말이지 관심이 없다오."

역시 어린 여자애인 그의 아내가 몰래 미소를 지었다. 율리아는 마리우스가 자신을 단 한 번도 어리다고 생각한 적이 없음을 알고 있었다. 그는 율리아를 자기와 동년배이자 그만큼 성숙하고 지적인 상대로 대했다.

"내가 율릴라와 얘기해볼게요." 율리아가 입맞춰달라는 듯 얼굴을 들어올리며 말했다. "아, 여보, 우리 꼬마 마리우스에게 동생을 만들어 줄 정도까지 회복되지 못한 게 너무 아쉬워요!"

하지만 율리아가 각오를 단단히 하고 날로 쇠약해져가는 동생과 이야기를 나눠보기 전에 게르만족 소식이 로마에 전해졌다. 두려움에 빠진 로마 사람들은 끊임없이 소문을 지어냈다. 300년 전 갈리아인들이 쳐들어와 막 날개를 펴던 로마를 무참히 짓밟은 이래, 이탈리아인들은 언제든 다시 야만족이 침입해올 수 있다는 공포 속에 살았다. 이탈리아 동맹시들이 로마의 명운에 그들의 명운도 달려 있다고 생각하게 된 계기도 바로 그것이었다. 또한 로마와 이탈리아 동맹시들이 아드리아 해와 트라키아의 헬레스폰트 해협 사이 수천 킬로미터에 달하는 마케도니아 국경선을 두고 끊임없이 전쟁을 벌여온 이유도 이민족 침입을 대비해서였다. 불과 10년 전 나이우스 도미티우스 아헤노바르부스가 이탈리아 갈리아 지방과 히스파니아의 피레네 산맥 사이에 제대로 된 육로를 개척한 것도, 로다누스 강 주변에 거주하는 부족들을 로마의 생활 방식에 물들이고 로마의 군사적 보호 아래 둠으로써 그들의 세력을 약화시킨 것도 모두 같은 이유에서였다.

5년 전만 해도 로마인들을 가장 공포에 떨게 한 야만족들은 갈리아인과 켈트족이었다. 하지만 게르만족이 나타나자 별안간 갈리아인과 켈트족은 상대적으로 훨씬 문명화된 온순한 민족처럼 보였다. 귀신이 그렇듯, 사람들은 아는 것보다 모르는 것에서 더 많은 공포를 느끼는 법이다. 게르만족은 어디선가 갑자기 나타나더니(마르쿠스 아이밀리우스 스카우루스 집정기) 잘 훈련된 로마의 대군에 처참한 패배를 안기고(나이우스 파피리우스 카르보 집정기) 마치 애초에 존재하지 않았던 것처럼 사라졌다. 수수께끼. 예측 불허. 그들은 지중해 주변 모든 민족들이 알고 따르는 일반적인 행동 양식을 완전히 무시했다. 대체 왜 그들은 이탈리아 전역을 참혹한 패배 속으로 몰아넣고서, 약탈당한 도시의 여자처럼 무력하게 방치된 그 땅을 그냥 내버려두고 사라졌을까? 도무지 앞뒤가 맞지 않았다! 하지만 그들은 실제로 그렇게 이탈리아를 내버려두고 사라졌다. 카르보가 처참하게 패배한 이야기는 점차 쌓이고 쌓여, 게르만족은 이제 라미아나 모르몰리케처럼 아이들에게 겁을 줄 때 들먹이는 귀신 같은 존재가 되었다. 세월이 흐르고 흐르자 야만족 침입의 공포는 이제 일상생활에 스며들어, 두려움으로 인한 전율과 믿을 수 없다는 미소 중간 어디쯤에 남게 되었다.

그리고 이제 어디선가 돌아온 게르만족 수만 명이 로마의 알프스 너머 갈리아 지역에 쏟아져 들어오고 있었다. 로다누스 강 강물이 레만누스 호수로 갈라져나오는 지점이었다. 갈리아인 중에서도 로마에 공물을 바치는 아이두이족과 암바리족이 사는 이곳이 갑자기 게르만족으로 들끓었다. 엄청나게 큰 키와 창백한 안색의 게르만족은 마치 전설 속 거인들 같기도 했고 북방 야만족의 지하세계에서 온 유령들 같기도 했다. 그들은 로다누스 강 유역의 따스하고 비옥한 계곡을 따라 내려오며 인간에서 쥐새끼 한 마리까지, 울창한 나무에서 고사리 한 줄기까지 살아 있는 것이라면 눈에 띄는 대로 죽이고 베었으나, 하늘을 날아가는 새에 무심하듯 들판에 가득한 곡식에는 눈길조차 주지 않았다.

이 소식은 며칠이 지나서야 로마에 도착했다. 집정관 메텔루스와 그의 군대가 이미 아프리카 속주에 다다른 터여서 회군은 불가능했다. 그리하여, 멍청하기 이를 데 없지만 최대한 폐를 덜 끼칠 지역의 통치를 맡아 로마 땅에 남아 있던 집정관 실라누스가 이제는 관습과 법률에 따라 원로원이 내놓을 수 있는 최상의 선택이 되었다. 임기중인 집정관이 전쟁을 맡겠다는 의사를 보이면 관습과 법률에 따라 다른 사령관을 임명할 수 없었기 때문이다. 실라누스는 기꺼이 게르만족을 물리칠 전쟁을 직접 맡겠다고 나섰다. 실라누스보다 5년 전에 카르보가 엄청나게 착각했던 것처럼, 그 역시 황금을 가득 실은 전차를 타고 나타나는 게르만족의 모습을 머릿속에 그리며 벌써부터 그 황금을 탐내고 있었던 것이다.

5년 전 게르만족은 그들을 도발하는 카르보를 무참하게 짓밟아버린 후, 완패한 로마인들이 도망치느라 버리고 갔거나 죽은 병사들이 걸치고 있던 무기와 갑옷을 수거해가지 않았다. 약삭빠른 로마인들은 후에 병사들을 보내서, 버려진 무기와 갑옷을 모조리 로마로 가져와 무기고에 넣어둔 터였다. 이들 무기와 갑옷은 마치 주인 없는 보물처럼 사용될 날만을 기다리고 있었다. 메텔루스가 아프리카 전쟁을 준비하며 무기와 갑옷 공장이 댈 수 있는 물량을 모조리 쓸어간 터였기에, 실라누스의 급히 조직된 군단 병사들이 이 비축품을 사용할 수 있었던 것은 참으로 다행이었다. 이들 무기와 갑옷은 물론 국가에 돈을 내고 사용해야 했기 때문에, 사실상 국가는 실라누스의 새 군단으로부터 약간의 이익을 본 셈이었다.

실라누스의 군대를 조직하는 일은 훨씬 더 어려웠다. 모병을 담당하는 자들은 시급한 위기감 때문에 그야말로 열심히 노력했다. 재산 요건이 맞지 않아도 눈감아버리기 일쑤였고, 복무하겠다는 의지를 분명히 내보이기만 하면 자격이 충분치 않아도 명부에 올렸으며, 무기나 갑옷을 장만할 돈이 부족한 자들에게는 창고 비축품을 지급하고 비용은 부재자 보상 수당으로 처리해버렸다. 전원생활의 지루함에서 벗어나고 싶어하던 퇴역병사들 역시 대부분 별문제 없이 참전이 허락되었다. 출정 횟수 열 번을 다 채워서 이제 복무 자격을 상실한 그들은 대부분 무기력한 전원생활에 적응하지 못한 터였다.

드디어 준비가 끝났다. 실라누스는 강력한 7개 군단에 더해 트라키아인과 로마의 갈리아 속주 중 상대적으로 안정된 지역에서 차출한 갈리아인이 섞인 대규모 기병부대를 이끌고 알프스 너머 갈리아를 향해 출발했다. 때는 5월 하순으로, 게르만족이 쳐들어왔다는 소식이 로마에 들어온 지 겨우 8주 후였다. 불과 8주 동안 로마는 군사를 모집하고 무기를 준비하고 기병과 비전투병까지 총 5만여 명의 병사들을 어느 정도 수준으로 훈련시킨 것이다. 게르만족이라는 무시무시한 귀신이 아니고서는 이런 영웅적인 노력을 이끌어낼 수 없었을 것이다.

"어쨌든 간에, 이건 우리 로마인들은 의지만 있으면 무엇이든 해낸다는 증명이나 다름없소." 카이사르가 아내 마르키아에게 말했다. 그들은 갈리아 지방을 향해 플라미니우스 가도를 행진하는 로마 군단을 전송하고 돌아오는 길이었다. 눈부시고 유쾌한 광경이었다.

"그래요. 실라누스가 맡은 임무를 해낸다는 조건하에서요." 마르키아가 대답했다. 진정한 원로원 의원의 아내답게 마르키아는 늘 정치에 관심을 두고 있었다.

"당신, 실라누스가 못해낼 거라고 생각하는군."

"솔직히 당신도 그렇게 생각하잖아요. 그렇긴 해도 그 많은 병사들이 군화를 신고 물비우스 교를 건너는 모습을 보고 있으려니, 마르쿠스 아이밀리우스 스카우루스와 마르쿠스 리비우스 드루수스를 감찰관으로 두어 참 다행스럽단 생각이 들었어요." 마르키아가 안도의 한숨을 내쉬며 말했다. "스카우루스가 옳아요. 물비우스 교는 곧 무너질 것 같고 홍수가 한 번만 더 나도 버티지 못할 거예요. 그런데 로마 군대가 전부 티베리스 강 남쪽에 있다가 급하게 북진해야 하게 되면 그때는 어쩔 건가요? 물비우스 교를 재건하겠다고 공약한 스카우루스가 선출되어 무척 다행이에요. 참 훌륭한 사람이에요!"

카이사르는 약간 쓴웃음을 지었지만 공정을 기하려고 애쓰며 말했다. "허! 스카우루스가 아주 유명인사가 되어가고 있군! 그 사람은 말솜씨가 현란한 사기꾼이야. 그자 말의 4분의 3은 순 사기고 나머지 4분의 1만 진짜인데, 그 진짜가 웬만한 사람의 말 전체보다 낫긴 하지. 그러니 나도 나머지를 접고 들어가야 할 거요. 그래, 그자가 옳소. 로마에는 새로운 공공사업 계획이 필요해요. 고용률을 높이기 위해서라도 말이오. 지난 몇 년 동안 돈 한푼에도 벌벌 떠는 자들을 감찰관으로 두고 원로원 문서들을 검토하도록 내버려두었지만, 그자들에게는 그들이 조사결과를 휘갈겨대는 종이만큼의 값어치도 없소! 스카우루스에게 충분한 자금을 지원해야 하오. 스카우루스는 오래전에 처리했어야 할 사안들을 이제라도 해결하려는 거요. 하지만 라벤나 주변 늪지대를 개간한다든지 파르마와 무티나 사이에 운하를 뚫고 제방을 쌓는다는 계획은 용인할 수 없소."

"오, 여보, 좀 관대해져요." 마르키아가 약간 날카롭게 말했다. "파두스 강변에 연석을 놓는다는 계획은 얼마나 훌륭해요! 게르만족이 알프스 너머 갈리아를 침범한 마당에 홍수가 져서 군인들이 다니는 알프스 산길이 차단되기라도 하면 어쩌겠어요!"

"그건 잘하는 일이라고 내가 이미 말했지 않소." 카이사르는 완고하게 비판적인 태도를 유지했다. "하지만 그자가 유독 자기 피호민들이 많은 지역에 그런 공공사업 계획을 추진해왔다는 점이 대단히 흥미롭

단 말이지. 아마도 공공사업이 완료될 즈음이면 피호민들의 수가 여섯 배는 뛸 것이오. 아드리아 해의 아리미눔에서 알프스 산맥 서부 타우라 시아까지 500여 킬로미터나 되는 '아이밀리우스 가도'가 뚫리면, 그 길에 놓인 돌만큼이나 많은 피호민들이 생겨나겠지!"

"흠, 스카우루스에게 행운을 빌어야겠어요." 마르키아 역시 완고했다. "당신은 그자가 서부연안 도로를 측량하고 건설하는 것에 대해서도 조롱할 테니까요!"

"서부연안 도로에서 데르토나로 이어지는 간선도로에 대해서는 왜 말하지 않소? 그자는 그 도로에도 자기 이름을 넣겠지! '아이밀리우스 스카우루스 가도'라고 말이오. 쯧쯧!"

"심술보." 마르키아가 말했다.

"독선가." 카이사르가 응수했다.

"간혹 당신 같은 사람을 내가 왜 이렇게 좋아하나 싶을 때가 있어요."

"나도 당신과 똑같은 생각을 할 때가 있다오."

그때 율릴라가 들어왔다. 해골까지는 아니지만 극도로 야윈 모습이었다. 율릴라가 이 상태로 지낸 지 벌써 두 달째였다. 그녀는 남들에게 동정심을 불러일으키면서도, 순전히 굶주림으로 또는 그러다 다른 질병으로 죽을 수도 있는 지경까지 가지 않는 균형점을 파악한 터였다. 율릴라의 계획에 죽음은 포함되지 않았고, 자칫 정신이 흐려져서도 안 되었다.

율릴라의 목표는 두 가지였다. 하나는 술라로 하여금 그녀를 사랑한다고 인정하게 만드는 것이었고, 다른 하나는 가족들을 살살 구워삶아 아버지로부터 술라와의 혼인 허락을 받아내는 희박한 가능성을 현실화하는 것이었다. 율릴라가 비록 철부지 어린애긴 해도, 자신이 가진 힘이 아버지가 가진 힘보다 크다고 착각하지는 않았다. 막내딸을 몹시 사랑해서 자신의 경제력이 허락하는 한 만족시켜주려고 하는 아버지였지만, 결혼상대를 고르는 문제만큼은 딸보다 자신의 희망을 따를 것이었다. 아, 율릴라가 언니 율리아처럼 아버지가 골라주는 남편을 받아들이는 순종적인 딸이었더라면 아버지는 진정 마음속에서 우러나오는 기쁨으로 빛날 것이었다. 율릴라 역시 아버지가 골라주는 남자는 분명 자신을 아끼고 사랑하고 존중해줄 것임을 알고 있었다. 그런데 남편으로 루키우스 코르넬리우스 술라를? 아버지는 결코 허락하지 않을 것이고, 율릴라 혹은 술라가 그 어떤 이유를 대더라도 아버지의 마음을 돌려놓을 수는 없을 것이었다. 율릴라는 울 수도 있고 간청할 수도 있으며 자신의 사랑은 절대 꺼지지 않는다고 저항하거나 속마음을 모조리 털어놓을 수도 있겠지만, 그래도 아버지는 결혼을 허락해주지 않을 것이었다. 더구나 이제 율릴라는 40탈렌툼, 즉 100만 세스테르티우스에 달하는 지참금까지 은행에 마련되어 신붓감으로 손색이 없었으니, 이제는 술라가 율릴라 하나만 보고 그녀와 결혼하겠다며 아버지를 설득할 가능성마저 사라진 셈이었다. 물론 어디까지나 술라가 율릴라와 결혼하고 싶다고 인정했을 때의 이야기지만.

어릴 적 늘 참을성 없게 굴었던 율릴라는, 이번 계획을 실행하면서 극도의 인내심을 발휘하고 있었다. 율릴라는 단단한 알을 품은 새처럼 참을성 있게 계획을 실행하고 나섰다. 이 계획이 성공하려면, 즉 술라와 결혼하려면 목표물 술라에서부터 감독관 역할의 가이우스 율리우스 카이사르까지 그 누구보다도 훨씬 더 많이 기다리고 인내해야 한다는 사실을 그녀는 잘 알고 있었다. 성공으로 이르는 길에 도사린 이런저런 함정들에 대해서도 잘 알고 있었다. 술라가 다른 사람과 결혼해버릴 수도 있었고, 로마에서 떠나버릴 수도 있었고, 갑자기 병이 들어 죽을 수도 있었다. 하지만 율릴라는 이러한 가능성을 차단하기 위해 동원할 수 있는 모든 수단을 활용했다. 가장 중요한 것은 아픈 척함으로써 그녀를 만나주지 않을 게 뻔한 그 남자의 마음에 비수를 내리꽂는 것이었다. 술라가 만나주지 않을 것을 어떻게 아느냐고? 술라는 로마로 돌아오고 몇 달간 율릴라가 만나자고 할 때마다 퇴짜를 놓더니, 결국은 마르가리타리아 주랑건물의 굵은 기둥 뒤에 숨은 채 계속 귀찮게 굴면 아예 로마를 떠나버리겠다고 통보하기에 이르렀던 것이다.

율릴라가 이처럼 서서히 공을 들여 발전시켜온 계획이 싹튼 것은 두 사람이 처음 만났던 날, 그러니까 술라가 통통한 강아지라고 놀리며 율릴라를 쫓아낸 그때였다. 율릴라는 그날 이후 과자를 끊었고 덕분에 몸무게가 조금 줄었지만, 그 고통의 대가로 술라에게 받은 보상은 아무것도 없었다. 더구나 술라가 로마로 돌아온 뒤로 전보다 더 무례하게 굴자 율릴라는 드디어 결심을 굳혔고, 음식을 아예 거부하게 되었다. 처음에는 무척 힘들었지만 일단 먹고 싶은 욕구에 굴복하지 않고 꽤 긴 시간을 반 단식상태로 버티고 나니 식욕이 점점 줄었고, 나중에는 허기 자체를 느끼지 않게 되었다.

그리고 8개월 전 스티쿠스가 시름시름 앓다가 죽었을 즈음 율릴라의 계획은 거의 완성되기에 이르렀다. 여전히 까다로운 문제가 남아 있었는데, 술라의 마음속에서 자신이 항상 중요한 존재가 될 방법을 찾아내는 것과 목숨이 위태롭지 않을 정도로 몸무게를 유지할 방법을 파악하는 것이었다.

먼저 술라에게는 편지를 쓰는 방법을 택했다.

사랑해요. 당신에겐 이 말을 아무리 여러 번 해도 절대 지겹지 않을 거예요. 내 마음을 전할 방법이 오직 편지뿐이라면 기꺼이 편지를 쓰겠어요. 수십 통, 수백 통. 그렇게 몇 년이 쌓이면 수천 통이 되겠죠. 난 당신이 내 편지에 질식하고 익사하고 압사하게 만들 거예요. 편지야말로 가장 로마인다운 방식이잖아요? 우리 모두가 편지를 쓰면서 살아가듯이 나도 당신에게 편지를 쓰는 일로 살아갈 거예요. 내 심장과 영혼이 갈구하는 양식을 당신이 나한테 주지 않는데, 음식이 다 무슨 의미가 있죠? 동정심이라고는 없는 잔인하고 무자비한 내 사랑! 당신은 왜 나에게 오지 않나요? 우리 두 집 사이의 담을 허물고 내 방에 숨어들어 나한테 키스하고, 키스하고, 또 키스해줘요! 당신은 그러지 않을 거죠. 어서 빨리 벗어나고 싶은 끔찍한 침대에 힘없이 누운 채로, 나한테 오지 않을 거라는 당신의 목소리를 들어요. 당신은 왜 내게 이토록 무심하고 냉정하게 대하죠? 분명 당신은 그 희디흰 피부 속에 나를 닮은 아주 작은 인형을 간직하고 있을 거예요. 내 정수는 당신의 소유가 된 거죠. 그러는 동안 옆집에 사는 가짜 율릴라는 끔찍한 침대 속에서 피가 다 빠져나가 몸이 말라비틀어진 채 그늘진 얼굴로 서서히 의식이 희미해져가겠죠. 그러다 어느 날 나는 완전히 사라져버리고, 이 세상에는 당신의 희디흰 피부 속에 자리한 아주 작은 인형만 남을 거예요. 와서 날 봐요. 당신이 무슨 짓을 했는지 봐요! 내게 키스하고, 키스하고, 또 키스해줘요. 당신을 사랑해요.

음식량을 조절하는 것은 훨씬 더 어려웠다. 체중을 늘리지 않겠다고 결심하고 나니 아무리 현상 유지를 하려고 해도 체중이 계속 줄었다.

그러던 어느 날, 몇 달간 성과도 없이 카이사르의 집을 드나들던 의사들 무리가 결국 카이사르에게 들이닥쳐 율릴라에게 음식을 강제로 먹이라고 권하기에 이르렀다. 게다가 이 무책임한 의사들은 그 힘든 일을 가엾은 가족들에게 떠맡겼다. 그리하여 신참 노예부터 가이우스와 섹스투스 오빠들, 마르키아와 카이사르에 이르기까지 이 집 사람들이 총동원되어 마음을 모질게 먹고 덤벼들었다. 결국 그날은 아무도 다시 떠올리고 싶지 않을 기억으로 남았다. 율릴라는 연약한 몸으로 격렬하게 저항하며 그들이 자기를 살리려는 게 아니라 죽이려 한다는 듯 비명을 지르더니, 어렵사리 먹인 것을 모조리 다시 토했다. 마침내 카이사르가 이 끔찍한 일을 그만두라고 명한 뒤 가족회의를 열었고, 가족들 중 단한 명의 반대도 없이, 율릴라에게 나중에 어떤 일이 생기더라도 음식을 억지로 먹이는 것만은 절대 하지 않기로 결정했다.

한데 그날 율릴라가 음식을 안 먹으려고 야단법석을 떨어댄 탓에 카이사르 집안의 비밀이 온 동네에 퍼지고 말았다. 카이사르 가족의 문제를 이제 동네 사람들이 다 알게 된 것이다. 카이사르 가족이 그동안 이 문제를 수치스럽게 생각해 일부러 쉬쉬해온 것은 아니었다. 단지 카이사르가 사람들 입소문에 오르내리는 것을 워낙 싫어했던 터라 그럴 만한 소재를 애초에 흘리지 않으려 했던 것이다.

문제를 해결해주겠다고 나선 이는 다름 아닌 옆집 부인 클리툼나였다. 클리툼나는 이럴 때 특효인 음식을 안다고 했다. 율릴라가 자발적으로 먹을 것이며, 일단 삼키기만 하면 소화도 잘된다는 것이었다. 카이사르와 마르키아는 클리툼나를 반갑게 맞아들였고, 거실에 같이 앉아 그녀의 말을 경청했다.

"우유 대줄 곳을 찾으세요." 카이사르 집안사람들의 관심을 한몸에 받는 새로운 경험에 한껏 도취한 클리톰나가 거드름을 피우며 말했다. "구하기가 쉽진 않죠. 하지만 제가 알기로 카메나이 골짜기에 가면 소 젖을 짜는 사람들이 한둘 있답니다. 우유를 구하시면 잔에 붓고 계란 한 알을 깨넣은 뒤 꿀 세 숟가락을 넣으세요. 거품이 생길 때까지 잘 젓 고 마지막으로 진한 포도주를 반 잔 부으세요. 포도주를 먼저 부으면 거품이 잘 안 생긴답니다. 유리잔이 있으면 거기 담아서 주세요. 진분 홍색 위에 노란색 거품이 떠 있는 것이 보여서 예쁘거든요. 일단 마시 기만 하면 분명히 건강해질 거예요." 클리톰나는 언니가 단식했던 시기 를 생생하게 기억하고 있었다. 알바 푸켄티아 출신의, 피리로 뱀을 부 리는 보잘것없는 남자와 결혼하지 못하게 되어서였다.

"해볼게요." 눈에 눈물이 가득 고인 마르키아가 말했다.

"제 언니에게는 효과가 있었어요." 클리톰나가 한숨을 쉬었다. "그러 고 나서 뱀 부리는 남자를 잊고, 제가 아끼고 아끼던 조카 스티쿠스의 아버지를 만나 결혼했지요."

카이사르가 일어섰다. "카메나이 골짜기에 당장 사람을 보내겠소." 그는 이렇게 말하고 방에서 나갔다가, 잠시 후 다시 문앞에 나타났다. "계란은 어떤 것을 써야 하오? 열번째에 낳은 알을 씁니까? 아니면 그 냥 보통 계란이면 되는 거요?"

"아, 저희는 그냥 보통 걸로 했어요." 클리톰나가 의자에 편안히 앉아 대수롭지 않다는 듯 대답했다. "혹시 너무 크면 재료 비율이 달라질 수 있어요."

"꿀은 어떻소?" 카이사르가 집요하게 물었다. "보통 라티움 꿀을 쓰 오? 아니면 히메토스 산에서 나는 것이 좋겠소? 아니면 어디서 난 것이 든 훈연하지 않은 벌집에서 난 꿀을 써야 하오?"

"보통 라티움 꿀이면 충분해요. 누가 알겠어요? 마법을 부린 게 훈연 꿀에 들어 있는 연기였는지. 원래의 처방을 벗어나지 않기로 해요, 가이우스 율리우스."

"옳은 말이군." 카이사르가 다시 사라졌다.

"아, 그애가 마시긴 할지!" 마르키아가 떨리는 목소리로 말했다. "저 흰 정말 어찌할 바를 모르겠어요."

"그 심정을 왜 모르겠어요. 하지만 너무 야단법석을 떨면 안 돼요. 적어도 율릴라가 듣는 데서는 말이에요." 자기 일이 아닐 때는 늘 합리적인 클리툼나가 조언했다. 만일 술라의 방에 쌓여 있는 수많은 편지의 존재를 알기라도 했다면 기꺼이 율릴라가 죽게 내버려뒀을 그녀였다. 클리툼나가 울상을 지으며 구슬픈 듯 코를 훌쩍였다. "우리 두 이웃집에서 두번째 죽음이 나와서는 안 돼요."

"절대 안 되지요!" 마르키아가 외쳤다. 그러고는 이웃에 대한 예절을 잊지 않은 듯 자상한 목소리로 물었다. "조카분을 상실한 일에 대해선 조금 회복이 되셨나요? 굉장히 힘드셨을 텐데요."

"네, 그럭저럭 지낸답니다." 클리툼나가 대답했다. 여러 가지로 스티쿠스의 죽음이 슬펐지만 한 가지 중요한 점에서는 오히려 편해진 것이 있었으니, 세상을 떠난 스티쿠스와 그녀가 아끼고 사랑하는 술라의 마찰이 사라졌다는 것이었다. 클리툼나는 크게 한숨을 내쉬었다. 그녀는 몰랐겠지만, 율릴라가 내쉬고 있던 한숨 소리와 똑같았다.

이날의 만남은 뒤따를 수많은 방문의 예고에 지나지 않았다. 클리툼나가 말해준 음식이 효과를 보인 후로, 카이사르 가족은 천박한 이웃여자에게 엄청난 빚을 진 셈이 되었다.

"누구에게 신세를 진다는 건 짜증나고 귀찮은 일이군." 아트리움에서 클리툼나가 빽빽거리는 소리가 들려올 때마다 서재로 피신하는 카이사르가 말했다.

"오, 가이우스 율리우스. 괴팍하게 굴지 말아요!" 마르키아가 클리툼나를 감싸며 말했다. "클리툼나는 친절한 여자예요. 그런 사람의 감정을 상하게 하면 안 되잖아요. 당신이 늘 클리툼나를 피하니 그 부인네가 서운하게 생각하지 않을까 걱정이에요."

"엄청나게 친절한 여자인 걸 내가 왜 모르겠소." 이 집의 가장이 짜증난 목소리로 외쳤다. "나는 바로 그 점을 불평하는 거요!"

율릴라의 작전으로 술라의 삶이 얼마나 복잡해졌는지 그녀가 알았다면 크나큰 만족감에 취했을 것이다. 하지만 율릴라는 전혀 알 길이 없었다. 술라는 자신의 괴로움을 모두에게 숨긴 채 율릴라의 처지에 아예 무관심한 척했고, 클리툼나는 이를 곧이곧대로 믿었던 것이다. 생명을 구한 기적의 주인공 클리툼나는 이제 옆집 소식을 쉴새없이 퍼날랐다.

"자기도 얼굴 좀 내밀고 그 불쌍한 애한테 인사라도 건네봐." 클리툼나가 안달했다. 실라누스가 위엄 넘치는 로마의 7개 군단을 이끌고 플라미니우스 가도를 북진하던 시기였다. "그애가 이따금씩 당신 안부를 물어보더라고, 루키우스 코르넬리우스."

"카이사르 집안 여자들 비위나 맞추며 알랑거릴 시간은 없어." 술라가 매몰차게 말했다.

"헛소리!" 니코폴리스가 딱 잘라 말했다. "자기같이 시간이 차고 넘치는 남자가 어디 있다고."

"그게 어디 내 잘못이야?" 술라가 애인을 향해 홱 돌아서며 말했다.

갑작스레 흉포해진 모습에 겁이 난 니코폴리스가 몸을 움츠렸다. "나라고 바쁘지 말란 법 있어? 실라누스를 따라 게르만족과 싸우러 나갈 수도 있다고."

"그런데 왜 안 갔어? 재산 요건을 확 내렸으니 자기도 마음만 먹으면 출정할 수 있었을 텐데." 니코폴리스가 따지듯 물었다.

술라의 입술 끝이 치켜올라가며 길고 뾰족한 송곳니가 드러났다. 송곳니로 인해 그의 미소에서 야성적 잔인함이 느껴졌다. "코르넬리우스 가문 출신의 파트리키인 나더러 군단에서 사병 자격으로 행군하라고? 얼마 안 있어서 게르만족에게 붙잡혀 노예로 팔리고 말 텐데!"

"게르만족을 꺾지 못한다면 그렇게 될 수도 있겠지. 하지만 솔직히 루키우스 코르넬리우스, 당신의 가장 큰 적은 바로 당신 자신이라는 생각이 들 때가 있어! 지금도 봐. 클리툼나가 부탁한 건 죽어가는 여자애에게 별것 아닌 작은 호의를 표시해달라는 것뿐인데도 당신은 시간도 없고 관심도 없다며 변변찮은 핑계만 대고 있잖아. 그런 모습은 정말이지 보기싫어!" 니코폴리스의 두 눈에 교활한 빛이 어렸다. "어쨌거나 이곳 생활이 엄청 편해졌다는 건 당신도 인정할 거 아니야. 아주 편리하게도 루키우스 가비우스가 세상을 하직해준 뒤로 말이야." 니코폴리스는 유명한 통속가요를 나직하게 읊조렸다. 그 노래의 가사는 아무에게도 들키지 않고 연적을 살해하는 내용을 담고 있었다. "편-리-하-게-하-직-해-주-었-지-!" 불안정한 음조로 니코폴리스가 노래했다.

딱딱하게 굳은 술라의 얼굴은 이상하리만치 무표정했다. "우리 친애하는 니코폴리스께서는 티베리스 강에 내려가 풍덩 빠지는 대단한 호의를 베풀어주시면 감사하겠소만?"

그렇게 슬며시 율릴라 이야기가 끝났다. 하지만 율릴라는 그후로도 끊임없이 화제에 올랐고, 이 일로 자신이 위태로워질 수 있음을 아는 술라는 걱정을 입 밖에 내지 못한 채 남몰래 괴로워했다. 율릴라의 명청한 하녀가 편지를 들고 다니다 들키기라도 한다면? 율릴라가 편지를 쓰는 모습이 발각되기라도 하면? 그러면 술라는 어떻게 될까? 술라의 과거를 아는 사람이라면, 술라가 율릴라를 유혹한 것이 아님을 어찌 믿어주겠는가? 불미스러운 과거 행적과는 별개로, 감찰관들이 술라가 파트리키 원로원 의원 딸의 도덕성을 더럽혔다고 여기기라도 한다면 그는 이제 영영 원로원에 들어갈 수 없을 것이다. 술라는 원로원에 진출하겠다고 이미 결심을 굳힌 터였다.

사실 술라가 가장 바라는 건 로마를 떠나버리는 것이었지만, 차마 그럴 수가 없었다. 술라가 없는 새 율릴라가 무슨 짓을 할지 모른다. 그리고 스스로는 인정하고 싶지 않은 사실이었지만, 그렇게 아프다는데 모른 척 내버려두고 떠날 수가 없었다. 자초한 병이라 해도 어쨌거나 심각한 상태다. 술라의 마음은 방향감각을 잃어버린 짐승처럼 한자리를 끝없이 맴돌았다. 정신을 가다듬어 분별 있고 논리적인 길을 찾아가지도 못했고, 그렇다고 가만히 있지도 못했다. 조상 대대로 내려온 장식장에 숨겨놓은 말라비틀어진 풀잎관을 꺼내들고, 이 불안한 마음 그대로 흐느껴 울고 싶은 심정이었다. 술라는 어디로 가야 할지 무엇을 해야 할지 분명하게 알고 있었지만, 그 계집으로 인해 모든 것이 감당할 수 없을 정도로 복잡하게 꼬여버렸다. 하지만 애초에 그 계집이 풀잎관을 건네면서 이 모든 일이 시작된 것 아닌가. 이제 어떻게 하나, 어떻게 해야 하나? 술라는 진흙탕 같은 삶 속에서 자신의 의지를 실현하기 위해 한 치의 오차도 없이 정확히 자신의 길을 찾아가야 했다. 율릴라가 아니어도 이미 충분히 힘든 상황인 것이다.

술라는 심지어 자살까지 생각했다. 자살과는 누구보다 거리가 먼 술라였다. 그러나 지금의 술라에게는 죽음이 끝나지 않는 잠, 이 모든 것으로부터 벗어나게 해줄 달콤한 환상처럼 느껴졌다. 그러다가 다시 율릴라가 떠올랐다. 늘 마지막엔 율릴라를 떠올렸다. 왜? 술라는 율릴라를 사랑하지 않았다. 술라에게는 애초에 누군가를 사랑할 수 있는 능력이 결여되어 있었다. 하지만 문득 율릴라를 간절히 원할 때가 있었다. 미치도록 율릴라를 물어뜯고, 그녀에게 입맞추고, 황홀한 고통 속에서 비명을 지를 때까지 찔러주고 싶었다. 하지만 또다른 때, 특히 애인과 의붓어머니 사이에 뜬눈으로 누워 있을 때면 술라는 율릴라를 몹시 혐오했다. 두 손으로 앙상한 율릴라의 목을 움켜쥐고 싶었고, 굶주린 폐에 남아 있는 마지막 생명까지 짜내어 그녀의 얼굴이 새파랗게 질리고 두 눈알이 퉁방울처럼 튀어나오는 꼴을 보고 싶었다. 그러고 있노라면 어느새 또 편지가 도착했다. 그는 왜 그 편지들을 그냥 버리지 못하는가? 아니면 이 편지들을 그애 아버지에게로 들고 가 매섭게 쏘아보면서, 이 귀찮은 일이 제발 다시 일어나지 않도록 해달라고 요구하지 않는가? 술라는 그렇게 하지 않았다. 사람 많은 장소에서, 행여 남들이 볼까봐 뭐라고 하지도 못하는 새 하녀애가 술라의 토가자락에 쑥 넣고 간 정열적이고 간절한 호소가 담긴 편지들을 그는 모두 읽었다. 편지마다 열 번도 넘게 읽고, 조상 대대로 내려오는 장식장에 다른 편지들과 함께 넣어두었다.

하지만 술라는 율릴라를 만나지 않겠다는 결심을 한 번도 어기지 않았다.

어느덧 봄이 지나 여름이 되었다. 여름 중에서도 섹스틸리스 즉 8월로, 시리우스가 낮의 뜨거운 열기에 지친 로마를 뚱하게 비추는 연중 가장 무더운 때였다. 끊임없이 쏟아져나온다는 게르만족을 잡으러 실라누스가 로다누스 강 상류로 진군하던 이때 이탈리아 중부에 비가 내리기 시작했다. 비는 계속되었다. 맑은 날에 익숙한 로마 시민들에게 폭우는 8월의 무더위보다 더 가혹했다. 음울하고 번거롭고, 홍수라도 일어날까 걱정이 끊이지 않았으며, 모든 면에서 불편했다. 시장을 연다는 것은 생각지도 못할 일이었다. 정치 활동도 단절되었고 재판은 모두 연기되었으며 범죄율이 치솟았다. 사내들은 불륜을 벌이다 발각된 아내를 죽였고, 곡식 창고에 비가 새서 쌓아둔 밀이 젖었으며, 티베리스 강이 범람해 공중변소가 역류하는 통에 분뇨가 둥둥 떠다녔고, 마르스 평원과 바티카누스 평원이 수몰되어 채소 부족 사태가 벌어졌으며, 조잡하게 올린 고층 인술라가 붕괴되거나 벽과 토대에 크게 금이 갔다. 모두가 감기에 걸렸다. 노인이나 병자들은 폐렴으로 죽어나갔고, 어린 아이들은 후두염이나 편도선염에 걸렸으며, 나이와 상관없이 수많은 사람들이 알 수 없는 병으로 몸이 마비되었다. 이 병에 걸리면 살아남는다 해도 한쪽 팔이나 다리가 오그라들어 불구가 되었다.

클리툼나와 니코폴리스는 매일같이 말다툼을 벌였고, 니코폴리스는 날마다 스티쿠스가 얼마나 편리하게 하직해주었느냐고 술라에게 귀엣말로 속삭였다.

꼬박 두 주 동안 원 없이 비가 내리더니, 동쪽 지평선에 떠 있던 마지막 구름마저 걷히면서 드디어 해가 나왔다. 로마는 찜통이 되었다. 포장도로와 지붕에서 수증기가 덩굴손을 뻗듯 슬슬 피어올랐다. 대기는 온통 증기로 가득찼다. 로마의 발코니, 로지아, 주랑정원, 창문은 곰팡이로 뒤덮여 전반적으로 공기가 탁했다. 어린 아기가 있는 집, 즉 상인 은행가 티투스 폼포니우스 저택 같은 곳은 주랑정원에 빨랫줄을 몇 개

씩 걸고 겹겹이 천 기저귀를 널어놓았다. 집집마다 신발에 핀 흰곰팡이를 떨어냈고, 글줄깨나 읽는 집에서는 두루마리 서적을 몽땅 꺼내 펼쳐 놓고 곰팡이가 조금이라도 피지 않았는지 꼼꼼히 살폈으며, 옷장과 장식장도 모두 환기했다.

하지만 악취에 절어 지내는 이 눅눅한 일상에도 한 가지 반가운 일이 있었으니, 제철을 맞은 버섯이 유례없이 많이 쏟아졌다는 사실이다. 매년 여름이 지나고 차츰 날이 건조해져가면, 로마 사람들은 부유한 자든 가난한 자든 누구나 향긋한 버섯을 양껏 먹어치우곤 했다.

그리고 술라는 율릴라의 편지를 잔뜩 받아들었다. 신나게 비가 쏟아지던 지난 두 주 동안 율릴라의 하녀는 그의 토가 속에 편지를 넣을 수가 없었던 것이다. 술라는 로마를 뜨고 싶다는 열망이 점점 커졌다. 이젠 딱 하루만이라도 로마의 습한 공기로부터 벗어나지 않으면 진짜로 미쳐버릴 것 같았다. 메트로비오스는 스킬락스를 따라 쿠마이로 휴가를 떠났고, 술라도 당일치기 외출을 혼자 다녀오고 싶지 않았다. 술라는 클리툼나와 니코폴리스를 데리고 로마 시 외곽의 그가 좋아하는 장소로 소풍을 다녀와야겠다고 마음먹었다.

"이보세요, 아가씨들." 우기가 끝나고 사흘째 맑은 날씨가 이어지자 이른 새벽 술라가 두 여인에게 말했다. "둘 다 나들이옷을 꺼내 입으세요. 제가 오늘 소풍 장소로 모시지요!"

두 아가씨(둘 다 아가씨다운 들뜬 기분 따윈 전혀 들지 않았다)는 냉소 띤 얼굴로 시큰둥하게 술라를 바라보았다. 우울하고 처진 기분을 도무지 떨쳐낼 수 없었고, 습한 밤 내내 같이 잔 침대는 땀에 푹 젖어 있었지만, 누운 자리에서 꼼짝도 하고 싶지 않았다.

"두 사람 모두 신선한 공기가 필요해요." 술라가 고집했다.

"팔라티누스 언덕에 있는 우리집 공기는 아무 문제 없어." 클리툼나가 등을 돌리며 말했다.

"이 순간 팔라티누스 언덕의 공기는 로마 다른 곳과 전혀 다를 바가 없어. 시궁창 냄새가 진동한다고. 제발 일어나요! 마차는 내가 빌렸어요. 티부르 쪽으로 떠날 거요. 숲에서 점심을 들고 옵시다. 물고기를 한두 마리 잡거나 여의치 않으면 사고, 덫을 놔서 통통한 토끼도 한 마리 잡읍시다. 그리고 지금보다 훨씬 더 행복해진 기분으로 어두워지기 전에 집에 돌아오는 거지."

"싫어." 클리툼나가 짜증 섞인 목소리로 말했다.

니코폴리스는 망설였다. "음……."

그 정도면 충분한 대답이었다. "준비해. 금방 올 테니까." 술라는 이렇게 말하고 느긋하게 기지개를 켰다. "아, 집에만 틀어박혀 있기 정말 지겨워."

"그래, 나도 지겨워." 니코폴리스가 응수하며 침대에서 일어났다.

클리툼나는 여전히 벽 쪽으로 얼굴을 돌린 채 누워 있었다. 술라는 소풍에 가져갈 점심을 주문하러 주방으로 갔다.

"당신도 와요." 술라는 깨끗한 튜닉을 입고 앞이 트인 장화 끈을 매며 클리툼나에게 말했다.

클리툼나는 대답이 없었다.

"좋을 대로 해요." 술라는 문으로 걸어갔다. "니코폴리스와 나는 저녁에 돌아오지요."

클리툼나는 대답이 없었다.

그리하여 소풍은 니코폴리스와 술라만 가게 되었다. 두 사람은 뒤늦게야 통보를 받은 요리사가 자기도 소풍이나 가면 좋겠다고 생각하며 큰 나들이 바구니에 급하게 준비해준 먹을거리를 들고 갔다. 카쿠스 계단 아래에 지붕 없는 이륜마차가 대기하고 있었다. 술라는 니코폴리스가 옆자리에 앉도록 도와준 뒤 마부석에 올랐다.

"갑시다." 술라가 고삐를 쥐며 기분좋게 말했다. 어느 때보다 홀가분한 기분이 들었다. 이제껏 살아오면서 별로 느껴보지 못했던 자유로운 느낌이었다. 이렇게 출발하고 보니 클리툼나가 오지 않은 것이 아쉽지 않다는 생각이 들었다. 동행인은 니코폴리스만으로 충분했다. "이랴! 가자." 술라가 외쳤다.

노새들이 부드럽게 출발했다. 이륜마차가 덜거덕거리며 대경기장이 있는 무르키아 골짜기를 내려가 카페나 성문을 통해 로마를 빠져나갔다. 하지만 안타깝게도 로마를 벗어난 그들의 시야에는 재미도 없고 유쾌하지도 않은 장면부터 펼쳐졌다. 동쪽으로 갈 것을 염두에 두고 술라가 택한 순환도로는 거대한 공동묘지를 가로질렀기 때문이다. 가도 가도 비석만 나왔다. 로마 바깥으로 나가는 간선도로에서 자주 보게 되는 부유한 귀족들의 웅장한 영묘(靈廟)가 아니라 그저 평범한 이들의 작은 비석들. 로마인들과 그리스인들은 가장 가난한 자들, 심지어 노예조차도, 세상을 떠났을 때 자신이 이 세상에 존재했음을 증명해줄 그럴듯한 기념비를 세울 수 있기를 소망했다. 그래서 가난한 사람들이나 노예들은 상조회에 들어 형편에 따라 조금씩이나마 상조회 자금에 보탰다. 상조회의 자금 운용은 아주 신중했다. 인간들이 사는 곳이면 어디나 그렇듯 로마에서도 횡령이 성행했지만, 이 상조회만큼은 회원들의 감시가 철저해 운영위원들이 정직하게 일할 수밖에 없었다. 남부럽지 않은 장례식과 보기 좋은 묘비는 그만큼 중요한 문제였다.

에스퀼리누스 평원 전체에 펼쳐진 이 거대한 공동묘지의 중심부는 교차로였고, 이 교차로에는 성스러운 수목으로 둘러싸인 거대한 베누스 리비티나 신전이 있었다. 신전 계단을 받치는 기단 안쪽에는 죽은 로마 시민들의 이름이 쓰인 명부와 더불어 지난 수세기 동안의 사망신고 납부금이 담긴 돈궤가 줄줄이 들어차 있었다. 따라서 이 신전에는 돈이 굉장히 많았지만, 국가에 귀속되는 이 돈은 아무도 손대지 않았다. 베누스 리비티나는 산 자가 아닌 죽은 자를 다스리고 번식력의 소멸을 관장하는 베누스였다. 따라서 베누스 리비티나 신전 주변의 숲은 로마 장례사 조합 본부였다. 신전 뒤편에는 장례용 장작더미를 쌓아두는 터가 있었고 그 뒤에는 극빈자 묘지가 있었다. 이곳에는 시신과 석회와 흙이 채워진 구덩이가 그때그때 두서없이 파여 있었다. 시민권자든 비시민권자든 매장을 택하는 이들은 거의 없었다. 유대인들만은 예외로, 그들은 공동묘지에 별도로 마련된 특정 구역에 매장되었다. 명문가 코르넬리우스 귀족들 역시 매장을 선호하여 아피우스 가도를 따라 묻혔다. 따라서 에스퀼리누스 평원을 작은 비석들의 도시로 만들어버린 이들 묘비 밑에 안치된 것은 썩어가는 시신이 아니라 재가 담긴 단지였다. 로마의 신성경계선 내에는 아무도 묻힐 수 없었다. 제아무리 로마에서 가장 위대한 자일지라도.

하지만 그들이 탄 이륜마차가 로마의 번화한 지역인 동북쪽 언덕들로 물을 끌어다주는 두 수도교 밑을 지나자마자 전혀 다른 풍경이 나타났다. 사방에 농지가 펼쳐져 있었다. 제일 먼저 눈에 들어온 것은 채소밭이었고 그다음으로 목초지와 밀밭이 보였다.

지난 폭우로 티부르 가도는 상태가 좋지 않았다. 포석을 촘촘히 덮은 자갈, 석회가루, 모래층이 많이 부식되어 있었다. 그러나 마차에 앉은 두 사람은 더할 나위 없이 즐거웠다. 햇살이 뜨거웠지만 시원한 산

들바람이 불었고, 니코폴리스의 커다란 양산이 술라의 눈처럼 흰 피부와 그녀의 올리브빛 피부를 햇볕으로부터 가려주었으며, 두 노새는 마부의 지시를 잘 따랐다. 속도 조절을 노새에게 맡겨두는 술라의 합리적인 방식 덕분에 노새들은 적당한 속도를 스스로 찾아가며 수킬로미터를 경쾌하게 달려갔다.

하루 만에 티부르까지 갔다가 돌아오기란 사실상 불가능했다. 술라가 가려는 장소는 티부르로 오르는 언덕길에 훨씬 못 미치는 곳에 있었다. 로마에서 벗어나 어느 정도 달리면 숲이 나온다. 이 숲은 산맥까지 죽 이어지는데, 산맥은 점점 높이 솟아올라 이탈리아에서 가장 높은 바위산(오늘날 그란사소디탈리아 산─옮긴이)의 산괴까지 연결된다. 숲이 산맥으로 이어지기 전 도로 하나가 숲 중간을 대각선으로 가로지르는데, 이 도로를 타고 1.6킬로미터쯤 더 가면 들판이 나오고, 거기서 더 가면 경작지가 비옥하기로 유명한 아니오 강 골짜기가 나온다.

술라는 숲 중간에 뚫린 도로로 15킬로미터가량 달린 뒤 도로를 벗어나 포장되지 않은 수렛길로 마차를 몰았다. 수렛길은 곧 나무들에 가로막혀 끝났다.

"다 왔어." 자리에서 뛰어내려 마차를 돌아 온 술라는 니코폴리스가 내리는 것을 도와주며 말했다. 니코폴리스는 온몸이 뻐근하고 욱신욱신했다. "지금은 그리 대단해 보이지 않겠지만, 나랑 조금 안으로 걸어 들어가면 멀리까지 나온 보람이 있다 싶을 거야."

술라는 일단 노새들의 마구를 풀고 다리를 묶은 뒤, 마차를 길에서 끌어내 수풀 밑 그늘진 곳에 대놓고 나들이 바구니를 어깨에 걸쳤다.

"노새랑 마구를 어쩌면 그렇게 잘 다뤄?" 술라를 따라 조심스럽게 나무 사이를 지나가며 니코폴리스가 물었다.

"로마 항에서 일해본 사람이라면 누구나 잘해." 술라가 짐을 메지 않은 어깨 쪽으로 고개를 돌리며 말했다. "이제 천천히 가도 돼! 멀지 않으니까 서두를 필요 없어."

술라 말대로 두 사람은 정말 빨리 도착했다. 9월 초순이어서 아직 낮의 열두 시간이 더 길기 때문에, 낮 동안은 한 시간이 65분으로 계산되었다. 술라와 니코폴리스가 숲에 들어섰을 때는 정오까지 아직 두 시간이나 더 지나야 했다.

"여기는 원시림은 아니야. 벌목을 하지 않는 것도 아마 그 때문이지. 옛날에 이 땅에서 밀농사를 지었는데 시칠리아, 사르디니아, 아프리카 속주에서 곡물이 들어오게 된 후 농부들이 로마로 이주하면서 척박한 이 땅은 방치한 거지."

"대단해, 루키우스 코르넬리우스." 니코폴리스는 긴 다리로 성큼성큼 걸어가는 술라와 보조를 맞추려 애쓰고 있었다. "세상에 대해 어떻게 그리 많이 알아?"

"운이 좋은 거야. 듣거나 읽은 건 다 기억하거든."

두 사람은 황홀하게 아름다운 들판에 다다랐다. 푸른 잔디가 깔린 이곳에는 늦여름 꽃이 한창이었다. 연분홍 코스모스, 여기저기 얽히고 설킨 덩굴에 흰색과 분홍색으로 만개한 장미꽃, 역시 흰색과 분홍색으로 높이 솟은 층층이부채꽃 루피너스까지. 들판 한가운데에 시내가 흐르고 있었는데 최근 내린 비로 물이 가득했고, 냇가에는 자갈이 쌓여 시내 옆으로 깊고 잔잔한 연못이 층층이 형성되어 있었다. 수면에 햇빛이 반사되어 반짝거리고 그 주변을 잠자리와 작은 새들이 날아다녔다.

"와, 정말 아름다워!" 니코폴리스가 외쳤다.

"작년에 몇 달 로마에서 나와 있을 때 이곳을 발견했어. 도로가 숲속으로 이어지는 바로 그 지점에서 이륜마차 바퀴가 빠져버려서, 할 수 없이 메트로비오스를 노새에 태워 도움을 청하라고 티부르로 보냈어. 그리고 나는 기다리는 동안 주변을 둘러봤지."

눈꼴사납고 두려운 메트로비오스에게 이 특별한 장소를 분명 먼저 보여줬으리라는 사실을 아는 건 전혀 달갑지 않았지만, 니코폴리스는 그저 말없이 풀밭에 주저앉아 술라가 나들이 바구니에서 포도주가 든 가죽자루를 꺼내는 것을 지켜보았다. 술자루를 시냇물에 담그자 바닥에 쌓인 돌들이 자연스레 그것을 정박시켜주었다. 술라가 튜닉과 장화를 벗었다. 그가 몸에 걸친 전부였다.

햇볕이 살갗을 따스하게 감싸오자 술라는 뼛속까지 가벼워지는 기분이 들었다. 그는 미소 띤 얼굴로 기지개를 켜고, 메트로비오스나 니코폴리스와는 전혀 상관없는 애정이 담긴 눈길로 자신만의 들판을 둘러보았다. 술라가 지금 느끼는 기쁨은 그저 자신의 일상을 구속하는 고난과 좌절로부터 벗어난 데서 오는 것이었다. 이곳에서는 시간이 정지되었고 정치판도 존재하지 않았으며 사람들은 계급이 없고 돈이란 아직 발명되지 않은 먼 훗날의 물건이었다. 지금까지 걸어온 인생이라는 행군에서 순수한 행복을 느낀 순간들은 너무도 적고 드문드문했기에, 술라는 그런 매 순간을 또렷하게 기억했다. 종잇조각 위에 구불구불한 그림으로만 보이던 글자들이 갑자기 이해할 수 있는 생각의 조각들로 바뀐 날, 굉장히 자상하고 사려 깊은 한 남자가 그에게 사랑의 행위가 얼마나 완전할 수 있는지 보여준 시간, 부친이 세상을 떠났을 때 느낀 짜릿한 해방감, 그리고 숲에서 발견한 이 들판이 그를 제외하고는 아무도 일부러 찾아오지 않는다는 점에서 그의 것이라 부를 수 있는 최초의 땅임을 깨달은 순간. 이게 전부였다. 모두 합친 전부. 아름다운 것에 감동하거나 일상에서 행복을 느낀 때는 없었다. 그에게 순수한 행복이란 글을 깨치고, 성애의 쾌락을 알고, 권력으로부터 벗어나고, 재산을 얻는 것이었다. 이러한 것들이 술라가 귀하게 여기고 얻기 원하는 것들이었다.

술라의 행복의 원천을 짐작조차 하지 못하는 니코폴리스는 그저 완전히 매혹된 눈길로 술라를 바라보았다. 이런 광경은 그녀도 처음이었다. 몸에 햇빛을 받고 서 있는 술라의 맨몸은 완벽하게 희었고, 머리와 가슴과 사타구니의 불타는 듯한 황금빛 털이 희디흰 몸과 아름답게 어우러져 감탄을 자아냈다. 모든 것이 지나치게 유혹적이었다. 니코폴리스는 얇은 로브를 벗고, 이어 기다란 뒷자락을 다리 사이로 올려 앞쪽에 핀으로 고정한 형태의 속옷까지 벗어던져 마찬가지로 벌거벗은 채 태양의 입맞춤을 온몸으로 만끽했다.

두 사람은 가장 깊은 연못을 골라 천천히 걸어들어갔다. 물이 너무 차가워 처음엔 흠칫했지만 온도에 적응할 때까지 물속에 머물렀다. 그동안 술라는 니코폴리스의 딱딱해진 젖꼭지와 아름다운 젖가슴을 어루만졌다. 둘은 다시 부드러운 잔디가 폭신하게 깔려 있는 곳으로 기어나와 몸의 물기가 다 마르도록 사랑을 나눴다. 그러고는 빵, 치즈, 삶은 계란, 닭날개로 점심을 들면서 시원한 포도주를 마셨다. 니코폴리스는 화관을 만들어 술라의 머리에 씌워주고 하나 더 만들어 자신의 머리에도 쓴 뒤, 살아 있음으로 느끼는 절대적인 감각적 쾌락에 겨운 나머지 옆으로 세 번 굴렀다.

"아, 정말 좋다!" 니코폴리스가 한숨을 쉬었다. "클리툼나는 자기가 뭘 놓치고 있는지도 모르겠지."

"클리툼나는 항상 자기가 뭘 놓치는지 몰라." 술라가 말했다.

"글쎄, 그럴까." 니코폴리스가 느릿하게 말했다. 그녀의 장난기가 발동했다. "클리툼나가 놓친 건 끈적이 스티쿠스잖아." 니코폴리스는 이렇게 말하더니 또다시 연적을 살해하는 노래를 흥얼거렸다. 이내 술라로부터 슬슬 화가 나고 있음을 암시하는 눈길이 느껴졌다. 니코폴리스는 솔직히 술라가 스티쿠스를 죽게 만들었을 거라고 생각하지는 않았다. 그게 술라 짓이라고 처음 암시했을 때 술라가 깜짝 놀라는 반응을 보인 게 재미나서 그저 호기심에 그런 장난을 계속해온 것이었다.

이제는 멈출 때다. 니코폴리스는 일어서서 여전히 다리를 쭉 뻗고 누워 있는 술라를 향해 양손을 내밀었다. "일어나, 게으름뱅이. 숲속을 걸으면서 몸을 식히고 싶어."

술라는 순순히 일어나 니코폴리스의 손을 잡고 숲속을 걸었다. 젖은 잎사귀들이 부드러운 카펫이 되어주었고 발길을 가로막는 덤불 따위도 없었다. 햇볕을 충분히 받은 터라 땅바닥의 잎사귀들이 따뜻했다. 맨발로 걷기에 더할 나위 없이 좋았다.

그리고 버섯! 지금까지 니코폴리스가 봐온 그 어떤 버섯보다 예쁜 버섯들이 군대처럼 무리지어 자라고 있었다. 벌레 먹거나 짐승의 발톱에 긁힌 자국 없이, 갓 부분은 그야말로 희고 부드럽고 도톰하고 기둥 부분은 날씬했다. 버섯에서 기분좋은 흙냄새가 진하게 풍겨왔다.

"와, 맛있겠다!" 니코폴리스가 소리치며 무릎을 굽혀 앉았다.

술라가 인상을 찌푸렸다. "가자."

"싫어. 당신이 버섯을 싫어한다고 나까지 그래야 해? 루키우스 코르넬리우스, 그러지 말고 제발! 나들이 바구니 안에서 천 하나 가져다줘. 이것들 따가서 저녁으로 먹을 거야." 니코폴리스가 단호한 목소리로 말했다.

"식용이 아닐 수도 있어." 술라가 제자리에 선 채 말했다.

"말도 안 돼! 당연히 먹을 수 있는 거야. 봐! 주름에 엷은 막이 덮여 있지도 않고 점도 없고 붉은색도 아니잖아. 냄새도 아주 좋아. 이거 떡 갈나무 아니지, 그렇지?" 니코폴리스는 곁에 선 나무를 바라보았다.

술라는 끝 부분이 가리비처럼 구불구불한 나뭇잎을 살펴보았다. 그 순간 피할 수 없는 운명이 자신에게 다가왔다는 강한 예시를 느꼈다. 술라의 행운의 여신이 손가락으로 그것을 가리키고 있었다. "그래, 떡 갈나무는 아니야."

"그러면 어서! 가져다줘, 응?" 니코폴리스가 계속 졸랐다.

술라는 한숨을 내쉬었다. "알았어. 당신 마음대로 해."

니코폴리스는 마음에 드는 것들로만 골라 버섯 군대를 괴멸시킨 후 술라가 가져다준 냅킨에 소중하게 싸서 나들이 바구니 가장 아래에 넣었다. 그 자리라면 집으로 가는 동안 뜨거운 열에도 시들지 않을 것이었다.

"자기랑 클리툼나는 왜 버섯을 싫어하는지 몰라." 니코폴리스는 이렇게 말하며 마차에 다시 올라탔다. 노새들은 집을 향해 딸각거리며 열심히 달려갔다.

"난 버섯은 질색이야." 술라가 무심하게 말했다.

"그럴수록 난 더 좋아." 니코폴리스가 낄낄거렸다.

"그렇다고 해도 왜 굳이 이걸 따가지? 지금 시장에 나가면 지천으로 널린 게 버섯이고 공짜나 다름없이 싼데."

"이 버섯들은 바로 '내 거'야. 내가 맨 처음 발견했고, 맛있는 버섯인 것도 내가 알아봤고, 또 내가 땄잖아. 시장에 팔리는 건 어쨌거나 오래된 거잖아. 벌레 먹고 구멍 나고 거미도 기어다니고. 어떻게 보관한 버섯인지 누가 알아. 분명히 내가 딴 게 맛도 훨씬 좋을 걸."

분명 맛이 더 좋았다. 니코폴리스는 주방으로 버섯을 가져가 요리사에게 건넸다. 요리사는 미심쩍은 표정을 지었지만, 눈으로 보거나 코로 냄새를 맡아서는 특별히 흠을 잡을 수 없었다.

"기름을 살짝 치고 가볍게 볶아줘요." 니코폴리스가 말했다.

마침 채소를 담당하는 노예가 그날 아침 장에서 엄청나게 큰 바구니 가득 버섯을 사왔다. 가격이 무척 싸서 집안의 모든 사람들이 하루종일 버섯으로 배를 채웠던 터였다. 따라서 아무도 새로 가져온 버섯을 슬쩍 훔쳐먹을 생각을 하지 않았다. 요리사는 버섯이 부드러워질 정도로만 살짝 볶아서 접시에 담고 방금 간 신선한 후추와 양파즙을 살짝 뿌려 식당에서 기다리는 니코폴리스에게 가져다주었다. 니코폴리스는 요리사가 가져온 버섯 요리를 아주 맛있게 먹어치웠다. 나들이 뒤 식욕이 되살아났고, 클리툼나의 짜증이 절정에 다다른 걸 보니 더 입맛이 도는 듯했다. 물론 클리툼나는 아침에 두 사람이 떠난 뒤 뒤늦게야 둘을 불러세우라고 하인을 보냈다. 하지만 이미 늦은 터였고, 이후 소풍에 따라나서지 않은 걸 내내 후회했던 것이다. 저녁식사 시간에 두 사람이 소풍이 얼마나 즐거웠는지 자꾸 떠들어대자, 클리툼나는 줄곧 심술을 부리다 결국 그날 밤 혼자 자겠다고 선언하기에 이르렀다.

니코폴리스가 복통을 느낀 것은 열여덟 시간이 지나고 나서였다. 속이 메스껍고 불편한 기분이 들었지만 설사는 없었고, 웬만한 아픔에는 단련된 그녀였기에 이 정도면 견딜 수 있는 통증이라고 생각했다. 하지만 피처럼 붉은 소변을 보고 나자 덜컥 겁이 났다.

즉시 의사들이 호출되었다. 집안이 발칵 뒤집혔다. 클리툼나는 사람을 보내 술라를 찾아오게 했다. 그는 어디로 간다는 말도 없이 아침 일찍 집을 나간 터였다.

니코폴리스의 심장박동이 빨라지고 혈압이 떨어지자 의사들은 심각한 표정을 지었다. 니코폴리스는 경련을 일으켰고 호흡이 점점 느리고 얕아졌으며 심장박동이 약해지면서 이내 완전히 의식을 잃었다. 이 지경에 이를 때까지 아무도 버섯 생각을 하지 못했다.

"신장이 망가진 탓입니다." 시칠리아 출신 의사 아테노도로스가 말했다. 그는 이제 팔라티누스 언덕에서 제일가는 의사였다.

다른 의사들도 동의했다.

술라가 급히 달려왔을 즈음 니코폴리스는 심각한 내출혈로 이미 사망한 뒤였다. 의사들은 신체 기능이 완전히 무너진 탓이라고 했다.

"부검을 해봐야겠습니다." 아테노도로스가 말했다.

"동의하오." 술라는 버섯에 대해서 언급하지 않았다.

"전염성인가요?" 클리툼나가 애처롭게 물었다. 그녀는 늙고 병들고 지독하게 고독한 얼굴을 하고 있었다.

의사들 모두 아니라고 대답했다.


부검 결과 신장과 간 기능 상실이라는 진단이 나왔다. 잔뜩 부은 신장과 간에는 울혈이 생기고 피가 가득 고여 있었다. 니코폴리스의 심장을 둘러싼 막과 위 내벽, 소장과 대장 모두 출혈이 있었다. 겉으로는 멀쩡해 보였던 버섯, '죽음의 천사'가 일을 절묘하게 처리한 것이다.

클리툼나는 충격으로 몸져누웠기에 술라가 장례식을 맡았다. 그는 장례행렬에서 상주 역할을 맡아 로마의 희극과 익살극 유명인사들 앞에 서서 걸었다. 이들이 장례식에 참석한 것을 봤다면 니코폴리스는 무척 기뻐했을 것이었다.

장례식을 마치고 술라가 클리툼나의 집에 돌아와보니 가이우스 율리우스 카이사르가 기다리고 있었다. 술라는 상복인 검은색 토가를 벗어던지고 거실에 있는 클리툼나와 카이사르를 만나러 갔다. 술라는 원로원 의원인 카이사르와 눈만 몇 번 마주쳤을 뿐 사적으로는 그를 전혀 몰랐다. 그리스 출신의 천박한 여자가 뜻밖의 죽음을 맞았다고 해서 원로원 의원인 그가 클리툼나를 방문했다는 것이 술라에게는 상당히 이상하게 느껴졌다. 그래서 그와 첫인사를 나눌 때 경계하며 딱딱할 정도로 공손한 태도를 취했다.

"가이우스 율리우스." 술라가 고개를 숙이며 말했다.

"루키우스 코르넬리우스." 카이사르 역시 고개를 숙이며 말했다.

두 사람은 악수를 하지 않았지만 술라가 자리에 앉자 카이사르도 편안한 모습으로 다시 자리에 앉았다. 그는 울고 있는 클리툼나에게 고개를 돌려 자상하게 말했다.

"왜 여기 계시려 합니까? 마르키아가 저희 집에서 기다리고 있어요. 집사를 불러서 부축을 받아 마르키아에게 가보시지요. 슬프고 괴로울 때 같은 여자끼리 있으면 도움이 되지 않겠습니까?"

클리툼나가 일어나 아무 말 없이 비틀거리며 문으로 걸어가자, 방문객은 검은색 토가자락에서 작은 두루마리를 꺼내 탁자 위에 펼쳤다.

"루키우스 코르넬리우스, 당신 친구였던 고인은 생전에 내게 유언장을 작성해서 베스타 신녀들에게 맡겨달라고 했소. 클리툼나 부인은 내용을 알고 있으니 굳이 같이 들을 필요가 없어요."

"네?" 술라가 어안이 벙벙해져 물었다. 그는 할말을 못 찾고 잠자코 앉아 카이사르를 멍하게 바라보았다.

카이사르는 핵심으로 바로 옮겨갔다. "니코폴리스 부인은 루키우스 코르넬리우스 당신을 유일한 상속자로 지정했소."

술라의 표정은 여전히 멍했다. "니코폴리스가요?"

"그렇소."

"네, 제가 그 문제를 미리 생각해봤더라면 니코폴리스 입장에서 그럴 수밖에 없단 걸 충분히 예상했을 것 같습니다. 그래봤자 뭐 크게 중요하진 않겠지요. 갖고 있던 돈은 다 써버렸으니까요."

카이사르가 날카로운 눈길로 술라를 쳐다봤다. "그렇지 않소. 아마도 알고 있었을 텐데. 니코폴리스 부인은 재산이 상당히 많았소."

"그럴 리가요!"

"사실이오, 루키우스 코르넬리우스. 상당한 부자였소. 소유한 자산은 없었지만 전리품으로 큰돈을 번 어느 참모군관의 과부였지. 고인은 그가 남긴 재산을 모두 투자해두었소. 오늘 아침 기준으로 고인의 자산은 20만 데나리우스가 넘지요."

술라가 받은 충격은 진짜임이 틀림없었다. 그때까지 카이사르가 술라를 어떻게 생각했건 간에, 술라는 이러한 사실을 전혀 모르고 있었던 것이 분명해 보였다. 술라는 충격에 빠져 있었다.

술라는 몸을 뒤로 젖혀 의자 깊숙이 앉았다. 두 손을 얼굴에 대고 숨이 가쁜 듯 몸을 떨며 말했다. "그렇게나 많이! 니코폴리스가?"

"그렇게나 많소. 20만 데나리우스. 80만 세스테르티우스에 해당하는 금액이지요. 기사계급 자격을 얻을 수 있는 재산이오."

술라는 손을 털썩 떨어뜨렸다. "아, 니코폴리스!"

카이사르가 일어나 손을 뻗었다. 술라는 얼이 빠진 듯 카이사르의 손을 맞잡았다.

"아니, 루키우스 코르넬리우스. 그냥 앉아 있으시오." 카이사르가 자상하게 말했다. "내가 당신 입장에서 얼마나 기쁘게 생각하는지 이루 다 표현할 수가 없소. 고인을 잃은 슬픔을 달래기에는 아직 이르다는 것을 알지만, 나는 늘 진심으로 당신이 더 나은 운명과 행운을 누리게 되길 바라왔소. 오늘 아침에 공증을 시작하겠소. 두번째 시각에 포룸 로마눔의 베스타 신전에서 만나기로 합시다. 그럼 나는 이만 가보겠소."

카이사르가 간 후에도 술라는 오랫동안 미동도 없이 앉아 있었다. 집은 니코폴리스의 무덤만큼이나 고요했다. 클리툼나는 옆집에 마르키아와 함께 있는 것이 분명했고 하인들도 살금살금 움직였다.

그렇게 여섯 시간이 지났을까. 마침내 술라가 자리에서 일어났다. 몸이 뻐근하고 욱신거려 가볍게 기지개를 켰다. 피가 샘솟고 심장이 불타올랐다.

"루키우스 코르넬리우스, 이제야 제 길로 들어섰구나." 이렇게 말하고 술라는 웃음을 터뜨렸다.

처음에 부드러웠던 웃음소리는 점차 커지더니 이내 폭소가 되었다. 괴성과 포효와 환호가 뒤섞인 듯한 소리였다. 하인들은 공포에 떨며 듣고 있다가 클리툼나의 거실에 누가 들어가볼 것인지를 놓고 다투었다. 하지만 가볼 사람이 드디어 정해졌을 때, 술라의 웃음소리는 별안간 뚝 그쳤다.

클리툼나는 거의 하룻밤 새 폭삭 늙었다. 이제 겨우 쉰을 바라보는 나이였지만 조카의 죽음 이후 노화가 급속히 빨라졌다. 가장 가깝게 지내던 친구이자 애인 니코폴리스까지 죽자 클리툼나가 느끼는 고통은 이루 다 말로 표현할 수 없었다. 술라마저도 클리툼나의 우울증을 달래줄 수 없었다. 익살극이나 광대극을 보러 외출하지도 않았고 스킬락스나 마르시아스같이 자주 찾아오는 손님들에게도 미소 한번 보이지 않았다. 클리툼나에게 가장 두려운 것은 가까운 사람들이 점점 줄고 있으며 우울한 노년이 다가오고 있다는 것이었다. 게다가 니코폴리스가 남긴 유산 덕분에 자신에게 경제적으로 의지할 필요가 없어진 술라가 그녀를 버린다면, 이제 그녀는 완전히 혼자가 될 것이었다. 이는 너무도 두려운 상상이었다.

니코폴리스가 죽자 클리툼나는 곧바로 사람을 보내 카이사르를 불렀다. "망자에게 재산을 남길 수는 없으니까요. 유언장을 다시 작성해야겠어요."

유언장은 바로 변경되어 다시 베스타 신전에 맡겨졌다.

클리툼나는 여전히 침울했다. 눈물이 비처럼 쏟아졌고, 늘 부산스럽게 움직이던 두 손은 요리사가 속을 채워주기를 기다리는 패스트리 반죽처럼 얌전히 무릎 위에 놓여 있었다. 모두들 클리툼나를 걱정했다. 하지만 시간이 약이 되길 바라는 수밖에 도리가 없음을 다들 알고 있었다. 앞으로 시간이 남아 있다면 말이다.

술라에게는 지금이 때였다.

율릴라가 최근에 보내온 편지의 내용은 이랬다.

사랑해요. 달이 가고 해가 가도 내 사랑에는 아무런 대가도 돌아오지 않고, 나의 운명 따윈 당신에게 아무것도 아니란 걸 깨달을 뿐이지만. 지난 6월 난 열여덟이 되었어요. 이제 결혼할 나이지만 이렇게 몸이 아픈 덕에 그 끔찍한 의무를 어떻게든 미루고 있죠. 난 꼭 당신과 결혼해야 해요. 당신, 다른 누구도 아닌 바로 당신, 나의 연인, 사랑하는 루키우스 코르넬리우스. 지금 아버지께서는 날 어엿하고 떳떳한 신붓감으로 남자들 앞에 내놓지 못하고 있으니까, 난 당신이 찾아와서 나와 결혼하겠다고 말할 때까지 쭉 이렇게 지낼 거예요. 한때 당신은 나더러 어린애라고, 당신에 대한 나의 미숙한 감정은 곧 사라질 거라고 했지요. 하지만 난 그후 2년에 가까운 오랜 기간, 당신에게 내 가치를 증명했어요. 당신을 향한 내 사랑은 봄이면 어김없이 남쪽에서 태양이 돌아오듯 한결같다는 걸 당신에게 보여주었어요. 이젠 그 여자도 없잖아요. 내가 숨쉴 때마다 증오하고 저주하고 죽어라, 죽어라, 죽어라 빌었던 말라깽이 그리스 여자 말이에요. 이젠 내 힘이 어느 정도인지 당신도 알겠지요, 루키우스 코르넬리우스? 그런데 당신은 도저히 내게서 벗어날 수 없다는 것을 왜 아직도 모르나요? 내 심장은 그 누구의 심장보다 사랑으로 가득차 있는데 당신에게서는 아무런 응답도 없어요. 당신도 날 사랑하잖아요. 당신도 날 사랑한다는 걸 분명히 알아요. 항복해요, 루키우스 코르넬리우스, 이젠 항복해요. 어서 와서 날 봐요. 고통과 슬픔 속에 누워 있는 내 옆으로 와 무릎을 꿇어요. 내 가슴에 얼굴을 묻고 키스해줘요. 나에게 죽음의 형벌을 내리지 말아요! 나를 살리는 쪽을 택해요. 나와 결혼하는 쪽을 택해요.

그랬다. 술라에게는 지금이 때였다. 수많은 것에 종지부를 찍을 때. 클리툼나, 율릴라, 그 밖에도 술라의 영혼을 얽어매고 마음 구석구석에 으스스한 그림자를 드리우는 모든 인간관계들을 벗어던질 때. 이제는 메트로비오스마저도 사라져줘야 했다.

그래서 10월 중순, 술라는 카이사르가 집에 있을 게 확실한 시간에 그의 집 대문 앞에 섰다. 그 집 여자들이 각자의 공간으로 물러갔을 거라 예상되는 시간이기도 했다. 그 집의 가장인 카이사르는 아내나 딸을 피호민들이나 친구들과 한 공간에서 마주치게 할 사내가 아니었다. 술라가 지금 카이사르의 집 대문을 두드리는 이유는 부분적으로 율릴라를 떼어내기 위해서였지만, 오늘 율릴라의 모습을 보고 싶은 마음은 추호도 없었다. 그의 신경 하나하나, 사고 하나하나, 모든 에너지의 원천은 카이사르와 그가 카이사르에게 하는 말에 집중되어야 했다. 그가 하는 말이 카이사르로 하여금 일말의 의심이나 불신도 품게 해서는 안 되었다.

술라는 이미 카이사르와 함께 니코폴리스의 유언장을 공증받으러 다녀왔다. 상속금은 너무 쉽게 그의 손에 들어왔고 카이사르는 이와 관련해 어떠한 훈계도 하지 않았다. 그래서 술라는 오히려 더 카이사르를 조심했다. 두 감찰관 스카우루스와 드루수스에게 갈 때도 모든 일이 사전에 잘 조율된 한 편의 연극처럼 지극히 순조로웠다. 카이사르가 같이 가겠다고 먼저 나서주었고 감찰관에게 제출된 모든 서류를 자신이 작성했다며 보증해준 덕분이었다. 검토 절차가 끝난 후, 다른 사람도 아닌 마르쿠스 리비우스 드루수스와 마르쿠스 아이밀리우스 스카우루스가 직접 자리에서 일어나 술라에게 악수를 청하며 진심 어린 축하를 건넸다. 마치 꿈이나 다름없었다. 하지만 언젠간 이 꿈에서 깨어나야만 할 수도 있지 않은가?

그렇게 해서 술라는 일부러 유도할 필요도 없이 구렁이가 담을 넘어가듯 카이사르의 지인이 되었고, 두 사람의 관계는 살짝 어색하지만 호의를 가지고 서로를 용인하는 정도까지 이르렀다. 술라는 아직 카이사르의 집을 방문한 적이 없었다. 지금까지 두 사람의 만남은 주로 포룸 로마눔에서 이루어졌다. 카이사르의 두 아들은 매제인 마리우스와 아프리카에 가 있었지만, 부인 마르키아는 니코폴리스가 죽고 나서 몇 주 동안 클리툼나를 종종 찾아왔기에 서로 안면을 텄다. 술라는 마르키아가 자신을 의심쩍게 살피는 것을 자주 느꼈다. 아마도 클리툼나는 자신과 술라와 니코폴리스 세 사람의 해괴한 관계에 대해 충분히 입조심을 하지 않았을 것이다. 하지만 술라는 마르키아가 자신을 위험한 매력이 있는 남자로 본다는 걸 잘 알고 있었다. 마르키아의 태도로 볼 때, 그녀는 술라의 매력을 뱀이나 전갈을 볼 때 흔히 느끼는 낯설고 기이한 아름다움으로 분류하는 것 같았다.

따라서 10월 중순 카이사르의 집 대문을 두드리는 술라의 마음은 불안하고 초조할 수밖에 없었다. 자신이 세우고 있는 계획의 다음 단계를 더이상 미룰 수 없다는 것을 알기에 더욱 그랬다. 클리툼나가 활기를 되찾기 전에 빨리 행동을 개시해야 했다. 그러려면 카이사르를 특히 조심해야 한다.

문지기가 곧장 문을 열어주고 지체 없이 술라를 안으로 들였다. 이는 카이사르가 집에 있는 한 언제든 만날 의사가 있는 방문객 목록에 술라가 있음을 암시했다.

"가이우스 율리우스를 지금 만나뵐 수 있느냐?"

"예, 루키우스 코르넬리우스. 잠시 기다려주십시오." 문지기는 이렇게 말하고 카이사르의 서재 쪽으로 급히 걸음을 옮겼다.

술라는 기다리는 동안 아트리움을 둘러보려고 천천히 발걸음을 옮겼다. 꾸밈없이 소박한 카이사르의 아트리움을 보고 있으려니, 클리툼나 집의 아트리움은 동방 절대군주의 하렘으로 들어가는 대기실같이 느껴졌다. 술라가 카이사르의 아트리움을 찬찬히 살펴보고 있을 때, 율릴라가 그리로 걸어들어왔다.

얼마나 오래전부터 율릴라는 루키우스 코르넬리우스가 오면 즉시 알려달라고 문지기를 맡을 만한 하인들에게 당부해둔 것일까? 그리고 문지기가 카이사르에게 누가 왔는지 알리는 대신에 율릴라에게 먼저 가느라 보낸 시간은 얼마나 될까?

이 두 가지 질문이 술라의 머릿속에 떠오르더니, 머릿속 빛이 딸각 꺼졌다. 술라의 몸은 율릴라의 모습을 보고 받은 충격에 반응했다.

술라의 무릎이 꺾였다. 그는 손을 뻗어 제일 먼저 눈에 띄는 것을 붙잡았지만, 그것은 하필 소탁자 위에 놓인 은도금 물병이었다. 물병은 탁자에 고정되어 있지 않았기에 술라가 다급한 손길로 붙잡자 바로 쓰러지며 땡그랑 요란하게 바닥에 떨어졌다. 율릴라는 양손에 얼굴을 파묻고 아트리움 밖으로 뛰어나갔다.

물병 소리가 쿠마이의 예언자 동굴 안에서처럼 시끄럽게 울려퍼지자, 집안에 있던 사람들이 모두 아트리움으로 뛰어왔다. 안 그래도 희디흰 술라의 얼굴은 남아 있던 핏기마저 사라지고 백지장처럼 하얘졌다. 괴로움과 공포로 식은땀이 흘러내리는 걸 깨닫고 술라는 완전히 힘이 빠진 두 다리 사이에 얼굴을 묻었다. 바닥에 펼쳐진 긴 토가자락을 깔고 앉은 채 눈을 꽉 감고, 황금빛 피부를 덮어쓴 해골과 같은 율릴라의 이미지를 지워내려 애썼다.

카이사르와 마르키아가 술라를 일으켜 서재로 부축해갔다. 술라는 잿빛으로 변한 얼굴과 시퍼런 입술에 감사해야 했을 것이다. 그 때문에 그는 정말로 아픈 것처럼 보였기 때문이다.

포도주 원액을 한 모금 마시자 술라는 어느 정도 정신이 돌아왔다. 긴 의자에 허리를 세우고 앉아 한숨을 내쉬며 손으로 눈썹을 쓸었다. 둘 중 하나라도 내 모습을 봤을까? 율릴라는 어디로 갔을까? 무슨 말을 할까? 어떻게 해야 하나?

카이사르는 몹시 걱정하는 표정이었다. 마르키아도 마찬가지였다.

"죄송합니다, 가이우스 율리우스." 술라는 포도주를 한 모금 더 마셨다. "잠시 기절했던 것 같습니다. 저한테 무슨 일이 벌어졌던 건지 모르겠습니다."

"안심하게, 루키우스 코르넬리우스. 무슨 일이 벌어진 건지 알고 있네. 유령을 봤군."

아니, 이런 사람에게 속임수를 써서는 안 된다. 적어도 뻔한 속임수는 안 된다. 카이사르는 머리가 지나치게 좋고 직관력이 뛰어났다.

"작은 따님이었나요?"

"그렇네." 카이사르가 아내에게 물러나라고 고개를 까닥이자, 마르키아는 남편을 쳐다보거나 불평 한 마디 하지 않고 즉시 방에서 나갔다.

"몇 년 전에 이따금씩 마르가리타리아 주랑건물 근처에서 따님이 친구들과 어울리는 것을 보곤 했습니다. '아, 로마의 숙녀로서 갖춰야 할 것을 모두 갖췄구나' 생각했지요. 늘 웃는 얼굴에 속된 모습은 전혀 없고, 글쎄요, 모르겠습니다. 그런데 어느 날 팔라티움 고지에서 따님을 만났습니다. 몹시 고통스러운 날이었습니다. 말하자면 영혼의 고통 같은 것이었는데, 의원님도 아마 이해하실 겁니다."

"그래, 알 것 같네."

"따님은 제가 아프다고 생각했는지 도울 게 있느냐고 물어왔습니다. 저는 따님께 그다지 친절하게 대하지 않았습니다. 그저 의원님께서 따님이 저 같은 놈과 어울리는 것을 원치 않으실 거라는 생각뿐이었습니다. 하지만 따님은 쉽게 물러나지 않았고 저도 지나치게 무례하게 굴 수는 없었습니다. 그런데 따님이 제게 어떻게 하셨는지 아십니까?" 술라의 눈은 평소보다 더 기묘해 보였다. 동공이 평소보다 더 커져 있었고 그 주변을 둘러싼 가느다란 원은 흐릿한 연회색을, 그 바깥쪽 원은 진회색을 띠고 있었다. 카이사르를 향한 그의 눈은 약간 맹인의 눈 같았고, 어찌 보면 인간의 눈이 아닌 듯도 했다.

"그애가 어떻게 했는가?" 카이사르가 부드럽게 물었다.

"제게 풀잎관을 만들어주었습니다! 풀잎관을 만들어 제 머리에 씌워주었어요. 제게 말입니다! 그리고 저는, 저는 그때 뭔가를 봤습니다!"

두 사람 모두 침묵했다. 둘 중 누구도 이 침묵을 어떻게 깨야 할지 알 수 없었기에 침묵은 꽤 오랜 시간 계속되었다. 두 사내는 각자 조심스럽게 생각을 정리하며 상대방이 지금 내 편인지 아닌지를 가늠하고 있었다. 두 사람 다 성급하게 결론을 내리고 싶지 않았다.

"흠." 이윽고 카이사르가 한숨을 쉬며 입을 열었다. "오늘 나를 찾아온 이유는 무엇인가, 루키우스 코르넬리우스?"

카이사르가 이렇게 말한 것은, 딸의 행실을 어떻게 받아들일 것인지와 별개로 술라의 결백을 믿겠다는 의미였다. 또한 자신의 딸에 대한 어떤 이야기도 더 듣고 싶지 않다는 뜻이기도 했다. 술라는 애초 율릴라의 편지 얘기를 꺼내려고 했으나 그만두기로 마음먹었다.

술라가 카이사르를 방문한 애초의 목적은 이제 너무도 멀게 느껴졌고, 비현실적인 느낌마저 들었다. 하지만 술라는 어깨를 활짝 펴고 긴 의자에서 일어나 카이사르 책상 맞은편의 피호민들이 앉는 좀더 남성적인 의자로 가 앉더니 피호민의 태도를 취했다.

"클리툼나 때문입니다. 클리툼나에 대해 상의하러 왔습니다. 의원님 부인과 상의하는 것이 맞을 수도 있겠습니다만, 의원님과 먼저 상의를 하는 것이 적절하니까요. 그분은 요즘 완전히 달라졌습니다. 의원님도 알고 계시지요. 우울해하고 곧잘 울고 매사에 흥미가 없습니다. 상중이라는 것을 감안해도 정상이라고 보기 힘들 정돕니다. 문제는 제가 어떻게 해야 최선일지 모르겠다는 겁니다." 술라는 숨을 크게 들이쉬었다. "가이우스 율리우스, 저는 클리툼나에게 의무가 있습니다. 그분은 가련하고 어리석고 천박한 여인네죠. 이 동네에 어울리지 않는 사람이란 걸 저도 알고 있습니다. 하지만 저는 그분에게 의무가 있습니다. 클리툼나는 선친께 잘해주었고 제게도 줄곧 잘해주었습니다. 그런데 저는 지금 어떻게 해야 최선일지 정말이지 모르겠습니다."

카이사르는 의자에 기대앉았다. 그는 술라의 행동에 무언가 아귀가 맞지 않는 부분이 있음을 의식했다. 술라의 이야기 자체에는 의심 가는 부분이 전혀 없었다. 그 자신도 클리툼나를 봤고 마르키아를 통해서도 클리툼나의 상태에 대해 자주 들었던 터였으니까. 아니, 카이사르가 의심스럽게 생각한 부분은 술라가 그에게 조언을 구하러 왔다는 사실 그 자체였다. 이자의 성격에 맞지 않아, 카이사르는 생각했다. 의붓어머니에게 어떻게 해야 할지 고민된다는 술라의 말도 좀처럼 믿기지 않았다. 들리는 바에 따르면 술라의 의붓어머니는 그와 애인 사이이기도 했다. 물론 카이사르가 그 소문을 그대로 믿는 것은 아니었다. 술라가 의붓어머니에 대해 도움을 청하러 자신을 찾아온 것만 두고 본다면 그 소문은 왜곡된 거짓말이요 팔라티누스 동네의 전형적인 루머였다. 술라의 의붓어머니가 고인인 니코폴리스와 성적인 관계를 맺고 있었다는 소문도 마찬가지였다. 또 술라가 두 여자 모두와 성관계를, 그것도 한 침대에서 동시에 맺어왔다는 얘기 역시 헛소문이리라. 마르키아는 세 사람의 분위기가 심상치 않다고 말해왔지만, 카이사르가 구체적인 증거를 대보라고 추궁하면 어떠한 근거도 제시하지 못했다. 카이사르가 이러한 소문들을 잘 믿지 않는 이유는 단순히 순진한 사람이어서라기보다, 자신의 행동뿐만 아니라 타인의 행동에 대해 판단을 내릴 때도 지나치리만큼 깐깐한 성격 때문이었다. 증거가 확실한 사실과 항간에 떠도는 풍문은 엄연히 다른 것이다. 하지만 그렇다고 해도 오늘 술라가 조언을 구하러 자기를 찾아왔다는 것은 어쩐지 진실이 아니라는 느낌이 들었다.

생각이 여기까지 미쳤을 때 카이사르의 머릿속에 한 가지 답이 떠올랐다. 그는 지금까지 단 한 순간도 술라와 작은딸 사이에 무슨 일이 있었을 거라 생각지 않았다. 하지만 술라 같은 사내가 굶어죽을 것 같은 여자애를 봤다고 기절까지 하다니 도저히 믿기지 않는다는 생각이 문득 들었다. 그러자 율릴라가 그에게 풀잎관을 만들어주었다는 다소 이상한 이야기가 떠올랐다. 카이사르는 당연히 풀잎관의 의미심장함을 잘 알고 있었다. 아마도 두 사람의 만남은 겨우 몇 차례 지나치듯 이루어졌을 뿐이리라. 하지만 둘 사이에 분명 무슨 일인가 있는 것만은 틀림없다고 느껴졌다. 부적절하다거나 부당하다거나 떳떳하지 못한 일은 분명 아니다. 그저 조심스럽게 주시해야 할 어떤 것. 두 사람 사이에 어떠한 관계도 용납할 수 없다는 것은 당연했다. 두 사람이 서로에게 친밀감을 느꼈다면 무척 유감스러운 일이다. 율릴라는 카이사르 집안 사람들과 같은 계층의 떳떳한 남자를 남편으로 맞아야 마땅했다.

카이사르가 의자에 등을 기대고 이러한 생각을 하는 동안, 술라는 의자에 등을 기대고 카이사르가 무슨 생각을 하고 있을지 궁금해했다. 율릴라 때문에 오늘의 만남은 계획과는 전혀 다르게 진행되었다. 어찌 그리 자제력이 약할 수 있는가? 기절이라니! 다른 사람도 아니고 이 루키우스 코르넬리우스 술라가! 무방비 상태로 너무 많은 것을 드러내고 나니 이 조심성 많은 아버지 앞에 그의 입장을 솔직히 해명할 수밖에 없었고, 그리하여 어느 정도는 진실을 말해버리고 말았다. 율릴라의 회복에 도움이 된다면 사실을 전부 털어놨을 테지만 카이사르가 그 편지들을 즐거이 읽을 것 같지는 않았다. 카이사르에게 의심을 사기 쉽게 되었다는 생각을 하자 술라는 기분이 무척 나빠졌다.

"클리툼나에게 어떻게 해줄지 생각해둔 것이 있나?" 카이사르가 물었다.

술라가 이마를 찌푸렸다. "키르케이에 클리툼나의 빌라가 있는데 거기 내려가서 한동안 머무르라고 설득해보면 어떨까 싶습니다."

"내게 조언을 구하는 이유가 있는가?"

술라의 얼굴이 더 찌푸려졌다. 술라는 발밑에 도사린 깊은 수렁을 보았지만, 한번 뛰어넘어보리라 생각했다. "옳으신 말씀입니다, 가이우스 율리우스. 의원님께 조언을 구하는 이유가 당연히 궁금하시겠지요. 사실 저는 지금 스킬라와 카리브디스 사이에서 오도 가도 못하고 있습니다. 그래서 의원님이 제게 노를 건네어 구해주시길 바랍니다."

"내가 자네를 어떻게 구한다는 말인가? 무슨 의미로 하는 이야기인가?"

"제가 보기엔 클리툼나가 자살충동을 느끼는 것 같습니다."

"저런."

"문제는, 제가 어떻게 대처를 할 수 있겠습니까? 저는 남자이고 니코폴리스도 죽은 마당에, 지금 저희 집이나 클리툼나의 친척들 중에는 충분한 신뢰와 애정을 가지고 옆에서 지켜봐줄 여자가 하나도 없습니다. 심지어 하인들 중에도요." 술라는 앞으로 당겨앉으며 열심히 말을 이었다. "가이우스 율리우스, 지금 클리툼나에게 로마는 있을 만한 곳이 아닙니다! 그렇다고 어떻게 의지할 만한 여인네도 없이 그분 혼자 키르케이까지 내려보낼 수 있겠습니까? 제가 그분에게 필요한 역할을 할 수 있을지 잘 모르겠고, 게다가 저는 지금 로마에서 해야 할 일들이 있습니다! 부탁드리고 싶은 것은 다름이 아니라 부인께서 몇 주간 키르케이에서 클리툼나와 머물러주십사 하는 것입니다. 자살충동이 그리 오래 가지는 않을 겁니다. 저는 그렇게 확신하지만, 현재로서는 무척 걱정이 됩니다. 그 빌라는 무척 편안하고 좋은 곳입니다. 날씨가 조금씩 추워지고는 있지만 키르케이는 연중 어느 때나 건강에 좋은 곳이지요. 부인께서도 바닷바람을 좀 쐬시면 좋을 겁니다."

카이사르의 안색이 눈에 띄게 편안해졌다. 마치 등이 휘도록 무거웠던 짐이 갑자기 사라진 것 같았다. "알겠네, 루키우스 코르넬리우스. 알겠어. 자네가 짐작하는 것보다 나는 지금 상황을 훨씬 잘 알고 있네. 요즘 클리툼나가 가장 많이 의지하는 사람이 내 아내인 건 맞지. 하지만 유감스럽게도 아내를 보낼 수는 없네. 자네도 율릴라를 봤으니, 우리 상황이 얼마나 절박한지 굳이 설명할 필요도 없겠지. 지금 우리집에는 아내가 필요하네. 그리고 아내가 클리툼나를 좋아하긴 하지만, 집을 떠나 있겠다고 하진 않을 걸세."

술라는 간절해 보였다. "그렇다면 키르케이에 율릴라도 데리고 가시면 어떻겠습니까? 분위기가 전환되면 따님께서도 호전될지 모릅니다!"

하지만 카이사르는 고개를 저었다. "아니야, 루키우스 코르넬리우스. 미안하지만 그럴 수는 없네. 나도 봄까지 로마를 떠날 수 없는 상황이야. 아내와 딸 없이 나만 로마에 혼자 남아 있을 수는 없어. 두 사람에게 바람을 쐴 기회를 주지 않으려는 이기적인 마음에서가 아니라, 두 사람이 떠나 있는 동안 걱정이 돼서 제대로 지낼 수가 없기 때문이네.

율릴라의 상태가 좋다면 문제가 달랐겠지. 그러니 역시 안 되겠네."

"알겠습니다, 가이우스 율리우스. 의원님 심정을 충분히 이해합니다." 술라가 가려고 자리에서 일어섰다.

"클리툼나를 키르케이로 보내게, 루키우스 코르넬리우스. 클리툼나는 괜찮을 걸세." 카이사르는 일어나 대문까지 손님을 배웅하고 직접 문을 열어주었다.

"제 어리석은 행동을 너그러이 봐주셔서 감사합니다." 술라가 말했다.

"괜찮네. 사실 자네가 오늘 찾아와주어서 기쁘네. 딸애에게 어떻게 해야 할지 좀더 알 것 같군. 그리고 루키우스 코르넬리우스, 솔직히 오늘 아침 일로 자네에게 더 호감을 갖게 되었네. 클리툼나에 대해서는 계속 소식 주게." 카이사르는 미소 지으며 악수를 청했다.

그러나 카이사르는 술라가 나가고 대문을 닫자마자 곧장 율릴라에게로 갔다. 율릴라는 어머니의 거실 작업대에 엎드려 두 팔에 얼굴을 묻고 처량하게 흐느껴 울고 있었다. 마르키아가 문앞에 선 카이사르를 보고 한 손으로 입을 가린 채 일어났다. 두 사람은 울고 있는 율릴라를 혼자 남겨두고 밖으로 나갔다.

"가이우스 율리우스, 정말이지 끔찍해요." 마르키아가 입을 굳게 다물었다.

"두 사람이 사귀고 있었소?"

마르키아의 구릿빛 볼이 붉게 상기되었다. 그녀가 하도 세차게 고개를 저어대는 바람에 단정하게 쪽을 지어 꽂아둔 머리핀이 헐거워지고, 쪽머리가 반쯤 풀려 목덜미까지 내려왔다. "아니요, 사귄 게 아녜요!" 마르키아는 두 손을 비틀었다. "아, 너무나 치욕스러워요. 이런 수치가 어디 또 있을까요!"

카이사르는 아내의 비틀린 두 손을 부드럽지만 단호하게 붙잡았다. "진정해요, 여보. 진정해요! 아무리 나쁜 일이라도 당신 스스로를 아프게 할 정도로 나쁠 순 없소. 이제 말해보시오."

"우리를 속였어요! 천박하기 이를 데 없이!"

"진정해요! 처음부터 말해보시오."

"그자는 아무 상관없어요. 모두 그애가 한 짓이에요! 우리 딸이, 가이우스 율리우스, 우리 딸이 지난 두 해 동안 제 신발에 묻은 흙을 닦아줄 자격도 안 되는 남자에게, 심지어 자기에게 마음조차 없는 남자에게 매달려오며 자신과 가족들에게 치욕을 주었어요! 그뿐이 아니에요, 가이우스 율리우스. 그뿐이 아니라고요! 그 남자의 관심을 끌려고 밥을 굶어가면서 아무 잘못도 없는 그 남자에게 죄책감을 강요해왔어요! 편지도 보냈어요. 왜 자기한테 무관심하냐고, 왜 자기를 내버려두느냐고 하녀를 통해 그자에게 편지 수백 통을 보냈다고요. 자기가 아픈 건 그 남자 탓이라며 암캐처럼 사랑을 구걸해왔어요!"

마르키아의 두 눈에서 눈물이 쏟아졌다. 엄청난 환멸과 분노의 눈물이었다.

"진정하시오." 카이사르가 다시 한번 말했다. "마르키아, 이리 오시오. 눈물은 나중에 흘려도 되오. 내가 율릴라의 일을 처리할 테니, 따라와서 어떻게 하는지 지켜보시오."

마르키아는 마음을 진정하고 눈물을 닦았다. 두 사람은 함께 마르키아의 거실로 돌아갔다.

율릴라는 혼자 남겨졌던 것도 모른 채 여전히 울고 있었다. 카이사르가 한숨을 쉬며 아내의 의자에 앉더니 토가자락에 손을 넣어 손수건을 꺼냈다.

"이것 받아라, 율릴라. 코를 풀고 착한 아이답게 울음을 멈추어라."
카이사르가 율릴라의 팔 밑으로 손수건을 밀어넣으며 말했다. "눈물을
아껴라. 이제 얘기를 하자."

율릴라가 우는 이유는 발각된 것이 두려워서였다. 따라서 아버지의
강하고 단호하면서 공정한 말투에 불안을 덜고 아버지의 말을 따를 수
있었다. 눈물은 멈췄다. 율릴라는 고개를 숙인 채 앉아 있었다. 발작적
인 딸꾹질로 율릴라의 가녀린 몸이 떨렸다.

"지금까지 음식을 굶은 건 루키우스 코르넬리우스 때문이라는 게 사
실이냐?" 아버지가 물었다.

율릴라는 대답하지 않았다.

"율릴라, 너는 이 질문을 피할 수 없다. 그리고 침묵으로는 어떠한 자
비도 구할 수 없을 것이다. 루키우스 코르넬리우스가 이 모든 일의 원
인이냐?"

"네." 율릴라가 조그맣게 대답했다.

카이사르의 목소리는 여전히 강하고 단호하고 공정했지만, 오히려
그 침착한 말투 때문에 율릴라의 마음 깊이 더 무섭게 파고들었다.
그것은 아버지가 중대한 잘못을 저지른 노예에게 쓰는 말투였다. 카
이사르는 단 한 번도 딸에게 이런 말투를 쓴 적이 없었다. 적어도 지금
까지는.

"일 년이 넘도록 네가 우리 가족 모두에게 어떤 고통과 심려와 피로
를 끼쳤는지 짐작이라도 하느냐? 네가 쇠약해지면서 우리들은 모두 너
를 중심으로 생활해왔다. 나와 네 어머니, 오빠들, 언니뿐만 아니라 우
리의 충직하고 성실한 하인들, 친구들, 이웃들까지 말이다. 너로 인해
우리 모두 정신병에 걸릴 지경이었어. 그런데 그 모든 것이 무엇 때문

이었다고? 무엇 때문이었는지 말해줄 수 있느냐?"

"아니요." 율릴라가 작게 대답했다.

"허튼소리! 당연히 넌 알고 있어! 너는 우리를 갖고 놀았던 것이다, 율릴라. 더 숭고한 목적을 위해 써야 할 머리와 인내심을 고작 잔인하고 이기적인 놀이에 낭비했어. 너는 기껏 열여섯에 사랑에 빠졌고, 그 대상은 너도 잘 알듯 우리 집안과 격이 맞지 않고 도저히 내 허락을 받을 수 없는 남자였지. 그자 스스로도 너와 격이 맞지 않는다는 것을 잘 알고 있었기에 너에게 어떠한 미련도 주지 않으려고 했어. 그래서 너는 기만적으로, 교활하게, 우리를 조종하고 이용하려 했어! 말로 다 표현할 수가 없구나, 율릴라." 카이사르가 무감정하게 말했다.

딸의 몸이 부들부들 떨렸다.

아내도 몸을 떨었다.

"딸아, 네 기억을 새롭게 환기해줘야겠다. 너는 내가 누군지 아느냐?"

율릴라는 고개를 숙인 채 대답이 없었다.

"나를 보거라!"

율릴라가 고개를 들었다. 그녀의 흠뻑 젖은 눈이 공포로 전율하며 카이사르에게 못박혔다.

"그래, 너는 내가 누군지 모르고 있어." 카이사르는 여전히 평소와 다를 바 없는 목소리로 말했다. "그러니 딸아, 내가 누구인지 말해주어야겠다. 나는 이 집안의 절대적인 가장이다. 내 말이 곧 법이다. 내 행동은 법의 테두리 밖에 있다. 이 집안의 영역 내에서는 내 행동과 말에 아무런 제약도 없다. 로마 원로원과 인민의 어떠한 법도 내 집안, 내 가족에 대한 내 절대적인 권한에 관여할 수 없다. 율릴라, 모든 로마인의 가족은 모든 법을 초월해 오직 가장의 권한 내에 있다고 로마에서 법으로 정해놓았다. 만일 내 아내가 간음을 저지르면 내 손으로 또는 남의 손을 빌려 죽일 수 있다. 만일 내 아들이 대단히 부도덕하거나 비겁하거나 사회적으로 어리석은 언행을 저지르면 내 손으로 또는 남의 손을 빌려 죽일 수 있다. 만일 내 딸이 정숙하지 못하면, 율릴라, 내 손으로 또는 남의 손을 빌려 죽일 수 있다. 내 집안의 어느 누구라도, 내 아내부터 아들들과 딸들 그리고 하인들까지, 가장인 내가 용인할 수 있는 테두리를 벗어난 행동을 한다면 나는 내 손으로 또는 남의 손을 빌려 죽일 수 있다. 알겠느냐, 율릴라?"

율릴라의 두 눈은 카이사르의 얼굴을 떠나지 않았다. "네."

"이 말을 하는 것이 수치스러울 뿐만 아니라 몹시 비통하지만, 나는 네게 알려야겠다. 딸아, 너는 내가 용인할 수 있는 테두리를 벗어난 행동을 했다. 너는 이 집안의 가족들과 하인들, 무엇보다도 이 집안의 가장을 너의 희생자로 만들었다. 너의 꼭두각시, 네 장난감으로. 더구나 무엇을 위해서였느냐? 자기만족, 개인적인 즐거움을 위해서. 그 무엇보다도 가증스러운 동기, 바로 너 자신만을 위해서."

"하지만 아빠, 저는 그 사람을 사랑해요!" 율릴라가 외쳤다.

카이사르가 분개하여 자리를 박차고 일어섰다. "사랑? 무엇에도 비할 수 없는 그 감정에 대해 네가 무엇을 아느냐, 율릴라? 네가 저지른 그 천박한 흉내로 감히 '사랑'이라는 말을 더럽히느냐? 사랑하는 사람의 삶을 고통스럽게 하는 것이 사랑이냐? 사랑하는 사람이 원치도 않고 청하지도 않은 관계를 강요하는 것이 사랑이냐? 그런 것을 과연 사랑이라고 할 수 있느냐, 율릴라?"

"아닌 것 같아요." 율릴라가 조그맣게 대답하더니 이렇게 덧붙였다. "하지만 저는 그런 줄 알았어요."

딸의 머리 위로 아버지와 어머니의 시선이 마주쳤다. 그 눈빛에는 괴로움과 씁쓸함이 담겨 있었다. 두 사람은 마침내 율릴라의 한계를 깨달았고, 부모로서 딸에게 갖고 있던 환상에서 깨어난 것이다.

"내 말을 믿어라, 율릴라. 무엇이 너로 하여금 그렇게 초라하고 수치스러운 행동을 하게 만들었든 간에 그건 사랑이 아니다." 카이사르는 이렇게 말하고 일어섰다. "이제 우유나 계란이나 꿀은 없다. 다른 식구들이 먹는 것을 똑같이 먹든지, 아니면 먹지 말거라. 이제 나는 상관하지 않겠다. 네 아버지이자 이 집안의 가장으로서 나는 네가 태어난 순간부터 늘 너를 명예롭게 존중하며 친절하고 사려 깊고 관대하게 대해 왔다. 그런데 너는 내가 베푼 것에 보답할 만큼 나를 존중하지 않았다. 나는 너를 내쫓지 않는다. 너를 내 손으로든 남의 손으로든 죽이지도 않을 것이다. 하지만 지금 이 순간부터 너는 온전히 네가 알아서 처신해야 한다. 율릴라, 너는 나와 우리 가족에게 상처를 주었다. 그러나 아마도 더 큰 죄는 너에게 아무 잘못도 저지르지 않은 자에게 상처를 주었다는 것이다. 그는 너를 알지도 못하고 너와 관계도 없는 자이기에 더욱 그렇다. 후에 네 모습이 좀 나아지면 루키우스 코르넬리우스 술라를 찾아가 사죄하게 할 것이다. 나나 다른 가족들에게는 사죄할 필요 없다. 너는 우리의 사랑과 존중을 잃어버렸으니, 이제 너의 사죄 따위는 무가치하다."

카이사르가 방에서 나갔다.

율릴라의 얼굴이 일그러졌다. 그녀는 본능적으로 돌아서서 어머니의 품에 안기려 했다. 하지만 마르키아는 딸이 입은 옷에 독이라도 묻은 양 뒤로 물러섰다.

"역겨운 것!" 마르키아가 앙다문 입으로 말했다. "카이사르 집안사람이 넓고 간 땅을 핥을 자격도 안 되는 자 때문에 이 모든 짓을 벌여!"

"아, 엄마!"

"어리광부리지 마라! 너는 어른이 되고 싶었던 거지, 율릴라. 결혼을 할 수 있는 여자가 되고 싶었던 거야. 그러면 이제 어른답게 굴어." 마르키아 역시 방에서 나갔다.

며칠 후 카이사르는 사위 마리우스에게 편지를 썼다.

그렇게 해서 이 불행한 사건이 드디어 끝나가고 있네. 율릴라가 이번 일로 교훈을 얻었다면 좋겠지만, 과연 그렇게 될지 의구심이 드는군. 몇 년 후에 자네도 부모로서 모순과 고뇌를 겪겠지. 자네가 내 실수를 반면교사로 삼으면 분명 좋은 아버지가 될 거라고 안심시켜주고 싶네만, 현실은 다를 걸세. 세상에 태어나는 아이들은 모두 달라서 하나하나 다르게 다뤄야 하거든. 부모들 역시 제각각이고 말이야. 우리가 어떤 점에서 율릴라를 잘못 키운 걸까? 솔직히 잘 모르겠네. 어쩌면 우리 탓이 아닐 수 있다는 생각도 드네. 그 아이가 타고난 결점일 수도 있어. 나는 이번 일로 크게 상처를 받았고 가엾은 마르키아도 마찬가지일세. 율릴라가 자기 잘못을 후회한다면서 다가오려 해도 계속 거부하는 걸 보면 마르키아가 얼마나 상심했는지 알 수 있지. 딸애는 무척 힘들어하지만, 과연 우리가 그애와 이렇게 거리를 유지할 필요가 있는지 여러 번 자문해보고 꼭 그래야 한다는 결론에 도달했네. 우린 늘 그애에게 사랑을 주었지만 그애가 스스로를 절제할 기회는 주지 않은 것 같아. 그애가 이번 일에서 뭔가 교훈을 얻으려면 이번에 충분히 힘들어보아야 해.

이번 일을 공정하게 매듭지어야 한다는 생각에, 일단 우리 가족을 대신해 내가 먼저 루키우스 코르넬리우스 술라를 찾아가 사과했네. 나중에 율릴라의 모습이 나아지면 직접 가서 제대로 사과하게 해야지. 그자는 좀처럼 내놓지 않으려고 했지만 내가 고집해서 율릴라의 편지를 모두 회수해왔어. 가장으로서의 권한이 드물게 진가를 발휘한 경우라 해야겠지. 율릴라더러 나와 제 어머니 앞에서 그 어리석은 편지를 하나하나 읽게 한 다음 직접 태우게 했네. 제 혈육에게 이렇게 모진 짓을 해야 하다니 부모 노릇이란 참! 하지만, 그릇이 좁은 데다 자기중심적인 딸애가 본인이 속상한 기억만 마음에 담아놓지 않을까 하는 것이 무엇보다도 두렵네.

자, 율릴라와 그애 일에 대한 이야기는 이제 그만하기로 하지. 지금 로마에서는 훨씬 더 중요한 일들이 벌어지고 있으니까. 아무래도 아프리카 속주에 가장 먼저 이 소식을 전하는 사람이 내가 아닐까 싶네. 내일 푸테올리를 떠나는 급행 소포 편에 이 편지를 같이 보내기로 단단히 약속해두었거든. 마르쿠스 유니우스 실라누스가 게르만족에게 충격적으로 크게 패했네. 3만 명 이상이 전사했고, 통솔이 엉망이어서 그나마 살아남은 병사들도 사기가 꺾여 사방으로 흩어져버린 상태라네. 그런데도 실라누스는 신경조차 쓰지 않는 것 같아. 어쩌면 자기 군대보다 자기 목숨을 먼저 생각하는 것 같다는 말이 더 정확하겠네. 그자는 사실을 크게 축소하여 로마에 직접 소식을 전했는데, 덕분에 대중의 분노를 일단 피해갈 수 있었지. 그래서 나중에 진상이 알려졌을 때는 패배에 대한 충격이 그다지 크지 않았어. 물론 그자가 노리는 것은 반역죄로부터 빠져나가려는 것일 텐데, 아마도 그자 바람대로 될 듯하네. 만일 그자를 마밀리우스 특별위원회에서 심판한다면 유죄 판결을 이끌어낼 수도 있겠지. 하지만 그자에 대한 재판은 고색창연한 규율과 규칙에 지배되고 배심원 수도 많은 백인조회에서 열릴 것이네. 나를 포함한 대부분의 사람들이, 기소를 제기하는 데 드는 수고조차 아깝다고 생각하고 있네.

그러면 게르만족은 어찌되었느냐고 묻고 싶겠지? 지금쯤 지중해 연안까지 쏟아져 내려오진 않았는지, 마실리아 주민들이 두려워하며 피난 봇짐을 싸고 있진 않은지 궁금할 게야. 아니, 그렇지 않네. 믿기지 않겠지만 게르만족은 실라누스의 군대를 섬멸한 뒤 즉각 뒤돌아 북쪽으로 올라가버렸네. 이렇게 수수께끼 같고 예측 불가능한 적은 대체 어떻게 다루어야 하는 것인가? 우리는 모두 겁에 질려 있네. 그들은 분명 다시 올 테니까. 지금 봐서는 곧장은 아니겠지만 어쨌거나 분명 다시 올 거야. 그런데 우리에게는 실라누스 같은 자들 말고 그들을 막아줄 사령관이 없네. 로마 병사들도 많이 전사했지만 늘 그렇듯 선봉에서 당하는 이들은 이탈리아 동맹시 군단들이네. 요즘 마르시족과 삼니움족은 물론 다른 이탈리아 민족들까지 끊임없이 원성을 쏟아내고 있어서, 원로원은 이들을 상대하느라 바쁘다네.

좀 가벼운 이야기로 편지를 끝맺어볼까. 우리는 요즘 존경하는 감찰관 스카우루스와 한바탕 우스꽝스러운 전쟁을 벌이고 있네. 다른 감찰관 드루수스가 3주 전에 갑작스럽게 사망하는 바람에 원래 5년인 두 감찰관의 임기가 갑작스럽게 끝났어. 스카우루스는 당연히 자리에서 내려와야 하지. 그런데 그가 물러나지 않겠다는 거야! 그래서 일대 소란이 벌어진 거지. 드루수스의 장례식이 끝나자마자 원로원 회의가 소집되었고, 스카우루스더러 곧 퇴임식을 열어 임기를 정식으로 종결할 테니 감찰관 업무에서 손을 떼라고 지시했지. 그는 이렇게 말하며 거부했네.

"저는 선거로 뽑힌 감찰관입니다. 지금까지 추진해온 토건 사업을 시행하기 위해 도급 계약을 맺고 있는 시점에서 일을 내팽개칠 수는 없습니다."

최고신관 메틸루스 달마티쿠스가 말했네. "마르쿠스 아이밀리우스, 이건 당신 의지로 결정되는 일이 아닙니다! 감찰관 한 명이 재직 중에 사망하면 그와 동시에 감찰관 임기가 종료되므로, 동료 감찰관은 즉각 사임해야 한다고 법으로 정해져 있습니다."

스카우루스가 대답했네. "법이 어떻든 상관없습니다! 나는 지금 사임할 수 없고, 사임하지도 않을 겁니다."

사람들이 애원하고 간청하고 호통치고 따져묻기도 했지만 다 소용없었네. 스카우루스는 관례를 깨고 감찰관 직을 유지하는 새로운 선례를 남기기로 결심한 거지. 사람들은 다시 한번 애원하고 간청하고 호통치며 따져물었네. 스카우루스는 결국 인내심을 잃고 폭발했지.

"오줌을 갈겨줘도 시원찮을 인간들!" 그러고는 아무것도 아랑곳 않고 건설 사업과 계약 체결을 밀고 나갔어.

달마티쿠스는 다시 원로원 회의를 소집했네. 원로원은 스카우루스의 즉각적인 사임을 촉구하는 결의안을 정식 통과시켰지. 사절단이 즉각 마르스 평원으로 가서, 유피테르 스타토르 신전 기단에 앉아 집무를 보던 스카우루스에게 면담을 청했어. 스카우루스가 건설업자들이 주로 모여 있는 메틸루스 주랑건물 바로 옆의 그 신전을 집무처로 골랐거든.

자네도 익히 알지만 나는 스카우루스를 좋아하지 않네. 그자는 울릭세스처럼 약삭빠르고 파리스 왕자처럼 거짓말에 능하거든. 하지만 허, 스카우루스가 사절단을 묵사발로 만드는 장면을 자네도 봤다면 좋았으련만! 스카우루스처럼 왜소하고 빼빼 마른 추남이 어쩌면 그리도 위풍당당한지 모르겠네. 그는 이제 머리카락도 다 빠지고 없단 말일세! 마르키아 말로는 아름다운 녹색 눈과 매력적인 음성과 대단한 유머감각 덕분이라고 하는데, 글쎄 유머감각은 인정하겠지만 그자의 눈이나 목소리가 매력적이라는 말은 도저히 납득할 수 없어. 마르키아는 나더러 어쩔 수 없는 사내라는데 무슨 뜻으로 하는 말인지 모르겠네. 여자들은 논리적으로 수세에 몰리면 그런 말로 어물쩍 넘어가려 한단 말이야. 하지만 스카우루스가 이렇게 성공하기까지는 분명 우리가 모르는 특별한 이유가 있는 것 같은데, 누가 알겠나? 어쩌면 마르키아가 나보다 더 잘 알겠지.

그래, 허세가 하늘을 찌르는 그 쪼끄만 사내가 로마에서 제일 웅장한 대리석 신전을 병풍처럼 뒤로한 채 앉아 있었네. 메텔루스 마케도니쿠스가 알렉산드로스 대왕의 옛 수도 펠라에서 약탈해온 조각상들도 그 주변에 세워져 있었지. 알렉산드로스 대왕 휘하의 장군들이 말을 탄 모습을 표현한 그 조각상들은 아주 휘황찬란하지. 그런데도 스카우루스는 분위기를 압도했네. 머리카락 하나 없는 로마의 대표적 약골이, 리시포스가 실물처럼 정교하게 표현한 말 조각상들보다 더 압도적이라는 건 생각할수록 놀라운 일이야! 평소 알렉산드로스의 장군들 조각상을 볼 때마다 나는 말들이 금방이라도 초석에서 내려와 사방으로 흩어져버릴 것 같다고 느꼈네. 게다가 그 말들은 프톨레마이오스와 파르메니온이 다른 것처럼 하나하나 다르게 묘사되지 않았나.

말이 옆길로 샜군. 본론으로 돌아가세. 스카우루스는 자신을 찾아온 사절단을 보더니 계약서와 건설업자들을 옆으로 물리고 고관 의자에 몸을 꼿꼿이 세워 앉았네. 토가는 완벽한 형태로 드리워져 있었고 한 발은 모범적인 자세로 우아하게 뻗고 있었지.

"무슨 일이오?" 스카우루스가 물었네. 사절단 대변인으로 지명된 최고신관 달마티쿠스를 향한 질문이었지.

"마르쿠스 아이밀리우스, 감찰관 직위로부터 당장 물러나라는 원로원 결의가 통과되었소." 이 상황이 몹시 못마땅했던 달마티쿠스가 말했어.

"물러나지 않겠소." 스카우루스가 대답했지.

"물러나셔야 하오!" 달마티쿠스의 목소리는 마치 염소 울음소리 같았어.

"아무도 내게 이래라저래라 할 수 없소!" 스카우루스는 이렇게 말하고 사절단에게서 등을 돌리더니 건설업자들을 다시 가까이 불렀어. "저자들이 무례하게 끼어들기 전에 내가 무슨 이야기를 하고 있었소?"

달마티쿠스는 한번 더 사정했지. "마르쿠스 아이밀리우스, 제발!"

하지만 고뇌에 찬 최고신관 나리께 돌아온 말은 "오줌이나 갈겨줄까보다! 쉭, 쉭, 쉭!"이었다네.

원로원은 가진 무기를 다 썼으니 이제 문제는 평민회로 넘어갔네. 감찰관을 선출하는 기관은 훨씬 더 배타적인 백인조회인데, 평민회는 자기들이 일으키지도 않은 문제를 책임지게 된 거야. 평민회는 회의를 소집해서 스카우루스 문제를 의논하고, 한 해 임기가 거의 끝나가는 호민관단에게 마지막 임무를 주었지. 스카우루스를 감찰관 자리에서 어떻게든 끌어내리라는 지시 말야.

그래서 12월 9일 어제 가이우스 마밀리우스 리메타누스를 필두로 호민관 열 명이 유피테르 스타토르 신전을 향했네.

마밀리우스가 말했어. "마르쿠스 아이밀리우스, 로마 인민의 지시에 따라 그대를 감찰관 직위에서 해제합니다."

스카우루스가 대답했네. 대머리가 햇빛을 받아 반질반질한 겨울 사과처럼 빛나고 있었지. "저를 선출한 것은 인민이 아닙니다, 가이우스 마밀리우스. 따라서 인민은 저의 직위를 해제할 수 없습니다."

"마르쿠스 아이밀리우스, 인민은 주권자입니다. 그들은 당신이 자리에서 물러나야 한다고 말합니다."

"저는 물러나지 않습니다!"

"마르쿠스 아이밀리우스, 그렇다면 인민에게 받은 권한을 사용하여 그대를 체포하고, 정식으로 사임할 때까지 투옥할 것입니다."

"내게 손끝 하나라도 대보시오, 가이우스 마밀리우스. 당신 어릴 때의 소프라노 음성을 되찾게 해줄 테니!"

결국 마밀리우스는, 구경거리를 놓치지 않으려고 모여든 군중에게 돌아서서 큰 소리로 선언했네. "로마 인민이여, 여러분께 요청하오니 지금부터 마르쿠스 아이밀리우스 스카우루스가 감찰관으로서 행하는 일체의 활동에 제가 거부권을 행사함을 똑똑히 봐주십시오!"

이로써 문제가 해결되었네. 스카우루스는 계약서를 돌돌 말아 사무원들에게 넘기고 노예를 시켜 고관 의자를 접게 한 후, 사방에서 박수갈채를 보내오는 군중을 향해 허리를 굽혀 정중히 인사했네. 군중은 고관들 사이에서 벌어진 이 한판대결을 무척 즐겁게 받아들였고, 로마인들이 모든 고관에게 바라는 패기를 몸소 보여준 스카우루스에게 진심으로 환호했네. 그는 신전 계단을 걸어내려갔어. 옆에 서 있는 페르디카스 왕의 말 조각상을 가볍게 툭 치고, 마밀리우스의 팔짱을 낀 채 모든 영광을 한몸에 받으며 자리를 떠났네.

카이사르는 한숨을 쉬며 의자에 기대앉았다. 마리우스가 아프리카 속주에서 보내온 편지에 대해 언급하는 것이 좋겠다는 생각이 들었다. 장황하기 이를 데 없는 장인의 편지와 대조되는 간결한 편지였다. 편지에 따르면, 메텔루스의 일관성 없는 군사 작전과 부실한 지휘능력으로 유구르타와의 전쟁이 미궁에 빠져들고 있는 모양이었다. 적어도 마리우스의 시각에서는 그랬다. 하지만 메텔루스가 원로원에 지속적으로 보내오는 보고서의 내용은 달랐다.

원로원에서 메텔루스의 아프리카 속주 관할권과 유구르타 전쟁 지휘권을 연장해주었다는 소식을 자네도 곧 듣게 될 걸세. 어쩌면 이미 알고 있는지도 모르겠군. 자네로선 그다지 놀라운 소식이 아니겠지. 가장 큰 장애물이 해결되었으니 메텔루스도 이제 군사 행동을 강화할 것이네. 원로원에서 아프리카 속주 총독 임기를 연장해주었으니까, 아프리카 속주에 위험 요소가 완전히 제거되었다는 판단이 들기까지 지휘권을 계속 유지할 수 있을 것 아닌가. 집정관 임기가 끝나도 집정관 권한대행으로서 임페리움이 부여된다는 보장이 있을 때까지 적극적인 군사 활동을 미루다니, 처신에 빈틈이 없군.
하지만 그래, 사령관이 여름이 다 가도록 작전을 개시조차 하지 않고 한없이 꾸물거리고만 있다고 자네가 불평하는 것은 지당해. 그곳에 도착한 게 초봄이었다는 걸 감안하면 더욱 그렇지. 허나 그자가 보내온 전갈에 따르면 군대를 철저하게 훈련시킬 필요가 있어서였다고 하니 원로원은 그 말을 믿을 수밖에. 그자가 보병 출신인 자네를 기병대 지휘관으로 임명한 것도 좀처럼 이해할 수 없고, 루푸스를 공병대장으로 임명해서 재능을 낭비하게 만든 것도 도무지 이해되지 않네. 그는 군수품이나 포를 관리하는 것보다 전장에서 직접 싸울 때 훨씬 더 능력을 발휘할 수 있는 사람이니까. 그렇지만, 위로는 선임 보좌관부터 아래로는 보조군의 일개 사병에 이르기까지 자기 사람들을 마음대로 쓰는 것이 사령관의 특권 아닌가.

자네는 바가 쪽에서 먼저 항복해온 거라고 편지에 썼네만, 그래도 로마에서는 바가가 함락되었다는 소식에 모두 기뻐했네. 또 자네는 메텔루스가 자기 친구 투르필리우스를 바가 요새 사령관으로 임명했다며 무척 분개했지만, 나는 자네가 그렇게 생각하는 이유를 잘 모르겠네. 내가 메텔루스를 자꾸 변호하고 나서는 것처럼 보인다면 부디 용서하게. 하지만 그런 것이 그리 중요한 일인가?

그러나 자네 편지의 무툴 강 전투 묘사는 메텔루스가 원로원 보고서에 쓴 것보다 훨씬 더 감동적이었네. 이 말이 앞서 내가 자네에게 다소 회의적으로 군 것에 위로가 되고, 또 내가 진정 자네 편임을 확신시켜줄 거라 믿네. 그리고 자네가 누미디아 전쟁에서 이길 최선의 방법은 유구르타를 생포하는 거라고 메텔루스에게 말한 것도 정말 옳은 일이었다고 생각해. 나 역시 자네처럼, 누미디아가 로마에 저항하는 근저에는 유구르타가 있다고 확신하거든.

이번 첫해에 자네가 이렇게 좌절을 겪는 것도, 메텔루스가 자네나 루푸스의 재능을 충분히 활용하지 않고도 전쟁에서 승리할 수 있다고 판단한 것도 나로서는 몹시 안타깝네. 자네가 누미디아 전쟁에서 눈부신 활약을 보여주지 못한다면 내후년 집정관 선거에 출마하려는 계획에 상당한 차질이 생길 테니 말일세. 하지만 나는 자네가 그런 무신경한 처우에 가만히 당하고만 있을 거라 생각하지 않네. 또한 자네는 메텔루스에게 최악의 대우를 받더라도 두각을 나타낼 방법을 스스로 찾아낼 거라고 확신하네.

포룸 로마눔 소식으로 편지를 끝맺어야겠네. 실라누스의 군대가 알프스 너머 갈리아에서 대패한 탓에 원로원에서 가이우스 그라쿠스 법에서 아직까지 남아 있던 유일한 조항, 즉 군대에 등록할 수 있는 횟수를 제한하는 조항을 무효화했네. 이제 열일곱이 되지 않았어도 군대에 등록할 수 있고, 군복무 기간이 10년이 넘었거나 출정 횟수가 여섯 번 이상이어도 군역에서 제외되지 않는다네. 이 시대의 징후 아니겠나. 로마나 이탈리아 모두 군단에 동원될 수 있는 남자들 수가 빠르게 줄고 있네.

부디 몸조심하게. 다소 메텔루스의 변호인을 자청하는 듯한 내 태도에 서운함을 느꼈을지도 모르겠군. 그렇다 해도 그런 마음일랑 털어내고, 나에 대한 애정이 되살아나면 다시 편지 주게나. 나야 자네의 장인으로서 여전히 자네를 아주 좋게 생각하고 있다네.

이만하면 보낼 만한 편지가 되었다고 카이사르는 판단했다. 새로운 소식이 가득하고 좋은 충고와 위로가 담긴 편지였다. 마리우스는 묵은 해가 다 가기 전에 이 편지를 받아볼 수 있을 것이다.

12월 중순경 마침내 술라는 클리툼나를 키르케이에 데려다주었다. 그는 여행길 내내 클리툼나를 세심하게 배려하며 부드럽고 친절하게 대했다. 시간이 지남에 따라 클리툼나의 기분이 나아져 자기 계획이 틀어지진 않을까 전전긍긍했지만, 갑자기 달라진 술라의 운명에 찾아든 특별한 행운이 그를 내내 축복해주었는지 클리툼나는 줄곧 울적한 기분으로 지냈다. 마르키아는 분명 클리툼나의 상태를 카이사르에게 알렸을 것이다.

시골에 별장을 두는 사치를 누릴 정도로 여유가 있는 로마인들은, 휴가를 왔을 때 넓은 공간에서 생활하고 싶어했다. 클리툼나의 빌라는 캄파니아 해안의 여느 빌라만큼은 아니지만 팔라티누스 언덕의 집에 비하면 훨씬 컸다. 화산 작용으로 형성된 해안 절벽에 세워진 이 빌라에는 전용 해변이 있었다. 키르케이에서 남쪽으로 한참 떨어져 있어 주변에 다른 별장은 없었다. 캄파니아 해안에 자주 다니던 수많은 투기 건축업자들 중 하나가 3년 전 겨울에 이곳을 세웠는데, 클리툼나는 이 건설업자가 배관 기술에 특히 뛰어나다는 사실을 알고서 곧장 이곳을 사들여 샤워실과 욕조를 설치했다.

따라서 클리툼나가 도착하자마자 제일 먼저 한 일은 샤워였다. 샤워가 끝난 후 저녁식사를 들고 클리툼나와 술라는 각자 다른 방에서 잠자리에 들었다. 술라는 키르케이에 단 이틀 머물렀지만 그동안 모든 시간을 클리툼나를 위해 할애했다. 클리툼나는 술라가 떠나는 것을 원치 않으면서도 여전히 생기가 없었다.

"당신을 위한 깜짝 선물이 있어요." 로마로 돌아가기로 한 날, 술라는 아침 일찍 클리툼나와 함께 정원을 거닐며 말했다.

이 말에도 클리툼나는 심드렁했다. "그래?"

"그 깜짝 선물은 첫번째 보름달이 뜨는 한밤중에 받게 될 거요." 술라가 유혹적으로 말했다.

"한밤중?" 클리툼나가 살짝 흥미를 보였다.

"한밤중, 그리고 보름달! 그러니까 보름달이 보일 정도로 맑게 갠 밤이어야 한단 거요."

두 사람은 높은 별채 앞에 서 있었다. 이 지역의 여느 빌라들처럼 이곳도 절벽 위에 세워져 있었고, 별채 맨 위에는 앉아서 전경을 감상할 수 있는 로지아가 있었다. 좁은 별채 뒤로 넓은 주랑정원이 있었고 그 뒤로 본채가 있었는데, 방은 대부분 본채에 있었다. 앞쪽 별채 1층에는 마구간이, 2층에는 마구간 하인들의 숙소가 있었다. 그 위에 로지아가 있었다.

클리툼나의 별장 앞쪽 경사진 풀밭에 얼키설키 꼬인 장미덩굴은 절벽 끝까지 자라 있었고, 건물 양쪽으로는 바로 옆 부지에 빌라가 들어선다 해도 사생활이 철저히 보장될 정도로 잡목이 교묘하게 배치되어 있었다.

술라는 그들 왼편으로 소나무와 측백나무가 무리지어 있는 곳을 가리켰다.

"이건 비밀이에요, 클리툼나." 술라는 클리툼나가 '그르렁 소리'라고 부르는 목소리로 속삭였다. 술라가 '그르렁 소리'로 말할 때면 유독 달콤하고 긴 정사가 있곤 했다.

"뭐가 비밀인데?" 클리툼나가 관심을 보였다.

"말해버리면 더이상 비밀이 아니지." 술라가 클리툼나의 귀를 살짝 깨물며 속삭였다.

클리툼나는 살짝 몸을 비틀었지만, 생기를 되찾는 듯했다. "그 비밀이라는 게 달밤에 준다는 깜짝 선물이야?"

"그래요. 하지만 이 모든 건 반드시 비밀로 해야 해요. 내가 당신한테 깜짝 선물을 약속했다는 것까지. 맹세할 수 있어요?"

"맹세할게." 클리툼나가 대답했다.

"당신이 해야 할 일은 어젯밤으로부터 여덟번째 밤, 세번째 시각에 몰래 나오는 거요. 반드시 혼자서 와야 해요. 와서 저 숲에 숨어 있어요." 술라가 클리툼나의 옆구리를 쓰다듬으며 말했다.

클리툼나의 무기력증이 사라졌다. "와아아아! 되게 좋은 선물이야?" 그녀가 말했다. 마지막 부분에서는 꺅 소리까지 났다.

"당신 평생 가장 큰 깜짝 선물일 거요. 이 약속은 반드시 지키겠소. 하지만 그전에, 두 가지 중요한 조건이 있어요."

클리툼나는 소녀처럼 콧등을 찡그리며 바보스럽게 헤벌쭉 웃었다. "뭔데?"

"일단 그 누구도 이 일을 알아선 안 돼요. 심지어 비티도. 누구에게라도 이 비밀을 털어놓는다면 가장 큰 깜짝 선물 대신 실망만 안게 될 거요. 그리고 나는 아주아주 화가 날 거고. 당신 내가 아주아주 화내는 건 싫지, 그렇지, 클리툼나?"

클리툼나는 몸을 떨었다. "응, 루키우스 코르넬리우스."

"그러면 비밀을 지켜요. 당신은 그 대가로 놀라운 경험을 하게 될 거야. 이제까지 해본 적 없는 완전히 새로운 경험이지." 술라가 속삭였다. "사실, 지금부터 깜짝 선물을 받을 때까지 당신이 한껏 우울한 모습으로 있으면 깜짝 선물은 더 좋은 게 될 거요. 내가 약속해."

"잘할게, 루키우스 코르넬리우스." 한껏 들뜬 클리툼나가 다짐했다.

술라는 클리툼나의 머릿속이 어떻게 돌아가는지 훤히 들여다보았다. 술라가 매혹적인 새 애인을 데려올 거라고 생각하는 게 분명했다. 매력적이고 성적으로 개방적이며 마음도 잘 맞는, 밤이 되어 사랑을 나누기 전 기나긴 낮에는 가볍게 수다를 떨며 함께 편히 지낼 수 있는 여

자. 하지만 클리툼나는 술라가 제시한 조건을 반드시 따라야 한다는 것
도 충분히 이해하고 있었다. 그러지 않으면 그 여자가 누구건 간에 다
시 데려가버릴지도 몰랐다. 이제 니코폴리스에게 받은 유산도 있으니
아파트를 한 채 얻어 거기 살게 할지도 모를 일이었다. 그런 게 아니라
도, 그 누구도 술라가 진지하게 한 말을 감히 거역하지 않았다. 클리툼
나와 니코폴리스와 술라의 관계에 대해서 하인들이 입을 꼭 다물었던
것도 바로 그 이유 때문이었다. 설사 그들에 대해 뭔가 얘길 하더라도,
뒷일이 두려운 나머지 알맹이는 쏙 뺀 채 곁가지만 흘리곤 했다.

"두번째 조건이 있어요."

클리툼나가 술라 품에 파고들었다. "뭔데?"

"그날 밤 날씨가 맑지 않으면 깜짝 선물은 없어요. 그러니까 날씨를
잘 봐요. 첫번째 밤에 비가 오면 그다음 보름달을 기다리는 거요."

"잘 알았어, 루키우스 코르넬리우스."


술라는 충실하게 비밀을 지키는 클리툼나를 뒤로하고 빌린 마차를
몰아 로마로 떠났다. 클리툼나는 시종일관 지극히 우울한 모습으로 지
냈다. 클리툼나가 데리고 자는 비티마저도 자기 여주인이 너무나 외롭
다고 믿을 정도였다.

로마에 도착하자마자 술라는 클리툼나의 집사를 호출했다. 팔라티
누스 저택의 하인들과 달리 집사는 키르케이에 동행하지 않았다. 그곳
에 따로 집사가 있기 때문이었다. 별장 집사는 클리툼나가 키르케이에
머무르지 않는 동안 관리를 맡아보며 늘 교묘한 수법으로 여주인의 돈
을 빼돌렸다. 사실 팔라티누스 저택의 집사도 마찬가지였다.

"야무스, 주인께서 이 집에 남긴 하인이 몇이나 되는가?" 술라는 서

재 책상에 앉아 물었다. 그의 손 밑으로 뭔가 작성중인 목록이 보였다.

"저와 사내아이 둘, 계집애 둘, 장 보는 사내아이 하나, 주방 보조 한 명입니다. 루키우스 코르넬리우스." 집사가 대답했다.

"흠, 하인 몇을 더 고용하게. 오늘로부터 나흘 뒤 집에서 파티를 열 테니까."

술라는 깜짝 놀란 집사에게 목록이 적힌 종이를 내밀었다. 클리툼나 부인이 없는 사이 파티가 있을 거라는 말은 그분께 들은 적이 없다고 말해야 할지, 그냥 모른 척하고 나중에 청구서가 왔을 때 말썽이 생기지 않기를 기도해야 할지 망설이는 모양이었다. 술라는 집사를 안심시켰다.

"내가 여는 파티이니 비용은 내가 치를 걸세. 그리고 두 가지 조건을 잘 이행하면 웃돈을 두둑이 챙겨주겠네. 첫째, 파티가 잘 진행되도록 전심으로 협력한다. 둘째, 언제가 될지 모르지만 클리툼나가 로마에 돌아왔을 때 이 파티에 대해 절대 발설하지 않는다. 알겠나?"

"잘 알겠습니다, 루키우스 코르넬리우스." 야무스는 허리를 깊이 숙여 인사했다. 집사 자리까지 오른 노예라면, 가계의 금전출납부 조작법만큼 웃돈의 의미 또한 잘 이해하기 마련이었다.

술라는 무희, 악사, 곡예사, 가수, 마술사, 광대 등 공연자들을 구하러 나갔다. 그 어떤 파티보다 성대하게 치를 것이었고 팔라티누스 언덕 전체에 소문이 퍼지도록 할 생각이었다. 마지막으로 들른 곳은 희극배우 스킬락스의 집이었다.

"메트로비오스를 빌려주시오." 서재라기보다 거실로 꾸며진 스킬락스의 방에 갑자기 들이닥친 술라가 말했다. 주색가의 거처답게 방에서는 향과 시나몬 냄새가 났고 사방에 태피스트리가 걸려 있었으며, 최고급 양모로 채운 긴 의자와 둥근 소파가 잔뜩 놓여 있었다.

　스킬락스가 분개하여 벌떡 일어나 앉았다. 술라는 사치와 향락의 분위기를 물씬 풍기는 푹신한 긴 의자에 파묻혔다.

　"정말이지, 스킬락스 당신은 커스터드처럼 물렁대고 시리아의 절대 군주처럼 퇴폐적인 사람이야! 평범하게 말털로 만든 소파는 하나도 없소? 이거야 원, 거대한 창녀 품에 안기는 기분이잖아! 으!"

　"네놈 취향 따윈 엿이나 먹어." 스킬락스가 혀 짧은 소리로 말했다.

　"아무데나 엿을 먹어도 좋으니까 메트로비오스만 내놔."

　"내가 너한테 왜? 너, 너, 이 야만인 같은 놈!" 스킬락스는 금발로 염색하고 세심하게 다듬은 곱슬머리를 두 손으로 쓸어넘겼다. 그가 눈알을 굴리자 스티비움으로 검게 칠한 긴 속눈썹이 깜빡였다.

　"왜냐면 그 아이는 이제 몸도 마음도 당신 게 아니니까." 술라가 아까 소파보다 덜 푹신거리는지 보려고 옆의 둥근 소파를 발로 누르며 말했다.

　"그애는 몸도 마음도 내 거야, 루키우스 코르넬리우스! 네놈이 그애를 훔쳐가서 이탈리아 여기저기를 쏘다닌 후부터 애가 영 전 같지 않아! 그애한테 무슨 짓을 했는지는 모르겠지만, 내가 보기엔 애를 영 망쳐놨다고!"

　술라가 활짝 웃었다. "내가 그애를 남자로 만들었지, 응? 이제 당신 똥은 먹으려고 않지? 으아아아아아아악!" 역겹다는 듯 소리를 지르더니 술라가 고개를 들고 외쳤다. "메트로비오스!"

　소년이 문을 열고 날듯이 달려와서는 곧장 술라의 얼굴에 키스를 퍼부었다. 소년의 검은 머리칼 너머로 술라가 연회색 눈 한쪽을 스킬락스에게 향하더니 붉은 눈썹을 찡긋했다. "포기해, 스킬락스. 당신의 미소년 애인은 날 더 좋아하니까." 술라는 이렇게 말하더니, 소년의 치맛자락을 들어올려 발기한 성기를 보여주며 자기 말을 입증했다. 스킬락스가 눈물을 터뜨리자 눈 밑으로 스티비움이 검게 흘러내렸다.

"그만해, 메트로비오스." 술라가 자리에서 겨우 일어서며 말했다. 그는 문앞에 이르러서 흐느끼는 스킬락스에게 접힌 종이를 툭 던졌다. "사흘 뒤 클리툼나의 집에서 파티가 있을 거요. 지금까지 열린 파티 중에 최고가 될 거니까 울분 따윈 삼키고 꼭 오도록. 그날 오면 메트로비오스를 돌려주겠소."

모두가 초대되었다. 그중에는 헤르쿨레스 아틀라스도 있었다. 세계에서 가장 힘센 사나이로 불리는 그는 이탈리아 전역의 행사장과 축제에 돈벌이를 하러 다녔다. 늘 좀먹은 사자 가죽옷을 입고 거대한 곤봉을 짊어진 그는 꽤 유명인사였다. 하지만 파티에 손님으로 초대되는 일은 극히 드물었다. 차력 쇼를 보여준 뒤 포도주를 마르키우스 수도교 아래 흐르는 물처럼 목구멍에 철철 흘려넣고 나면 늘 사납고 잔인해졌기 때문이다.

"당신 제정신이에요? 이 황소를 파티에 초대하다니요!" 메트로비오스가 말했다. 소년은 술라의 반짝거리는 곱슬머리를 쓰다듬으며 그의 어깨에 기대어 길고 긴 초대 손님 명단을 들여다보고 있었다. 술라와 여행을 다니면서 메트로비오스에게 일어난 가장 큰 변화는 글을 읽을 수 있게 된 것이었다. 술라는 소년에게 읽고 쓰는 법을 가르쳤다. 스킬락스는 메트로비오스에게 연기부터 남색까지 모든 것을 기꺼이 가르쳐주면서도, 교활하게도 문자와 같이 자신의 속박에서 벗어날 수 있는 수단은 가르쳐주지 않았다.

"헤르쿨레스 아틀라스는 내 친구야." 술라가 소년의 손가락 하나하나에 입을 맞추며 말했다. 클리툼나의 손가락에 키스할 때와 비교가 되지 않을 정도로 짜릿했다.

"하지만 취하면 미친 사람이 되잖아요! 이 집도 무너뜨리고 손님 두셋은 분질러놓을 걸요! 그냥 돈 주고 쇼만 시키고, 파티에는 초대하지 말아요!"

"그럴 순 없어." 술라가 태평하게 말했다. 그는 손을 뻗어 메트로비오스를 어깨에서 끌어내려 무릎에 앉혔다. 소년은 두 팔로 술라의 목을 감싸안고 얼굴을 들었다. 술라가 소년의 눈꺼풀에 천천히 부드럽게 입 맞추었다.

"루키우스 코르넬리우스, 왜 날 데리고 살지 않죠?" 술라의 팔에 안겨 만족스럽다는 듯 숨을 길게 내쉬며 메트로비오스가 물었다.

키스가 멈췄다. 술라는 얼굴을 찌푸렸다. "너는 스킬락스와 사는 게 훨씬 나아." 그가 딱 잘라 말했다.

소년은 애정이 가득한 크고 검은 눈을 반짝 떴다. "아뇨, 그렇지 않아요. 정말로 그렇지 않아요, 루키우스 코르넬리우스! 선물이나 연기 지도나 돈 따위 중요하지 않아요! 나는 당신과 함께 있고 싶어요. 아무리 가난하더라도 상관없어요!"

"귀가 솔깃하구나. 당장에라도 그렇게 하고 싶다. 만약 내가 앞으로도 가난하게 살려고 했다면 말이지." 술라는 소중한 보물을 다루듯 소년을 안았다. "하지만 난 가난하게 살지 않을 거다. 이제 나에겐 니코폴리스가 남기고 간 돈이 있고, 그 돈으로 열심히 투기를 할 생각이거든. 언젠가는 원로원에 들어갈 수 있을 정도로 돈을 많이 모을 거야."

메트로비오스가 똑바로 앉았다. "원로원이라고요!" 소년은 술라의 얼굴을 들여다보았다. "하지만 루키우스 코르넬리우스, 당신은 그럴 자격이 안 되잖아요! 나처럼 당신 조상들도 노예였으니까!"

"아니, 그렇지 않아." 술라도 메트로비오스의 얼굴을 보며 말했다. "나는 파트리키 귀족인 코르넬리우스 가문 출신이야. 원로원이 내가 있어야 할 곳이다."

"말도 안 돼요!"

"사실이야." 술라가 진지하게 말했다. "그래서 네 제안을 따를 수 없는 거야, 아무리 솔깃한 얘기라도 말이다. 원로원에 들어갈 자격을 갖추면 나는 아주 점잖은 사람이 되어야 해. 배우들이나 익살극, 미소년들과는 거리가 먼 사람." 술라는 소년의 등을 손바닥으로 찰싹 때리고 그를 껴안았다. "이제 손님 명단에 집중해. 그리고 그만 좀 꿈틀거려! 집중이 안 되잖아. 헤르쿨레스 아틀라스는 쇼도 하고 손님으로도 초대될 거다. 확정."

사실 헤르쿨레스 아틀라스는 파티에 가장 먼저 도착한 축이었다. 파티가 열린다는 소식이 거리 구석구석에 퍼졌고, 동네 사람들은 고함과 비명, 요란한 음악, 뭔가 부딪히는 소리로 상상을 초월하도록 시끄러운 밤을 각오해야 했다. 여느 때와 마찬가지로 이번에도 가장 파티였다. 술라는 이 자리에 없는 클리툼나로 분장했다. 곱슬머리가 소시지처럼 구불구불 엉킨 헤나 염색 가발을 쓰고, 술 달린 숄을 두르고, 반지를 여러 개 낀 채 키득키득, 낄낄, 앵앵대며 클리툼나 특유의 웃음소리를 연신 흉내 냈다. 클리툼나를 잘 아는 손님들은 술라의 익살에 몹시 즐거워했다.

메트로비오스는 오늘밤에도 날개를 달았지만 큐피드가 아닌 이카로스였다. 재치 있게 커다란 날개의 바깥쪽 일부를 녹여두어서, 아래로 축 처진 날개가 만들다 만 것처럼 보였다. 스킬락스는 미네르바를 택했지만, 다부지고 소년 같은 여신이 아니라 진하게 화장한 늙은 매춘부처럼 보였다. 그는 술라에게 붙어 도통 떨어지지 않는 메트로비오스를 보고 술에 취해서 금세 창이며 방패, 물렛가락, 부엉이 인형을 다루지 못하고 비틀거렸으며, 결국 자기가 들고 온 물건들에 걸려 넘어져 한구석에서 엉엉 울다 잠이 들었다.

따라서 스킬락스는 뒤이어 끝없이 이어진 볼거리들을 놓쳤다. 가수들이 매우 유쾌한 선율을 화려한 트릴로 멋들어지게 부르며 쇼를 시작했다. 그들의 마지막 노래는 고음이 계속 이어지는 통속가요였다.

나의 여동생 피기 필러
방앗간 구스와 같이 있다 들켰어.
방앗간 탑 밑에
여동생의 꽃이 짓눌렸지.
아버지 말씀, 그만 됐다.
벌써 당한 게 뻔하구나.
어서 당장 시집가거라.
안 그럼 궁둥짝이 회초리맛을 보리라!

손님들 사이에서 이 노래는 인기가 대단했고, 노래를 원래 알고 있던 많은 사람들이 따라 불렀다.

무희들이 놀라운 기교로 옷을 차례차례 벗어던지자 털이 한 올도 없는 음부가 훤히 드러났다. 어느 사내가 개들을 데리고 무희들 못지않은 춤 솜씨를 뽐냈지만 그들만큼 관능적이지는 않았다. 안티오케이아 지방에서 유명하다는 동물 쇼에는 소녀와 당나귀가 등장했는데, 이 공연 역시 관중에게 인기가 대단했다. 그 자리의 사내들은 당나귀의 재주에 기가 죽어서 쇼가 끝난 뒤에도 감히 소녀에게 함께 자자고 청하지 못했다.

헤르쿨레스 아틀라스의 차례는 마지막이었다. 파티 분위기가 무르익었고, 사람들은 술에 취해 섹스를 못하거나 술에 취해 섹스만 하려는 두 부류로 나뉘었다. 들뜬 관객들이 주랑 가까이 모여들자, 중앙정원 한가운데 세워진 연단에 헤르쿨레스 아틀라스가 올라섰다. 철봉 몇 개를 구부리고 제법 굵은 통나무를 잔가지처럼 가볍게 꺾는 것으로 몸을 풀더니, 아가씨들 여섯을 데려다가 머리와 양어깨에 얹고 양쪽 겨드랑이에도 끼었다. 여자들이 비명을 질러댔지만, 헤르쿨레스 아틀라스는 그 상태로 쇠모루 두 개를 들어올리고는 사자보다 더 우렁차게 포효했다. 타고난 힘만큼이나 주량도 굉장했던 그는 포도주를 마르키우스 수도교로 흘려보내듯 목구멍으로 콸콸 쏟아부은 터라 굉장히 기분이 좋았다. 문제는 쇠모루를 하나 더 들어올릴 때마다 그에게 매달린 여자들이 한층 더 불편해져서, 처음에는 신나서 지르던 비명이 이내 공포에 찬 절규로 바뀐 것이었다.

술라가 정원 한가운데로 걸어나오더니 정중하게 헤르쿨레스 아틀라스의 무릎을 툭툭 쳤다.

"이보시오, 친구. 이제 여자들을 내려놓으시게." 지극히 다정한 말투였다. "그러다 여자들이 쇳덩이에 깔리겠어."

헤르쿨레스 아틀라스가 곧바로 여자들을 내려놓았다. 하지만 그 대신 술라를 들어올리더니 성질을 부려댔다.

"나더러 이래라저래라 하지 마!" 헤르쿨레스 아틀라스가 우렁차게 외치며, 이시스 여신의 제관이 지팡이를 휘두르듯 머리 위로 술라를 마구 돌렸다. 술라의 가발과 숄, 몸에 두른 천이 떨어져 바닥에 쌓였다.

손님들이 겁에 질렸다. 용기 있는 사람 몇몇이 정원으로 나와 정신 나간 장사에게 제발 술라를 내려놓으라고 사정했다. 하지만 헤르쿨레스 아틀라스는 모두의 곤경을 한 방에 해결해주겠다는 것처럼, 술라를 왼쪽 옆구리에 장바구니처럼 가볍게 끼고 자리를 떠났다. 아무도 그를 막을 수 없었다. 그는 저지하려고 덤벼드는 사람들을 각다귀 쫓듯 이리저리 밀쳐냈다. 눈앞에 나타난 문지기의 얼굴을 손으로 홱 밀어 아트리움 중앙까지 날려버린 그는 술라를 옆구리에 매단 채 밖으로 사라져버렸다.

헤르쿨레스 아틀라스는 베스타 계단 꼭대기에서 멈추었다. "괜찮소? 루키우스 코르넬리우스, 내가 잘했나요?" 장사가 술라를 아주 부드럽게 내려놓으며 말했다.

"완벽했어." 술라가 어지러워 약간 비틀거리며 말했다. "갑시다. 집까지 바래다주겠소."

"그럴 거 없수다." 사자 가죽옷을 추어올리고 베스타 계단을 내려가며 헤르쿨레스 아틀라스가 말했다. "여기서 깡충 뛰고 한 발짝 더 가면 바로 우리집이니까. 달도 거의 만월이지 않소."

"그래도 갑시다." 술라가 그를 따라잡으며 말했다.

"마음대로 하시구려." 헤르쿨레스 아틀라스가 어깨를 으쓱했다.

"값을 치르기에는 공공장소인 포룸 로마눔 한가운데보다 실내가 나을 것 같아서 말이오." 술라가 참을성 있게 말했다.

"아, 맞다!" 헤르쿨레스 아틀라스가 근육이 발달된 머리통을 탁 쳤다. "돈을 안 받은 걸 잊고 있었구만. 그러면 따라오시오."

헤르쿨레스 아틀라스는 오르비우스 언덕길에 있는 인술라 4층의 방 네 개를 쓰고 있었다. 그가 사는 인술라는 수부라 외곽에 자리했지만 일반적인 수부라 동네보다 훨씬 좋은 곳이었다. 방으로 안내받은 술라 는, 헤르쿨레스 아틀라스가 술 취해 돌아오면 점호 따위는 하지 않을 것이라고 생각한 노예들이 다들 놀러나갔다는 걸 한눈에 파악했다. 집 에 여자가 있을 것 같지는 않았지만 그래도 술라는 확인해보았다.

"아내는 집에 없소?" 술라가 물었다.

헤르쿨레스 아틀라스가 침을 뱉었다. "여자? 난 여자는 질색이야!"

두 사내는 포도주병과 잔을 사이에 두고 탁자에 앉았다. 술라는 아 마천 허리띠에 숨기고 있던 두툼한 돈주머니를 꺼냈다. 헤르쿨레스 아 틀라스가 잔 두 개에 포도주를 가득 채우는 동안 돈주머니 끈을 느슨 하게 풀더니, 능숙한 솜씨로 안에 들어 있던 종이 고깔을 손바닥에 재 빨리 감췄다. 술라가 주머니를 들어올려 살짝 기울이자 반짝이는 은전 몇 개가 주르륵 탁자에 떨어지더니 위로 튕겨올랐다. 그런데 은전이 떨 어지는 속도가 너무 빨랐는지, 서너 개가 탁자 가장자리까지 굴러가더 니 땡그랑 금속음을 내며 바닥에 떨어졌다.

"어, 이봐요!" 헤르쿨레스 아틀라스가 외치며 은전을 주우려고 바닥 에 엎드렸다.

그가 바닥을 기어다니며 돈을 줍는 데 열중한 동안, 술라는 손바닥 에 쥔 종이를 비틀어 찢고 안에 든 흰 가루를 자기에게서 먼 잔에 털어 넣었다. 적당한 도구가 없어서 손가락으로 포도주를 휘휘 젓다가, 땅바 닥을 기던 헤르쿨레스 아틀라스가 마침내 육중한 몸을 일으켜 자리에 앉자 얼른 손을 치웠다.

"건강을 위하여." 술라가 자기 잔을 들어올려 친근하게 기울이며 말했다.

"건강을 위하여, 그리고 즐거운 밤을 선사해준 데 대해 감사하며." 헤르쿨레스 아틀라스가 머리를 뒤로 젖히며 술을 단숨에 들이켰다. 그리고 잔을 다시 채워 이번에도 단숨에 들이켰다.

술라는 일어났다. 자신의 잔은 헤르쿨레스 아틀라스의 손에 쥐여주고 그의 잔은 자기 튜닉에 집어넣었다. "이건 기념으로 가져가지. 잘 자게." 그는 조용히 문을 나섰다.

인술라는 인적 없이 조용했다. 건물의 중정 주위 콘크리트 계단에는 위층에서 쓰레기를 던지지 못하도록 가림막이 쳐져 있었다. 술라는 소리 없이 잽싸게 계단을 내려가 아무도 모르게 좁은 길로 빠져나갔다. 훔친 잔은 하수구 뚜껑 틈새로 떨어트렸다. 술라는 저 밑에서 풍덩 소리가 들릴 때까지 기다렸다가 종이 고깔까지 던져넣었다. 그러고는 베스타 계단 아래 유투르나 샘에 멈춰서 고요한 물에 팔꿈치까지 깊이 담가 씻고, 씻고, 또 씻었다. 됐어! 아까 종이를 찢는 동안, 헤르쿨레스 아틀라스가 그렇게도 만족스럽게 들이켠 포도주를 휘젓는 동안 살갗에 묻었을 흰 가루는 다 씻겨 없어졌을 것이다.

하지만 술라는 파티장으로 돌아가지 않았다. 팔라티누스 언덕 쪽은 쳐다보지도 않고 카페나 성문을 향해 노바 가도를 올랐다. 도시를 벗어나 로마 거주민들에게 말이나 마차를 대여해주는 여러 마구간 중 하나에 들어갔다. 로마에는 나귀나 말, 마차 따위를 직접 소유하는 집이 거의 없었다. 빌리는 것이 더 싸고 간편했다.

술라가 택한 마구간은 상태는 양호하지만 경비가 허술했다. 마구간에 홀로 있던 마부는 짚더미에 누워 깊이 잠들어 있었다. 술라는 마부가 더 깊이 잠들도록 뒤통수를 주먹으로 갈기고, 찬찬히 시간을 들여 마구간을 둘러본 뒤 가장 튼실하고 말을 잘 들을 것 같은 노새를 골랐다. 이제껏 직접 안장을 얹어본 적이 없었기에 정확한 요령을 파악하기까지 시간이 좀 걸렸다. 하지만 뱃대끈을 졸라맬 때 짐승이 숨 참는 소리를 전에도 들어봤기 때문에, 노새의 갈비뼈가 불편하지 않다는 확신이 들 때까지 참을성 있게 지켜보았다. 그러고는 비로소 안장에 올라앉아서 노새 옆구리를 가볍게 걷어찼다.

말이나 노새를 많이 타본 것은 아니지만, 술라는 이 짐승들을 두려워하지 않았고 이번에도 자신의 운을 믿었다. 짐승이 심하게 날뛰지만 않으면 안장의 모서리에 달린 뿔 네 개가 그를 보호해줄 것이었고, 노새는 말과 달리 갑자기 날뛰는 일이 별로 없었다. 술라가 겨우겨우 노새를 달래서 씌운 굴레에는 작고 평범한 재갈이 달려 있을 뿐이었지만, 노새가 그걸 입에 문 모양은 무척 편안해 보였다. 달빛이 쏟아지는 아피우스 가도를 달려가며, 술라는 아침이 되기 전에 꽤 많은 거리를 갈 수 있겠다는 확신이 들었다. 시간은 자정을 앞두고 있었다.

승마에 익숙지 않은 술라로서는 노새를 타고 달리기가 여간 힘들지 않았다. 클리툼나가 탄 가마 옆을 느긋하게 따라가는 것과 이처럼 서둘러 달리는 것은 천양지차였다. 몇 킬로미터 달리고 나니 발판도 없이 대롱거리는 두 다리가 참기 힘들 정도로 아팠고, 안장에 똑바로 앉으려 할 때마다 자기도 모르게 엉덩이가 움찔댔으며, 아주 작은 충격에도 고환이 몹시 아팠다. 하지만 노새는 잘도 달려서 날이 밝기 훨씬 전에 트리폰티움에 닿았다.

거기서 술라는 아피우스 가도를 벗어나 해안을 향해 들판을 가로질러갔다. 포메티아 늪지대를 가로지르는 이 길은 험하기는 했지만 훨씬 지름길인데다 남의 눈에도 덜 띄었다. 아피우스 가도를 따라 계속 간다

면 타라키나까지 내려갔다가 키르케이를 향해 북쪽으로 거슬러올라와
야 했다. 나무들이 늘어선 벌판을 16킬로미터쯤 내달린 후 술라는 노
새를 세웠다. 땅이 물기 없이 단단했고 모기도 없을 것 같았다. 술라는
챙겨온 밧줄로 노새를 나무에 매어두고 안장은 베개 대신 소나무 그늘
아래 놓은 뒤, 누워서 꿈조차 꾸지 않고 곤히 잠을 잤다.

낮의 열 시간이 순식간에 흐르고, 술라와 노새는 근처 냇가에서 물
을 충분히 마신 뒤 다시 달렸다. 술라는 혹시라도 그를 볼 사람이 있을
까 싶어 마구간에서 들고 온 두건 달린 망토를 걸쳤다. 등뼈와 엉덩이
와 고환에 느껴지는 엄청난 통증에도 불구하고 이전보다 훨씬 더 우아
하게 노새를 몰았다. 아무것도 먹지 않았지만 전혀 허기가 느껴지지 않
았다. 노새는 풀을 많이 뜯어먹은 터라 더없이 만족스럽고 상쾌해 보였
다. 땅거미가 내릴 즈음 클리툼나의 별장이 있는 해안 절벽에 당도한
술라는 안도감이 온몸에 퍼지는 것을 느끼며 안장에서 내렸다. 다시 노
새의 안장과 굴레를 벗기고, 풀을 뜯을 수 있게 밧줄로 매어두었다. 하
지만 이번에는 노새가 혼자 쉬도록 내버려둘 것이었다.

행운은 여전히 그의 편에 있었다. 완벽한 밤이었다. 고요히 별이 빛
나고, 차갑고 짙푸른 하늘 어디에도 구름 한 점 보이지 않았다. 밤의 두
번째 시각이 점차 물러나고 저멀리 동쪽 언덕 위로 떠오른 보름달이
사방을 특유의 빛으로 서서히 물들였다. 사물을 더욱 또렷이 비추면서
도 결코 스스로의 모습은 드러내지 않는 묘한 빛이었다.

그러자 술라에게 자신이 신성불가침의 존재라는 느낌이 차올랐다.
피로와 통증이 말끔히 사라지고, 차가운 피가 더욱 빠르게 흐르는 듯했
으며, 놀랍도록 평온한 마음은 이 순간을 완벽하게 즐길 준비가 되었
다. 그는 펠릭스, 행운아였다. 지금까지 모든 것이 물 흐르듯 멋지게 진

행되었고 앞으로도 그럴 것이다. 이제 행복한 기분으로 느긋하게 갈 길을 가면 되는 것이다. 이번에는 이 순간을 진정 만끽할 수 있다. 니코폴리스를 제거할 때는 기회가 너무도 갑작스럽게 생기는 바람에 제대로 즐길 여유가 없었다. 그저 전광석화처럼 재빠르게 판단한 뒤 일이 마무리되기까지 참을성 있게 기다렸을 뿐이다. 메트로비오스와 떠난 탐사 여행에서 '죽음의 천사'라는 독버섯을 발견한 것은 술라였지만, 최후를 맞이할 방법을 선택한 사람은 바로 니코폴리스 자신이었다. 그는 촉매 역할을 했을 뿐이다. 운이 니코폴리스를 그곳에 데려간 것이다. 술라의 운이. 하지만 오늘밤 술라를 이곳으로 데려다놓은 것은 그의 두뇌였다. 행운이 끝까지 그를 지켜줄 것이다. 두려움에 관해서라면, 지금 두려울 게 뭐가 있겠는가?

클리툼나가 소나무 숲 그늘에서 술라를 기다리고 있었다. 아직은 초조해 보이지 않았지만, 깜짝 선물이 조금이라도 늦게 나타나면 당장이라도 조바심을 낼 태세였다. 하지만 술라는 모습을 바로 드러내지 않았다. 먼저 클리툼나가 다른 사람을 데려오지 않았는지 주변을 샅샅이 확인했다. 그래, 그녀는 혼자였다. 1층의 마구간과 로지아 아래 방들도 텅 비어 있었다.

술라는 클리툼나가 놀라지 않도록 적당히 소리를 내며 그녀에게 다가갔다. 클리툼나는 어둠 속 형체가 술라임을 확신하고 그를 향해 두 팔을 뻗었다.

"아, 자기가 말한 그대로 했어!" 클리툼나가 술라의 목에 매달려 까르륵 웃으며 속삭였다. "내 깜짝 선물! 깜짝 선물은 어디 있어?"

"키스 먼저." 술라가 말했다. 그의 치아가 피부보다도 하얗게 빛났다. 달빛은 참으로 오묘했고 술라를 에워싼 마력은 강렬했다.

술라에 굶주려 있던 클리툼나는 허겁지겁 입술을 내밀었다. 클리툼나가 그에게 입맞추며 까치발로 섰을 때 술라는 클리툼나의 목을 부러뜨렸다. 참으로 간단했다. 딱. 필시 그녀는 자각조차 못했을 것이다. 클리툼나의 머리통을 뒤로 젖힌 술라의 손이 그녀의 등을 곧게 받친 다른 손과 만나는 동안, 클리툼나의 눈에는 무슨 일이 벌어지는지 깨달은 기색이 전혀 없었으니까. 술라의 동작은 주먹질처럼 빨랐다. 간단했다. 딱. 그 소리는 날카롭고 선명하게 사방에 퍼졌다. 클리툼나가 땅바닥으로 쓰러지리라 예상하며 술라가 손을 떼었을 때, 그녀의 몸이 위로 살짝 튕겨오르더니 술라를 위한 춤을 추었다. 양손을 허리에 대고 머리통이 기괴하게 뒤로 젖혀진 채 몸을 비틀고 깡충거리며 한순간 펄쩍 뛰어오르더니, 마침내 빙글빙글 돌다 양 팔꿈치와 무릎이 흉측하고 꼴사납게 꼬여 바닥으로 쓰러졌다. 잠시 후 뜨뜻하고 톡 쏘는 오줌 냄새가 술라의 벌어진 콧구멍까지 스멀스멀 올라왔고 이어 똥냄새가 진하게 풍겼다.

술라는 비명을 지르지 않았다. 뒷걸음치지도 않았다. 이 모든 것을 마음껏 즐겼다. 클리툼나가 자신을 위해 춤추는 모습을 황홀경 속에 바라보았고, 그녀가 쓰러지자 강한 혐오를 느꼈다.

"허, 클리툼나, 죽는 꼴이 숙녀답지 못하군."

술라는 클리툼나를 양팔로 안아올려야 했다. 그의 몸에 흙이 묻고 얼룩지고 오물이 스미겠지만 그 방법밖에는 없었다. 부드러운 달빛을 머금은 풀밭에 시신이 끌린 흔적을 남겨서는 안 되었다. 반드시 밝은 달밤이어야 한다고 한 이유는 바로 그 때문이었다. 술라는 클리툼나를 오물과 함께 안아올려 절벽 꼭대기까지 걸어갔다. 혹시라도 풀에 오물 자국이 남지 않도록 솔로 변을 잘 감싸모았다.

술라는 이미 적당한 위치를 찾아두었기에 전혀 망설임 없이 움직였다. 며칠 전 클리툼나를 데리고 처음 키르케이에 왔을 때 흰 돌로 거기에 표시를 해둔 터였다. 술라는 팔을 힘차게 앞으로 뻗어, 클리툼나를 그로부터 영원히 떨쳐냈다. 클리툼나는 아름다운 부채꼴을 그리며 날개를 파닥이는 유령 새처럼 추락했다. 절벽 아래에 널브러진 그녀는 바닷물에 쓸려온 무언가처럼 보였다. 거센 폭풍이 불지 않고서는 바닷물에 휩쓸려가지 않을 위치였다. 사람들이 반드시 그녀를 발견해야만 했다. 술라는 그 무엇도 불확실한 상태로 남지 않기를 바랐다.

새벽녘에 술라는 노새를 냇가 근처로 데려갔다. 하지만 노새를 물가로 끌어다주기 전에 여자 튜닉을 입은 채 냇물 속에 들어가 의붓어머니의 마지막 흔적을 남김없이 씻어냈다. 그리고 물에서 나오자마자 마지막 남은 한 가지 일을 시작했다. 허리띠에 차고 있던 짧은 단도를 칼집에서 꺼내 날카로운 끝으로 왼쪽 이마에 2센티미터 정도 작은 상처를 냈다. 머리에 난 상처가 그렇듯 금세 피가 줄줄 흘렀지만, 이는 시작일 뿐이었다. 한 군데도 멀쩡해 보여선 안 되었다. 이어 양손 중지와 약지에 칼끝을 대고 살이 벌어지도록 죽 그었다. 점점 더 많은 피가 흘러내렸다. 물이 뚝뚝 떨어지는 더러운 파티복에 피가 튀고 젖은 옷에 피가 번지자 피칠갑을 한 모습이 훌륭하게 완성되었다. 좋았어! 허리띠에 단 주머니에서 미리 준비해둔 두툼한 흰색 아마천을 꺼내 이마의 상처에 대고 세게 누른 다음, 아마천 끈으로 단단히 동여맸다. 피가 왼쪽 눈으로 흘러내렸다. 술라는 흘러내린 피를 한 손으로 슥 닦아내고 눈을 깜빡이며 노새에게로 갔다.

술라는 노새가 느려질 때마다 옆구리를 세차게 걷어차며 밤새 달렸다. 노새는 몹시 지쳐 있었지만, 이제 집으로 돌아간다는 사실을 알고 있었다. 게다가 노새답게 웬만한 말보다 양순하고 힘이 셌다. 노새는 술라가 마음에 들었기에 줄곧 용맹한 부하처럼 충실하게 굴었다. 입에 물린 작은 재갈은 평소 익숙한 고삐의 아픔보다 더 편안하게 느껴졌다. 노새는 술라의 고요한 침묵과 효율적인 움직임, 평온함이 좋았다. 그래서 그를 위해 달리고, 걷고, 속도를 늦추었다가 힘이 생기면 다시 세차게 달렸다. 좁은 길을 달리는 그들 뒤로 노새의 젖은 털에서 증발한 김이 공중으로 흩어졌다. 노새는 하얀 저택이 선 절벽 아래 차디찬 바위에 누워 있는, 추락하기 전에 이미 목이 꺾인 여자에 대해서는 아무것도 몰랐다. 노새는 자신이 느낀 술라를 있는 그대로 받아들였고, 노새가 느낀 술라는 흥미로울 만큼 다정한 사람이었다.

마구간까지 1킬로미터 정도 남았을 때 술라는 노새에서 내렸다. 마구를 떼어내 수풀 속으로 내던지고, 노새의 엉덩이를 찰싹 때려 마구간 방향으로 쫓았다. 분명 알아서 길을 찾아갈 것이었다. 하지만 카페나 성문을 향해 터벅터벅 걷는 술라를 노새가 뒤따라오자 술라는 결국 돌맹이를 던져 쫓아야 했다. 겨우 술라의 의중을 알아차린 노새는 털이 빈약한 꼬리를 휙 흔들더니 달아나버렸다.

망토를 머리까지 뒤집어쓴 술라가 로마에 들어섰을 무렵 동쪽 하늘이 진줏빛으로 밝아오고 있었다. 이 시기엔 1시간이 74분이니, 키르케이에서 로마까지 9시간 만에 달려온 것이다. 지친 노새에게나 이번에 처음 승마를 제대로 경험한 사내에게나 대단한 성과였다.

대경기장에서 팔라티누스 언덕 게르말루스 고지로 이어지는 카쿠스 계단 주변은 신성한 땅으로, 로물루스가 세운 고대 팔라티누스 도시의 정신이 깃든 장소였다. 버림받은 로물루스와 레무스 쌍둥이는 바로 이곳 바위틈의 작고 보잘것없는 동굴과 샘물가에서 암늑대의 젖을 빨았던 것이다. 술라에게는 이곳이 소지품을 버리기 가장 적당한 장소로 보였다. 그는 게니우스 로키의 기념비 뒤쪽에 있는 속이 빈 나무에 망토와 아마천을 조심스레 쑤셔넣었다. 상처에서 다시 피가 났지만 심하진 않았다. 그리하여 아침 일찍부터 클리툼나 집 앞에 나와 있던 사람들은, 실종되었던 술라가 피에 젖은 여자 튜닉을 입은 채 더럽고 상처투성이가 되어 비틀비틀 걸어오는 것을 보고 깜짝 놀랐다.

클리툼나의 집이 들썩였다. 서른두 시간 전 헤르쿨레스 아틀라스가 술라를 옆에 끼고 밖으로 사라져버린 후 모두들 잠자리에 들지 못했던 터였다. 문지기가 끔찍한 모습의 술라를 안으로 들이자 사람들이 사방에서 부축하러 모여들었다. 술라가 부축을 받아 침대에 눕자 하인들이 몸을 닦아냈으며, 이번에도 시칠리아 출신의 아테노도로스가 불려와 술라 머리의 상처를 확인했다. 옆집의 카이사르가 술라를 찾아와 무슨 일이 있었는지 물었다. 팔라티누스 동네 전체가 그를 찾아다녔던 것이다.

"기억나는 대로 말해보게." 카이사르가 술라의 침대 맡에 앉아 말했다.

누가 보더라도 술라는 피해자의 모습이었다. 통증과 피로로 입가는 푸른색을 띠었고 흰 피부는 평소보다 더 창백해보였으며, 눈가는 피로로 멍해졌고 눈동자는 붉게 충혈되어 있었다.

"제가 어리석었습니다." 술라가 힘없이 말끝을 흐렸다. "애초에 헤르쿨레스 아틀라스한테 참견을 하는 게 아니었는데. 하지만 저는 건장한 사내이고 제 몸 하나는 건사할 수 있으니까요. 어떤 놈이든 알고 보면 겉보기만큼 세진 않은 법이라고 생각했지요. 저는 그자가 그저 연기를 하고 있다고 생각했습니다. 그런데 그자가 취해서 소리를 마구 지르더니 저를 그냥 어디론가 데리고 가버리더군요! 도저히 멈추게 할 수가 없었습니다. 어딘지도 모르겠는 곳에서 그자가 저를 내려놓았습니다. 저는 도망가려고 했는데 그자가 저를 내리쳤던 것인지, 정확히는 모르겠습니다. 어쨌거나 저는 수부라의 어느 골목에 있었습니다. 아마도, 그러니까 최소한 하루종일 그곳 길바닥에 쓰러져 있었던 것 같습니다. 수부라가 어떤 곳인지 잘 아실 겁니다. 다들 저를 그냥 내버려둔 거죠. 몸을 움직일 수 있게 되자 저는 집으로 돌아왔습니다. 이게 제가 기억하는 전부입니다, 가이우스 율리우스."

"자넨 참으로 운이 좋은 젊은이군." 카이사르가 무뚝뚝하게 말했다. "헤르쿨레스 아틀라스가 자네를 자기 집으로 데려갔다면 자네도 그자와 운명을 같이했을 것이네."

"무슨 운명이요?"

"자네 집사가 어제 나를 찾아와서, 자네가 돌아오지 않았다며 어떻해야 할지 묻더군. 집사에게 자초지종을 듣고 검투사 몇을 사서 함께 헤르쿨레스 아틀라스의 거처에 가봤네. 무슨 연유에선지 집을 난장판으로 만들었더군. 가구를 산산조각 내고 주먹으로 벽에 구멍을 내며 난리치는 통에 인술라의 다른 주민들은 무서워서 감히 근처도 가지 못했다더군. 그자는 죽은 채 거실 한가운데에 누워 있었어. 개인적인 판단으로는 뇌혈관이 터져서 그 고통으로 광기를 부린 것이 아닌가 싶네. 아니면 적이 그자를 독살했거나." 순간 카이사르는 불쾌한 기색을 띠었지만 이내 단호하게 표정을 지웠다. "죽어가면서 집을 난장판으로 만든 것이지. 내 생각에는 하인들이 먼저 그를 발견했지만 내가 도착하기 훨씬 전에 도망간 것 같네. 집안에 돈이 전혀 없었거든. 가져갈 수 있는 건 하인들이 도망가면서 다 들고 간 것 같아. 자네는 그자에게 공연비를 치렀나? 그랬다 해도 그자 집에는 돈이 없었네."

술라는 눈을 감았다. 굳이 피곤을 가장하려 애쓸 필요도 없었다. "선불로 치렀습니다, 가이우스 율리우스. 그러니 그 돈이 집에 있었는지 여부는 저도 알 수 없습니다."

카이사르가 일어났다. "흠, 이제 내가 할 수 있는 일은 다했네." 그는 침대에 꼼짝없이 누워 있는 술라를 내려다보았다. 술라는 여전히 눈을 감고 있었지만, 그를 내려다보는 카이사르의 눈빛은 엄했다.

"루키우스 코르넬리우스, 자네 처지를 진정 안타깝게 생각하네. 하지만 자네도 알듯이 계속 이런 식으로 처신해서는 곤란해. 내 딸은 자네에 대한 설익은 감정으로 거의 굶어죽도록 곡기를 끊었고, 아직 그 감정에서 완전히 벗어나지 못한 상태일세. 그러니 나로서는 자네를 이웃으로 두고 있단 사실이 참 껄끄러울 수밖에 없어. 물론 자네가 내 딸이 미련을 갖게 만들었다고 생각진 않고, 공평하게 말해서 내 딸 역시 자네에게 굉장히 껄끄러운 존재라는 걸 나도 인정해야겠지만 말이네. 모든 걸 따져볼 때 아무래도 자네는 이곳을 떠나 다른 곳에 사는 것이 좋겠네. 키르케이에 머무르고 있는 자네 의붓어머니께 사람을 보내 그동안 이곳에서 벌어진 일을 알렸네. 또 그분이 이 동네에서 인심을 잃은 지 오래되었으니 카리나나 카일리우스에 집을 구하는 편이 더 좋겠다는 것도. 이 동네에는 대체로 조용한 사람들이 살고 있네. 이곳 주민들이 평화롭고 조용하고 안전한 환경에서 살 권리를 지키기 위해 고소를 하거나 소송을 걸어야 한다면 나로서도 참 힘든 일이 될 것이네. 하지만 힘이 들건 들지 않건 내가 소송을 걸어야만 하는 상황이 된다면 피하진 않겠네. 루키우스 코르넬리우스, 다른 주민들처럼 나도 이젠 한계에 도달했어."

술라는 움직이지 않았다. 눈을 뜨지도 않았다. 자신이 한 훈계가 얼마나 설득력이 있었을지 가늠하고 있는 카이사르의 귀에 코 고는 소리가 들려왔다. 카이사르는 즉시 돌아서서 자리를 떠났다.

하지만 키르케이로부터 먼저 편지를 받은 이는 카이사르가 아닌 술라였다. 다음날 클리툼나의 키르케이 집사가 보낸 편지가 배달된 것이다. 편지에는 클리툼나 부인의 시신이 저택 부지 경계에 자리한 절벽 아래에서 발견되었다고 쓰여 있었다. 추락 도중 목이 부러졌지만 의심스러운 정황은 없다고 집사는 썼다. 알다시피 클리툼나 부인의 정신상태는 최근 극도로 악화되어 있었다는 것이다.

술라는 침대를 박차고 일어났다.

"목욕 준비를 하고 토가를 꺼내놓아라."

이마의 작은 상처는 깔끔하게 아물고 있었지만 상처의 양끝 부분은 여전히 시퍼렇게 부어 있었다. 하지만 그것 말고는 하루 전의 상태를 짐작하게 할 만한 흔적은 남아 있지 않았다.

"가이우스 율리우스 카이사르를 집으로 모시게." 술라는 옷을 입으며 집사에게 말했다.

이번 대면에 자신의 앞날이 걸려 있음을 술라는 분명히 이해하고 있었다. 사랑하는 술라에게 무슨 일이 일어난 것인지 알아야겠다고 고집하는 메트로비오스를 스킬락스가 집으로 데려가주었다니, 신들에게 감사할 일이다. 메트로비오스가 파티장에 남아 있었을 가능성, 그리고 카이사르가 현장에 일찍 도착할 가능성을 계산에 넣지 않은 것만이 술라가 짠 치밀한 계획의 허점이었다. 정말로 아슬아슬했다. 그의 운은 진정 상승세에 있는 모양이다! 당황한 집사가 카이사르를 클리툼나의 집으로 데려왔을 때 메트로비오스가 있었다면, 정말이지 일을 그르치고 말았을 것이다. 카이사르는 풍문만으로 술라를 의심할 사람이 절대 아니지만, 자신의 두 눈으로 증거를 목격했다면 사태는 완전히 달라졌을 것이다. 게다가 메트로비오스는 절대로 뒤에 물러서 있지는 않았을 것이다. 나는 지금 계란껍질 위를 걷고 있어, 술라는 혼자 되뇌었다. 이젠 정말 멈출 때다. 술라는 스티쿠스와 니코폴리스와 클리툼나를 떠올리며 미소를 지었다. 그래, 이제는 드디어 멈출 수 있다.

카이사르를 맞이하는 술라의 모습은 어디를 보나 파트리키 로마인다웠다. 깨끗한 흰색 튜닉 오른쪽 어깨를 장식하고 있는 기사계급의 가는 자주색 띠, 점잖은 모양새로 자르고 남자다우면서도 보기 좋게 빗어 넘긴 머리칼.

"다시 오시게 해서 송구스럽습니다, 가이우스 율리우스." 술라는 카이사르에게 작은 두루마리를 건넸다. "방금 키르케이에서 도착했습니다. 어르신께서 즉시 확인해보셔야 할 것 같아 모셨습니다."

카이사르는 표정 변화 없이 편지를 받아들고 아주 천천히 읽었다. 입술이 움직이고 있었지만 스스로에게만 들릴 정도로 아주 작은 목소리였다. 술라는 카이사르가 종이에 쓰인 편지글의 전체 흐름과 별개로 단어 하나하나를 신중히 뜯어보고 있음을 알 수 있었다. 드디어 다 읽고 나자 카이사르는 종이를 내려놓았다.

"세번째 죽음이로군." 카이사르는 이 사실로 안도감을 느끼는 것 같았다. "루키우스 코르넬리우스, 자네 식구가 안타깝게도 더 줄었군. 삼가 조의를 표하네."

"어르신께서 클리툼나의 유언장을 작성하셨을 것으로 짐작했습니다." 술라가 허리를 반듯이 편 자세로 말했다. "그것만 아니었다면 어르신을 번거롭게 하지 않았을 겁니다."

"맞아, 내가 클리툼나 부인의 유언장을 몇 차례 작성했네. 마지막 유언장은 니코폴리스 부인이 사망한 뒤 작성했지." 카이사르는 신중했다. 카이사르의 잘생긴 얼굴, 술라를 마주보는 푸른 두 눈을 비롯해 어디를 보아도 그가 어떤 법률적 판단을 내리고 있는지 짐작가지 않았다. "루키우스 코르넬리우스, 자네가 의붓어머니에게 정확히 어떤 감정을 갖고 있는지 이 자리에서 내게 말해주었으면 하네."

바로 여기, 지금껏 가장 아슬아슬한 계란껍질이 있었다. 술라는 섬세하고 단호하게 발을 옮겨야 했다. 깨진 유리 조각이 깔린 12층 창턱에서 저 아래 길바닥으로 뛰어내려야 하는 고양이처럼. "이전에도 말씀을 드린 것으로 기억합니다만, 이제 그분에 대해 좀더 자세히 말씀드릴 기회가 생겨서 기쁘게 생각합니다. 그분은 어리석고 실없고 천박하기도 했지만 그래도 저는 그분을 좋아했습니다. 선친은(이 말을 하는 술라의 표정이 일그러졌다) 도저히 손을 쓸 수 없는 술주정뱅이셨습니다. 선친과 함께한 시간은, 그리고 누님이 결혼을 해서 저희 가족에게서 벗어나기 전의 몇 년 역시 악몽 그 자체였습니다. 가이우스 율리우스, 저희는 단순히 가난해진 상류층 사람들이었던 게 아닙니다. 저희 생활에서 저희의 출생 신분을 기억하게 해줄 만한 것은 하나도 없었습니다. 너무 가난한 나머지 집에 노예가 단 한 명도 없었죠. 시장바닥에서 아이들을 가르치던 늙으신 선생님이 제게 자비를 베풀지 않으셨다면 저는, 코르넬리우스 가문 출신의 파트리키 귀족인 저는 읽고 쓰는 것조차 배우지 못했을 것입니다. 마르스 평원에서 기본적인 군사 훈련을 받아본 적도 없고, 승마를 배운 적도 없으며, 법정 변호인의 제자가 되어본 적도 없습니다. 군사 훈련에 대해서도, 수사학에 대해서도, 공직생활에 대해서도 아는 바가 없습니다. 선친은 저를 그렇게 키웠습니다. 그래서 저는 고인이 좋았습니다. 그분이 선친과 결혼한 덕에 저는 그분과 같은 집에서 살게 되었습니다. 누가 알겠습니까? 그분이 아니었더라면 선친과 저는 계속 수부라에서 살았을 것이고, 저는 어느 날 광기에 휩쓸려 선친을 죽이고 도저히 자비를 구할 수 없을 정도로 신의 분노를 사고 말았을 것입니다. 선친이 돌아가시고 마침내 제가 해방될 때까지 그분이 제 방패막이가 되어주셨습니다. 예, 저는 그분을 좋아했습니다."

"고인도 자네를 좋아했네, 루키우스 코르넬리우스." 카이사르가 말했다. "고인의 유언장 내용은 간단명료하네. 전 재산을 자네에게 남겼네."

침착해라, 침착해야 한다! 너무 기뻐해선 안 되지만 너무 슬퍼해서도 안 된다! 술라가 마주하고 있는 사내는 무척 영리하고 사람에 대한 경험이 풍부한 자였다.

"제가 원로원에 들어갈 수 있을 정도의 재산입니까?" 술라가 카이사르의 눈을 바라보며 말했다.

"그러고도 남네."

술라의 입이 딱 벌어졌다. "저는…… 도저히…… 믿기지 않습니다! 확실한 사실입니까? 이 집과 키르케이의 별장을 소유하고 있었던 것은 알지만, 재산이 더 있는 줄은 몰랐습니다."

"그렇다네. 대단한 자산가였네. 여러 곳에 투자된 돈, 각종 회사의 주식과 지분, 상선 열두 척까지 합치면 어마어마하지. 내 조언하건대 상선과 회사 주식은 처분하고 토지자산을 구입하게. 감찰관들 눈에 들려면 이제 매사를 깨끗하게 처리해야 할 게야."

"마치 꿈을 꾸는 것 같습니다!"

"자네 처지에서는 그럴 법도 하겠지. 하지만 안심하게, 루키우스 코르넬리우스. 이건 현실이니까." 카이사르의 목소리는 차분했다. 술라의 반응에 불쾌해하지도 않고 술라가 슬픔을 가장하고 있다고 의심하지도 않는 듯했다. 카이사르는 자신의 상식에 비춰보고서, 술라 같은 자라면 자기 부친에게 아무리 잘해주었다고 해도 클리툼나 같은 여자에겐 동정심을 느끼지 않으리라고 생각했을 터였다.

"고인이 장수했을 수도 있었겠지요." 술라는 의아한 목소리로 말했다. "하지만 결국 제가 행복한 운명을 맞이했군요, 가이우스 율리우스. 이런 말을 할 수 있게 되리라곤 생각지 못했습니다. 저는 고인을 그리워할 것입니다. 하지만 앞으로 사람들이 고인에 대해 이야기할 때, 고인이 이 세상에 가장 크게 기여한 것은 바로 세상을 떠난 데 있었다고 말할 수 있었으면 합니다. 저는 제 계급과 원로원의 훌륭한 일원이 되기 위해 노력할 것이니까요." 이만하면 잘 말한 것일까? 카이사르는 과연 그가 의도한 대로 받아들일까?

"동감이네, 루키우스 코르넬리우스. 자네가 고인의 유산을 유익하게 사용했다는 것을 알면 고인도 행복할 게야." 카이사르가 말했다. 술라의 말이 그의 의도대로 받아들여진 것이다. "그러면 이제 천박한 파티는 더이상 열리지 않을 것으로 믿어도 되겠는가? 미심쩍은 친구들도 멀리하겠는가?"

"자신의 출생 신분에 걸맞은 삶을 살 수 있는 자에게 천박한 파티나 미심쩍은 친구들은 필요치 않습니다." 술라는 한숨을 내쉬었다. "그저 시간을 보내기 위한 수단이었습니다. 감히 짐작하건대 어르신 보기에는 도저히 이해가 안 되셨을 것입니다. 하지만 제가 30년 넘게 살아온 삶은 마치 목에 무거운 바윗돌을 걸고 다니는 것 같았습니다."

"그래, 그랬겠지."

문득 술라의 가슴이 철렁 내려앉았다. "한데 지금은 감찰관이 부재하지 않습니까! 저는 어떻게 해야 합니까?"

"글쎄, 앞으로 4년간 감찰관을 더 선출할 필요가 없긴 하지. 다만 스카우루스가 말 그대로 아름다운 퇴장은 아니었지만 감찰관 자리에서 자진 사퇴하면서 내년 4월에 신임 감찰관을 뽑아야 한다는 조건을 내세웠지. 자네는 그때까지 기다려야 하겠네." 카이사르가 편안한 목소리로 말했다.

술라는 자세를 가다듬으며 숨을 깊이 들이쉬었다. "가이우스 율리우스, 어르신께 부탁이 한 가지 더 있습니다."

카이사르의 푸른 눈만으로는 도저히 의중을 가늠할 수 없었다. 그는 마치 술라가 무슨 말을 하려는지 이미 알고 있는 듯했다. 하지만 카이사르가 어떻게 알겠는가? 지금 이 생각은 방금 술라에게 즉흥적으로 떠오른 것인데. 지금까지 술라가 해낸 가장 영리한 생각이자 그에게 가장 큰 행운을 가져다줄 생각. 카이사르가 이 청을 들어만 준다면, 감찰관 심사에서 술라는 단순한 재산 요건보다 더 큰 존재감을 지닐 것이다. 또한 지금껏 살아온 삶으로 인해 손상되어버린 출생 신분보다도.

"무슨 부탁인가, 루키우스 코르넬리우스?"

"저를 따님 율릴라의 남편감으로 고려해주십사 하는 것입니다."

"그애가 그토록 자네를 힘들게 했는데도 말인가?"

"저는…… 따님을 사랑합니다." 술라는 자기 말이 진심이라고 믿었다.

"율릴라는 지금으로서는 혼인을 고려할 상태가 아니네. 하지만 자네의 청을 잘 생각해보겠네, 루키우스 코르넬리우스." 카이사르가 미소를 지어 보였다. "그렇게 힘든 일을 겪은 뒤에 서로에게 걸맞은 짝이 되었는지도 모르겠군."

"따님은 제게 풀잎관을 주었습니다. 그러고서 곧바로 제 운명이 바
뀌기 시작했음을 어르신은 알고 계십니까?"

"자네 말을 믿네." 카이사르가 가려고 일어서며 말했다. "그렇다고 해
도 지금으로서는 자네가 율릴라와 혼인하고 싶어한다는 걸 누구에게
도 말하지 않기로 하세. 특히 자네는 내 딸애에게 접근하지 말게. 자네
가 그애에게 느끼는 감정이 어떻건 간에, 그애가 스스로 처한 곤경에서
혼자 힘으로 벗어나보려 노력하고 있는 지금, 쉬운 해결책이 갑자기 툭
떨어지기를 원치 않네."

술라는 카이사르를 대문까지 배웅한 뒤 미소를 띠고 악수를 청했다.
입술을 굳게 다문 채. 길고 날카로운 송곳니의 위력은 그 주인이 가장
잘 안다. 카이사르에게는 불쾌하고 섬뜩한 미소를 보이지 않을 것이다.
아니, 카이사르는 무척 소중히 여기고 늘 공손하게 대해야 할 사람이
다. 카이사르가 마리우스에게 건넨 제안에 대해 전혀 모르는 그였지만,
술라는 그때 카이사르가 내린 것과 똑같은 결론에 도달했다. 감찰관들,
그리고 유권자들 앞에서 율리우스 가문의 여자를 아내로 두는 것보다
더 자신을 돋보이게 할 방법이 또 어디 있겠는가? 특히나 자기를 얻기
위해 죽으려고까지 했던 그 가문의 여자가 지척에 있는 지금 말이다.

"야무스!" 술라가 대문을 닫고 크게 외쳤다.

"부르셨습니까?"

"저녁은 준비할 필요 없네. 하인들에게 상복을 입히고, 키르케이에
가 있는 하인들을 불러들이게. 나는 장례식을 준비하러 지금 떠나
겠네."

재빨리 짐을 꾸리며 술라는 생각했다. 메트로비오스를 데려가야지.

그애에게 이제 이별을 고해야 해. 과거의 모든 흔적들, 그리고 클리툼나와도 이별이다. 과거의 그 어떤 것도 그립지 않을 것이다. 메트로비오스만은 빼고. 그애만큼은 그리워지겠지. 못 견딜 만큼……

# 셋째 해
## (기원전 108년)

THE THIRD YEAR
108 B.C.

세르비우스 술피키우스 갈바와
퀸투스 호르텐시우스의
집정기

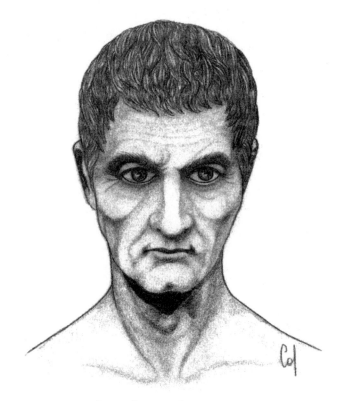

퀸투스 카이킬리우스 메텔루스 누미디쿠스

겨울 장마가 시작되자, 지금까지 늘 그랬듯 누미디아와의 전쟁은 맥없이 중단되었다. 양쪽 진영 모두 군대를 배치할 수 없었기 때문이다. 마리우스는 장인 카이사르가 보낸 편지를 떠올렸다. 새해가 오면 똥돼지 메텔루스는 속주 총독이 되고, 지휘권도 무사히 연장받으며, 승전은 따놓은 당상이라는 내용이었다. 메텔루스 본인도 이 사실을 알고 있을까? 실라누스가 게르만족에게 대패했다거나 군대를 몽땅 잃었다는 이야기 역시 우티카의 총독 사령부에서는 들은 적이 없었다.

메텔루스가 분명 이런 내용을 모르지는 않을 거라고 생각하자 마리우스는 분노가 치밀었다. 그저 언제나처럼, 메텔루스의 선임 보좌관인 마리우스에게만 소식이 전해지지 않은 것이다. 불쌍한 루푸스는 겨울에 국경 수비대를 감독하라는 명령을 따르느라, 전쟁이 다시 시작되리라는 사실 외에는 아무런 진척 상황도 알 수 없는 처지였다. 게다가 우티카로 소환된 마리우스는 똥돼지 메텔루스의 아들놈이 자신의 상관임을 알게 되었다! 고작 스무 살밖에 안 된, 아버지에게 개인적으로 훈련받는 수습군관에 불과한 애송이였다. 애송이는 신이 나서 우티카 수

비대를 지휘했고, 마리우스는 군사 작전계획에 있어서 항상 못 견디게 오만한 그 새끼 똥돼지의 결정에 따라야만 했다. 곧 마리우스뿐 아니라 다른 사람들도 이 젊은이를 새끼 똥돼지라고 부르게 되었다. 마리우스는 우티카 요새와 관련된 임무 외에 총독이 꺼리는 모든 일들, 선임 보좌관이 아니라 재무관의 일이라고 봐야 할 일들까지 해야 했다.

그 결과 마리우스의 감정은 격해지고 자제력은 빠르게 무너져갔다. 새끼 똥돼지가 그를 놀림감으로 만들면서 즐거워할 때면 특히 그랬다. 새끼 똥돼지가 그런 짓거리를 즐기는 것은, 그럴 때마다 아버지도 즐거워하는 기색을 비쳤기 때문이다. 무툴 강에서 패배 직전까지 간 일로 루푸스와 마리우스는 총사령관 메텔루스를 맹렬히 비난했다. 마리우스는 메텔루스에게 누미디아 전쟁에서 승리할 최선의 방법은 유구르타를 생포하는 것이라고 말하기까지 했다.

"어떻게 하면 그를 잡을 수 있겠소?" 첫 전투 이후 남의 말에 귀를 기울일 만큼은 기가 죽은 메텔루스가 물었다.

"속임수를 써야죠." 루푸스가 말했다.

"어떤 속임수?"

"그건 당신이 생각해내야 하오, 퀸투스 카이킬리우스." 마리우스가 잘라 말하며 대화를 끝냈다.

그러나 이제는 모두가 안전하게 아프리카 속주로 귀환하여 습한 날씨와 일상적인 업무의 지루함을 견디고 있었고, 똥돼지 메텔루스는 속내를 통 드러내지 않았다. 그러다가 어느 날 갑자기 메텔루스는 납달사라는 누미디아 귀족을 불러들였고, 그 귀족과 만나는 자리에 마리우스도 부르기로 했다.

"어째서?" 마리우스가 퉁명스럽게 물었다. "혼자서는 더러운 일을 못하겠소, 퀸투스 카이킬리우스?"

"정말이지, 가이우스 마리우스, 푸블리우스 루틸리우스가 여기 있었다면 당신을 부르지 않았을 거요!" 메텔루스가 쏘아붙였다. "하지만 당신은 유구르타를 아는 반면 나는 모르오. 이는 곧 당신이 나보다는 누미디아인의 사고방식을 잘 안다는 뜻이고! 그냥 옆에 앉아서 납달사를 지켜보다가 나중에 당신 생각을 말해주면 되오."

"내가 당신한테 솔직한 의견을 말해줄 거라고 생각할 만큼 나를 신뢰한다니 놀랍군."

메텔루스가 진심으로 놀라 눈을 크게 떴다. "당신은 누미디아와의 전쟁을 위해 이곳에 온 거잖소, 가이우스 마리우스. 당연히 나한테 솔직한 의견을 말해줘야 하지 않소?"

"그렇다면 그자를 부르시오, 퀸투스 카이킬리우스. 최선을 다해 돕겠소."

마리우스는 납달사를 만나본 적은 없지만 그에 대해 들어서 알고 있었다. 납달사는 누미디아 왕위의 적법한 계승권자인 가우다 왕자를 추종했다. 가우다 왕자는 우티카에서 멀지 않은 옛 카르타고 지역의 번성한 도시에서 준(準)왕의 신분으로 살고 있었다. 따라서 납달사 역시 옛 카르타고에서 가우다 왕자와 함께 있다가 이곳으로 불려와서 냉담한 메텔루스와 마주하게 된 것이다.

메텔루스는 자신의 생각을 말했다. 누미디아 사태를 해결하고 가우다 왕자를 서둘러 왕위에 앉힐 수 있는 최선책은 유구르타를 생포하는 것이다. 가우다 왕자 또는 납달사는 유구르타를 생포할 방법을 알고 있는가?

"당연히 보밀카르를 이용해야지요, 총독 각하." 납달사가 말했다.

메텔루스는 어안이 벙벙했다. "보밀카르라고? 그는 유구르타의 이부 형제이자 가장 충성스런 신하잖소!"

"지금은 둘 사이가 껄끄럽습니다."

"어째서?"

"왕위계승 문제 때문입니다, 총독 각하. 보밀카르는 유구르타에게 무슨 일이 생기면 자신이 섭정이 되기를 바라지만, 유구르타는 그렇게 해줄 생각이 없습니다."

"후계자가 아니라 섭정이라고?"

"보밀카르는 자신이 절대 후계자가 될 수 없다는 걸 알고 있습니다, 총독 각하. 유구르타에게는 아들이 둘이나 있습니다. 둘 다 너무 어리긴 하지만요."

메텔루스는 얼굴을 찌푸린 채 이방인들의 사고방식을 이해해보려고 애썼다. "유구르타는 어째서 반대하는 건가? 나라면 보밀카르가 이상적인 인물이라고 생각할 텐데."

"혈통 때문입니다, 각하." 납달사가 말했다. "보밀카르는 마시니사 왕의 자손이 아닙니다. 즉 왕족이 아니지요."

"그렇군." 메텔루스가 몸을 똑바로 폈다. "좋소, 그럼 당신이 어떻게 해야 보밀카르가 로마와 손을 잡으려 할지 생각해봅시다." 메텔루스가 마리우스를 돌아보았다. "정말 놀랍군! 보위에 오를 신분이 못 되는 귀족은 섭정으로 이상적이라고 생각되기 마련인데."

"로마에서라면 그렇겠지만," 마리우스가 말했다. "유구르타의 나라에서 그것은 자신의 두 아들을 죽여달라는 초대장과 같소. 보밀카르로서는 왕위에 오르려면 유구르타의 후계자들을 죽이고 새 왕조를 세우는 것 외에 방법이 없지 않겠소?"

메텔루스는 다시 납달사를 돌아보았다. "고맙소, 납달사 공. 이제 가도 좋소."

하지만 납달사는 떠날 기미를 보이지 않았다. "총독 각하, 작은 청이 하나 있습니다."

"무엇이오?" 메텔루스는 시큰둥하게 물었다.

"가우다 왕자께서 각하를 몹시 만나고 싶어하십니다. 어째서 지금까지 그런 기회를 얻지 못했는지 의아해하고 계시지요. 각하의 아프리카 속주 총독 임기가 거의 끝나가는데, 가우다 왕자님은 아직까지 초대장을 받지 못했습니다."

"왕자가 나를 만나고 싶다면 그냥 이리로 오면 되잖소?" 총독이 멍한 표정으로 물었다.

"왕자는 그냥 나타날 수가 없는 거요, 퀸투스 카이킬리우스." 마리우스가 말했다. "당신이 정식 초대장을 보내줘야 하오."

"아! 뭐, 그게 유일한 문제라면 초대장을 발부하겠소." 메텔루스가 웃음을 참으며 말했다.

그리하여 바로 다음날, 납달사는 정식 초대장을 들고 옛 카르타고로 돌아갔다. 그리고 가우다 왕자가 총독을 만나러 왔다.

유쾌한 만남은 아니었다. 가우다와 메텔루스만큼 서로 다른 사람들도 드물었기 때문이다. 병약한데다 별로 똑똑하지도 못한 가우다는, 자신의 생각으로는 타당하지만 메텔루스가 보기에는 끔찍하게 고압적인 태도로 처신했다. 옛 카르타고의 왕족 손님이 방문 전에 반드시 초대장을 받고 싶어한다는 얘기를 듣고 메텔루스는 그가 겸손하며 심지어 알랑거리는 태도를 보일 거라 생각했는데, 실제로 보니 완전히 딴판이었다. 가우다는 메텔루스가 일어나서 자신을 맞이하지 않자 벌컥 화를 내는 것으로 공식 방문을 시작하더니, 얼마 지나지 않아 총독의 면전에서 성큼성큼 걸어나가버렸다.

"나는 왕족이란 말이다!" 가우다는 납달사에게 불만을 터뜨렸다.

"그건 다들 알고 있습니다, 전하." 납달사가 왕자를 달랬다. "하지만 로마인들은 왕족에 대해 아주 이상한 태도를 보입니다. 그들은 자신들이 왕족보다 우월하다고 생각하지요. 수백 년 전에 왕을 퇴위시켰고 그때부터 왕 없이 스스로 지배하기로 선택한 사람들이니까요."

"그들이 똥을 숭배하든 말든 관심 없다!" 가우다는 아직도 속이 쓰렸다. "사생아에 불과한 유구르타와 달리 나는 아버지의 적자란 말이다! 그러니 로마인들은 일어나서 나를 맞이하고 내 앞에 머리를 조아려야 한다. 내가 앉을 왕좌를 마련해주고 제일 뛰어난 병사 백 명을 골라 내 경호대로 줘야 한다고!"

"그럼요, 그렇고말고요. 제가 가이우스 마리우스를 만나보겠습니다. 그러면 퀸투스 카이킬리우스가 정신을 차리도록 할 수 있을 겁니다."

누미디아 사람이라면 누구나 마리우스와 루푸스를 알고 있었다. 유구르타가 처음으로 누만티아에서 돌아왔을 때 두 사람의 명성을 널리 퍼뜨렸고, 근래의 로마 방문중에도 두 사람을 자주 만났기 때문이다.

"그럼 가이우스 마리우스를 만나보거라." 가우다는 화가 잔뜩 난 채 옛 카르타고로 돌아가서는, 메텔루스가 로마의 이름으로 자신에게 저지른 만행을 곱씹고 있었다. 납달사는 조용히 마리우스에게 접견을 청했다.

"최선을 다해보겠소, 납달사 공." 마리우스가 한숨을 쉬며 말했다.

"감사합니다, 가이우스 마리우스." 납달사가 진심으로 말했다.

마리우스가 씩 웃었다. "당신의 왕족 상전이 당신한테 화풀이를 했나보군요."

납달사는 의미심장한 표정으로 대답을 대신했다.

"문제는 퀸투스 카이킬리우스가 누미디아의 어떤 왕자보다 자신의 태생이 훨씬 더 고귀하다고 생각한다는 거요. 아무도 그의 태도를 바꿀 수 있을 것 같진 않고 나라면 더욱 그렇겠지만, 노력해보겠소. 당신이 편안한 마음으로 보밀카르를 찾는 데 집중하기를 원하니까 말이오. 그 것이 총독과 왕자의 시시한 싸움보다 훨씬 중요한 일이니."

"시리아의 점술가는 카이킬리우스 메텔루스 가문이 무모한 짓을 하고 있다고 하더군요." 납달사가 생각에 잠겨 말했다.

"시리아의 점술가?"

"마르타라는 여자입니다. 가우다 왕자께서 옛 카르타고에서 찾아냈지요. 몇 년 전 어느 선장이 그녀가 자기 배에 저주를 내려서 배가 침몰했다며 그곳에 버리고 간 모양입니다. 처음에는 미천한 사람들만 마르타에게 점을 보았지만, 이제 그녀의 명성은 실로 대단하지요. 마르타는 유구르타가 몰락하고 가우다 왕자가 누미디아의 왕이 될 거라고 예언했습니다. 유구르타가 몰락하려면 시간이 좀더 걸린다고도 했지만요."

"카이킬리우스 메텔루스 가문에 대해서는 뭐라고 했소?"

"가문 전체의 권세가 정점을 지났고 그들의 숫자도 재산도 나날이 줄어들 거라고요. 그리하여 다른 사람들이, 특히 당신이 그들을 앞지르게 될 거라고 했습니다, 각하."

"그 여자를 만나보고 싶소."

"자리를 마련하겠습니다. 하지만 각하께서 옛 카르타고로 오셔야만 합니다. 그녀는 가우다 왕자의 거처를 떠나려고 하지 않을 겁니다."

점술가 마르타와 만나기 위해 마리우스는 먼저 가우다 왕자를 만나야만 했다. 그는 별수없이 메텔루스에 대한 왕자의 장황한 불평을 듣고, 어떻게 지킬 수 있을지 짐작도 가지 않는 온갖 약속을 해야만 했다.

"안심하십시오, 전하. 제가 그만한 위치에 오르는 날이면 왕자님의 태생에 걸맞은 존중과 경의를 꼭 받으실 수 있게 하겠습니다." 마리우스는 오만한 가우다마저 흡족해할 만큼 고개를 조아리며 말했다.

"반드시 그런 날이 올 것이오!" 가우다가 심하게 썩은 이를 드러내고 활짝 웃으며 열성적으로 말했다. "마르타는 당신이 '로마의 일인자'가 될 거라고 했소. 그것도 머지않아 말이오. 그런 연유로 가이우스 마리우스, 나는 당신의 피호민이 되고 싶소. 로마의 아프리카 속주에 있는 나의 지지자들도 반드시 당신의 피호민이 되도록 하겠소. 또한 내가 누미디아의 왕이 되면 온 누미디아가 당신의 피호민이 될 것이오."

마리우스는 깜짝 놀랐다. 일개 법무관인 내가 카이킬리우스 메텔루스 가문의 사람들조차 꿈도 못 꿀 이런 피호민 청탁을 받고 있다니! 마르타를, 그 시리아 점술가를 반드시 만나야 한다!

마리우스에게는 곧 그럴 기회가 주어졌다. 마르타가 마리우스를 만나게 해달라고 요청했기 때문이다. 가우다는 사람을 시켜, 자신이 행궁으로 쓰는 거대한 저택 안 마르타의 처소로 마리우스를 안내했다. 마리우스가 마르타의 응접실에서 기다리며 언뜻 본 바로도 그녀는 극진한 대접을 받는 것이 분명했다. 마르타의 처소는 기가 막히게 멋진 가구들로 채워져 있었고, 그가 본 적도 없는 최고의 벽화가 그려져 있었으며, 바닥은 벽화만큼 훌륭한 모자이크로 포장되어 있었다.

마르타가 들어왔다. 자주색 옷을 입고 있었는데, 통상적으로 왕족에게만 주어지는 귀한 영예였다. 물론 그녀는 왕족이 아니었다. 작은 몸집에 쭈글쭈글하게 주름지고 깡마른데다 퀴퀴한 소변 냄새가 나는 노파였다. 마리우스가 보기에 머리카락은 말 그대로 감은 지 몇 년은 지난 것 같았다. 그녀의 생김새는 이국적이었다. 날카롭고 커다란 매부리코가 주름이 자글자글한 얼굴에 우뚝 솟았고, 검은 두 눈은 독수리처럼 사납고 맹렬하고 빈틈없이 번득였다. 발가락 부분에 자갈이 잔뜩 든 헐렁한 양말처럼 축 처진 젖가슴은 그녀가 유일하게 걸친 웃옷인 얇은 자주색 슈미즈 안에서 흔들거렸다. 엉덩이에는 티로스 자주(고대 페니키아의 항구도시 티로스에서 생산되던 자줏빛 고급 염료—옮긴이) 숄이 묶여 있었고 손발은 헤나 염색을 해서 검은색에 가까웠다. 그녀가 걸을 때면 수없이 많은 방울과 팔찌, 반지와 장신구가 짤랑거렸는데, 모두 순금으로 만든 것이었다. 순금 빗으로 고정되어 그녀의 뒤통수를 덮은 티로스 자주색 얇은 베일은 바람 없는 날의 깃발처럼 등 위로 드리워져 있었다.

"앉아요, 가이우스 마리우스." 마르타가 긴 손톱으로 의자를 가리키며 말했다. 옹이투성이인 긴 손가락에 반지 여러 개가 반짝거렸다.

마리우스는 시키는 대로 했다. 그는 마르타의 늙은 갈색 얼굴에서 눈을 뗄 수가 없었다. "가우다 왕자는 당신이 내가 로마의 일인자가 될 거라 말했다고 했소." 그는 말한 다음 헛기침을 해야만 했다. "그 얘기를 더 듣고 싶소."

마르타는 그야말로 노파답게 낄낄거리며 웃었다. 누런 앞니 하나만 남은 잇몸이 드러났다. "아무렴, 당연히 듣고 싶겠지." 그녀는 말한 다음 손뼉을 쳐 하인을 불렀다. "말린 잎차와 내가 좋아하는 작은 과자들을 가져오너라." 명령을 마친 마르타는 마리우스에게 말했다. "금방 나올 거요. 다과가 나오면 얘기를 할 테니 그때까지 조용히 앉아 있어요."

그녀의 기분을 상하게 하고 싶지 않았던 마리우스는 시키는 대로 조용히 앉아 있었다. 그는 마르타가 건넨 김이 나는 차를 홀짝거렸다. 차에서 이상한 냄새가 나서 그는 본능적으로 조심스러워졌다. 맛은 그리 나쁘지 않았지만 뜨거운 음료에 익숙하지 않은 그는 혀를 데어버렸고 찻잔을 옆으로 치웠다. 마르타는 분명 차를 마시는 데 익숙해 보였다. 그녀는 새처럼 차를 홀짝거렸고 만족스러운 꿀꺽 소리를 내며 한 모금씩 넘겼다.

"맛있구먼. 당신은 포도주를 더 좋아할 것 같지만."

"그렇지도 않습니다." 마리우스가 공손하게 웅얼거렸다.

"과자 좀 들어요." 마르타가 입에 과자를 잔뜩 물고 웅얼거렸다.

"고맙지만 사양하겠소."

"그래요, 무슨 말인지 알겠구먼!" 그녀는 뜨거운 차 한 모금으로 입을 헹군 다음, 도도하게 손을 내밀었다. "오른손을 줘봐요."

마르타는 마리우스가 내민 손을 잡았다.

"위대한 운명이오, 가이우스 마리우스." 마르타는 그의 복잡한 손금을 집어삼킬 듯이 쳐다보며 말했다. "대단한 손이야! 세상을 제 마음대로 주무르는 손이군. 두뇌선도 대단해! 두뇌선이 당신의 마음을 지배하고, 당신의 인생을 지배하고, 세월의 유린을 제외한 모든 것을 지배해. 가이우스 마리우스, 세월의 유린을 극복할 수 있는 사람은 아무도 없소. 하지만 당신은 남들이 견뎌내지 못하는 많은 것을 견뎌낼 것이오. 끔찍한 질병이 있군……. 하지만 당신은 첫번째 병은 이겨낼 거요. 아니, 두번째도 이겨내겠군……. 적이 있어, 엄청나게 많은 적들……. 하지만 역시 이겨낼 거요……. 올해가 지나면, 그러니까 내년 초에 당신은 집정관이 돼……. 그리고 여섯 번 더 집정관이 될 거요……. 당신은 총 일곱 번 집정관이 되고, 사람들은 당신을 로마 제3의 건국자라고 부를 거요. 당신은 로마를 사상 최대의 위기에서 구해낼 거니까!"

마리우스는 얼굴이 홧홧 달아오르는 것을, 불속에 찔러넣은 창처럼 뜨겁게 달아오르는 것을 느꼈다. 머릿속에서 울려퍼지는 포효를 느꼈다. 엄청난 속도로 북을 몰아치는 호르타토르(군함의 노잡이들을 이끌고 격려하는 우두머리 노잡이—옮긴이)처럼 심장이 쿵쾅거렸다. 눈앞에 두껍고 붉은 베일이 드리워지는 듯했다. 그녀가 진실을 말하고 있었기 때문이다. 그는 알 수 있었다.

"당신은 위대한 여인의 사랑과 존경을 받고 있군." 마르타가 말을 이었다. 그녀는 이제 그의 덜 중요한 손금들을 더듬고 있었다. "그녀의 조카는 역사상 가장 위대한 로마인이 될 거요."

"아니, 그건 나요." 마리우스가 대뜸 말했다. 달갑지 않은 그녀의 말에, 그의 몸에 일어났던 반응들이 가라앉았다.

"아니, 그녀의 조카요." 마르타가 완고하게 말했다. "당신보다 훨씬 위대하지, 가이우스 마리우스. 그도 당신처럼 이름이 가이우스야. 하지만 그는 당신 가문이 아니라 그녀의 가문 사람이오."

그는 이 말을 잊지 않을 터였다. "내 아들은 어떻소?"

"당신의 아들도 위대한 인물이 될 거요. 하지만 아버지만큼 위대하지는 않아. 아버지만큼 오래 살지도 못할 거고. 하지만 당신의 시대가 올 때까지는 살아 있을 거요."

마르타는 마리우스의 손을 밀어내고 더러운 맨발을 소파 위 자신의 몸 밑으로 쑤셔넣었다. 발가락의 방울들이 딸랑거리고 발목의 발찌들이 짤랑거렸다.

"봐야 할 건 다 봤소, 가이우스 마리우스." 그녀는 말한 다음 뒤로 기대어 눈을 감았다.

"고맙소, 마르타." 마리우스는 말한 다음 일어나서 지갑을 꺼냈다.

"복채는……?"

마르타가 눈을 떴다. 섬뜩하리만치 검고 불길하도록 생생한 눈이었다. "당신한테는 안 받겠소. 진정 위대한 사람과는 함께 있는 것만으로 충분하거든. 복채는 가우다 왕자 같은 사람들한테 받아야지. 그는 왕은 되겠지만 절대로 위대한 인물은 될 수 없다오." 그녀는 또다시 낄낄거렸다. "하지만 당신도 나만큼이나 잘 알고 있을 거요, 가이우스 마리우스, 당신에게 미래를 꿰뚫어보는 능력이 없다고 해도 말이오. 당신의 능력은 사람들의 속마음을 꿰뚫어보는 것이고, 가우다 왕자는 속이 좁으니까."

"그렇다면 다시 한번 감사해야겠군요."

"아, 부탁이 하나 있소." 마르타가 문가로 가던 마리우스의 등에 대고 말했다.

그는 즉시 돌아보았다. "뭡니까?"

"가이우스 마리우스, 당신이 두번째로 집정관이 되면 나를 로마로 초대해 영예롭게 대접해주시오. 죽기 전에 로마에 가보는 게 소원이거든."

"그렇게 하겠소." 마리우스는 말한 다음 그곳을 떠났다.

집정관을 일곱 번이나! 로마의 일인자! 로마 제3의 건국자! 어떤 운명이 이보다 위대할 수 있단 말인가? 어떻게 이를 능가하는 로마인이 있을 수 있다는 거지? 가이우스…… 분명 작은 처남, 가이우스 율리우스 카이사르 2세의 아들을 말하는 걸 거야. 그래, 그의 아들은 율리아의 조카가 되지. 가이우스라는 이름을 얻을 사람은 그애뿐이야, 분명해.

"내 눈에 흙이 들어가기 전에는 안 되지." 마리우스는 말한 뒤 말을 타고 우티카로 돌아갔다.

다음날 마리우스는 메텔루스에게 면담을 신청했다. 그가 들어갔을 때 총독은 로마에서 온 서류와 편지를 꼼꼼히 살펴보고 있었다. 바다에 풍랑이 거세 예정보다 훨씬 늦은 어젯밤에야 배가 도착했기 때문이다. "아주 좋은 소식이오, 가이우스 마리우스!" 메텔루스가 웬일로 상냥하게 말했다. "나의 아프리카 지휘권이 집정관 권한대행의 임페리움과 함께 연장되었소. 내게 시간이 더 필요한 경우 연장될 수도 있고." 메텔루스는 들고 있던 종이를 놓고 다른 종이를 집어들었다. 두 동작 모두 보여주기 위한 행동이었다. 메텔루스는 분명 마리우스가 도착하기 전에 그것들을 읽었을 것이다. 종이에 적힌 글을 조용히 번개처럼 훑어보기만 하고 이해하는 사람은 아무도 없다. 그런 서류들은 하나씩 꼼꼼히 판독해야 하고, 이해를 돕기 위해 큰 소리로 읽어야 하기 때문이다.

"나의 군대는 무사해서 다행이오. 갈리아의 실라누스 때문에 이탈리아의 병력 부족 문제가 심각해진 것 같으니 말이오. 아, 당신은 아직 모르겠군? 나의 동료 전직 집정관이 게르만족에게 패배했다오. 끔찍하게 많은 병사들이 죽었다는군." 메텔루스는 또다른 두루마리를 집어올렸다. "실라누스는 전장에 50만 명이 넘는 게르만족 거인들이 있었다고 썼소." 메텔루스는 읽어내려가는 중에도 마리우스를 향해 두루마리를 과시하듯 치켜들고 있었다. "원로원이 개인의 종군 횟수를 제한하는 가이우스 그라쿠스의 셈프로니우스법을 무효화했다고 하오. 마침 때가 좋소! 이제 우린 필요하다면 퇴역병사들을 한없이 소집할 수 있어." 메텔루스는 기쁜 듯 말했다.

"그건 아주 나쁜 조치요. 10년 후, 혹은 여섯번째 종군을 끝낸 후 퇴역하는 병사는 재소집될 걱정 없이 제대할 수 있기를 바랄 거요. 우린 소농들을 파멸시키고 있소, 퀸투스 카이킬리우스! 이제 복무 기간이 20년이 될지도 모르는데, 군복무로 자신의 작은 농장을 떠나는 남자가 어떻게 자기 없이 농장이 번성할 거라고 기대할 수 있겠소? 그가 어떻게 자신의 작은 농장과 로마 군단 양쪽에서 뒤를 이어줄 아들을 낳을 수 있겠소? 그러다보면 남자들의 땅을 관리하는 일은 아이도 낳지 못하는 아내들의 몫이 될 것이오. 하지만 여자들은 그럴 힘이나 통찰력, 수완이 없소. 우리는 다른 데서 병사들을 찾아야 하오. 또한 지휘 능력이 없는 장군들로부터 그들을 보호해야 하오!"

메텔루스는 부루퉁해져 입술을 오므리며 쏘아붙였다. "당신에겐 우리 사회의 최고로 영매한 통치 집단의 지혜를 비판할 자격이 없소, 가이우스 마리우스! 대체 당신이 누구라고 생각하는 거요?"

"내가 누군지는 오래전에 당신이 나한테 말한 적이 있는 것 같소만, 퀸투스 카이킬리우스. '그리스어도 못하는 이탈리아 촌놈'이라고 기억하는데. 그 말이 맞을지도 모르지. 하지만 그렇다고 해서 내가 생각하기에는 아주 나쁜 조치에 대해 논평할 자격도 없는 것은 아니오." 마리우스가 여전히 차분한 목소리로 말했다. "우리는, 여기서 '우리'란 나역시 당신과 동등하게 소속되어 있는 영매한 집단인 원로원을 말하오만, 우리가 지금까지 수년간 전투에 내보낸 소위 총사령관이라는 자들을 막을 만한 용기나 침착성이 없어서 시민계급을 절멸시키고 있소! 로마 병사의 피는 낭비하라고 있는 것이 아니오, 퀸투스 카이킬리우스! 로마 병사의 피는 삶과 건전한 목적을 위해 쓰여야 하오!"

마리우스는 일어나서 메텔루스의 책상 위로 몸을 기울인 채 비판을 이어갔다. "본래 우리가 구상한 군대는 이탈리아 안에서 수행하는 군사 작전에만 동원되었소. 남자들이 겨울이면 집으로 돌아가 농장을 관리하고 아들을 잉태시키고 여자들을 단속할 수 있도록. 하지만 이제 남자들은 입대하거나 징집되면 배를 타고 외국으로 나가 여름 한철이 아니라 도중에 결코 집으로 갈 수 없는 수년간의 군사 작전에 가담하게 되오. 이런 식으로 여섯 번 참전하면 그들은 머나먼 타지에서 12년, 길게는 15년까지 보내게 되지! 가이우스 그라쿠스는 이 기간을 단축시키려고, 이탈리아의 소규모 자작농지가 악명 높은 투기꾼 농장주들의 먹잇감이 되는 것을 막으려고 법을 만든 거요!" 마리우스는 목이 메는 듯 숨을 들이쉰 다음 메텔루스를 비꼬듯 쳐다보았다. "아, 내가 깜빡했구면, 그렇지 않소, 퀸투스 카이킬리우스? 당신 역시 악명 높은 투기꾼 농장주잖소? 그러니 소규모 자작농지가 당신 손아귀에 떨어지는 걸 보면서 얼마나 기쁘겠소? 고향으로 돌아가 농지를 관리해야 할 남자들이 순전히 귀족들의 탐욕과 무관심 때문에 타국의 전쟁터에서 죽어가고 있으니!"

"아하! 이제야 본심이 나오는군!" 메텔루스가 소리쳤다. 그는 벌떡 일어나 마리우스의 면전에 얼굴을 들이댔다. "바로 그거지! 귀족들의 탐욕과 무관심이라고 했소? 당신은 귀족들이 마음에 들지 않는 거지? 내 한마디하겠소, 벼락출세자 가이우스 마리우스! 율리우스 가문의 여자와 결혼했다고 해서 당신이 귀족이 되는 건 아니오!"

"되고 싶지도 않소." 마리우스가 으르렁거렸다. "난 당신들을 경멸하오. 단 한 명, 귀족 혈통에도 불구하고 기적적으로 품위 있는 사람으로 남은 내 장인만 빼고!"

두 사람의 목소리는 고함 소리로 바뀐 지 오래였다. 바깥 대기실의 모든 사람들이 그 소리에 귀를 기울이고 있었다.

"잘한다, 가이우스 마리우스!" 대기실에 있던 군무관 한 명이 말했다.

"놈의 급소를 찔러요, 가이우스 마리우스!" 다른 사람이 말했다.

"그 오만한 개자식한테 오줌을 잔뜩 갈겨주시오!" 또다른 사람이 씩 웃으며 말했다.

이 모두가 말단 사병들까지도 메텔루스보다 마리우스를 훨씬 더 좋아한다는 표시였다.

그러나 고함소리는 집무실 밖보다 훨씬 더 멀리까지 들렸다. 총독의 아들 메텔루스 2세가 뛰어들어왔을 때, 참모들은 다들 바쁘게 일하는 것처럼 보이려고 애썼다. 새끼 똥돼지는 그들을 쳐다보지도 않고 아버지의 집무실 문을 열어젖혔다.

"아버지, 목소리를 낮추십시오!" 청년은 마리우스에게 혐오감 어린 눈길을 던지며 말했다.

그는 아버지와 매우 흡사한 외모였다. 보통 키와 체격에 머리카락과 눈은 갈색이었으며, 그럭저럭 로마인답게 잘생긴 편이었다. 그가 로마인들 사이에 섞여 있다면 어느 모로 보나 딱히 눈에 띄지 않을 듯했다.

아들이 개입하자 메텔루스는 냉정을 되찾았지만, 마리우스는 분노를 가라앉힐 수가 없었다. 두 사람 중 아무도 다시 앉을 기미가 없었다. 젊은 메텔루스는 놀라고 화가 난 채 편파적으로 열심히 아버지를 응원했지만 어리둥절한 기분이었다. 아버지에게 우티카 수비대 사령관으로 임명받은 이래 자신이 마리우스에게 퍼부어온 온갖 모욕을 떠올려보면 더욱 그랬다. 그는 완전히 다른 마리우스를, 거대한 체구에 카이킬리우스 메텔루스 가문의 누구보다도 용감하며 지적인 마리우스를 처음으로 목도하고 있었던 것이다.

"이런 대화를 계속할 이유가 없겠소, 가이우스 마리우스." 메텔루스는 떨림을 감추려고 두 손에 힘을 주어 책상을 짚은 채 말했다. "대체 무슨 일로 온 거요?"

"여름이 끝날 때쯤 이 전쟁에서 손을 떼고 떠나겠다고 말하러 왔소. 로마로 돌아가 집정관 선거에 출마할 생각이오."

메텔루스는 자기 귀를 의심하는 듯했다. "당신이 뭘 한다고?"

"로마로 가서 집정관 선거에 출마하겠다고 했소."

"그럴 순 없소. 당신은 나의 아프리카 총독 임기 동안 선임 보좌관이 되겠다고 서명한데다, 법무관으로서 임페리움도 갖고 있잖소! 내 임기가 연장되었으니 당신의 임기도 연장된 거요."

"당신이 나를 보내주면 되지 않소."

"내가 당신을 보내주고 싶어야 말이지. 난 그러고 싶지 않거든. 사실 마음 같아서는 말이오, 당신을 평생 이 속주에 처박아놓고 싶소!"

"내가 비열한 짓을 하게 만들지 마시오, 퀸투스 카이킬리우스." 마리우스가 아주 부드러운 목소리로 말했다.

"뭐라고? 당장 여기서 나가시오, 가이우스 마리우스! 내 시간을 낭비하지 말고, 가서 쓸모 있는 일을 하란 말이오!" 메텔루스는 아들과 눈을 맞추며 공모자처럼 미소 지었다.

"다시 한번 말하지만, 나는 이 전쟁에서의 임무를 끝내고 고국으로 돌아가 가을에 로마에서 집정관 선거에 출마해야 하오."

아버지가 으스대며 냉담하고 거만한 태도를 되찾자 대담해진 새끼 똥돼지는 소리죽여 키득거리기 시작했고, 이는 아버지의 기지를 돋우었다.

"알겠지만, 가이우스 마리우스," 메텔루스가 웃으며 말했다. "당신은 이제 쉰 살이 다 되어가오. 스무 살인 내 아들과 같은 해에 집정관 선거에 출마하는 것이 어떻소? 그때쯤이면 당신도 집정관 자리에 앉아도 될 만한 식견이 있겠지! 물론 그때 내 아들은 기꺼이 당신한테 몇 가지 조언을 해줄 거라고 믿소."

젊은 메텔루스가 소리내어 웃기 시작했다.

마리우스는 짧고 뻣뻣한 눈썹 아래로 두 사람을 바라보았다. 그의 독수리 같은 얼굴은 그들의 얼굴보다 훨씬 당당하고 도도했다. "나는 집정관이 될 거요." 그가 말했다. "걱정 마시오, 퀸투스 카이킬리우스. 나는 집정관이 될 테니. 그것도 일곱 번이나 말이오."

마리우스는 집무실을 나갔다. 메텔루스 부자는 곤혹스러운 동시에 두려운 기분으로 그의 뒷모습을 바라보았다. 그의 터무니없는 말이 어째서 우습게 들리지 않는지 알 수가 없었다.

다음날 마리우스는 말을 달려 옛 카르타고로 가서 가우다 왕자에게 접견을 청했다.

왕자에게 안내된 마리우스는 한쪽 무릎을 꿇고 가우다의 축축하고 흐늘거리는 손에 입을 맞췄다.

"일어나시오, 가이우스 마리우스!" 가우다는 기분좋게 외쳤다. 이 위풍당당한 남자가 그야말로 예의바르고 공손하게 자신에게 경의를 표하는 데 도취된 것이다.

마리우스는 일어나려다가 다시 두 무릎을 꿇고 두 손을 앞으로 내밀었다. "왕자 저하, 저는 저하 앞에 서 있을 가치도 없습니다. 천하디 천한 탄원자로서 이곳에 왔기 때문입니다."

"일어나시오, 어서!" 한층 더 우쭐해진 가우다가 새된 소리를 질렀다. "당신이 무릎을 꿇고 있는 한 어떤 탄원도 듣지 않겠소! 여기, 내 옆에 앉아서 원하는 걸 말해보시오."

가우다가 가리킨 의자는 정말로 그의 옆에 있었지만, 왕자의 옥좌보다는 낮은 곳에 있었다. 마리우스는 의자로 가는 내내 허리를 잔뜩 굽혀 절했다. 그리고 의자 끄트머리에 엉덩이를 걸치고 앉았다. 마치 이곳에서 유일하게 편안히 앉아 있는 자, 즉 가우다의 광채에 압도되어 불편하다는 듯이.

"가우다 왕자님, 저하께서는 저의 피호민이 되어주시겠다고 하셨죠. 제가 그토록 놀라운 명예를 받아들인 것은 로마에서 저하의 대의를 도모할 수 있을 거라고 생각했기 때문입니다. 저는 이번 가을에 집정관 선거에 나갈 생각이었습니다." 마리우스는 말을 멈추고 깊이 한숨을 쉬었다. "아, 하지만 그럴 수 없게 되었습니다! 퀸투스 카이킬리우스 메텔루스가 계속 아프리카 속주에 있게 되었고, 그의 총독 임기도 연장되었습니다. 즉 보좌관인 저는 그의 허락 없이 임무에서 벗어날 수 없다는 뜻입니다. 제가 집정관 선거에 출마하고 싶다고 했더니, 그는 제가 자기보다 하루라도 일찍 아프리카를 떠나는 일은 없을 거라고 했습니다."

누미디아의 고귀한 왕손은 제멋대로이고 병약한 사람이 흔히 그러듯 울화를 참지 못해 몸이 굳어졌다. 그는 자신을 맞이하여 일어나지도, 몸을 굽혀 절하지도, 자신에게 옥좌는 물론 로마군 호위대도 내어주지 않은 메텔루스를 똑똑히 기억했다. "하지만 그건 말도 안 되는 일이오, 가이우스 마리우스!" "어떻게 하면 우리가 그의 마음을 돌려놓을 수 있겠소?"

"저하의 지성과 판단력은 정말 경이로울 정도입니다!" 마리우스가 큰 소리로 말했다. "그가 마음을 돌릴 수밖에 없게 하는 것, 그것이 바로 우리가 해야 할 일입니다." 그는 잠시 말을 멈췄다. "저는 저하께서 어떤 제안을 하실지 알고 있습니다. 하지만 제 입으로 말하는 편이 나을 것 같습니다. 상스러운 내용이기 때문이지요. 그러니 부디 제가 말하도록 허락해주십시오!"

"말씀하시오." 가우다가 고고하게 말했다.

"왕자 저하, 로마와 원로원은 물론이고 인민을 대표하는 두 민회에까지 편지가 빗발치게 해야 합니다! 왕자 저하의 편지는 물론 아프리카 속주 전역의 주민과 목축업자, 농부, 상인과 중개인이 보낸 편지가 필요합니다. 누미디아의 적 유구르타와의 전쟁에서 메텔루스가 얼마나 비효율적이고 무능했는지 알리고, 지금까지 우리가 거둔 몇 안 되는 성공은 그가 아니라 전적으로 제 덕분이라고 쓴 편지 말입니다. 엄청나게 많은 편지가 필요합니다, 왕자님! 한 번만이 아니라, 메텔루스가 저를 로마로 보내 집정관 선거에 출마하게 해주는 수밖에 없을 때까지 쓰고 또 써야 합니다."

가우다는 기쁨에 겨워 옹알거렸다. "너무나 놀랍지 않소, 가이우스 마리우스, 어쩌면 우리 두 사람의 마음이 이토록 같단 말이오? 내가 제안하려고 했던 것도 바로 편지였다오!"

"말씀드렸듯이, 그러실 줄 알고 있었지요. 하지만 가능할까요, 저하?" 마리우스가 애원조로 말했다.

"가능하냐고? 물론 가능하오! 시간과 영향력과 돈만 있으면 되는 일이오. 그리고 내 생각엔 말이오, 가이우스 마리우스, 우리가 힘을 합친다면 메텔루스보다 훨씬 많은 시간과 영향력과 돈을 모을 수 있을 것 같소만, 그렇지 않소?"

"분명 그렇게 되기를 바랍니다."

물론 마리우스는 거기서 그치지 않았다. 그는 아프리카 속주의 한쪽 끝에서 반대쪽 끝까지 모든 로마인, 라티움인, 이탈리아인 명사들을 직접 만나러 다녔고, 그토록 멀리 끊임없이 여행을 다녀야 하는 이유는 메텔루스 대신 임무를 수행하기 위해서라고 말했다. 그는 가우다 왕자의 비밀 위임장을 들고 다니며, 가우다가 누미디아의 왕이 될 경우 얻게 될 온갖 혜택을 약속했다. 비도, 진흙탕도, 제방을 범람한 강도 마리우스를 멈추게 할 수는 없었다. 그는 계속해서 피호민을 모집했고 편지를 쓰겠다는 약속을 끝도 없이 받아냈다. 수천수만 통의 편지, 메텔루스를 정치적 파멸의 바다로 가라앉힐 만큼 많은 편지였다.

2월이 되자, 로마의 모든 주요 인사 및 단체에 아프리카 속주로부터 편지가 날아들었다. 그후로도 배가 들어올 때마다 편지가 도착했다. 다음은 처음 도착한 편지들 중 한 통이다. 발신인은 바그라다스 강 유역에 토지 수백 유게룸을 소유한 로마 시민이자, 심은 밀의 240배를 수확하여 로마 시장에 공급하는 마르쿠스 카일리우스 루푸스였다.

퀸투스 카이킬리우스 메텔루스가 아프리카에서 하는 일이라고는 사리사욕을 도모하는 것밖에 없습니다. 제가 깊이 생각한 끝에 내린 결론은, 그는 개인적 명예를 쌓고 권력욕을 채우기 위해 이 전쟁을 연장하려 한다는 것입니다. 지난가을 그는 누미디아의 농작물을 불태우고 이곳의 도시들, 특히 보물이 있는 도시들을 습격하여 유구르타 왕의 입지를 약화시킬 계획이라고 떠들어댔습니다. 그 결과, 이곳속주에서 저를 포함한 여러 로마 시민의 토지가 위험에 처했습니다. 누미디아의 기습 부대가 로마 속주에서 보복 행위를 하고 있기 때문입니다. 로마의 곡물 공급에 너무나도 중요한 바그라다스 강 유역 전체가 날마다 공포에 떨고 있습니다.

게다가 저를 비롯한 많은 사람들이 들은 소문에 의하면, 메텔루스는 자신의 군대는 물론 보좌관들조차 제대로 다루지 못한다고 합니다. 그는 가이우스 마리우스에게 기병 부대 통솔이라는 덜 중요한 임무를 맡기고 루틸리우스 루푸스를 공병대장으로 복무케 하여, 이 유능한 고위 군관들의 능력을 의도적으로 낭비하고 있습니다. 또한 로마 원로원과 인민이 누미디아의 적법한 통치자로 여기는 가우다 왕자에 대한 그의 태도는 지독하게 오만하고 경솔하며 때로는 잔인하기까지 합니다.

마지막으로, 지난해의 몇 안 되는 성공적인 군사 작전은 순전히 가이우스 마리우스와 푸블리우스 루틸리우스 루푸스의 노력 덕분이라 말하고 싶습니다. 제가 알기로 그들은 노고에 합당한 명성이나 감사를 받지 못했습니다. 귀하께 마리우스와 루푸스를 천거하고, 메텔루스의 행동을 강력하게 비난해도 될지요?

편지의 수신인은 로마에서 가장 많은 물량을 취급하는 곡물상들 중 한 명으로, 원로원과 기사계급에 막대한 영향력을 지닌 인물이었다. 메텔루스의 수치스러운 처신을 알게 된 그는 당연히 분노의 목소리를 높였다. 그의 목소리는 흥미를 보인 온갖 사람들의 귀가 멍해지도록 울려 퍼졌다. 효과는 즉시 나타났다. 시간이 흐르고 계속 편지들이 빗발치자, 그 목소리에 다른 여러 목소리들이 합세했다. 원로원 의원들은 은행가나 해상무역의 거물이 다가오면 움찔하게 되었다. 그토록 강력하던 카이킬리우스 메텔루스 가문의 자족감은 급속도로 흔들리기 시작했다.

카이킬리우스 메텔루스 가문으로부터 그들의 자랑스러운 일원, 아프리카 속주 총독 퀸투스 카이킬리우스에게 편지들이 날아들었다. 가우다 왕자에 대한 무례함을 누그러뜨리고, 선임 보좌관들을 아들보다 잘 대우하며, 유구르타와의 전쟁에서 몇 차례 더 눈에 띄는 성공을 거두도록 애쓰라고 간청하는 내용이었다.

그러던 중 바가 사태가 터졌다. 작년 늦가을에 메텔루스가 함락시킨 바가에서 반란이 일어나 이탈리아인 사업가 여럿이 살해당한 것이다. 유구르타가 주동한 폭동은 다름 아닌 메텔루스의 친구이자 수비대 사령관 투르필리우스의 묵인하에 자행되었다. 마리우스가 투르필리우스를 반역죄로 군법회의에 회부하라고 요구했을 때 메텔루스는 투르필리우스를 옹호하는 실수를 저질렀으며, 이 이야기가 수백 통의 편지로 로마에 전해졌을 때는 메텔루스도 반역죄를 지은 것처럼 보일 지경이었다. 다시 한번 메텔루스 가문으로부터 우티카에 있는 그들의 자랑스러운 퀸투스 카이킬리우스에게 편지가 날아들었다. 반역 혐의에 대해 변호할 일이 생기지 않도록 친구를 좀더 가려서 사귀라고 간청하는 내용이었다.

몇 주가 지나고서야 메텔루스는 이 '로마로 편지쓰기 운동'의 주창자가 마리우스라는 걸 깨닫게 되었다. 하지만 그렇게 믿을 수밖에 없게 되었을 때조차 이 서신 전쟁의 중요성을 깨닫지 못했고, 반격할 생각은 더더욱 하지 못했다. 카이킬리우스 메텔루스 가문의 일원인 내가 고작 마리우스 집안사람과 징징대는 자칭 왕위계승자와 천한 식민지 상인 몇 명의 말 때문에 로마에서 오명을 얻게 된다고? 말도 안 되지! 로마는 그런 식으로 돌아가는 곳이 아니다. 로마의 지배자는 가이우스 마리우스가 아니라 나니까.

마리우스는 달력처럼 규칙적으로 여드레마다 메텔루스 앞에 나타나

8월 말까지 자신을 놓아달라고 요구했고, 메텔루스는 매번 마리우스의 청을 거절했다.

메텔루스에게 공평하게 말하자면, 그는 마리우스와 로마에 쇄도하는 편지들이 아니라 다른 일들에 신경을 쓰는 중이었다. 그는 대부분의 에너지를 보밀카르에게 쏟고 있었다. 납달사가 보밀카르와 면담하기까지 여러 날이 걸렸고, 보밀카르와 메텔루스의 비밀 회동이 성사되기까지는 그보다 더 많은 시일이 걸렸다. 3월 말 마침내 보밀카르는 우티카 총독 관저의 작은 별관으로 안내되었다. 메텔루스와 보밀카르의 만남이 성사된 것이다.

그들은 물론 서로를 상당히 잘 알고 있었다. 로마에서의 절망적인 기간 동안 보밀카르를 통해 유구르타에게 정보를 제공한 것은 메텔루스였고, 신성경계선 안에서 메텔루스의 환대를 받은 것은 유구르타 왕이 아니라 보밀카르였기 때문이다.

그러나 이번 만남은 사교적인 분위기와는 거리가 멀었다. 보밀카르는 우티카에 있다는 사실을 들킬까봐 초조한 상태였으며, 메텔루스는 자신이 첩자들의 우두머리라는 새로운 역할을 잘해낼 수 있을지 확신이 서지 않기 때문이다.

그리하여 메텔루스는 곧바로 본론을 꺼냈다. "나는 인력 및 물자 손실을 최소화하고 되도록 짧은 시일 내에 이 전쟁을 끝내고 싶소. 로마는 아프리카 같은 변경 식민지가 아닌 다른 곳에서 나를 필요로 하기 때문이지."

"네, 게르만족에 관한 이야기는 저도 들었습니다." 보밀카르가 구변 좋게 말했다.

"그렇다면 내가 서두르는 이유를 알겠군."

"물론입니다. 하지만 이곳의 교전을 단축시키기 위해 제가 무엇을 할 수 있을지 모르겠군요."

"오랜 숙고 끝에 나는 로마에 이로운 방식으로 누미디아의 운명을 결정하는 가장 빠르고 좋은 방법은 유구르타 왕을 제거하는 것이라고 확신하게 되었소." 속주 총독이 말했다.

보밀카르는 총독에 대해 곰곰이 생각해보았다. 그는 메텔루스가 마리우스 같은 인물이 아님을, 심지어 루푸스만한 인물도 되지 못한다는 것을 잘 알고 있었다. 메텔루스는 그들보다 거만하고 오만하며 자신의 신분을 훨씬 더 의식했지만, 그에 걸맞은 능력도 공정함도 갖추지 못했다. 늘 그렇듯이 로마인에게 중요한 것은 로마였다. 하지만 카이킬리우스 메텔루스 가문 사람이 소중하게 여기는 로마는 마리우스가 소중하게 여기는 로마와 크게 달랐다. 보밀카르를 당혹스럽게 한 것은 과거 로마에서 알던 메텔루스와 현재 아프리카 속주 총독으로 있는 메텔루스 사이의 간극이었다. 메텔루스는 편지들에 대해 알면서도 사태의 심각성을 깨닫지 못하고 있었다.

"유구르타가 누미디아의 대로마 항전의 원천인 것은 사실입니다." 보밀카르가 말했다. "그러나 가우다가 누미디아에서 인기가 없다는 사실을 잘 모르시는 것 같군요. 누미디아인들은 정통성이야 어떻든 절대로 가우다의 통치를 받고 싶어하지 않을 겁니다."

가우다라는 이름이 언급되자 메텔루스는 혐오스럽다는 표정을 지었다. "하!" 그가 손을 내저으며 외쳤다. "시시한 작자지! 통치자는 고사하고 사내구실도 제대로 못할걸." 메텔루스의 옅은 갈색 눈동자가 보밀카르의 침울한 얼굴을 날카롭게 응시했다. "유구르타 왕에게 무슨 일이 생길 경우 나는, 그리고 물론 로마에서도, 피호국으로서 로마를 성실히 섬겨야 누미디아에 가장 이롭다는 것을 알 만큼 분별력과 경험이 뛰어난 사람을 왕좌에 앉혀야 한다고 생각하오."

"동의하는 바입니다. 저도 그것이 누미디아에 가장 이롭다고 생각합니다." 보밀카르가 잠시 말을 멈추고 입술을 축였다. "제가 누미디아 왕이 될 가능성이 있겠습니까, 퀸투스 카이킬리우스?"

"물론이오!" 메텔루스가 대답했다.

"좋습니다! 그렇다면 유구르타를 제거하는 데 기꺼이 일조하겠습니다."

"빠를수록 좋소." 메텔루스가 웃으며 말했다.

"최대한 빨리 움직이겠습니다만, 암살 시도에 있어 서두르는 것은 의미가 없을 겁니다. 유구르타는 극히 신중한 인물입니다. 게다가 근위병들은 그에게 절대적으로 충성하지요. 대부분의 귀족들도 유구르타가 누미디아를 통치하는 방식과 이번 전쟁 수행에 매우 만족합니다. 가우다가 더 매력적인 대안이었다면 이야기가 달라졌겠지만요." 보밀카르가 얼굴을 찌푸렸다. "제게는 마시니사의 피가 흐르지 않습니다. 따라서 제가 무사히 왕위에 오르기 위해서는 로마의 전적인 지원이 필요합니다."

"어떻게 하면 되겠소?"

"제 생각에 유일한 방법은 로마군이 유구르타를 붙잡을 수 있는 상황으로 그를 교묘하게 몰아넣는 것뿐입니다. 전투가 아니라 매복 공격 말입니다. 그런 다음에 그를 그 자리에서 죽이거나, 가둔 다음에 총독께서 원하시는 대로 하면 되겠지요."

"알겠소, 보밀카르 공. 매복 공격을 준비할 수 있도록 충분한 시간을 두고 내게 알려주겠다는 거지요?"

"물론입니다. 국경 지대를 습격할 때가 이상적인 기회입니다. 유구르

타는 땅이 충분히 마르는 대로 국경 지대를 여러 차례 습격할 계획이
거든요. 하지만 기억하십시오, 퀸투스 카이킬리우스. 유구르타처럼 약
삭빠른 인간을 잡으려면 여러 번 실패를 겪어야 할 것입니다. 어쨌거나
제 자신의 목숨을 위태롭게 할 수는 없습니다. 제가 죽으면 로마는 물
론이고 저 자신에게도 아무 소용이 없으니까요. 하지만 걱정 마십시오.
결국에는 그가 덫에 걸려들게 만들겠습니다. 아무리 유구르타라 해도
불사신일 수는 없으니까요."

　마리우스가 자신의 영역 중 비교적 안정된 지역들을 습격하는 바람
에 상당히 고전하기는 했지만, 유구르타는 상황에 대체로 만족하고 있
었다. 누미디아의 방대한 영역이 자신의 가장 큰 이점이자 방패임을 그
는 누구보다도 잘 알고 있었다. 그리고 다른 나라들과는 달리 누미디아
에서는 안정된 지역들이 유구르타에게 광야보다 덜 중요했다. 세계적
으로 명성이 자자한 경무장 기병대를 포함한 누미디아군의 병사들은
대부분 내륙 깊은 곳에서, 심지어 참을성 강한 아틀라스가 양어깨로 하
늘을 떠받친 장대한 산맥의 끝에 사는 반유목민 중에서 징집되었다. 이
들은 가이툴리족과 가라만테스족이었다. 유구르타의 어머니도 가이툴
리족이었다.
　바가가 함락된 뒤, 유구르타 왕은 로마군이 진군할 만한 도시에는
절대로 돈이나 보물을 보관하지 않았다. 모든 돈과 보물은 자마나 캅사
처럼 기어오를 수 없는 산봉우리 위의 침투하기 힘든 요새로 옮겼다.
이런 곳들은 광신적으로 충성스러운 가이툴리족이 에워싸고 있었다.
유구르타는 다시 한번 로마인을, 수비대 사령관 투르필리우스를 매수
했다. 투르필리우스는 심지어 메텔루스의 친구였다!

하지만 뭔가가 변했다. 겨울 장마가 주춤할 즈음 유구르타는 날이 갈수록 그렇게 확신하게 되었다. 문제는 무엇이 변했는지 딱 꼬집어낼 수가 없다는 데 있었다. 그의 궁전은 늘 이동했다. 그는 한 요새에서 다른 요새로 끊임없이 옮겨다녔고, 여러 아내와 후궁을 고루 배치하여 어디를 가든 정다운 얼굴과 손길이 있도록 했다. 그런데도 뭔가가 잘못된 느낌이었다. 잘못된 것은 군사 작전도, 군대도, 보급선도, 여러 도시나 지역도, 부족의 충성심도 아니었다. 그가 느낀 것은 가까이에서 오는 순간적 한기, 따끔함, 아찔한 위기감에 지나지 않았다. 그러나 그는 한 번도 이러한 직감을 자신이 보밀카르를 섭정으로 삼기를 거부한 것과 연관지어 생각하지 못했다.

"궁정 안에서 뭔가 벌어지고 있다." 3월 말에 유구르타는 캅사에서 키르타로 말을 타고 가면서 보밀카르에게 말했다. 그들은 기병대와 보병대로 이루어진 기나긴 행렬의 선두에서 천천히 말을 몰고 있었다.

보밀카르는 고개를 돌려 이부형제의 옅은 색 눈을 똑바로 쳐다보았다. "궁정이요?"

"누군가 장난을 치고 있어, 보밀카르. 저질스러운 똥덩어리 가우다가 씨를 뿌리고 싹을 틔운 거겠지. 틀림없어."

"친위 쿠데타라는 말씀입니까?"

"확신할 수는 없다. 하지만 뭔가 잘못된 건 분명해."

"암살 계획일까요?"

"아마도. 솔직히 확실하게는 모르겠다, 보밀카르! 내 눈은 한 번에 열 곳이 넘는 방향을 보고, 내 귀는 회전하는 듯 바삐 움직이지. 하지만 뭔가가 잘못되었다고 알아챈 것은 나의 코뿐이야. 넌 어떠냐? 아무것도 느끼지 못했느냐?" 유구르타는 보밀카르의 애정과 신뢰, 충성을 전적으로 확신하며 물었다.

"저는 아무것도 느껴지지 않습니다."

보밀카르는 지금까지 세 번이나 유구르타를 남몰래 덫에 몰아넣었다. 하지만 유구르타는 매번 무사히 빠져나왔고, 여전히 이부형제를 의심하지 않았다.

"그들은 지나치게 똑똑해졌어." 로마군의 세번째 매복 공격이 실패한 다음 유구르타는 말했다. "배후는 가이우스 마리우스나 푸블리우스 루틸리우스 루푸스일 거다. 메텔루스는 아니야." 그는 으르렁거렸다. "보밀카르, 우리 쪽에 첩자가 있다."

보밀카르는 침착해 보이려고 애썼다. "그럴 수도 있습니다. 하지만 누가 감히?"

"모르지." 유구르타가 험악한 표정으로 말했다. "하지만 걱정 마라, 조만간 알게 될 테니."

4월 말에 메텔루스는 누미디아를 침공했다. 루푸스가 우선은 수도인 키르타보다 손쉬운 목표로 만족하자고 메텔루스를 설득하여, 로마군은 키르타가 아닌 탈라로 진군했다. 유구르타를 직접 탈라로 유인했다는 보밀카르의 전갈이 도착했고, 메텔루스는 네번째로 누미디아의 왕을 붙잡으려 했다. 그러나 그에게는 필요한 만큼 신속하고 결단력 있게 탈라를 급습할 능력이 없었다. 유구르타는 달아났으며, 공격은 포위로 변했다. 한 달 뒤 탈라는 함락되었다. 메텔루스로서는 흡족하게도, 탈라에는 유구르타가 가져왔다가 어쩔 수 없이 두고 간 많은 보물이 있었다.

6월로 넘어갈 무렵 메텔루스는 키르타로 진격했고 그곳에서 또 한번 흡족해했다. 누미디아의 수도가 싸우기도 전에 항복한 것이다. 키르타에 많은 친로마 성향의 이탈리아인과 로마인 사업가들이 정계에 상당한 영향력을 행사했기 때문이다. 게다가 유구르타가 키르타를 좋아하지 않듯 키르타도 유구르타를 좋아하지 않았다.

그 시기에 항상 그렇듯 덥고 매우 건조한 날씨가 이어졌다. 유구르타는 가이툴리족이 있는 남쪽으로 내려가 엉성한 로마의 감시망을 벗어난 후 어머니 부족의 고향인 캅사로 갔다. 가이툴리의 오지 한가운데에 있는 작지만 견고한 산악 요새 캅사에 그는 깊은 애정을 품고 있었다. 그의 어머니가 보밀카르의 아버지인 남편이 죽은 뒤 살았던 곳이며, 유구르타가 자신의 보물 대부분을 보관해둔 곳이기도 했다.

6월에 유구르타의 부하들이 납달사를 캅사로 데려왔다. 로마군 사령부에 심어놓은 첩자들이 납달사의 반역행위에 대한 증거를 충분히 수집한 후, 로마가 점령한 키르타를 떠나던 납달사를 붙잡아온 것이었다. 가우다의 부하임이 잘 알려져 있었음에도 납달사는 그동안 누미디아에서 자유롭게 다닐 수 있었다. 마시니사의 피가 섞여 유구르타의 먼 친척이 되는 납달사는 관대한 대우를 받았고 위험인물로 간주되지도 않았기 때문이다.

"하지만 이제 내게는 증거가 있다." 유구르타가 말했다. "네가 로마인들에 적극 협력하고 있다는 증거 말이야. 실망스러운 소식이라면, 네가 마리우스가 아닌 메텔루스와 거래할 정도로 멍청했다는 것뿐이지." 유구르타는 잡히자마자 쇠고랑이 채워진 납달사를 찬찬히 살펴보았다. 납달사의 몸에는 자신의 부하들이 가혹행위를 한 흔적이 뚜렷했다. "물론 너 혼자 일을 벌인 건 아닐 거야." 유구르타는 생각에 잠겨 말했다. "내 신하들 중 누가 너와 공모했느냐?"

납달사는 대답하지 않았다.

"이자를 고문하라." 유구르타가 싸늘하게 말했다.

누미디아의 고문은 세련되지 못했다. 동방의 모든 절대군주들처럼 유구르타도 지하 감옥과 장기 수감을 활용했다. 캅사의 바위투성이 구릉지대 밑에도 유구르타의 지하 감옥이 있었다. 이곳은 요새 성벽 안의 궁전과 연결된 토끼굴 같은 통로를 통해서만 들어갈 수 있는 곳으로, 집안 대대로 고문을 업으로 삼은 듯 비인간적으로 잔인한 군인들이 죄수를 다루었다.

얼마 지나지 않아, 납달사가 어째서 무능한 가우다를 택했는지 분명해졌다. 그의 입을 여는 데는 이빨 몇 개와 한쪽 손톱을 뽑는 것만으로도 충분했다. 유구르타는 납달사의 자백을 들으러 갈 때 의심 없이 보밀카르를 데려갔다.

보밀카르는 곧 자신이 들어갈 지하세계에서 다시는 나올 수 없을 것임을 알았다. 그는 가없이 높고 짙푸른 하늘을 응시하고 달콤한 사막의 공기를 들이마셨으며, 꽃이 핀 관목의 비단 같은 이파리들을 손등으로 쓸었다. 그는 이런 기억들과 함께 어둠 속으로 들어가고 싶었다.

환기가 잘 되지 않는 지하실에서는 지독한 악취가 났다. 배설물과 토사물, 땀과 피, 고인 물과 썩은 살점이 한데 모여 타르타로스의 독기를, 어느 누구도 두려움을 느끼지 않고서는 숨을 쉴 수 없는 공기를 뿜어내고 있었다. 유구르타조차 그곳에 들어가자 몸이 떨렸다.

심문하기가 극히 어려운 상황이었다. 납달사의 잇몸에서는 쉴새없이 피가 흘러나왔고 코가 부러진 탓에 입을 막아 지혈을 시킬 수도 없었기 때문이다. 어리석었어. 납달사의 몰골을 보고 느낀 공포와 짐승 같은 부하들의 경솔함에 대한 분노가 뒤섞여 괴로워하며 유구르타는 생각했다. 애초에 이 짐승들이 끼어들지 못하게 했어야 했는데.

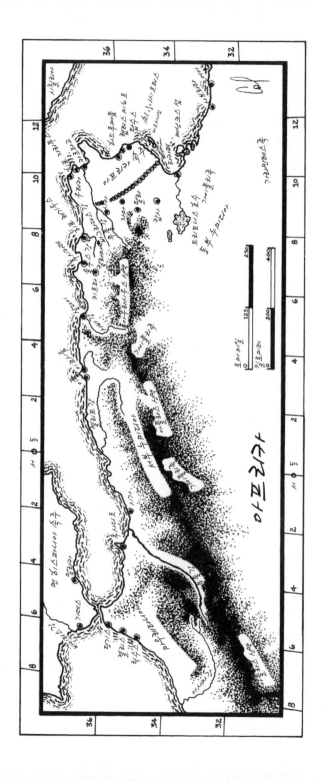

하지만 그것은 별로 중요하지 않았다. 납달사는 유구르타의 세번째 질문에 결정적인 한마디를 뱉었다. 피로 가득찬 입을 우물거리며 한 그 말은 알아듣기가 그리 어렵지 않았다.

"보밀카르."

"나가 있어라." 유구르타 왕은 짐승 같은 부하들에게 말했다. 하지만 그는 그들에게 보밀카르의 단검을 빼앗으라고 명령할 만큼 신중했다.

보밀카르는 왕과 반쯤 정신이 나간 납달사만 남게 되자 한숨을 쉰 뒤 말했다. "제가 후회하는 건, 이번 일로 우리의 어머니가 돌아가실지도 모른다는 것뿐입니다."

보밀카르가 그 상황에서 할 수 있는 가장 현명한 말이었다. 이 말 덕분에 보밀카르는 망나니에게 한 차례 도끼질을 당하는 걸로 끝나게 될 터였다. 이부형제인 왕이 그에게 내리고 싶었던 느리고 고통스러운 죽음 대신에.

"도대체 왜 그랬느냐?" 유구르타가 물었다.

보밀카르는 어깨를 으쓱했다. "형님, 지난 세월을 돌아볼 만큼 나이가 들었을 때 저는 형님에게 지독하게 기만당했음을 알게 되었습니다. 형님은 저를 애완용 원숭이처럼 경멸해왔습니다."

"나한테 무엇을 원했느냐?"

"온 세상 사람들 앞에서 저를 동생이라고 불러주는 것이었습니다."

유구르타는 진심으로 놀라 보밀카르를 쳐다보았다. "너를 네 신분 이상으로 높여달라고? 보밀카르, 중요한 건 아버지지 어머니가 아니다! 우리 어머니는 가이툴리족 베르베르 여자다. 심지어 족장의 딸도 아니야. 어머니에게는 후세에 물려줄 왕가의 고귀함이 없어. 내가 너를 세상 사람들 앞에서 동생이라고 부른다면, 그들은 내가 너를 마시니사

의 핏줄로 받아들인다고 여길 것이다. 내게는 적자가 둘이나 있으니 그
건 아무리 좋게 말해도 무분별한 행동이다."

"형님은 나를 조카들의 후견인이자 섭정으로 지정할 수도 있었습
니다."

"그래서 또 너를 네 신분 이상으로 높여달라고? 보밀카르야, 우리 어
머니의 피 때문에 그건 불가능하다! 네 아버지는 보잘것없는 하급 귀
족이지만 내 아버지는 마시니사의 적자다. 나의 왕권은 아버지로부터
물려받은 것이다."

"하지만 형님은 적자가 아니지 않습니까?"

"그렇다고 해도 내게는 마시니사의 피가 흐르고 있어. 중요한 건
피다."

보밀카르는 고개를 돌리며 말했다. "어서 끝내주십시오. 저는 실패했
습니다. 형님이 아니라 저 자신 때문에요. 죽어 마땅하죠. 그러나 조심
하십시오, 형님."

"조심하라고? 무엇을? 암살 시도 말이냐? 반역 음모가, 반역자들이
더 있다는 것이냐?"

"로마인들을 조심하라는 말입니다. 그들은 태양과 바람, 비와 같습니
다. 결국 그들은 모든 것을 모래로 만들어버릴 겁니다."

유구르타는 고함을 질러 짐승 같은 부하들을 불렀다. 그들은 뭐든
할 태세로 허둥지둥 들어왔지만, 온당치 못한 광경은 전혀 보지 못했기
에 서서 명령을 기다릴 수밖에 없었다.

"둘 다 죽여라." 유구르타가 입구로 가면서 말했다. "빨리 끝내라. 그
리고 두 사람의 머리를 내게 보내라."

보밀카르와 납달사의 머리는 모두가 볼 수 있도록 캅사의 흉벽에

못박혔다. 이는 반역자에 대한 왕의 복수를 전시하는 것 이상의 의미가 있었다. 머리를 공공장소에 매달아놓음으로써 사람들에게 해당 인물이 죽었음을 알리고, 그를 사칭하는 자가 나타나지 못하게 하는 것이다.

유구르타는 스스로 전혀 슬프지 않다고 생각했다. 그저 전보다 외로울 뿐이다. 그는 필요한 교훈을 얻었을 따름이다. 왕은 아무도, 자기 형제조차 믿어서는 안 된다는 것.

그러나 보밀카르의 죽음은 곧바로 두 가지 결과를 초래했다. 첫째로 유구르타는 행방이 묘연한 사람이 되었다. 그는 절대로 한곳에 이틀 이상 머물지 않았고, 근위병들에게도 다음 행선지를 알려주지 않았으며, 자기 군대에 군사 계획을 알려주지도 않았다. 모든 권한은 왕 본인이 가졌다. 또다른 결과는 유구르타의 장인, 마우레타니아의 보쿠스 왕과 관련이 있었다. 그때까지 보쿠스 왕은 사위의 적인 로마를 돕지 않았지만, 로마의 적인 유구르타도 적극적으로 돕지 않았다. 유구르타는 척후병들을 급파하여 보쿠스 왕에게 한층 더 압력을 가했다. 누미디아와 연합해 아프리카 전역에서 로마인을 몰아내야 한다는 것이었다.

여름이 끝날 무렵, 로마에서 퀸투스 카이킬리우스 메텔루스의 평판은 박살났다. 로마에서는 메텔루스와 그의 전쟁 수행에 대해 호의적인 얘기를 한마디도 들을 수 없었다. 여전히 편지는 꾸준히, 가차없이, 극도의 위력을 품고서 쇄도하고 있었다.

탈라를 손에 넣고 키르타의 항복을 받자, 카이킬리우스 메텔루스 파벌은 기사계급의 압력 단체들 사이에서 겨우 약간의 입지를 다졌다. 하지만 이후 아프리카로부터 탈라나 키르타의 승리가 전쟁을 종결시킬 수 없음을 분명히 보여주는 소식들이 들어왔다. 계속 이어지는 무의미한 소규모 접전들, 아무 소득 없이 끝난 서부 누미디아로의 진군, 오용된 군자금, 국고에 엄청난 부담을 지우고 끝없는 비용을 발생시키며 전장에 머무르는 6개 군단에 대한 보고가 날아들었다. 메텔루스 때문에 유구르타와의 전쟁이 적어도 일 년은 더 걸릴 거라는 의미였다.

집정관 선거는 10월 중순에 있을 예정이었고, 이제 마리우스의 이름은 후보로서 모두의 입에 끊임없이 오르내렸다. 그러나 아직까지도 그는 로마에 나타나지 않았다. 메텔루스가 고집을 꺾지 않았기 때문이다.

"나를 보내달라고 강력히 요구하오." 마리우스가 메텔루스에게 말했다. 족히 오십번째는 될 터였다.

"마음껏 요구하시오. 당신은 못 가니까."

"난 내년에 집정관이 될 거요."

"당신 같은 벼락출세자가 집정관이 된다고? 불가능해!"

"당신은 유권자들이 나를 뽑을까봐 두려운 거요, 그렇지 않소?" 마리우스가 으스대며 물었다. "당신은 내가 뽑히리라는 걸 알기에 나를 보내주지 않는 거요."

"진정한 로마인이라면 절대로 당신에게 표를 던지지 않을 거요, 가이우스 마리우스. 하지만 당신은 엄청난 부자니까 표를 매수할 수 있겠지. 언젠가 당신이 집정관으로 선출된다면, 분명 내년은 아니겠지만, 내 기꺼이 전력을 다해 법정에서 당신이 관직을 매수했음을 입증할 테니 걱정 마시오!"

"나는 관직을 매수할 필요가 없소, 퀸투스 카이킬리우스. 난 한 번도 관직을 매수한 적이 없어. 그러니 마음대로 해보시오." 마리우스가 여전히 화를 돋울 만큼 오만하게 말했다.

메텔루스는 전략을 바꿨다. "난 당신을 보내주지 않을 것이오. 이 문제는 단념하는 게 좋을 거요. 로마인 중의 로마인인 내가 당신을 보내 준다면 나와 같은 계급 사람들을 배신하는 일이니까. 가이우스 마리우스, 집정관은 당신 같은 이탈리아 출신이 넘볼 수 없는 직책이오. 집정 관의 상아 대좌에 앉으려면 태생은 물론 본인을 비롯한 조상의 업적이 그에 걸맞아야만 하오. 삼니움 변방의 이탈리아인, 법무관도 되지 말았 어야 할 반문맹 촌뜨기가 상아 대좌에 앉는 것을 보느니 차라리 실각 하고 죽어버리겠소! 최악을 택하든 최선을 택하든 마음대로 하시오! 난 눈썹 하나 까닥하지 않을 테니까. 당신이 로마로 가도록 허락하느니 실각하고 죽어버리겠소."

"적당한 때가 되면, 퀸투스 카이킬리우스 당신은 그 두 가지를 다 당 하게 될 것이오." 마리우스는 이렇게 말하고 방을 떠났다.

루푸스는 두 사람 모두의 이성을 되찾아주려고 했다. 로마와 마리우 스를 위한 배려였다.

"이 문제에 정치는 끌어들이지 맙시다. 우리 셋 다 유구르타를 꺾기 위해 이곳 아프리카에 있는 것이오. 한데 당신들 둘 다 목표를 달성하 는 데는 관심이 없소. 유구르타보다 서로를 이기는 일에 관심이 있지. 난 이런 상황에 질려버렸소!"

"나를 직무 태만이라고 비난하는 건가, 푸블리우스 루틸리우스?" 마 리우스가 오싹할 만큼 차분하게 물었다.

"아닐세, 물론 아니야! 내가 믿고 있는 자네의 천재성을 전쟁에 쓰지 않는 걸 비난하는 걸세. 전술에는 나도 자네 못지않네. 병참술에도 그 렇고. 하지만 전략에 관해서라면, 전쟁에 대한 장기적 통찰력에서라면 자네를 따라갈 자는 아무도 없어. 그런데 자네가 이 전쟁에서 승리하기 위한 전략에 시간과 두뇌를 조금이라도 쓰고 있느냐면, 전혀 그렇지 않아!"

"나는 가이우스 마리우스를 칭송하는 이 찬가의 어디쯤 끼는 거요?" 메텔루스가 입술을 앙다물며 물었다. "혹은 푸블리우스 루틸리우스 루푸스를 칭송하는 찬가인가? 아니, 나는 중요하지 않다는 건가?"

"중요하오, 지독한 속물 양반, 당신은 이 전쟁의 유명무실한 총사령관이니까!" 루푸스가 매섭게 말했다. "만약 당신이 전술과 병참술에서 나보다 낫다거나 전술과 병참술과 전략에서 가이우스 마리우스보다 낫다고 생각한다면, 제발 부탁이니까 망설이지 말고 앞장을 좀 서보시오! 내 생각에 그럴 일은 없을 것 같지만 말이오. 하지만 당신이 원하는 게 칭송이라면 이 정도는 말할 용의가 있소. 당신은 스푸리우스 알비누스만큼 부패했거나 실라누스만큼 무능하진 않아. 그러나 당신의 가장 큰 문제는 스스로 생각하는 만큼 유능하지 못하다는 거요. 당신이 나와 가이우스 마리우스를 수석 보좌관으로 임명할 만큼의 지성을 보여주었을 때, 나는 당신도 나이가 드니 현명해진 모양이라고 생각했소. 하지만 내가 틀렸어. 당신은 우리의 재능은 물론 원로원의 돈까지 낭비했소. 우리는 지금 이 전쟁에서 이기고 있는 것이 아니오. 지독하게 값비싼 교착상태에 빠져 있지. 그러니 내 충고를 받아들이시오, 퀸투스 카이킬리우스! 가이우스 마리우스를 로마로 보내 집정관에 출마하게 해주시오. 내가 우리의 자원을 조직하고 군사 작전을 짜도록 해주시오. 그리고 당신은 백성들에 대한 유구르타의 지배력을 약화시키는 데 전력을 다하시오. 이 방안에서 내가 하는 말이 진실이라고 인정한다면, 나와 관련된 영광을 당신이 전부 다 가져가도 좋소!"

"나는 아무것도 인정할 수 없소." 메텔루스가 말했다.

이러한 상황은 늦여름이 끝나고 가을이 올 때까지도 계속되었다. 유구르타는 잡히지 않았다. 아예 지상에서 사라져버린 것 같았다. 로마군과 누미디아군 간에 전투는 벌어지지 않을 것임이 말단 사병들에게마저 명백해졌을 때, 메텔루스는 누미디아 서부 변경에서 철수하여 키르타 외곽의 진지로 들어갔다.

마우레타니아의 보쿠스 왕이 군대를 조직하고 사위와 합류하러 남쪽으로 진군하고 있다는 전갈이 왔다. 유구르타의 압박에 굴복한 것이다. 소문에 따르면 유구르타와 보쿠스가 연합하여 키르타로 이동할 계획이라고 했다. 마침내 전투가 시작되리라는 희망에 부푼 메텔루스는 만반의 준비를 하고 마리우스와 루푸스의 말을 평소보다 귀기울여 들었다. 하지만 전투는 없었다. 양측 군대는 몇 킬로미터 떨어져 있었고 유구르타는 말려들기를 거부했다. 또다시 교착상태였다. 로마의 진지는 방비가 철저하여 유구르타가 공격할 수 없었고 누미디아의 진지는 순식간에 철수할 준비가 되어 있어 메텔루스는 함부로 자신의 진지를 벗어날 수 없었던 것이다.

집정관 선거 열이틀 전, 똥돼지 메텔루스는 선임 보좌관 마리우스를 유구르타와의 전쟁 임무에서 공식 해임시켰다.

"어서 가시오!" 메텔루스가 상냥하게 웃으며 말했다. "걱정 마시오, 선거 전에 당신을 해임했다고 온 로마에 알릴 거니까."

"내가 제 시간에 도착하지 못할 거라고 생각하는군."

"나는 아무런 생각도 하지 않소, 가이우스 마리우스."

마리우스가 씩 웃었다. "그건 분명한 사실이오, 어쨌거나." 그는 손가락을 딱 튕겼다. "나의 공식 해임을 증명하는 서류는 어디에 있소? 서류를 주시오."

메텔루스는 어딘가 억지스러운 웃음을 머금은 채 해임 통지서를 건네주었다. 마리우스가 나가기 직전에 메텔루스는 여전히 차분한 어조로 말했다. "그건 그렇고, 방금 멋진 소식을 들었소. 원로원이 나의 아프리카 속주 총독 직과 누미디아 전쟁 지휘권을 내년까지 연장했다는군."

"정말이지 원로원은 관대한 집단이오." 이 말을 남기고 마리우스는 사라졌다.

"놈에게 오줌을 갈겨줄 거야!" 잠시 후 마리우스는 루푸스에게 말했다. "그는 나의 기회를 망치고 자신의 기회는 살렸다고 생각하겠지만, 틀렸어. 나는 그를 이길 거야, 푸블리우스 루틸리우스, 두고 보게! 나는 로마에 제때 도착해서 집정관에 출마할 거고, 집정관이 되어 그가 연장받은 지휘권을 박탈해버릴 거네. 그리고 그 지휘권을 내가 차지할 걸세."

루푸스는 신중하게 마리우스를 바라보았다. "난 자네의 능력을 매우 높이 산다네, 가이우스 마리우스. 하지만 이번에는 시간이 똥돼지를 승자로 만들 거야. 자네는 절대로 선거 전에 로마에 도착할 수 없어."

"도착할 거야." 마리우스는 자신감 넘치는 목소리로 말했다.

그는 몇 시간씩만 자고 기회가 될 때마다 가차없이 새 말을 징발하며 달렸다. 이틀 만에 키르타에서 우티카까지 갔다. 그날 저녁 우티카 항구에서 작고 빠른 배를 빌리고 다음날 새벽에 이탈리아로 출항했다. 출항 전, 햇빛이 세상의 동쪽 끝에 스며들기 시작할 때 그는 해변에서 라레스 페르마리니에게 값비싼 제물을 바쳤다.

"상상할 수 없을 만큼 위대한 운명을 향해 출항하는군요, 가이우스 마리우스." 항해자를 보호하는 신에게 제물을 바친 신관은 말했다. "이렇게 길한 징조는 본 적이 없소."

마리우스는 신관의 말에 전혀 놀라지 않았다. 시리아 점술가 마르타에게 자신의 미래를 들은 뒤로 마리우스는 그녀의 말대로 진행되리라는 것을 의심한 적이 없었다. 그래서 배가 느릿느릿 우티카 항을 벗어나는 동안에도 그는 편안한 마음으로 난간에 기대어 바람을 기다렸다. 남서쪽에서 시속 20해리로 강풍이 불어왔고 덕분에 마리우스가 탄 배는 사흘 후 오스티아에 도착했다. 완벽한 순류에 완벽한 순풍이었다. 해안에 붙어 항해할 필요도, 대피소와 식량을 찾아 정박할 필요도 없었다. 마르타가 예언한 대로 모든 신이 그의 편이었다.

마리우스는 오스티아에서 뱃삯을 지불하고 선장에게 후하게 사례할 만큼만 지체했다. 그럼에도 불구하고 이 기적적인 항해 소식은 마리우스보다 먼저 로마에 도착했다. 그리하여 마리우스가 말을 타고 포룸 로마눔에 당도하여 집정관 아우렐리우스의 선거인 탁자 앞에 내렸을 때는 이미 군중이 모여 있었다. 군중은 열광적으로 마리우스를 환영하여, 그로 하여금 자신이 시대의 영웅임을 알게 했다. 마리우스는 멋진 풍채를 보고 흡족한 표정으로 자기의 등을 두드리는 사람들에 둘러싸인 채, 보결 집정관에게 다가가 탁자에 메텔루스의 서류를 내려놓았다. 마밀리우스 특별위원회에서 유죄 선고를 받은 갈바의 빈자리를 채운 새 집정관이었다.

"마르쿠스 아우렐리우스, 시간이 없어 깨끗한 흰 토가로 갈아입지 못한 것을 용서하신다면 집정관 후보 명부에 제 이름을 올려주십시오."

"퀸투스 카이킬리우스가 당신을 해임했다는 사실만 증명한다면 기꺼이 그렇게 하겠소, 가이우스 마리우스." 보결 집정관이 말했다. 그는 군중의 환영에, 그리고 마리우스의 예기치 못한 도착이 알려지자 근처의 모든 회당과 주랑건물에서 로마의 가장 영향력 있는 기사들이 서둘러 오고 있다는 데 마음이 산란해져 있었다.

마리우스는 얼마나 멋지게 변했는가! 주변 사람들보다 머리 반만큼 큰 키에, 특유의 험상궂은 웃음을 짓고 선 그는 얼마나 건장해 보이는가! 어깨는 얼마나 넓은지 집정관 직의 무게를 충분히 감당할 수 있을 듯했다. '그리스어도 못하는 이탈리아 촌놈'이 오랜 공직 생활에서 처음으로 순수한 정치적 추종을 경험하는 순간이었다. 그것은 병사들의 진실하고 충성스러운 존경심이 아니라 포룸 로마눔 군중의 변덕스럽고 이기적인 숭배였다. 마리우스는 그것이 무척 마음에 들었다. 스스로의 자아상에 필요해서가 아니었다. 그것이 너무나 이질적이고, 너무나 더럽고, 너무나 불가해했기 때문이다.

마리우스는 인생에서 가장 바쁜 닷새를 보냈다. 율리아와 짧은 포옹 이상을 나눌 시간도 정력도 없었으며, 아들을 볼 수 있는 시간에 집에 머물 수도 없었다. 출마 선언을 했을 때의 열광적인 환호만으로 승리를 확신할 수는 없었기 때문이다. 막대한 영향력을 지닌 카이킬리우스 메텔루스 파벌은 파트리키 출신과 평민 출신을 막론한 모든 귀족 파벌과 손을 잡고 '그리스어도 못하는 이탈리아 촌놈'이 상아 대좌에 앉는 사태를 막기 위해 사력을 다하고 있었다. 히스파니아의 여러 연줄과 가우다 왕자가 약속한 혜택 덕분에 마리우스의 힘은 대체로 기사계급에서 나왔지만, 마리우스를 반대하는 파벌들과 사이가 좋은 기사들도 많았다.

사람들은 이야기하고 논쟁하고 질문하고 토론했다. 신진 세력인 가이우스 마리우스를 뽑는 것이 로마에 진정으로 이로운가? 신진 세력은 위험하다. 고귀한 삶을 모른다. 귀족이 하지 않는 실수를 한다. 신진 세력은, 신진 세력은, 신진 세력은……. 그렇다, 그의 아내는 율리우스 가문의 여자다. 그의 군 경력은 화려하다. 그는 큰 부자라서 부패할 가능성이 낮다. 하지만 그가 법정에 선 걸 본 사람이 있는가? 그가 법과 입법에 대해 말하는 것을 들은 사람이 있는가? 사실 그는 호민관단의 분열 분자가 아니었는가? 수년 전에 로마와 로마의 필요를 더 잘 아는 이들에게 도전하여 가설투표소의 다리를 좁힌 불쾌한 법을 만들지 않았는가? 나이는 또 어떻고! 그가 집정관이 되면 만 쉰 살인데, 늙은 집정관은 무능하다.

이 모든 억측과 반대에 덧붙여, 카이킬리우스 메텔루스 파벌은 집정관으로서 마리우스의 가장 불쾌한 측면을 적극 활용했다. 그는 '로마인 중의 로마인'이 아니다. 이탈리아인이다. 이탈리아의 신진 세력이 집정관이 되어야 할 정도로 괜찮은 로마 귀족이 없단 말인가? 당연히 후보들 중에는 마리우스보다 훌륭한 사람들이 대여섯 명은 있다! 모두 로마인이며 유능하다.

물론 마리우스도 말을 했다. 포룸 로마눔에서, 플라미니우스 경기장에서, 여러 신전의 기단에서, 메텔루스 주랑건물에서, 모든 회당에서 군중이 많든 적든 연설을 했다. 그는 정식 웅변술 교육을 받은 훌륭한 연사였다. 비록 그 솜씨를 발휘한 것은 원로원에 들어가고 나서부터였지만. 그의 웅변술을 세련되게 다듬어준 사람은 스키피오 아이밀리아누스였다. 마리우스는 루키우스 카시우스 롱기누스나 카툴루스 카이사르에 필적하지는 못했으나, 연설중 자리를 뜨는 사람이나 형편없다고 무시하는 사람은 한 명도 없을 정도로 청중을 사로잡았다. 수많은 질문이 쏟아졌다. 단순히 알고 싶어하는 사람들에게서, 마리우스가 지명한 사람들에게서, 그의 적들이 지명한 사람들에게서, 메텔루스가 원로원에 보고한 것과 다른 대답을 마리우스에게 직접 듣고 싶어하는 사람들에게서.

선거는 조용하고 질서 있게 마르스 평원의 가설투표소에서 진행되었다. 35개 트리부스의 선거는 포룸 로마눔의 민회장에서 실시했다. 트리부스 투표자들은 한정된 공간에서 통제하기가 상대적으로 쉬웠기 때문이다. 그러나 규모가 큰 백인조회 투표의 경우 통제가 극히 어려워서 다섯 경제계급으로 나누어 실시해야 했다.

1계급을 필두로 백인조회 투표가 실시되면서 결과의 양상이 드러나기 시작했다. 모든 백인조는 롱기누스를 첫번째로 선택할 터였지만, 차석 집정관에 대한 선택은 다양했다. 아니나 다를까 1계급과 2계급이 하나같이 롱기누스에게 표를 던졌다. 그는 단 한 개의 백인조도 놓치지 않고 1위로 당선되어 1월에 파스케스를 들 수석 집정관이 되었다. 그러나 차석 집정관은 3계급 투표가 거의 끝날 때까지 결정되지 않았다. 가이우스 마리우스와 카툴루스 카이사르가 접전을 벌이고 있었다.

결과가 나왔다. 차석 집정관 당선자는 마리우스였다. 카이킬리우스 메텔루스 가문은 여전히 백인조회 투표에 영향력을 미칠 수 있었지만 마리우스를 막아낼 만큼은 아니었다. 그리스어도 못하는 이탈리아 촌놈, 마리우스의 승리라고 할 수 있었다. 마리우스는 전형적인 신진 세력이었다. 그는 자기 가문에서 원로원 의석을 얻고 로마에 집이 있으며 막대한 부를 쌓고 군인으로서 이름을 떨친 최초의 인물이었다.

선거일 오후 늦게 카이사르는 가족들과 축하 만찬을 열었다. 그동안 그와 마리우스의 만남은 포룸에서의 짧은 악수와 백인조들이 모인 마르스 평원에서 나눈 또 한번의 짧은 악수가 다였다. 닷새간 마리우스의 선거 운동은 그 정도로 필사적이었다.

"자네는 믿어지지 않을 만큼 운이 좋았네." 카이사르는 주빈을 식당으로 안내하며 말했다. 율리아는 어머니와 여동생을 찾으러 가 있었다.

"알고 있습니다."

"오늘은 남자들이 모자라네." 카이사르가 말을 이었다. "아들들이 아직 아프리카에 있잖나. 하지만 남자 한 명을 더 부를 수 있네. 여자들과 대등해지도록, 정신적인 지지 차원에서 말이네."

"섹스투스 율리우스와 가이우스 율리우스의 편지도 받고 있고, 두 사람의 공적에 대한 소식도 여기저기서 듣고 있습니다." 마리우스가 카이사르와 함께 긴 의자에 편안하게 앉으며 말했다.

"그 얘긴 나중에 하세."

세번째 남자가 식당으로 들어왔을 때 마리우스는 놀라서 흠칫했다. 거의 삼 년 전, 신임 집정관 미누키우스 루푸스가 제물로 바친 황소가 사투를 벌이는 동안 기사들 사이에 서 있던 젊지만 성숙한 남자였다. 저런 얼굴, 저런 머리카락을 어찌 잊을 수 있겠는가?

"가이우스 마리우스," 카이사르가 다소 조심스럽게 말했다. "이쪽은 이웃이자 동료 원로원 의원, 그리고 곧 둘째 사위가 될 루키우스 코르넬리우스 술라일세."

"오!" 마리우스는 손을 내밀어 술라와 힘차게 악수했다. "운이 좋은 사람이군요, 루키우스 코르넬리우스."

"저도 잘 압니다." 술라가 열의 있게 말했다.

카이사르는 평소와는 다소 다른 방식으로 참석자들의 자리를 정했다. 그는 자신과 마리우스를 가장 높은 긴 의자에, 술라를 두번째 긴 의자에 앉혔다. 그러고는 모욕을 주려는 게 아니라 사람이 더 많아 보이게 하고 모두에게 충분한 공간을 주기 위해서라고 조심스럽게 설명했다.

희한하군. 마리우스는 마음속으로 의아해했다. 카이사르가 불편해하는 모습은 한 번도 본 적이 없는데. 하지만 왜인지는 몰라도, 이 기이하게 매력적인 녀석은 카이사르의 마음을 어지럽히고 평정심을 잃게 하고 있어…….

그때 여자들이 들어와 각자의 배우자 맞은편의 수직 등받이 의자에 앉았다. 만찬이 시작되었다.

마리우스는 늙은 애처가처럼 보이지 않으려고 안간힘을 썼다. 하지만 그의 시선은 계속 율리아에게 향했다. 그가 없는 동안 그녀는 새로운 책임을 두려워하지 않는 우아하고 매혹적인 젊은 부인, 훌륭한 어머니이자 대저택의 안주인, 최고로 이상적인 아내가 되어 있었다. 반면 율릴라에게서는 딱히 나아진 점이 보이지 않았다. 물론 마리우스는 병으로 쇠약해져 가장 고통스러워하던 때의 율릴라는 보지 못했다. 그 병은 얼마 전에 율릴라를 떠났지만, 마리우스가 보기엔 전반적으로 삶에 있어서 빈약함이라고밖에 부를 수 없는 태도를 그녀에게 남겼다. 빈약한 몸매, 빈약한 지성, 빈약한 경험, 빈약한 자존감. 율릴라는 쓸데없이 대화에 열을 올렸고 안절부절못했다. 걸핏하면 놀라서 움찔했고 가만히 앉아 있지도 못했다. 또한 약혼자의 관심을 독차지하려는 욕심을 자제하지도 못해서, 술라는 자주 마리우스와 카이사르의 대화에서 빠져야 했다.

마리우스가 보기에 술라는 잘 견디고 있었다. 그는 율릴라에게 온전히 전념하는 것 같았다. 율릴라가 자신에게 감정을 집중하는 데 매료된 것이 틀림없었다. 하지만 노련한 마리우스는 그런 모습이 결혼 후 반년도 가지 못할 거라고 생각했다. 특히나 루키우스 코르넬리우스 술라가 남편이라면! 술라는 본래 여자와 함께 있기를 좋아하거나 애처가 노릇을 할 남자로 보이지 않았다.

식사가 끝날 무렵 카이사르는 마리우스를 서재로 데려가 사적인 대화를 나누겠다고 선언했다. "각자 좋을 대로 하시오. 계속 여기에 있어도 되고." 그는 차분하게 말했다. "사위랑 대화를 나눈 지 너무 오래되어서 말이야."

"집안에 여러 변화가 있었군요." 마리우스가 서재에서 장인과 편안하게 자리를 잡고 앉아서 말했다.

"그랬지. 내가 서둘러 자네와 단둘이 얘기하고 싶어한 것도 그 때문이네."

"다가오는 새해 첫날에 저는 집정관이 됩니다. 제 인생은 이렇게 말끔하게 정리되는군요." 마리우스가 미소를 띠며 말했다. "다 장인어른 덕분입니다. 완벽한 아내이자 이상적인 동반자를 얻은 행복도 그렇고요. 로마에 돌아온 이후로 아내와 보낼 시간이 거의 없었는데, 이제 선거도 끝났으니 율리아와 아들을 데리고 바이아이에 가서 한 달간 모든 일을 잊어버리고 쉴 생각입니다."

"자네가 내 딸에 대해 그토록 애정과 존경을 담아 이야기해주니 얼마나 기쁜지 모르네."

마리우스는 좀더 편안하게 기대어 앉았다.

"별말씀을요. 그나저나 루키우스 코르넬리우스 술라 말인데, 일전에 돈이 없어 태생에 맞는 삶을 살지 못하는 젊은 귀족에 대해 하신 말씀을 기억합니다. 그 사람이 장인어른의 예비 사위로군요. 상황이 어떻게 변한 것인지요?"

"그 자신은 행운 덕분이라고 하더군. 율릴라를 만난 후 일이 풀린 것처럼 앞으로도 풀려나간다면, 아버지가 물려준 이름에 '펠릭스'를 덧붙여야겠다고 말이야. 그의 아버지는 주정뱅이에다 낭비가 심했지만 15년 전쯤에 부유한 클리툼나와 결혼했고 얼마 후 세상을 떠났다네. 루키우스 코르넬리우스 술라는 3년 전 새해 첫날에 율릴라를 만났는데 그애가 자기한테 풀잎관을 줬다더군. 그게 무슨 의미인지도 모르고 말이야. 그는 그때부터 운이 바뀌었다고 주장하고 있어. 처음에는 클리툼나의 조카가 죽었네. 그는 원래 클리툼나의 상속자였지. 그후 니코폴리스라는 여자가 죽으면서 루키우스 코르넬리우스에게 재산을 조금 남겼어. 그녀는 술라의 정부였다고 하네. 몇 달 지나지 않아 클리툼나가 자살했네. 피를 나눈 상속자가 없던 그녀는 전 재산을, 우리 옆집과 키르케이의 빌라에 1천만 데나리우스가 넘는 돈까지 그에게 남겼지."

"하, 정말로 펠릭스라는 별명을 덧붙일 만하군요." 마리우스가 다소 냉담하게 말했다. "그 말을 곧이곧대로 믿으신 겁니까? 아니면 그가 죽은 사람들 중 아무도 스틱스 강을 건너는 카론의 배에 밀어넣지 않았다는 증거를 충분히 찾아보셨는지요?"

카이사르는 한 손을 들어올려 마리우스의 날카로운 지적을 막으면서도 싱긋 웃었다. "곧이곧대로 믿은 것은 아니니 안심하게, 가이우스마리우스. 나는 그가 세 사람의 죽음과 관련이 없다고 생각하네. 클리툼나의 조카는 오랫동안 위장장애에 시달리다가 세상을 떠났고, 그리스인 해방노예인 니코폴리스는 심각한 신부전으로 하루인가 이틀 만에 죽었다네. 둘 다 부검을 받았고 의심스러운 것은 전혀 발견되지 않았네. 클리툼나는 자살하기 전에 우울증을 앓았다더군. 그녀는 키르케이에서 자살했는데, 그때 루키우스 코르넬리우스는 분명 로마에 있었어. 나는 사람을 시켜 로마와 키르케이에 있는 클리툼나의 모든 노예들을 철저하게 심문했다네. 숙고 끝에 내린 결론은, 술라에 대해서는 더 캐낼 것이 없다는 걸세." 카이사르는 얼굴을 찡그렸다. "난 언제나 범죄의 증거를 찾기 위해 노예들을 고문하는 일에 반대해왔다네. 고문으로 얻은 증거는 식초 한 숟갈만큼의 가치도 없다고 생각하기 때문이지. 하지만 설사 클리툼나의 노예들이 고문을 당했더라도 할 이야기가 없었으리라고 믿네. 그래서 더이상 고민하지 않기로 했지."

마리우스가 고개를 끄덕였다. "저도 같은 생각입니다. 노예의 증언은 자발적으로 했을 때만 가치가 있지요. 또한 진실한 만큼 논리적이어야 하고요."

"결국 그 모든 일의 결과로, 극빈자였던 루키우스 코르넬리우스는 두 달 만에 큰 부자가 되었다네." 카이사르가 말을 이었다. "그는 니코폴리스에게서 기사 자격 심사를 통과할 만큼의 재산을, 클리툼나에게서 원로원에 들어갈 만큼의 재산을 상속받았네. 감찰관이 부재한 상황에 대해 소란을 피운 스카우루스 덕에 지난 5월 감찰관 두 명이 선출되었지. 그렇지 않았다면 그는 원로원에 들어가기 위해 몇 년을 기다려야 했을 걸세."

마리우스가 웃었다. "그랬죠, 그런데 정말로 무슨 일이 있었던 겁니까? 감찰관이 되고 싶어한 사람이 아무도 없었나요? 제 말은, 파비우스 막시무스 에부르누스야 그럭저럭 타당한 인물이지만 리키니우스 게타라니요? 8년 전에 부도덕한 행동을 해서 감찰관들이 원로원에서 쫓아낸 후, 호민관이 되고서야 원로원으로 돌아올 수 있었던 사람이잖습니까!"

"그렇지." 카이사르가 침울하게 말했다. "내 생각엔 다들 스카우루스의 심기를 거스를까봐 망설였던 것 같네. 감찰관이 되고 싶어하면 그에 대한 존경과 충성심이 부족한 것으로 보일까봐 말이네. 그렇게 망설일 정도로 세심하지 못한 사람들만 후보로 나섰지. 사실 게타는 다루기 쉬운 인물일세. 그저 지위와, 국가계약에 입찰하는 업자들에게 받아낼 돈 때문에 감찰관이 된 거지. 반면 에부르누스는…… 그가 제정신이 아니라는 건 모두 알고 있지 않은가, 가이우스 마리우스?"

물론 다들 알고 있죠! 마리우스는 생각했다. 유구한 역사와 오직 율리우스 가문에만 뒤지는 고귀함을 지닌 파비우스 막시무스 가문은 혈통이 끊긴 뒤 양자를 계속 들이는 방식으로 명맥을 잇고 있었다. 감찰관으로 뽑힌 퀸투스 파비우스 막시무스 에부르누스 역시 그 가문의 양자였다. 5년 전 그는 부정을 저질렀단 이유로 하나뿐인 아들을 죽였다. 에부르누스가 가장으로서 아들을 죽여서는 안 된다는 법은 없었지만, 가족법이라는 미명하에 아내나 자식을 죽이는 일은 사라진 지 오래였다. 그래서 당시 에부르누스의 행위에 모든 로마인들은 경악을 금치 못했다.

"사실 게타의 동료가 에부르누스라는 건 로마를 위해서는 잘된 일이지요." 마리우스가 신중하게 말했다. "에부르누스가 있는 한 게타는 그렇게 많은 돈을 챙기지는 못할 겁니다."

"물론 자네 말이 옳네. 하지만 에부르누스의 아들은 참으로 가엾은 젊은이가 아닌가! 사실 에부르누스는 원래 세르빌리우스 카이피오 가문 사람이라네. 그 가문은 성도덕에 관해 유별나지. 숲의 여신 아르테미스보다 정숙한데다가, 그런 점을 떠벌리고 다니기까지 해서 사람들을 어리둥절하게 만들지."

"그럼 감찰관들 중 누가 누구를 설득해서 루키우스 코르넬리우스 술라를 원로원에 넣은 건가요? 이제 그의 얼굴과 이름을 연결시킬 수 있게 되어서 드리는 말씀이지만, 들리는 말에 의하면 그가 성도덕의 기준은 아닌 것 같은데요."

"아, 난 도덕적 해이는 대부분 권태와 절망 때문이라고 생각하네." 카이사르는 편안한 말투로 말했다. "하지만 물론, 에부르누스는 눈을 내리깔고 세르빌리우스 카이피오 가문의 내력인 울퉁불퉁하고 작은 코를 내려다보며 투덜거리긴 했네, 사실이야. 반면 게타는 가격만 맞으면 텅기타나 원숭이라도 원로원에 받아들일 인물이지. 결국 두 사람은 그를 받아들였네. 단, 조건을 붙였지."

"아!"

"그렇다네. 루키우스 코르넬리우스는 조건부 원로원 의원일세. 재무관 선거에서 한번에 당선되어야 하네. 만약에 떨어지면 의원 자격을 잃지."

"당선될 수 있을까요?"

"자네는 어떻게 생각하나?"

"그의 가문명을 보십시오. 당연히 당선되겠지요!"

"나도 그러길 바라네." 하지만 카이사르는 미심쩍은 표정이었다. 확신이 없는, 조금은 당황한 표정이랄까. 그는 숨을 고른 다음 슬픈 듯한 웃음을 지으며 푸른 눈으로 사위를 똑바로 바라보았다. "가이우스 마리우스, 자네가 율리아와 결혼할 때 관대함을 베풀어준 이후로 나는 자네에게 절대 다른 일을 부탁하지 않을 거라고 맹세했지. 하지만 그건 어리석은 맹세였어. 훗날에 자신이 무슨 일을 해야 할지 그 누가 알 수 있겠는가? 해야 하네. 난 해야 해. 자네에게 또 부탁을 해야 하네."

"말씀만 하십시오, 가이우스 율리우스." 마리우스가 따뜻한 목소리로 말했다.

"자네는 아내와 충분히 시간을 보냈는가, 율릴라가 죽음을 코앞에 둘 정도로까지 굶었던 이유를 들을 만큼?" 카이사르가 물었다.

"아니오." 단호하고 강한 독수리의 얼굴이 한순간 순수한 기쁨으로 환해졌다. "귀국한 후 아내와 함께할 수 있었던 얼마 되지도 않는 시간을 이야기로 낭비하지는 않았습니다, 가이우스 율리우스!"

카이사르가 웃었다. 그러고는 한숨을 쉬었다. "우리 작은딸도 큰딸과 비슷한 아이라면 얼마나 좋을까! 하지만 그렇지 않지. 아마도 나와 마르키아의 잘못일 거야. 우리가 그앨 망쳐놓았어. 손위형제들과는 달리 지나치게 봐주면서 키웠지. 한편으로 율릴라에게는 타고난 결핍도 있다는 것이 오랜 생각 끝에 내가 내린 결론이네. 클리툼나가 죽기 직전에 우리는 그 어리석은 아이가 루키우스 코르넬리우스를 사랑하게 됐다는 걸 알았네. 그를, 또는 우리를, 어쩌면 그와 우리 모두를 억지로 굴복시키려고 했다는 걸. 그애의 의도가 정확히 뭐였는지는 도무지 모르겠네. 그애 자신조차 제대로 알고 있었는지 모르겠어. 아무튼 율릴라는 그를 원했고, 내가 두 사람의 결합을 결코 허락하지 않으리라는 걸 알았지."

마리우스는 믿을 수 없다는 표정이었다. "두 사람 사이에 은밀한 관계가 있었다는 걸 알고도 결혼을 허락하셨다는 말입니까?"

"아니, 아닐세, 가이우스 마리우스. 루키우스 코르넬리우스는 그 일과 조금도 관련이 없었다네!" 카이사르가 소리쳤다. "장담컨대 그는 율릴라가 한 짓과 아무 관련이 없었네."

"하지만 처제가 3년 전 그에게 풀잎관을 만들어줬다고 하지 않으셨습니까." 마리우스가 반박했다.

"믿어주게. 둘의 만남은 순수했어, 적어도 루키우스 코르넬리우스 쪽에서는. 그는 그애를 부추기지 않았어. 오히려 율릴라가 단념하게 만들려고 애썼지. 율릴라는 자신과 가족들을 욕되게 했네. 그는 자기가 율릴라에게 마음을 품는다면 내가 결코 용납하지 않으리라는 걸 알았지만, 그럼에도 율릴라는 그가 그런 말을 하게 만들려고 했어. 율리아에게 자초지종을 들어보면 내 말을 알게 될 걸세."

"그런데 어떻게 두 사람이 결혼을 약속하게 된 겁니까?"

"유산을 상속받아 합당한 사회적 지위를 얻은 후, 술라는 내게 율릴라와의 결혼을 허락해달라고 했네. 그애가 그를 그런 식으로 대했는데도 말야."

"풀잎관이라." 마리우스가 생각에 잠겨 말했다. "그렇군요, 그가 처제에게 느낀 책임감을 이해할 수 있겠습니다. 특히나 처제의 선물이 그의 운을 바꿔 놓았으니까요."

"나 역시 이해하네. 그래서 결혼을 허락한 거네." 카이사르는 다시 한번, 이번엔 더 깊이 한숨을 쉬었다. "문제는, 가이우스 마리우스, 내가 자네한테 느끼는 호감을 그에게선 느낄 수가 없다는 것이네. 그는 아주 기이한 사람일세. 그에게는 내 신경을 건드리는 뭔가가 있어. 그런데 그게 정확히 뭔지 도무지 모르겠네. 누군가를 판단할 때는 언제나 공정하고 편견이 없어야 하는데 말이네."

"기운 내십시오, 가이우스 율리우스. 결국에는 다 잘될 겁니다. 부탁하실 일이란 무엇입니까?"

"루키우스 코르넬리우스가 재무관이 될 수 있게 도와주게나." 자신이 처리해야 할 문제로 화제가 바뀌자 카이사르의 힘찬 말투가 되돌아왔다. "문제는 아무도 그를 모른다는 거네. 아, 물론 다들 그의 이름은 알지! 그가 순수한 파트리키인 코르넬리우스 일족이라는 건 모르는 사람이 없네. 하지만 최근에 술라라는 코그노멘을 들어본 사람은 없어. 게다가 그는 좀더 젊었을 때 포룸이나 법정에서 두각을 보일 기회가 전혀 없었고 군복무 경험도 전무하네. 사실 악의적인 귀족들이 이 사실에 대해 소란을 피우기로 작정한다면 그는 관직을 얻을 수 없을 걸세. 원로원에도 들어갈 수 없고. 우리가 바라는 건 그에 대해 아무도 그다지 자세히 묻지 않는 거라네. 이러한 측면에서 현재의 감찰관들은 이상적이지. 그가 마르스 평원에서 훈련을 받은 적도 없고, 군단에서 하급 군관으로 복무하지도 못했다는 생각은 둘 다 꿈에도 하지 못했다네. 거기다 운좋게도 그를 기사계급으로 받아들인 건 스카우루스와 드루수스였다네. 따라서 새 감찰관들은 단순히 선임자들이 모든 것을 신중하게 검토했을 거라 생각하고 있어. 사실은 그렇지 않았지만. 스카우루스와 드루수스는 이해심이 있는 사람들이라 그에게 기회가 주어져야 한다고 느꼈지. 게다가 당시에 원로원 문제는 아예 논의 대상이 아니었다네."

"뇌물을 써서 루키우스 코르넬리우스를 관직에 앉혀달라는 말씀입니까?" 마리우스가 물었다.

구식인 카이사르는 이 말에 충격받은 표정을 지었다. "무슨 말인가! 집정관도 아니고 고작 재무관이 되기 위해서? 말도 안 되지! 그리고 너무 위험해. 에부르누스가 그를 주시하고 있네. 그의 자격을 박탈할 기회를 놓치지 않고 고소할 거야. 내가 하려는 부탁은 그런 것이 아니네. 그가 가망 없다고 판명될 경우에도 자네에게 불편을 덜 초래할 부탁이야. 그에게 자네의 개인 재무관이 되어달라고 부탁하는 것, 개인적인 지명이라는 영예를 주는 것이라네. 자네도 잘 알겠지만, 재무관 후보인 그가 집정관 당선자에게 이미 재무관 직을 부탁받았다는 걸 유권자들이 알면 그는 반드시 당선될 걸세."

마리우스는 곧바로 대답하지 않았다. 그는 재빨리 그 일의 여파를 숙고했다. 술라가 유언에 따른 그의 후원자들, 정부와 계모의 죽음에 대해 정말로 결백하다 해도 그건 별로 중요하지 않았다. 술라가 명성을 쌓아 집정관감이 된다면 반드시 그 사건에 대한 이야기가 나올 것이다. 누군가 그 이야기를 캐낼 것이다. 술라가 아버지의 가난 때문에 거부당했던 공직생활을 가능하게 할 돈을 가지려고 살인을 했다고. 그런 '귓속말 선거운동'은 술라의 정치적 라이벌들에겐 하늘이 내려준 선물이 될 것이다. 가이우스 율리우스 카이사르의 딸이 아내라는 건 도움이 되겠지만, 그러한 비방을 완전하게 막을 수 있는 방법은 절대로 없을 것이다. 그리고 결국은 많은 사람들이 그 비방이 사실이라고 믿을 것이다. 많은 사람들이 마리우스가 그리스어를 못한다고 믿는 것처럼. 이것이 마리우스가 반대하는 첫째 이유였다. 둘째 이유는 카이사르가, 비록 구체적인 근거를 갖고 있는 것은 아니지만 술라를 좀처럼 좋아하지 못한다는 사실에 있었다. 그건 사고보다는 직감의 문제가 아닐까? 또는 동물적인 본능이거나. 셋째 이유는 율릴라의 성품이었다. 이제 마리우스는 알 수 있었다. 율리아는 자기 가문의 경제 사정이 아무리 곤란하다 해도 스스로 생각하기에 가치가 없는 남자와는 절대로 결혼하지 않았을 것이다. 그러나 율릴라는 경박하고 경솔하며 이기적인 일을 벌였다. 그런 여자는 가치 있는 짝을 고를 수 없다. 거기에 자신의 인생이 걸려 있더라도 말이다. 술라는 그런 율릴라가 고른 남자였다.

그러다가 그는 카이사르 일가에 대한 생각에서 벗어났다. 피 흘리며 죽어가는 황소들을 바라보는 술라를 남몰래 지켜보았던, 이슬비 내리는 카피톨리누스 언덕에서의 아침을 회상했다. 그러자 무엇이 옳은 일인지, 자신이 뭐라고 대답해야 할지 깨달았다. 술라는 중요한 인물이다. 어떤 이유에서든 그가 다시 어둠 속으로 떨어지는 일은 없어야 한다. 그는 타고난 권리를 누려야 한다.

"좋습니다, 가이우스 율리우스." 마리우스는 일말의 망설임도 없이 말했다. "내일 원로원에 루키우스 코르넬리우스 술라를 저의 재무관으로 달라고 요청하겠습니다."

카이사르의 얼굴이 밝아졌다. "고맙네, 가이우스 마리우스! 고마워!"

"재무관 선거를 위해 트리부스회가 소집되기 전에 두 사람을 결혼시킬 수 있으실까요?"

"그렇게 하겠네."


그리하여 여드레도 채 지나지 않아 루키우스 코르넬리우스 술라와, 가이우스 율리우스 카이사르의 둘째 딸인 작은 율리아는 전통적인 콘파레아티오 결혼식을 올렸다. 두 귀족 혈통은 평생 하나로 묶였고, 술라의 경력은 한달음에 시작되었다. 집정관 당선자 가이우스 마리우스에게서 재무관이 되어달라고 요청받은데다, 존엄과 고결함에 있어 나무랄 데 없는 가문과 혼인을 맺은 그였다. 낙선이란 있을 수 없었다.

그리하여 술라는 환희에 차서 결혼 첫날밤을 맞이했다. 그는 아내와 가족에 대한 책임에 얽매인다는 걸 상상해본 적도 없었다. 메트로비오스와는 감찰관들에게 원로원 가입 신청을 하기 전 헤어졌다. 이별은 쉽게 감당할 수 없을 만큼 격렬했다. 술라를 끔찍이 사랑하는 소년은 비탄에 잠겨 있었다. 하지만 술라는 그런 행위에서 일체 손을 떼겠다고 단호히 결심했다. 무엇도 자신의 출세를 위협해서는 안 되었다.

게다가 술라는 율릴라가 자신에게 매우 소중하다는 것을 알 만큼은 자신의 감정을 파악하고 있었다. 마음속에서 율릴라에 대한 감정을 행운에 연결지은 건 사실이지만, 그녀가 자신의 행운을 상징하기 때문만은 아니었다. 술라는 세상 어떤 인간에게도 사랑으로 정의할 만한 감정을 느낀 적이 없었다. 술라에게 사랑이란 다른 사람들, 시시한 사람들이 느끼는 것이었다. 게다가 그 다르고 시시한 사람들이 정의하는 사랑은 술라에게 매우 이상해 보였다. 환상과 망상으로 가득한데다, 어리석을 만큼 고상하다가도 때로는 부도덕할 정도로 저열했다. 술라가 자기 안의 사랑을 인정하지 못한 것은 사랑이 상식과 자기 보존, 정신의 계몽을 부정한다는 신념 때문이었다. 이후에도 술라는 경박하고 변덕스러운 아내에 대한 인내와 관용만이 그에게 사실상 필요한 사랑의 증거임을 결코 깨닫지 못했다. 그는 그러한 인내와 관용을 자신이 타고난 미덕으로 치부해버렸기에 자기 자신도 사랑도 이해하지 못했고, 따라서 성장하지도 못했다.

결혼식은 율리우스 카이사르 집안의 전형적인 방식으로 진행되었고 저속함과는 거리가 멀고 매우 품위 있었다. 그러나 그때까지 술라가 참석했던 결혼식들은 품위 있다기보다는 단연 저속했으므로, 그는 자신의 결혼식을 즐긴 것이 아니라 견뎌냈다. 대신에 식이 끝난 후 침실 문간에서 술 취한 손님들을 쫓아내느라 시간을 낭비하지 않아도 되었다. 한 집 현관에서 다른 집 현관으로 가는 짧은 여행이 끝나고, 술라는 율릴라를 안아올렸다. 그녀는 마치 공기인 듯 어찌나 가벼운지, 어찌나 연약한지! 문지방을 넘을 때쯤에는 동행했던 손님들도 하나둘 사라져버렸다.

술라는 지금껏 미숙한 처녀와 관계한 적이 없었지만 앞으로의 일을 염려하지 않았고, 불필요한 걱정 따윈 필요가 없었다. 율릴라의 임상적인 처녀막 상태가 어떻든지 간에, 그녀는 무르익어 저절로 떨어지는 복숭아처럼 쉽게 껍질이 벗겨졌기 때문이다. 율릴라는 술라가 결혼식 튜닉과 화관을 벗는 모습을 황홀과 흥분 속에 지켜보았다. 그리고 누가 시키기도 전에 몸을 겹겹이 둘러싼 크림색과 선홍색과 사프란색 옷들과 양모로 된 일곱 단의 관을 벗고, 특별한 매듭과 띠도 모두 풀었다.

두 사람은 완전한 만족감 속에서 서로를 응시했다. 술라의 몸은 아름답게 균형잡혀 있었고, 율릴라의 몸은 너무 말랐다. 다른 사람이었다면 모나고 흉해 보였겠지만 가냘프고 우아한 선이 전체를 부드럽게 만들었다. 율릴라는 술라에게 먼저 다가가 그의 어깨에 두 손을 올렸다. 절묘하도록 자연스럽게, 거침없이 요염하게 자신의 몸을 그의 몸에 조금씩 밀착시켰다. 술라의 두 팔이 그녀를 감싸고 두 손이 등을 강하고 길게 쓸어내리자, 율릴라는 기쁨에 겨워 숨을 한껏 내쉬었다.

술라는 율릴라의 가벼움이 무척 좋았다. 그녀를 안아 올려 그녀가 자신의 몸을 휘감게 했을 때의 곡예사 같은 유연함도 좋았다. 술라가 하는 어떤 행위에도 율릴라는 놀라거나 화내지 않았고, 그가 그녀에게 한 모든 행위에 대해 되돌려줄 수 있는 모든 것을 했다. 술라가 그녀에게 키스하는 법을 가르치는 데는 몇 초밖에 걸리지 않았지만, 그녀는 그들이 함께한 세월 동안 항상 새롭게 키스하는 법을 터득했다. 놀랍고 아름답고 열정적인 여자. 그를 즐겁게 하려고 애쓰면서도 그가 그녀를 즐겁게 해주기를 탐욕스럽게 원하는 여자. 그녀의 전부가 그의 것이었다. 그만의 것이었다. 상황이 변할 거라고, 완벽하지도 소중하지도 반갑지도 않은 상황이 올 거라고, 그날 밤에 둘 중 누가 상상이나 할 수 있었을까?

"당신이 다른 남자를 쳐다보기만 해도 죽일 거요." 몇 번이고 사랑을 나누다가 침대에 누워서 휴식을 취하던 중에 술라가 말했다.

"그렇겠죠." 율릴라는 가장의 권한에 관한 아버지의 씁쓸한 가르침을 떠올리며 말했다. 이제 그녀는 아버지의 권위에서 벗어났지만, 그것은 사라지지 않았고 술라의 권위로 바뀌었을 뿐이다. 파트리키인 그녀는 살면서 단 한 번도 자기 마음대로 할 수가 없었다. 그 점에서는 니코폴리스와 클리튬나 같은 사람들 형편이 훨씬 나았다.

두 사람은 키 차이가 거의 나지 않았다. 율릴라는 여자치고 큰 편이었고 술라는 남자의 평균 키였기 때문이다. 그래서 그녀는 그의 다리보다 조금 더 긴 두 다리로 그의 무릎을 휘감을 수 있었다. 그녀는 짙은 금빛인 자신의 피부와 달리 새하얀 그의 피부에 감탄했다.

"당신과 함께 있으니 나는 시리아인 같아요." 율릴라는 등불에 비추어 피부색의 차이를 더 잘 보려고 자신의 팔과 그의 팔을 공중에 들어 올렸다.

"난 정상이 아니야." 술라가 불쑥 말했다.

"그거 좋은데요." 율릴라가 웃으며 그에게 키스했다.

이제는 그가 그녀를, 거의 소년에 가까운 모나고 야윈 몸을 감상할 차례였다. 그는 한 손으로 순식간에 그녀를 뒤집어 얼굴이 베개에 파묻히게 하고는 등과 엉덩이와 허벅지의 선을 감상했다. 사랑스러웠다.

"당신은 남자아이처럼 아름답군."

율릴라는 발끈해서 벌떡 일어나려 했지만, 그대로 누워 있을 수밖에 없었다. "말도 안 돼! 여자보다 남자를 좋아하는 것처럼 말하지 말아요, 루키우스 코르넬리우스!" 그야말로 순진하게, 부드러운 베개에 눌린 입으로 깔깔거리며 중얼댄 말이었다.

"뭐, 당신을 만나기 전까진 그랬던 것 같아."

"바보!" 율릴라는 술라의 말을 농담으로 듣고 웃은 다음, 그의 손아귀에서 벗어나 그의 몸에 올라탔다. 그녀는 그의 두 팔을 무릎으로 누르고 가슴에 걸터앉았다.

"그럼 내 거기를 한번 자세히 봐요. 낡고 딱딱한 창 같은 거랑 조금이라도 닮았는지!"

"보기만 하라고?" 술라는 자기 목 언저리로 율릴라를 끌어당기며 물었다.

"남자아이라니!" 그 말은 여전히 율릴라를 즐겁게 했다. "당신은 바보예요, 루키우스 코르넬리우스!" 그녀는 정신없이 새로운 쾌락을 발견하느라 그 말에 대해서는 완전히 잊어버렸다.


트리부스회는 술라를 재무관으로 정식 선출했다. 그의 임기는 12월 5일부터 시작이었다. 다른 개인 재무관들처럼 그도 상관이 취임하는 새해 첫날 전에는 업무를 시작하지 않아도 되었다. 하지만 술라는 선출된 바로 다음날 마리우스의 집으로 갔다.

11월이라 해가 점점 늦게 뜨는 것이 술라로서는 고맙기 그지없었다. 율릴라와 무절제한 밤을 보내느라 일찍 일어나기가 예전보다 힘들었기 때문이다. 그러나 그는 해가 뜨기 전 그곳에 가야 한다는 사실을 알고 있었다. 마리우스가 자신에게 개인 재무관이 되어달라고 부탁하면서 술라의 지위는 미묘하게 바뀌었기 때문이다.

전통적인 보호자와 피호민 관계는 평생 지속되는 것은 아니었다. 하지만 술라는 마리우스의 재무관으로 일하는 동안 사실상 그의 피호민이었다. 통상적인 재무관 임기인 1년이 아니라 마리우스가 임페리움을 유지하는 내내 말이다. 피호민은 해가 뜰 때까지 새 신부와 침대에 누워 있어서는 안 되고, 최초의 햇빛이 보호자의 집 위 하늘을 밝힐 때 출두하여 보호자가 원하는 방식으로 노무를 제공해야 했다. 피호민은 정중하게 거절당할 수도 있고, 보호자와 함께 포룸 로마눔이나 회당으로 가서 하루 동안 공적이거나 사적인 일을 해달라고 부탁받을 수도 있었다. 또는 보호자 대신 특정한 임무를 수행하도록 위임받을 수도 있었다.

술라가 질책을 당할 만큼 늦게 온 것은 아니었지만, 마리우스 저택의 넓은 아트리움은 먼저 온 피호민들로 북적이고 있었다. 그중 일부는 저택 앞 길가에서 잠을 잔 것이 분명했다. 보통 피호민들은 도착한 순서대로 보호자를 알현하기 때문이었다. 술라는 한숨을 쉬고 눈에 띄지 않는 구석으로 가서 오랫동안 기다릴 준비를 했다.

몇몇 거물들은 비서와, 사람들의 이름을 귀띔해주는 노예를 고용하여 아침마다 피호민들을 분류하도록 시켰다. 그리하여 출석 도장만 찍으면 되는 피라미들은 돌려보내고 흥미로운 대어급만 만날 수 있게 했다. 하지만 집정관 당선인이기에 대다수 로마인들에게 엄청나게 중요한 이 인물은 꼭 만나야 할 자들과 의무적으로 온 자들을 가려내는 힘든 일을 직접 차분하고 신속하게 처리했다. 그것도 술라가 아는 어느 비서보다 효율적으로. 20분도 안 되어 아트리움은 물론 주랑정원의 주랑까지 쏟아져들어온 400명이 분류되고 깔끔하게 정리되었다. 반 이상은 행복한 표정으로 떠나가고 있었는데, 신분이 낮은 해방노예나 자유인 피호민이었다. 이들의 손에는 마리우스가 만면에 웃음을 띤 채 겸손한 태도로 쥐여준 자선금이 있었다.

마리우스는 신진 세력이고 로마인보다 이탈리아인에 가까울지도 모르나 어떻게 처신해야 하는지 아주 잘 알고 있다고 술라는 생각했다.

파비우스나 아이밀리우스 집안의 누구도 마리우스보다 보호자 역할을 잘해낼 수 없을 것이다. 피호민들이 특별히 부탁한 경우가 아니면 그들에게 선심을 쓰거나 선물을 할 필요는 없었다. 설사 부탁을 받는다 해도 거절하는 것은 보호자 마음대로였다. 그러나 마리우스가 일일이 만나는 동안 차례를 기다리는 사람들의 태도를 보면서, 술라는 그가 전반적으로 선심을 쓰면서도 대놓고 탐욕을 부리는 자들은 화를 당하리라는 메시지를 나름의 미묘한 방식으로 전달하고 있음을 깨달았다.

"루키우스 코르넬리우스, 자네는 여기서 기다리지 않아도 되네!" 술라가 있는 구석에 도달한 마리우스가 말했다. "서재로 가서 편하게 기다리게. 내가 곧 갈 테니 그때 얘기하세."

"괜찮습니다, 가이우스 마리우스. 저는 집정관님의 신임 재무관으로서 노무를 제공하러 온 것이니 기쁜 마음으로 차례를 기다리겠습니다." 술라는 입을 다문 채로 미소 지었다.

"그럼 서재에서 자네 차례를 기다리게. 내 재무관으로서 일을 제대로 하려면 내가 일을 처리하는 방식을 보는 게 좋으니까." 마리우스는 술라의 어깨에 손을 얹고 말한 후 그를 서재로 안내했다.

세 시간 만에 피호민 무리는 차분하지만 신속한 방식으로 처리되었다. 그들의 청원은 일종의 원조 요청부터, 누미디아가 로마와 이탈리아 사업가들에게 재개방될 때 가장 먼저 들어가게 해달라는 요청까지 다양했다. 그 대가로 그들에게 요구되는 것은 아무것도 없었지만, 함의는 분명했다. 내일이든 20년 후든, 언제든지 보호자가 바라는 대로 따를 준비를 해둘 것.

"가이우스 마리우스," 마지막 피호민이 떠나자 술라는 말했다. "이미 퀸투스 카이킬리우스 메텔루스의 아프리카 통치권이 내년까지 연장되었는데, 누미디아가 재개방된다 해도 집정관님의 피호민들이 사업에 도움을 받을 수 있습니까?"

마리우스는 생각에 잠긴 표정이었다. "그래, 사실이지, 그는 내년까지 아프리카를 통치해, 그렇지 않나?"

분명 수사적인 질문이었기에 술라는 굳이 대답하지 않았다. 마리우스의 두뇌가 굴러가는 방식에 매료되어 가만히 앉아 있을 따름이었다. 그가 집정관 자리까지 올라온 것도 놀랄 일이 아니었다!

"루키우스 코르넬리우스, 나는 아프리카에서 퀸투스 카이킬리우스 문제에 대해 생각해봤네. 해결하지 못할 이유는 전혀 없어."

"하지만 원로원은 절대로 그를 끌어내고 그 자리에 집정관님을 앉히지 않을 겁니다." 술라는 대담하게 말했다. "아직 원로원 내부의 정치적 뉘앙스를 잘 모르지만 유력 의원들 사이에서 집정관님이 인기가 없다는 것은 확실히 느꼈습니다. 그런 분위기가 너무 확고해서 집정관님이 어떻게 할 수 없는 것처럼 보였고요."

"사실이네." 마리우스는 여전히 유쾌하게 웃으며 말했다. "메텔루스의 말에 따르면, 내가 그를 언제나 똥돼지라고 부른다는 사실을 미리 알려두는 게 좋겠지만, 나는 그리스어도 못하는 이탈리아 촌놈이고 집정관이 될 자격이 없는 사람이네. 쉰 살이라는 나이는 말할 것도 없지. 관직에 진출하기엔 너무 늦은데다 군대 지휘도 잘할 수 없는 나이니까. 원로원에서 나는 불리한 위치에 있었네. 뭐, 하루이틀 일도 아니니까. 하지만 보다시피 난 쉰 살에 집정관이 되었어! 놀랍지 않은가, 루키우스 코르넬리우스?"

술라는 씩 웃었다. 이가 드러나서 다소 사납게 보였다. 하지만 마리우스는 동요하는 기색이 없었다. "네, 그렇군요, 가이우스 마리우스."

마리우스는 의자에 앉은 채 몸을 앞으로 기울여, 잘생긴 두 손을 책상 위의 근사한 녹색 돌에 포갰다. "루키우스 코르넬리우스, 오래전에 나는 고양이 가죽을 벗기는 방법이 무궁무진하게 많다는 걸 발견했다네. 남들이 딸꾹질 한번 하지 않고 관직의 사다리를 밟는 동안 나는 제자리걸음을 하고 있었네. 하지만 시간을 낭비하지는 않았지. 난 고양이 가죽을 벗기는 온갖 방법의 목록을 작성하며 지냈네. 그만큼 보람 있는 다른 일들도 많이 했고. 자네도 알겠지만, 사람이 적당한 시간 이상으로 자기 차례를 기다리게 되면 보고, 판단하고, 여러 가지를 종합하게 되네. 나는 위대한 변호인이었던 적도 없고, 불문법의 전문가였던 적도 없네. 똥돼지 메텔루스가 법정 근처에서 카시우스 라빌라의 꽁무니를 쫓아다니며 베스타 신녀들을 견책하는 법이나 배우는 동안—순전히 느낌으로만 하는 얘기야, 시기도 확실히 맞아떨어지지 않고—나는 군에 복무했네. 군복무만 계속했어. 내가 가장 잘하는 일이지. 하지만 내가 똥돼지 메텔루스 50명보다도 법과 불문법을 잘 알게 되었다고 해도 허풍은 아닐 걸세. 나는 모든 일을 외부에서 본다네. 나의 두뇌는 학습에 따른 틀에 갇히지 않았어. 그래서 지금 자네에게 말할 수 있네. 난 똥돼지 메텔루스를 아프리카 통치자 자리에서 끌어내릴 걸세. 그리고 내가 거기 올라탈 거야."

"집정관님을 믿습니다." 술라가 숨을 들이쉬었다. "하지만 어떻게요?"

"법과 관련해서 그들은 죄다 바보야." 마리우스가 냉소적으로 말했다. "그걸 이용하는 걸세. 관례상 늘 원로원이 총독을 임명해왔어. 그 때문에 엄격히 말해 원로원 결의에는 법적 효력이 전혀 없다는 걸 아무도 떠올리지 않고 있지. 아, 줄줄 외워보라고 하면 다들 알고는 있겠지만 결코 제대로 인식하고 있진 않아. 심지어 그라쿠스 형제가 그들에게 교훈을 주려고 애쓴 이후에도 말이네. 원로원 결의에는 관례, 전통으로서의 힘만 있어. 법의 힘이 아니라! 오늘날 법을 만드는 것은 평민회라네, 루키우스 코르넬리우스. 그리고 나는 카이킬리우스 메텔루스 집안 누구보다도 평민회에서 막강한 힘을 행사하지."

술라는 이상한 두 가지 감각을 느끼며 꼼짝도 하지 않고 앉아 있었다. 외경심과 일말의 두려움이었다. 마리우스의 지력이 뛰어나긴 했지만, 술라의 외경심은 그의 지력 때문이 아니었다. 취약한 한 인간에게 온전한 신뢰를 얻는 새로운 경험 때문이었다. 어째서 마리우스는 술라를 신뢰할 수 있다고 여기는 걸까? 그는 신뢰할 수 있다는 평판을 받은 적이 한 번도 없었다. 마리우스는 술라의 평판을 철저하게 조사했을 것이다. 그런데도 지금 그는 앞으로의 의도와 계획을 술라에게 밝히고 있다! 이미 믿을 만한 사람임을 확인한 것처럼, 잘 알지도 못하는 자신의 재무관에게 전적인 신뢰를 보여주고 있었다.

"가이우스 마리우스," 술라가 참지 못하고 물었다. "제가 이곳에서 나간 뒤에 카이킬리우스 메텔루스 집안사람에게 가서 집정관님의 이야기를 모두 전해주면 어쩌려고 그러십니까?"

"그런 일은 없을 걸세, 루키우스 코르넬리우스." 마리우스는 당황하는 기색 없이 말했다.

"어째서 제게 그런 내밀한 이야기를 하시는지요?"

"아, 쉬운 질문이군. 왜냐하면, 내가 보기에 자네는 아주 유능하고 똑똑한 사람이기 때문이야. 유능하고 똑똑한 사람이라면 자신의 능력을 유리하게 활용할 줄 알지. 가이우스 마리우스가 수년간의 흥미롭고 보람 있는 일거리라는 자극과 흥분을 제공하는데 카이킬리우스 메텔루스와 운명을 같이하는 건 결코 현명한 처사가 아니거든." 마리우스가 숨을 크게 들이쉬었다. "이만하면 잘 대답한 것 같군."

술라는 웃기 시작했다. "제가 들은 집정관님의 비밀은 안전합니다, 가이우스 마리우스."

"알고 있네."

"그렇다고 해도, 저에 대한 집정관님의 신뢰에 감사한다는 걸 알려 드리고 싶습니다."

"우린 동서지간일세, 루키우스 코르넬리우스. 또한 율리우스 카이사르 가문 이외의 연결 고리도 있네. 알다시피 우리는 공통점이 하나 더 있지. 행운 말이네."

"아! 행운."

"행운은 하나의 계시야, 루키우스 코르넬리우스. 행운이 있다는 건 신들의 사랑을 받는다는 뜻이지. 선택받았다는 뜻이네." 마리우스는 자신의 신참 재무관을 무척 흡족하게 바라보았다. "나는 선택받은 사람이야. 그리고 자네 역시 선택받은 사람이라고 생각했기에 자네를 선택한 걸세. 우리는 로마에 중요한 사람들이야, 루키우스 코르넬리우스. 우린 둘 다 로마에 족적을 남길 걸세."

"저도 그렇게 믿습니다."

"그래, 그리고…… 한 달 후면 새로운 호민관단이 발족하네. 그때 아프리카 문제를 처리할 거야."

"똥돼지 메텔루스의 아프리카 통치권을 1년 연장한 원로원 결의를 평민회를 통해 취소할 생각이시군요." 술라가 분명하게 말했다.

"맞네."

"하지만 그것이 정말로 합법적입니까? 그런 법이 성립할 수 있습니까?"술라가 물었다. 동시에 그는 머릿속에서, 관습에 얽매이지 않는 아주 똑똑한 신진 세력 한 명이 시스템 전체를 전복할 수 있다는 것을 깨닫기 시작했다.

"그것이 불법이라고 적혀 있는 서판은 없네. 따라서 그것이 불가능하다고 말할 근거도 없지. 나의 염원은 원로원을 무력화시키는 거라네. 그리고 가장 효과적인 방법은 원로원의 전통적인 권한을 약화시키는 거지. 어떻게? 그 권한을 없애는 법률을 만드는 걸세. 전례를 만드는 거지."

"아프리카 통치권을 왜 그렇게 중요하게 생각하시는지요?"술라가 물었다. "게르만족이 톨로사까지 당도했습니다. 그들은 유구르타보다 훨씬 더 중요합니다. 누군가 내년에 갈리아로 가서 그들을 처리해야 합니다. 제 생각엔 루키우스 카시우스보다 집정관께서 가시는 편이 훨씬 나을 것 같은데요."

"내게는 기회가 없을 걸세." 마리우스가 단정적으로 말했다. "존경받는 동료이자 수석 집정관인 루키우스 카시우스가 갈리아에서의 지휘권을 원한다네. 어쨌거나 유구르타와의 전쟁 지휘권은 나의 정치적 생존에 꼭 필요해. 난 아프리카 속주와 누미디아 모두에서 기사계급의 권익을 대변하겠다고 약속했네. 그 전쟁이 끝날 때 내가 반드시 아프리카에 있으면서 내 피호민들이 약속받은 모든 혜택을 누릴 수 있게 해야 한다는 뜻이지. 누미디아에는 그들에게 나눠줄 훌륭한 곡물 재배지가 광활하게 펼쳐져 있네. 최근에는 진귀한 최고급 대리석과 많은 구리도 발견되었지. 또한 희귀한 보석 원석 두 가지와 엄청나게 많은 금도 있지만, 유구르타가 왕이 된 이후 로마는 이 모든 것들에 대해 제 몫을 받지 못하고 있어."

"알겠습니다. 아프리카 사정이 그렇군요. 제가 어떻게 도울 수 있을까요?"

"배우게, 루키우스 코르넬리우스, 배워야 해! 내겐 충성심 이상의 것들을 갖춘 군관들이 필요할 걸세. 나의 큰 그림을 망치지 않는 범위 내에서 스스로 판단하여 행동할 사람들을 원하네. 내 에너지를 소모시키는 것이 아니라 능력과 효율을 배가시킬 사람들 말이야. 명성을 나누는 건 괜찮네. 일이 잘 풀리고 병사들이 해낼 수 있는 일을 보여줄 기회만 있다면, 명성과 영광은 모두에게 돌아가고도 남을 정도로 얻을 테니까."

"하지만 전 애송이에 불과합니다, 가이우스 마리우스."

"알고 있네. 하지만 이미 말했듯이 난 자네의 잠재력이 크다고 생각하네. 내 옆에 꼭 붙어 있게. 내게 충성하고 성실히 일하게. 그럼 자네의 잠재력을 개발할 온갖 기회를 주겠네. 나처럼 자네도 시작이 늦었지. 하지만 너무 늦은 때란 없어. 난 적령기보다 8년이 지나서야 집정관이 되었지. 자넨 적령기보다 3년 후에야 원로원 의원이 되었고. 나처럼 자네도 정상에 오르는 방편으로 군대에 집중해야 할 걸세. 내가 할 수 있는 모든 방식으로 자네를 돕겠네. 대신에 자네는 날 도와야 해."

"그러면 공평하겠군요, 가이우스 마리우스." 술라가 목을 가다듬었다. "정말 감사합니다."

"그럴 필요 없네. 내가 자네한테서 흡족한 보답을 받지 못할 거라고 생각했다면 자네는 지금 여기 앉아 있지 못했을 테니까." 마리우스가 한 손을 내밀었다. "자, 우리 사이에 감사 같은 건 없는 걸로 하지! 오직 충성심과 전우애만 있는 걸세."

마리우스는 호민관 한 명을 매수했다. 그가 직접 적당한 사람을 골랐다. 티투스 만리우스 망키누스는 단지 돈 때문에 돕겠다고 한 것이 아니었다. 망키누스는 호민관으로서 파란을 일으키려 애쓰고 있었다. 그는 자신에게 중요한 단 하나의 목표, 즉 파트리키 만리우스 가문의 앞길에 최대한 많은 장애물을 만드는 것보다 더 그럴싸한 목표를 필요로 했다. 그는 본래 만리우스 집안사람이 아니었던 것이다. 가문에 대한 그의 증오는 카이킬리우스 메텔루스 가를 포함한 모든 위대한 귀족 가문에게로 쉽게 확대되었다. 그리하여 그는 떳떳한 마음으로 마리우스의 돈을 받았고, 미래에 대한 좋은 징조를 보여주듯 신이 나서 마리우스의 계획을 지지했다.

신임 호민관 열 명은 12월 이두스 사흘 전에 취임했다. 망키누스는 시간을 낭비하지 않았다. 취임 당일 그는 메텔루스의 아프리카 통치권을 빼앗아 마리우스에게 준다는 법안을 평민회에 제출했다.

"주권은 인민에게 있습니다!" 망키누스는 군중을 향해 외쳤다. "원로원은 인민의 주인이 아닌 종입니다! 원로원이 로마 인민에게 마땅한 존경심을 갖고 일한다면, 모든 수단을 동원하여 원로원을 도와야 합니다. 그러나 원로원이 인민을 희생시키면서 자기네 유력인사들을 보호하려고 일한다면 그러지 못하게 막아야만 합니다. 퀸투스 카이킬리우스 메텔루스는 직무에 태만했음이 입증되었습니다. 엄밀히 말하자면 그는 아무것도 한 일이 없습니다! 그런데 어째서 원로원은 그의 통치권을 내년까지 한번 더 연장했을까요? 왜냐하면, 로마 시민 여러분, 원로원은 언제나처럼 우리를 희생시키면서 자기네 주요 인사들을 보호하고 있기 때문입니다. 로마 인민은 다가오는 새해의 집정관으로 정식 선출된 가이우스 마리우스에게서 로마에 걸맞은 지도자를 발견했습니다. 하지만 원로원을 운영하는 사람들에 따르면 가이우스 마리우스의 이름은 충분하지 않다는군요! 로마 인민 여러분, 그들은 가이우스 마리우스가 일개 신진 세력, 벼락출세자일 뿐 아무것도 아니라고 합니다. 귀족이 아니라고요!"

군중은 그의 말에 열광했다. 망키누스는 훌륭한 연사였고 원로원의 배타성에 분개하고 있었다. 평민들이 원로원의 코를 납작하게 해준 지도 꽤 되었으며, 선출되지 않았지만 영향력 있는 평민 유력인사들은 대부분 자신들의 행정기관이 입지를 잃을까 걱정하고 있었다. 그날 그 순간 모든 것은 마리우스에게 유리하게 돌아갔다. 민심, 기사계급의 불만, 원로원의 코를 납작하게 해주고 싶은 호민관 열 명. 그중 누구도 원로원을 편들지 않았다.

원로원은 반격에 나섰다. 원로원 최고의 평민 출신 웅변가들을 모아 평민회에서 연설하도록 한 것이다. 그중에는 동생인 똥돼지 메텔루스를 옹호하는 데 열심인 최고신관 달마티쿠스와 수석 집정관 당선자 롱기누스도 있었다. 그러나 원로원에 유리하게 국면을 전환시킬 수 있었을 스카우루스는 파트리키여서 평민회 연설을 할 수가 없었다. 스카우루스는 원로원 계단에 서서, 평민회가 열리는 계단식 민회장에 가득한 사람들을 내려다보며 무력하게 듣고 있을 수밖에 없었다.

"저들이 우리를 이길 거요." 스카우루스는 역시 파트리키인 감찰관 에부르누스에게 말했다. "가이우스 마리우스, 오줌을 갈겨줄 놈 같으니!"

오줌을 갈기든 말든 간에 마리우스는 이겼다. 무자비한 편지 쓰기 운동은 기사계급과 중간계급이 메텔루스에게 등을 돌리게 했으며, 그의 명예를 손상시키고 정치적 영향력을 파괴하는 데 멋지게 성공했다.

물론 머지않아 메텔루스는 회복할 것이다. 그의 가문과 연줄은 아주 강력했기 때문이다. 그러나 그 순간에는 망키누스가 유능하게 평민회를 이끌어 메텔루스에게서 아프리카 통치권을 빼앗았고, 로마에서 메텔루스의 이름은 누만티아의 돼지우리보다도 더러워졌다. 평민회는 메텔루스에게서 아프리카 통치권을 빼앗아 마리우스에게 넘기는 법을 통과시켜 새로운 전례를 세웠다. 이 법은, 정확하게 말하면 평민회 결의는, 서판에 새겨져 신전 지하의 문서 보관소에 안치될 것이었다. 그러면 미래에 같은 일을 도모하는 다른 자들, 아마도 마리우스가 가진 능력이나 합당한 근거도 없을 다른 자들 역시 이 서판에 의지할 수 있을 것이다.

법이 통과된 직후 마리우스는 술라에게 말했다. "하지만 메텔루스는 절대로 내게 군대를 넘겨주지 않을 걸세."

아, 배울 것은, 파트리키 코르넬리우스 집안사람인 그가 배워야 하지만 아직 배우지 못한 것은 얼마나 많은가! 술라는 때때로 충분히 배울 수 없을 거라는 절망에 빠졌다. 하지만 마리우스가 자신의 상관이라는 행운을 떠올리면 이내 마음이 놓였다. 마리우스는 아무리 바빠도 술라에게 설명을 해주었다. 무지를 이유로 술라를 하찮게 보는 법도 없었다. 그리하여 술라는 질문을 통해 지식을 늘려나갔다. "하지만 그 군대는 유구르타와의 전쟁을 수행해야 하지 않습니까? 전쟁에서 이길 때까지 아프리카에 머물러야 하지 않나요?"

"그들이 아프리카에 머물 수도 있네. 하지만 메텔루스가 그러길 원해야만 가능하지. 병사들이 전쟁 기간 동안 복무하기로 계약했으므로 자신이 통치권을 빼앗겼어도 그들의 임무는 변하지 않는다고 해야 말일세. 허나 메텔루스가 그들을 징집했으니 그들의 임기는 자기 임기와 함께 끝난다고 주장한다 해도 어쩔 도리가 없다네. 내가 아는 한 메텔루스는 그렇게 주장할 걸세. 그는 군대를 임무 해제시킨 다음 곧장 그들과 함께 배를 타고 이탈리아로 돌아올 거야."

"그 말은 집정관께서 군대를 새로 모집해야만 한다는 뜻이군요. 알겠습니다." 이어 술라가 물었다. "메텔루스가 본국으로 군대를 데려올 때까지 기다렸다가 집정관님의 이름으로 재징집할 수는 없습니까?"

"가능하네. 하지만 유감스럽게도 내게는 기회가 없을 걸세. 루키우스 카시우스는 갈리아로 가서 톨로사에 있는 게르만족을 처리할 거야. 꼭 필요한 일이지. 게르만족 50만 명이 히스파니아로 가는 길에서 160킬로미터 내에, 로마 속주 경계선 바로 위에 죽치고 있는 걸 좋아할 사람은 아무도 없거든. 그래서 난 메텔루스의 군대가 아프리카를 떠나기도 전에 루키우스 카시우스가 이미 그에게 편지를 썼을 거라고 생각하네. 그 군대를 갈리아 전쟁을 위해 재징집하게 해달라고."

"그런 식으로 일이 돌아가는군요."

"그렇다네. 루키우스 카시우스는 수석 집정관이니 나보다 우선권이 있어. 그에게는 동원 가능한 모든 군대에 대한 최우선 선택권이 있지. 메텔루스는 고도로 훈련된 노련한 6개 군단과 함께 이탈리아로 돌아올 거야. 그리고 루키우스 카시우스는 분명 그들을 알프스 너머 갈리아로 데려갈 걸세. 즉 나는 처음부터 시작해야 한다는 뜻이네. 신병을 모집해서 훈련시키고, 군장을 갖게 하고, 유구르타와의 전쟁에 대해 열의를 심어줘야 한다는 거지." 마리우스는 얼굴을 찡그렸다. "다시 말해서 내가 집정관으로 있는 해에, 메텔루스가 군대를 넘겨주고 떠났다면 내가 취할 수 있었을 공세를 취할 시간이 없다는 뜻이네. 따라서 나의 아프리카 통치권을 반드시 다음해까지 연장시켜야만 하네. 그러지 않으면 난 엉덩방아를 찧고 똥돼지보다도 못한 꼴이 될 걸세."

"그리고 이제, 집정관께서 메텔루스의 통치권을 뺏은 것처럼 누군가 집정관님의 통치권을 빼앗을 수 있는 선례가 서판에 새겨져 있죠." 술라가 한숨을 쉬었다. "쉽지 않은 일이군요, 그렇지요? 저는 로마의 통치자가 되는 것은 고사하고, 제 자신의 생존을 도모하다가 겪게 될 어려움조차 상상해본 적이 없습니다."

이 말은 마리우스를 즐겁게 했다. 그는 유쾌하게 웃으며 술라의 등을 두드렸다. "그렇다네, 루키우스 코르넬리우스, 결코 쉽지 않지. 하지만 그렇기 때문에 가치 있는 일이야! 애초에 진정으로 뛰어나고 가치 있는 사람이 과연 순조로운 길을 원할까? 험난한 길일수록, 도중에 장애물이 많을수록 만족감도 크다네."

이는 개인적인 차원의 대답은 되었을지 모르나 술라의 가장 큰 의문은 풀어주지 못했다. "어제 제게 이탈리아가 더없이 피폐한 상태라고 말씀하셨지요. 남자들이 다 죽어버려서 로마 시민으로는 군대를 소집할 수 없는데다, 징집에 대한 이탈리아의 저항이 날로 거세지고 있다고요. 그렇다면 어떻게 실력 있는 4개 군단을 만들기에 충분한 남자들을 찾아낼 수 있죠? 4개 미만의 군단으로는 유구르타를 이길 수 없다고 하셨지 않습니까."

"내가 집정관이 될 때까지 기다리게, 루키우스 코르넬리우스. 그러면 알게 될 걸세." 술라가 마리우스에게서 들은 답은 이것이 전부였다.

술라의 다짐을 수포로 돌려버린 것은 사투르누스 축제였다. 클리툼나와 니코폴리스와 한집에 살던 시절에 이 흥청대는 연휴는 한 해를 멋지게 마무리하는 행사였다. 노예들이 여기저기 드러누워 손가락을 튕겨 딱 소리를 내면 클리툼나와 니코폴리스는 킥킥거리며 뛰어다니면서 그들의 명령에 복종했다. 모두가 거나하게 취했으며, 술라는 클리툼나와 니코폴리스가 좋아하는 노예라면 누구에게나 침대의 자기 자리를 양보했다. 단 그도 집안 다른 곳에서 같은 특권을 누린다는 조건으로. 축제가 끝난 뒤에 집안은 부적절한 일은 전혀 없었다는 듯 평상시로 되돌아갔다.

하지만 율릴라와 결혼한 첫해인 올해 술라는 전혀 다른 사투르누스 축제를 경험했다. 낮 동안엔 옆집에서 카이사르 가족들과 함께 시간을 보내야 했다. 그곳에서도 축제는 사흘 동안 이어졌고 모든 것이 전복되었다. 주인들은 노예들의 시중을 들었고, 작은 선물들이 교환되었다. 아주 맛있고 풍성한 음식과 포도주도 제공되었다. 그러나 진정으로 변한 것은 아무것도 없었다. 가련한 하인들은 만찬용 긴 의자에 동상처럼 뻣뻣하게 누워서, 식당과 부엌을 바삐 오가는 마르키아와 카이사르를 보며 겸연쩍게 웃었다. 누구도 술에 취하거나 평상시로 돌아갔을 때 민망해질 언동은 꿈에도 생각하지 않았다.

마리우스와 율리아도 참석했다. 그들은 상황이 완벽하게 만족스러운 듯 보였다. 그러나 술라는 화가 나서, 마리우스가 그들의 일원이 되기를 너무도 갈망한 나머지 잘못 행동할 엄두를 못 낸다고 생각했다.

"참 대단한 잔치였습니다." 지난밤 술라는 율릴라와 함께 문간에서 작별인사를 할 때 말했다. 그의 말투는 아주 신중해서 아무도, 심지어 율릴라조차 술라가 잔뜩 비아냥거리고 있다는 걸 눈치채지 못했다.

"나무랄 데 없는 잔치였어요." 율릴라가 술라를 따라 둘의 집으로 들어가면서 말했다. 술라의 집에서는 주인과 여주인이 없는 대신 노예들에게 사흘간 휴가가 주어졌다.

"당신이 그렇게 생각한다니 기쁘군." 술라가 대문에 빗장을 지르며 말했다.

율릴라는 한숨을 쉬며 기지개를 켰다. "내일은 크라수스 오라토르를 위한 만찬이 있어요. 너무 기대돼요."

술라는 아트리움을 가로지르다 말고 뒤돌아서서 율릴라를 보며 말했다. "당신은 갈 수 없소."

"무슨 뜻이에요?"

"들은 대로요."

"그렇지만, 부인들도 초대받은 줄 알았는데요!" 율릴라가 얼굴을 일그러뜨리며 외쳤다.

"몇몇 부인들 얘기지. 당신은 아니오."

"나도 가고 싶어요! 다들 내일 만찬에 대해 얘기하고 있다고요. 친구들이 다들 얼마나 부러워했는데. 친구들한테 내가 거기 간다고 말했단 말이에요!"

"그것 참 안됐군. 당신은 갈 수 없소, 율릴라."

노예 한 명이 서재 문앞에서 두 사람과 마주쳤다. 살짝 취해 있었다. "아, 좋아, 이제 왔구먼!" 그는 휘청거리면서 말했다. "포도주 좀 가져와, 지금 당장!"

"사투르누스 축제는 끝났다." 술라가 지극히 부드러운 목소리로 말했다. "나가, 이 멍청아."

별안간 술이 깬 노예가 황급히 사라졌다.

"왜 그렇게 기분이 나빠요?" 율릴라는 술라의 침실로 들어가면서 물었다.

"기분 나쁜 것이 아니오." 술라는 말하고 뒤에서 두 팔로 율릴라를 안

왔다.

그녀는 몸을 뺐다. "저리 가요!"

"또 뭐가 문제요?"

"크라수스 오라토르를 위한 만찬에 가고 싶어요!"

"안 돼요."

"도대체 왜요?"

"그건 말이오, 율릴라," 술라가 참을성 있게 말했다. "내일 만찬은 장인어른께서 용납하지 않는 종류인데다, 참석하는 몇 안 되는 부인들 역시 그분이 용납하지 않는 여자들이기 때문이오."

"난 이제 아버지의 허락이 필요 없어요. 내 마음대로 할 수 있다고요."

"당신도 알겠지만, 그렇지 않소. 당신은 이제 나한테 허락을 받아야 하오. 그리고 난 당신이 그곳에 갈 수 없다고 말했소."

율릴라는 한마디도 하지 않고 바닥에서 자기 옷들을 집어들더니 여윈 몸에 가운을 걸쳤다. 그러고는 돌아서서 방을 나가버렸다.

"마음대로 해보시오!" 술라가 그녀의 뒤에 대고 소리쳤다.

다음날 아침 율릴라는 일부러 냉정하게 굴었지만 술라는 무시했다. 그가 오라토르를 위한 만찬에 가려고 집을 나설 때 율릴라는 아무데서도 보이지 않았다.

"버릇없는 말괄량이 같으니라고." 술라는 혼잣말을 했다.

그 말다툼은 유쾌할 수도 있었다. 하지만 그렇지 못했던 이유는 말다툼 자체와 전혀 관계가 없었으며, 술라의 마음속에서 율릴라가 차지하고 있는 곳보다 훨씬 더 깊은 곳과 연결되어 있었다. 술라는 경매인 퀸투스 그라니우스가 그의 호화로운 저택에서 주최한 그 만찬이 조금도 기대되지 않았다. 처음 초대를 받았을 때는 유력하고 젊은 원로원 의원들의 우정 어린 접근인 줄 알고 터무니없을 정도로 기뻐했다. 하지만 나중에 그 파티에 대한 소문을 듣고, 그가 초대받은 것은 수상쩍은 과거를 지녔고 남자 귀족 손님 목록에 색다른 활기를 더해줄 존재이기 때문임을 알았다.

그는 터덜터덜 걸어갔다. 율릴라와 결혼하여 출신에 걸맞은 집단에 들어가면서 스스로를 어떤 덫에 가둔 것인지 이제 더 잘 이해할 수 있었다. 정말이지 그것은 덫이었다. 로마에서 사는 한 그 덫에서 벗어날 방도는 없었다. 한편 오라토르는 다행스럽게도 확고하게 자리를 잡은 덕분에, 자기 아버지가 만든 사치 금지령을 대놓고 무시하는 파티에 참석할 수 있었다. 게다가 원로원과 호민관 임기가 아주 안정적인 덕분에, 짐짓 상스럽고 천한 척하며 그라니우스 같은 벼락부자의 공공연한 알랑거림을 받아들이는 사치까지 부릴 수 있었다.

그라니우스의 거대한 식당에 들어섰을 때 술라는 보석이 박힌 황금 술잔을 든 콜루브라가 자신을 향해 웃는 것을 보았다. 그녀는 한 손으로 자기 옆의 긴 의자를 유혹하듯 두드렸다. 내 생각이 맞았어, 난 이곳의 구경거리인 거야. 술라는 조용히 되뇐 다음 콜루브라에게 멋진 웃음을 지어 보였고, 고분고분한 노예들 한 무리의 시중에 몸을 맡겼다. 은밀한 파티는 아니로군! 식당은 긴 의자들로 가득했다. 손님들 60명이 비스듬히 기대누워 오라토르의 호민관 당선을 축하할 것이다. 하지만 그라니우스는 진짜 파티를 여는 법을 전혀 모르는군. 술라는 콜루브라의 옆자리에 앉으며 이렇게 생각했다.

여섯 시간 뒤 술라는 그곳을 떠났다. 다른 어느 손님보다도 훨씬 먼저 떠난 것이다. 그는 취해 있었다. 그의 기분은 자신의 운명을 받아들이는 심정에서, 정당한 계층에 들어가기만 하면 다시는 겪지 않을 거라고 생각했던 깊은 우울로 곤두박질쳤다. 그는 좌절했고 무력감을 느꼈으며 갑자기 견딜 수 없이 외로워졌다. 마음 맞고 사랑하는 동행을, 함께 웃을 이를, 다른 속셈이 없는 누군가를, 전적으로 자신의 것인 사람을 심장에서 머리까지, 손가락과 발가락 끝까지 갈망했다. 검은 눈과 곱슬머리에 세상에서 가장 사랑스러운 엉덩이를 가진 사람을.

그는 발에 날개가 달린 듯 배우 스킬락스의 집까지 내처 걸었다. 그것이 얼마나 위험천만한 일인지 생각조차 하려 들지 않았다. 얼마나 경솔한지, 얼마나 어리석은지, 얼마나…… 뭐 어떠랴! 그곳에는 스킬락스가 있을 것이니, 술라가 할 수 있는 일이라고는 앉아서 물 탄 포도주를 마시고 무의미한 말을 주고받으며 두 눈으로 소년을 실컷 음미하는 것뿐일 테니까. 아무도 뭐라고 하지 못할 것이다. 순수한 방문일 뿐, 그 이상 아무것도 아니다.

하지만 운명의 여신은 여전히 미소 짓고 있었다. 메트로비오스는 혼자 있었다. 스킬락스가 친구들을 방문하러 안티움에 간 동안 벌로써 혼자 남겨졌던 것이다. 그를 보니 어찌나 기쁜지! 어찌나 사랑으로, 허기로, 열정으로, 슬픔으로 가득차는지. 열정과 허기를 채운 술라는 소년을 자기 무릎에 앉히고 껴안았다. 울음을 터뜨릴 것만 같았다.

"난 이 세계에서 너무 많은 시간을 보냈어." 술라는 말했다. "맙소사, 이 세계가 어찌나 그립던지!"

"당신이 어찌나 그립던지요!" 소년은 술라의 품에 파고들며 말했다.

침묵이 내려앉았다. 소년은 술라의 뺨 감촉으로 그가 울음을 삼키며 떨고 있음을 느꼈다. 그는 간절하게 술라의 눈물을 느끼고 싶었지만, 술라가 절대 울지 않으리라는 것을 알고 있었다. "무슨 일이에요, 사랑하는 루키우스 코르넬리우스?"

"지겨워." 술라가 지극히 초연한 목소리로 말했다. "상류층 사람들은 지독한 위선자들이야. 죽도록 따분해! 공식 석상에서는 예법과 예의를 지키지만 보는 눈이 없으면 남몰래 더러운 쾌락을 추구하지. 오늘밤엔 그들에 대한 경멸을 숨기기가 힘들었어."

"난 당신이 행복할 줄 알았는데요." 소년이 왠지 기쁜 듯 말했다.

"나도 그럴 줄 알았어." 술라가 얼굴을 찡그리며 말한 다음 다시 침묵을 지켰다.

"오늘밤에 무슨 일이 있었어요?"

"아, 파티에 갔었어."

"별로였어요?"

"너나 나한테는 별로지. 그들이 보기에는 아주 훌륭하고. 난 그저 비웃고 싶을 뿐이었어. 그러다가 집으로 가는데, 나한테는 같이 웃을 사람이 아무도 없다는 걸 깨달았어. 아무도!"

"나 빼고 말이죠." 소년이 말하고 똑바로 앉았다. "자, 이제 나한테 얘기해봐요."

"리키니우스 크라수스 가문 알지?"

메트로비오스는 자신의 손톱을 내려다보고 있었다. "난 소극장의 아역 배우예요. 유명한 가문에 대해 내가 뭘 알겠어요?"

"수백 년 동안이나 집정관을, 이따금씩은 최고신관까지 배출한 집안이야. 엄청나게 부유하지. 거기서 태어나는 사람들은 두 가지, 검소한 부류와 방탕한 부류로 나눌 수 있어. 크라수스 오라토르의 아버지는 검소한 부류로, 그 말도 안 되는 리키니우스 사치금지법을 서판에 새긴 인물이야. 그 법은 너도 알지?"

"금 접시랑 자주색 옷부터 굴과 수입 포도주까지 금지한 법 말인가요?"

"그래. 하지만 크라수스 오라토르는 상상도 할 수 없는 온갖 사치품 들에 둘러싸여 있는 걸 좋아해. 그는 아버지랑 사이가 나쁜 것 같아. 그리고 경매인 퀸투스 그라니우스는 호민관이 된 오라토르에게 정치적인 부탁이 있었어. 그래서 오늘밤 그를 위한 잔치를 연 거야. 잔치의 주제는," 술라의 목소리에 살짝 감정이 실렸다. "리키니우스 사치금지법을 어기자!'였지."

"그래서 당신이 초대를 받은 건가요?"

"내가 초대를 받은 건 최상류층 무리가, 그러니까 크라수스 오라토르 무리 말이야. 그라니우스조차도 끼지 못하는 그 무리가 나를 대단히 흥미로운 인물로 생각하기 때문이야. 출생이 고귀한 만큼이나 비천하게 살아왔던 나라면 옷을 홀렁 벗어던지고 음란한 노래를 부르면서 콜루브라와 질펀하게 놀아날 거라고 생각했나보지."

"콜루브라요?"

"그래."

메트로비오스가 휘파람을 불었다. "당신 정말로 대단한 무리에 들어 갔군요! 그 여자는 구강성교를 해주는 대가로 은화 1탈렌툼을 받는다고 들었어요."

"그럴지도 모르지. 하지만 내게는 공짜로 해주겠다고 했어." 술라가 씩 웃으며 말했다. "난 거절했지."

소년은 몸을 떨었다. "오, 루키우스 코르넬리우스, 이제 당신과 어울리는 세계로 들어갔으니 적을 만들지 말아요! 콜루브라 같은 여자들은 엄청난 권력을 휘두른다고요."

술라는 혐오스럽다는 표정을 지었다. "하! 난 놈들에게 오줌이나 갈겨줄 거야!"

"그럼 그들은 좋아할 걸요." 소년이 차분하게 말했다.

그 말이 먹혀들었다. 술라는 웃음을 터뜨렸다. 그러고는 더 기분좋게
이야기하기 시작했다.

"그 자리엔 부인들도 몇 명 있었어. 남편들을 꽉 잡고 사는 저돌적인
부인들 말이야. 클라우디아 둘에, 아스파시아라고 불러달라고 고집을
부리는 가면을 쓴 여자가 있었어. 난 그 여자가 크라수스 오라토르의
사촌 리키니아라는 걸 아주 잘 알고 있었지. 내가 가끔 같이 자던 여자
말이야, 기억나?"

"기억나요." 메트로비오스가 살짝 냉담하게 말했다.

"파티장은 그야말로 황금색과 티로스 자주색의 향연이었어." 술라가
말을 이었다. "행주까지도 황금색 실로 가장자리를 감친 티로스 자주색
천이었다니까! 주인이 보지 않을 때까지 기다렸다가 재빨리 평범한 행
주를 꺼내 손님이 흘린 키오스산 포도주를 훔치는 집사를 네가 봤어야
하는데. 그 황금색과 자주색 행주는 물론 한 번도 쓰지 않았지."

"당신은 싫어했겠군요."

"그래, 싫었어." 술라가 한숨을 쉰 다음 이야기를 이어갔다. "긴 의자
에는 진주가 박혀 있었어. 정말이야! 손님들은 그걸 만지작거리면서
의자에 진주가 하나도 남지 않을 때까지 뽑아내더니, 역시 황금색과 자
주색인 냅킨 가장자리에 놓고 보이지 않도록 조심스럽게 싸두는 거야.
적어도 거기 있던 사람들 중에는, 그 값이 얼마든 자기가 훔친 물건을
살 수 없는 사람은 단 한 명도 없는데 말이야."

"당신은 그러지 않았을 거예요." 메트로비오스가 상냥하게 말하고
술라의 하얀 이마에 흘러내린 머리카락을 쓸어올렸다. "당신은 진주를

하나도 훔치지 않았을 거예요."

"그러느니 차라리 죽고 말지." 술라가 말한 다음 어깨를 으쓱했다. "고작해야 물거품 같은 걸 가지고."

메트로비오스가 킬킬거리며 웃었다. "변치 말아요! 난 지독하게 거만하고 자신만만한 당신이 좋으니까."

술라가 웃으며 소년에게 키스했다. "내가 그 정도로 고약해?"

"그 정도로 고약해요. 음식은 어땠어요?"

"외부 업자에게 주문한 음식이었어. 그라니우스의 부엌이 아무리 크다고 해도 내가 본 최악의 대식가들 60명, 아니 59명에게 충분한 음식을 준비할 순 없었을 거야. 달걀은 모두 최고급품에 대부분 쌍알이었어. 백조 알, 거위 알, 오리 알, 바닷새 알, 껍질에 금칠한 알까지 나왔지. 속을 채운 암퇘지 젖통, 고급 팔레르눔 포도주에 적신 꿀과자로 살찌운 암탉, 리구리아에서 특별히 수입한 달팽이, 바이아이에서 이륜마차로 급송한 굴까지…… 식당 안에 엄청나게 비싼 후추 냄새가 어찌나 진동하던지 졸도할 지경이었어."

메트로비오스는 지금 술라가 아주 절실하게 이야기를 하고 싶어한다는 것을 깨달았다. 정말이지 술라는 지금 이상한 세계에 있는 것 같았다. 소년은 상상해본 적도 없었지만, 설사 아무리 정확하게 상상한다 한들 그것은 그가 모르는 세계였다. 술라는 말이 많은 사람이 아니다. 한 번도 말이 많았던 적이 없다. 오늘밤 갑자기 나타났을 때까지는! 소년은 이 사랑스러운 얼굴을 멀리서가 아니면 다시는 볼 수 없을 거라고 체념했었다. 그런데 거기에, 문앞에 술라가 서 있었다. 파랗게 질린, 사랑을 갈구하는, 말을 하고 싶어하는 그가. 술라! 분명 그는 지독하게 외로웠던 거야.

"또 뭐가 나왔어요?" 소년은 술라가 계속 이야기할 수 있도록 재촉했다.

술라는 적금색 눈썹 한쪽을 치켜올렸다. 스티비움의 거무스름한 색은 지워진 지 오래였다. "알고 보니 최고의 요리는 아직 나오지 않은 거였어. 사람들이 그 요리를 보석 박힌 황금색 접시에 담아 티로스 자주색 쿠션에 얹어 어깨 높이로 들고 나왔지. 티베리스 강에서 잡은 엄청나게 큰 리커피시였는데, 두들겨맞은 마스티프 개 같은 표정을 짓고 있더군. 그들은 그걸 든 채 방안을 돌고 또 돌았어. 열두 신을 위한 렉티스테르니움 의식보다 더 장황하더군. 생선 한 마리 갖고 말이야!"

메트로비오스가 미간을 찌푸렸다. "그게 무슨 생선이죠?"

술라는 고개를 뒤로 젖히고 소년의 얼굴을 빤히 쳐다보았다. "알잖아! 리커피시."

"그런가, 기억이 나지 않아요."

술라는 자세를 편안하게 하고 생각에 잠겼다. "그럴 수도 있겠군. 리커피시는 희극배우들의 잔치와는 인연이 없으니까. 이렇게만 말하지, 꼬마 메트로비오스, 로마 상류층의 모든 멍청이 미식가들은 티베리스 강의 리커피시를 생각만 해도 황홀경에 빠져. 하지만 그 강에서 리커피시는 비늘로 덮인 옆구리를 하수구 오물에 담근 채 수블리키우스 목교와 아이밀리우스 다리 사이를 돌아다니지. 로마인들의 똥을 먹고 배가 부른 나머지 미끼를 물 생각도 안 해. 리커피시는 똥냄새가 나고 똥맛이 나지. 내 생각엔 그걸 먹는다는 건 똥을 먹는 거야. 하지만 퀸투스 그라니우스와 크라수스 오라토르는 티베리스 강의 리커피시가 똥이나 먹는 게으른 민물고기가 아니라 넥타르와 암브로시아라도 되는 양 흥분해서는 침을 질질 흘리더라고!"

메트로비오스는 자기도 모르게 메스꺼워서 입을 막았다.

"내가 설명을 잘했나보군!" 술라가 소리치더니 웃기 시작했다. "아, 정말이지 네가 그 우쭐대는 바보들을 봤어야 하는데! 로마 최고로 훌륭한 사람들이라고 자처하는 자들이 턱에서 로마인들의 똥을 질질 흘리면서……." 술라는 말을 멈추고 휴 하고 숨을 들이마셨다. "난 하루도, 아니 한 시간도 더 참을 수가 없었어." 그는 다시 말을 멈췄다. "난 취했어. 사투르누스 축제도 너무 끔찍했어."

"사투르누스 축제가 끔찍했다고요?"

"지루해…… 끔찍해……. 그건 중요치 않아. 크라수스 오라토르를 위한 파티 손님들과는 다른 상류층이었지만 똑같이 짜증났어. 지루해. 지루해, 지루해, 지루해!" 술라는 어깨를 으쓱했다. "상관없어. 내년이면 난 누미디아에서 복무하느라 정신이 없을 테니까. 얼른 가고 싶어! 네가 없는, 옛 친구들이 없는 로마는 견딜 수가 없어." 그의 몸에 전율이 흘러내렸다. "난 취했어, 메트로비오스. 여기 있으면 안 돼. 하지만 아, 여기 있는 게 얼마나 좋은지 네가 안다면!"

"내가 아는 건 당신이 여기 있어서 너무 좋다는 것뿐이에요." 소년이 큰 소리로 말했다.

"네 목소리가 변하고 있어." 술라가 놀라서 말했다.

"이른 것도 아니죠. 난 열일곱 살이에요, 루키우스 코르넬리우스. 운 좋게도 난 나이에 비해 몸집이 작고, 스킬락스는 내가 높은 목소리를 유지하도록 훈련을 시켰어요. 하지만 요즘은 가끔 잊어버려요. 통제하기가 점점 어려워져요. 곧 면도도 하게 되겠죠."

"열일곱이라고!"

메트로비오스는 술라의 무릎에서 미끄러지듯이 내려왔다. 그는 일어나 진지한 얼굴로 술라를 내려다보더니 한 손을 내밀었다. "이리 와요! 나랑 조금 더 있어요. 날이 밝기 전에 집으로 가면 되잖아요."

술라는 망설이며 일어섰다. "그렇게 하지." 그가 말했다. "이번에는. 하지만 다시는 오지 않을 거야."

"알아요." 메트로비오스가 말하고 손님의 팔을 들어올려 자신의 양 어깨를 감쌌다. "당신은 내년에 누미디아로 갈 거고, 행복해질 거예요."

〈2권에 계속〉

**갈리아 Gaul** 로마인은 켈트족을 갈리아인이라고 불렀으며 갈리아인이 사는 지역은 지리상 아나톨리아에 속한다고 해도(갈라티아) 갈리아로 불렀다. 카이사르가 정복하기 전에 알프스 너머 갈리아(이탈리아 알프스 서쪽의 갈리아)는 정식 명칭이 갈리아 트란살피나였고 대략 두 지역으로 나뉘었다. 한 곳은 그리스와 로마의 영향을 받지 않은 장발의 갈리아(갈리아 코마타)였고 다른 곳은 로다누스 강 계곡을 따라 튀어나온 연안 지역이자 그리스와 로마의 영향을 받은, 로마인들이 '프로빙키아(속주)'라고 부르던 로마령이었다. 한편 갈리아 키살피나는 저자가 이탈리아 갈리아라고 칭한 알프스의 이탈리아 쪽에 있었고 역시 파두스 강에 의해 두 지역으로 나뉘었는데, 저자는 이두 곳을 '파두스 강 너머 이탈리아 갈리아'와 '파두스 강 이쪽의 이탈리아 갈리아'라고 칭했다. 갈리아인은 인종적으로 로마인과 매우 가까웠고 비슷한 언어와 기술을 사용했지만 로마가 갈리아를 최대한 희생시키면서 부강해진 것은 다른 지중해 문화들에 수 세기 동안 노출되었기 때문이다.

**감찰관 censor** 로마 정무관 중 최고위직이었지만 임페리움이 없으므로 릭토르단의 호위를 받지 않았다. 막대한 권위(아욱토리타스)와 존엄(디그니타스)을 갖춘 전직 집정관들만 입후보할 수 있었다. 감찰관으로 선출된다는 것은 로마 최고의 권력자들 중 하나가 되고 정치 경력을 완벽하게 인정받는다는 의미였다. 백인조회를 통해 두 명이 동시에 선출되었고, 임기는 5년이었지만 활동은 대부분 당선 후 18개월 동안만 했다. 감찰관의 임기는 특별한 희생제의인 수오베타우릴리아와 함께 시작되었다. 감찰관들은 원로원과 기사계급 및 국가가 제공하는 말을 타는 고위 기사 1천800명의 자격을 감독하고 관리했으며 로마를 비롯하여 이탈리아 및 속주 전역의 로마 시민들에 대한 총인구조사를 수행했고 자산 조사와 세금 징수부터 각종 공공사업에 이르는 국가 발주 계약도 관장했다.

**개선식 triumph** 전쟁에서 승리한 로마 장군이 얻은 최고의 영예. 승전 장군이 개선식을 하려면 먼저 휘하 병사들에게 임페라토르로 인정받은 뒤 원로원에 개선식을 승인해달라고 청원해야 했다. 개선식을 승인할 권한은 원로원에만 있었으며 드물긴 했지만 부당하게 거부당하는 경우도 있었다. 대단히 웅장한 가두행진은 엄격하게 정해진 경로를 따랐다. 출발지는 마르스 평원의 빌라 푸블리카였고 종착지는 카피톨리누스 언덕의 유피테르 옵티무스 막시무스 신전 계단 밑이었다. 개선장군과 릭토르단이 신전으로 들어가 유피테르에게 월계관을 바친 후 개선 연회가 열렸다.

**계급 classes** 재산이나 지속적 수입이 있는 로마 시민을 다섯 경제 집단으로 나눈 것. 1계급이 가장 부유했고 5계급이 가장 가난했다. 최하층민(capite censi)은 다섯 계급에 속하지 않았고 따라서 백인조회에서 투표할 수 없었다. 사실 4계급, 5계급은 물론 3계급도 백인조회에서 투표하는 일이 드물었다.

**관직의 사다리(쿠르수스 호노룸) cursus honorum** 직역하면 '명예의 길'이라는 뜻. 집정관이 되려는 사람은 특정 단계들을 거쳐야 했다. 우선 원로원에 들어가야 했다(마리우스와 술라 시대에 원로원 의원은 감찰관들이 지명하거나 호민관으로 선출되어야 했으며, 재무관이 된다고 해서 자동적으로 원로원 의원이 될 수는 없었다). 그리고 원로원 입회 전후에 재무관을 역임해야 했다. 원로원에 들어간 후 최소 9년이 지나면 법무관으로 선출되어야 했다. 법무관을 역임한 후 2년이 지나면 마침내 집정관 직에 입후보할 수 있었다. 원로원 의원, 재무관, 법무관, 집정관이라는 네 단계가 바로 관직의 사다리였다.

**군단 legio** 독자적으로 전쟁을 수행할 수 있는 로마 군대의 최소 단위. 각 군단은 전쟁에 필요한 인력, 장비, 시설을 완전히 갖추고 있었다. 총력을 갖춘 군단의 전체 군인 수는 6천 명 정도로 그중 5천 명 정도가 전투병, 나머지는 비전투원이었다. 각 군단에는 작은 기병대가 포함되어 있었고 포와 군수품이 지급되었다. 내부 조직을 보면 각 군단에 10개 보병대대가 있고, 각 대대마다 6개 백인대가 있었다. 각 군단에 배치된 백인대장 60여 명이 군관 역할을 했다.

**군무관 tribune of the soldiers** 매년 트리부스회는 25~29세 청년 스물네 명을 군무관으로 선출했다. 군무관은 트리부스회에서 선출되었기 때문에 진정한 의미의 정무관이었다. 집정관의 네 개 군단에 여섯 명씩 배치되어 전반적인 지휘관 역할을 했다. 전장에서 집정관의 군단이 네 개 이상일 경우에는 준비된 군단이 아무리 많더라도 모든 군단에 군무관이 고루 배치되었다.

**권위(아욱토리타스) auctoritas** 로마 특유의 개념으로, 타인을 능가하는 탁월함, 정치권력, 지도력, 공적·사적 영역에서의 존재감, 무엇보다 공적 또는 개인적 명성을 활용해 사회에 영향을 발휘하는 능력을 모두 아우른다.

**기사(에퀴테스) equites** 왕정 시대에 로마 최고의 시민들로 특별 기병대를 임명하면서 만들어졌다. 당시 이탈리아에서 훌륭한 품종의 말은 귀하고 비쌌기 때문에, 18개 백인대를 구성하는 기사 1천800명에게는 공마가 한 필씩 지급되었다. 기원전 2세기 즈음부터는 기병대를 국가 차원에서 관리하지 않았고, 기사계급은 군대와 별 관련이 없는 사회·경제 집단으로 바뀌었다. 포룸 로마눔의 특별 심사장에서 열리는 인구조사에서 40만 세스테르티우스 이상의 재산이나 수입을 감찰관에게 증명하면 기사로 인정받아 자동으로 1계급이 되었다.

**노나이 Nonae** 한 달에서 특별히 취급되는 세 날(칼렌다이, 노나이, 이두스라는 고정된 지점들을 기준으로 하여 거꾸로 날짜를 표현했다) 중 두번째. 긴 달에는(3월, 5월, 7월, 10월) 7일이었고 다른 달에는 5일이었다. 유노 여신에게 바쳐진 날이었다.

**노멘 nomen** 고대 로마의 두번째 이름(씨족명). 코르넬리우스, 율리우스, 도미티우스, 리비우스, 마리우스, 마르키우스, 술피키우스 등이 대표적인 노멘으로 꼽힌다.

**누미디아 Numidia** 카르타고가 차지한 작은 영토를 둘러싸고 있었던 북아프리카 중부의 고대 왕국. 훗날 로마의 속주가 되었다. 원주민은 베르베르인이며 반(半)유목생활을 했다. 카르타고 패배 이후 로마와 스키피오 가문에서는 이 왕국의 설립을 추진했고 마시니사가 초대 왕이 되었다. 수도는 키르타였다.

**동맹 Allies** 주로 로마 시민권이나 라티움 시민권이 부여되지 않은 이탈리아 도시를 지칭했다. 로마는 동맹에 군사적 보호 및 무역상 혜택을 제공하는 대가로, 로마가 요청하면 언제라도 군사를 지원하고 참전비용도 자체 부담할 것을 요구했다. 나중에는 이탈리아 반도 바깥에도 동맹 자격을 받은 민족이나 국가가 생겼다.

**라티움 Latium** 이탈리아 반도에서 로마가 위치한 지역. 북쪽 경계는 티베리스 강이었고 남쪽은 키르케이 항구에서 내륙 쪽으로 뻗어 있었으며, 동쪽으로는 산세가 험준한 사비니족과 마르시족의 땅에 맞닿아 있었다. 로마가 볼스키족과 아이퀴족 정복을 마친 기원전 300년경에 온전한 로마 영토가 되었다.

**라티움 시민권 Latin Rights** 최하등급인 이탈리아 동맹시 주민들의 비시민권자 지위와 최상등급인 로마 시민권 사이의 중간 단계 시민권. 라티움 시민권자는 로마 시민권자처럼 다양한 특권을 누렸지만 참정권이 없어 로마에서 열리는 선거에 투표권이 없었다. 기원전 125년의 프레겔라이 폭동 이후, 어느 호민관이 라티움 시민권이 부여된 지역의 정무관과 그 직계 후손들에게 영구히 로마 시민권을 부여하는 법을 통과시켰지만 이 법은 일반 주민들에게는 혜택이 없었다.

**릭토르 lictor** 고등 정무관이 공식 업무를 보러 다닐 때 격식을 갖추어 수행하던 사람들. 파스케스를 왼쪽 어깨에 얹고 다녔다. 고관 앞에서 일렬종대로 걸으며 길을 텄고, 고관이 물리적인 제지나 매질을 필요로 할 때 동원되기도 했다.

**마우레타니아 Mauretania** 오늘날의 모로코. 마리우스 시대에는 북아프리카의 서쪽 끝에 위치한 지역이었다. 주민들은 무어인이라고 불렸으며, 인종으로 따지면 베르베르인이었다. 수도는 팅기스(오늘날의 탕헤르)였고 국왕이 통치하는 국가였다. 마리우스가 유구르타와 전쟁을 치르던 시기의 왕은 보쿠스였다.

**민회(코미티아) comitia** 로마인들이 통치, 입법, 선거와 관련된 사안을 다루기 위해 소집한 모든 회합을 통칭하는 말. 공화정 시대에는 실질적으로 백인조회, 트리부스회, 평민회 세 종류의 민회가 있었다.

— **백인조회 Comitia Centuriata**
인민 즉 파트리키와 평민 모두 참여하는 민회로, 재산 평가에 따라 계급이 구분되는 사실상 경제계급 모임이었다. 집정관, 법무관, 감찰관을 선출했고 대반역죄 재판을 열거나 법안을 통과시킬 권한이 있었다. 본래 군사 단체였기 때문에 백인조 단위로 모였고, 보통 마르스 평원의 가설투표소에서 열렸다.

— **트리부스회 Comitia Populi Tributa**
'트리부스 인민회'라고도 한다. 35개 트리부스 단위로 모였다. 파트리키의 참여를 허용했고, 집정관이나 법무관이 소집했다. 보통 민회장에서 열렸다. 고등 조영관, 재무관, 군무관을 선출했고 법안을 제출·의결할 수 있었다. 마리우스 시대에는 재판권도 있었다.

— **평민회 Comitia Plebis Tributa 또는 Concilium Plebis**
'트리부스 평민회'라고도 한다. 35개 트리부스 단위로 모였지만, 파트리키는 참여할 수 없었다. 평민회 소집 권한이 있는 정무관은 호민관뿐이었다. 보통 민회장에서 열렸다. 법(평민회 결의)을 제정하고 평민 조영관과 호민관을 선출했다. 평민회 역시 마리우스 시대에는 재판권이 있었다.

**백인대장 centurion** 로마 시민 군단과 보조부대 모두에 있던 정규 직업군관. 현대의 하사관과 같이 생각해서는 안 된다. 이들은 오늘날 우리의 사회적 구별을 적용받지 않는 지위를 누린 완벽한 전문가였다. 공화정 시대에는 사병이 진급을 통해 백인대장이 되었다. 백인대장 사이에도 계급이 존재했다. 가장 낮은 계급의 백인대장은 군단병 80명과 비전투원 20명으로 이루어진 백인대를 통솔했다. 마리우스가 재편한 공화정 로마군의 보병대대는 백인대 6개로 구성되었는데, 백인대장(켄투리오, centurio)들 중 가장 높은 선임 백인대장(필루스 프리오르, pilus prior)은 대대 전체를 통솔하는 동시에 소속 보병대대의 선임 백인대를 이끌었다. 하나의 군단을 구성하는 보병대대 10개를 통솔하는 선임 백인대장들 10명 사이에도 계급이 존재했다. 군단의 최고참 백인대장(프리무스 필루스primus pilus, 나중에 프리미필루스primipilus로 축약됨)은 소속 군단의 사령관(선출직 군무관이나 총사령관의 보좌관)의 명령에만 따랐다. 백인대장은 쉽게 알아볼 수 있었다. 그들은 정강이받이를 착용하고 쇠사슬 갑옷 대신 쇠미늘 갑옷을 입었으며, 투구의 깃털 장식은 앞뒤가 아닌 양옆으로 튀어나와 있었다. 또한 튼튼한 포도나무 곤봉을 들고 다녔고 훈장도 많이 달고 있었다.

**백인조 century** 100명으로 구성된 모든 집단. 가장 중요한 것은 로마 군단을 구성하는 기본 단위인 백인대이다. 백인조회의 경제계급들 역시 백인조로 이루어져 있었지만 인구가 계속 증가하면서 이 백인조는 100명보다 훨씬 많은 수의 사람들을 포함하게 되었다.

**법무관 praetor** 로마 정무관 중 두번째로 높은 직급(감찰관 직은 특별한 경우이므로 생략). 공화정 초기에는 가장 지위가 높은 정무관 두 명을 가리켰지만, 기원전 4세기 말경 가장 높은 정무관을 지칭하는 '집정관'이라는 말이 생겼다. 이후 수십 년 동안 법무관은 매년 한 명씩 선출되었다. 이 법무관은 두 집정관이 로마 밖에서 벌어지는 전쟁을 지휘하는 동안 로마 내에서 발생하는 사건에만 관여했기 때문에 수도 담당 법무관에 가까웠다. 기원전 242년부터는 두번째 법무관, 즉 외인 담당 법무관을 뽑아 로마보다는 외국인 및 이탈리아와 관계된 업무를 맡겼다. 이후 로마가 통치해야 할 속주가 늘어나면서 법무관 임기를 마친 후 권한대행으로서가 아니라 임기중에 속주로 파견되는 법무관 직이 추가로 생겨났다.

**보조군 auxiliary** 로마군에 편입된 비로마 시민 군단. 마리우스와 술라 시대에 보조 보병은 대부분 이탈리아 태생이었지만 보조 기병은 갈리아, 누미디아, 트라키아 등 로마나 이탈리아보다 일상적으로 말을 많이 타는 지역 출신이 대부분이었다.

**시민권 citizenship** 로마 시민권자는 (경제계급에 속할 수 있는 요건을 갖추었다면) 로마의 모든 선거에서 트리부스와 계급을 통해 투표할 수 있었다. 또한 태형을 받지 않았고 로마식 재판을 받을 권리가 있었으며 항소권이 있었다. 남성 시민은 17세 생일부터 군역 의무를 졌으며 상황에 따라 군사작전에 열 번 참여하거나 6년간 군 생활을 해야 했다. 마리우스의 군 개혁 이전에 시민이 군단에서 복무하려면 자신의 무기와 갑옷, 장비, 식량을 살 재산이 있어야 했으나(보통 전쟁이 끝난 후에야 국가로부터 수당을 지급받았고, 그 수당도 지극히 적어 생활비로도 부족했다) 개혁 이후에는 재산이 없는 최하층민도 복무할 수 있었다.

**신귀족(노빌리스) Nobilis** 집정관을 지낸 사람이나 그 후손들을 일컫는 용어. 명백한 귀족성을 타고난 파트리키의 콧대를 꺾어주기 위해 평민들이 새롭게 만들어낸 귀족계급이었다. 공화정 첫 100년이 지난 후로는 파트리키보다 평민 출신이 집정관에 오르는 경우가 더 많았다. 현대에는 집정관에 이르지 못하고 법무관까지만 역임한 사람도 신귀족으로 칭하는 경우가 있다. 하지만 그것은 지나친 확대 해석이라 생각되기 때문에, 이 시리즈에서는 집정관을 배출한 가문만을 신귀족으로 규정하였다.

**아트리움 atrium** 고대 로마의 개인 주택 도무스에서 손님을 맞이하던 공간. 천장에 사각형 구멍이 뚫려 있었고 그 아래 수조가 있었다. 수조는 원래 집에서 사용할 물을 받아두는 곳이었지만, 공화정 후기에는 순전히 장식적인 목적으로 설치되었다.

**아펜니누스 산맥 Apenninus** 이탈리아를 크게 세 부분, 즉 이탈리아 갈리아(북부의 포 계곡 일대), 아드리아 해 연안, 더 넓고 비옥한 서부 해안으로 나누는 산맥. 리구리아 지역의 마리티마이 알프스 산맥에서 갈라져나와 이탈리아 반도를 서에서 동으로 가로지르고 시칠리아 섬 맞은편 브루티움까지 이어져 내려간다. 최고봉 높이가 3천 미터에 이른다.

**아프리카 속주 Africa Province** 아프리카에서 실질적으로 로마에 속했던 부분. 이 시리즈의 배경이 되는 시대에는 기본적으로 카르타고와 우티카를 포함하여 아프리카 대륙의 위쪽 테두리만 해당되는 아주 작은 땅이었다.

**오스티아 Ostia** 티베리스 강어귀에 위치한 로마에서 가장 가까운 항구도시.

**원로원 Senatus** 로마인들은 로물루스가 원로원을 세웠다고 믿었지만 실은 로마 왕정 후기의 왕들이 설립한 자문기구였을 가능성이 크다. 왕정이 끝나고 공화정이 시작된 후에도 원로원은 파트리키 300명 규모로 존속되었다. 몇 년 지나지 않아 평민도 원로원 의원이 되었으나, 그들이 고위 정무관 직을 차지하기까지는 좀 더 많은 시간이 걸렸다. 넓은 자주색 세로띠가 오른쪽 어깨에 있는 튜닉은 원로원 의원들만 입을 수 있는 복장이었다. 이외에도 그들은 앞이 막힌 적갈색 가죽신을 신고 반지를 꼈다. 자주색 단을 댄 토가는 고등 정무관을 지낸 의원들만 입었고, 일반 의원들은 민무늬 흰색 토가를 입었다. 원로원은 워낙 오래된 조직이었기 때문에 그 권리와 권력, 의무에 관한 법적 정의가 거의 존재하지 않았다. 원로원 의원들은 행정부에서 그들의 우위를 지키려고 항상 맹렬히 싸웠다. 공화정 중기부터 재무관에 선출되면 곧이어 원로원 의원이 되는 것이 규정이었지만, 재무관 직을 통하는 길 외에는 원로원에 들어갈 수 없도록 술라가 조치하기 전까지는 원로원 의원 지명에 관한 재량권이 감찰관에게 있었다. 아티니우스법에 따라 호민관은 당선과 동시에 원로원 의원이 되었다. 원로원 의원의 자격 요건으로 자산 조사가 행해졌지만 이는 전적으로 비공식적인 관례였다.

원로원 회의는 정식으로 개관한 장소에서만 열 수 있었다. 자체 회합장소인 원로원 의사당이 있었지만 다른 곳에서 모이는 경우도 많았다. 회의 시간은 일출부터 일몰 사이로 한정되었으며 민회에서 회의가 열리는 날에는 원로원 회의를 열 수 없었다.

원로원 회의에서 발언이 허락되는 의원들 사이에는 엄격한 위계질서가 존재했다. 평의원들은 투표권만 있고 발언은 할 수 없었다. 안건이 중요하지 않거나 만장일치인 경우 구두 또는 거수 표결로 처리할 수 있었다. 반면 공식 투표는 의원들이 자기 자리에서 나와서 가부 의견에 따라 고관석 단상 양쪽에 선 뒤 각각의 인원수를 세는 방식으로 진행되었다. 입법기관이 아닌 자문 기관이었던 원로원은 결의를 통해 다양한 민회에 요구사항을 전달했다. 중대한 안건이 상정된 경우 정족수가 차야 투표를 실시할 수 있었다.

**이두스 Idus** 한 달 중 특별히 취급되는 세 날(칼렌다이, 노나이, 이두스라는 고정된 지점들을 기준으로 하여 거꾸로 날짜를 표현했다) 중 세번째. 긴 달에는(3월, 5월, 7월, 10월) 15일이었고 다른 달에는 13일이었다. 유피테르 옵티무스 막시무스 신을 위한 날로, 유피테르 대제관이 카피톨리누스 언덕의 아륵스에서 양을 산제물로 바쳤다.

**이마고 imago** 정제 밀랍으로 만들어 가발을 씌우고 아름답게 채색한 가면으로, 놀랄 만치 실물과 흡사했다. 로마 귀족이 어느 수준의 공직에 이르면 자기 모습을 본딴 이마고를 만들 권리인 유스 이마기니스(ius imaginis)가 생겼다. 오늘날 일부 학자들은 이마고 제작권이 고등 정무관, 즉 조영관이 되면 생긴다고 하고, 법무관이나 집정관을 조건으로 보는 학자들도 있다. 저자는 집정관, 풀잎관이나 시민관을 받은 사람, 대제관, 최고신관이 되면 이마고 제작권을 획득한다고 본다. 한 집안의 모든 이마고는 아트리움에 비치된 공들여 제작한 신전 모양 장식장에 보관되었으며, 정기적으로 산 제물이 바쳐졌다. 이마고 제작권이 있는 집안의 중요인물이 사망하면 이마고를 꺼내 키와 체격이 사망자를 닮은 배우들에게 쓰게 했다. 여성에게는 이마고 제작권이 부여되지 않았다.

**인민 People** 엄밀히 말해서 원로원 의원을 제외한 모든 로마인을 포괄하는 용어다. 평민부터 파트리키까지, 1계급부터 최하층민까지를 모두 포함한다.

**인술라 insula** '섬'이라는 뜻. 로마의 아파트 건물은 대부분 모든 면이 거리나 골목, 샛길로 둘러싸여 있었기 때문에 이렇게 불리게 되었다. 로마의 인술라는 높이가 최고 30미터 정도로 매우 높았으며 대부분 내부에 채광정이 있을 정도로 컸고 채광정이 한 개 이상인 인술라도 많았다. 지금처럼 고대에도 로마는 아파트 거주자들의 도시였다.

**임페리움 imperium** 고등 정무관이나 정무관 권한대행에게 주어진 권한의 정도이다. 임페리움이 있다는 것은 그 사람이 해당 관직의 권한을 보유했으며, 본인의 임페리움과 처신을 규정하는 법에 따라 행동하는 한 그 권한을 부정할 수 없다는 의미였다. 임페리움은 쿠리아법에 의해 주어졌으며 원칙적으로 1년간 지속되었다. 임기가 연장된 총독의 임페리움 연장은 원로원 또는 트리부스회의 비준을 받아야 했다. 임페리움을 보유한 사람은 파스케스를 든 릭토르단을 거느렸는데, 릭토르와 파스케스 수가 많을수록 더 높은 임페리움의 보유자였다.

**재무관 quaestor** '관직의 사다리'에서 가장 낮은 단계. 선출직이었다. 주요 임무는 재정 업무였다. 추첨을 통해 로마 내에서 국고를 관리하거나 이탈리아에서 관세, 항구세, 임대료를 수금하거나 속주 총독의 재산을 관리하는 업무를 맡았다. 속주 총독으로 파견되는 사람은 자신이 데려갈 재무관을 지명할 수 있었다. 일반적으로 임기는 1년이었으나, 지명받은 경우 모시는 총독의 임기가 끝날 때까지 속주에 남아 임무를 수행했다. 취임일은 12월의 다섯째 날이었다.

**정무관 magistrates** 투표로 선출되어 행정부를 구성하는 로마 원로원과 인민의 대표자들. 재무관에서 법무관을 거쳐 집정관까지 오르는 코스를 '관직의 사다리'라 칭했다. 감찰관, 두 가지 조영관(평민 조영관, 고등 조영관), 호민관은 관직의 사다리에 직접적으로 속하지 않고 보조 역할을 하는 직책이었다. 감찰관을 제외한 모든 정무관의 임기는 1년이었다. 독재관은 특별한 경우에 해당한다.

**제관 flamen** 최소한 왕정 시대까지 거슬러 올라가는 로마의 가장 오래된 신관 집단. 총 15명으로 그중 3명은 대제관이었다. 대제관들은 각각 유피테르, 마르스, 퀴리누스 신을 섬겼다. 이중 유피테르 대제관이 가장 지켜야 할 금기가 많아서 힘든 자리였다. 대제관 세 명은 국가의 녹을 받고 국가에서 제공하는 집에서 살았으며 원로원 의원이 되었다.

**조점관 augur** 점술을 보는 신관. 조점관은 점괘를 자의적으로 해석하거나 미래를 예언하는 자가 아니었다. 그보다는 집회, 전쟁, 신규 법안, 선거와 같은 국가 행사와 시국적 사안에 대한 신의 승인 여부를 확인하기 위해 특정한 사물이나 징조를 면밀하게 관찰했다. 표준 지침서에 따라 '책에 나온 대로' 점괘를 해석했으며, 토가 트라베아를 입고 리투우스라는 굽은 지팡이를 들고 다녔다.

**존엄(디그니타스) dignitas** 로마 특유의 개념으로, 개인의 고결함, 긍지, 가문, 말, 지성, 행동, 능력, 지식, 사람으로서의 가치의 총체였다. 공적이라기보다 사적인 입지였으나, 훌륭한 존엄은 공적인 입지를 크게 강화시켰다. 로마 귀족은 소유한 모든 자산 중 디그니타스에 대해 가장 민감했다. 디그니타스를 지키기 위해서라면 그는 전쟁에 나가거나 망명길에 오르고, 자살을 하고, 아내나 아들을 죽일 수도 있었다.

**집정관 consul** 임페리움을 지닌 로마의 최고위 정무관. 관직의 사다리의 최정 상으로 여겨졌다. 매년 백인조회에서 임기 1년인 집정관 두 명을 선출했다. 둘 중 먼저 백인조들의 표를 필요 수만큼 얻은 수석 집정관은 1월에, 차석 집정관은 2월에 하는 식으로 교대로 파스케스(해당 항목 참조)를 보유했다. 집정관 취임일은 새해 첫날인 1월 1일이었다. 두 집정관 모두 릭토르 열두 명의 호위를 받았지만 각 달에 파스케스를 보유한 집정관의 릭토르들만 파 스케스를 어깨에 지고 집정관이 가는 곳마다 따라다녔다. 공화정 말기에는 파트리키와 평민 모두 집정관이 될 수 있었지만 두 집정관 모두가 파트리키 여서는 안 되었다. 집정관의 적정 연령은 원로원 의원이 되는 30세보다 열두 살 많은 42세였지만 기원전 81년 술라가 파트리키 의원들에게 평민보다 2년 먼저(즉 40세에) 집정관 선거에 출마할 수 있는 특권을 줬다는 유력한 증거 가 존재한다. 집정관의 제약 없는 임페리움은 로마는 물론 이탈리아 전역과 모든 속주에서 유효했으며 속주 총독의 임페리움보다 우선했다. 집정관은 모든 군대를 지휘할 수 있었다.

**참모군관 tribunus militum** 사령관의 참모진 중 선출직 군무관이 아니면서 계급 이 보좌관보다 낮고 수습군관보다 높은 이들. 사령관이 집정관일 때는 그를 위한 참모 업무를 맡아 했고, 집정관이 아닐 경우 직접 군단을 지휘할 수도 있었다. 기병대의 지휘관 역할도 수행했다.

**최고신관 Pontifex Maximus** 국가 종교의 수장으로, 신관 중에서 가장 지위가 높 다. 로마 공화정 초기에 처음 만들어진 지위로 보이며, 타인의 감정을 자극 하지 않으면서 장애물을 피해가는 데 능숙했던 로마인의 특징을 잘 보여준 다. 애초에는 로마의 왕에게 주어지는 직위인 제사장이 가장 높은 신관 역할 을 맡고 있었다. 원로원을 통해 로마를 통치하게 된 새로운 지배자들은 제사 장을 폐지하여 민심을 건드리는 대신 더 높은 신관 직을 만들어냈는데 그것 이 바로 최고신관이었다. 최고신관은 다른 구성원들의 동의가 아니라 선거로 선출되었다는 점에서 정치인과 비슷했다. 초기에는 파트리키만 최고신관이 될 수 있었으나 공화정 중기에 이르러서는 평민에게도 허락되었다. 대신관, 조점관, 페티알레스 신관, 베스타 신녀를 비롯한 모든 신관들을 관리하고 감독했다.

**코그노멘 cognomen** 이름(프라이노멘) 및 씨족명(노멘)이 같은 사람들과의 차별화를 위해 로마 남성이 붙였던 세번째 이름. 폼페이우스의 코그노멘인 마그누스처럼 개인이 직접 정할 수도 있었고, 율리우스 가문의 카이사르 분가처럼 집안 대대로 유지하는 코그노멘도 있었다. 일부 가문에서는 하나 이상의 코그노멘이 필요하게 되었다. 코그노멘은 튀어나온 귀, 평발, 곱사등, 부은 다리 같은 신체 특징을 묘사하거나 위대한 업적을 기리는 경우가 많았으며, 최고의 코그노멘은 극히 풍자적이거나 매우 익살맞았다.

**토가 toga** 완전한 로마 시민권 보유자만 입을 수 있었던 의복. 가벼운 모직으로 만들어졌으며 매우 특이한 형태였다. 릴리언 윌슨 박사는 철저하고 놀라운 실험 끝에 완벽한 착용 모습을 만들어낼 수 있는 토가의 치수와 형태를 알아냈다. 신장 175cm에 허리둘레가 36인치인 남성에게 맞는 토가는 너비 4.6m, 길이 2.25m 정도인 것으로 나타났다. 길이에 해당하는 쪽은 착용자의 키에 맞춰 주름을 잡고, 그보다 훨씬 긴 너비에 해당하는 쪽으로 몸을 둘러싼다. 기원전 1세기 공화정 시대의 토가는 매우 컸다.

**투니카(튜닉) tunica** 그리스와 로마를 포함해 고대 지중해 연안지역의 기본 의복. 로마인의 튜닉은 몸통이 직사각형이었고 허리선을 살려주는 다트가 없어 헐렁하고 맵시가 없었으며, 어깨와 팔죽지에서 무릎까지 덮는 형태였다. 허리에 가죽띠를 두르거나 끈으로 졸라맸으며, 항상 앞쪽을 길게 입어서 뒤판이 7.5cm 정도 짧았다. 기사의 튜닉은 오른쪽 어깨에 좁은 자주색 띠가 있었고 원로원 의원의 튜닉은 넓은 자주색 띠가 있었다. 옷감으로는 모직이 주로 사용되었다.

**트리부스 tribus** 공화정이 시작될 무렵 로마인에게 트리부스는 자신이 속한 종족 집단 분류가 아니라 국가에만 유용한 정치 집단 분류로 인식되었다. 로마에는 모두 35개 트리부스가 있었는데 31개는 지방 트리부스였고 단 4개만 수도 트리부스였다. 유서 깊은 16개 트리부스는 다양한 파트리키 씨족의 이름을 지니고 있었다. 이는 해당 트리부스에 속하는 시민들이 그 파트리키 씨족의 구성원이거나 그 씨족의 소유지에 살았던 사람임을 의미했다. 공화정 초기와 중기 동안 로마가 이탈리아 반도에서 영토를 늘려감에 따라 새로운 시민들을 수용하기 위해 여러 트리부스가 추가되었다. 각 트리부스의 모든 구성원에게는 트리부스회에서 투표할 권리가 있었지만, 한 트리부스 전체가 한 표를 행사하는 방식이었기 때문에 이 표 자체는 큰 의미가 없었다.

**티베리스 강 Tiberis** 로마 시내를 가로지르는 강. 아레티움 너머 아펜니누스 산맥 고지대에서 시작하여 오스티아에서 티레니아 해로 흘러 들어갔다. 로마는 티베리스 강의 북동쪽 제방 위에 자리했다. 위쪽으로 나르니아까지 배가 다닐 수 있다고 전해졌지만, 실제로는 급류가 심해서 상류로 배를 타고 가기는 어려웠다. 범람이 잦아 특히 로마에서 홍수로 큰 피해가 발생하기도 했다.

**파스케스 fasces** 자작나무 가지들을 의식에 따라 붉은 가죽끈을 X자로 엇갈리게 하여 묶은 것. 원래 에트루리아 왕들의 상징이었으나 신생 로마의 관습으로 전해졌고 공화정 시대부터 제정 시대까지 로마의 공적 생활에 쭉 존재했다. 릭토르단은 파스케스를 들고 고위 정무관(혹은 집정관 및 법무관 권한대행) 앞에서 걸으며 해당 정무관에게 임페리움이 있음을 알렸다. 신성경계선 안에서는 나뭇가지들만 묶은 파스케스를 들어 고위 정무관에게 태형을 가할 권한만 있음을 알렸으며, 신성경계선 밖에서는 나뭇가지들 속에 도끼를 넣어 고위 정무관에게 사형을 내릴 권한도 있음을 알렸다. 신성경계선 안에서 파스케스에 도끼를 넣을 수 있는 사람은 독재관뿐이었다. 파스케스 수는 임페리움의 정도를 의미했다. 독재관은 24개(술라 이전에는 12개), 집정관과 집정관 권한대행은 12개, 법무관과 법무관 권한대행은 6개, 조영관은 2개를 보유했다.

**파트리키 patricii** 로마 구귀족. 왕정이 수립되기 이전부터 유명했던 시민들로 계속 이 칭호를 유지했다. 초반에는 집정관을 배출해 신귀족으로 부상한 평민들에게도 허락되지 않는 명성과 특권을 누렸다. 하지만 공화정이 발전하고 평민의 부와 권력이 커지자 특권이 점점 약화되었고, 마리우스 시대에는 파트리키 가문이 평민 출신의 신귀족 가문보다 오히려 가난해지기도 했다. 제사장과 유피테르 대제관 같은 일부 신관 직, 섭정관과 최고참 의원 같은 일부 원로원 의원 직은 파트리키에게만 허용되었다.

**평민 plebs** 파트리키가 아닌 모든 로마 시민. 공화정 초기에는 평민에게 신관 직, 고위 정무관 직, 원로원 의원 직조차 허락되지 않았다. 하지만 얼마 지나지 않아서 파트리키에게만 허락되던 직위들을 평민들이 하나씩 차지하기 시작했다. 마리우스 시대에는 정치적으로 그리 중요하지 않은 몇 가지 직책만이 파트리키 고유의 영역으로 남아 있었다.

**포룸 로마눔 Forum Romanum** 로마의 공적 생활 중심지였던 이 기다란 공터는 주위의 건물들과 마찬가지로 대부분 정치·법·업무·종교 활동에 쓰였다. 주변보다 지대가 낮아서 비교적 습하고 춥고 해가 들지 않았지만 공적 활동이 매우 활발하게 이루어졌다. 포룸 로마눔의 절반 정도를 차지하는 낮은 구역에서 늘 법과 정치 업무가 진행 중이었다는 설명들로 볼 때, 이곳은 항상 노점과 매대, 손수레로 북적이지는 않았을 것이다. 포룸 로마눔의 에스퀼리누스 언덕 쪽 구역에 일련의 건물들로 구분된 매우 큰 시장이 두 개 있었는데, 이곳에 대부분의 매대와 노점이 있었을 것이다.

**풀잎관(코로나 그라미네아) Corona Graminea(obsidionalis)** 로마 최고의 군사 훈장. 전장의 풀로 만들어(전투가 곡식밭에서 일어날 경우 곡식으로 만드는 경우도 있었다) '현장에서' 주어지는 이 관을 받은 사람은 불후의 명성을 얻게 되었다. 공화정 시대에 풀잎관을 받은 사람은 극히 적었기 때문이다. 개인의 노력으로 군단이나 군대 전체를 구한 사람에게 주어졌다. 퀸투스 세르토리우스와 술라 모두 풀잎관을 받았다.

**프라이노멘 praenomen** 로마인의 개인 이름. 실제로 사용되는 프라이노멘은 다양하지 않았으며 최고 스무 개 정도였던 것으로 보인다. 그중에서도 절반 정도는 잘 쓰이지 않았고 각 가문별로 선호하는 프라이노멘이 정해져 있었다. 리키니우스 가문은 '푸블리우스', '마르쿠스', '루키우스'를, 폼페이우스 가문은 '나이우스', '퀸투스', '섹스투스'를, 코르넬리우스 가문은 '푸블리우스', '루키우스'를, 세르빌리우스 가문은 '퀸투스', '나이우스'를 선호했다.

**피호민 cliens** 보호자(파트로누스, patronus)에게 입회를 약속한 자유인이나 해방노예를 뜻한다. 꼭 로마 시민일 필요는 없었다. 가장 엄숙하고 도덕적인 구속력 있는 방식을 통해, 보호자의 이익을 도모하고 그의 지시에 따를 것을 약속하는 대신 여러 가지 원조(일반적으로 돈이나 직위, 법률적인 도움)를 받았다. 해방노예는 자동으로 전 주인의 피호민이 되었고, 이러한 관계는 의무를 면제받는 날까지 지속되었다(그러나 그런 경우는 거의 없었다). 피호민인 동시에 보호자인 사람도 있었다. 이러한 경우 그는 최종 보호자가 아니었으며 그의 피호민은 그의 보호자의 피호민이기도 했다. 공화정 시대에는 피호민과 보호자의 관계에 관한 공식적인 법이 없었다. 필요가 없었기 때문이다. 어느 쪽이건 이 중요한 관계에서 불명예스럽게 처신하면 사회적인 성공은 기대할 수 없었다. 외국의 피호민과 보호자 관계를 다스리는 법도 있었다. 다시 말해 개인만이 아니라 도시나 국가 전체도 피호민이 될 수 있었다.

**호민관 tribune of the plebs** 공화정이 수립되고 오래지 않아 평민과 파트리키 귀족의 갈등이 극에 달했을 때 생긴 관직. 평민들로 구성된 트리부스 기구인 평민회에서 선출된 호민관은 평민계급 구성원들의 생명과 재산을 수호하고 정무관(당시에는 파트리키)의 손아귀로부터 그들을 구하겠다는 선서를 했다. 호민관은 트리부스회에서 선출되지 않았기 때문에 로마의 불문헌법 하에서 실질적 권한이 없었으며 군무관이나 재무관, 고등 조영관, 법무관, 집정관, 감찰관과 같은 종류의 정무관이 아니었다. 호민관은 평민들의 정무관이었고, 이들의 직무 권한은 자신들이 선출한 관리의 신성불가침성을 지켜주겠다는 평민계급의 서약에서 비롯되었다. 호민관에게는 임페리움이 없었고 부여된 직권은 첫번째 마일 표석 내에서만 행사할 수 있었다. 기원전 450년경에는 호민관이 총 열 명 있었다.

호민관의 진정한 권력은 국가의 거의 모든 조치에 거부권을 행사할 수 있는 권리에서 나왔다. 따라서 호민관의 역할은 새로운 제도의 도입보다 의사진행 방해로 나타나는 경우가 많았다. 마리우스와 술라 시대에 이들은 파트리키만이 아니라 원로원에 있어서도 눈엣가시 같은 존재였다.

**히스파니아 Hispania** 오늘날의 스페인. 이베리아라고도 한다.

– **가까운 히스파니아 Nearer Spain** 히스파니아 키테리오르라고 불린 로마 속주. 지중해 근처의 평원부터 그 뒤편의 구릉지대를 포함했고, 남쪽의 새 카르타고(오늘날 스페인 카르타헤나)에서 시작해 북쪽의 피레네 산맥까지 이어졌다. 먼 히스파니아 속주와의 남쪽 경계는 다소 불분명하지만 오로스페다 산맥, 혹은 압데라 뒤편의 조금 더 높은 솔로리우스 산맥을 경계로 삼았던 것으로 보인다. 로마에게는 먼 히스파니아만큼 경제적으로 중요한 지역이 아니었지만, 그리로 통하는 유일한 육로였기 때문에 적당히 진압해놓을 필요가 있었다.

– **먼 히스파니아 Further Spain** 로마의 히스파니아 속주 두 곳 중 더 먼 히스파니아 울테리오르. 가까운 히스파니아와의 경계는 다소 불분명하나, 대체로 바이티스 강 유역 전체, 바이티스 강과 아나스 강이 발원하며 광석이 매장된 산지, 타구스 강어귀의 올리시포와 '헤라클레스의 기둥'에 이르는 대서양 연안, 헤라클레스의 기둥에서 압데라 항구까지의 지중해 연안을 가리켰다. 이곳에서 가장 큰 도시는 가데스였지만 총독 소재지는 코르두바였다. 스트라본은 먼 히스파니아를 세상에서 가장 부유한 경작지라고 했다.

# 로마의 일인자 1
마스터스 오브 로마 1

1판 1쇄 2015년 7월 20일
1판 14쇄 2020년 10월 26일

지은이 콜린 매컬로 | 옮긴이 강선재 신봉아 이은주 홍정인 | 펴낸이 신정민

편집 신정민 신소희 | 디자인 고은이 이주영
마케팅 정민호 김경환 | 홍보 김희숙 김상만 지문희 김현지
저작권 한문숙 김지영 이영은 | 모니터링 서승일 이희연 전혜진
제작 강신은 김동욱 임현식 | 제작처 한영문화사

펴낸곳 (주)교유당
출판등록 2019년 5월 24일 제406-2019-000052호

주소 10881 경기도 파주시 회동길 210
문의전화 031) 955-8891(마케팅), 031) 955-3583(편집)
팩스 031) 955-8855
전자우편 gyoyudang@munhak.com

ISBN 978-89-546-3688-9 04840
      978-89-546-3687-2 (세트)